Hermann Kahle

Claudius und Hebel nebst Gleichzeitigem und Gleichartigem

SALZWASSER VERLAG

Hermann Kahle

Claudius und Hebel nebst Gleichzeitigem und Gleichartigem

Unveränderter Nachdruck der Originalausgabe von 1864.

1. Auflage 2022 | ISBN: 978-3-75259-649-6

Verlag: Salzwasser Verlag GmbH, Zeilweg 44, 60439 Frankfurt, Deutschland
Vertretungsberechtigt: E. Roepke, Zeilweg 44, 60439 Frankfurt, Deutschland
Druck: Books on Demand GmbH, In de Tarpen 42, 22848 Norderstedt, Deutschland

Claudius und Hebel

nebst

Gleichzeitigem und Gleichartigem.

Ein Hilfsbuch
zum
Studium deutscher, besonders der volksthümlichen Sprache
und Litteratur, sowie eine Handreichung zum Eintritt in
die Geschichte derselben.

Für
Seminaristen, Lehrer und alle Freunde der Volksstimme, Volkssprache
und Volksschrift
verfaßt
von

F. Hermann Kahle,
K. Seminarlehrer, Cand. min.

Berlin.

1864.

Vorwort.

Seinem Grundstock nach ist dieses Buch eine eingehende Betrachtung der beiden Hauptrepräsentanten unsrer volksthümlichen Litteratur und Sprache: Claudius', des Norddeutschen, und Hebel's, des Süddeutschen. Keiner, der diese beiden Männer gehörig kennt, wird mir das Recht absprechen wollen, ihnen eine so hervorragende Stellung zu geben. Hebel nimmt dieselbe, besonders nach Auerbachs in dem Buche „Schrift und Volk" gegebner Charakteristik, vielleicht unbestrittner ein, als Claudius. Was aber diesen betrifft, so unterschreiben wenigstens die Norddeutschen aus vollster Ueberzeugung, was ein Theologe der Gegenwart ausgesprochen hat: „Seinen Volkston hat unter den vielen Volksschriftstellern unserer Tage keiner erreicht. Er war, was sie machen." Wir Mitteldeutschen endlich fühlen uns von beiden Männern gleich stark angezogen und gewöhnen uns leicht, sie, wie etwa Wieland und Klopstock, Herder und Lessing, Schiller und Göthe, als ein gegenseitig sich ergänzendes Paar anzuschauen.

An jenen Grundstock schließt sich in einer Weise, die auf wissenschaftliche Construction vollständig Verzicht leistet, wohl aber den Gebrauch des Buches in Seminarien, vielleicht auch in andern Bildungsanstalten wesentlich erleichtert, einerseits dasjenige an, was auch einem Seminaristen und jüngern Lehrer aus der Zeit der Ausblüthe unserer zweiten classischen Litteraturepoche zu wissen wünschenswerth, ja nothwendig ist; andererseits dasjenige, was irgend einmal im Volk als dessen ureigner Besitz wirklich gelebt hat oder dem Volk unserer Tage als gesunde und kräftige Speise dargeboten werden kann. Von Klopstock, Wieland, Herder und Lessing, die der eben bezeichneten Zeit angehören, habe ich, nicht einstimmend in den lauten Chorus derer, welche durch classische und wissenschaftliche Bildung das Volksschullehrerseminar über sich selbst hinauszuheben jetzt wieder dreister als je versuchen, nur das Bedeutendste und Einfachste angeführt, resp. zum „Ganzlesen" empfohlen; immer noch genug, um die Zeit und die Männer kennen zu lernen, und um die Muße und die Hilfsmittel gehörig in Anspruch zu nehmen. — Den Claudius habe ich in den Mittelpunkt dieser Betrachtung gestellt. Ich weiß sehr wohl, daß dazu vom litterarhistorischen Standpunkt aus kein Recht vorliegt; in Erwägung aber, daß Lessing, in welchem jene Zeit in ihrem höchsten Glanze sich darstellt, in den bezeichneten Kreisen nimmermehr zu genügendem Verständniß kommen kann, und daß gerade das Leben und die Schriften des unscheinbaren Wandsbeckers, wie das unser Buch erweist, mannigfache, ganz ungesuchte Veranlassung bieten, der großen Männer jener Zeit zu gedenken: habe ich den litterarhistorischen Gesichtspunkt dem praktischen unterzuordnen mich nicht gescheut. Wer nun in und mit unserm Buche arbeitet, der wird ein genügendes Bild der bezeichneten Zeit bekommen und hinlänglich gerüstet sein, zu Schiller und Göthe und mit diesen zu der eigentlich classischen Zeit überzugehen. In dem eben Gesagten möchte im wesentlichen erklärt sein, was der Ausdruck „nebst Gleichzeitigem" auf dem Titel dieses Buches besagen soll.

Wir kommen zu dem „Gleichartigen", das von ungleich größerm Umfange ist. Denn es umfaßt nicht bloß das Beste und Merkwürdigste, was schon vor, besonders aber seit Claudius und

Hebel für das Volk geschrieben worden ist, sondern auch alles das, was seit der frühesten Zeit der schaffende Volksgeist selbst hervorgebracht hat: das Volksmärchen, die Volkssage, das Volksräthsel, das Volksepos, das Volkslied, den Volksspruch, das Sprichwort; und nicht bloß, so zu sagen, das Litterarische, sondern auch mancherlei Sprachliches, besonders dasjenige, was dem Bereich der Volkssprache angehört. „Der große Litteraturstaat hat sein Haus der Gemeinen, in dem die Nation sich selbst unmittelbar repräsentirt" (Sailer). Wenn man nicht wüßte, auf welchem den realen Verhältnissen fremden Boden Karl Schmidt, der jüngst für die Reform der Schullehrerseminarien aufgetreten ist, steht, man würde es nicht begreifen können, daß dieser Pädagoge seine Zöglinge in jenes Haus nicht einführen zu wollen scheint. Daß vergessene Volksmärchen, einer fernen Zeit angehörige Volkssagen, verlernte Volkslieder rc. in das Volk unsrer Tage wieder hineingebracht werden sollten, daran denke ich nicht; jede Zeit hat ihre besondern Bedürfnisse. Aber dem Volksschullehrer kommt es in seiner Qualität als Volkslehrer zu, das geistige und leibliche Leben des frühern wie des gegenwärtigen Volkes gründlicher kennen zu lernen, als dies gemeinhin geschieht. Deshalb verlange ich außer einem gediegenen Studium der deutschen Geschichte, daß der Volksschullehrer z. B. das Nibelungenlied ganz lese, mit der Volkssage, dem Volksmärchen, besonders aber dem Sprichwort genau vertraut sei und von dem Volkslied eine reichere Anschauung gewinne, als sie etwa eine heutige sogenannte Volksliedersammlung für Schulen geben kann; daß er auch mit den besten Volksschriften jeder Gattung sich gehörig bekannt mache und aus ihnen eine kräftige Anregung empfange, des Volkes Wesen immer besser zu erfassen und auf des Volkes Bedürfnisse immer sorgfältiger zu achten. Kein Lessing, kein Schiller, kein Göthe kann ihm dazu verhelfen. „In volksthümlichen Schriften, die nur einzig und allein mustergiltige

Bücher sein können, waltet des Volks ursprünglicher Urgeist" (L. Jahn). — Das im engern Sinne „Patriotische", wie das „Kirchenlied" habe ich aus unten angedeuteten Gründen aus dem Bereich des Gleichartigen weggelassen.

Ein vollständiger Wegweiser im Gebiet des Volksschriftenwesens soll dieses Buch nicht sein. (Wer eines solchen bedarf, der nehme Bernhardi's „Wegweiser durch die deutschen Volks- und Jugendschriften" zur Hand, ein fast unentbehrliches Buch für diejenigen, welche einer Volksbibliothek vorstehen; möchte es nur bald neu aufgelegt, gesichtet und fortgeführt werden; denn der „Practische Wegweiser durch die christliche Volkslitteratur", herausgegeben vom evangelischen Schriftenverein für Rheinland und Westfalen, das „Verzeichniß guter Volks- und Jugendschriften", mitgetheilt von der Agentur des Rauhen Hauses, und einige andre Verzeichnisse haben jenen Wegweiser noch nicht überflüssig gemacht.) Vielmehr will unser Buch nach dieser Seite hin, wie es am Schluß sich ausdrückt, seine Leser mit der Kraft ausrüsten, das Beste auf dem bezeichneten Gebiet zu erkennen, sich selbst anzueignen, und in die Kreise des Volks einzuführen. Zunächst ist es für die Zöglinge der Seminarien bestimmt, hat aber außer diesen zugleich die Volksschullehrer, namentlich die jüngern unter ihnen, im Auge. Daß ich hierüber ausführlich mich rechtfertige, wird mir niemand zumuthen. Ein Buch, das mit dem Unterrichte vollständig abgethan werden kann, ist für den Unterricht ein sehr bequemes Mittel; aber es befördert, man mag dagegen ankämpfen, wie man will, die an das Wort ängstlich sich anklammernde Gedächtnißarbeit, und die Kraft nachhaltiger Anregung hat es nicht. Wenn endlich auch sonstige Freunde der Volksstimme, Volkssprache und Volksschrift an meinem Buche Gefallen finden oder einigen Nutzen daraus ziehen können, so wird mir das zu großer Genugthuung gereichen.

Unter dem „Volk" verstehe ich denjenigen Theil der gesammten deutschen Nation, dessen Schulbildung in einem Zeitraum von acht bis neun Jahren in der „Volksschule" abgeschlossen und daselbst ganz oder im wesentlichen durch den „Volksschullehrer" bewirkt wird. Mit einem Streite über diese Definition wolle man mich verschonen. In der Sache glaube ich übereinzustimmen mit Lessing, der „das Volk im eigentlichen Sinne" als „den mit seinem Körper thätigen Theil der Nation faßt, dem es nicht sowohl am Verstande als an der Gelegenheit, ihn zu zeigen, fehlt"; mit Auerbach, welcher unter dem Volk „diejenige große Zahl der Menschen versteht, die ihre Lebens- und Weltanschauung vorherrschend aus selbständiger Erfahrung und der unmittelbaren Gegenwart zieht"; und mit Fichte, welcher das Volk bezeichnet als „die große Mehrzahl, auf welcher das gemeine Wesen recht eigentlich ruht." Die „höhere Bedeutung" des Wortes „Volk", nach welcher dieses ist „ein durch Gemeinsamkeit von Stamm, Sprache, Sitte und Siedelung verbundenes natürliches Glied im großen Organismus der Menschheit" (Riehl), oder „das Ganze der in Gesellschaft mit einander fortlebender und sich aus sich selbst immerfort natürlich und geistig erzeugender Menschen, das insgesammt unter einem gewissen besondern Gesetze der Entwicklung des Göttlichen aus ihm steht" (Fichte), geht uns hier nichts an.

Was das Verhältniß dieses Buches zum Unterricht im Seminar anbelangt, so ruht es auf einer etwas andern als der gangbaren Ansicht, wiewohl es auch bei dieser, wie ein Blick in dasselbe lehren wird, mit Nutzen muß gebraucht werden können. Die gangbare Ansicht hat neben dem Volksschullesebuche noch ein Seminarlesebuch zur Voraussetzung. Dagegen wünscht der Verfasser des vorliegenden Buches im Interesse der zu bildenden Lehrer wie der Volksschule, daß das Volksschullesebuch das einzige eigentliche Lesebuch der Seminaristen und als solches der beständige Begleiter derselben durch die ganze Seminarzeit, sowie das stäte Mittel namentlich für die praktische Ausbildung derselben zur Befähigung in der Ertheilung des Sprachunterrichts in der Volksschule sein möchte. Daneben sollte der Seminarist, wie der Gymnasiast seinen Cornel, seinen Cäsar, Livius, Tacitus, Ovid, Virgil, Horaz, Xenophon, Homer, Sophokles ꝛc. liest, seinen Claudius, seinen Hebel, seinen Uhland, seinen Arndt, sein Nibelungenlied, rechtverstanden auch seinen Schiller, Göthe ꝛc. lesen. Das würde ihm Mittelpunkte geben, von denen aus er sich nach allen Seiten hin zurecht finden könnte, und ihn vor jenem elenden Notizenwissen bewahren, zu welchem das Erläutern der einzelnen Stücke eines Lesebuchs nothwendig führen muß. So allein ist auch eine elementarische Einführung in die Geschichte der deutschen Litteratur möglich. Diese thut uns recht noth, wird aber zur Zeit in einer nur ungenügenden Weise erstrebt. Das Verkehrteste, nun auch wohl auf Gymnasien und höhern Mädchenschulen Verpönte, aber noch keineswegs ganz Abgekommene ist dies, daß man Litteraturgeschichte lehrt ohne Litteratur; verkehrt ist es aber auch, überhaupt nach einer zusammenhängenden historischen Entwicklung vom Anfang bis auf unsre Zeiten von vornherein zu trachten, selbst in Gymnasien. Darauf also verzichte man; auch meine man nicht, daß man auf diesem Wege bleiben dürfe, wenn man seinem Unterrichte ein nach litterarhistorischen Principien geordnetes Lesebuch zu Grunde legt. Ein paar hundert Verse aus dem Parcival berechtigen nimmermehr dazu, eine ausführliche Characteristik des Wolfram von Eschenbach zu geben und seine Stellung in der historischen Entwicklung der Dichtung erkennen zu lassen; ein Abenteuer aus dem Nibelungenliede giebt eine sehr winzige Anschauung von der Mächtigkeit des deutschen Epos; und zehn oder zwanzig Gedichte von Göthe und Schiller genügen durchaus nicht, jenen, wie das häufig geschieht, als den objectiven, diesen als den subjectiven hinzustellen.

So bleibt denn kein andrer Weg übrig, als der durch Monographie, Biographie und Gruppirung. Ausführliche Monographie des einzelnen ganzen Werkes oder der Darstellungsgattung (des Sprichwortes, des Volksliedes ꝛc.), ausführliche Biographie der wenigen Hauptrepräsentanten: das wird das Fundament sein müssen, auf dem dann weiter gebaut werden kann. Auf das Mehr oder Weniger kommt es dabei gar nicht an, sondern auf das Wie. Darum sei die Biographie nicht eine von den Werken abgehobene Erzählung, sondern, wo es irgend möglich ist, eine Entwicklung aus den Werken, die dem Schaffen des dichtenden Geistes nachgeht und bei Einzelnem mit Hingebung verweilt; und die Monographie sei nicht eine vernüchternde Wiedergabe des Inhalts eines Werkes oder ein gelehrt und geistreich thuendes, aber bodenloses Gerede über eine Darstellungsgattung, sondern ein Aufbau auf dem durch lebendiges Lesen Gewonnenen. Was endlich an jenes Fundament nach der gruppirenden, im Geschichtsunterricht der Volksschulen und Seminarien schon längst mit Erfolg zur Anwendung gekommenen Methode sich anschließt, das sei nicht bloß jenes gehaltlose: er ward geboren, studirte, ward, dichtete und starb, sondern vor allem ein Hineinstellen des Autors in seine Zeit, seine Umgebung und Verwandtschaft, und eine Angabe und Benutzung des Allerbedeutendsten, was er geleistet hat.

Unser Buch nimmt eine ganz bestimmte Stellung zu der Privatlectüre der Seminaristen ein. Wie es damit überall beschaffen sein mag, — wer kann das wissen? Aber dies steht fest: Wenn der Seminarist, wie dies leider gewiß an manchen Seminarien der Fall ist, wegen Ueberfülle der eigentlichen Arbeit auf die Privatlectüre nicht überhaupt fast Verzicht leisten muß, so wird er, wie jeder andre junge Mensch, der unseligen Vielleserei verfallen, die das verschlingt, was ihr in die Hände kommt, und fast kein anderes Interesse hat, als sich durch irgend ein Buch hindurchzuwürgen. Hier nun tritt unser Buch helfend ein: es macht auf die Masse des Guten aufmerksam, ermahnt immerfort zu langsamem Lesen und zeigt dazu die Wege. Das Alles während der Unterrichtsstunden zu thun, ist wegen des Mangels an Zeit nicht möglich und dann ganz verwerflich, wenn es durch Dictiren und Notiren erstrebt wird. — Es könnte jemand die Frage aufwerfen, ob denn die Seminaristen und Lehrer alle hier als „beste", „merkwürdigste" empfohlene Bücher sich anschaffen sollen? Ich verneine diese Frage, obwohl ich aus Erfahrung an andern und mir weiß, wie viel Geld ein Seminarist oder junger Lehrer trotz dürftiger Umstände für Bücher, selbst für jene werthlosen Groschen-, National-, Volksbibliotheken u. dergl. aufzubringen weiß; wie er sich von Buchhändlern, Buchbindern und Colporteuren das und jenes aufschwatzen läßt; wie eilig er ist in der Anschaffung des ganzen Schiller, gelegentlich auch gar des ganzen Wieland; wie er bei Antiquaren, weil er auf billige Weise seine Bibliothek vermehren will, den Schund kauft und das daneben stehende Gute unangerührt läßt. Dies setze ich vielmehr voraus, daß für die Seminaristen eine wohl eingerichtete Seminarbibliothek da sei, die nicht sowohl viele verschiedene Bücher, sondern wenige gute Bücher in einer hinreichenden Anzahl von Exemplaren enthält; für die Lehrer eine nach verständigen Grundsätzen eingerichtete und verwaltete Local- oder Ephoralbibliothek; in allen aber die Bereitwilligkeit, sich gegenseitig zu helfen.

Das vorliegende Buch hat, daß ich auch dieß noch berühre, endlich eine in Beziehung auf den Volksschulunterricht practische Seite. Ich vermochte es nicht zu unterlassen, bei der Besprechung des Märchens, der Sage, des Sprichwortes, des Volksliedes, der Volkssprache 2c. zugleich einen Blick auf die Volksschule zu wenden.

Es wird nicht fehlen, daß man hinter den beiden Namen Claudius und Hebel, die auf dem Titel dieses Buches stehen, zu vielerlei finden wird. Mag es sein! Die Neuheit und Ungebahntheit des Weges, den ich eingeschlagen, sowie der Mangel an tüchtigen Hilfsmitteln für den Unterricht der Seminaristen in der deutschen Sprache und Litteratur werden mich wenigstens zum Theil entschuldigen.

Die erste Anregung zur Abfassung dieses Buches verdanke ich einem meinem Herzen und meinen Bestrebungen nahestehenden Collegen, von dem ich hoffe, daß er bald mit einem die patriotische Dichtung und Schriftstellerei betreffenden Werke hervortreten werde. Es fehlt dann nur noch ein drittes, dem Schiller und Göthe zu Grunde gelegt werden müßten; auch möchte eine besondere Bearbeitung des evangelischen Kirchenliedes (diese freilich mehr vom practisch-erläuternden und erbaulichen, als vom litterarhistorischen Standpunkte aus) und Kirchengesanges sehr an der Zeit sein. An die letztere Arbeit werde ich Muße und Kraft, so Gott sie geben wird, zunächst anwenden.

An Werken für eine schließliche Zusammenfassung des Ganzen ist kein Mangel. Am meisten eignen sich dazu:

Vilmar, Geschichte der deutschen Nationallitteratur. Marburg 1864. 10. Aufl. 1 Thlr. 10 Sgr.

O. Roquette, Geschichte der deutschen Litteratur von den ältesten Denkmälern bis auf die neueste Zeit. 2 Bde. 1862 und 1863. 3 Thlr. 18 Sgr.

Werner Hahn, Geschichte der poetischen Litteratur der Deutschen. Berlin 1863. 2. Aufl. 1⅓ Thlr.

oder auch die kleineren Sachen von Schäfer (Grundriß der Geschichte der deutschen Litteratur), Weber (Die Geschichte der deutschen Litteratur), Kurz (Leitfaden zur Geschichte der deutschen Litteratur) u. a.

Außer den genannten größern Werken habe ich für die Abfassung dieses Buches hie und da benutzt: Weigand's Wörterbuch der deutschen

Synonymen, Schmeller's bayersches Wörterbuch, Kehrein's Grammatik der neuhochdeutschen Sprache, Barthel's deutsche Nationallitteratur der Neuzeit, Auerbach's Schrift und Volk, W. Herbst's Matthias Claudius*) und die Schätze der mir durch den Herrn Rentamtmann Preusker freundlichst geöffneten weitberühmten Stadtbibliothek in Großenhain, der „ersten vaterländischen Bürgerbibliothek Deutschlands." Die Ausgaben der Werke Claudius' und Hebel's, nach denen ich gearbeitet, angeführt und citirt habe, sind:

Matthias Claudius' Werke, siebente wohlfeile Ausgabe, Hamburg und Gotha bei F. A. Perthes, 1844. 2⅓ Thlr.

Johann Peter Hebel's Werke, 2. Ausgabe in 3 Bänden, Karlsruhe bei Ch. Fr. Müller, 1853. 1 Thlr. 6 Sgr.

*) Dies ausgezeichnete Buch muß jedem, welcher eine tiefere Erfassung des Wandsbeckers erstrebt, als sie hier zu geben möglich war, bringend empfohlen werden. Ein gleich werthvolles Werk über Hebel giebt es leider immer noch nicht.

Elsterwerda, 1864.

Hermann Kahle.

Inhalt.

Erster Theil. Claudius.

Zweiter Theil. Hebel.

Dritter Theil.

Altes und Neues zur Ergänzung und Ausführung.

Erster Theil.

Claudius.

§. 1. Claudius der Wandsbecker Bote.

Im Junius.

(WW. I u. II, 26.)

Aber die Lenzgestalt der Natur ist doch wunderschön; wenn der Dornstrauch blüht und die Erde mit Gras und Blumen pranget! So 'n heller Decembertag ist auch wohl schön und dankenswerth, wenn Berg und Thal in Schnee gekleidet sind, und uns Bothen in der Morgenstunde der Bart bereist; aber die Lenzgestalt der Natur ist doch wunderschön! Und der Wald hat Blätter, und der Vogel singt, und die Saat schießt Aehren, und dort hängt die Wolke mit dem Bogen vom Himmel, und der fruchtbare Regen rauscht herab —

Wach auf mein Herz und singe
Dem Schöpfer aller Dinge ꝛc.

's ist, als ob Er vorüber wandle, und die Natur habe Sein Kommen von Ferne gefühlt und stehe bescheiden am Weg' in ihrem Feyerkleid' und frohlocke!

Dieses Stück, das wir der Kürze wegen nach seiner Ueberschrift „Juniusstück" nennen wollen, beginnt mit einem Ausruf, welcher das Thema desselben enthält. Der Verfasser hat nämlich in diesen wenigen Zeilen auf kunstlose Weise die Gedanken und Gefühle niedergeschrieben, welche die „Gestalt des Lenzes" in ihm erweckte.

Wie ist wohl der Verfasser dazu gekommen, sich des Wortes „Lenzgestalt" zu bedienen? — Das Wort „Lenz" ist sinnverwandt mit den Wörtern „Frühling" und „Frühjahr." Alle drei Wörter bezeichnen die um den 21. März eintretende Jahreszeit, und zwar das Wort „Frühjahr" seiner Zusammensetzung gemäß ganz allgemein als einen frühen Theil des Jahres. Anders zunächst „Frühling." F. L. Graf zu Stolberg singt: „Das Frühjahr ist kommen, der Frühling noch nicht; noch macht die Natur uns ein saures Gesicht." Hieraus ergiebt sich, daß „Frühling" jenen frühen Theil des Jahres zugleich als eine Zeit bezeichnet, in welcher uns die Natur kein saures Gesicht mehr macht, also als eine schöne, angenehme Zeit. Der Dichter

Lenau singt: „Da kommt der Lenz, der schöne Junge, den alles lieben muß, herein mit einem Freudensprunge und lächelt seinen Gruß." „Lenz" hat hiernach dieselbe Bedeutung wie „Frühling." Da also der Verfasser über die wundervolle Schönheit der bezeichneten Jahreszeit sprechen will, gebraucht er mit Recht die Zusammensetzung „Lenzgestalt."

Nach der Aufstellung des Themas giebt der Verfasser in Kürze die Bedingungen an, unter welchen dasselbe seine Wahrheit hat, und damit zugleich näher die Zeit, welche er im Auge hat: die Zeit des Juni, da das Frühjahr, in seiner höchsten Schönheit stehend, in den heißen Sommer übergeht. Nun gesteht er zu, daß ein heller Decembertag auch wohl schön und dankenswerth sei, und fügt diesem Zugeständniß die Angabe der Bedingungen bei, unter welchen es seine Wahrheit hat. Sodann wiederholt er das Thema, um dasselbe noch nachdrücklicher einzuprägen und zugleich auf das Folgende überzuleiten, in welchem er zur Begründung des Themas übergeht.

In dem Satze: „die Saat schießt Aehren" steht das Wort „schießen" im übertragenen Sinne. Die nach oben mit verhältnißmäßiger Schnelligkeit vorwärts dringenden Aehrenspitzen sind als Pfeilspitzen gedacht, wozu die äußere Aehnlichkeit mit diesen Veranlassung gab. In dem Satze: „dort hängt die Wolke ꝛc." ist, wie aus dem nächsten Satze zu erkennen, an den Regenbogen zu denken."

In fünf kurzen Sätzen ist die Begründung des Themas abgethan; der Verfasser deutet durch den Gedankenstrich an, daß er noch viel sagen könnte; allein sein Herz leidet es nicht, der Gedankenthätigkeit des Begründens noch mehr Zeit zu widmen, und reißt ihn fort zum Danke gegen den Schöpfer, den er in den Anfangsworten eines Gesangbuchsliedes auch mehr anklingen als austönen läßt. Das Stück schließt mit der Angabe, wie der Verfasser die geheimnißvolle Schönheit des Frühlings sich zu erklären sucht. — Ein ähnlicher Gedanke findet sich in dem herrlichen „Morgengebete" Eichendorff's:

O wundersames, tiefes Schweigen!
Wie einsam ist's noch auf der Welt!
Die Wälder nur sich leise neigen,
Als ging' der Herr durchs stille Feld.

Wie sich Eichendorff die Wälder als sich verneigende Personen denkt, so denkt sich unser Verfasser die Natur als eine bescheidene

Person, und zwar wegen des grammatischen Geschlechts des Wortes „Natur“, und weil die Vorstellung der Natur als einer Mutter sich jedem unwillkürlich aufdrängt als eine weibliche Person.

Das Wort „Natur“ gehört zu denjenigen Hauptwörtern, deren grammatisches Geschlecht sich leicht begreifen läßt, wenn man eine in den mythischen Vorstellungen der Völker vorausgegangene Personification annimmt. Sonne, Mond, Tag, Nacht, Himmel, Erde u. v. a. erschienen dem kindlichen Auge der Völker als männliche oder weibliche Wesen. Uebrigens ist daran zu denken, daß wir mit dem Worte „Natur“ auch dessen Geschlecht aus dem Lateinischen überkommen haben, wo das Stammzeitwort „geboren werden, entstehen, entspringen“ bedeutet.

Wenden wir nun der Betrachtung der Form einige Augenblicke zu. Kann es etwas Einfacheres, Kunstloseres geben, als die Aneinanderreihung dieser wenigen, fast durchgängig einfachen Sätze, die selbst der gemeine Mann, das unmündige Kind übersehen kann, um dem Schriftsteller Schritt für Schritt zu folgen, und die doch dem Hochgebildeten Bewunderung abzwingen wird? Sind nicht jene fünf für die Begründung des Themas bestimmten Sätze fast trivial und inhaltsleer zu nennen, und werden doch eben durch ihre Schmucklosigkeit so sehr gehoben und inhaltsvoll? Das „Aber“ des ersten Satzes, wie das häufig, selbst beim ersten begründenden Satze stehende „Und“ erinnern in gleichem Grade an die Volkssprache, wie an die Sprache der deutschen Bibel.

Dergleichen „Und“, wie das letztere, das sich im Anfang von lyrischen Gedichten und vertraulichen Briefen öfter findet (z. B. bei E. M. Arndt: „Und die Sonne, sie machte den weiten Ritt um die Welt“ rc.), erklären die Grammatiker daraus, daß aus einer Reihe auf einander folgender Gedanken oder Gefühle nur einige der hauptsächlichsten zur schriftlichen Darstellung kommen, die der Verfasser durch „und“ an das Verschwiegene anknüpft. In unserm Stücke würde man dem „Und“ mit Leichtigkeit viele Sätze vorausschicken können, freilich auf Kosten der Schönheit desselben. — „Das und ist die einfachste Verbindung; es verknüpft sogar das Verschiedenartigste (Himmel und Hölle, Leib und Seele) und ist eben so einfältigliches, kindlich gemüthliches (daher ein Liebling der Bibel und Luthers), bescheidenes, unbefangenes, als kühnes und muthiges Wesens und poetischer Natur.“ Lehmann (Marienwerdersches Gymnasialprogramm 1840). —

„Darum ist diesem Worte auch in der ältesten und heiligsten Sprache (der hebräischen) eine Macht und Gewalt gegeben, wie in keiner andern. Sprachkundige wissen, daß es nicht bloß die Stelle fast aller andern sogenannten Partikeln vertreten kann, indem es z. B. zwar, sogar, aber, dennoch, oder und entweder, nämlich, weil, deshalb, daß und damit, wenn und dann ausdrückt und bezeichnet, sondern sogar die Gegenwart in Zukunft und die Zukunft in Gegenwart, den Befehl in die Ausführung, Wollen in That verwandelt. Es ist ein recht königliches Wort und in dieser Sprache göttliches Geschlechts; es deutet auf etwas Unvollendetes hin, das aber vollendet werden wird.“ Krummacher: „Das Wörtlein UND.“ Noch sei bemerkt, daß die oben bemerkte Häufung der „Und“ mit dem künstlerischen Mittel des Polysyndĕton (d. i. einer Verknüpfung mehrerer Sätze von gleichem Werth durch gleichartige, immer wiederkehrende Bindewörter, namentlich das gleichstellend verbindende Und), wie es sich bei Schiller häufig findet („Und drinnen waltet die züchtige Hausfrau, die Mutter der Kinder, und herrschet weise im häuslichen Kreise, und lehret die Mädchen, und wehret den Knaben“ 2c.), nichts als das äußere Kleid gemein hat.

Der ganze Claudius, daß wir nun auf den Verfasser kommen, erscheint in diesen wenigen Zeilen mit seiner poesievollen Seele, mit seinem gottschauenden Auge, mit seinem einfachen Hausrock. Es mag wenige Dichter geben, die mit ihrem ganzen Wesen in einem ihrer unscheinbarsten Producte so verkörpert liegen. Wer je Claudius gelesen hätte und nicht dieses Stück, der müßte doch den schlichten Wandsbecker, und wäre es nur an den „ihm üblichen Elisions“ (Auslassungen des anlautenden ei in ein, e in es und dergl., deren sich Claudius bediente, um dem Volksausdruck auch in solchen kleinen Dingen nahe zu kommen), in diesem Stück sofort erkennen.

Matthias Claudius ist geboren den 15. August 1740 zu Reinfeld, einem holsteinischen Marktflecken, zwei Meilen westwärts von Lübeck gelegen, gestorben den 21. Januar 1815 zu Hamburg. Somit gehört er seit seinem Mannesalter der Zeit an, die man als die zweite Blüthezeit unsrer deutschen Poesie bezeichnet, der Zeit von 1770 bis 1815. (Die erste Blüthezeit der deutschen Poesie setzt man in die Zeit der hohenstaufischen Kaiser, von 1150 bis 1250.) Auf seine früheren Lebensjahre müssen wir später zurückkommen. Das Juniusstück hat Claudius geschrieben, da er bereits in das Mannesalter eingetreten war, im Frühling des Jahres 1772. Auch wenn wir es nicht anderswoher wüßten, daß das Juniusstück im Frühling geschrieben ist, müßten wir dies schließen aus Claudius' tiefinnerlicher Wahrhaftigkeit, die ihm nicht erlaubte, mitten im Winter Lenzesgedanken niederzuschreiben. An sich ist dergleichen allerdings möglich; wie denn ein Jude, Heinrich Heine, dessen Glaube an einen Gott billig bezweifelt wird, einen herrlichen, echt poetischen Hymnus gedichtet hat auf Jesum Christum und die Segnungen, die das Christenthum über die Welt gebracht hat. Claudius will, wie er selbst sich äußert, von einem Unterschied zwischen dem Schriftsteller und Menschen keine Proben ablegen, seine Schriftstellerei ist Realität bei ihm; und die Mitlebenden pflegten von ihm zu sagen: Wie das Lied, so der Mann.

Claudius lebte damals, als er das Juniusstück abfaßte, in Wandsbeck, einem Städtchen, das eine halbe Meile von Hamburg und nur etwa 25 Minuten von dem in der Neuzeit so bekannt und berühmt gewordenen „Rauhen Hause" liegt.

Ueber Wandsbeck s. Claudius selbst, WW. I u. II, 37 ff.; über das „Rauhe Haus" s. „Flieg. Blätter des R. H." 1861. S. 257 ff. und die daselbst angeführten Schriften; über „die pädagogische Bedeutung des R. H." s. „Schles. Schulblatt" 1862. 1. H.

In Wandsbeck gab Claudius seit 1771 eine wahrhaft unscheinbare politische Zeitung in Quartformat auf grauestem Papier heraus, in welcher am Ende unter der Ueberschrift „Gelehrte Sachen" Gedichte, kleinere Prosaaufsätze, Bücheranzeigen und Beurtheilungen standen, die meist von Claudius selbst herrührten. Diese Zeitung, die schon seit mehreren Jahren in Wandsbeck erschien, führte den Namen „Wandsbecker Bote", in dem Sinne, wie man jetzt einen Volksboten, Schulboten, Grenzboten, Courier u. dergl. hat; einen Namen, den dann Claudius auf sich selbst übertrug. Bald unterschrieb er sich „der Bothe" oder „Asmus, pro tempore (zur Zeit) Bothe in Wandsbeck"; und viele seiner Erzeugnisse, wie z. B. gleich unser Juniusstück, erhielten eine direkte Beziehung auf seinen Botenberuf. Für das Verständniß derselben ist es nöthig, sich daran immer zu erinnern.

Zu den „Gelehrten Sachen", die Claudius in der ersten von

ihm redigirten Nummer des Wandsbecker Boten als „gelehrte Mähr“ ankündigt, sandten ihm die namhaftesten Männer, wie Voß, F. L. Stolberg, Herder, Göthe u. a., Beiträge. Vieles von seinen eignen Sachen hat Claudius nachher in seine „Sämmtlichen Werke“ aufgenommen, die er seit 1774 unter dem lateinischen Titel „ASMUS omnia sua SECUM portans“ (d. i. „Asmus all das Seine mit sich tragend“) nach und nach in 8 Theilen herausgab.

Je genauer uns die Zeit bekannt ist, in welcher ein Schriftsteller lebte; die Verhältnisse, die ihn mit erzogen und seinem Werden eben diesen Weg vorschrieben; die Einzelbeziehungen, unter denen ein bestimmtes litterarisches Erzeugniß entstand: desto besser verstehen wir natürlich seine Werke und das einzelne Erzeugniß. Deshalb besprechen wir ja selbst in der Volksschule z. B. nie das Lied „Ein feste Burg ist unser Gott“, ohne die Bezüge aus der Reformationsgeschichte aufzudecken; oder das Lied „Valet will ich dir geben“, ohne auf die Lebensverhältnisse Valerius Herbergers einzugehen; und selbst Geschichten, die sich später als erfunden herausgestellt haben, wie in Bezug auf Paul Gerhard die liebliche Erzählung über die Entstehung des Liedes „Befiehl du deine Wege“, in Bezug auf Georg Neumark die nicht minder anziehende, bekannte Gambengeschichte, bieten uns immerhin erwünschte Illustrationen. So muß es uns denn von Werth sein, zu erfahren, daß das Juniusstück unseres Claudius bald nach seiner Verheirathung, die im März des Jahres 1772 statt hatte, geschrieben worden ist. Das Glück, die Ruhe, die Befriedigung, die er in dieser Verheirathung und durch dieselbe fand, läßt uns den Frieden begreifen, der sich im Juniusstück so unverkennbar abspiegelt. Seine Verheirathung machte Claudius zum Hauspoeten, der so lange wie „ein Christbaum mit tausend Lichtern, die kein Auge blenden und überall hinscheinen, wo für kindliche Freude, für herzliche Erwärmung noch eine Stätte ist“, in deutschen Häusern dastehen wird, als noch in denselben deutsche eheliche Treue, deutsche elterliche Liebe und deutscher kindlicher Gehorsam Blüthen und Früchte treiben werden.

§. 2. Claudius der Hauspoet.

Bei dem Grabe meines Vaters.

(WW. I u. II, 121.)

Friede sei um diesen Grabstein her!
Sanfter Friede Gottes! Ach, sie haben
Einen guten Mann begraben,
Und mir war er mehr;

Träufte mir von Seegen, dieser Mann,
Wie ein milder Stern aus bessern Welten!
Und ich kann's ihm nicht vergelten,
Was er mir gethan.

Er entschlief; sie gruben ihn hier ein.
Leiser, süßer Trost, von Gott gegeben,
Und ein Ahnden von dem ew'gen Leben
Düft' um sein Gebein!

Bis ihn Jesus Christus, groß und hehr!
Freundlich wird erwecken — ach, sie haben
Einen guten Mann begraben,
Und mir war er mehr.

Dieser einfach köstliche Erguß eines kindlichen Herzens führt uns an das Grab des Vaters unseres Claudius. Eine als Kunstwerk leider fast werthlose, in den sämmtlichen Werken dem Gedichte folgende Abbildung versinnlicht uns die Lage, in welche sich der Dichter denkt, die Situation des Gedichtes, in die wir uns mit ihm versetzen müssen, um ihn zu verstehen. Weinend, mit aufgelöstem Haar steht er an dem Grabsteine und salbt denselben mit Oel, dem biblischen, beziehungsreichen Symbol des göttlichen Segens, Friedens, Besänstigens und Kräftigens. Wie Jacob einst oben auf den Stein, den er zu seinen Häupten gelegt hatte, Oel goß und den Stein bei dem Gedanken, daß Gott ihn wieder mit Frieden heim zu seinem Vater bringen werde, dadurch zu einem künftigen Gotteshaus weihte: so salbt der Dichter den Grabstein seines Vaters sich zum Gotteshaus und wünscht dem Dahingeschiedenen Frieden, sanften Frieden Gottes. Mit diesen den sanften Gottesfrieden des Dichters selbst unverkennbar ausprägenden Worten steht das gleich folgende „Ach!" in einem milden Contrast, der sofort gehoben wird, indem der Dichter den Verlust, den er erlitten, andeutet: sie haben einen guten Mann begraben, und mir war er mehr. „Guter Mann" steht in dem Sinne; wie die Welt von „guten Menschen" spricht, oder wie einer zu Jesu sprach: „Guter Meister." Dem Dichter war der Verstorbene mehr, als ein guter Mann in diesem Sinne.

Claudius Vater, dessen Ahnen sich bis in die Zeit der Reformation hinauf verfolgen lassen, — der älteste in der Familientradition der Claudius' mit Bestimmtheit aufbewahrte Altvätername ist der des Claus Paulsen, eines seit 1571 als Pfarrer zu Ripen in Schleswig wirkenden Mannes, der den Namen Claus in Claudius umwandelte — war zuerst Diaconus in einem Dörfchen auf der Insel Alsen, sodann Pastor in dem als Geburtsort unseres Dichters schon genannten Reinfeld. Er war ein Mann, einfach, fromm, bibelfest, ein Mann, kräftig an Körper, Gesinnung und Herz; kurz ein Mann, wie ihn nur der von der Cultur damals fast nicht berührte, wenigstens nicht verdorbene sächsisch-friesische Volksstamm zeugen konnte. Dabei fehlte es dem alten Claudius nicht an gelehrten Kenntnissen und an praktischem Verstande. So übernahm er denn den Unterricht seiner Söhne selbst und führte sie wie an die sprudelnden Quellen der Wissenschaft, so an die stillen Wasser des göttlichen Wortes. Es ist wahrscheinlich, daß der junge Claudius von ihm auch zur Musik angehalten worden ist, die wir jenen in späteren Jahren mit Eifer, Verständniß und Liebe treiben sehen.

In kindlich dankbarem Andenken an all dieses, dessen Wurzeln im Herzen unsers Claudius auch dann fest haften und unverletzt forttreiben, wenn hereinbrechende Stürme die Blüthen und Blätter verweht und den Stamm geknickt zu haben scheinen, singt er nun:

„Träufte mir von Segen, dieser Mann,
Wie ein milder Stern aus bessern Welten!" —

sich wohl bewußt der Unmöglichkeit einer Vergeltung. Zu Anfange der dritten Strophe des Liedes spricht sich nun zunächst wieder das Gefühl aus, den Vater nicht mehr zu haben. Aber süßen, von Gott gegebenen Trost und ein Ahnden von dem ewigen Leben empfindet der Dichter da, wo andere durch Leichenduft und Modergeruch hinweggetrieben werden. Ihm ist an diesem Orte Sein oder Nichtsein nicht eine Frage, er weiß ja: Jesus Christus, groß und hehr, wird den Entschlafenen freundlich erwecken.

Von ergreifender Wirkung ist der Schluß des Liedes, eine wörtliche Wiederholung des entsprechenden Theiles der ersten Strophe.*)

An dieser Stelle, wo wir den Dichter seinen Vater betrauern sehen, sei sogleich seiner **Mutter** gedacht; in Kürze, denn nur spärliche Nachrichten sind über sie aufbewahrt. Ein fast vollständiges Bild ihres auf das Wort Gottes gegründeten Herzensstandes geben uns einige Worte, die sie dem neunjährigen Söhnchen in eine Bibel schrieb: „J. N. J. Mein Sohn! Gedenke an Deinen Schöpfer in Deiner Jugend, ehe denn die bösen Tage kommen, und fürchte Gott, denn das ist der Weisheit Anfang. Und solche Weisheit machet reich und bringt geistliche und leibliche Gaben mit sich. Vor allem danke allezeit Gott in allen Deinen Schicksalen, die Dir widerfahren werden, und bitte, daß er Dich regiere und Du in allen Deinen Vornehmen seinem Worte folgest. Laß das Wort Gottes Dein edelster Schatz sein, denn dies kann Dich unterweisen zur Seligkeit; und was Du thust, bedenke das Ende, so wirst Du nimmer Uebles thun. Dies ist meine mütterliche Erinnerung und Vermahnung; wirst Du solchem nachkommen, so wirst Du gewiß des Glaubens Ende, der Seelen Seligkeit, davon tragen. Solches verleihe der Herr aus Gnade. Amen." — Ueber der Mutter äußeres Wesen, über ihre etwaigen Geistesgaben, über ihr thätiges Mitwirken bei der Erziehung der Kinder, über ihr Lebensende ist leider wenig bekannt. Nur an einigen Stellen seiner Werke gedenkt Claudius ihrer (z. B. WW. V, 94). Wenn wir aus dessen eigenem Wesen einen Schluß auf sie machen dürfen, so werden wir sie uns vorzustellen haben als eine einfache, dem Glanz der Welt abgewandte, im häuslichen Kreise sinnig waltende Hausfrau und Mutter, die, froh in ihrem Gott und in ihren Kindern, in das Pfarrhaus das heitere Element brachte, welches dem würdigen Ernste des Pfarrherrn das Gleichgewicht zu halten im Stande war. Sie lebte noch bis zum Jahre 1780 (vgl. WW. IV, 110). Unterdeß hatte Claudius schon längst ein andres weibliches Wesen gefunden, das ihn Vater und Mutter im Sinne der Schrift verlassen ließ, seine **Rebekka**.

*) Zur Vergleichung mit diesem Liede bietet sich dar Hölty's „Elegie bei dem Grabe meines Vaters."

An Frau Rebekka;
bei der silbernen Hochzeit, den 15. März 1797.
(WW. VI, 86.)

Ich habe Dich geliebet und ich will Dich lieben,
So lang' Du goldner Engel bist;
In diesem wüsten Lande hier, und drüben
Im Lande, wo es besser ist.

Ich will nicht von Dir sagen, will nicht von Dir singen;
Was soll uns Loblied und Gedicht?
Doch muß ich heut' der Wahrheit Zeugniß bringen,
Denn unerkenntlich bin ich nicht.

Ich danke Dir mein Wohl, mein Glück in diesem Leben.
Ich war wohl klug, daß ich Dich fand;
Doch ich fand nicht. GOTT hat Dich mir gegeben;
So segnet keine andre Hand.

Sein Thun ist je und je großmüthig und verborgen;
Und darum hoff' ich, fromm und blind,
Er werde auch für unsre Kinder sorgen,
Die unser Schatz und Reichthum sind.

Und werde sie regieren, werde für sie wachen,
Sie an sich halten Tag und Nacht,
Daß sie werth werden, und auch glücklich machen,
Wie ihre Mutter glücklich macht.

Uns hat gewogt die Freude, wie es wogt und fluthet
Im Meer, so weit und breit und hoch! —
Doch, manchmal auch hat uns das Herz geblutet,
Geblutet ... Ach, und blutet noch.

Es giebt in dieser Welt nicht lauter gute Tage,
Wir kommen hier zu leiden her;
Und jeder Mensch hat seine eigne Plage,
Und noch sein heimlich Crève-coeur.

Heut aber schlag' ich aus dem Sinn mir alles Trübe,
Vergesse allen meinen Schmerz;
Und drücke fröhlich Dich, mit voller Liebe,
Vor Gottes Antlitz an mein Herz.

Jedes unsanfte Betasten macht dieses zarte Lied zu Schanden. Fröhlich, mit voller Liebe, vor Gottes Antlitz drückt der Dichter nach fünf und zwanzigjähriger Ehe seinen „goldnen Engel" an sein Herz, seine Rebekka, mit der er wogende Freude getheilt, in deren Gemeinschaft er sein Herz hat bluten lassen. Ihr dankt er sein Wohl, sein Glück; sie ist ihm ein Segen Gottes.

Hören wir über Rebekka zunächst den Dichter selbst. „Als ich noch Knab war mit den andern Knaben,“ erzählt er (WW. I u. II, 116), „war in unserm Dorf auch 'n Mädchen, hieß Rebekka. Sie hatt' ein Paar blaue Augen, und ihr Gesicht war weiß und roth, und alle wir Knaben buhlten um sie. Wie's manchmal trifft, daß 'n blindes Huhn auch 'n Korn findet, so ging's auch hier. Sie drückte mir einmal unter vier Augen die Hand und sagte, daß ich's sei und daß ich's immer bleiben solle. Ich kann nicht genug sagen, was mir da für'n Stein vom Herzen fiel, und wie mir nun Tag und Nacht so kurz, und alles so leicht ward. Mich verdroß keine Mühe, ich ließ fünf immer grade sein und war immer gutes Muths; und wie mir war, wenn die andern von dem Mädchen und ihrer Gunst disputirten und sich unter 'nander zankten, wie mir denn war, und wie wenig ich Lust hatte, mit zu zanken, das weiß ich wohl.“ In anmuthiger Weise weicht hier der Dichter in etwas von dem wirklichen Sachverhalte ab. Rebekka war nicht aus seinem Dorfe, auch hat er sie als „Knabe“ nicht gekannt. Sie stammte vielmehr aus dem nahe bei Wandsbeck liegenden Dorfe **Barmbeck**, war die Tochter eines Zimmermeisters und geboren den 26. October 1754. Der neueste, zugleich ausführlichste und beste Biograph des Dichters schildert Rebekka also: „Sie war fromm, arm, einfach, dabei ungewöhnlich schön, von trefflichen Geistes- und Herzensanlagen, lebensmuthig, fröhlich, liebenswürdig. Von gewöhnlicher Größe, edler Gestalt und Haltung, hatte sie feine Gesichtszüge, eine ziemlich scharf geschnittene Nase, braune Augen, starkes braunes Haar. Ihre Bildung war die eines Bürgermädchens einer kleinen Stadt im vorigen Jahrhundert, geistlich arm und reich an Liebe.“ Claudius konnte den Segen, eine solche Gattin zu haben, nicht verkennen. Mit harmlosem Scherz nennt er im „Silbernen ABC“ den Patriarchen Isaak, dessen Rebekka uns bezeichnet wird als „eine sehr schöne Dirne von Angesicht“, seinen Collegen:

„Rebekka wählen ist Geschmack;
Nicht wahr, College Isaak?“

Rebekka hat es bewirkt, was so vielen deutschen Frauen jetzt leider nicht mehr gelingen will, daß Claudius **sehr** dafür war, seine Freude **in allen Stücken** daheim zu haben und nicht **auswärts zu suchen**. Sie hat Claudius zu dem gemacht, als den wir ihn jetzt betrachten, zum Hauspoeten. Wo immer häusliches Glück blüht, da wird man gern seine dichterischen Erzeugnisse lesen, die sich beziehen auf das wechselvolle Kleinleben einer Familie. Was für ein guter Hauspapa muß doch unser Dichter gewesen sein, daß er eine „Motetto“ singt, „als der erste Zahn durch war“ (WW. III, S. 105), und ein Lied dichtet „in der Haushaltung zu singen, wenn ein Wechselzahn soll ausgezogen werden“ (WW. IV, S. 84); und was für eine gute Hausmutter „Frau Rebekka“, die an einem Maimorgen Kinder und Vater herausruft, weil die Sonne aufgehen will (WW. VI, S. 45)! Dem Hauspoeten und Hausvater Claudius gehören an die Lieder über Geborenwerden und Sterben, über Gesund- und Kranksein, über Wiege und Grab, über Mutter und **Kinder**.

Christiane.

(WW. VI, 88.)

Es stand ein Sternlein am Himmel,
Ein Sternlein guter Art;
Das thät so lieblich scheinen,
So lieblich und so zart!

Ich wußte seine Stelle
Am Himmel, wo es stand;
Trat abends vor die Schwelle,
Und suchte, bis ich's fand;

Und blieb denn lange stehen,
Hatt' große Freud' in mir:
Das Sternlein anzusehen;
Und dankte Gott dafür.

Das Sternlein ist verschwunden;
Ich suche hin und her,
Wo ich es sonst gefunden,
Und find' es nun nicht mehr.

Die Ueberschrift nennt uns den Namen einer Tochter des Dichters, die derselbe, da sie 20 Jahr alt war, 1796 am Nervenfieber verlor. Er nennt sie zu Anfange der ersten Strophe „ein Sternlein am Himmel“. Mit dieser Bezeichnung erhebt er sie über die gewöhnlichen irdischen Wesen und zeichnet sie sodann unter den Sternen des Himmels selbst in Folgendem aus durch den Zusatz: „ein Sternlein guter Art“. Als ein Sternlein guter Art erwies sich Christiane dadurch, daß sie „so lieblich scheinen thät, so lieblich und so zart“. Von ihr selbst (direkt, nicht indirekt, von ihr als einem Sternlein) ausgesagt, könnten diese Worte lauten: Durch ihr angenehmes äußeres Wesen erfreute sie ihre Umgebung.

Man sieht, wie sehr der poetische Ausdruck von dem prosaischen durch Anschaulichkeit, Wohllaut und Lebendigkeit sich unterscheidet. — Zu erinnern möchte hier bei einer Besprechung des Gedichtes noch sein an die gegentheiligen Ausdrücke „Unstern“, „Unglücksstern“, die aus dem Aberglauben alter und neuer Zeit in den Sprachgebrauch der Dichter und des gemeinen Lebens aufgenommen worden sind. Schiller läßt Thekla in Wallensteins Tod (3. Act, 2. Scene) sagen: „O gleich, als ich hier eintrat, weissagte mir's das bange Vorgefühl, daß über mir die Unglückssterne stünden." Uhland beginnt ein Gedicht: „Unstern, diesem guten Jungen, hat es seltsam sich geschickt." Ein Sprichwort heißt: „Wem alle Sterne gram sind, den wird der Mond nicht lieb haben"; und ein alter Reimspruch über den Verfasser des „hundertjährigen Kalenders":

„Er wies die Leut' von Gott zu'n Sternen,
Das heißt zur Schale von den Kernen.
Das Sterngeschöpf nichts schaden kann,
Wenn wir des Schöpfers Huld nur han!"

Der Dichter insbesondere, der sich in der zweiten Strophe durch „Ich" einführt, wußte die Stelle jenes Sternes am Himmel; er war sich dessen bewußt, daß seine Tochter ein gleichsam himmlisches Wesen war, ein Engel, wie wir von kleineren Kindern sagen; ein „goldener Engel", wie wir Claudius oben sein Weib nennen hörten. Dieses Bewußtsein von dem lieblichen Wesen seiner Tochter erweckte das väterliche Verlangen in ihm, recht oft mit der Tochter vereinigt zu sein. Diesen Gedanken drückt er, im Bilde bleibend, so aus:

Trat abends vor die Schwelle,
Und suchte, bis ich's fand.

Der Umgang mit seiner Tochter bereitete dem Dichter „große Freude" und stimmte ihn zum „Dank" gegen Gott. Aber „das Sternlein ist verschwunden", nun sucht er „hin und her"; anders als früher, denn an der ihm bewußten „Stelle" ist es ja nicht mehr.

Die letzte Strophe redet von dem Tode der Tochter; die Worte: „ich suche hin und her", drücken des Dichters Sehnsucht nach ihr aus. Woher nun aber diese friedliche, selige Herzensstille, die auf dem ganzen Gedicht liegt, bei so großem Verlust, bei so starker Sehnsucht? Wo er das Sternlein sonst gefunden, da findet er es allerdings jetzt nicht mehr; allein er weiß es an einem noch bessern Orte. Jede Zeile des Gedichts zeugt von diesem Wissen; ein andres, in derselben Zeit geschriebenes Gedicht „Bei ihrem Grabe" spricht es ausdrücklich aus:

„Ausgesät, nur ausgesät
Wurden alle die, die starben,
Wind- und Regenzeit vergeht,
Und es kommt ein Tag der Garben.

Alle Mängel abgethan,
Wird sie dann in bessern Kränzen
Still einhergehn und fortan
Unvergeßlich sein und glänzen." —

und noch zwei kürzere Gedichte, die in den „Sämmtlichen Werken" der „Christiane" folgen, ruhen in ihrer Vereinigung auf dem nämlichen Gedanken.

Christiane war die zweite Tochter unseres Claudius. Ueberhaupt war er mit Kindern reich gesegnet (WW. VII, 113). Das älteste derselben war Karoline, die nachmals an den Buchhändler Perthes in Hamburg sich verheirathete; dann folgten außer Christiane noch drei Töchter, sodann ein längstersehnter Sohn, der, als ein besonderes Gnadengeschenk Gottes angesehen, den Namen Johannes erhielt. Nachher wurden dem Dichter noch mehrere Kinder geboren. Sie waren ihm, was sie sein sollen, ein Segen Gottes, „ein Schatz und Reichthum." Auch in der großen Anzahl ist ihm das einzelne lieb und theuer (vgl. „Die Mutter am Grabe", „Der Vater", WW. V, S. 1); es ist „ein Fest" für ihn, „wenn der Adebär ein neues Kind bringt"; eines jeden Geburtstag hat im Kalender seinen rothen Strich, einem jeden werden alljährlich seine Feste gefeiert, und diese Feste treten mit Familienfesten anderer Art in einen angenehmen Wechsel. Wie es dabei zugegangen, kann man von dem Dichter selbst hören und nach seinen eignen Abbildungen selbst sehen (WW. III, 9, IV, 56, womit verglichen werden kann „Paul Erdmanns Fest" IV, 9 ff.).

Das Urbild eines echt protestantischen Familienlebens, wie es Luther mit seiner Käthe, seiner Hausmuhme, seinen Hausfreunden, seinem Christbaum, seinem Hänsichen und Lenchen vorgelebt hat, finden wir bei Claudius wiederholt und von diesem weiter in die Perthes'sche Familie vererbt (s. Stein und Perthes von W. Baur, Zwickau, 1862).

Der Familie des Dichters gehörte sofort jeder Fremde an. Aus der Art und Weise, wie es bei der Aufnahme von Fremden, die in großer Zahl bei Claudius einkehrten, zuging, kann man sich einen Begriff davon machen, wie sich der Verkehr weiter gestaltete. Der in unserm zweiten Theil zu erwähnende Züricher Dichter Usteri erzählt von der ihm gewordenen Aufnahme Folgendes: „Claudius empfing uns an der Thür mit einem deutschen Handschlage und einem traulichen „Gott grüß' Euch!" und hob seine weiße Zipfelkappe ein wenig vom Kopfe. Er führte uns dann in die Stube, hieß uns sitzen, setzte sich selbst und frug, womit er uns aufwarten könne. Wir verbaten uns alles. Nicht doch, sagte er, ging in das Nebenzimmer, kam bald mit einem von seinen Kindern zurück, brachte eine Flasche mit Wein und Gläser und schenkte ein. „Aber zum Trinken muß man auch etwas essen; ich weiß gar nicht, ob ich noch etwas habe." Er öffnete ein Schreibpult: „Eins, zwei, drei; ich glaube, es sei genug. Ja!" — Er nahm drei Bretzeln hervor, legte eine auf jedes der Gläser und präsentirte sie uns. Wir tranken auf sein Wohlsein, er auf das unsrige. Dann fing er erst an, zu uns zu reden und uns allerlei zu fragen, wo wir gewesen und drgl."

Usteri fährt fort: „Claudius war von mittlerer Größe, und seine Züge waren stark. Er hatte eine Physiognomie, die Verstand und Witz verrieth, ein feuervolles Auge und braunes Haar, das er ganz offen, wie unsere Bauern, trug. Er trug eine weiße Zipfelmütze auf dem Kopfe und setzte sie immer schief auf. Er hatte einen zeugfarbenen Hausrock, blüschene Beinkleider und Weste und preußische Stiefeln an." — Zu dieser Schilderung der Persönlichkeit unseres Dichters paßt, abgesehen von den „preußischen Stiefeln", trefflich das im 3. Theile der Werke gegebene Bild, das uns den Dichter darstellt in einer eigenthümlichen, nur Claudius wohlanstehenden „Hausschwachheit": Er thut einen „Ehrensprung" über einen Knaben, der erst noch geboren werden soll.

Die Zahl der Fremden, die in Claudius' Familie längere oder kürzere Zeit verweilt haben, ist außerordentlich groß. Die namhaftesten sind Herder, Lessing, Voß, der Philosoph F. H. Jacobi, der Pädagog Campe. Voß nahm, durch Claudius angezogen, sogar auf längere Zeit seinen bleibenden Wohnsitz in Wandsbeck.

Um das Bild des Hauspoeten vollständig zu geben, müssen wir noch in Kürze der erziehlichen Thätigkeit unseres Claudius gedenken. Mehr als seine immerhin nicht unbedeutenden Kenntnisse — Claudins war zuerst, wie schon erwähnt, von seinem Vater in den Elementen der Wissenschaften unterrichtet worden, hatte dann vier Jahre lang die lateinische Schule zu Plön besucht, hernach in Jena zuerst kurze Zeit Theologie, darauf die Rechtswissenschaft studirt und endlich bei seinem größtentheils amtlosen Leben Muße und Lust genug gehabt, um den Kreis seiner Kenntnisse zu erweitern — machten ihn seine Armuth und seine Liebe zu den Kindern zum Lehrer. Erstere wird ihn erfinderisch gemacht haben, wie sie uns alle erfinderisch macht; letztere hat ihn fern gehalten von jenem sauertöpfischen Wesen, das „mit gestrengem Gesicht weise Lehr sagt", und dem „die Laus über Lung und Leber läuft" bei dem „verwünschten Steckenpferd" (vgl. den herzlichen Spott über den „Mann im Lehnstuhl", WW. III, 76). Mit Pestalozzi soll Claudius eine auffallende Aehnlichkeit gehabt haben, dessen „Lienhard und Gertrud" gehörte zu seinen und seiner Kinder Lieblingsbüchern; mit Basedow und Campe, damals berühmten Pädagogen, hatte er persönliche Bekanntschaft gepflegt. Aber „die neue Art und Kunst" dieser beiden mochte, weil sie ganz in der Zeit steckte, da die Vernunft „Mode" ward, ihm nicht behagen*); ohne dem Kinde von Anfang an „die Gründe" zu geben, die das Kind nicht verstehen könne, ja öfter nicht einmal wissen dürfe, gewöhnte er die Kinder „einstweilen an das Was; das Warum ist ein heimlicher Schatz, der ihnen aufbewahrt bleibt, bis sie zu Verstand kommen" (WW. VI, 54—62). Kinder sind, wie er sich einmal geäußert hat, „wahre Affen; und es ist gewiß die einzige Regel einer guten Erziehung, die gelingen soll: dem Kinde Gutes vormachen!"

Außer der „Korrespondenz" zwischen ihm und seinem Vetter (VI, 54) hat uns Claudius zwei werthvolle, hierher gehörige schriftliche Aufzeichnungen von größerem Umfange hinterlassen in dem „einfältigen Hausvaterbericht" (WW. VII, 113 ff.) und in dem Vermächtniß „An meinen Sohn Johannes 1799" (WW. VII, 68 ff.). Jener „Bericht" enthält eine Darstellung der „Christlichen Religion nach der heiligen Schrift", die der „Hausvater" selbst in Parallele stellt mit des „seligen Lutherus" kleinem Katechismus. Dieses Vermächtniß enthält eine Summe christlicher Lebensweisheit in der Spruchform des Alten Testaments.

*) Auch Herder äußerte einmal über Basedow: „Ich möchte ihm keine Kälber zu erziehen geben, geschweige Menschen."

§. 3. Claudius' Spruchweisheit.

Der so eben erwähnte „einfältige Hausvaterbericht" ist, obgleich derselbe nur 32 Druckseiten umfaßt, eines der umfangreichsten Erzeugnisse des Boten. Die äußerliche Veranlassung zur Abfassung so vieler verhältnißmäßig kleiner Schriftstücke lag in dem Umstande, daß der Wandsbecker Bote, in welchem Claudius gleichsam seine Schriftstellerheimat fand, als eine politische Zeitung diesen „gelehrten Dingen" immer nur wenig Spalten offen halten konnte. Der innere Grund lag in Claudius' Wesen, das, einem zusammenhängenden Denken und einer fortdauernden Beschäftigung mit nur Einem Gegenstande abgeneigt, an dem einzelnen, scheinbar Uebedeutenden sich gemüthlich erquickte und von demselben sich geistig anregen ließ. Auf diese Weise nun ist Claudius ein vorzüglicher Schriftsteller für das Volk geworden, das ein größeres Ganzes nicht zu überblicken vermag, und für den Lehrer, der, bei dem täglichen Bedürfniß nach geistiger Nahrung, wegen seiner vielspaltigen Thätigkeit außer in den Feiertagen nicht die Muße hat, einem mit größerer Ausführlichkeit dargestellten Gegenstande ungetheilte Hingabe zu widmen.

Mit dem so eben bezeichneten Wesen unseres Dichters und mit seiner Absicht, für das Volk zu schreiben, hängen die Darstellungsformen zusammen, in die er seine Gedanken kleidet: das Lied, die „kleine Geschichte", die Fabel, Parabel, das Sinngedicht, das Gespräch, der Brief, die kurze Betrachtung und die kürzeste aller Formen, der Spruch.

Ein gülden ABC.

(WW. VII, 74.)

Armuth des Geistes Gott erfreut;
Armuth, und nicht Armseligkeit.

Besprich dich nicht mit Fleisch und Blut,
Fahr' zu, gleich zu, wie Paulus thut.

Creuz ist ein Kraut, wenn man es pflegt,
Das ohne Blüthe Früchte trägt.

Dürst' nicht nach Rache und nach Blut;
Vergeben wäre wohl so gut.

Ein edles Herz glänzt hell und hold,
Ein gutes ist gediegen Gold.

Für was du Gutes hier gethan,
Nimm keinen Lohn von Menschen an.

Geduldig sein — Herr, lehr' es mich,
Ich bitte dich, ich bitte dich.

Hau' deinen Götzen muthig um,
Er sei Geld, Wollust oder Ruhm.

In dir ein edler Sclave ist,
Dem du die Freiheit schuldig bist.

Kämpf' und erkämpf' dir eignen Werth;
Hausbacken Brod am besten nährt.

Liebt Euch auf Erden, liebt, und wißt,
Daß Gott im Himmel Liebe ist.

Merk' auf die Stimme tief in dir,
Sie ist des Menschen Kleinod hier.

Nimm wahr die Zeit; sie eilet sich,
Und kommt nicht wieder ewiglich.

O Herr, lehr' uns bedenken wohl,
Daß wir sind sterblich allzumal.

Parabeln sind wohl fein und schön,
Doch muß sie einer auch verstehn.

Quäl' nicht dein Herz oh n' Unterlaß,
Ein freier Muth gefällt Gott baß.

Recht halte heilig bis in'n Tod,
So bleibt ein Freund dir in der Noth.

Straf' keck das Böse in's Gesicht;
Vergiß dich aber selber nicht.

Treib Tugend jeden Augenblick;
Wer nicht voran geht, geht zurück.

Und wenn sie alle dich verschrein,
So wickle in dich selbst dich ein.

Verlaß dich nicht auf diese Welt;
Sie ist Schaum, der zusammen fällt.

Wie wird es dann, o dann uns sein,
Wenn wir der bessern Welt uns freun?

In Sturm die Sonne spiegelt nicht
Im Meer ihr heilig Angesicht.

Zerbrich den Kopf dir nicht zu sehr,
Zerbrich den Willen, das ist mehr.

Diese Zusammenstellung von vierundzwanzig Sprüchen hat ihre Ueberschrift erhalten nach der von Luther dem 119. Psalm gegebnen Ueberschrift: „der Christen gülden ABC vom Lobe, Liebe, Kraft und Nutzen des Wortes Gottes." Streng genommen paßt die Bezeichnung als eines ABC zu dem deutschen Psalm nicht; denn Luther hat nicht, wie dies bei dem hebräischen Texte des 119. und einiger andern, der sogenannten alphabetischen Psalmen, der Fall ist, die erste Versgruppe (den ersten Vers) mit dem Buchstaben A, die folgende Versgruppe (den folgenden Vers) mit dem Buchstaben B rc. angefangen. Der Form nach ganz nahe schließt sich Claudius an die bekannten Zusammenstellungen der ABCbuchverse an, die noch jetzt in hohe und geringe Häuser Eingang finden.

Sie sollen, nachdem die ABCbücher schon seit dem 18. Jahrhundert zur Lust und Lehr der Kinder mit Bildern geziert worden waren, zuerst von dem Schulmeister Bienrod in Wernigerode gedichtet worden sein. Bienrod und seine Nachfolger wandten die seit dem 9. Jahrhundert volksthümlich gewordenen, daher in Sprichwörtern, Sinnsprüchen, Bauern- und Wetterregeln häufig gebrauchten Reimpaare mit vier Hebungen in jedem Vers an.

Bienrod: Der Affe gar possirlich ist,
Zumal wenn er vom Apfel frißt.

Ein toller Wolf in Polen fraß
Den Tischler sammt dem Winkelmaß.

Sprichwörter:	Was du nicht willst, daß dir geschicht, Das thu auch keinem andern nicht.
	Es flog ein Gänschen über den Rhein Und kam als Gickgack wieder heim.
Alte Sinnsprüche:	Wer alle menschen effen (äffen) wil, Der wirt vil liht (leicht) der affen spil.
	Gode dienen âne wanc (ohne Wanken), deist (das ist) aller wîsheit anevanc.
Neue Sinnsprüche:	Wer sich nicht nach der Decke streckt, Dem bleiben die Füße unbedeckt.
	Ein Kranz ist gar viel leichter binden, Als ihm ein würdig Haupt zu finden.
Bauernregeln:	April warm, Mai kühl, Juni naß, Füllt dem Bauer Scheur und Faß.
	Wenn's um Weihnacht ist feucht und naß, Gibt's leere Speicher und leere Faß.
Wetterregeln:	Wenn im Hornung die Mücken schwärmen, Muß man im März die Ohren wärmen.
	Wenn auf Martini Nebel sind, So wird der Winter ganz gelind.

Dieser Reimpaare bedient sich auch Claudius in seinen ABC-Versen, die vor allen andern geeignet sind zu einem ABC-Buch für große und kleine Kinder; denn fast jeder einzelne ist eine Perle in dem reichen Schatze unserer Sprüche und eignet sich in gleichem Grade zu mündlicher und schriftlicher Bearbeitung in der Schule. Die Behandlung unterscheidet sich nicht wesentlich von der des Sprichwortes, auf die wir später ausführlich zu sprechen kommen.

Hier muß es genügen, an einem Beispiele zu zeigen, wie diese goldnen Sprüche in einfacher Weise zu behandeln sein möchten.

Kreuz ist ein Kraut, wenn man es pflegt,
Das ohne Blüthe Früchte trägt.

1. (Kreuz im eigentlichen und uneigentlichen Sinne). Von dem Kreuz wird in unserm Spruche etwas ausgesagt. Kreuze finden wir hie und da in den Zimmern frommer Leute, öfter auf Kirchthürmen, immer auf den Gottesäckern. Ein Kreuz wird den zu bestattenden Leichen vorangetragen, ein Kreuz wird auf Bibeln, Gebet- und Gesangbücher eingepreßt, das Zeichen des Kreuzes macht der Geistliche, wenn er den Segen spricht. Auf jedem unserer Altäre findet sich ein Kreuz, aber nicht ein bloßes Kreuz, sondern der Heiland

ist daran abgebildet, der Gekreuzigte. — Also deutet das Kreuz auf die Leiden Christi; und öfter steht der Ausdruck Kreuz, wie die Ausdrücke Seitenwunden, Nägelmale, Kelch u. a. für alle die Leiden, die Christus auf sich genommen hat, um uns von dem ewigen Leid der Verdammniß zu befreien. (Vgl. Gal. 6, 14. Eph. 2, 16. Kol. 1, 20. Hebr. 12, 2. 1 Cor. 1, 17.) Aber das zeitliche Leid dieser Erde müssen wir tragen, wie er. Denn er spricht: Will mir jemand nachfolgen, der nehme sein Kreuz auf sich und folge mir nach! (Matth. 16, 24; vgl. Matth. 10, 38. Marc. 10, 21. Luc. 14, 27.) Mit dem Ausdruck „Kreuz" bezeichnet der Herr in diesen Worten alle die Leiden, namentlich die schweren, schmerzlichen, mit Schmach verbundenen Leiden, die wir zu tragen haben, indem wir ihm, dem Gekreuzigten, nachfolgen; die wir zu tragen haben als solche, die auf den Gekreuzigten all' ihren Trost und ihre Hoffnung setzen. Darum kann der Jude, der Heide sein Leiden nicht „Kreuz" nennen; jenem ist ja der gekreuzigte Christus ein Aergerniß, diesem eine Thorheit. In dem eben bezeichneten Sinne steht das Wort „Kreuz" in unserm Spruche.

2. (Die Pflege des Kreuzes.) Das Kreuz ist in unserm Spruche „ein Kraut" genannt; nicht unpassend; denn wie ein Kraut mit seinem einen Ende auf und in der Erde ruht und mit seinem andern Ende gen Himmel weist, so das Kreuz (im eigentlichen und uneigentlichen Sinne). Ein Kraut bedarf, wenn es wohl damit stehen, wenn es Blüthen treiben und Früchte bringen soll, der Pflege. — So das Kreuz. — Wie pflegt man das Kreuz?

a) Man setzt es in einen guten Boden, welcher ist ein reines Herz.
b) Man begießt es mit einem fruchtbaren Wasser, welches ist das Wort Gottes.
c) Man jätet daneben aus das verderbliche Unkraut, welches ist die im Herzen aufgehende böse Lust.
d) Man läßt darauf scheinen die Gedeihen bringende Sonne, welche ist die Gnade Gottes (vgl. 2 Cor. 12, 9).
e) Man stützt es an der allein haltbaren Stütze, welche ist das Kreuz Christi.

3. (Die Früchte des Kreuzes.) Wenn man das Kreuz so pflegt, so trägt es Früchte, wie unser Spruch sagt, freilich „ohne Blüthen." Die Blüthen sind das an einem Kraute, was durch Farbe, Gestalt und Wohlgeruch angenehme Sinnenergetzung bewirkt. Dergleichen gewährt nun das Kreuz seiner Natur nach nicht; vielmehr ist es eine drückende Last, ein bitterer Kelch, ein blüthenloses Kraut. Dreimal bittet selbst Christus, daß der Leidenskelch von ihm vorüber-

gehen möchte. Dreimal hat Paulus gefleht, daß „der Pfahl im Fleisch“ von ihm wiche. Um so mehr muß uns alle Trübsal, wenn sie da ist, nicht Freude, sondern Traurigkeit zu sein dünken; aber darnach wird sie geben die friedsame Frucht der Gerechtigkeit. — „Trübsal bringt Geduld, Geduld bringt Erfahrung (Bewährung), Erfahrung bringt Hoffnung, Hoffnung läßt nicht zu Schanden werden.“ Diese Worte bezeichnen uns die Früchte des Kreuzes. Die endliche reife Frucht ist, daß wir nicht zu Schanden werden, sondern vor Gott bestehen. Selig ist der Mann, der die Anfechtung erduldet; denn nachdem er bewähret ist, wird er die Krone des Lebens empfangen, welche Gott verheißen hat denen, die ihn lieb haben (Jac. 1, 12).

An das güldne ABC reihet sich, diesem nach dem Inhalt fast ebenbürtig, nach der Form ganz gleich, das „silberne dito“, welches in den Werken sofort folgt, und das silberne ABC im 1. und 2. Theil der Werke (S. 84), das als „Universalhistorie des Jahres 1773“ bezeichnet ist. Von größerm Werth als dieses letzte „defecte“ ABC sind die „Denksprüche alter Weisen mit meinen Randglossen“ (WW. I u. II, S. 97) und einige einzelne in den Werken zerstreute Sprüche z. B.

Freiheit und Knechtschaft sind wohl zwei,
Doch oft im Grunde einerlei.

Zum Schluß dieses Paragraphen sei noch warm empfohlen eine Betrachtung „über einige Sprüche des Prediger Salomo“ (WW. IV, 87), die an Anschaulichkeit, Popularität und ungekünstelter Eindringlichkeit gar manches hinter sich läßt, was in Predigten, Erbauungsbüchern und populären Bibelerklärungen in dieser Gattung von Schriftauslegung geleistet worden ist.

Die Ermahnungen an Johannes erinnern uns lebhaft an die Sprüche des alten Tobias; bei den ABC-Versen haben wir in Kürze der deutschen Spruchweisheit gedacht; die letzte Betrachtung führte uns zu dem alttestamentlichen Könige, der dreitausend Sprüche redete; gewiß ist hier der Ort, der biblischen, besonders aber unsrer volksthümlichen Spruchweisheit einen eignen Abschnitt zu widmen.

§. 4. Die biblische und deutsche Spruchweisheit.

Jedem Volke, das sich zu einiger Cultur des Geistes und Herzens erhebt, kommt das Bedürfniß, allgemein giltige Gedanken in eine knappe, bestimmt umgrenzte, in Ohr und Gedächtniß sich leicht festsetzende Form zu gießen. Eine bewußte Thätigkeit findet dabei nicht Statt. Mit dem ungesuchten Gedanken entsteht ungesucht die Form; und wie der Gedanke Allgemeingut ist, so wird es im höhern oder geringern Maße alsbald die nur einmal fixirte Form. Erst später kommt der einzelne Weise, der, an der Volksweisheit sich bildend, nicht sowohl neuen, als im Herzen des Volks bisher verborgnen Gedanken Dasein und Gestalt giebt. Das Volk Gottes, erfüllt mit der Weisheit von oben her, wird auch seit unvordenklichen Zeiten in jener Beziehung sich schaffend erwiesen haben. „Salomo war der Meister, der die so gebildeten Perlen und Edelsteine schliff, faßte, verband, an eine Schnur (den durchs Ganze sich hindurchziehenden Gedanken: Weisheit = des Herrn Furcht, das höchste Gut) reihte, neue hinzufügte." So entstanden die Sprüche Salomonis, so der Prediger, der durch den innigern Zusammenhang der einzelnen Sprüche und dadurch, daß diese alle auf Einen Hauptgedanken: „Alles ist eitel!" sich beziehen, zum sogenannten Spruchgedicht wird. Mit Salomo hatte die Spruchweisheit des Volkes Israel ihre Blüthe erreicht; obgleich es auch in der Folgezeit nicht an Männern fehlte, welche goldne Aepfel in silbernen Schalen darboten. (Vgl. Sprüche 24, 23. 25, 1. 30, 1. 31, 1.). Die Propheten sprachen sodann die „Lasten" (d. i. Sprüche) Gottes aus, und selbst in der prophetenlosen traurigen Zeit zeigen sich noch die Nachwirkungen jener gottbegeisterten Männer in Jesus Sirach und Tobias. Endlich erschien der Meister, in welchem alle Schätze der Weisheit verborgen liegen, und verkündigte zumeist in Sprüchen das Wort des Lebens, das er selbst war.

Der Salomo deutscher Spruchweisheit ist Freidank, dessen Sammlung von Lehren, Denksprüchen und volksthümlichen Sprichwörtern unter dem Namen Bescheidenheit uns erhalten und nicht mit Unrecht eine „weltliche Bibel" genannt worden ist, die „noch heute als ein tägliches Vademecum zum Nutzen und Ergetzen gebraucht werden kann. Einen zweiten Edelstein, wie Freidank's Bescheidenheit, besitzen wir weder in alter noch in neuerer Zeit."

Der Name des Sammlers, Freidank, ist wahrscheinlich ein angenommener. Man vermuthete darunter Walther von der Vogelweide, den größten der Minnesinger, d. i. derjenigen Dichter des 13. Jahrhunderts, von welchen Uhland sagt:

„Sie sangen von Gottesminne, von kühnem Heldenmuth,
Von lindem Liebessinne, von süßer Maienbluth."

Neuere Forschungen haben jene Vermuthung über die Person Freidank's sehr unsicher gemacht. Die Bezeichnung Bescheidenheit ist im Sinn des 13. Jahrhunderts zu verstehen, da das Wort so viel bedeutet als die Fähigkeit, bei einem vorliegenden zweifelhaften Fall oder Gegenstand (be = bei) richtig zu scheiden; also Verständigkeit, Einsicht, richtiges Urtheil über das, was sich gebührt, Weltweisheit. Später bekam das Wort den naheliegenden Sinn von „Mäßigkeit" und bezeichnet heutzutage die Mäßigkeit im Beanspruchen von Gegenständen des Sinnengenusses, wie von Bezeigungen der Ehre. — Die dem Lehrer am meisten zu empfehlende Ausgabe des Freidank ist „Freidank's Bescheidenheit. Spruchsammlung aus dem 13. Jahrhundert." Neudeutsch bearbeitet von Bacmeister. Reutlingen, 1861. 16 Sgr.

Ein in gleichem Grade werthvolles Spruchwerk giebt es weder in der deutschen noch in irgend einer fremdländischen Litteratur, obgleich es weder der Zeit Freidank's selbst noch der Folgezeit an ähnlichen Werken fehlt. Im 14. Jahrhundert wird z. B. Heinrich der Teichner, ein Oesterreicher, als ein „zarter und sinniger" Spruchdichter bezeichnet. In seiner Zeit verließ aber die Volksweisheit die kürzere Form des Spruches, und es trat dafür eine schon von Freidank geübte, andre Form häufig auf, die der Priamel, welche bis ins 16. Jahrhundert vielfach angewendet worden ist und sich bis in die neueste Zeit erhalten hat.

Priamel aus dem 15. Jahrhundert.

In dem haus frolich und tugentlich,
uff der gassen ersam und zuchtigklich,
in der kirchen diemuthiglich und innigklich,
uff dem velt menlich und sinnigklich,
an allen enden fromm und ernveste,
alle zeit gotzvorchtig: das ist das beste.

Priamel aus dem 16. Jahrhundert, von Luther.

Herrschaft ohne Schutz,
Reichthum ohne Nutz,
Richter ohne Recht,
Lotter- und Spitzknecht,
Bäume ohne Frucht,
Frauen ohne Zucht,
Adel ohne Tugend,
Unverschämte Jugend,
Hochmüthige Pfaffen,
Buben, die unnütz klaffen,
Böse, eigensinnige Kind,
Leute, die niemand nütze sind,
Neidische Mönche, geizige Prälaten:
Mag man auf Erden wohl entrathen.

Priamel aus der neuern Zeit, von Streckfuß.

Im Glück nicht stolz sein und im Sturm nicht zagen,
Das Unvermeidliche mit Würde tragen,
Das Rechte thun, am Schönen sich erfreuen,
Das Leben lieben und den Tod nicht scheuen,
Und fest an Gott und beßre Zukunft glauben:
Heißt leben, heißt dem Tod sein Bittres rauben.

Die Priamel besteht aus einer unbestimmten Anzahl scheinbar ohne Verbindung an einander gereiheter Vordersätze; die am Schluß in einem durch seinen Inhalt häufig überraschenden Hauptsatze ihre Bedeutung und ihren Zusammenhalt bekommen. Der Name wird abgeleitet von einem lateinischen Wort, welches „Vorlauf, Vorspiel" bedeutet.

Neben der Priamel erhielt sich die dem Volk gemäßere Form des Spruches fortwährend in Geltung. Neue Sprüche entstanden, und Volksmänner, wie Luther, verschmähten nicht, Volkssprüche häufig zu gebrauchen, und arbeiteten an der Vermehrung des werthvollen Schatzes. (Luther's Sprüche sind gesammelt in einem bei Knapp in Halle erschienenen Werkchen „Luther's Denksprüche" 23 S.). Die Sammlerlust des Reformationszeitalters wandte sich indeß einem andern, dem Spruche naheliegenden Erzeugniß der Volksweisheit, nämlich dem Sprichworte zu; und einige als Sprichwortsammler ausgezeichnete Männer, wie Sebastian Frank von Werth und Johann Agricola von Eisleben, deren wir noch an einem andern Orte gedenken müssen, nehmen als solche in dieser Zeit eine ähnliche Stellung zur Volksweisheit ein, wie Freidank im 13. Jahrhundert.

Die lange Zeit von Luther bis zu Claudius hin, die einen fast stetig fortgehenden Verfall der deutschen Poesie berichtet, weiß auch von der Spruchweisheit nichts wahrhaft Bedeutendes zu sagen*); wiewohl nicht vergessen werden darf, daß zahlreiche Dichter sich ihr in dem sogenannten Epigramm näherten. Ausgezeichnet ist namentlich ein schlesischer Edelmann, Friedrich von Logau, der im Jahr 1638 eine Sammlung von 200 Epigrammen und im Jahr 1654

*) Doch sei aus dem 17. Jahrhundert Zinkgref erwähnt, dessen „Der Teutschen scharpffinnige, kluge Sprüch 1644 u. s. (in einer gelungenen Auswahl neu herausgegeben von Guttenstein, Mannheim 1835) noch einige ähnliche Sammlungen hervorriefen. Eine kleine Auswahl aus Zinkgref findet sich in Sailer's „Weisheit auf der Gasse."

eine weit größere Sammlung von 3553 Epigrammen herausgab, die er **Reimsprüche** nannte. Die größere Hälfte derselben ist nach Vilmar's Urtheil von der Art, daß wir noch jetzt mit Stolz auf diesen unsern ersten Epigrammatisten der modernen Zeit zurückblicken dürfen. Seine Worte sind, wie Lessing, der zuerst auf diesen ausgezeichneten Mann nachdrücklich hinwies, sich ausdrückt, „überall der Sprache angemessen: nachdrücklich und körnicht, wenn er lehrt; pathetisch und vollklingend, wenn er straft; sanft, einschmeichelnd, angenehm tändelnd, wenn er von Liebe spricht; komisch und naiv, wenn er spottet; possirlich und launisch, wenn er bloß Lachen zu erregen sucht."

Epigramme von Logau.

Die blühende deutsche Sprache.

Deutsche sind so alte Leute,
Lernen doch erst reden heute.
Wenn sie lernen doch auch wollten,
Wie recht deutsch sie handeln sollten.

Die gewandelten Deutschen.

Wir werden nicht mehr stark und wie die Alten alt —
O wann nur Glaub und Treu nicht auch wär schwach und alt.

Verkehrte Sitten.

Weiland war das Sein
Werther als der Schein.
Nunmehr ist der Schein
Werther als das Sein.

Frankreich.

Frankreich hat es weit gebracht, Frankreich kann es schaffen,
Daß so manches Land und Volk wird zu seinem Affen.

Der Mai.

Dieser Monat ist ein Kuß, den der Himmel giebt der Erde,
Daß sie jetzund seine Braut, künftig eine Mutter werde.

Die beste Blumenlese aus den Epigrammen Logau's ist noch immer die im Jahr 1759 von Lessing und Ramler veranstaltete, die ungefähr ein Drittel der gesammten Epigramme Logau's umfaßt.

An Epigrammdichtern hat es seit Logau nie mehr gefehlt. Die namhaftesten sind **Wernicke** in Hamburg († 1720), ein fein gebildeter Weltmann, der Logau ebenso sehr an Feinheit, Schärfe und

Witz übertraf, wie er an Offenheit und Geradheit des Charakters und an Reinheit der Gesinnung ihm nachstand; Kästner, Professor in Leipzig und Göttingen († 1800), einer der gewandtesten Mathematiker aller Zeiten, einer der witzigsten Köpfe seines Jahrhunderts und zugleich ein Mann von edlem Herzen und ehrenfestem Charakter; Lessing, Klopstock und Herder, deren wir weiter unten ausführlicher gedenken; Schiller und Göthe, die zugleich den eigentlichen Spruch wieder cultivirten; jener an vielen Stellen seiner Dramen und sonst in seinen Gedichten, dieser in mehreren Zusammenstellungen, deren eine überschrieben ist: „Gott, Gemüth und Welt", eine andre: „Sprichwörtlich." Auch Claudius dichtete eine große Anzahl von Epigrammen, namentlich für den Wandsbecker Boten. Ihr Werth ist meist nur gering, daher in den sämmtlichen Werken nur ein verhältnißmäßig sehr kleiner Theil derselben Aufnahme gefunden hat.

Der Vorgang der beiden eben genannten Heroen unserer neuern deutschen Dichtkunst verschaffte dem Spruche eine neue Pflege, die er besonders fand durch einen der begabtesten noch lebenden Dichter, Friedrich Rückert. Rückert haben wir nicht nur viele einzelne Sprüche, sondern auch mehrere Spruchgedichte zu verdanken, deren vorzüglichstes er „Weisheit der Brahmanen" genannt hat.

Epigramm von Wernicke.

Wie leicht wird nicht von dir dein Gegner überwunden,
Wenn du zur Rache Zeit und Ort gefunden.
Erdrück ihn, er verdient's, es steht dir frei!
Doch, wenn du ihm vergiebst, so überwind'st du zwei.

Epigramme von Kästner.

Auf Keppler.

So hoch war noch kein Sterblicher gestiegen,
Als Keppler stieg, und starb in Hungersnoth:
Er wußte nur die Geister zu vergnügen,
Drum ließen ihn die Körper ohne Brot.

Kästners eigne Grabschrift.

Von Müh und Arbeit voll, kam mehr als hoch mein Leben,
Doch froh in dessen Dienst, der Trieb und Kraft verleiht;
Im Glauben an den Sohn, der sich für uns gegeben,
Geh ich getrost zur Ewigkeit.

Epigramme von Lessing.

Man würze, wie man will, mit Widerspruch die Rede,
Wird Würze nur nicht Kost, und Widerspruch nicht Fehde.

Die Wage gleicht der großen Welt:
Das Leichte steigt, das Schwere fällt.

Epigramm von Klopstock.

Das Epigramm.

Bald ist das Epigramm ein Pfeil,
Trifft mit der Spitze;
Ist bald ein Schwert,
Trifft mit der Schärfe;
Ist manchmal auch ein Strahl, gesandt von oben,
Zum Brennen nicht, nur zum Erleuchten.

Epigramm von Herder.

Strenge gegen sich selbst.

Strenge gegen dich selbst beschneide die üppigen Reben;
Desto fröhlicher wächst ihnen die Traube dereinst.

Epigramme von Goethe.

Entschuldigung der Epigramme.

„Seid nicht so frech, Epigramme!“ Warum nicht, Lieber? Wir sind nur Ueberschriften; die Welt hat die Kapitel des Buchs.

Ernst und Liebe.

Freunde, treibet nur alles mit Ernst und Liebe; die beiden
Stehen dem Deutschen so schön, den ach! so vieles entstellt.

Epigramme von Schiller.

Pflicht für jeden.

Immer strebe zum Ganzen, und kannst du selber kein Ganzes
Werden, als dienendes Glied schließ an ein Ganzes dich an.

Wahl.

Kannst du nicht allen gefallen durch deine That und dein Kunstwerk,
Mach es wenigen recht; vielen gefallen ist schlimm.

Sprüche von Goethe.

Das Unser Vater ein schön Gebet,
Es dient und hilft in allen Nöthen.
Wenn einer auch Vater Unser fleht,
In Gottes Namen, laß ihn beten.

Der Mensch erfährt, er sei auch, wer er mag,
Ein letztes Glück und einen letzten Tag.

Was ich nicht weiß,
Macht mich nicht heiß;
Und was ich weiß,
Machte mich heiß,
Wenn ich nicht wüßte,
Wie's werden müßte.

Sprüche von Schiller.

Dreifach ist der Schritt der Zeit:
Zögernd kommt die Zukunft hergezogen,
Pfeilschnell ist das Jetzt entflogen,
Ewig still steht die Vergangenheit.

Das Leben ist der Güter höchstes nicht,
Der Uebel größtes aber ist die Schuld.

Sprüche von Rückert.

Thu', was du kannst, und laß das Andre dem, der's kann;
Zu jedem ganzen Werk gehört ein ganzer Mann.

Zwo Hälften machen zwar ein Ganzes, aber merk':
Aus halb und halb gethan, entsteht kein ganzes Werk.

Wer halb und halb gesund, der mag nur krank sich nennen;
Und gar nicht kennen wir, was halb und halb wir kennen.

Wenn etwas Ganzes wird aus noch so vielen Halben,
Ganz gut! Es wimmelt jetzt von Halben allenthalben.

In jeder Halbheit wohnt ein Trieb zur Uebertreibung;
Bei jeder Uebertreibung bleibt nicht aus die Unterbleibung.

Es kommt nun darauf an, auf Grund der vorstehenden Beispiele den an gewissen Punkten fast verschwindenden Unterschied zwischen Spruch und Epigramm festzustellen. Dabei können wir, ganz absehend von etwaigen Feststellungen der Aesthetiker, die gar zu leicht nach einem vorher festgestellten Schema arbeiten, in elementarer Weise verfahren.

„Wir sind nur Ueberschriften", läßt Göthe die Epigramme sagen. Also „Ueberschrift, Aufschrift" bedeutet das griechische Wort Epigramm, und giebt sich damit sofort als ein Geschriebenes, darum Sichtbares kund, das gelesen werden soll; während der Spruch seiner Wortbedeutung nach etwas Gesprochenes, darum Hörbares ist, das mit dem Ohr vernommen werden soll. Nun ist das Geschriebene, Sichtbare etwas Dauerndes, das Gesprochene etwas schnell Vorübergehendes. Daraus folgt zweierlei:

das Epigramm kann den Anspruch machen, daß wir sinnend über seinen Sinn bei ihm verweilen, der Spruch nicht; der Spruch muß leicht ins Gehör, und, weil er gesprochen werden soll, in die Sprachwerkzeuge und das Gedächtniß fallen, das Epigramm nicht. Weiter: das Epigramm als Ueberschrift, Aufschrift hatte ursprünglich die Bestimmung, die Bedeutung eines Denkmales, auf das es geschrieben ward, anzugeben. So mußte es aus einem rein äußerlichen Grunde in möglichst wenigen Worten gegeben, und in diesen wenigen Worten mußte möglichst viel ausgedrückt werden. Das forderte auf Seiten des Schreibers sowohl als auch des Lesers einen Aufwand von Nachdenken, Witz, Scharfsinn. Demnach ist das Epigramm ein Kunstprodukt, ein Produkt des Witzes. Der Spruch weist als Gesprochenes weit hinter die Erfindung der Schreibkunst zurück, in eine Zeit also, in welcher an einen über das Volk sich erhebenden Stand der „Gebildeten" gar nicht zu denken war. Das Volk aber (in dem Sinne, in welchem wir das Wort „Volk" immer nehmen) hält nicht lange Reden; so wurde der Spruch aus innerer Nöthigung kurz. Und da er ganz ohne Rücksicht auf einen äußeren Zweck Gedanken ausdrückte, die in allen lebendig waren, so mußte er von allen leicht verstanden, aufgenommen und wiederholt werden. Wer ihn etwa zuerst ausgesprochen hat, läßt sich gar nicht ermitteln; der angeborenen, allen gemeinen Weisheit verdankt er sein Dasein: er ist Produkt der Volksweisheit, ein Naturprodukt, das als solches dasjenige ohne Zuthun unsererseits vollständig und abschließend ausdrückt, was es ausdrücken will. Endlich: das Epigramm, eine Denkmalsaufschrift, wurde vorzugsweise zur Grabschrift angewandt. So bekam es eine hervorstechende Beziehung auf Persönlichkeiten, zunächst auf wirkliche Persönlichkeiten, die es treffen mußte, in dem Sinne etwa, wie der Maler die zu malende Person treffen muß; sodann auf abstrakte Personen: auf den Geizigen, den Dichter, den Kritiker 2c., oder auf ganze Gemeinschaften, die als Person gedacht werden. Das „Treffen" war auch hier nothwendig, wurde aber leicht zum Verwunden. So entstand das sogenannte satirische Epigramm. Die Epigrammatisten gingen aber noch weiter, indem sie die verschiedenartigsten Dinge, Zustände, Thätigkeiten in das Gebiet des Epigramms zogen. So lange nun derartige Epigramme der treffenden Spitze oder Schärfe nicht ermangeln, bewahren sie den Charakter des Epigramms; sobald das nicht der Fall ist, befinden wir uns im Bereich des Kunstspruchs. Kunstsprüche sind alle Schiller'schen Sprüche und ein großer Theil seiner Epigramme; Volkssprüche sind eigentlich nur die der Weisheit des Volks entsprungenen Sprüche; was sich sonst in Form und Inhalt dem eigentlichen Volksspruch nähert, wie die Sprüche Göthe's und unseres Claudius, ist als volksthümlicher Spruch zu bezeichnen.

Die passendste Form für den Volksspruch und volksthümlichen Spruch sind die alten Reimpaare mit vier (auch wohl mehr oder weniger) Hebungen; die passendsten Formen für das Epigramm sind das Distichon (vgl. die Epigramme von Schiller und Göthe), sowie ein Reimpaar von Alexandrinern (vgl. die Epigramme von Kästner); demnächst auch die altdeutschen Reimpaare. In Bezug auf den Endreim ist der Volksspruch und volksthümliche Spruch nicht ängstlich. Wir denken an das Sprichwort: Reimt sich's nicht, so paßt es doch. Dem Epigramm ist der Reim unwesentlich.

Eine „Sammlung deutscher Epigramme" ist herausgegeben von Rod. Benedix. Leipz. Hartknoch. 1 Thlr.

§. 5. Claudius' Naturlieder.

Der Schluß des Juniusstückes hat uns Gelegenheit gegeben, zu sehen, mit welch einem Auge Claudius die Natur und natürliche Dinge ansieht. Nicht nämlich mit dem Auge jenes berühmten Mathematikers und Astronomen, der gesagt haben soll, er habe den ganzen Himmel durchforscht, aber Gott nicht gefunden; oder jenes deutschen Philosophen, dem die Sternenwelt nur ein „Lichtausschlag" ist, ebensowenig bewundernswürdig, wie ein Ausschlag am Menschen. Unserm Dichter zeigen vielmehr, wie dem heiligen Sänger des A. T., die Himmel die Ehre Gottes; und mit vollem Rechte läßt sich eins seiner eignen Worte auf ihn anwenden: „Ein reines Auge kann die sichtbare Natur nicht ansehen, ohne ihn (den Einen Gott und den Einen Mittler) zu finden und an ihn zu glauben. Ihn predigen Himmel und Erde, und alle Körper und Erscheinungen in der sichtbaren Natur sind Glöcklein am Leibrock, die ihn und seinen Gang verrathen." Zur Anschauung und Darstellungsweise der alttestamentlichen Sänger erhebt sich Claudius in dem Hymnus (WW. VI, 84):

„Da kommt sie (die Sonne) her. Der Berg frohlocket laut,
Und bringt ihr seinen Rauch!
Das Thal frohlockt, geschmückt wie eine Braut!
Und wir frohlocken auch.

Auf! denkt an den, der sie geschaffen hat!
Der ist ein großer Herr!
Held, Friedefürst und Vater, Kraft und Rath;
Und keiner ist, wie Er! ꝛc."

Was der berühmteste Naturforscher der neueren Zeit, Alexander von Humboldt, in seinem berühmtesten Werke, dem Kosmos, im Hinblick namentlich auf den 104. Psalm, von der hebräischen Naturdichtung sagt: „Die Natur wird nicht geschildert als etwas für sich Bestehendes, durch eigne Schönheit Verherrlichtes, sie erscheint dem Sänger stets in Beziehung auf eine höher waltende, geistige Macht" — das gilt von dieser, wie von allen Naturdichtungen unseres Claudius, deren vorzüglichste wir betrachten.

Die Sternseherin Lise.

(WW. VII, 149.)

Ich sehe oft um Mitternacht,
Wenn ich mein Werk gethan
Und niemand mehr im Hause wacht,
Die Stern' am Himmel an.

Sie gehn da, hin und her zerstreut,
Als Lämmer auf der Flur;
In Rudeln auch, und aufgereih't
Wie Perlen an der Schnur;

Und funkeln alle weit und breit,
Und funkeln rein und schön;
Ich seh die große Herrlichkeit,
Und kann mich satt nicht sehn.

Dann saget, unter'm Himmels-Zelt,
Mein Herz mir in der Brust:
„Es giebt was Bessers in der Welt,
„Als all' ihr Schmerz und Lust."

Ich werf' mich auf mein Lager hin,
Und liege lange wach,
Und suche es in meinem Sinn,
Und sehne mich darnach.

„Ich sehe"; die in der Ueberschrift bezeichnete Sternseherin Lise spricht, eine nicht bekannte Persönlichkeit; denn mit dem „Liseli" (Elise Ziegler in Zürich), mit welcher C. (Christoph Kaufmann, ein Freund von Claudius) Hochzeit machte (WW. III, 74 — „Freund L..." ist der später zu erwähnende Lavater), ist sie kaum identisch. Bei Claudius' Eigenthümlichkeit, Hauspoet zu sein, läßt sich vermuthen, eine seiner Angehörigen oder Bekannten habe so besonderes Wohlgefallen an den Sternen gehabt, daß sie mit dem Namen der „Sternseherin" bezeichnet werden konnte. Gewiß ist, daß Claudius von seinem Eigenen redet. Ihn lehrte ja der bloße Eindruck in einer heitern Nacht schon, „daß die mit so unbeschreiblicher Freundlichkeit leuchtenden Sterne nicht kalte, müßige Zuschauer sind, sondern Angehörige der Erde und Freunde vom Hause". Und die Himmelslichter waren ihm wirklich, „wie die Augen am Menschen, offnere oder zarter bedeckte Stellen der Welt, wo die Seele heller durchscheint." (WW. III, 38, 39.)

„Um Mitternacht" sieht die Sternseherin die Sterne an; die Mitternacht ist der dunkelste Theil der Nacht, in welchem ebendeswegen die Sterne am hellsten durchscheinen; die Mitternacht regt zugleich in geheimnißvoller Weise zu ernsten Betrachtungen an. — „Wenn sie ihr Werk gethan"; nach gethaner Arbeit ist gut feiern, eine Feier aber ist solch Ansehen der Sterne am Himmel. — Und Niemand mehr im Hause wacht; dies macht die ungestörte Feier möglich. Da nun erscheinen der Sternseherin die Sterne „hin und her zerstreut, als Lämmer auf der Flur"; wir denken an die Sterne, die dem bloßen Auge nicht als einer Gruppe angehörig erscheinen. In Rudeln auch; wir denken an die Sternbilder, deren zugehörige Sterne nahe bei einander stehen, an das Siebengestirn, den großen und kleinen Bär u. a. — Und aufgereiht, wie Perlen an der Schnur; wir denken an die Schlange, den Gürtel des Orion u. a.

Als Lämmer, wie Perlen. Die Wörtchen als und wie dienen dazu, eine Vergleichung auszudrücken. Ihre Verschiedenheit wird aus folgendem klar. In einem Adventsliede heißt es: Christus kommt als König. Christus hat selbst gesagt: ich bin ein König. Jene Vergleichung besagt also: Christus kommt, indem er wirklich, in der That und Wahrheit ein König ist. Wenn man aber von jemand sagt: er lebt wie ein König, so heißt das nur: er lebt nach Art und Weise eines Königs, ohne selbst König zu sein. Also: Als (ahd. also d. i. all so, in allen Beziehungen so, ganz so) drückt allumfassende, völlige Gleichheit, wie nur Aehnlichkeit aus; als vergleicht dem Grade und der Beschaffenheit, wie bloß der Beschaffenheit nach; als wie („er nickt, als wie im Traume") ist dichterische und volksthümliche Wortfülle; der Begriff des „als wie" nähert sich mehr dem des „wie", als dem des „als". In dem obigen ersten Vergleiche werden hiernach die Sterne als wirkliche Lämmer gedacht (dies gilt natürlich nur für die dichterische Anschauung; vergl. „Wer hat die schönsten Schäfchen“ von Hoffmann von Fallersleben, und „Auf einer großen Weide gehen“, Räthsel von Schiller); in dem zweiten Vergleiche dagegen nur als den Perlen ähnlich (die Aehnlichkeit besteht in der Aufreihung und in dem Glanze).

In dem Vergleiche der Sterne mit Perlen wird in zweiter Linie auf ihren Glanz schon hingedeutet. Diese nicht ausgesprochene Hindeutung bildet den Uebergang zur dritten Strophe, in welcher diejenige Thätigkeit der Sterne zunächst hervorgehoben wird, die sie uns zu „Freunden vom Hause“ macht: ihr Funkeln. Dieses Funkeln wird in zwei kindlich einfach gebildeten, parallelen, fast Wort für Wort übereinstimmenden, dem Sinne nach einander nahestehenden (und so an die alttestamentliche Poesie erinnernden) Sätzen dargestellt:

Und funkeln alle weit und breit,
Und funkeln rein und schön.

Der erste Satz bezeichnet den Grad, der zweite die Art des Funkelns; oder so: der erste Satz bezeichnet das Funkeln nach der extensiven, der zweite nach der intensiven Seite. Beides zusammen bewirkt die große Herrlichkeit, an der sich ein Auge, wie das der Sternseherin, wie das unseres Claudius, nicht satt sehen kann. Hier setzt der Dichter drei Punkte, um anzudeuten, daß die Sternseherin der großen Herrlichkeit nachsinnt. Für uns sind diese stummen Punkte beredt genug, um uns eine schon angedeutete Eigenthümlichkeit dieses Naturdichters zu verkündigen, die Herbst ungefähr so bezeichnet: „Fast nirgends stellt er die Natur für sich und um ihrer selbst willen, in ihrer Erscheinung oder in ihren Wirkungen dar; sondern einmal die Beziehung der Natur zum Menschen, der in ihr lebt; zum andern die Beziehung der Natur zu Gott, der über ihr waltet als ihr Schöpfer und Regierer.“ Claudius selbst sagt von sich: „Ich gehe niemals durch den Wald, daß mir nicht einfiele, wer doch die Bäume wohl wachsen mache, und dann ahndet mich so von ferne und leise etwas von einem Unbekannten; und ich wollte wetten, daß ich dann an Gott denke, so ehrerbietig und freudig schauert mich dabei.“ (WW. I u. II, 10). Das Letztere — man kann es die religiöse Betrachtung der Natur nennen — werden wir bei einem andern Liede alsbald stattfinden sehen; das Erstere — wir nennen es die ethische Betrachtung der Natur — ist bei dem vorliegenden Gedichte der Fall. Das Funkeln der Sterne verkündet etwas den innern Menschen Angehendes, auf sein wahres Wohl oder Wehe Einwirkendes, das es durch das Herz in der Brust sagen läßt:

„Es giebt was Bessers in der Welt,
Als all ihr Schmerz und Lust.

Was dieses Bessere sei, das ist nicht schwer zu sagen — es ist der Glaube an einen über der Welt thronenden Gott, der die Welt und uns geschaffen hat und uns nach seiner in der Welt sich abbildenden unbegrenzten Güte selig haben will — obgleich es sich nicht ausdenken noch aussagen läßt. Darum fährt die Sternseherin fort:

Ich werf mich auf mein Lager hin,
Und liege lange wach,
Und suche es in meinem Sinn,
Und sehne mich darnach.

Ich kann von diesem wundervollen Liede nicht scheiden, ohne dazu aufzufordern, es sich laut vorzusagen in der Stille einer Sternennacht. Es trägt — ich weiß nicht, ob es componirt ist — seine Melodie wie die meisten Goethe'schen Lieder in sich; doch bedarf es derselben nicht, um uns anzusprechen. Der reiche Wechsel der Vokale und die zahlreichen, namentlich in der dritten und letzten Strophe wunderbar wirkenden Allitterationen machen es für lautes, langsames Lesen im hohen Grade geeignet. Kein Lesebuch sollte es unaufgenommen lassen.

Die Worte: Es giebt was Bessers 2c. lassen sich in einigermaßen gehobenen Schulen zur Grundlage einer schriftlichen Ausarbeitung machen, vielleicht nach folgender Disposition:

Einleitung. Ausgang von den Worten des Themas; Angabe, aus welchem Gedicht es genommen sei, von welchem Dichter es herrühre. Kurze Auseinanderlegung des Themas: Wenn das Thema behauptet, es gäbe etwas Besseres 2c., so setzt es voraus, daß auch Lust und Schmerz etwas (relativ) Gutes sei. Doch stellt es Lust und Schmerz unter ein Besseres.

1. Theil. Sehen wir zunächst auf das, welches das Thema unter das Bessere stellt. Es ist

a) der Schmerz.

aa) daß es gar manchen tiefen, gerechten Schmerz in der Welt gäbe, wer wollte das bezweifeln? — — —.

bb) daß er aber etwas Gutes sei, darin werden wenige dem Thema beistimmen — — — und doch — — —.

b) die Lust.

aa) in Bezug auf die Weltlust wird jeder Christ sofort die Behauptung des Themas bejahen — —.

bb) aber auch die erlaubte Lust und Freude — (Claudius' Leben giebt hier reichen Stoff) — ist noch nicht das Bessere.

2. Theil. Das Bessere.

a) Was ist dieses Bessere? (s. oben.)

b) Wie entsteht die Ahnung desselben? (benutze das Gedicht.)

c) Wie gelangen wir dazu? (vgl. das Lied: Eins ist noth.)

Schluß. Lasset uns jeder für sich, in Gemeinschaft mit andern, unter täglichem Flehen nach dem Besseren streben!

Dieselbe Richtung der Naturbetrachtung, die wir in der „Sternseherin“ gefunden haben, finden wir in noch hervorleuchtenderer Weise in dem folgenden Liede, das an poetischem Werthe jenem fast gleich steht, von Herbst sogar als „die Perle der Claudius'schen Lyrik“ bezeichnet worden ist; wie es denn Herder, der große Kenner echter Volkspoesie, in seine „Stimmen der Völker in Liedern“ aufgenommen hat als das einzige deutsche Volkslied, das er bei seinen Zeitgenossen fand.

Abendlied.

(WW. IV, 51.)

Der Mond ist aufgegangen,
Die goldnen Sternlein prangen
Am Himmel hell und klar.
Der Wald steht schwarz und schweiget,
Und aus den Wiesen steiget
Der weiße Nebel wunderbar.

Wie ist die Welt so stille,
Und in der Dämmrung Hülle
So traulich und so hold!
Als eine stille Kammer,
Wo ihr des Tages Jammer
Verschlafen und vergessen sollt.

Seht ihr den Mond dort stehen? —
Er ist nur halb zu sehen,
Und ist doch rund und schön!
So sind wohl manche Sachen,
Die wir getrost belachen,
Weil unsre Augen sie nicht sehn.

Wir stolze Menschenkinder
Sind eitel arme Sünder
Und wissen gar nicht viel.
Wir spinnen Luftgespinnste
Und suchen viele Künste,
Und kommen weiter von dem Ziel.

Gott, laß uns dein Heil schauen,
Auf nichts Vergänglichs trauen,
Nicht Eitelkeit uns freun!
Laß uns einfältig werden,
Und vor dir hier auf Erden
Wie Kinder fromm und fröhlich sein.

Wollst endlich sonder Grämen
Aus dieser Welt uns nehmen
Durch einen sanften Tod!
Und wenn du uns genommen,
Laß uns in Himmel kommen,
Du unser Herr und unser Gott!

So legt euch denn, ihr Brüder,
In Gottes Namen nieder;
Kalt ist der Abendhauch.
Verschon' uns, Gott! mit Strafen,
Und laß uns ruhig schlafen!
Und unsern kranken Nachbar auch!

Die ersten Zeilen dieses Gedichtes versetzen uns an einen Abend, da der Mond aufgegangen ist, und die goldnen Sternlein am Himmel hell und klar prangen. Als ein Lied ist es in der Ueberschrift bezeichnet; gesungen müssen wir es uns also denken und zwar von einer Gemeinschaft in ihren Seelen engverbundner und nach dem Einen Heil hinausschauender Menschen, die sich mit der herrlichen Christenbezeichnung „Brüder" anreden. Diese Brüder, auch äußerlich einander nahestehend als Nachbarn und Glieder ein und derselben Familie, haben sich, wie das in Dörfern und kleinen Städten Norddeutschlands Sitte ist, nach vollbrachtem Tagewerk zu gemeinschaftlichem Gespräch, Scherz und Gesang versammelt vor einem Hause, dessen Lage ihnen die Aussicht gewährt auf Wald und Wiese. „Der Wald steht schwarz" heißt nicht etwa, wie ein Erklärer des Liedes meint, so viel als: der schwarze Wald steht, oder wie ein andrer vermuthet: der Wald steht schwarz da; sondern „schwarz" ist adjectivisches Prädikat, das anstatt durch die gewöhnlichere Copula „sein" durch das dem Begriffe des Seins eine bestimmtere Färbung gebende „stehen" mit dem Subjecte verbunden ist. In der Form ganz gleich, aber grammatisch anders gedacht ist: „Nach dem Dome strömt das Volk, schwarz, unzähligen Gewimmels" (J. Kerner).

In ähnlicher Weise wird „sein" vertreten durch die Zeitwörter gehen, liegen, kommen, bleiben, scheinen, heißen und einige andre; namentlich dann, wenn dem Ausdrucke Lebendigkeit und Anschaulichkeit gegeben werden soll, sei es durch Personification oder nicht. Vgl. in Schillers Bergliede: „Da öffnet sich schwarz ein schauriges Thor." Personification findet, wie der folgende Ausdruck deutlich zeigt, auch in unserm Liede statt.

„Der Wald schweiget." Allerdings erinnert dieser Ausdruck an die Vögel, deren Lieder des Abends verstummen; doch kann man nicht sagen, das solle heißen: „die Vögel singen nicht mehr im Walde." Denn dieser Satz ist ein prosaischer Ausdruck, der begrifflich wohl ungefähr (aber durchaus nicht ganz) dasselbe sagt, was der poetische: „der Wald schweiget", sonst aber von diesem so verschieden ist, wie eben Prosa von Poesie. Jener Ausdruck wendet sich an den Verstand, dieser an die Phantasie; jener nöthigt uns aufzufassen, dieser zu gestalten; jener veranlaßt zu einer unbestimmten Menge von Theilvorstellungen, dieser zur unmittelbaren Reproduction eines einheitlichen Bildes. — Und aus den Wiesen steiget der weiße Nebel wunderbar, d. i. nicht „auf wunderbare Weise", etwa: dem Gesetz der Schwere entgegen; sondern „in wunderbaren Gestalten", die dem Auge des Dichters wie des Kindes als seltsam geformte Thiere, Bäume, Felspartien und dergl. erscheinen. Daß die Anschauung des Dichters auf naturwissenschaftliche Genauigkeit verzichtet, braucht wohl kaum bemerkt zu werden.

Man beachte, wie diese wenigen schmucklosen Sätze dem Dichter, in dem doch das Gefühl für die Schönheiten der Natur so lebendig wogte (vgl. das der Gräfin Auguste von Stolberg gewidmete Frühlingslied, WW. I u. II, S. 103), genügen zur Zeichnung der abendlichen Natur und Abendlandschaft. Schon in der zweiten Strophe nimmt er eine entschiedene Wendung auf das Ethisch-Menschliche; auch haftet sein Auge nicht mehr an dem Einzelnen, sondern mit einem Gesammtblick umfaßt es „die Welt", die um die Abendzeit so stille und in der Dämmerung Hülle so traulich und so hold ist.

Stille, mittelhochdeutsche Form, wofür im Neuhochdeutschen meist still gebraucht wird (ganz so: feste, helle, süße, alleine u. v. a. für fest 2c.), d. i. „ohne Laut und Geräusch", soll etymologisch verwandt sein mit stehlen, goth. stilan d. i. heimlich wegnehmen. — Traulich, namentlich gebräuchlich in den Verbindungen: traulich Plätzchen, traulich Wörtchen, ein traulicher Ort, ist nächstverwandt mit traut („Traute Heimath meiner Lieben." „Muttersprache, Mutterlaut, wie so wonnesam, so traut"). Beide Wörter sind von „trauen" abzuleiten und bedeuten „innig zugeneigt." — Hold bedeutet etymologisch dasselbe; denn es ist abzuleiten von dem ahd. Zeitwort halden d. i. sich neigen, welches uns erhalten ist in dem Substantiv „die Halde" d. i. die Bergneigung. „Halden" nennt man im Mansfeldischen und anderwärts die Massen unbrauchbarer Mineralien, die beim Berg- und Hüttenbau in Form von größern oder kleinern Hügeln aufgehäuft werden (Schiefer-, Schlackenhalde.)

Diese Eigenschaften machen die Welt zu einer stillen Kammer

(über „als" s. oben), wo wir „des Tages Jammer", d. i. all das Ungemach und Elend, welches der Tag mit sich bringt (sonst ist Jammer „der laute Ausdruck des Schmerzes über jenen Zustand"), verschlafen (ver = fort, verschlafen = durch Schlafen fortschaffen) und vergessen sollen.

Das Grundwort von „vergessen" hat sich schon im Mhd. verloren; es hat so viel als „erlangen, bekommen" bedeutet und ist mit verhärtetem inlautenden Consonanten auch in „ergetzen" d. i. eines Dinges vergessen machen (wie etzen = essen machen, fretzen = fressen machen, beizen = beißen machen) erhalten.

Der Mond, den Gott gemacht hat, der Nacht vorzustehen, redet eben deshalb eine besonders laute Sprache. Aber er ist unserm Dichter nicht ein Schmerzaufrührer oder Schmerzgenosse oder ein glücklicher Schmerzbefreiter, wie so vielen Mondscheindichtern und -sängern — denn fern ist Claudius von aller weichlichen zerfließenden Sentimentalität — sondern in kerngesunder Weise läßt der Dichter den nur halb sichtbaren, doch runden und schönen Mond uns erinnern an unsre Thorheit: Er ist nur halb zu sehen 2c. Es ist nicht etwa daran zu denken, daß der Mond eine kugelähnliche Gestalt hat und uns von seiner durch die Sonne erleuchteten Hälfte immer nur so viel sehen läßt, als uns zugekehrt ist. Das sind astronomische Anschauungen, aber keine dichterischen. Dem Dichter ist der „dort" stehende Mond der ganze Mond; Wolken, die ihn zum Theil bedecken, sind ihm eine Hülle, hinter welcher sich der Mond ganz oder theilweise versteckt. Das Letztere ist hier anzunehmen. „So", fährt der Dichter fort, „sind wohl manche Sachen 2c." Wie? Nach dem Zusammenhang: nur halb zu sehen und doch rund und schön. Der Ausdruck muß verallgemeinert werden: Manche Dinge nehmen wir nur zum Theil wahr, und doch sind sie vollkommen (das Runde, in sich Geschlossene ist das Symbol des Vollkommenen), gut und schön. Die Anwendung auf die verschiedenartigsten namentlich geistigen Dinge, die wir getrost (d. i. hier = zuversichtlich, als hätten wir Recht) belachen, weil unsre Augen sie nicht sehn, liegt nahe.

Die Stille der Welt hat den Dichter an des Lebens Jammer, der sich halbversteckende Mond an des Menschen Thorheit erinnert; nun kommt er in natürlichem Fortschritt auf den Quell beider: die Sünde und die damit zusammenhängende Beschränktheit des Wissens, die, anstatt dem Ziel näher zu bringen, anstatt zu dem Einen, was noth ist, zu führen, zu der Sorge um das Viele (vgl. Luc. 10, 41) verleitet.

Die Worte: Wir spinnen Luftgespinnste 2c. eignen sich trefflich zum Thema einer schriftlichen Ausarbeitung.

Einleitung. Ein Blick auf diejenigen Zustände der damaligen Zeit, welche den Dichter zu diesen Worten veranlaßt haben mögen. (Claudius' Werke geben hier hinlänglich Stoff.)

1. Theil. Das Ziel.
   a) Es ist nicht an irgend ein aus eigner Vernunft gestecktes Ziel zu denken. — —
   b) Das Ziel, welches der Spruch meint, ist „das Ende des Glaubens, der Seelen Seligkeit.“ 1 Petr. 1, 9. 1 Theff. 5, 9.

2. Theil. Die Hindernisse bei Erreichung des Ziels.
   a) Wir spinnen Luftgespinnste:
      aa) Luftgespinnste im eigentlichen Sinne,
      bb) die Luftgespinnste, die wir spinnen.
   b) Wir suchen viele Künste:
      aa) im Irdischen,
      bb) im Himmlischen.

Schluß. S. die folgende Strophe des Liedes.

Auf jenes Eine richtet sich nun das in der 5. Strophe enthaltene Gebet, dem sich in der 6. Strophe die Bitte um einen sanften Tod und um die Aufnahme in den Himmel anschließt. Die letzte Strophe führt uns vom Himmel wieder zurück auf die Erde, wo Kälte, Strafen, Krankheit, und schließt mit der Bitte um eine ruhige Nacht zugleich für den kranken Nachbar.

Die Zahl der Naturlieder unseres Dichters, deren vorzüglichste wir soeben betrachtet haben, ist nicht gering. Wir heben noch diejenigen heraus, welche specieller die Zustände des Landmanns im Auge haben, und widmen ihnen einen besondern Abschnitt.

§. 6. Claudius' Bauernlieder.

Zunächst treten uns hier zwei Lieder entgegen, die wir als köstliche Parallelen neben das „Abendlied“ stellen: „Morgenlied eines Bauersmanns“ (III, 1.) und „Abendlied eines Bauersmanns“ (III, 10.). Jedes dieser drei Lieder geht aus von Gegenständen der Natur; in jedem von ihnen erscheint hinter der geschaffnen Natur Gott, der Schöpfer; in jedem redet die Natur in das Menschenleben hinein; in jedem findet sich Gebet oder doch Gebetsgedanken; in jedem fühlt sich der Dichter nicht in egoistischer Vereinsamung, sondern als Mensch unter Menschen, die wie er Theil haben am Höchsten und Schönsten.

Unter den Text des Morgenliedes hat Claudius eine große Anzahl Parallelstellen aus griechischen Dichtern und Prosaikern gestellt, die er ausgiebt für Anmerkungen von seinem Vetter, darin dieser ihn zum Besten habe. In Wahrheit will Claudius die Manier gewisser Gelehrten verspotten, die, mehr um ihre Gelehrsamkeit zu zeigen, als zur Erläuterung eines Schriftstückes beizutragen, aus den entlegensten Winkeln alles zusammenschleppen, was irgend Aehnlichkeit mit dem vorliegenden Texte hat; eine Manier, die jetzt auch von einer gewissen Seite her auf dem Gebiete des Volksschulunterrichts geübt wird.

Weiter betrachten wir das „Lied vom Reiffen" (WW. IV, 4), das schon in seinem Motto: „Er schüttet den Reif auf die Erde wie Salz" (Str. 43, 21) an Den erinnert, dessen Engel, wie es der Dichter am Schluß ausdrückt, bei Nacht ausgeht und heimlich hier und dort streut. Das Gedicht beginnt mit einer Schilderung der auf allen Zweigen wunderschön mit Reifen angethanen Bäume (Str. 1—3).

Reifen (oder wie Claudius falsch schreibt: Reiffen), die s. g. schwache Form, die sich auch findet bei noch einigen männlichen und vielen weiblichen Hauptwörtern: Röslein auf der Haiden (Göthe); es war in ihrer Mitten ihr theurer Fürstensohn (Rückert); er fiel halbtodt zur Erden (Göthe); Kirche unsrer lieben Frauen u. v. a.

Sodann drückt es die Freude aus, die der Bauersmann mit Weib und Kind an jener Naturerscheinung hat (Str. 4. 5). Diese Freude hat die Natur den Bauersleuten aufgespart, während sie dem Städter, der wohl auch „viel schönes Ding" hat, versagt ist. Es liegt in diesem Zugeständniß an die Städter eine feine Ironie; denn das Lied nennt von dem vielen Schönen gerade die Dinge, die wahre Freude nimmer gewähren können, bei denen es den Städtern nicht „gut" werden kann. Gut wird es aber dem Bauer bei seinem „einfältigen Naturgenuß, ohn' Alfanz drum und dran", denn dieser ist „lieblich, wie ein Liebeskuß von einem frommen Mann."

(Str. 6—9). Nun erscheint der bereifte Wald als Prediger, der die Menschen ermahnt, daß ihre Seele so lichthell, still, edel, rein und frei und über alles fein sein möge, wie der Reif. Endlich beantwortet sich der Dichter die Frage: Woher der Reif und wie er zu Stande gekommen sei.

Reifen rc. s. oben. — Beäugeln und besehen. Das letztere Wort ist so viel als „etwas näher (genauer) ansehen (be = bei, in der Nähe), nämlich das Ganze in allen seinen Theilen, um es genau kennen zu lernen.“ Beäugeln = besehen, aber mit dem Nebenbegriff der Annehmlichkeit, die das Besehen den Augen, überhaupt den Sinnen und dem Gemüth, bereitet. — Kinderlein, eine Form, die sich auch bei Göthe findet; jetzt, da man ganz allgemein auch das e in den Ableitungen dieser Art ausstößt, fast unerhört. Einfältig steht im guten Sinne. Seiner Zusammensetzung nach ist es = „was (nur) Eine Falte hat“, also das Gegentheil von dem, was viele Falten hat. Da nun das Letztere nicht ohne Kunst angefertigt werden kann, so mußte das Wort einfältig den Begriff des Kunstlosen, Ungekünstelten, Ungesuchten bekommen, in dem es hier steht. In diesem Sinne ist das Wort jetzt außer der Kirchensprache, in welcher es durch Luther's Vorgang heimisch geworden ist (vgl. Matth. 6, 22), veraltet. — Alfanz, ein im ältern Deutsch (z. B. bei H. Sachs), auch im deutschen Sprichwort („Alefanz macht die Schuh' ganz“) öfter gebrauchtes, aus dem Italienischen (all' avanzo = zum Vortheil, zum Gewinn) entlehntes Substantiv, das sowohl eine Uebervortheilung andrer, als auch eine übervortheilende Person bezeichnet. Hier bedeutet es wohl so viel als Albernheit, Thorheit. Alfanz ist beim Naturgenuß, wenn z. B. jemand beim Anblick einer bereiften Landschaft ausruft: „Wie ist doch die Natur im Allgemeinen so schön!“ oder wenn ein Stadtkind sich darüber freut, daß wirkliche Maikäfer den aus Chocolade gemachten, oder der wirkliche Sonnenuntergang dem gemalten so ähnlich sehen. Alfanz ist es aber auch, wenn unsre modernen Naturgeschichtsbildermacher den durch Jesu Wort gewissermaßen geweihten Sperling nach allen Dimensionen als „Lotterbuben“ darstellen und den Bereich populärer Naturgeschichte zu einer Stätte „satyrischer Schnurrpfeifereien“ und „sentimalen Schwindels“ machen. — Viel steht in der Verbindung „viel schön“ im Sinne von „sehr“, wie öfter bei Claudius und auch sonst (vgl. „Vielliebchen“, der „vieledle Wein“).

In diesem, wie fast in allen übrigen Bauernliedern unsers Dichters tritt mit größerer oder geringerer Deutlichkeit der Gegensatz heraus zwischen der Einfachheit, Genügsamkeit und Gottbezogenheit des Landlebens und der Verbildung, Genußsucht und Gottentfremdung des Städters. Claudius hat, indem er in ungezwungener Weise diesen zum Segen des Bauers ausschlagenden Gegensatz herauskehrt, den Zweck, den Bauer mit seinem damals noch drückenden Loose auszusöhnen, ihm seine schätzbaren Güter zu erhalten, ihn beim Genuß seiner Freuden zu leiten und dadurch zu veredeln. Was ihm den Bauernstand lieb machte, das war nicht die bäuerliche Tracht oder Sprache, nicht der pikante Mistgeruch oder die naive Beschränktheit bäuerlicher Anschauungen, sondern der Umstand, daß der Bauer in unmittelbarerem Verkehr mit Gott steht und von dem Bösen keine Noth zu leiden hat. In dem Liede „Der glückliche Bauer" (WW. V, 121), in welchem Claudius selbst als Bauer auftritt, spricht er sich darüber vernehmlich und gut aus. Nachdem er die unschuldigsten bäuerlichen Genüsse aufgezählt hat, singt er nämlich:

O, wer das nicht gesehen hat,
Der hat des nicht Verstand.
Man trifft Gott gleichsam auf der That —
Mit Segen in der Hand;

Und sieht's vor Augen, wie er frisch
Die volle Hand ausstreckt ꝛc.

und weiterhin:

Mir macht der Böse keine Noth;
Ich dresch ihn schief und krumm,
Und pflüg und hau und grab ihn todt
Und mäh ihn um und um.

Dabei sind ihm manche tadelnswürdige Eigenschaften des Bauers natürlich nicht unbekannt. In der zartesten Weise sucht er ihn von seiner Prozeßsucht abzubringen (vgl. „Der Bauer nach geendigtem Prozeß" WW. V, 96), und mit köstlichem Humor geißelt er der Bauern Lust, über Dinge zu sprechen, die sie nicht verstehen. („Hinz und Kunz" WW. I u. II, 26.)

Jeder, der mit einigem Verständniß bäuerlichen Lebens diese Gedichte liest, wird die Treue bewundern müssen, mit welcher Claudius die Zustände, Anschauungen, Gedanken, ja selbst die Redeweise der Bauern darstellt. Der Schlüssel zur Erklärung dieses Umstandes ist nicht schwer zu finden. Ein neuerer, auch der Lehrerwelt bekannter Schriftsteller (B. Goltz) sagt: „Um zu erfahren, wie der Bauer auswendig und inwendig lebt, muß man selbst ein Bauer oder ein gebildeter Oekonom, ein solcher Förster, Landpfarrer oder Landschulmeister, aber man darf kein gelahrter Stadtmagister und kein professionirter Dichter sein.“ Claudius war „selbst ein Bauer“, und zwar ein Bauer in verklärter Gestalt, und noch dazu alles übrige, was dort verlangt wird.

Wie wir schon wissen, stammt Claudius aus einer Predigerfamilie in Reinfeld. Reinfeld war damals ein Flecken von noch ganz dörflichem Charakter. Hier wuchs der Pastorssohn mit den Bauernsöhnen auf, verkehrte mit Bauer und Bäuerin, kam in Haus, Hof und Feld und lernte mit den Sitten, Anschauungen und Bedürfnissen der niederdeutschen Bauern auch deren Sprache kennen und sprechen. Noch in spätem Alter bediente er sich gern der niederdeutschen Mundart und hat sogar einiges Schriftliche in ihr hinterlassen.

Der Besuch der Schule zu Plön und der Universität zu Jena rief ihn aus jener Umgebung hinweg. Nach den Universitätsjahren hielt er sich aber wieder eine längere Zeit im elterlichen Hause zu Reinfeld auf und konnte nun mit mehr Bewußtsein die bäuerlichen Verhältnisse, in denen er jetzt nicht mehr stand, beobachten.

Von weit größerer Bedeutung mag die Reinfelder Zeit freilich zur Bildung seines innern Menschen gewesen sein. Die Stille des Pfarrhauses, der Umgang mit der heiligen Schrift, das Leben in einer vom kirchlichen Geiste getragenen Gemeinde mögen die Schlacken, welche die Schul- und namentlich die Universitätszeit um sein Herz gelegt hatten, hinweggeräumt haben; während „sein Jonathan“ Schönborn, einer der bedeutendsten Männer der damaligen Litteraturperiode, der in der Nähe von Reinfeld zu jener Zeit Hauslehrer war, seinem Geiste die Fesseln abnahm, indem er ihn zu Homer, Shakespeare, Plato, Baco, Newton und Klopstock hinführte.

In diese Reinfelder Zeit fällt Claudius' kurzer Aufenthalt in Kopenhagen (März 1764 bis August 1765), dessen wir an einem andern Orte noch gedenken müssen.

1768 verließ Claudius Reinfeld auf immer und wandte sich nach Hamburg als Redakteur einer Zeitung. Aber obgleich, wie wir sehen werden, der Aufenthalt in Hamburg ihm in mehrfacher Beziehung vom höchsten Werthe sein mußte, sehnte er sich doch wieder nach der ländlichen Einsamkeit. Schon 1770 siedelte er nach Wandsbeck über, das er, kurze, durch den Krieg herbeigeführte Unterbrechungen nicht gerechnet, nur auf ein Jahr (1776—1777) noch einmal verlassen hat. Aber auch dieses eine Jahr mußte dazu dienen, ihn das Leben der Bauern, diesmal der süddeutschen, wenigstens aus der Ferne kennen zu lehren.

Ein Herr von Moser, Minister des damaligen Landgrafen von Hessen-Darmstadt, hatte in diesem Ländchen eine eigne Behörde gegründet, deren Bemühungen dahin gerichtet sein sollten, „dem guten, fleißigen Unterthanen jede Gattung einer Arbeit fruchtbarer, seine Abgaben leichter, sein ganzes Leben froher, seinen Himmel blauer, ihn stolz auf sein Vaterland, zufrieden mit sich selbst und dankbar gegen seinen Fürsten zu machen.“ An diese Behörde wurde Claudius durch Herders Vermittelung als „Ober-Land-Kommissarius“ berufen und Darmstadt ihm zum Wohnsitz angewiesen. Anfangs scheint er daselbst ziemlich vergnügt gelebt zu haben. Die Ueberzeugung, einem „sehr guten und menschlichen Geschäfte“ obzuliegen, der Umgang mit einigen geistig hervorragenden Männern, die namentlich durch Göthe angeregt waren, die ihm übertragene Redaktion einer im Dienst jener Kommission stehenden „Landzeitung“, die zum Besten einer Invalidenanstalt herausgegeben und durch Claudius' Beiträge — einige davon sind unter der Ueberschrift Görgeliana in die sämmtlichen Werke (III, 24—30) aufgenommen — zur Fortsetzung des Wandsbecker Boten wurde: alles dies hätte dazu beitragen können, ihn sein Wandsbeck, wo er zuletzt sogar in große äußerliche Bedrängniß gerathen war, vergessen zu lassen. Allein bald ergreift den an die norddeutsche Scholle geketteten Mann eine Art Heimweh; bald fängt er an zu klagen, daß er keinen Freund nach seinem Herzen finde; ein böses Fieber wirft ihn nieder*); er fühlt sich unbehaglich in seinem Amt, unbehaglich seinen Vorgesetzten gegenüber, unbehaglich selbst in der Darmstädter Luft. Schon nach einem Jahre, im Mai 1777, zieht er mit Weib und Kind wieder zurück nach — Wands-

*) Vgl. „Nach der Krankheit“ III, 89. und die bildliche Darstellung des Freundes Hain in seinem Amt und Beruf in der Erklärung der Kupfer des dritten Theiles.

beck; und dem besorgten Herder, der ihn brieflich fragte, was er in Wandsbeck anfangen wolle, antwortet er: „übersetzen, Fortsetzung von Asmus herausgeben und — befiehl du deine Wege!" Claudius hatte zwei Kinder und der Ankunft des dritten sah er entgegen. Das Geld zur Reise mußte er sich vorschießen lassen. Die Behörde, der er gedient hatte, wurde 1780 aufgelöst mit Schimpf und Schande. Unserm Claudius aber folgte der Ruf, daß er „ein ehrlicher Mann gewesen, der eben deswegen wieder wegging und sich's zur Ehre seines Herzens machte, lieber jährlich 800 Gulden zu entbehren, als solche durch Windbeutelei zu verdienen." Herbst nimmt mit Claudius Weggang aus dem Süden einen Wendepunkt an in dessen verborgenem Sein. „Vor allem wurde sein Geist freier und gereinigter von fremdartigen Zusätzen, die der Zeitgeist und vielfacher Verkehr ihm beigemischt hatten. Er hatte der Litteratur in ihren glänzendsten Erscheinungen und verschiedensten Richtungen in's Angesicht gesehen, und er wußte das Echte und Große zu schätzen; er hatte selbst auf dem deutschen Parnaß — und nicht ohne Erfolg und Ruhm — mitgesungen; auch warf er jetzt die Leier nicht weg. Aber es kam die Erkenntniß über ihn, daß ihre Töne anders gestimmt sein müßten, als nach den Anschauungen, Ideen und Stimmungen der Tonangeber, die damals im deutschen Dichterwald sich selbst und ihre Natur verkündeten. Es ist der Zeitpunkt also, wo sich Claudius entschieden lossagt von seinen ehemaligen Genossen in der deutschen Litteratur und seinen eignen, einsamen Weg zieht."

In Wandsbeck begann nun Claudius wieder sein in Gott vergnügtes Stillleben. Hier war er schon der „Förster" gewesen. Man erzählt sich, als er einst mit dem Vater seiner Rebekka von der Jagd zurückgekehrt und gefragt worden sei, ob er etwas geschossen, habe er geantwortet: „Ja, ich habe heute einen guten Schuß gethan." Er hatte nämlich um Rebekka geworben und das väterliche Jawort erhalten. Hier wurde er nun bei seinen heranwachsenden Kindern, zu denen auf einige Zeit noch die Söhne F. H. Jacobi's kamen, der „Schulmeister" und für alle die Seinen der „Pfarrer." Hier wurde er wieder der „Bauer." Die milchende Ziege wurde, weil sie dem Hause nicht mehr den vollen Bedarf liefern konnte, abgeschafft; statt deren traten zwei Kühe in die Wirthschaft. Diese hatten ihren Weideplatz hinter dem Hause, an welches sich zunächst der Obst- und Gemüsegarten anschloß. So kostete also Claudius auch von den „prosaischen Früchten" des Bauernlebens. Er stellt mithin in seinen Bauernliedern persönlich Erlebtes dar, und das mit einer Freude, wie sie das Kind an seinen kleinen Dingen hat, ein Kennzeichen echter Lyrik.

Was damals den Bauern noch in einem weit höheren Grade eignete als jetzt, die Zufriedenheit: sie war bei diesem einfachen Leben Claudius' schönes Theil. Neid und Geiz gehören ihm, wie Eitelkeit und Wollust zum „Ungeziefer" (I u. II, 110); er weiß, daß „Gott gerne giebt, ohne Maß und Ziel", wenn auch „des Lebens Schöne mit Noth vereint" ist („Trinklied" III, 41); ihm ist alles Gold, wie das Erzgebirgische, nur „Lausegold"; ihm ist das Geld, wie Wollust und Ruhm, ein Götze, den man muthig umzuhauen hat (güldnes ABC); mit Saitenspiel dankt er Gott, daß er kein König worden, und betet ihn von Herzen an, daß er ohne Hoffnung ist, ein großer, reicher Mann zu werden („Täglich zu singen" WW. III, 71); im Siegeston stellt er sich mit seiner Zufriedenheit neben König, Sultan und Mogul.

Ein Lied.

(WW. I u. II, 53.)

Ich bin vergnügt, im Siegeston
  Verkünd' es mein Gedicht,
Und mancher Mann mit seiner Kron
  Und Scepter ist es nicht.
Und wär er's auch; nun, immerhin!
  Mag er's! so ist er, was ich bin.

Des Sultans Pracht, des Mogols Geld.
  Des Glück, wie hieß er doch,
Der, als er Herr war von der Welt,
  Zum Mond hinauf sah noch?
Ich wünsche nichts von alle dem,
  Zu lächeln drob fällt mir bequem.

Zufrieden sein, das ist mein Spruch!
  Was hülf mir Geld und Ehr?
Das, was ich hab', ist mir genug,
  Wer klug ist, wünscht nicht sehr;
Denn, was man wünschet, wenn man's hat,
  So ist man darum doch nicht satt.

Und Geld und Ehr ist obendrauf
  Ein sehr zerbrechlich Glas.
Der Dinge wunderbarer Lauf,
  (Erfahrung lehret das)
Verändert wenig oft in viel,
  Und setzt dem reichen Mann sein Ziel.

Recht thun, und edel sein und gut,
  Ist mehr als Geld und Ehr;
Da hat man immer guten Muth
  Und Freude um sich her,
Und man ist stolz und mit sich eins,
  Scheut kein Geschöpf und fürchtet keins.

Ich bin vergnügt, im Siegeston
  Verkünd' es mein Gedicht,
Und mancher Mann mit einer Kron
  Und Scepter ist es nicht.
Und wär er's auch; nun, immerhin!
  Mag er's! so ist er, was ich bin.

Die Anfangsworte des Gedichts „Ich bin vergnügt" enthalten den Hauptgedanken desselben, der mit Nachdruck vorangestellt und mit Nachdruck in der letzten Strophe wiederholt wird. Daß der Dichter vergnügt sei, soll sein Gedicht im Siegeston verkünden. Der Vergleichungspunkt beim Gebrauch dieses Ausdrucks liegt nicht sowohl in der Stärke des Tones, als vielmehr darin, daß sich der Dichter als Sieger fühlt über einen Feind, der selbst von manchem Mann mit Krone und Scepter nicht überwältigt werden kann, über die Unzufriedenheit. „Mancher Mann ist es nicht", hat hier den Sinn: die meisten Männer sind es nicht. Der Dichter meint, wie aus dem Zusatz „mit Krone und Scepter" zu erkennen ist, die Fürsten. Denn Krone und Scepter sind deren Symbole; jene das Symbol der Ehre, Würde und Hoheit, dieses das Symbol der Herrschaft. Und wäre der Fürst auch zufrieden, fährt der Dichter fort, so ist er, was ich bin. Damit stellt er sich den Fürsten gleich; in der folgenden Strophe erhebt er sich sogar in drolliger Weise über den Sultan, den Mogol und einen Dritten, Ungenannten, den er aus scherzhaften Andeutungen errathen läßt.

*Mogol, gewöhnlich Mogul und Großmogul, war der Titel der Fürsten eines von einem mongolischen Stamme in Vorderasien gestifteten Reiches, das durch die nachherigen Eroberungen der Engländer zerfiel. Mit dem Mogul macht sich's Claudius in ähnlicher Weise zu thun in „Urians Reise". Als poetische Figur fand er ihn in der deutschen Litteratur schon vor.

Von alledem, was diese haben, wünscht sich der Dichter nichts; zu lächeln drob (= darob für darüber, wie ob für „über" im lokalen und kausalen Sinne) fällt ihm bequem; ein ungewöhnlicher unpersönlicher Ausdruck, der sich anschließt an die unpersönlichen Ausdrücke: es fällt mir schwer, es fällt mir leicht, es fällt mir ein. Die Stimmung des Gemüths, welche beim Anschauen der Reichthümer andrer so denken und sprechen lehrt, bezeichnet man mit dem Ausdruck Humor; den, welcher so denkt und spricht, nennt man einen Humoristen. Der Humorist ist nichts weniger als ein Spaß- und Lustigmacher von Profession. Er kann sehr ernsthaft sein, aber auch durch den Ernst bricht immer wieder das Vergnügtsein. Das zeigen uns die folgenden Strophen.

Zufrieden sein, das ist mein Spruch, das ist das Wort,

welches ich täglich spreche und als Lebensweisheit im Munde führe. Geld und Ehr hilft dem nichts, dem das, was er hat, genug ist; auch dem nichts, dem das Gewünschte zufällt.

Denn, was man wünschet, wenn man's hat,
So ist man darum doch nicht satt.

„Was" hat den Ton und den Sinn von „was auch". Zur Sache vergleiche Pred. Sal. 5, 9: „Wer Geld liebt, wird Geldes nimmer satt" und das deutsche Sprichwort: „Geiz wächst mit dem Gelde". Dazu kommt noch, daß (obendrauf) Geld und Ehr ein sehr zerbrechlich Glas ist. Damit ist auf die Vergänglichkeit des Geldes und der Ehre hingedeutet, die auch die folgenden Zeilen der Strophe im Anklingen an das Lied: „Wer nur den lieben Gott läßt walten" und an die Lobgesänge der Hanna und Maria zum Gegenstande haben. Das Geld ist ja derjenige Schatz auf Erden, nach dem die Diebe am meisten graben. „Geld geht hin wie her." Und von der Ehre sagt das deutsche Sprichwort: „Ehr ist zu hüten schwer; ein Riß in die Ehre heilt nimmermehre; wenn die Ehre einen Riß bekommt, steht sie jedem offen."

Das obige Wort des Gedichtes und der Spruch des güldnen ABC unter dem Buchstaben H können hier mit einander verglichen, oder es können aus der Menge der deutschen Sprichwörter über das „Geld" und die „Ehre" einige zusammengestellt werden.

Die beiden ersten Strophen des Gedichts sind humoristisch gehalten, die beiden folgenden nicht. Dem entsprechen die beiden Anfänge: „ich bin vergnügt" und „zufrieden sein, das ist mein Spruch."

Vergnügt ist participialische Form von dem Zeitworte vergnügen, welches von genug abgeleitet ist. Vergnügt ist der, welcher genug hat, welcher nichts wünscht von alle dem, was er nicht hat. Insoweit kommt vergnügt mit zufrieden zusammen. Denn zufrieden (zusammengesetzt aus zu und Frieden) nennen wir den, der bei dem, was er hat, zum Frieden, zur Ruhe gekommen ist, in dessen Seele beim Hinblick auf eignen Besitz keine (gegen Gott oder sich selbst oder den Nächsten) streitende Gedanken sich regen. Mit dieser Sinnverwandtschaft beider Wörter hängt es zusammen, daß Claudius in der dritten, mit „zufrieden sein" anfangenden Strophe sagen kann: was ich hab, ist mir genug. Genug kann man aber haben an einem Stück trocknen Brotes und kann dabei zufrieden sein, ohne gerade vergnügt zu sein. Vergnügt nennen wir insbesondere den, dessen Zufriedenheit mit innerlicher („stillvergnügt") oder äußerlich sich zeigender Heiterkeit („Lächeln" u. dergl.) verbunden ist. Claudius war zufrieden mit dem, was er hatte, indem er, hinblickend auf Geld und Ehre, fand, daß diese Dinge ihm nichts helfen würden, und daß sie obendrein sehr vergänglich wären; er war vergnügt, indem er beim Hinblick auf Gut und Ehre andrer im Siegeston sang und über der Menschen ungebändigte Habsucht lächelte. Der Ausdruck der dritten Strophe „mit sich eins" kommt ganz mit „zufrieden" zusammen. Der Ausdruck „stolz" an derselben Stelle entspricht dem Vergnügtsein, wie es sich in der zweiten Strophe als Gleichstellung mit Sultan und Mogul äußert.

Die fünfte Strophe giebt die Quelle des Vergnügtseins und der Zufriedenheit an: Wer Recht thut, edel und gut ist, der hat mehr als Geld und Gut und daher immer guten Muth 2c., der scheut kein Geschöpf und fürchtet keins; die Kehrseite jenes Bibelworts: „Alle Welt fürchte den Herrn und vor ihm scheue sich alles, was auf dem Erdboden wohnet." Den Unterschied zwischen edel und gut, den Claudius anderwärts feststellt, beobachtet er hier nicht. Vgl.: „Ein edles Herz glänzt hell und hold, ein gutes ist gediegen Gold." (Güldnes ABC.) „Edel ist: Ahnung der Heimat, das Gute in Feindes Land, der König im Gefängniß. Wer Freude am Guten hat und gerne gut wäre und mit sich kämpft und streitet, daß er's sei, der ist ein edler Mann." (WW. VI, 103). „Gut ist ein ander Ding als edel, und Freisein ein ander Ding als an seiner Kette reißen und rütteln. Edle Menschen giebt es von Natur; aber gut ist niemand, als der einige Gott, und wen der gut gemacht hat." (WW. VI, 102).

Die sechste Strophe ist eine bloße Wiederholung der ersten, die dazu dient, die Grundstimmung des Liedes, von der sich dasselbe namentlich in der fünften Strophe entfernt hatte, wieder anzuregen.

Es liegt auf der Hand, daß ein Mann, der so wie Claudius seine Scholle liebt und mit edler Gesinnung in den Stand tritt, der mehr als jeder andere an die Scholle gefesselt ist, sein Vaterland lieben muß. Claudius nach dieser Seite hin kennen zu lernen, sei unsre nächste Aufgabe.

§. 7. Claudius der Patriot.

Die sämmtlichen Werke eröffnet ein „Neujahrslied". Der Dichter wandelt in der frühen Dämmerung durch ein „Eichthal", und als er daran denkt, daß Gottes Sonne hier bald zum ersten Male aufgeht, umarmt er vor Freude einen Eichenbaum. Da hört er etwas „wie Gesang, das das Waldthal wieder spricht":

Der alten Barden Vaterland
Und auch der alten Treue!
Dich, freies unbezwungnes Land!
Weiht Braga hier aufs neue
Zur Ahnentugend wieder ein!
Und Friede deinen Hütten,
Und deinem Volke Fröhlichsein,
Und alte deutsche Sitten.

Braga, Gott der Dichtkunst bei den alten Deutschen, ein Sohn des höchsten Gottes, Wuotan, Gemahl der Iduna, die als Göttin der Unsterblichkeit unsterblich machende Aepfel mittheilt, steigt glänzend (eine goldne Harfe wird ihm im Götterglauben der alten Deutschen als Symbol beigegeben) hernieder und weiht das Land der Treue wieder zur Treue ein, bringt Frieden den Hütten, Fröhlichsein und alte deutsche Sitten dem Volke. Das Folgende ist weitere Ausführung dieses Gedankens, der, seiner mythischen Fassung entkleidet, lauten möchte: Die aufs neue in Deutschland erstandene Dichtkunst, eine göttliche Gabe, erweckt die Tugenden und Sitten der Ahnen und bringt Frieden und Fröhlichkeit.

Deutschland wird „der alten Barden Vaterland" genannt. Dies hängt mit einem Irrthum der damaligen Zeit zusammen, die, eine Stelle aus einem römischen Schriftsteller (Tacitus) mißverstehend, annahm, die alten Deutschen hätten eine besondre Sänger- und Dichterkaste der Barden gehabt.

Um Fröhlichkeit zu erwecken, muß die Dichtkunst folgerecht in den Dienst des Preises des Weins treten, der des Menschen Herz erfreut. Aber die Claudius'sche Muse preist nicht jedweden Wein, sondern nur den, den das Vaterland aus seiner Fülle bringt, den Rheinwein (Rheinweinlied III, 103):

„Ihn bringt das Vaterland aus seiner Fülle;
Wie wär er sonst so gut!
Wie wär er sonst so edel, wäre stille,
Und doch voll Kraft und Muth!"

Man fühlt hier durch, was Claudius in dem Liede „Ich bin ein deutscher Jüngling" (WW. I u. II, 111) ausspricht:

Beim süßen Namen „Vaterland“
Schlägt mir das Herz,
Und mein Gesicht wird feuerroth.

Wenn wir neben diesen echt patriotischen Aeußerungen einige Gedichte in Claudius' Werken finden, die sich auf das dänische Königshaus beziehen, so müssen wir daran denken, daß der dänische König Claudius' rechtmäßiger Landesherr war, und daß zu Claudius' Zeit zwischen Deutschthum und Dänenthum noch nicht einmal eine Spur des Risses war, der jetzt so groß geworden ist. Claudius konnte also recht wohl den dänischen König, der noch dazu sein Wohlthäter war, besingen und doch ein guter Deutscher sein. Es muß noch ein Anderes erwähnt werden. Deutsche Bildung hatte durch den trefflichen dänischen Minister, Grafen Hartwig von Bernstorff, durch dessen Weisheit der kleine dänische Staat überhaupt in der allgemeinen europäischen Achtung sehr gehoben worden war, in Dänemarks Hauptstadt Kopenhagen eine Stätte der Pflege gefunden. Wir können uns sogar des Schamgefühls nicht erwehren, wenn wir daran denken, daß Klopstock, um die Mitte des vorigen Jahrhunderts Deutschlands größester Dichter, zur Vollendung seines „Messias“ in Dänemark eben durch jenen Bernstorff einen Jahrgehalt bezog; während ihn sein Vaterland, obgleich es ihm seine Bewunderung in hohem Maße zu Theil werden ließ, nicht unterstützte. Auch der als Liederdichter bekannte Theologe Cramer (bei Claudius erwähnt I u. II, S. 54) wurde aus Quedlinburg durch Bernstorff als Hofprediger nach Kopenhagen berufen, wo er sich den Namen „Eyegode“, d. i. der durchaus Gute, erwarb; desgleichen der Pädagog Basedow u. a. Diese Männer bildeten in Kopenhagen einen deutschen Kreis, in den auch Claudius einzutreten vergönnt war. Klopstock war das Centrum dieses Kreises.

§. 8. Claudius in Kopenhagen. Klopstock. Der Hainbund. Wieland.

Wie wir bereits oben (S. 43) sahen, hatte Schönborn unsern Dichter während dessen Aufenthalt in Reinfeld zu den bedeutendsten Dichtern und Denkern des Auslandes hingeführt; wahrscheinlich hatte er ihn auch auf das an Deutschlands litterarischem Himmel damals hell glänzende Gestirn, auf Klopstock, hingewiesen. Das Glück, mit diesem Manne in nähern Umgang zu kommen, ward unserm Claudius zu Theil, während Schönborn noch sein Hauslehrerleben fortsetzte. Im März 1764 verließ Claudius das elterliche Haus und ging nach Kopenhagen als Secretär eines dänischen Grafen. Bald finden wir ihn in jenem Kreise; und was er als Dichter geleistet hat, das möchte er zumeist diesem Kreise, und zwar der Seele desselben, Klopstock, verdanken.

Bevor wir nun Klopstock näher kennen lernen und seine unberechenbaren Verdienste um die deutsche Sprache zu würdigen versuchen, müssen wir einen Blick werfen auf den heillosen Zustand, in welchem sich die deutsche Sprache und Litteratur in der ersten Hälfte des 18. Jahrhunderts befand.

Nach der Mitte des 13. Jahrhunderts begann der Baum der deutschen Poesie, der ein Jahrhundert lang die köstlichsten Früchte getragen hatte, entschieden abzublühen. Nur einzelne Zweige noch trugen minder gute Früchte durch alle folgenden Jahrhunderte. Schon das 14. Jahrhundert fing an, den Baum als einen unedlen zu verachten. Die höhern Stände, die sein bis dahin gepflegt hatten, überließen ihn Bürgern und Handwerkern. Was für Früchte diese im Verlaufe des 15. und 16. Jahrhunderts dem Baume abgewannen, das werden wir an einem andern Orte sehen. Luther's schöpferische That der Bibelübersetzung, seine Predigten, Katechismen, Briefe, Gutachten, Streit- und andre Schriften, für die Ausbildung der deutschen Prosa von höchstem Werthe, konnten doch, so wenig wie seine und seiner Zeitgenossen herrliche geistliche Lieder, den Baum verjüngen. Das eine Princip des Protestantismus: Nur die Schrift! nöthigte zu nachdrücklich zur Theilnahme an dem namentlich seit der Eroberung von Constantinopel (1453) zuerst in Italien, dann auch in Deutschland erweckten Studium der alten Sprachen. Der katholische Theil Deutschlands blieb darin nicht zurück. So trat zu der Scheidung in Protestanten und Katholiken noch die in Gelehrte und Ungelehrte. Während nun diese, durch die Kluft der alten Sprachen, namentlich der lateinischen, von jenen getrennt, immermehr in Gemeinheit und Rohheit versanken, entfernten sich jene auch in der Gesinnung von deutschem Wesen. Was die deutsche Vorzeit Großes gethan und geschaffen, wurde buchstäblich vergessen, und was die

Jetztzeit in den Kreisen des Volks etwa hervorbrachte, tief verachtet. In dieses Unheil sendete noch der im Jahr 1618 anbrechende dreißigjährige Krieg seine verderblichen Geschosse. Nicht bloß, daß die französische Sprache, die schon gegen Ende des 16. Jahrhunderts an den deutschen Höfen, unter den deutschen Gelehrten und Beamten Eingang gefunden hatte, ihre Herrschaft immer weiter ausdehnte: nein, alles Nationalgefühl wurde namentlich in den höhern Ständen durch den Einfluß französischer Sprache und Sitte vernichtet. Als nun noch dazu die glanzvolle Regierung Ludwig's XIV (1643—1715) das politische Ansehen Frankreichs in ganz Europa hob, und zu gleicher Zeit das goldne Zeitalter der französischen Litteratur anbrach: da schien es, als sollte die echt deutsche Art ganz durch welsches Wesen vernichtet werden. Denn am Hofe Ludwig's XIV holte der deutsche Adel seine Bildung, in Paris suchte die deutsche Familie ihren Hauslehrer, in französischen Werken fand der deutsche Dichter seine Gesetze*). Daneben blieb an den Universitäten und auf den gelehrten Schulen die lateinische Sprache fort und fort herrschend. In der äußerlichsten Weise eignete man sich die lateinische Sprache an, in der äußerlichsten Weise setzte man lateinische Redensarten zu Gedichten und Prosaaufsätzen zusammen. Eine Rückwirkung gegen solche Selbstvergessenheit konnte nun freilich nicht ausbleiben. **Leibnitz** († 1716), der vielseitigste Gelehrte seiner Zeit, brachte die deutsche Wissenschaft zu Ehren, wiewohl er selbst bei aller Hoffnung auf eine dereinstige Verbesserung der deutschen Sprache nur lateinisch und französisch schrieb; **Wolf**, sein Schüler, wandte schon die deutsche Sprache in seinen wissenschaftlichen Werken an; **Thomasius**, bekannt durch seinen erfolgreichen Kampf gegen die Hexenprocesse, war der erste, welcher seine Vorlesungen an der Universität in deutscher Sprache hielt. Nur in der Dichtkunst behauptete das Französische, wenigstens in ganz Norddeutschland, seine Macht

*) Noch 1785 schrieb Mozart in Wien, wo es sich um das Emporbringen der deutschen Oper handelte, mit großer Bitterkeit: „Wäre nur ein einziger Patriot mit am brette — es sollte ein anders gesicht bekommen! — Doch da würde vielleicht das so schön aufkeimende National-theater zur blüthe gedeihen, und das wäre Ja ein Ewiger Schandfleck für Teutschland, wenn wir Teutsche einmal mit Ernst anfingen Teutsch zu denken — Teutsch zu handeln — Teutsch zu reden, und gar Teutsch — zu Singen!!! —"

durch einen Mann, den wir etwas näher kennen lernen müssen, durch Gottsched.

Gottsched (geb. 1700, † 1766), aus Preußen stammend, war Professor der Beredtsamkeit zu Leipzig. Er hat das unbestreitbare Verdienst, die deutsche Dichtkunst gegen das lateinische Versemachen zu Ehren gebracht, deutsche Gedichte den französisch redenden und lesenden höhern Ständen näher gerückt, der deutschen Sprache und Dichtkunst feste Regeln gegeben, und das Interesse für die deutsche Sprache und Litteratur in weiten Kreisen geweckt zu haben. Allein seine eigenen und seiner zahlreichen Verehrer Dichtungen waren fast ebenso inhaltsleer, als die lateinischen Verse der Gelehrten; von seinen Regeln hatte er die Meinung, daß man dieselben bloß zu beobachten brauche, um dichterische Werke zu machen; und diese Regeln hatte er geschöpft aus französischen Dichtern, die er ungebührlich verehrte. Was nach seinen Regeln gedichtet war, erhob er in der lächerlichsten Weise als vollendetes Kunstwerk; alles Uebrige, selbst die echten Dichtungen unserer ersten Blüthezeit, verdammte er als ungeschickt, roh und plump. Das verwickelte ihn in einen Streit mit einigen Schweizern (Bodmer u. a.), die ebenso große Bewunderer der englischen Litteratur als jener deutschen Dichtungen waren. Siegesgewiß behandelte Gottsched seine Gegner mit unerhörtem Uebermuth und erklärte sich sogar in thörichter Verblendung gegen die von den Deutschen mit Begeisterung aufgenommene Messiade Klopstocks. Damit war sein Ansehen für immer dahin. Die begabtesten seiner Anhänger wandten sich schweigend von ihm ab und bildeten, weil sie Klopstocks kühnem Fluge nicht folgen konnten, das Mittelglied zwischen diesem und dem nun der Vergessenheit und Verachtung anheimfallenden Gottsched. Gellert ist der bekannteste Dichter und Schriftsteller dieser Richtung.

Friedrich Gottlieb Klopstock ist geboren den 2. Juli 1724 zu Quedlinburg am Harz, wo sein Vater, ein biederer, löwenmuthiger, frommer, aber einer gewissen abergläubischen Schwärmerei ergebener Mann, der viel mit Geistern der Verstorbenen verkehrte und manche Nacht mit dem Teufel in schweren Kämpfen sich abmühte, Commissionsrath war. Die Mutter wird als eine würdige, die Großmutter als eine auf das Ewige unverrückt hinsehende Frau geschildert; beide liebten den Knaben mit zärtlicher Hingabe. Bald trat der Vater in die Pachtung des Amtes Friedeburg bei Wettin ein. Friedeburg liegt in einer anmuthigen ländlichen Gegend, die des Knaben Sinn der Natur zuwandte und seinen muntern, ja gefährlichen Knabenspielen mannigfache Gelegenheit bot. So und unter der treuen Pflege der Seinen wuchs der Knabe, dessen erster Unterricht von einem Hauslehrer geleitet ward, geistig, mehr noch körperlich kräftig empor. Als er 13 Jahr alt war, kehrte der Vater nach Quedlinburg zurück. Hier besuchte der Knabe bis zu seinem 16. Jahre das Gymnasium und erhielt dann (1739) eine Stelle in Schulpforte. Das herrliche Saalthal und das Studium der an dieser Schule mit größester Hingabe behandelten classischen Schriftsteller der Griechen und Römer gaben der fast unbegrenzten Gabe des Jünglings zur Poesie reiche Nahrung. In der Schulpforte entwickelte sich auch sein Sinn für enge edle Freundschaft und der Hang zur Empfindsamkeit, der uns in seinem Leben wie in seinen Gedichten so vielfach entgegentritt. Er weilte gern in der Einsamkeit; an Orten, wo er die Werke und Wunder Gottes in der Natur betrachten konnte, war er am liebsten; gewöhnliche Lustbarkeiten betrachtete er ganz gleichgiltig; das Schlittschuhlaufen war von Kindheit an seine größeste Lust. Nach mancherlei kleinern, fast unbeabsichtigten dichterischen Productionen, und bei dem Drange seiner Dichterkraft auf ein größeres Werk hin, reifte endlich in ihm der Gedanke, den Messias zu besingen. Damit fiel ein früherer, auf Heinrich den Vogler gerichteter Plan. Man höre darüber seine eignen Worte in der Ode „Mein Vaterland."

Früh hab ich dir (Vaterland) mich geweiht! Schon da mein Herz
Den ersten Schlag der Ehrbegierde schlug,
Erkor ich, unter den Lanzen und Harnischen
Heinrich, deinen Befreier, zu singen.

Allein ich sah die höhere Bahn,
Und, entflammt von mehr, denn nur Ehrbegier,
Zog ich weit sie vor. Sie führet hinauf
Zu dem Vaterlande des Menschengeschlechts.

Seine akademischen Studien machte Klopstock in Jena, wo er nur ein halbes Jahr blieb, und in Leipzig. Schon in Jena hatte er in aller Stille die drei ersten Gesänge des Messias in Prosa geschrieben, in Leipzig dichtete er sie in dem Versmaß der classischen epischen Gedichte, dem Hexameter, und ließ sie in den „Bremischen Beiträgen", einer litterarischen Zeitschrift, im Jahre 1748 erscheinen. An der genannten Zeitschrift waren einige Männer thätig, die dem pedantischen Gottsched zwar den Rücken gewandt hatten (Gärtner, Ebert, Giseke, Gellert u. a.); aber was waren all ihre Gedichte gegen diese drei Gesänge! Und doch liegt nicht im Messias, sondern in den Oden, mit denen er in dem nämlichen Jahr hervorzutreten angefangen hatte, die eigentliche Klassicität Klopstocks.

Das Aufsehen, welches das Erscheinen des Messias in Deutschland erregte, ist nur mit dem Aufsehen zu vergleichen, welches Luthers Bibelübersetzung und etwa Gellerts Schriften gemacht haben. Gottsched durfte natürlich nicht schweigen. Er erklärte das Gedicht für eine Mißgeburt, die durch Unnatürlichkeit der Sprache den guten Geschmack beleidige und jedem verständigen Christen mißfallen müsse. Aber der Glaube an Gottsched war schon schwach geworden. Und wenn auch in der That mancher verständige Christ an gewissen Seiten des Gedichts gerechten Anstoß nehmen mochte — wie denn von einem Dorfpfarrer erzählt wird, er habe Klopstock dringend gebeten, den Messias nicht weiter zu dichten, während viele andre Geistliche in ihren Predigten begeistert in das Versmaß der Messiade übersprangen — der Mehrzahl konnte es nicht entgehen, daß in dem Sänger desselben der deutsch-christliche Geist persönlich geworden, und daß dieser Sänger mit seiner ganzen Persönlichkeit in sein Gedicht eingegangen war. Zunächst wenigstens mußte jeden diese Fülle der Gedanken, diese Kraft der Sprache, diese fortreißende Macht dichterischer Begeisterung mit Bewunderung für den Dichter erfüllen. An dergleichen war das damalige deutsche Ohr nicht gewöhnt, dergleichen mußte dem damaligen deutschen Gefühl als etwas ganz Neues erscheinen. Und in der That, in Klopstock ist die deutsche Poesie neu geboren. „Er ist der Morgenstern, der plötzlich aus dem tiefen Dunkel, kaum durch eine leise Dämmerung angekündigt, sich erhob" (Vilmar).

Die ganze Messiade erschien in zwanzig Gesängen in dem Zeitraum von 25 Jahren. Ihr Gegenstand ist in dem Eingange bezeichnet:

„Sing, unsterbliche Seele, der sündigen Menschen Erlösung,
Die der Messias auf Erden in seiner Menschheit vollendet,

Und durch die er Adams Geschlecht zu der Liebe der Gottheit,
Leidend, getödtet und verherrlichet, wieder erhöht hat.
Also geschah des Ewigen Wille. Vergebens erhub sich
Satan gegen den göttlichen Sohn; umsonst stand Juda
Gegen ihn auf: er that's und vollbrachte die große Versöhnung."

Daß die Messiade jetzt so selten, von fast niemand aber bis zu Ende gelesen wird, das hat verschiedene Gründe. Einmal ist sie in der That über Gebühr ausgedehnt; zum andern ist sie, als Epos betrachtet, wenigstens von Göthe's „Hermann und Dorothea" in allen Beziehungen bei weitem übertroffen, ganz abgesehen davon, daß uns die Nibelungen wiedergegeben sind; zum dritten sind wir, wenn wir sie, wie Klopstock selbst in seinen spätern Jahren und manche seiner Zeitgenossen das thaten, als Erbauungsbuch betrachten wollten, denn doch an Besseres gewöhnt; zum vierten ist sie in fortdauernder Erhabenheit gehalten, und es tritt in ihrem Verlauf, entschieden mit der zweiten Hälfte, ein sehr fühlbarer Abfall ein. „Die ersten zehn Gesänge aber", sagt Vilmar, „verdienen gelesen und wieder gelesen zu werden, und ihr Lob zu verkündigen ist die Pflicht eines jeden, der sie gelesen hat und Sinn für großartige und ergreifende Schilderungspoesie besitzt."

In dem nämlichen Jahre, in welchem Kopstock die drei ersten Gesänge des Messias hatte erscheinen lassen, ging er nach Langensalza als Hauslehrer. Hier lebte die in seinen Oden gefeierte Fanny (Friederike Schmidt), deren Gegenliebe zu erregen dem Dichter nicht vergönnt war. Innerlich zerrissen von einer ihn überwuchernden Leidenschaft, nach seinem eignen Ausdruck „der schwermuthsvollen Liebe" seine Stunden weihend, nahm er eine Einladung Bodmer's nach Zürich an und lebte daselbst drei Viertel des Jahres 1750. Die schweizerische Natur, die reine Sitteneinfalt der Bewohner, der Umgang mit Bodmer gaben seinem Geiste neue Nahrung. Vor allem aber darf wohl die Wirkung der in dem Schweizer so lebendig sich regenden Vaterlandsliebe auf Klopstocks patriotisches Gefühl nicht gering angeschlagen werden. Manches köstliche Gedicht, namentlich die Ode „Der Zürchersee", verdanken wir diesem kurzen Aufenthalte Klopstocks in der Schweiz. Gleich in der ersten Strophe jener Ode sehen wir, daß „dem Dichter nicht die Natur an und für sich etwas gilt, sondern immer nur in der Verbindung mit der Menschenwelt und mit Gott."

Schön ist, Mutter Natur, deiner Erfindung Pracht
Auf die Fluren verstreut, schöner ein froh Gesicht,
Das den großen Gedanken
Deiner Schöpfung noch einmal denkt.

Diese Art der Naturbetrachtung kehrt in allen ähnlichen Gedichten Klopstocks wieder; und wir wissen bereits, daß Claudius ihm hierin gleichsteht, freilich ohne dem hochgehenden Schwunge Klopstocks folgen zu können.

Die Jahre von 1751 bis 1771 verlebte Klopstock meist in und bei Kopenhagen, geehrt von Bernstorff, geachtet vom Könige, gesucht von allen, die den Genius der neuen Zeit in ihm erkannten. Auf der Reise dorthin lernte er in Hamburg Meta Moller, seine nachherige Gattin, kennen, die er schon nach einer vierjährigen Ehe (1758) auf dem Kirchhofe zu Ottensen bei Hamburg begrub. Meta (in den Oden „Cidli") hatte seit ihrer Bekanntschaft mit Klopstock den innigsten geistigen Verkehr mit dem Dichter gepflegt; sie hatte die seit zehn Jahren in seinem Innern fortklingende Dissonanz gelöst; als seine Gattin hatte sie sich der Messiade gefreut „nicht der Ehre, sondern des Nutzens, der Erbauung wegen"; während er daran arbeitete, hatte sie gebetet, Gott möge die Arbeit und Erbauung segnen; sie hatte dem treuesten Pfleger inniger Freundschaft (vgl. die Oden an Ebert, Giseke, Bodmer u. a.) das Glück des Familienlebens gebracht; noch mehr, sie hatte der religiösen Sphäre, die Klopstocks Lebenselement war, einen neuen Schein gegeben. „Jetzt erst", schreibt er nach seiner Verheirathung, „nachdem Meta ganz mein ist, umfasse ich den Werth des irdischen Lebens und preise den Gott der Himmel, der mir Gefühle gab, ihn in diesem wahren Leben verherrlichen zu dürfen. Die Glorie des irdischen Daseins ist mir geworden, die Siegespalme ist in meiner Hand, ich singe dir Jubellieder, Jehovah, Jehovah!" — Nach Metas frühem Tode mußte er Trost suchen in der Herausgabe ihrer hinterlassenen Schriften.

Die Kopenhagener Zeit war natürlich vorzugsweise der Fortführung des Messias gewidmet, dessen letzte fünf Gesänge aber erst 1773 erschienen. Daneben hatte Klopstock viele Oden gedichtet, die 1771 in zwei von andern besorgten Ausgaben erschienen, sodann aber von ihm selbst neu, berichtigt und im Versbau verbessert herausgegeben wurden. „Nein, Verse sind das nicht", schreibt Claudius im Wandsbecker Boten vom Standpunkt seiner Leser aus, — „zwar ist's gedruckt, wie Verse, und 's ist viel Klang und Wohllaut drin, aber 's können doch keine Verse sein. — 's sind doch Verse, und fast 'n jeder Vers ist ein kühnes Roß mit freiem Nacken, das den warmgründigen Leser von fern reucht und zur Begeisterung wiehert. — Ueber die Wortfügung hab' ich oft meine eignen Gedanken, und übers Metrum, und ich wollte d'rauf wetten, daß besondere Kniffe d'rin stecken, wer sie nur recht verstünde &c." (WW. I u. II, S. 54.)

Da haben wir von unserm Boten eine gelungene Beurtheilung der Klopstock'schen Oden. Sie sind köstliche Schöpfungen, aber es stecken „besondre Kniffe" darin, und zwar nicht bloß in dem Metrum derselben. Die Zeit vor Klopstock hatte alles Gewicht auf möglichst glatten Fluß der Verse und auf den Klingklang der Endreime gelegt. Namentlich war seit hundert Jahren ein französischer Vers, der sogenannte Alexandriner*), beliebt geworden, gerade der matteste von allen, und in diesen matten Vers kleidete man einen noch mattern Inhalt. Klopstocks Dichtergeist mußte aus Nothwendigkeit mit diesem faden Geschwätz zugleich die Form verwerfen, in der es erschien. Und wie er Nahrung gefunden hatte in dem antiken Geiste, so nahm er auch aus dem Alterthum seine Formen, für den Messias den Hexameter, für die Oden meist die Strophen des lateinischen Odendichters Horaz. Das mußte so kommen; aber die in Bezug auf Quantität der Silben ganz anders geartete deutsche Sprache konnte nur gewaltsam in jene Formen hineingezwängt werden. Das empfinden wir noch härter, als es die Mitwelt empfand. Gleichwohl wird noch jetzt jeder von dem kühnen Flug der Oden hingerissen werden; und sie sind deshalb noch von besonderm Werthe, weil die ganze Dichterpersönlichkeit Klopstocks darin abgebildet ist. Gott, Natur und Vaterland, die Dinge also, die Klopstocks Inneres einzig erfüllten, und die er der Poesie als ihrer einzig würdig wiedergegeben hat; Freundschaft und Liebe, denen er sein ganzes Leben hindurch mit seiner durch Religion, Vaterlandsliebe und Natursinn zunächst bestimmten Persönlichkeit sich weihte, erscheinen in den Oden als Gegenstände des Preises; und wie weit er dabei von dem antiken Geiste berührt war, das wird dem Kundigen aus jedem Verse

*) Dieser Vers ist auch in einigen Kirchenliedern angewandt: Nun danket alle Gott; O Gott, du frommer Gott.

offenbar. Die nach dem Jahr 1770 gedichteten Oden stehen den frühern bedeutend nach. Eine dem Lehrer und den Schulen zu empfehlende Auswahl ist, so viel ich weiß, nicht erschienen.

Gottsched hat, wir müssen es ihm Dank wissen, dafür gesorgt, daß wir einen interessanten, lehrreichen Vergleich zwischen seiner und Klopstocks Poesie anstellen können. Klopstock hatte dem Andenken der im December 1751 verstorbenen Königin Luise von Dänemark eine Ode gewidmet, deren zwei erste Strophen so lauten:

Da sie, ihr Name wird im Himmel nur genannt —
Ihr sanftes Aug' im Tode schloß,
Und von dem Thron empor zum höhern Throne
Im Siegsgewande trat,

Da weinten wir! Auch der, der sonst nicht Thränen kannte,
Ward blaß, erbebt' und weinte laut.
Wer mehr empfand, blieb unbeweglich stehen,
Verstummt' und weint' erst spät.

Wohl um Klopstock deutsch dichten zu lehren, und um die Welt durch Auge und Ohr von der Herrlichkeit Gottsched'scher Poesie zu überzeugen, veröffentlichte der thörichte Mann eine aus „der Feder eines geschickten Frauenzimmers in der Mark" herrührende Umdichtung jener Ode, deren betreffende Strophen so lauten:

Es trat die Würdigste der Würdigen auf Erden,
Wiewohl ihr Name wird im Himmel nur genannt,
Von ihrem Götterstuhl, um recht beglückt zu werden,
Zum höchsten Thron empor mit ihrem Siegsgewand:
Ihr holder Blick entwich durch einen Todesschlummer
Dem in der Sterblichkeit mit Glanz bedeckten Kummer.

Und schnell ergossen sich gesammter Augen Röhren:
Auch wer nicht Thränen kennt, weil ihn die Großmuth stärkt,
Ward blaß, erbebete, ließ lautes Weinen hören,
Und wer noch zärtlicher den herben Schmerz bemerkt:
Blieb unbeweglich stehn und schwieg, bis Herz und Sinnen
Spät, durch den milden Fluß der Zähren Raum gewinnen.

Klopstock hatte frühe schon geahnt, daß seine Dichterschwingen einst ermatten würden. Er hatte sich nicht getäuscht. Alles, was er seit Anfang der siebenziger Jahre gedichtet hat, reicht an das Frühere nicht mehr heran. Von seinen Bardieten, d. i. in Prosa geschriebenen Dramen, die von eingestreuten Chorgesängen der Barden so genannt wurden; von seiner Gelehrtenrepublik, d. i. einer wissenschaftlichen Schrift, in welcher er seine Ansichten über die deutsche Litteratur niedergelegt hat; selbst von seinen Kirchenliedern („Auferstehn, ja auferstehn wirst du") können wir ganz schweigen; obgleich diese Werke zum Theil wenigstens noch der frühern Zeit angehören. Was mit der „Gelehrtenrepublik" anzufangen sei, das scheint auch Claudius Verlegenheit gemacht zu haben. (WW. III, 33). Andre drückten sich schärfer aus. So schreibt Wieland an F. H. Jacobi: „Nun, mein Jacobi, sollten wir auch unser Urtheil über Klopstocks Gelehrtenrepublik festsetzen. Aber wie wollen wir das machen? Wann hat jemals ein Mensch gedacht, gesprochen, gefaselt und gefabelt, wie dieser Mensch? Ist es möglich, mit mehr Genie und selbst mit mehr Vernunft zu rasen? Doch ich enthalte mich noch, ein Endurtheil zu sprechen."

Die Jahre von 1771 ab verlebte Klopstock, der nie in seinem Leben ein Amt bekleidet hat, meist in Hamburg; die dänische Pension, wozu 1775 noch eine badensche kam, begründete seine sorgenfreie Existenz. 1791 verheirathete er sich noch einmal. In den letzten zehn Jahren seines Lebens nahm er zum Befremden vieler seiner Verehrer begeisterten Antheil an der französischen Staatsumwälzung; doch wandte er sich mit Abscheu ab, als die Greuel in der Hinrichtung Ludwig XV. ihren Höhepunkt erreichten.

Bis zum Winter 1802 bis 1803 erfreute sich Klopstocks durch körperliche Uebungen gekräftigter Körper im ganzen einer guten Gesundheit. Die nun eintretenden körperlichen Leiden ertrug er mit großer christlicher Geduld. Am 14. März 1803 starb er und ward mit wahrhaft königlichen Ehren begraben.

In einem seiner letzten und schwersten Kämpfe hat er sich aufrichtend die seit lange in seinem Innern lebendigen Worte des Jesaias gesprochen: „Kann auch ein Weib ihres Kindleins vergessen, daß sie sich nicht erbarme über den Sohn ihres Leibes? und ob sie desselbigen vergäße, so will ich doch deiner nicht vergessen; siehe! in die Hände habe ich dich gezeichnet."

Es versteht sich von selbst, daß an diesen Meister deutscher Dichtkunst sich eine Unzahl von Jüngern und Nachtretern anschloß. Diese zu nennen und ihre Werke zu verzeichnen, ist allenfalls noch Aufgabe einer Litteraturgeschichte. Uns genügt es, einer Anzahl von Jünglingen zu gedenken, die, Klopstock als Dichterkönig verehrend, in

Göttingen zu einem Dichterbunde, dem sogenannten Hainbunde, sich verbanden. Voß ist die Seele dieses Bundes und vertritt in demselben besonders die Klopstock'sche Richtung auf das Antike; Friedrich Leopold Graf von Stolberg vertritt besonders das vaterländische Element; Hölty wandte sich mit mehr als Klopstock-scher Weichheit der Naturdichtung zu. Freundschaft und Liebe wurden von ihnen allen gepriesen und die Klopstocksche Odenform häufig angewandt. Ihre Richtung auf das Volksmäßige aber führte sie auch zu einfacherm Strophenbau mit Anwendung des Reims; und gerade hier liegt ihr Verdienst und die Ursache, warum diese Dichter noch heute selbst in den Kreisen des Volks bekannt sind. „Die Volksdichtung ward hier gleichsam neu geboren." Selbst von Voß, der sonst vorzugsweise genannt wird wegen seiner nicht geringen Verdienste um die deutsche Verskunst, wegen seiner meisterhaften Uebersetzung der homerischen Gedichte, durch welche er die Deutschen „aus Poesie in Poesie übersetzen gelehrt hat", wegen seiner „Luise", und in Lehrerkreisen noch besondes gekannt ist und gekannt bleiben wird wegen seines „siebenzigsten Geburtstags" — selbst von Voß, dem minderbegabten Dichter, haben sich einige Lieder, freilich meist verkürzt und verändert, erhalten („Des Jahres letzte Stunde") und auch in unsere Schullesebücher Aufnahme verschafft („Willkommen im Grünen"). Bekannter sind Lieder von Stolberg („Mein Arm wird stark und groß mein Muth", „Sohn! da hast du meinen Speer", „Süße, heilige Natur"). In aller Munde aber ist das Lied von Hölty „Ueb immer Treu und Redlichkeit". Hölty ist unter den genannten drei der populärste geworden („Rosen auf den Weg gestreut", „Wer wollte sich mit Grillen plagen", „Die Luft ist blau, das Thal ist grün", „Der Schnee zerrinnt, der Mai beginnt" u. a.). Die Palme des Volksgesanges gebührt jedoch zwei Männern, die dem Bunde nahe standen, ohne ihm selbst anzugehören: Bürger und Claudius.

Bürger war der Sohn eines Predigers in Molmerswende bei Halberstadt. Nach einer wilden Jugendzeit, in welcher sich eine Scheu vor jeglicher ernsten Anstrengung, ein Hang zum Schauerlichen, aber auch schon eine Neigung zu poetischer Gestaltung offenbarte, besuchte er die Schulen zu Aschersleben und Halle und demnächst die Halle'sche und Göttinger Universität. Bald gerieth er in böse Gesellschaft, seine Sittlichkeit wurde gänzlich untergraben, und nie hat er sich wieder dauernd aufgerichtet. Drei durch Leidenschaft und Unbesonnenheit zerrüttete Ehebündnisse, fortwährende Nahrungssorgen, harte Schicksalsschläge vernichteten endlich sein, was das Volksmäßige betrifft, ausgezeichnetes dichterisches Talent und stürzten ihn früh ins Grab. Seine dritte Gattin, die an seinem Unglück einen großen Theil der Schuld trägt, zog nach seinem Tode, die Gedichte des Gatten declamirend, in der Welt umher. Bürgers Lenore, zu welcher Lehrer eine recht gute Erläuterung finden in Gude's „Erläuterungen deutscher Dichtungen", ist bis heute in Bezug auf echt volksmäßige Haltung, Wohllaut der Sprache, Lebendigkeit der Entwicklung noch nicht übertroffen; sein „Lied vom braven Mann" ist unsern Volksschullesebüchern geradezu unentbehrlich; sein „Kaiser und Abt" lebt noch heute im Munde des Volks; dasselbe gilt in fast gleichem Grade von der Kuh, dem wilden Jäger, dem Feldjägerlied, dem Spinnerlied, den Weibern von Weinsberg, dem Lied von Treue; das Dörfchen muß man den Göthe'schen kurzzeiligen Gedichten an die Seite stellen; die Bürgerschen Sonette endlich sind bis heute die besten deutschen Producte dieser Dichtungsart. Sie sind „Muster ihrer Art, die sich auf den Lippen des Declamators in Gesang verwandeln" (Vilmar). Das vorzüglichste, das uns zugleich einen Blick in des Dichters Inneres gewährt, stelle ich, weil es doch wohl weniger bekannt sein möchte, hierher.

An das Herz.

Lange schon in manchem Sturm und Drange
Wandeln meine Füße durch die Welt.
Bald den Lebensmüden beigesellt,
Ruh ich aus von meinem Pilgergange.

Leise sinkend faltet sich die Wange;
Jede meiner Blüthen welkt und fällt.
Herz, ich muß dich fragen: Was erhält
Dich in Kraft und Fülle noch so lange?

Trotz der Zeit Despoten-Allgewalt
Fährst du fort, wie in des Lenzes Tagen
Liebend, wie die Nachtigall, zu schlagen.

Aber ach! Aurora hört es kalt,
Was ihr Tithons Lippen Holdes sagen. —
Herz, ich wollte, du auch würdest alt!

Die letzten Zeilen finden ihre Erklärung in der griechischen Mythologie. Aurora, die Göttin der Morgenröthe, vermählte sich dem Tithon, einem Sterblichen, den sie so sehr liebte, daß sie für ihn von Zeus, dem obersten Gott, Unsterblichkeit erflehte. Aber sie hatte es unterlassen, zugleich um ewige Jugend für ihren Liebling zu bitten, und so verwelkte dieser mit den Jahren, seine Glieder vertrockneten, und seine Stimme schwand. Da verwandelte ihn Aurora in eine Cicade, konnte aber damit die laute Klage Tithon's nicht dämpfen, denn fort und fort beginnt die Cicade beim Erscheinen der Morgenröthe ihr Gezirpe.

Wer mit demjenigen aus dem Bereich der Poesie bekannt werden will, was dem Volke gefällt, der muß Bürgers Gedichte lesen; denn keines deutschen Dichters Werke mögen in dem Umfange und mit der Begier vom Volke auswendig gelernt worden sein, als die Bürgerschen; was dem Volke frommt, das läßt sich aus ihnen freilich leider nicht lernen; in dieser Beziehung steht Claudius unendlich höher; denn man kann dem Volke den ganzen Claudius geben und wird ihn ihm geben und erhalten müssen, wo immer man auf dessen Veredlung sein Augenmerk richtet; aber die Bürgersche Muse liefert hierzu gar wenig Beiträge; vielfach sind Bürgers Gedichte ein nur zu treues Abbild seiner verunsittlichten Persönlichkeit. So ist also die innere Verwandtschaft Bürgers mit den Mitgliedern des Hainbundes und mit dem Könige desselben, Klopstock, äußerst gering. Bürger steht Wieland viel näher als Klopstock.

Im Reiche Gottes sendet der Herr je zween und zween; im Reich der Poesie, die häufig als eine Tochter des Himmels bezeichnet wird, ist um diese Zeit das nämliche geschehen. Die sechs Häupter der zweiten Blüthenperiode deutscher Dichtkunst, in der Zeit zwar einander nahestehend, ordnen sich doch so, daß Klopstock und Wieland das erste, Herder und Lessing das zweite, Göthe und Schiller das dritte Drittheil dieser Zeit beherrschen, und zwar in der Weise, daß je zwei sich zu einander als ergänzende Gegensätze verhalten.

Wieland, der Sohn eines schwäbischen Geistlichen und von diesem streng altgläubig erzogen, war als ein frühreifer Jüngling in der bezeichneten Richtung auch als Dichter thätig. Bald aber trat seine Muse unter den Einfluß der französischen Litteratur, Philosophie und Cultur in den Dienst des Leichtfertigen, Schlüpfrigen, Sinnlichen, Losen. Das verschaffte ihm Eingang besonders in die höhern und höchsten Kreise. Während die Göttinger, tief entrüstet über den Inhalt seiner Werke, diese und sein Bildniß feierlich verbrannten, wurde er nach Weimar als Prinzenerzieher berufen. Hier ist er im 80. Lebensjahre (1813) gestorben. Keines seiner zahlreichen Werke, auch nicht den Oberon, ein sogenanntes romantisches Epos, und die Abderiten, einen Roman, in welchem Wieland das Spießbürgerthum seiner Zeit in satirischer Weise lächerlich zu machen sucht, kann ich meinen Lesern empfehlen. — Wieland, der in einem durchgreifenden Gegensatz zu Klopstock steht, — dieser ernst religiös, jener leichtfertig freigeisterisch; dieser kerndeutsch, jener weltbürgerisch; dieser den Geist des unverderbten Alterthums mit seinem deutschen Geiste vermählend, jener das verfallende Alterthum mit seinem durch französisches Wesen entnervten Geiste verkuppelnd, — Wieland hat doch, und zwar im Zusammenhange mit diesem Gegensatze, nicht unbedeutende Verdienste. Bei den Ueberschweuglichkeiten Klopstock's mußte seine Nüchternheit, bei der hochtrabenden Schwerfälligkeit Klopstock's seine leichte Beweglichkeit, bei dem majestätischen Ernste Klopstock's seine ungezwungene Heiterkeit einen befreienden Einfluß auf die Entwickelung der deutschen Litteratur ausüben.

Daß unser Claudius sich mehr von Klopstock als von Wieland mußte angezogen fühlen, versteht sich nach dem Gesagten von selbst. Vergleiche übrigens Claudius' Anzeige von Wielands „Teutschem Merkur" WW. I u. II, 108.

§. 9. Claudius in Hamburg. Lessing. Herder.

Nachdem wir längere Zeit den Boten fast vergessen haben, kehren wir mit einigen Bemerkungen zu ihm zurück, um sofort zwei Männer kennen zu lernen, die, für die Ausbildung der deutschen Poesie und Prosa von dem größten Einflusse, auch auf den Boten vortheilhaft eingewirkt haben.

Nach noch nicht einjährigem Aufenthalte verließ Claudius, weil er sich in seiner äußerlichen Stellung nicht behaglich fühlte, Kopenhagen; ging, wie wir wissen, auf längere Zeit zu den Eltern zurück und wandte sich im Spätherbst 1768 nach Hamburg. Zwischen den norddeutschen Städten Hamburg, Lübeck, Kiel und Kopenhagen bestand um diese Zeit ein reger geistiger Verkehr. Hamburg zumal war damals in litterarischer Beziehung die „Hauptstadt Deutschlands“; selbst der Kaufmann nahm an rein geistigen Interessen Theil; der Gedanke an ein deutsches Nationaltheater hatte Wurzel gefaßt, und es war zu dem Ende Lessing ein Jahr vor Claudius' Dahinkommen nach Hamburg berufen worden.

Lessing, dessen Namen in Deutschland jedes Kind aus seinem Lesebuche kennt, obgleich ein verhältnißmäßig nur kleiner Theil der Nation ihn zu würdigen im Stande ist, stammte wie Claudius aus einer Predigerfamilie, deren Ahnen und Urahnen wie die unseres Claudius meist Prediger gewesen waren und sich bis in das 16. Jahrhundert zurück verfolgen lassen. Er ist geboren 1729 zu Kamenz in der Lausitz. Die in der Familie der Lessinge erbliche Neigung zur Gelehrsamkeit trat bei dem Knaben frühzeitig in charakteristischer Weise als Freude an Büchern hervor. Sogar zum Zeitvertreib blätterte er in Büchern; und als er einst gemalt werden sollte mit einem Käfich, in welchem ein Vogel saß, widerstand er und sprach zu dem Maler: „Mit einem großen, großen Haufen Bücher müssen Sie mich malen, oder ich mag lieber gar nicht gemalt sein.“ Noch nicht dreizehn Jahr alt, wurde er auf die Fürstenschule nach Meißen gebracht. Der Rector dieser Schule erklärte ihn einmal brieflich für ein Pferd, das doppeltes Futter haben müsse; die Lectionen, die andern zu schwer würden, seien ihm kinderleicht; man könne ihn fast nicht mehr brauchen. Als siebenzehnjähriger Jüngling bezog er 1746 die Universität Leipzig, um nach dem Willen seines Vaters Theologie zu studiren. Bald aber finden wir ihn in Kreisen, wo er „leben lernen“ wollte. Er suchte den Umgang mit Schauspielern, lernte tanzen, reiten, fechten, und das Studium der Theologie ward ihm zuwider. Er fing an, Medicin zu studiren, verließ aber bald Leipzig, wo er von Gläubigern bedrängt wurde, und wandte sich nach einem kurzen Aufenthalte in Wittenberg nach Berlin.

In Leipzig war Lessing dem Namen nach zuerst Student der Theologie, sodann der Medicin; seinen Fleiß aber hatte er, angeregt durch zwei bedeutende Leipziger Professoren, vorzugsweise auf die von der Schule her ihm liebe Alterthumswissenschaft gerichtet; der Umgang mit Schauspielern und mit Männern, die bereits mit mehr oder weniger Erfolg das Gebiet der Dichtkunst betreten hatten, desgleichen der damals gegen Gottsched lebendig sich regende Gegensatz weckten Lessing's denkenden Dichtergeist; und die Akademie zu Leipzig, wo man nach seinen eigenen Worten damals beinahe nichts so zeitig lernte, als ein Schriftsteller zu werden, machte auch ihn zum Schriftsteller. Das bei all dem erworbene geistige Capital mußte ihn nun in Berlin erhalten, wurde umgesetzt, vermehrt und erhielt ihn bis an sein Lebensende.

Es ist hier nicht der Ort, Lessing überallhin zu folgen, wohin ihn sein rastloses Leben trieb; wir können auch kaum der zahlreichen litterarischen Fehden gedenken, zu denen ihn sein unbegrenzter Wahrheitstrieb, seine Offenheit und Aufrichtigkeit, seine stete Schlagfertigkeit veranlaßten, noch die Schriften nur dem Namen nach anführen, die dadurch hervorgerufen wurden. Eine nur einigermaßen vollständige Würdigung Lessing's ist nur dem möglich, der, mit wissenschaftlichen Mitteln ausgerüstet, eine lange Zeit dem Studium der Litterar- und Kunstgeschichte, selbst der Geschichte der Theologie widmen kann. Lessing wollte, nach Claudius' (auf dessen „Audienz beim Kaiser von Japan" WW. III, 44 ich hier verweise) Ausdruck, gern alles hell und klar mit seinen Augen sehen. Hier liegt seine Stärke sowohl, als seine Schwäche. In diesem Bestreben hat er, ohne daß man ihn beschuldigen könnte, ein Feind Christi gewesen zu sein, selbst dem Christenthum großes Unrecht gethan; aber er hat, ohne der Seligkeit des Findens theilhaftig geworden zu sein, das Recht des sich selbst verleugnenden Suchens mit seiner ganzen Persönlichkeit dargestellt (vgl. Flieg. Bl. d. R. H. 1860); und, was uns hier zumeist angeht, er hat eine urkräftige deutsche Prosa geschaffen, der deutschen Nation einen geläuterten Geschmack gegeben und auf die Gestaltung einiger Dichtungsarten, vornehmlich der Fabel und des Drama, für die ganze Folgezeit heilsam gewirkt. Lessings Fabeln, weitaus nicht etwa seine bedeutendsten Produkte, sind in Bezug auf Kürze, kernigen Ausdruck und treffende Kraft geradezu unübertrefflich, daher selbst die Volksschule an ihnen ein unschätzbares Material zur Sprachbildung ihrer Schüler hat. Von seinen drei vorzüglichsten Dramen: Minna von Barnhelm, Emilia Galotti (vgl. Claudius WW. I u. II, 112) und Nathan der Weise, empfehle ich meinen Lesern zunächst nur aber nachdrücklichst das erste, ein Lustspiel „von vollkommenem norddeutschen Nationalgehalte“*).

Lessing war 1760 nach Breslau zu dem tapfern General Tauentzien als Gouvernements-Secretär gegangen. Hier war er mitten in das Getümmel des siebenjährigen Krieges versetzt worden, und, „anknüpfend an die unmittelbare Wirklichkeit des Lebens, die ihn umgab, an das bedeutendste Ereigniß und den gefeiertsten Helden und Herrscher des Jahrhunderts“, schuf er seine Minna von Barnhelm, die zum Inhalte „nicht ein bloß gemachtes und ersonnenes, sondern ein wahres Leben hat“, für welches die ganze deutsche Nation sich interessiren mußte. Seit den Zeiten des Nürnberger Schusters Hans Sachs, eines Zeitgenossen Luthers, war kein einziges völlig deutsches Lustspiel erschienen; daher die ungeheure Wirkung, die Lessings Minna hervorbrachte. Auch Claudius scheint durch eine Aufführung der Minna in Hamburg ganz hingenommen gewesen zu sein; in einem erdichteten Briefwechsel zwischen einem Vater und Sohne giebt er in den Hamburger „Adreß-Comtoir-Nachrichten“, deren Mitarbeiter er war, Nachricht über dieselbe. „Mir war“, heißt es da unter anderm, „den ganzen Abend das Herz so groß und so warm — ich hatte einen so heißen Durst nach edeln Thaten — ja ich glaube wahrhaftig, wenn man solche Leute oft sähe, man könnte endlich selbst rechtschaffen und großmüthig mit ihnen werden.“

Der geschichtliche Inhalt der Minna ist dieser: „Ein Major von Tellheim, preußischer Offizier, wird nach Ende des siebenjährigen Krieges verabschiedet und mit der Feldkriegskasse in einen Proceß verwickelt. Als edler Mann bleibt er auch im Unglück standhaft und nimmt weder Geld von seinem ehemaligen Wachtmeister an, noch das früher einer Offizierswittwe geliehene Geld zurück. Ein sächsisches Fräulein, Minna von Barnhelm, das er liebt, sucht ihn in Berlin auf und will ihn mit ihrer Hand beglücken; doch hat er zuviel Zartheit, um solche in seiner jetzigen Lage anzunehmen. Sobald er aber durch das Kammermädchen des Fräuleins die (erdichtete) Nachricht erhält, daß dieses in seinen Vermögensverhältnissen zurückgekommen sei, ist er eben so bereit, sich mit ihr zu vermählen, als sie nun gegen ihn die Spröde macht. Das Mißverständniß ist zwischen beiden aufs

*) Dem Leser des „Nathan“ empfehle ich einen Vortrag von Beyschlag: „Lessings Nathan der Weise“ Berlin, Rauh, 6 Sgr.

höchste gestiegen, als der Major seinen Proceß gewinnt, und der ankommende Oheim des Fräuleins beide verbindet." — Daß „wahre männliche Liebe, die lieber alles darangeben, als etwas zum Nachtheil der Geliebten empfangen will, und echte weibliche Liebe, die gerade im Hinnehmen ihre Ehre sucht, zuletzt siegreich wird über alle Mißverhältnisse", ist der Grundgedanke des Lustspiels.

Trotz der innern Grundverschiedenheit der beiden Männer, Lessing's und Claudius', hat zwischen ihnen bis an des erstern Ende eine nie getrübte Beziehung bestanden. Lessing „erkannte und anerkannte ganz wohl die Ursprünglichkeit und das Eigenthümliche in Claudius, das Ganze, das Sinnige und Poetische, die ungeschminkte Frömmigkeit, das Herz voll fröhlicher Unschuld und Liebe." Claudius aber wurde von Lessing's Wahrheitssinn, von seinem unermüdeten Kampfe gegen das Franzosenthum, gegen die glaubenslose Rechtgläubigkeit, gegen verschrobene Schulmeinungen, von seinen bedeutenden dichterischen Productionen und von seiner herzlichen und fesselnden Weise, mit andern umzugehen, angezogen. Nach des „lieben" Lessings frühem Tode (1781) schreibt Claudius: „Ich habe Lessing auch gekannt. Ich will nicht sagen, daß er mein Freund gewesen sei, aber ich war der seine. Und ob ich gleich sein credo nicht annehmen kann, so halte ich doch seinen Kopf hoch." (WW. V, 108, 119.)

In der Zeit seines Aufenthaltes in Hamburg machte Claudius auch die erste Bekanntschaft mit dem damals 26jährigen Herder, der auf einer Durchreise sich in Hamburg einige Wochen aufhielt; eine Bekanntschaft, die für Claudius von den weitreichendsten äußerlichen wie innerlichen Folgen war.

Johann Gottfried (von) Herder ist geboren 1744 zu Mohrungen, einem ostpreußischen Städtchen, wo sein Vater, nachdem er das ihn zu dürftig nährende Tuchmacherhandwerk aufgegeben hatte, Glöckner und Schullehrer war. Einfach und ernst, wie die häuslichen Verhältnisse, war des Knaben Erziehung. Bibel und Gesangbuch waren lange Zeit seine einzige Lectüre und weckten und stärkten in ihm die Richtung auf das Göttliche, den Sinn für Poesie und für die Herrlichkeiten des morgenländischen Alterthums. Nachdem er das vierzehnte Jahr zurückgelegt hatte, vertrat er seinen Vater öfter und, wie berichtet wird, mit dem günstigsten Erfolge in der Elementarschule. Als er sechzehn Jahr alt war, nahm ihn der

Diaconus des Ortes in sein Haus, damit es ihm, bis er die zur Erlernung und Betreibung eines Handwerks nöthigen Kräfte erlangt haben würde, nicht an einer nützlichen Beschäftigung fehle. Hier lernte ihn ein Regimentschirurg kennen, der ihn mit nach Königsberg nahm, um ihn daselbst auf seine Kosten die Wundarzneikunst studiren zu lassen. Herder aber fiel bei der ersten Zerlegung eines Leichnams, der er beiwohnte, in Ohnmacht. Dieser Umstand war entscheidend für sein Leben. Er studirte fortan, sich erhaltend durch eignen Erwerb und unbedeutende aus seiner Vaterstadt kommende Unterstützungen, Theologie. Seine äußere Lage ward gesicherter, als er eine Lehrerstelle an einer gelehrten Königsberger Schule erhielt; auch gewährte ihm der Lehrerberuf innere Befriedigung. Durch Empfehlung seines Freundes Hamann, den wir später noch einmal erwähnen müssen, bekam Herder, als er 20 Jahr alt war, eine Lehrerstelle an der Domschule zu Riga und bald darauf zugleich das Amt zu predigen. In diesem Doppelberufe erwarb er sich die Liebe der Rigaer in einem seltenen Grade; doch trieb ihn seine Sehnsucht, die Welt zu sehen, von Riga hinweg. „Geliebt von Stadt und Gemeine", schrieb er im Jahre darauf, „angebetet von meinen Freunden und einer Anzahl von Jünglingen, die mich für ihren Christus hielten, der Günstling der Regierung und der Ritterschaft, die mich zu großen Ab- und Aussichten bestimmten, ging ich demungeachtet vom Gipfel dieses Beifalls, taub zu allen Vorschlägen, unter Thränen aller, die mich kannten, weg, da mir mein Genius unwiderstehlich zurief: Nutze deine Jahre und blicke in die Welt!" Er reiste zu Schiffe nach Frankreich und nahm noch in dem nämlichen Jahre den ehrenvollen, seinen Plänen entsprechenden Ruf an, den Prinzen von Oldenburg drei Jahre lang als Reiseprediger und Lehrer zu begleiten. Nun begab er sich von Paris über Brüssel, Antwerpen, Amsterdam, Hamburg — eben hier lernte er Lessing und Claudius kennen — an den oldenburgischen Hof nach Eutin. Seine neue Stellung fand er neben einem Oberhofmeister sehr mißlich. Doch begann die Reise, die über Darmstadt nach Straßburg führte. In Darmstadt verweilte der Prinz, dessen Mutter eine darmstädtische Prinzessin war, zwei Wochen lang. Herder lernte hier einen Kreis gebildeter Männer kennen und verlobte sich mit seiner nachmaligen Gattin. Auch erhielt er schon hier den Ruf des Grasen von Bückeburg als dessen Consistorialrath und Oberpfarrer. Er nahm den Ruf an, doch unter der Bedingung, die Zeit seines Antritts selbst bestimmen zu dürfen. Nun wurde die Reise weiter fortgesetzt nach Straßburg, wo Herder die Bekanntschaft des damals zwanzigjährigen Göthe machte. Dieser entwirft späterhin von Herder folgende Schilderung: „Er hatte etwas Weiches in seinem Betragen, das sehr schicklich und anständig war, ohne daß es eigentlich adrett gewesen wäre; ein rundes Gesicht, eine bedeutende Stirn, eine etwas stumpfe Nase, einen etwas aufgeworfenen Mund; unter schwarzen Augenbrauen ein Paar kohlschwarze Augen, die ihre Wirkung nicht verfehlten, obgleich das eine roth und entzündet zu sein pflegte. — Herder konnte allerliebst einnehmend und geistreich sein, aber eben so leicht eine verdrießliche Seite hervorkehren." Der sieben Jahr ältere Herder schrieb bald nach seiner Bekanntschaft mit Göthe: „Göthe ist wirklich ein guter Mensch, nur etwas leicht und spatzenmäßig, worüber er meine ewigen Vorwürfe gehabt hat. Er war mitunter der Einzige, der mich in Straßburg in meiner Gefangenschaft besuchte*), und den ich gern sah: auch glaube ich ihm, ohne Lobrednerei, einige gute Eindrücke gegeben zu haben, die einmal wirksam werden können."

In Straßburg erhielt Herder ungern die erbetene Entlassung und ging (1771) nach Bückeburg, wo er sich anfangs als „ein Pastor ohne Gemeinde, ein Patron der Schulen ohne Schulen, Consistorialrath ohne Consistorium" nicht besonders wohl fühlte. Allein sein Verkehr mit der in einer Brüdergemeinde erzogenen Gräfin, einer „zarten Blume, die schon dem Himmel entgegenreifte", die größere Werthschätzung, die er auch dem Grafen nach und nach abgewann, eine Erweiterung seines Wirkungskreises und seine in diese Zeit fallende Verheirathung verbesserten seine Lage und Stimmung. Herders Gemahlin hat in spätern Jahren diese Zeit als „die paradiesischen Jahre ihres häuslichen Glücks, die goldne Zeit ihrer Ehe" bezeichnet.

1776 ging Herder infolge einer Empfehlung Göthe's nach Weimar als Oberhofprediger, Generalsuperintendent und Ephorus

---

*) H. hatte sich in Straßburg einer Augen-Operation unterworfen und mußte in Folge dessen ein halbes Jahr lang das Zimmer hüten.

der Schulen. In dieser einflußreichen Stellung hat er sich namentlich auch um das Schulwesen bedeutende Verdienste erworben. Er gab dem Gymnasium einen ganz neuen Unterrichtsplan, gründete ein Schullehrerseminar, schrieb selbst eine Catechismusbearbeitung, besorgte ein neues Gesangbuch und führte gute Lehrbücher ein.

In Weimar, wo Herder 1803 gestorben ist, sind auch die meisten seiner zahlreichen Werke entstanden, als deren bedeutendstes die „Ideen zur Philosophie der Geschichte der Menschheit" gelten.

Herder war ein mächtiger, vielseitiger Geist, der auf den Gebieten der Theologie, der Philosophie, der Geschichte, der Kunst, der Kritik und Poesie Werke geschaffen hat, die jetzt freilich einen nur noch kleinen Leserkreis haben und haben können, in ihrer Zeit aber kräftige Anregungen gebracht, neue Bahnen gebrochen und das Verständniß verschiedner Partien in den bezeichneten Gebieten herbeigeführt haben.*) Was uns zumeist angeht, ist dies, daß Herder in den „Fliegenden Blättern von deutscher Art und Kunst" „die ältesten und ursprünglichsten Volksgesänge, die Volkslieder, in ihre poetischen Rechte wieder einsetzte, in diesen so lange Zeit verachteten und verschmäheten Dichtungen die Quellen und die Grundmaße aller Dichtung nachwies und ihnen die erste Stellung, der Zeit wie dem Range nach, vor den willkürlich geschaffenen Producten zueignete. — Durch diese Erörterung der Lieder der alten Völker wurde der Begriff der Volkspoesie, gegenüber der Kunstpoesie, eingeführt — — und zugleich ein heilender Einfluß auf das Leben ausgeübt: durch die Wiederherstellung der poetischen Rechte des Volksgesangs wurde eine Versöhnung mit dem Volksleben, so weit dieselbe möglich war, theils unmittelbar herbeigeführt, theils eingeleitet; es wurde nunmehr wenigstens unmöglich gemacht, das „gemeine Volk", wie bisher, als eine rohe, dumme Masse zu verachten, unmöglich, die gelehrte Poesie, ja unmöglich, die Wissenschaft überhaupt als das ausschließlich berechtigte, als das unbedingt den Vorzug verdienende Lebens- und Culturelement ferner noch in der Weise wie bisher geltend zu machen; es wurde Achtung vor dem geistigen Leben des

*) Herder's sämmtliche Werke umfassen 60 Bände; seine „Ausgewählten Werke in einem Bande" sind in Stuttgart und Tübingen 1844 erschienen (8 Thaler).

Volkes und vor den Rechten dieser geistigen Lebenselemente angebahnt" (Vilmar). Die Fliegenden Blätter erschienen in dem Jahre, da Herder sich verheirathete (1773); fünf Jahre darauf gab er eine Sammlung von Volksliedern vieler Nationen heraus („Stimmen der Völker"), die erste Sammlung dieser Art.

Neben dem schon genannten Hamann war namentlich Lessing von großem Einfluß auf Herder. Lessing „hat fast nichts geschrieben, worauf nicht Herder irgendwie, spät oder frühe, billigend oder bestreitend, Rücksicht genommen hätte" (Vilmar). Herder ahmt sogar, wenigstens in seinen frühern Werken, Lessings Prosa nach; und wo er das am genauesten thut, ist seine Prosa am besten.

Traten uns in Klopstock und Wieland zwei schaffende Dichter entgegen, der erste mit gen Himmel gerichtetem Blick, der zweite an der Erde ohne Ausschau kriechend, genießend und zum Genuß reizend: so haben wir in Lessing und Herder zwei Männer kennen gelernt, deren eigne dichterische Erzeugnisse, mögen sie immerhin zum Theil bedeutend sein und bleiben, doch hinter ihrer lehrhaften Thätigkeit, daß ich vorerst mich so ausdrücke, weit zurückstehen müssen. Lessing hat die zu seiner Zeit verwischten Grenzen zwischen Poesie und Malerei neu gezogen; er hat uns gelehrt, welche Eigenschaften ein Drama haben müsse; er hat die Fabel an den ihr gebührenden Platz an der Grenze der Poesie verwiesen und sie zugleich zu ihrer alten Einfachheit und schlagenden Kürze zurückgeführt. Herder hat uns den Unterschied zwischen Kunst- und Volkspoesie zum Bewußtsein gebracht; er hat uns das Volkslied schätzen gelehrt; er hat uns, was selbst Klopstock nicht wußte, begreiflich gemacht, was ein Epos sei. Lessing hat mit seinem alles durchdringenden Verstande erkannt, daß die Schönheit das höchste Gesetz der Poesie sei; Herder hat mit seinem immer auf das Ewige und Edle gerichteten Geiste das bis dahin fast verborgne Geheimniß rein erfaßt, daß die durch die Poesie schön zu gestaltenden Stoffe der Natur und dem wirklichen Leben entnommen werden müssen.

Mit der vollständigen Erfassung dieses Geheimnisses, das, mit unreinen Elementen vermischt, bereits in Hamann, Herder's Landsmann, seinen Propheten gefunden hatte, stellt Herder, was die Poesie betrifft, das Wesen des Dranges dar, der in den siebenziger Jahren des vorigen Jahrhunderts fast alle geistigen Gebiete umgestaltete:

des Dranges, von der Verderbtheit der Cultur zur Wahrheit der Natur zurückzukehren. Dieser Drang wurde in einem allgemeinen Sturme laut, der, indem er aller Enden wohlthätig reinigte, doch auch manchen ehrwürdigen Baum geknickt hat. Der christliche Glaube wurde erschüttert durch die neue Aufklärung, die, von Frankreich und England nach Deutschland herüberkommend, die menschliche Vernunft als hauptsächlichste Quelle und vornehmstes Gesetz des Glaubens ansah. Im Erziehungswesen machte Basedow eines Franzosen (Rousseau) Gedanken von der Nothwendigkeit einer Rückkehr zum Naturgemäßen geltend. Für die Kunst gab Winkelmann, für die Kritik Lessing neue Gesetze. Die Philosophie begann mit dem Königsberger Professor Kant eine neue Periode. Den größten Umschwung erfuhr die Poesie, in Bezug auf welche man Hamann als Begründer des Sturmes anzusehen hat. Das Volkslied, die Schöpfungen des griechischen Dichters Homer, des schottischen Dichters Ossian, des englischen Dichters Shakspeare wurden allein bestimmend; was sonst nach Gesetz und Regel aussah, wurde verworfen. Denn man „suchte im Gebiet der Dichtung und Kunst jene Gabe, die nicht nach Vorschrift und Regel mühsame Werke baute, sondern auf einen Wurf Schöpfungen hervorrief, die zugleich ihre Gesetze in sich trugen.“ Diese Gabe bezeichnete man mit dem Namen „Genie“ (vgl. darüber Claud. WW. I u. II, 21, 65. Ich wüßte nicht warum?). Die Zeit aber, in der man so dem Genie nachstrebte, nennt man die **Genieperiode** oder die **Periode des Sturms und Dranges**. Daß sie nur von kurzer Dauer sein konnte, ist leicht zu ermessen. Göthe, der mit seinen Jugendwerken (Werther's Leiden, Götz von Berlichingen) noch in ihr steht, und Schiller stellen nach diesem Sturme in ihren Werken den Höhepunkt der zweiten Blüthezeit unserer Dichtkunst dar. Sie aber gehören nicht mehr in den Kreis unserer Betrachtungen.

Claudius zeigt sich an vielen seiner Erzeugnisse von jenem Sturme mild berührt. Kein Wunder, denn Hamann und Herder waren von ihm hochgeehrte Männer. Allein sich von dem Sturme werfen zu lassen, dazu hatte er einen zu sichern Standpunkt. Selbst seine volksmäßigen Lieder, von denen doch Herder eines in seine „Stimmen der Völker“ aufnahm, sind sein innerstes Eigenthum.

§. 10.

Claudius der Volksliederdichter. Das deutsche Volkslied. Dessen Behandlung und Benutzung in der Schule.

Wenn allein der Gebrauch, den das Volk von einem Liede macht, darüber entschiede, ob dasselbe ein „Volkslied" genannt werden könne, so müßten gar manche von Claudius' Liedern diese Bezeichnung erhalten. Denn noch heute singt das Volk, wie vor funfzig Jahren, nicht nur „Der Mond ist aufgegangen", sondern auch „Mein Neujahrslied" (verkürzt und meist verändert), „War einst eine Riese Goliath" u. a., namentlich „Bekränzt mit Laub den lieben, vollen Becher" und „Wenn Jemand eine Reise thut"*). Der Grund, warum diese Lieder noch gesungen werden, liegt allerdings zum größten Theil in ihnen selbst. Sie sind der poetische Ausdruck allgemein im Volke lebender Gefühle, und dieser Ausdruck fügt sich in die einfachen, dem Volke bequemen Formen meist vierzeiliger Strophen, mit Anwendung des dem Volke unentbehrlichen Reimes. So nähern sie sich dem eigentlichen Volksliede, das eine weniger, das andere mehr, bis zum Verschwinden der Grenze. Das Volkslied im eigentlichen Sinne ist, wie der Volksspruch und das Sprichwort, nicht Eigenthum eines Einzelnen. Es entsteht also nicht, indem sich der Kunstdichter auch einmal, wie Gleim das in seinen „Liedern für's Volk" that, zum Volke „herabläßt."

Gleim's sei hier im Vorbeigehen gedacht. Gleim, dessen Verdienste weniger in seinen Leistungen als Dichter, als vielmehr darin bestehen, daß er hilfsbedürftige dichterische Talente unterstützte, wurde geboren 1719, starb 1803, war also genau ein Zeitgenosse Klopstocks. Ohne dessen überschwenglicher Kraft nachstreben zu können und zu wollen, stand er doch mit ihm, wie mit Claudius, Herder, Lessing, Wieland, Voß, in den freundschaftlichsten Verbindungen. Freundschaft bis zur lächerlichsten Geziertheit wurde zwischen ihm und den seinem Kreise (der sogenannten hallischen oder preußischen Dichterschule, deren bedeutendste Mitglieder bei einer Betrachtung des patriotischen Liedes erwähnt werden müssen) angehörenden Männern gepflegt und

*) In die Rauhhäusler Sammlung „Unsere Lieder" (Agentur des R. H. 319 S. 12 Sgr.) ist eine größere Zahl von Claudius' Liedern nebst Melodien aufgenommen.

ist das charakteristischste Merkmal ihrer Lieder. An Gleims Volksliedern kann man allenfalls lernen, wie ein Volkslied nicht ist, noch sein kann. — Wer nach Halberstadt kommt, woselbst Gleim von 1747 bis an seinen Tod als Domsekretair gelebt hat, gehe nicht an seinem neu eingerichteten Wohnhause vorüber.

Das eigentliche Volkslied entsteht auch nicht durch eine „täuschende Versetzung in die mancherlei Umstände des Volks"*); auch endlich nicht so, daß man, wie Claudius, als gebildeter Mann in die Kreise des Volks wirklich versetzt und an seiner Freude und seinem Leide Theil nehmend, aus diesen Verhältnissen heraus dichte; sondern das Volkslied ist ein Produkt der in das menschliche Wesen von dem Schöpfer gelegten poetischen Kraft, die, obwohl sie sich bald stärker bald schwächer äußert, ja zu Zeiten als eine bloße Empfänglichkeit sich offenbart, nie vernichtet werden kann. Weil diese Kraft ein Geschenk Gottes ist, so ist sie von einer gewissen Bildungsstufe gar nicht abhängig; weil sie ein allgemeines Geschenk ist, so ist ihr Erzeugniß, das Volkslied, nicht das Eigenthum des Einzelnen, wenn auch der Einzelne es zuerst gesungen hat. Alle Lieder, die nicht in diesem Sinne Lieder des Volkes, dieses als Dichter gedacht, sind, kann man nur volksthümliche Lieder nennen. Ganz dieselbe Bewandtniß hat es mit den Melodien.

Der deutsche Volksgesang ist so alt, wie das deutsche Volk. Die ersten Nachrichten, die wir über unsre Vorfahren haben, berichten uns zugleich, daß dieselben „in alten Volksliedern, der einzigen Art von Ueberlieferung, den erdentsprossenen Gott Tuiscon und dessen Sohn als des Volkes Stammväter und Gründer priesen, daß sie eine Art Kriegslieder, Baritus (Barditus) genannt**), hatten, durch deren Absingung sie die Gemüther anfeuerten und aus deren bloßem Schalle sie den Ausgang der Schlacht ahneten." Von diesen ältesten Gesängen hat sich natürlich nichts erhalten; auch nichts von denen, welche die das Christenthum bringenden Sendboten in großer

*) Ein Ausdruck Lessings, der in einem Briefe an Gleim sich darüber erklärt, wie verkehrt es sei, jene Herablassung lediglich auf den Verstand des Volkes zu beziehen.

**) Aus Mißverständniß dieser Stelle des römischen Schriftstellers Tacitus schreibt sich jener Irrthum Klopstocks und seiner Anhänger von einer besondern Sängerkaste der Deutschen, den „Barden", her.

Zahl vorfanden. Diesen gerade waren jene Lieder natürlich ein zu vernichtendes Aergerniß. Die endliche gänzliche Christianisirung Deutschlands bezeichnet das Ende jenes Volksgesanges. Die mächtige, aus der Vermählung des Christenthums mit dem Deutschthum hervorgehende Entwickelung des deutschen Geistes und Gemüthes hatte auch eine neue Entfaltung der poetischen Kraft des deutschen Volkes in ihrem Gefolge. Zwar suchte die katholische Kirche gemäß ihrer Grundrichtung, sich nicht auf die Erneuerung des ganzen innerlichen Menschen, sondern auf das Thun des äußerlichen Werkes zu wenden, dieser sich regenden Sangeslust einen Damm entgegenzustellen. Nahm sie doch dem Volke bei seinem heiligsten Dienste, bei seinem Gottesdienste, sein heiligstes irdisches Geschenk, seine Muttersprache. Allein außerhalb der eigentlichen Gottesdienste, nämlich bei Wallfahrten, Heiligenfesten, Kirchweihfesten, desgleichen bei den mancherlei Volksfesten, endlich bei den Fahrten nach dem gelobten Lande mußte man der Sangeslust freien Lauf lassen. So entstanden im 11., 12., 13. Jahrhundert viele Volkslieder, die theils ganz auf dem Gebiet des Geistlichen, theils auf der Grenze, theils auf dem Gebiet des Weltlichen lagen; mit den Liedern entstanden zugleich ihre Melodien.

Durch seine Melodien unterscheidet sich dieser neue Volksgesang wesentlich von dem älteren. Bei der bekannten Ungefügigkeit der germanischen Kehlen war in dem ältern Volksgesang das melodische Element sehr wenig entwickelt worden. „Die Melodie des alt- und mittelhochdeutschen Gedichts ist nichts anderes als eine gesteigerte Sprachmelodie, ein stark durchschlagender Buchstabenreim, ohne unterscheidbare Intervalle"*). Bis in das 13. Jahrhundert bezeichnen die Ausdrücke „singen und sagen" ein und dieselbe Thätigkeit, nämlich das recitativartige Vortragen deutscher Gedichte mit starker Betonung der die einzelnen Verse gleichsam tragenden Wörter. Aber schon im 9. Jahrhundert entwickelte sich daneben im Anschluß an den beim Gottesdienste eingeführten rhythmenlosen gregorianischen Kirchengesang der neuere Volksgesang. Der Papst Gregorius hatte mit trübem Ernst den durch den Bischof Ambrosius im Abendlande allgemein gewordenen rhythmisch-melodischen Gesang aus den Kirchen entfernt

*) Reißmann, „das deutsche Lied in seiner historischen Entwicklung" Cassel 1861. — Ich folge diesem ausgezeichneten Buche hier an mehreren Stellen. Es sei zugleich Lehrern und Lehrerbibliotheken dringend empfohlen.

und an dessen Stelle einen rhythmenlosen, langsam, taktlos und ohne Berücksichtigung der langen und kurzen Sylben einherschreitenden Gesang gesetzt. Jedem Texte hatte er seine bestimmte Melodie gegeben und deren Ausführung einem eignen Sängerchor übertragen (daher cantus choralis). So wurde das Volk von der Betheiligung am Gesange ausgeschlossen. Nur das gewöhnlich sechsmal wiederholte Kyrie eleison und das Hallelujah gestattete man ihm; von hier aus aber gewann es wieder, was ihm widerrechtlich genommen worden war. In freier, nicht zu hemmender Begeisterung spann es das letzte A des Hallelujah zu langen Tonreihen aus. Diesen Tonreihen legte man nun, wahrscheinlich um sie nicht gar zu sehr verwildern zu lassen, bestimmte, zuerst unrhythmische, sodann rhythmische und gereimte Texte unter, die, weil sie dem Hallelujah folgten, Sequenzen genannt wurden. Schließlich kamen besonders zwei Formen der Sequenzen zur Ausbildung. Die Einen fügten in freierer Weise einen Vers an den andern, die Andern schlossen mehrere Verse zu einer höheren Einheit, der Strophe, zusammen. Diese letzteren, von dem Volke besonders geliebten Sequenzen nannte man Lieder. An der Liedsform bethätigte sich fortan der Schaffensdrang des Volkes in poetischer wie musikalischer Beziehung. Seitdem die Geistlichkeit in Unthätigkeit und Gleichgiltigkeit versank, stellte sich ihm von hier aus kein Hemmniß mehr entgegen; ja es kam dahin, daß nach Melanchthons Ausdruck „das Volk fast überall in den Kirchen etwas in seiner Sprache sang" (Apologie, art. XII). Mit dem Ende des 13. Jahrhunderts kann man die Geburt des Volksliedes als vollendet ansehen. Erhalten hat sich nur wenig aus jener Zeit, weil es nicht niedergeschrieben wurde. Das älteste uns erhaltene deutsche Lied ist das sogenannte Ludwigslied *), ungefähr aus dem Jahr 880 stammend, das aber wahrscheinlich von einem Geistlichen herrührt und des echt Volksmäßigen wenig an sich hat. Ausgezeichnet in dieser Beziehung aber ist ein uns durch einen am Ausgang des 12. Jahrhunderts gestorbenen Mönch aufbewahrtes Liedchen, dessen Anfang so lautet:

Du bist min, ich bin din,
des solt du gewis sin;
du bist beslozzen

*) Siehe unten §. 17.

in minem herzen,
verlorn ist das slüzzelin,
du muost immer dar inne sin.

Die erste Sammlung von Volksliedern ist geschrieben von Clara Hätzlerin in Augsburg im Jahre 1471, neu herausgegeben von Haltaus (1840). Diese Sammlung giebt Zeugniß davon, daß das Volkslied, während andre Zweige der Poesie verdorrten, seiner Blüthe entgegenging. Zu dieser ist es gekommen im Reformationszeitalter und durch die Reformation, die dem Volk seine Sprache wiedergab für seine innerlichsten Angelegenheiten, und durch den Reformator Luther, den großen deutschen Gottes- und Volksmann.

Wie tief Luther das echt Volksmäßige nach Inhalt und Weise in sich aufgenommen hatte, wie sinnig er es im Dienst des Heiligen handhabte, das bezeugt namentlich folgendes „Lied von der heiligen christlichen Kirchen."

Sie ist mir lieb, die werte magd,
und kann ir nicht vergeßen.
Lob, er und zucht von ir man sagt,
sie hat mein herz beseßen.
Ich bin ir hold,
und wenn ich sollt
groß unglück han,
da ligt nicht an:
sie will mich des ergetzen
mit irer lieb und treu an mir,
die sie zu mir will setzen
und tun all mein begir.

Sie trägt von gold so rein ein kron,
da leuchten inn zwölf sterne,
Ir kleid ist wie die sonne schon (schön),
das glänzet hell und ferne,
Und auf dem mon
ir füße ston,
sie ist die braut,
dem Herrn vertraut,
ir ist weh und muß gebären
Ein schönes kind, den edlen Son
und aller welt ein herren,
dem sie ist unterton.

Das tut dem alten drachen zorn
und will das kind verschlingen.
Sein toben ist doch ganz verlorn,
es kann im nicht gelingen:
das kind ist doch
gen himmel hoch
genommen hin
und läßet in
auf erden fast sehr wüten.
Die mutter muß gar sein allein,
doch will sie Gott behüten
und der recht Vater sein*).

Von Luther und wenigen andern abgesehen, ist übrigens „die einzige echte Poesie, welche das 15. und 16. Jahrhundert besitzen, bei denen zu Hause, die weder lesen noch schreiben können."

*) Entnommen aus Wackernagel, „M. Luthers geistl. Lieder."

Dem Stoffe nach sind die meisten Volkslieder, die zum Theil Umdichtungen von Liedern noch älterer Zeit sein mögen, Liebeslieder. Freude und Schmerz der Liebe, Hoffen und Bangen, Sehnen und Sorgen, Finden und Verlieren, Abschied und Wiederkommen, Treue und Untreue finden in ihnen ihren innigsten, reinsten Ausdruck. Sodann ist die Zahl der Naturlieder, die besonders die Wonne des Maien besingen, der Trinklieder, der Jägerlieder, der Studenten-, Soldaten-, Reiter- und Handwerksburschenlieder nicht gering. Alle diese nehmen gewöhnlich mehr oder weniger den Charakter der Liebeslieder an. Zahlreich sind auch solche Lieder, welche religiöse und kirchliche Fragen zum Gegenstand haben und diese meist mit einer keck sich äußernden Bitterkeit gegen Papst und Papstthum zum Ausdruck bringen. Diese bilden den Uebergang zu dem „geistlichen Volksliede", einer Mittelgattung zwischen dem weltlichen Volksliede und dem Choral. Die beste hierher gehörige Sammlung ist die Paderborn'sche: „Geistliche Volkslieder mit ihren ursprünglichen Weisen" (1 Thlr. 15 Sgr.). Beachtenswerth sind endlich die historischen Volkslieder; fast jede noch so unbedeutende historische Thatsache ist besungen worden*).

Der Form nach sind diese Volkslieder meist sehr einfach. In vielen sind je zwei Verse zu sogenannten Reimpaaren vereinigt; häufig findet sich die drei-, sechs-, auch wohl fünfzeilige, meist jedoch die vierzeilige Strophe. Rhythmus und Reim sind mit großer Freiheit behandelt, ohne daß dadurch dem Wohllaut Eintrag geschähe. Der einzelne Ausdruck ist ungesucht, treffend, öfter derb; gewisse Ausdrücke kehren häufig wieder: das hohe Haus, die drei Schlößlein, die grüne Linde, die grüne Haide, die kühlige Erde; im Maien, übers Jahr, nach sieben Jahren; Frau Nachtigall, die Vögelein; das Röslein, die Lilie, die Blümlein Wohlgemuth und Vergißmeinnicht; die Frau Wirthin, die drei Gesellen, der Wirthin Töchterlein u. v. a. Die erregte Empfindung, welcher diese Lieder ihre Entstehung verdanken, bedingt in ihnen das häufige Ueberspringen von Mittelgliedern, das jedoch den Verlauf der Empfindung immer deutlich erkennen läßt und ihnen die volksmäßig knappe Form gibt, und den

*) Die historischen Volkslieder sind besonders herausgegeben worden von Soltau und Hildebrand. Leipzig, Mayer. 1836 u. 1856.

nicht weniger häufigen Uebergang in das Zwiegespräch. Der Refrain wird vielfach angewandt, mitunter in einer Weise, daß man deutlich erkennt, wie er zum Ausdruck sprachlosen Entzückens dient; hier konnte die Melodie, die durch einen sinngemäßen Text sich immer gebunden fühlt, in freier Weise sich austönen. Mitunter wird am Schluß des Ganzen der Gedanke des Liedes ausdrücklich ausgesprochen; öfter wird in naivster Weise der Dichter des Liedes bezeichnet: „Dies Liedlein, ach, ach! Hat wohl ein Müller erdacht, Den hat des Ritters Töchterlein Vom Lieben zum Scheiden gebracht."

Die Ausbildung der Melodie, ohne die das Volkslied nur halben Werth hat, geht mit der Schöpfung der Texte gleichen Schritt; häufig wird selbst die poetische Gestaltung des Volksliedes von der musikalischen überragt. Die lebendige Erregtheit, das volle Herz, aus welchem das Volkslied hervorquoll, mußte das starre Gesetz der alten ungefügigen Kirchentonarten durchbrechen. So fand z. B. der dem alten Systeme fremde, Melodie wie Harmonie bestimmende Dominantseptimenaccord seine Bildung und immer häufiger werdende Anwendung; zunächst in den Liedern, die am meisten des Herzens Bewegtheit athmen, in den Liebesliedern. So wurde die bis dahin durchaus vernachlässigte Melodie in ihr Recht eingesetzt. So erlangte die Melodie, indem sie sich den fest umgrenzten Versen und Strophen anschmiegte, eine übersehbare Gliederung, die die Einheit des Ganzen um so mehr heraustreten läßt. So endlich entstanden die lebendigeren Rhythmen und charakterischen Tongestaltungen und Tonfälle, die der gregorianische Kirchengesang unmöglich gemacht hatte.

Im kleinsten Punkte, in seinem Herzen, sammelte das deutsche Volk dieses Jahrhunderts die größte Kraft; darum entstand so Treffliches, daß nicht nur, wie bekannt ist, die Reformatoren gar manches der Welt Abgehorchte in den Kirchengesang aufnahmen, sondern daß von hier aus sogar nach der Annahme Reißmann's die Entwickelung unserer ganzen jetzigen Musik ihren Ausgang nahm. Die bekannteste aus dem weltlichen Gebiete in den Gottesdienst herübergenommene Melodie ist diese:

Insbruck, ich muß dich laßen.

Sammlungen von Volksliedern mit und ohne Noten sind in diesem Jahrhundert in ziemlich großer Anzahl entstanden. Die älteste ist eine 1512 in Augsburg erschienene Sammlung mit Noten; die reichhaltigste und für die Volksmelodie wichtigste ist eine Nürnberger Sammlung („Ein außzug guter alter vnd newer Teutsche liedlein." 5 Theile. 1539—56). Die einzelnen fliegenden Blätter, auf denen die hier gesammelten Lieder freilich meist ohne Melodien gewöhnlich erschienen, sind für Herstellung des unveränderten Textes von großem Werthe.

Mit dem Anfang des dreißigjährigen Krieges beginnt die Periode des Verfalls des Volksliedes in poetischer wie musikalischer Beziehung. Die Rohheit der Krieger, in die das Volk hineingezogen wurde, ließ die edlern Regungen im Herzen nicht mehr aufkommen. Freilich wurde noch fortgesungen; aber das rohe Landsknechts- und Soldatenlied, das Sauf- und Schmauselied gewannen die Oberhand; dazwischen tönt das Klagelied über das allgemeine Elend. Das historische Lied nimmt von den Helden des dreißigjährigen Krieges und der nachherigen Türken- und Franzosenkriege Anlaß. Besondern Werth haben auch die historischen Lieder nicht, vielleicht mit Ausnahme des noch jetzt viel gesungenen Liedes „Prinz

Eugen, der edle Ritter." Die Poesie flüchtete sich um diese Zeit auf das religiöse Gebiet.

Was nun den Gesang betrifft, so ist nicht zu verkennen, daß die Kirche, nachdem sie durch die aus dem Volksgesang aufgenommenen Elemente ihren Gesang neu gestaltet hatte, wieder wohlthätig auf die Veredlung des Volksgesanges zurückwirkte. Die Kunst aber und Künstlichkeit, die sich bald des Kirchengesanges bemächtigte, trug nicht wenig dazu bei, daß auch der Volksgesang, wo er nicht der ihren eignen Weg gehenden Wüstheit des Kriegsgetümmels folgte, von seiner frühern Natürlichkeit und Frische verlor. Namentlich wandten sich die in Folge von Luther's Vorgange überall eingerichteten Cantoreien, die besonders in den kleinern Städten als vorzüglichste Pflegerinnen der Musik großen Einfluß gewannen, dem Kunstgesange zu und entfremdeten so einen immer größern Theil des Volkes seinen Melodien. Wohlgemeinter Eifer hat hier großen Schaden gethan.

Einer neuen Blüthe im gewissen Sinne ging das Volkslied mit den oben S. 62 berührten Bestrebungen der Göttinger entgegen. Volkslieder machen, ist, wie wir wissen, auch dem größten Dichter eine Unmöglichkeit; gemachte Volkslieder sind gemachte Blumen, die weder Duft noch Farbe haben. Es giebt aber ein Lied, welches dem echten Volksliede sich in dem Grade nähert, daß es, so lange des Volkes eigne poetische Kraft erlahmt ist, gewissermaßen als Ersatz für das eigentliche Volkslied gelten kann, das volksthümliche Lied. Als solche volksthümliche Lieder haben sich einige Lieder der schon genannten Göttinger, auch der zu Gleim stehenden Dichter, namentlich aber die oben bezeichneten Lieder unseres Claudius erhalten, getragen außer von ihrem relativen Werth durch die Melodien, mit denen zugleich man sie dem Volk und der Volksschule darbot.

Johann Adam Hiller (geb. 1728, † 1804), ein Zeitgenosse Klopstock's, durch seine hausbackenen Operetten der Liebling des Publikums seiner Zeit, in Lehrerkreisen noch heute bekannt durch sein vierstimmiges Choralbuch, ward durch Herkunft, Anlage und Bildungsgang auf das in den engsten Grenzen sich bewegende Volksthümliche geführt, das er, übernüchtern wie die gleichzeitigen pädagogischen Schriftsteller Campe, Salzmann, Chr. F. Weiße, in seinen Operetten und in den Melodien zu den unerträglich wässerigen und langweiligen Liedern des Weiße'schen Kinderfreundes dem Volke darbot. Am bekanntesten sind wohl jetzt noch seine Melodien zu dem Hölty'schen Liede „Der Schnee zerrinnt“ und zu dem Weiße'schen „Ohne Lieb und ohne Wein, was wär unser Leben“. Hiller verdient übrigens Erwähnung, weil er einer der Ersten ist, die das volksthümliche Lied mit bewußter Absicht für das Volk componirten. Der bedeutendste ist

Joh. Abr. Peter Schulz (geb. 1747, † 1800 als Kapellmeister des Prinzen Heinrich von Preußen). Schulz strebte mit Bewußtsein dahin, weniger kunstmäßig als volksmäßig zu singen, nämlich so, „daß auch ungeübte Liebhaber des Gesanges, sobald es ihnen nicht ganz und gar an Stimme fehlt, die Lieder leicht nachsingen und auswendig behalten können.“ „Zu dem Ende habe ich“, fährt er fort, „nur solche Texte aus unsern besten Liederdichtern gewählt, die mir zu diesem Volksgesange gemacht zu sein schienen, und mich in den Melodien selbst der höchsten Einfachheit befleißigt, ja auf alle Weise den Schein des Bekannten darein zu bringen gesucht, weil ich aus Erfahrung weiß, wie sehr dieser Schein dem Volksliede zu seiner schnellen Empfehlung dient, ja nothwendig ist. In diesem Schein des Bekannten liegt das ganze Geheimniß des Volkstons; nur muß man ihn mit dem Bekannten selbst nicht verwechseln.“ In diesen Worten spricht Schulz in der That das aus, wodurch Lieder, die nicht in dem oben bezeichneten Sinne des Volkes Lieder sind, sondern Lieder für das Volk, diesem zugeführt werden können, wodurch der Kunstdichter und der Kunstmusiker es zu fassen und zu veredeln im Stande sind. Wohl heißt es sonst mit Recht von den Deutschen, sie verachten alles, „was nicht weit her ist“; allein im Gebiet der Poesie und Musik kann solche Verachtung erst dann eintreten, wenn das innerste Gemüth, der Sitz dieser Gottesgaben, bereits verdorben ist. Schulz machte sich, wie wir sogleich sehen werden, seine Aufgabe nicht leicht; und wir müssen, was er geleistet, desto mehr bewundern, wenn wir uns daran erinnern, daß er, ein Schüler des berühmten Kirnberger, über bedeutende künstlerische Mittel verfügen konnte. „Nur durch eine schlagende Aehnlichkeit des musikalischen mit dem poetischen Ton des Liedes, durch eine Melodie, deren Fortschreitung sich nie über den Gang des Textes erhebt, noch unter ihn sinkt, die, wie ein Kleid dem Körper, sich der Declamation und dem Metrum anschmiegt, die außerdem in sehr sangbaren Intervallen, in einem allen Stimmen angemessenen Umfang und in den allerleichtesten Modulationen fortfließt, und endlich durch die höchste Vollkommenheit der Verhältnisse aller ihrer Theile, wodurch eigentlich der Melodie diejenige Rundung gegeben wird, die jedem Kunstwerk aus dem Gebiete des Kleinen so unentbehrlich ist, erhält das Lied den Schein, von welchem hier die Rede ist, den Schein des Ungesuchten, des Kunstlosen, des Bekannten, mit einem Wort: des Volkstons, wodurch es sich dem Ohr so schnell und unaufhörlich zurückkehrend einprägt. Und das ist doch der Endzweck des Liedercomponisten, wenn er seinem einzig rechtmäßigen Vorsatz bei dieser Compositionsgattung, gute Liedertexte allgemein bekannt zu machen, getreu bleiben will."

Den Begriff „gute Liedertexte" scheint nun Schulz ziemlich weit genommen zu haben; und diesem Umstand haben wir es zu danken, daß z. B. dieser mehr als fade Text: „Zu des Lebens Freuden schuf uns die Natur, aber Gram und Leiden schaffen wir uns nur" &c. mit der Schulzischen Melodie noch jetzt gesungen wird. Der Verfasser hat ihn 1860 noch von den Currendanern einer kleinen Stadt nach dem sonntägigen Gottesdienst singen hören. Uebrigens muß es immerhin für Schulzens guten Geschmack zeugen, daß er von Claudius 17 Liedertexte in seinen „Liedern im Volkston beim Clavier zu singen" (3 Thl. Berlin 1785—90) componirt hat. Am bekanntesten mag die Melodie zu dem Abendliede („Der Mond ist aufgegangen") sein.

Es konnte nicht fehlen, daß auf der von Schulz mit solcher Klarheit vorgezeichneten Bahn mancher nachfolgen würde. Zuletzt ist es dahin gekommen, daß jeder, der eine Singstunde leidlich halten konnte, meinte, er müsse nun auch ein Lied „im Volkston zu singen" componiren. Die bedeutenderen ältern und neuern Componisten auf dem Gebiet des volksthümlichen Liedes sind der Kapellmeister Joh. Friedr. Reichardt († 1814 zu Giebichenstein bei Halle a. S.), der in seine „Oden und Lieder von Klopstock, Stolberg, Claudius und Hölty" 13 Lieder von Claudius aufgenommen hat; Louise Reichardt, des vorigen Tochter („Es ist ein Schnitter, der heißt Tod"); C. M. v. Weber („Schlaf, Herzenssöhnchen", „Was glänzt dort vom Walde", „Mei Schatzerl is hübsch"); Fr. Schneider („Jetzt schwingen wir den Hut"); A. B. Weber

(„Mit dem Pfeil, dem Bogen"); Aug. Pohlenz („Auf! Matrosen, die Anker gelichtet"); Joh. André („Bekränzt mit Laub den lieben vollen Becher"); Zelter („Wenn jemand eine Reise thut"); Fink („War einst ein Riese Goliath"); B. Klein („Wie mir deine Freuden winken"); K. Gläser („Feinde ringsum"); Gersbach („Der alte Barbarossa", und einige gute Reiselieder); Nägeli („Goldne Abendsonne", „Kennt ihr das Land so wunderschön", „Lobt froh den Herrn", „Freut euch des Lebens" u. a.); Himmel („Wir sitzen so fröhlich beisammen", „An Alexis send ich dich"); Graun („Auferstehn, ja auferstehn"); Hurka („Willkommen, o seliger Abend"); Bornhard („Ich denk an euch, ihr himmlisch schönen Tage"); Neithardt („Ich bin ein Preuße"); Beneken („Wie sie so sanft ruhn"); Methfessel („Stimmt an mit hellem, hohem Klang", „Hinaus in die Ferne", „Der Gott, der Eisen wachsen ließ"); G. Reichardt, Musikdir. in Berlin („Was ist des Deutschen Vaterland", 1826 zum erstenmal gedruckt*); Feska („Heute scheid' ich, heute wandr' ich"); Groos („Freiheit, die ich meine"); Neefe („Was frag ich viel nach Geld und Gut"); Cantor Bellmann („Schleswig-Holstein, meerumschlungen"); Silcher („Ich hatt' einen Kameraden", „Ich weiß nicht, was soll es bedeuten", „Morgenroth" 2c.) u. a.**)

In die Volksschulen gewannen die meist übermäßig zahmen Lieder volksthümlicher Componisten ungehindert Eingang. Man sehe die noch jetzt gebrauchten Liederbücher von Abela an, die doch immerhin mehr noch durch ihre Texte, als durch ihre Compositionen, die Flachheit in die Volksschulen hineingesungen haben. Was sollte man auch singen? Das Bessere mußte unter schweren Verirrungen erst errungen werden. Einerseits nämlich suchte man mit sonder-

*) Der Componist der andern, um 10 Jahre ältern, fast noch volksthümlicheren Melodie ist der ebenfalls noch lebende Pastor Cotta zu Willersstädt bei Buttstedt in Weimar.

**) Die neuere Melodie zu dem alten Volksliede „Ach, wie ist's möglich dann (c c a g c c), angeblich von Böhner, vermag ich ebenso wenig als volksthümlich zu erkennen, als z. B. die Lieder „Siehst du dort die Wolken eilen" von Reißiger, „Wenn die Schwalben heimwärts ziehn" von Abt, „Wenn ich mich nach der Heimat sehn" von Nesmüller, „Macht man ins Leben kaum den ersten Schritt" von Gumpert, „Held Friedrich zog mit seinem Heer", „Ach, wenn du wärst mein eigen" u. a. von Kücken, „An der Quelle saß der Knabe" von Proch u. a.

barer Lust nach Opernmelodien, die etwa zu vorhandenen Texten, sei es auch wie die Faust aufs Auge, paßten. Nach einer Mozartschen Menuetmelodie, deren zugehörigen Text abzuschreiben man Anstand nehmen muß, sang man: „Wollt ich mir wünschen alles, alles, was etwa mir gefällt, wißt ihr wohl, was ich wünschte mir dann auf dieser Welt? Erstlich, ich will's euch künden, möcht ich bewahrt vor Sünden für jetzt und immer sein." Und nicht bloß Mozart und C. M. v. Weber, nein, Herold, Boildieu, Auber ließen sich in der Volksschule hören. Anderseits drängte sich die Kunst, das Widersinnige ihres Beginnens nicht merkend, in diese unvertheidigte Stätte einfachen Kindersinnes ein, theils in eigens componirten, theils in Gesängen, die man aus den Liedertafeln sich holte. Die Texte wurden Nebensache. In einer Liedersammlung von E. Hauer, die 68 Lieder umfaßt, finde ich kaum drei oder vier erträgliche Texte; aber alles, was die Verwässerungsperiode in den kirchlichen Gesangbüchern geleistet hat, findet hier seinen weltlichen Abdruck. Die abstractesten Dinge z. B. „der Wechsel" werden in Texten, die meist aller Poesie baar sind, angesungen mit dreistimmigen Gesängen, die des Volksmäßigen zum großen Theil keine Spur an sich haben. Man höre z. B.

Was nun die Liedertafeln, die sich so gerne Volksliedertafeln nannten, und die Gesangvereine betrifft, was haben sie, mit wenigen Ausnahmen, zu denen z. B. der Erksche Gesangverein in Berlin gehört, denn bis jetzt Volksmäßiges in sich aufgenommen oder aus sich erzeugt? Die ersten Liedertafeln wurden am Anfange dieses Jahrhunderts durch Nägeli in der Schweiz gestiftet; dann entstanden ähnliche Vereine in Berlin, Frankfurt a. O., Leipzig, endlich in fast allen kleinern Städten und selbst auf den Dörfern. In der Schweiz wurde anfangs in richtiger Erfassung der Aufgabe ein- auch wohl zweistimmig gesungen; damit aber begnügte man sich nicht, man fing an, vierstimmig zu singen, und, was noch schlimmer war, man gab sich in die Krallen der Unmusik. Mit Walzern, Galopps, Polkas, Märschen ließ man sich füttern und quälte sich ab an allerlei

ABC, Speisezettel, feinem Wilhelm, lahmem Peter, Tabackscantate, Fünfmalhunderttausend Teufel, Mordgrundbruck ꝛc.; ja, überselig über eine neue Entdeckung: zu einer Solostimme mit Text sang man seitenlang lu lu lu, oder sum sum sum, oder rumduderum, oder tuitittentitten u. dgl. Die guten leichtern Lieder von M. Bartholdy, Kreutzer, Fr. Schneider, Silcher und einigen andern waren den „Männern" in jenen Männergesangvereinen meist noch zu ernst oder zu einfach; und doch sind diese Sänger in der Regel nicht im Stande, aus voller Brust und vollem Herzen, wie es deutschen Männern geziemt, irgend ein Lied zu singen; es geht nicht ohne die blauen oder rothen, kleinen oder großen Hefte, meist nicht ohne Stimmgabel, nicht, wenn ein leiser Windzug die Lampen ausbläst, nicht, wenn etwa der erste Tenor oder der zweite Baß fehlt. Es ist hohe Zeit, daß die Leiter solcher Vereine, meist Lehrer, endlich entweder solchem Musiktreiben Einhalt thun, oder das Bessere, woran es jetzt nicht mehr fehlt, einführen.

Seit Herders Bemühungen um das Volkslied nämlich sind nicht nur immer mehr alte treffliche Texte jener Volkspoesie, die Vilmar „wegen ihrer Raschheit und Kräftigkeit, wegen ihrer starken Accente, wegen ihrer Heftigkeit, Keckheit und Derbheit, also wegen ihrer Männerhaftigkeit" als „Männerpoesie" kennzeichnet, aufgefunden worden, sondern Dichter wie Göthe, Hoffmann von Fallersleben, Uhland, Kerner, Arndt, Schenkendorf u. a. haben, an jener Männerpoesie gebildet und gekräftigt, neue gute Texte geschaffen. Ingleichen haben Musiker wie M. Bartholdy u. a., nachdem sie lange dem Klange der alten Volksweise gelauscht hatten, neue Weisen im alten Ton gesungen; und selbst die dichterische und musikalische Kraft des Volkes hat sich noch hie und da, dann und wann wirksam erwiesen.

Die bedeutendsten Sammlungen von Volksliedertexten seit Herder sind „Des Knaben Wunderhorn", von Clemens Brentano und Achim von Arnim 1806—1808 veranstaltet, und „Alte hoch- und niederdeutsche Volkslieder" mit Abhandlung und Anmerkungen in unveränderten Texten herausgegeben von Uhland 1844 und 1845. Das Hauptwerk in Bezug auf die Melodien ist L. Erk's „Deutscher Liederhort" (Berlin, 3 Bde. 2 Thlr. 20 Sgr.; herabgesetzter Preis 1 Thlr. 10 Sgr.). Wer das Volkslied zu seinem

Studium machen oder auch nur eine Anschauung von dem Reichthum unseres Volksgesangs gewinnen will, der kann Uhland's und Erk's genannte Schriften nicht entbehren. — Für Haus und Herz empfehle ich, da die ausgezeichnete Sammlung von Phil. Wackernagel „Trösteinsamkeit in Liedern" (Frankf. a. M. 15 Sgr.) leider ohne Melodien ist, und da der „Musikalische Hausschatz" von G. W. Fink (Leipz. 1843 u. ö.), sowie die in dessen Fußstapfen getretene „Concordia" von F. L. Schubert (Leipz., Schäfer) einerseits zu sehr zum Kunstliede, anderseits noch mehr zum Gassenhauer hinneigen, eine seit kurzem vollständig erschienene Sammlung von Scherer: „Deutsche Volkslieder mit ihren eigenthümlichen Singweisen" Stuttg. 1862. 2 Thlr. Diese Sammlung enthält 50 der schönsten, nach Text und Melodie bedeutenden, noch jetzt gesungenen deutschen Volkslieder mit sinnigen Zeichnungen deutscher Künstler. Die Melodien haben durch M. Kunz eine die ursprünglichen Weisen zart und keusch behandelnde vierstimmige Bearbeitung für gemischten Chor erhalten. — Von den Turnerliederbüchern ist das am meisten volksthümliche: Allgemeines Deutsches Turnerliederbuch von Fr. Erk und Schauenburg. Lahr 1863, 3. Aufl. (10 Sgr.) Diese Sammlung enthält mit verständigster Beachtung der Eigenart jedes Liedes über 100 Lieder in ein-, zwei-, drei- oder vierstimmiger Bearbeitung.

Es muß anerkannt werden, daß die Volksschule, bestimmt nach dieser Richtung hin durch den tonverständigen Hentschel, den liederkundigen Jacob, den melodienreichen Silcher, mit Ergreifung des Bessern den Familien und Liedertafeln vorangeeilt ist; und es steht zu hoffen, daß gerade von ihr aus der Volksgesang in die Familien und Liedertafeln wieder eindringen werde. Mehr als diese letztern nämlich hat sich die Volksschule die Schätze angeeignet, die im Gebiete des Volksgesangs durch die rühmenswerthen Bestrebungen eines Erk, Irmer, Jacob, Greef, Kretzschmer und Zuccalmaglio, Silcher, Richter, Marschner an das Licht und in den Bereich der modernen musikalischen Mittel gebracht worden sind und noch gebracht werden. Möge sie darin fortfahren, aber nie vergessen, daß Volkslied und Volksmelodie zusammengehören, daß man also nicht jeden beliebigen Text nach jeder beliebigen äußerlich passenden Melodie singen kann.

Eine Besprechung der zu singenden Lieder wird am besten in die Singstunde selbst oder auch in die deutschen Unterrichtsstunden verlegt. Daß dieselbe sich in den engsten Grenzen bewegen, namentlich von allen grammatischen, onomatischen und logischen Erörterungen fern halten muß, versteht sich von selbst. „Nur nicht lesen, immer singen, und ein jedes Wort ist dein!“ ein Wort, welches Göthe von seinen Liedern sagt, gilt noch mehr vom Volksliede. Noch unangemessener aber, als das Lesen, ist das zersplitternde Erklären des Volksliedes. Zur Sprachbildung der Schüler bietet sich anderwärts hinlänglicher Stoff; das Volkslied bedarf nur der allernothwendigsten sachlichen Erläuterungen, und dieser meist nur dann, wenn es ein historisches Volkslied ist. Das volksthümliche Lied aber verträgt seiner Entstehung gemäß schon eine eingehendere Erklärung. Uebrigens läßt sich in der Volksschule, in welche die bei weitem größte Zahl eigentlicher Volkslieder ihres Inhaltes wegen nicht Eingang finden kann, eine strenge Scheidung zwischen dem eigentlichen Volksliede und dem volksthümlichen Liede nicht machen; das letztere muß vielfach für das erstere eintreten.

Nur hüte man sich vor dem albernen Kinderliede, das in Nachwirkung von Weiße's u. a. Bestrebungen noch immer hie und da in der Volksschule eine Stätte findet. Wie läppisch ist schon folgendes Lied, das doch zu Weiße's besten Liedern gehört:

Der junge Baum.

Das liebe, kleine Bäumchen hier
Ist, sagt Papa, gleich alt mit mir
Und trägt, so jung und zart,
Schon Früchte von der besten Art.

Es lohnt dem Vater, dessen Hand
So vielen Fleiß darauf verwandt;
Wie wird es ihn erfreun,
Wird es zum Baum erwachsen sein!

O! bin ich nicht dem Bäumchen gleich?
Zwar jetzt nur noch an Blüthen reich!
Doch gibt mir Gott Gedeihn,
So will ich's auch an Früchten sein.

Daher ist es herkömmlich geworden, unter dem Ausdruck „Volkslied“ in Schulverhältnissen das volksthümliche Lied mit zu begreifen.

So in zwei Hilfsmitteln für Erklärung des Liedes, die ich meinen Lesern empfehlen kann:

Günther, Auslegung von Volks- und Vaterlandsliedern. Eisleben, 1861. 15 Sgr.

Förster, Das Volkslied in der Volksschule. Breslau, 1862. 10 Sgr.

Die Aufgabe, welche der Lehrer hinsichtlich des Volksliedes zu leisten hat, ist eine schwere, große und schöne. Sie erstreckt sich nicht nur auf die Schule und den etwa im Dorfe oder Städtchen befindlichen Gesangverein, sondern zugleich auf die Familie, auf Küche und Stall, auf Spinnstube und einsames Kämmerchen, auf Garten und Feld, auf Wald und Wiese, auf Jungfrauen und Jünglinge, auf Männer und Weiber. Ueberall gilt es, das Gemeine, Unreine, Zotenhafte zu entfernen und das Edle an dessen Stelle zu bringen. Noch ist das deutsche Volk nicht ganz ohne Sangeslust; noch steht sein Herz dem veredelnden Einflusse des Gesanges offen; noch ist die Freude am Aufthun erquickender Gesangesquellen überall rege: Auf, ihr Diener der „Fraw Musica", schöpft aus diesen Quellen und gebt den durstenden Gemüthern Wasser des Volkslebens! — „Das Volksleben braucht Chöre", sagt der berühmte Prof. Marx*), zahlreich genug und geschickt für alle Momente der Feier in Freud und Leid, zu kirchlicher und jeder sonstigen Erhebung." Man könnte damit einverstanden sein; allein Marx verlangt, daß diese Chöre auch der Kunst dienstbar werden, daß ihnen „die Kunst zu treffen und vom Blatt zu singen" mitgetheilt werde. Bis solche Chöre fertig werden, wird es wohl noch ein gutes Weilchen dauern. Begnügen wir uns mit dem Erreichbaren! Verdirb es nicht, es ist ein Segen darin!

§. 11. Claudius der Humorist. Jean Paul. Der Humor des Lehrers.

Erklärung der Kupfer und Zeichen.

(WW. I u. II, S. V.)

Das erste Kupfer ist Freund Hain. Ihm dedicir' ich mein Buch, und er soll als Schutzheiliger und Hausgott vorn an der Hausthür des Buchs stehen.

Dedication.

Ich habe die Ehr, Ihren Herrn Bruder zu kennen, und er ist mein guter Freund und Gönner. Hätt' auch wohl noch andre Adresse an Sie; ich denk' aber,

*) „Vollständige Chorschule." Leipzig, 1862. 2 Thlr.

man geht am besten grade zu. Sie sind nicht für Adressen, und pflegen ja nicht viele Complimente zu machen.

's soll Leute geben, heißen starke Geister, die sich in ihrem Leben den Hain nichts anfechten lassen, und hinter seinem Rücken wohl gar über ihn und seine dünnen Beine spotten. Bin nicht starker Geist; 's läuft mir, die Wahrheit zu sagen, jedesmal kalt über'n Rücken, wenn ich Sie ansehe. Und doch will ich glauben, daß Sie'n guter Mann sind, wenn man Sie genug kennt; und doch ist's mir, als hätt' ich eine Art Heimweh und Muth zu Dir, Du alter Ruprecht Pförtner! daß Du auch einmal kommen wirst, meinen Schmachtriemen aufzulösen, und mich auf beßre Zeiten sicher an Ort und Stelle zur Ruhe hinzulegen.

Ich hab da'n Büchel geschrieben und bring's Ihnen her. Sind Gedichte und Prosa. Weiß nicht, ob Sie'n Liebhaber von Gedichten sind; sollt's aber kaum denken, da Sie überhaupt keinen Spaß verstehen, und die Zeiten vorbei sein sollen, wo Gedichte mehr waren. Einiges im Büchel soll Ihnen, hoff' ich, nicht ganz mißfallen; das meiste ist Einfassung und kleines Spielwerk: machen Sie mit, was Sie wollen.

Die Hand, lieber Hain! und, wenn Ihr 'nmal kommt, fallt mir und meinen Freunden nicht hart.

Die ersten fünf Theile seiner Werke hat Claudius mit „Kupfern" zieren lassen. Das erste Kupfer des ersten Theils ist „Freund Hain", das bekannte Knochengeripp mit der Sense. Mögen die Alten den Tod anders abgebildet haben (s. a. a. O. S. VI), in Claudius' Natur lag es tief begründet, beim Knochenmann zu bleiben. Freilich liegt ein schwerer Ernst in dieser Symbolisirung des Todes; es läuft auch dem Dichter jedesmal kalt über'n Rücken, wenn er den Freund Hain ansieht; er gehört nicht zu den starken Geistern, die sich den Freund Hain nichts anfechten lassen; ihm ist der Tod „eine ernsthafte Erscheinung", er macht ja nicht „viele Complimente" und „versteht keinen Spaß."

„Ach, es ist so dunkel in des Todes Kammer,
Tönt so traurig, wenn er sich bewegt
Und nun aufhebt seinen schweren Hammer,
Und die Stunde schlägt." (WW. VI, 89.)

Gedanken an den Tod begleiten den Dichter durch sein ganzes Leben und finden in seinen Werken den mannigfaltigsten Ausdruck. So ist es denn höchst characteristisch, daß er den „Freund Hain" an den Eingang seiner Werke stellt, wo andre so gern sich selbst oder einen „hoch zu verehrenden Gönner" sehen, dessen Name dem Buche Verbreitung sichern soll. Aber der Tod ist unserm Dichter kein Schreckbild, er ist ihm Freund Hain und Claudius hat „keinen bessern

Freund kennen lernen". So hat er denn „eine Art Heimweh und Muth" zu dem „guten Mann", zu dem „alten Ruprecht Pförtner".

Claudius weiß, daß jedes Ding, auch der Tod, zwei Seiten hat; in Kraft seiner Gemüthstiefe schaut er immer diese beiden Seiten zusammen; so erhält das betrachtete Ding eine ganz eigenthümliche Gestalt und Färbung, die am einfachsten als ein Ineinander von Ernst und Scherz bezeichnet werden kann. Der Tod ist ihm der „wilde Knochenmann" und zugleich Freund Hain; es läuft ihm eiskalt über den Rücken, wenn er ihn ansieht, und doch hat er eine Art Heimweh und Muth zu ihm; er weiß, daß der Tod keinen Spaß versteht, und doch macht er sein Späßchen mit ihm. Ist nicht diese ganze Art und Weise, mit dem Tode umzugehen, höchst scherzhaft; ist nicht diese ganze Dedication selbst ein Scherz, ja für den kalt messenden Verstand oder für das einseitig angelegte Gemüth ein unpassender Scherz?

Claudius ist, wie wir aus dieser Ausführung erkennen, Humorist. Mit dem lateinischen Worte Humor, welches eigentlich so viel als Feuchtigkeit, Naß bedeutet, bezeichnet man treffend jene Stimmung des Gemüths, welcher die beiden Seiten, die jedes Ding hat, das nicht Gott oder göttlich ist, in einander fließen. Nothwendigerweise müssen alle Dinge bei dieser Betrachtungsweise in einem Glanz und einer Beleuchtung, kurz in einer Bedeutung erscheinen, die ihnen an sich nicht zukommt. Dem „Mann mit Scepter und Kron" stellt sich der Humorist, wie wir schon gesehen haben, gleich; das Geld, das nach dem Sprichwort die Welt regiert, ist ihm „Lausegold", die Ehre ein „sehr zerbrechlich Glas"; das „Kreuz" der armen Schullehrer, die Interpunction, beseitigt er mit wenigen Zeilen: „Sieht Er, Andres, wo der Verstand halb aus ist, setzt Er ein Komma; wo er ganz aus ist, ein Punctum; und wo gar keiner ist, kann Er setzen, was Er will" (WW. I u. II, 24); von dem Buche, das ihn und die Seinen ernähren soll, weiß er nichts weiter zu sagen, als daß es Anfang und Ende hat (a. a. O. S. 25). So setzt der Humorist das, was andern groß und wichtig erscheint, auf ein Nichts herab. Umgekehrt: der Humorist „bleibt nicht ungerührt, wenn 'n Hund stirbt, den er zum erstenmal sieht" (I u. II, 12); das Recept zu einem „Petermännchen von anderthalb Zoll" theilt er mit umständlicher Wichtigkeit mit, und beim Abbrennen desselben ist er „vergnügter als der Großsultan, wenn dieser an seinem Geburtstage ein Feuerwerk von 20,000 Löwenthalern abbrennen läßt" (III, 102). So verweilt der Humorist sinnend bei dem Kleinsten und Entlegensten; denn er weiß, daß „die Herren Menschen auch von den Elephanten etwas lernen können" (III, 79). Mit großer Liebe versetzt sich der Humorist in die Zeit der Kindheit und Jugend; denn wie das Kind lacht, da ihm noch die Thränen auf den Wangen herabrollen, so freut er sich mit Thränen. Den „Mann im Lehnstuhl", jenen Pedanten der Jugend, dem es die Knaben zu „kraus" machen mit dem „verwünschten Steckenpferd", kann er nie vergessen. Bei unserm Claudius erscheint jener Mann im Lehnstuhl als „Herr Ahrens" oder als ein Universitätsprofessor.

Wir können hier ganz gelegentlich einer Zeit in Claudius' Leben gedenken, die bei dem Mangel ausführlicher Nachrichten eigentlich nur dadurch unser Interesse erregt, weil des Dichters Humor einige Gestalten aus ihr bis tief in seine Mannesjahre hinein sich lebendig erhalten hat. Was man jetzt Gymnasialbildung nennt, erhielt Claudius auf der lateinischen Schule zu Plön, welcher damals ein Rector Alberti vorstand. Alberti wird geschildert als ein Mann von Gelehrsamkeit und Geist, Strenge und Berufstreue. Sein Wahlspruch soll gewesen sein: „dem Lehrer geziemt es, auf dem Lehrstuhl zu sterben." An Alberti ist demnach bei der in Claudius' Schriften immer wiederkehrenden komischen Figur des „Herrn Ahrens" kaum zu denken. Aber es fehlte ja damals in der Schulwelt nicht an Pedanten, die den jungen Geist in die knappsten Fesseln legten, die namentlich für die Poesie weder Sinn noch Verständniß hatten. Um wenig freier war der Geist auf den damaligen Universitäten. Claudius ging mit einem Bruder nach Jena, um Theologie zu studiren. Aeußerlich veranlaßt durch ein bis zum Blutspeien gesteigertes Brustleiden, innerlich bestimmt durch seine Abneigung gegen die damalige Theologie und die Weise, sie zu lehren, wandte er sich bald zur Rechtskunde, ohne, wie es scheint, auch hier Befriedigung zu finden. Man sehe, wie ihm zu Muthe gewesen sein mag, aus der „Chria, darin er von seinem akademischen Leben und Wandel Nachricht giebt" (WW. I u. II, 9). So wandte denn Claudius sein Herz und seinen Fleiß der ältern und neuern Litteratur und der Musik zu, wurde Mitglied einer „teutschen Gesellschaft" und versuchte sich als Dichter. Ungefähr gleichzeitig mit seinem Abgange von der Universität erschienen seine „Tändeleien und Erzählungen", die in ihrer

Abkehr vom wirklichen Leben, in ihrer Darlegung von nicht erfahrenen innern Zuständen, in ihrer breiten Langweiligkeit so sehr den Geist der vorklopstockschen Poeterei athmen, daß man den nachherigen so naturtreuen, wahrhaftigen, lebenswarmen Boten in ihnen nicht einmal ahnen kann. Nur ein Product der damaligen Zeit „An eine Quelle“ hat Claudius in die sämmtlichen Werke aufgenommen (I u. II, 82).

Der Humorist ist kein Spaß- oder Lustigmacher, kein Witzling. Der Witz hat seinen Sitz im Verstande, der Humor aber im Gemüth. Der Humorist kann sogar bei geringem Anlaß darüber sehr traurig sein, daß „unterm Mond so viel Mühe des Lebens“ ist (WW. I u. II, 12); der Tod ist ihm ja, wie wir gesehen haben, in allen Augenblicken des Lebens gegenwärtig. Aber wenn es ihm auch „nicht richtig in den Augen“ ist, „wenn ihm eine Thräne im Auge wackelt“, fröhlich ist er doch (WW. I. u. II, 6); und der andringenden Schwermuth steuert er durch seinen harmlosen, nie verwundenden Scherz. In Folge seiner Neigung zum Scherz liebt er das Absonderliche, das sich bis zum Unverständlichen steigern kann. An Absonderlichkeiten ist Claudius reich. Man sehe die Titelvignette, die, eine Vereinigung von Hut, Eule und Fröschen, des Boten Beruf symbolisiren soll; die meisten der in den Werken gegebenen Abbildungen; die gelehrten Anmerkungen zu dem Morgenlied eines Bauersmanns; die Art und Weise, eine Melodie begreiflich zu machen (III, 43); die sonderbare Quälerei mit dem „Japanschen“ in der sonst so köstlich humoristischen „Nachricht von meiner Audienz beim Kaiser von Japan“, die zahlreichen lächerlichen Vergleiche: „das Heirathen kommt mir vor wie eine Zuckerboltje oder Bohne“; „das Genie ist — ist — weiß nicht — ist 'n Wallfisch“ u. v. a. Der Humorist hat eben bei allem seine eignen Gedanken, unbekümmert darum, ob andre ihm folgen können. Er weiß, daß es „mit dem menschlichen Herzen wie mit dem Meer ist. Da giebt es von Zeit zu Zeit Windstillen, und dann müssen die Schiffleute zu Anker liegen.“ Aber er „haßt das zu Anker liegen, und nimmt bei solchen Umständen alle Gelegenheit wahr, wieder flott zu werden“ (I u. II, 104).

Wer möchte diese flüssige Beweglichkeit, die das Wesen des Humors bildet, nicht gerade dem Lehrer wünschen als ein Gegengewicht gegen die Starre, Steifheit, Trockenheit, Hölzernheit, mit einem Wort die Pedanterie, in die er bei der Strenge, die eine zu erziehende Schülerschaar allein zusammenhalten kann, bei der Festigkeit, mit der er an seinem „Plan" halten soll, bei dem verhältnißmäßigen Einerlei, das er wenigstens Jahr um Jahr zu treiben hat, so leicht verfällt? Und es ist wahr: „die Elemente des Humors, als da sind Schmerz und Lust, Laune und Mutterwitz, Gelehrsamkeit und Unwissenheit, Handwerk und Kunst, sublime Ideen und erbärmliche Alltagsprosa, ja sogar Himmel und Hölle sind so reichlich bei einem Schulmeisterlein vorhanden, daß dieses die Ingredienzien nur zu mischen braucht, um sogleich die beste humoristische Essenz zu gewinnen." (Grube.) Auf denn, lieber Lehrer, lerne von Claudius, der, obgleich er nicht weiß: woher nehmen wir Brod? doch noch alle Tage ein paar Mal über Stock und über Tisch und Bänke springt; der in einem elenden bretternen Gerüst seines Gartens sein „Lusthaus" hat. Freilich giebt es keinen echten Humor ohne das „Befiehl du deine Wege."

Der deutsche Meister in der humoristischen Darstellung ist ein jüngerer Zeitgenosse unseres Claudius, Jean Paul Friedrich Richter, gewöhnlich nur **Jean Paul** genannt (geb. 1763, † 1825). Seine zahlreichen Werke, durchgängig humoristisch, sind im allgemeinen schwer zu verstehen wegen der überall eingestreuten fremdartigen und fernliegenden Dinge, wegen der Dunkelheit der Bilder, wegen der zum Theil sehr gesuchten Vergleiche und Anspielungen, wegen der schwerfälligen, undurchsichtigen Darstellung. Dem jüngern Lehrer kann ich schon deshalb, ganz abgesehen von andern noch gewichtigeren Gründen, nur eines empfehlen, das „Leben des vergnügten Schulmeisterleins Maria Wuz von Auenthal", das übrigens, da sich in ihm des Dichters Kleinleben vollständig abspiegelt, genügt, um von ihm ein treues Bild zu bekommen. Jean Paul schildert in diesem lieblichen Werkchen „ein deutsches Lehrerleben, das in seiner selbstvergnügten Zurückgezogenheit aus der kleinsten Blume Honig saugt, und gleich einer Biene aus tausend Blüthen seinen Zuckersaft der Gelehrsamkeit zusammenträgt, das aber zugleich den Kern seines Gemüths unter tausend Sonderbarkeiten birgt" (Grube). Einen wohlthätigen, wenn nicht veredelnden Einfluß wird dieses Werkchen auf jeden Lehrer ausüben. Aelteren Lehrern, denen es so gut ist, einmal von kalten Regeln zu erwarmen, rathe ich außerdem, es einmal mit Jean Pauls Erziehungslehre zu versuchen, die er mit dem lateinischen Namen Levana benannt hat.

Levana ist der Name einer Göttin aus der römischen Mythologie. Unter ihrem Schutz standen nach dem Glauben der alten Römer die neugebornen Kinder, wenn sie der Vater von der Erde aufhob (levare = aufheben) und dadurch für deren Erziehung sich aussprach.

Es ist ein eigenthümlich Ding mit der Levana. Sie ist auch den Elementarlehrern vielfach empfohlen worden und verdient, empfohlen zu werden. Aber doch sind es immer nur wenige, die sie ganz gelesen, noch weniger, die sie ganz verstanden haben. An den oben erwähnten Mängeln der Jean Paulschen Werke leidet auch sie. Sie erfordert mehr als zum Beispiel der Maria Wuz zu ihrem Verständniß einen dem Jean Paulschen ähnlichen Geist; sie verlangt eine ungestörte längere Muße und macht, weil sie gar manche unhaltbare Grundsätze, Rathschläge und Ansichten in dem reizendsten Gewande vorführt, eine fortgehende aufmerksame Kritik sowohl vom Standpunkte des Christenthums, als auch vom Standpunkt der Pädagogik und Psychologie aus nothwendig. Von dem, was man jetzt Schulkunde nennt, ist sie ebenso verschieden, wie von jedem wissenschaftlichen Werke über Erziehung; und eben dies läßt sie als eine kostbare Ergänzung zu dergleichen Büchern erscheinen. Der jüngere Lehrer pflegt am meisten von ihr angezogen zu werden. Möge er in ihr nicht an Halbverstandnem und Halbwahrem ein Gefallen finden lernen!

Jean Paul war durch und durch Humorist und ist nie über die humoristische Auffassung und Darstellung hinweggekommen. Bei Claudius treten die humoristischen Dinge und der Scherz schon gegen Ende des dritten Theiles der Werke, der 1778 erschien, zurück. Da findet sich die Correspondenz mit dem Vetter Andres, die bei all ihrer humoristischen Haltung durch ihren ernsten Inhalt, der das Verhältniß der Vernunft zur Religion angeht, von den frühern Briefen an Andres sich wesentlich unterscheidet. Darauf folgt die tiefernste „Parentation über Anselmo", und „das auf der letzten Seite ist ein Kreuz." Claudius hatte jetzt die Darmstädter Zeit hinter sich, die, wie wir gesehen haben, einen Wendepunkt in seinem innern Wesen bezeichnet (S. 45). Die Zeiten sind andre geworden; fortan kehrt sich das Verhältniß von Ernst und Scherz bei Claudius um. Der launige Wandsbecker Bote wird ein ernster Bote Gottes.

§. 12. Der Wandsbecker Bote ein Bote Gottes.

Brief an Andres.

(WB. III, 106.)

Hochgelahrter,
Hochzuverehrender Herr Vetter!

Ich habe seit einiger Zeit so viel von biblischer und vernünftiger Religion, von Orthodoxen und philosophischen Theologen ꝛc. gehört, daß mir alles im Kopf rund um geht, und ich nicht mehr weiß, wer Recht und Unrecht hat. Die Religion aus der Vernunft verbessern, kömmt mir freilich ebenso vor, als wenn ich die Sonne nach meiner alten hölzernen Hausuhr stellen wollte; aber auf der andern Seite dünkt mir auch die Philosophie 'n gut Ding, und vieles wahr, was den Orthodoxen vorgeworfen wird. Der Herr Vetter thut mir einen wahren Gefallen, wenn er mir die Sach' aus einander setzt. Sonderlich, ob die Philosophie ein Besen sei, den Unrath aus dem Tempel auszukehren; und ob ich meinen Hut tiefer vor einem Orthodoxen oder philosophischen Herrn Pastor abnehmen muß. Der ich die Ehre habe, mit besonderm Estim (Achtung) zu verharren,

Meines Hochgelahrten,
Hochzuverehrenden Herrn Vetters

gehorsamer Diener und Vetter
Asmus.

Der vorliegende Brief ist an „Vetter Andres“ gerichtet, eine fingirte Person, die Claudius als seinen „alten Freund und Schulkameraden“ gedacht haben will (I u. II, 24). Die Fiction des Andres dient dem Wandsbecker dazu, seine Gedanken in die kurze, populäre Briefform zu kleiden, eine Form, die zu seiner Zeit und nach ihm öfters angewandt worden ist, um dem Volke mit gewissen Belehrungen beizukommen, in neuerer Zeit aber, namentlich auf dem populär-naturwissenschaftlichen Gebiet, ganz ohne Sinn und Verstand gemißbraucht wird. Die Claudius'schen Briefe sind wahre Muster der populären Briefform und bis heute wohl nachgeahmt, z. B. von Gustav Jahn, aber nicht erreicht; in unsrer Volkslitteratur sind sie ein noch nicht genug beachteter Schatz, namentlich hat die Volksschule sie bis dahin viel zu selten in den Kreis ihrer Bildungsmittel hineingezogen*). Vetter Andres erscheint gewöhnlich als der gelehrtere der beiden Correspondenten. Die Anrede an ihn wechselt. Im obigen Briefe und anderwärts, besonders wo ernsthafte, schwerer zu ergründende Dinge zur Sprache kommen, ist sie sehr förmlich, und die Unterschrift entspricht ihr.

Unser Brief hat, wie die darauf folgende Antwort, das Verhältniß der biblischen zur vernünftigen Religion zum Gegenstande. „Seit einiger Zeit", sagt der Briefsteller, „habe ich so viel von biblischer und vernünftiger Religion gehört." Der Gedanke an eine vernünftige, d. i. an eine solche Religion, die, ganz abgesehen von der in der h. Schrift niedergelegten Offenbarung Gottes, durch die natürliche menschliche Vernunft erzeugt und gestaltet werden könnte, ist zu jeder Zeit in der Christenheit aufgetaucht; man denke z. B. an die Thomas Münzersche Rotte der Reformationszeit, die, das Wort der Schrift ausdrücklich wegwerfend, nur den Geist als Prinzip der Reformation gelten lassen wollte. Der Gebrauch der Vernunft in Sachen der Religion ist ein völlig unbestreitbarer. Lucas schreibt sein Evangelium an Theophilus, damit dieser gewissen Grund erfahre der Lehre, in welcher er unterrichtet sei; Petrus verlangt, daß die Christen bereit seien zur Verantwortung gegen jedermann, der Grund fordert der Hoffnung, die in ihnen ist; Paulus ermahnt die Thessalonicher: prüfet alles, und das Beste behaltet! Aber man bedenke, was man thut, wenn man mit seinem Bißchen Vernunft, dem schwachen Abglanz der göttlichen Vernunft, das Dasein Gottes ebenso aus vorhergehenden Sätzen herzuleiten und zu beweisen versucht, wie etwa die mathematischen Lehrsätze über die Congruenz der Dreiecke. Dies that, ohne jedoch in einen feindlichen Gegensatz zum Christenthum treten zu wollen, der Philosoph Christian Wolf in Halle, der, bei Strafe des Stranges durch Friedrich Wilhelm I. von da vertrieben, durch Friedrich II. wieder in seine Professur eingesetzt wurde (1740). Dadurch stieg Wolfs Ansehen, und er wurde der Begründer der natürlichen Theologie und Religion für ganz Deutschland. Wolf selbst hielt sich in gemessenen Schranken; die geoffenbarte Religion galt ihm als unan-

*) Curtmanns wegwerfendes Urtheil, daß Claudius Briefe in die Zeit der Perücken und gesteiften Schlafröcke gehörten, ist mir geradezu unbegreiflich.

tastbar, nur wollte er unabhängig von ihr seine natürliche Religion aufstellen. Nach seinem Tode wurden unter dem Einfluß französischer und englischer Philosophen jene Schranken durchbrochen; und man versuchte nun nicht bloß „die Religion aus der Vernunft zu verbessern", welches Streben Claudius mit einem trefflichen Vergleiche kennzeichnet, sondern jene Verbesserungsversuche gestalteten sich zu mächtigen Angriffen gegen das in der h. Schrift niedergelegte Christenthum. Man geberdete sich, als „ob die Philosophie ein Besen sei, den Unrath aus dem Tempel auszukehren," und „Aufklärung" wurde das Losungs- und Schlagwort der Zeit auf allen Gebieten des geistigen Lebens. Unter der Aufklärung aber verstand man „die Erhebung über die Unmündigkeit anerzogner Vorurtheile, durch den Muth, seine eigne Verständigkeit zu gebrauchen." Zu den „anerzognen Vorurtheilen" rechnete man auch die Grundwahrheiten des Christenthums. Mittelpunkt des aufklärerischen Treibens wurde Berlin, und das Hauptorgan eine von dem Buchhändler Nicolai daselbst gegründete Zeitschrift: Litteraturbriefe.

Nach der schon angezogenen Chria (S. 94) zu urtheilen, hat den Boten nicht einmal die Wolfsche Philosophie, die auch in Jena bedeutende Vertreter hatte, angezogen; jene Verbesserungsversuche und Angriffe der Aufklärer aber waren ihm ein Greuel, ein Abfall von dem lebendigen Gott, als dessen treuer Bote er seit dem Ausgange der siebenziger Jahre immerfort auf der Wacht bleibt. So erklärt er in der Pränumerationsanzeige zum 7. Theil der Werke: „Die berühmten Leute, die sich klug dünken, wissen zwar manches besser; aber es könnte doch sein, daß sie nicht wüßten, was sie am Christenthum haben 2c. bis zu den Worten „und allenthalben an Thür und Fenster anklopfe". Solche deutliche und entschiedene Erklärung änderte natürlich des Boten Stellung zu seinen Zeitgenossen und Freunden; denn die meisten von diesen wandten sich um diese Zeit, wenn nicht der flachen Aufklärung, so doch einer neuen Philosophie zu, der Philosophie des „Königsberger Weisen" Kant.

Kant zeigte im Gegensatz gegen Wolf, daß es der Vernunft unmöglich sei, zu einer Erkenntniß der übersinnlichen Dinge zu gelangen; das Sittengesetz allein sei das in sich selbst Gewisse, dem man unbedingt folgen müsse; die unbeweisbaren Ideen von Gott, Freiheit und Unsterblichkeit seien jedoch unabweisbare Forderungen des menschlichen Gewissens; die Bibel müsse als der edelste Schatz für christliche Volksbildung beibehalten, aber durch moralische Auslegung und Umdeutung für sittliche Zwecke fruchtbar gemacht werden.

Claudius konnte begreiflicher Weise auch zu der Philosophie Kants, deren Verdienste, namentlich in Bezug auf die Sittenlehre, jener Aufklärerei gegenüber wahrhaft groß sind, nicht in ein nahes Verhältniß treten; ihm ging ja da, wo unsre Vernunft die Zähne bleckt und die Hände über'm Kopf zusammenschlägt, das gelobte Land eigentlich allererst an (IV, 45). Dabei war er nicht freud- und freundlos. Es fällt in diese Zeit die „Neue Erfindung" der Hausfeste (IV, 56); neben den Ernst stellte sich noch die Kurzweil (IV, 59), und statt der alten, untreu gewordenen Freunde stellten sich neue ein. Vor allen die heilige Schrift (IV, 87), sodann Tauler, der tiefsinnige Straßburger Prediger des 14. Jahrhunderts, dessen Predigten und Schriften die neuere Zeit den weitesten Kreisen zugänglich gemacht hat; Platon, jener griechische Weise, der, auf dem Höhepunkte griechischer Bildung stehend, über diese sich erhebt, indem er dasteht „als ein Prophet, unverstanden in seiner Zeit durch das ernste Bewußtsein der Sündhaftigkeit und durch die unbedingte Erhebung des Ewigen über das Vergängliche" (s. Claudius' Uebersetzung von Platons „Apologie des Socrates" WW. V, 53); die Engländer Bacon, Boyle, Newton, die Franzosen Pascal, Fenelon und der Verfasser des Buchs „Des Erreurs et de la Vérité" (d. i. Irrthümer und Wahrheit) [vgl. IV, 45. VII, 40. 63. 82. 96. 107. 109]; endlich einige orientalische Weisen, die damals durch Herders und anderer Bemühungen aller Augenmerk auf sich gerichtet hatten (s. die „Asiatische Vorlesung" VII, 1). Es freute den Boten, solche Männer, wie die genannten, „mit ihren Einsichten sich nicht weise dünken und sie, nachdem sie in die Geheimnisse der Natur tiefer als andre eingedrungen waren, lehrbegierig und mit dem Hut in der Hand, wie sich's gebührt, neben dem Altar und den größern Geheimnissen Gottes stehen zu sehen" (VII, 110). Proben dieser Männer bot er seinen Zeitgenossen, deren Sprache freilich anders lautete; und neben dem Altar Gottes wie jene seinen Platz einnehmend, verkündigte er zugleich in seiner eignen, jetzt freilich bei weitem ernsteren Sprache Gottes Geheimnisse. Schon im 3., noch vorwiegend humoristischen Theile findet sich die herrliche Weisung „Ueber das Gebet" und die „Parentation (Leichenrede) über Anselmo" (eine unbekannte Persönlichkeit); im 4., für welchen er „ehrlich hausbacken Brod mit etwas Coriander" ankündigt, finden sich unter anderm das „sehr schöne" lateinische Gebet aus Lactanz, einem Vertheidiger des christlichen Glaubens zur Zeit Constantins d. G., die schon erwähnte Betrachtung „über einige Sprüche des Predigers Salomo" und die unübertrefflich innigen fünf „Briefe an Andres" über „unsern Herrn Christus"; der 5. Theil enthält an seinem Anfange zwei kürzere Gedichte, die entstanden sind bei dem Tode eines geliebten Söhnchens, mehrere schon genannte Gedichte, die Apologie des Socrates, einen werthvollen Brief an Andres über die alten Kirchenlieder u. a.

Mit dem 6. Theil beginnt, wie mit dem 4., ein neuer Abschnitt in den Werken des Boten. Er ist nun fast zum Sechziger herangereift: das richtet seinen Blick noch mehr nach oben; er hat den Gemeingeist der Recensenten vielfach erfahren müssen: das macht ihn hie und da gereizter; man hat ihm seine Stelle auf dem deutschen Parnaß streitig zu machen gesucht: das veranlaßt ihn zu eben so unnöthigen als mißlungenen Erwiederungen; das Helle hat sich immer dreister für das Gute ausgegeben: das treibt ihn, der die geoffenbarte Religion von ganzem Herzen ehrt und darin sein Glück sucht, ernstere Worte an seine Zeitgenossen zu richten; die französische Revolution ist ausgebrochen und hat bereits bittere und giftige Früchte gezeitigt: das erregt seinen Zorn über „die neue Politik." Mit einer längern Abhandlung darüber beginnt der 6. Theil der Werke.

Im allgemeinen hält Claudius bei der Beurtheilung des Verhältnisses zwischen Obrigkeit und Unterthan den Standpunkt inne, auf dem wir die Reformatoren zur Zeit des Bauern- und schmalkaldischen Krieges finden. Treu seinem Beruf als Bote Gottes, erinnert er die Könige und Regenten daran, daß ihr Stuhl steht in der Welt von Gottes wegen; daß, wer darauf sitzt, groß und unüberwindlich sein soll, aber mit und durch Recht und Wahrheit. „Wenn ein König in seiner Herrlichkeit mitten unter seinem Volk auf seinem Throne sitzet, so sitzet er da, um außer dem Glück der Erde auch das Glück des Himmels zu spenden; so sitzt er da, um als ein heiliger Künstler, durch lauter wohlthätige, lauter milde und edle, lauter große und gute Handlungen GOTT zu conterfeien, und die Menschen nach IHM hungrig und durstig zu machen" (VI, 32). In derselben Gottesbotentreue ermahnt er die Unterthanen, unterthan zu sein der Obrigkeit, als einer von Gott eingesetzten Ordnung; unterthan zu sein den Herren, nicht allein den gütigen und gelinden, sondern auch den wunderlichen.

Im besondern hält er einen Staat nach dem neuen System oder ein Vernunftregiment, wobei er in dem bezeichneten Aufsatze immer die damalige französische Republik im Auge hat, für unmöglich, weil man wohl klug aber nicht gut machen könne; weil, wer mit dem Medusenkopf der Aufklärung die Neigungen und Leidenschaften zu versteinern denkt, unrecht berichtet sei. Mit tiefer Menschenkenntniß beleuchtet er nach allen Seiten die menschliche Natur und kommt zu der Ueberzeugung, daß das alte System mit allen seinen Gebrechen das einzige sei, das die Menschen bürgerlich zusammenhalten und glücklich machen könne. Zu leugnen, daß das alte System großem Mißbrauch unterworfen sei, kommt ihm nicht in den Sinn; aber die Besserung soll nicht von außen, sondern von innen kommen. „Ich möchte", sagt er an einer Stelle, „eine Besserung, welche die Bösen gut, die Uebelgesinnten wohlgesinnt, die Thörichten weise, die Treulosen treu ꝛc. und so ohne Ausnahme alle Menschen, hohe und niedrige, Fürsten und Unterthanen, Freunde und Feinde, zu guten, bescheidenen, barmherzigen, großmüthigen, edlen und glücklichen Menschen machte. Das ist mein Sinn, darauf ich mich verlasse."

In diesem auf Gott und sein Wort unverrückt gerichteten Sinne sind auch einige denselben Gegenstand betreffende Gedichte dieser Zeit geschrieben, die freilich nur von geringem poetischen Werthe sind.

Von besonderem Interesse für meine Leser wird es gewiß sein, wenn sie ihren Blick jetzt noch einmal auf Claudius' Hauspädagogik richten. Er ist, wie wir das nach früher Bemerktem nicht anders erwarten können, auch im engen häuslichen Kreise der Bote Gottes; und namentlich dadurch, wie durch seinen Widerwillen gegen das „Räsonniren" der Kinder, unterscheidet er sich wesentlich von den in der Aufklärungszeit so einflußreichen Pädagogen Basedow und Campe (vgl. besonders VI, 54). Diese beiden Namen führen uns wieder in den Kreis gleichzeitig lebender berühmter Männer, aus deren großer Zahl wir jetzt jedoch nur den wenigen eine kurze

Betrachtung widmen, die wir auch als Geistesverwandte unseres Dichters ansehen müssen.

§. 13. Einige gleichgestimmte Seelen.

Von Basedow und Campe, von Lessing und Klopstock, selbst von Herder und F. H. Jacobi entfernten sich des Boten Bahnen immer mehr, je älter er ward; mit den größesten Dichtern und Denkern der Zeit, mit Göthe, Schiller und Kant gerieth er sogar in einen höchst unerquicklichen Schriftenwechsel, dem einige seiner unbedeutendsten Sachen ihr Dasein verdanken. Die damalige, geistig so ungemein bewegte Zeit war verhältnißmäßig arm an wahrhaft geistlichen Männern.

Man pflegt die Jahre von ungefähr 1770 bis gegen die Zeit der Freiheitskriege hin gern als eine Zeit allgemeinen Abfalls zu schildern. In dieser wegwerfenden Bezeichnung liegt einerseits eine Verkennung der berechtigten und wohlthätigen Momente der sogenannten Aufklärungsperiode, wie sie, was die Theologie betrifft, in Herder, was die Philosophie und Moral betrifft, in Kant und Fichte, was die Kritik und Kunst betrifft, in Lessing sich am reinsten darstellen. Zum andern wird dabei übersehen, daß Gott auch diesmal, wie zu Eliä Zeiten, seine sieben Tausend hatte übrig bleiben lassen. Den größern Theil davon bildete das Volk, namentlich der norddeutsche Bürger und Bauer; den kleinern die erneuerte Brüdergemeinde, die, in den letzten Jahrzehnten des 18. Jahrhunderts für gar manches fromme Gemüth eine Zufluchts- und Erbauungsstätte, erst nach dem Wiedererwachen des religiösen Lebens im 19. Jahrhundert diese Bedeutung verloren hat; den kleinsten endlich einige kleinere (zum Theil mit trüben Elementen versetzte) Kreise, wie der mystische Kreis in Münster, der sich um die katholische Fürstin Amalie von Gallitzin sammelte; ein Kreis christlich gesinnter holsteinscher Edelleute, denen Claudius sehr nahe stand; ein Kreis frommer Männer, die sich um den alsbald zu nennenden Lavater schaarten; die Familienkreise, aus denen z. B. ein Stein, ein Arndt hervorging u. a. Die Männer von hervorragender Geistesgröße bilden allerdings nur einen verschwindend kleinen Bruchtheil jener sieben Tausend; denn es sind, streng genommen, außer Claudius eigentlich nur noch drei Männer: Hamann, Lavater und Jung, genannt Stilling. Die beiden ersten sind in Claudius' Schriften öfter erwähnt, Hamann's ist auch von uns bereits gedacht worden (S. 70. 73 f.).

Hamann ward zehn Jahre vor Claudius von „frommen und ehrlichen Eltern" zu Königsberg geboren. Einfach bürgerlich erzogen, widmete er sich auf der Universität zuerst der Theologie, dann der Rechtswissenschaft; spätere Jahre und Verhältnisse stellten ihn dem Kaufmannswesen nahe. Ein längerer Aufenthalt in London brachte einen Umschwung in seinem Innern zuwege. In London nämlich gerieth er in die geistlosesten Zerstreuungen und in die furchtbarsten sittlichen Verirrungen; und als er wieder zu sich gekommen war, fand er Trost, Frieden und rechte Selbsterkenntniß im Worte Gottes. „Ich vergaß, schreibt er, alle meine Bücher darüber; ich schämte mich, selbige gegen das Buch Gottes jemals verglichen, jemals sie demselben zur Seite gesetzt, ja jemals ein anderes demselben vorgezogen zu haben. Ich fand die Einheit des göttlichen Willens in der Erlösung Jesu Christi, daß alle Geschichte, alle Wunder, alle Gebote und Werke Gottes auf diesen Mittelpunkt zusammenliefen, die Seele des Menschen aus der Sclaverei, Knechtschaft, Blindheit, Thorheit und dem Tode der Sünden zum größesten Glück, zur höchsten Seligkeit und zu einer Annehmung solcher Güter zu bewegen, über deren Größe wir noch mehr als über unsre Unwürdigkeit erschrecken müssen. Ich erkannte meine eignen Verbrechen in der Geschichte des jüdischen Volks; ich las meinen eignen Lebenslauf und dankte Gott für seine Langmuth mit diesem seinem Volke, weil nichts als ein solches Beispiel mich zu einer gleichen Hoffnung berechtigen konnte."

Da haben wir wenigstens eine kleine Probe des Geistes, aus welchem Hamann seine zahlreichen Schriften gegen Aufklärung, Materialismus, Fremdländerei und andre Dämonen seiner Zeit schrieb. „Der Kern derselben", schreibt Herder, enthält viele Samenkörner von großen Wahrheiten, neuen Beobachtungen und einer merkwürdigen Belesenheit; die Schale derselben ist ein mühsam geflochtenes Gewebe von Kernaussprüchen, Anspielungen und Wortblumen." Dieser letztere Umstand machte Hamanns Schriften schon zu seinen Lebzeiten für viele ungenießbar.

Wahrhaft bedeutend aber ist Hamann, der einige Zeit nach jenem Londoner Aufenthalt sich dauernd in seiner Vaterstadt aufhielt, für die deutsche Litteratur durch seinen Einfluß auf Herder, einen ihm verwandten Geist, geworden, und durch seinen, wenn auch minder großen, so doch ebenso folgenreichen Einfluß auf den noch jüngern Göthe. Was bei Hamann im Keime liegt oder noch mit trüben Elementen vermischt ist, das hat Herder entfaltet und geläutert; Göthe aber, der sich sein ganzes Leben hindurch an Hamanns Schriften erfrischte, hat dessen Gedanken über Poesie in seinen Gedichten verkörpert. Claudius' Bekanntschaft mit Hamanns Schriften, durch Herder vermittelt, fällt schon in die Kopenhagener Zeit. Claudius fühlte sich von Hamanns Schriften mächtig angezogen; einigen derselben, die ja freilich Claudius' Leserkreise sehr fern lagen, hat er eine kurze Anzeige gewidmet, die meinen Lesern zur Vervollständigung unserer kurzen Characteristik dieses tiefsinnigen Geistes dienen mag (I, 14. 15. III, 73). Gesehen haben sich die Beiden nie, ein reger brieflicher Verkehr aber erzeugte zwischen ihnen ein inniges Verhältniß. Von Claudius wird Hamann mit dem characteristischen Namen des „Zeichendeuters" belegt, bekannter ist sein Schriftstellername „Magus aus Norden." Von Hamann wird hinwiederum Claudius in einer Anzeige von dessen Schriften der „ehrliche Dorflieger vom schönen Geiste" genannt. „Bist ein guter, lieber Junge," läßt Hamann den Freund Hain sagen, „hast eine feine Seele, die deine ist, und den Keim mystischer Weisheit. Ein leichtes ätherisches Wesen, das so frei in der Luft umherwallt, wenn die Saite schon aufgehört hat, zu beben, und das die Herzen mit sanfter Schwermuth anfüllt, ruht auf deiner Harfe gleich Minervens Vogel auf dem Helm der Titelvignette."

Hamanns innere Mächtigkeit hat auf keine Weise durch äußere Thaten einen entsprechenden Ausdruck gefunden. Er liebte, wie er selbst sagt, das piano im Handeln, das forte im Denken. Dieser Geist ist längere Zeit besoldeter Canzelist, Schreiber, Uebersetzer, Packhofverwalter gewesen! Seine letzten Jahre lebte er, von allen Geschäften entfernt, seiner Schriftstellerei und seinen gleichgesinnten Zeitgenossen.

Zu diesen gehörte, wie schon angedeutet, der Züricher Prediger Lavater, ein höchst merkwürdiger, in der zuletzt angedeuteten Beziehung Hamann geradezu entgegengesetzter Mann. Während Hamann, wie Claudius, bei einem reichen innern Leben der Einwirkung auf die Außenwelt gern fern blieb, war Lavaters glühender Eifer, Seelen zu retten, überall, aber nicht immer in weiser Beschränkung und Art gegenwärtig. In seiner Zeit als Prophet und Heiliger geachtet oder geschmäht, reicht seine Bedeutung in unsre Tage kaum hinein. An seinen religiösen Gedichten vermag sich fast niemand mehr zu erheben, seine Predigten und Erbauungsschriften sind ohne die evangelische Einfachheit und Kernigkeit*), und selbst sein Hauptwerk, die „Physiognomischen Fragmente“ (vgl. Claudius' WW. III, 19), ist fast vergessen. Mit Recht möchte man dagegen wieder und immer wieder lesen das köstlichste Werk des dritten von den hier zu Nennenden, Jungs „Heinrich Stillings Leben, eine wahre Geschichte.“

Johann Heinrich Jung, von dem Namen, den er in seiner Selbstbiographie führt, Heinrich Stilling, jetzt gewöhnlich Jung-Stilling genannt, hatte, wie Göthe sich ausdrückt, einen sehr einfachen und doch an Begebenheiten und mannigfaltiger Thätigkeit gedrängten Lebensgang gehabt. Er war einen Monat nach Claudius, den 12. September 1740, zu Grund im Nassauischen von armen Eltern geboren. Sein Vater, Schneider und Schulmeister, erzog ihn äußerst streng; Beten, Lesen und Schreiben waren des Knaben einzige Beschäftigungen, und fern von dem Treiben seiner Altersgenossen wuchs er auf, ohne in eine bestimmte Richtung für sein Thun hineingeleitet zu werden. Daher sehen wir ihn nach der Knabenzeit bald Kohlenbrenner, bald hie bald da Schulmeister, bald Schneider, bald wieder Hauslehrer sein. In seinem 28. Jahre lernte er, durch das griechische Wort Eilikrineia (Lauterkeit, vgl. 1 Cor. 5, 8. 2 Cor. 1, 12. 2, 17) wunderbar ergriffen, die griechische Sprache bis zu einer erstaunlichen Fertigkeit und ging nun auf Anregung seines Principals nach Straßburg, um Medicin zu studiren. Hier kam er mit Göthe in vertrauten Umgang. Göthe, obgleich neun Jahre

*) Doch werden Lavaters „Worte des Herzens“, herausgegeben von C. W. Hufeland, noch von manchem als Erbauungsbuch benutzt. Meine Leser mache ich aufmerksam auf die bei Dümmler in Berlin erschienenen Ausgaben dieses Buchs, die in ihren letzten Auflagen auch eine biographische Einleitung enthalten (à 12 Sgr., 1 Thlr. und 1 Thlr. 15 Sgr.).

jünger und eines ganz andern Geistes Kind, fand doch an Jungs Einfachheit, Natürlichkeit und ungeheuchelter Frömmigkeit etwas ihm Zusagendes und trieb ihn, seine Lebensgeschichte, die er auf das anmuthigste und mit deutlicher und lebendiger Vergegenwärtigung aller Zustände zu erzählen verstand, aufzuschreiben. Jung versprach es; und dem Umstande, daß er sein Versprechen gehalten hat, haben wir eins der merkwürdigsten und lesenswerthesten Volksbücher zu verdanken.

Auch nach Beendigung seiner Studien konnte Jung lange kein seinem Geiste angemessenes Element finden. So sehen wir denn auch jetzt sein früheres unsicheres Suchen nach einem ihm von Gott bestimmten Beruf gewissermaßen wiederholt. Nach einander ist er Arzt ohne erhebliche Kundschaft, Lehrer ohne nennenswerthe Erfolge, Universitätsprofessor ohne Zuhörer. Endlich, im letzten Vierteljahrhundert seines Lebens findet er außer seinem Amte und sodann ohne amtliche Stellung in dem Beruf als christlicher Volksschriftsteller, ähnlich wie Claudius, Frieden und Genügen.

Schon seit 1776 bis 1778, da die ersten Bände seiner Lebensgeschichte, „Heinrich Stillings Jugend, Jünglingsjahre und Wanderschaft", erschienen waren, war Jung in weiten Kreisen bekannt geworden. Mit dem Anfang der neunziger Jahre verfolgte er bestimmter die ihm gewordene Aufgabe, „als ein christlicher Schriftsteller das zerstreute aber immer noch vorhandene Volk Gottes für die bevorstehenden heiligen Kämpfe des Reiches Gottes vorzubereiten und zu sammeln, und ward, besonders seit Lavaters Heimgang, für seine Person und als Schriftsteller der Mittelpunkt und das Organ der erweckten und gläubigen Christen in ganz Westdeutschland, von den Schweizer Alpen bis zu den Dünen der Nordsee und über sie hinaus bis nach England und selbst bis Nordamerika" (Göbel). In Kraft jener Aufgabe schrieb Jung, nachdem er schon 1792 seine „Scenen aus dem Geisterreich" hatte ausgehen lassen, in den Jahren 1793 und 1794 in einer fortdauernden „erhöhten Empfindung der Nähe des Herrn, der der Geist ist", und nach dem Vorbilde von Bunyans „Reise des Christen nach der himmlischen Stadt" sein „Heimweh," das, wie der Verfasser selbst berichtet, einen „beispiellosen Beifall" fand. Es wurde in allen Provinzen Deutschlands, in Dänemark, Schweden, Rußland bis nach

Astrachan, in Asien und Amerika gelesen. Das Heimweh gilt als Jungs wichtigste und tiefste christliche Schrift, und Ahlfeld läßt es seinen „Auszugsvater" den Bauern vorlesen. Allein abgesehen von manchem andern, möchte es bei der Seltenheit der Auszugsväter nur wenige Kreise im Volk unsrer Tage geben, denen man das Heimweh mit Erfolg zum Lesen geben könnte. Dasselbe gilt von dem „grauen Mann," einer Zeitschrift, die Jung auf Anregen seiner christlichen Freunde als Fortsetzung des Heimwehs mit der Bezeichnung einer Volksschrift von 1795—1816 herausgab. Die Bedeutung des grauen Mannes, der seiner Zeit außer den Mittheilungen aus der Brüdergemeinde und den Basler Sammlungen die einzige christliche Zeitschrift war, liegt für uns darin, daß derselbe auf die Aufblüthe der christlichen Volkslitteratur jener Zeit kräftig eingewirkt und auf die wichtigsten Erscheinungen derselben nachdrücklich aufmerksam gemacht hat. Jungs übrige zahlreiche Schriften bedürfen hier nicht einmal der Erwähnung. Soweit sie dem religiösen Gebiet angehören, sind sie in einem Grade schwärmerisch, daß man sie nur mit großer Vorsicht in die Hand nehmen darf. So bleibt denn als besonders empfehlenswerth nichts übrig, als „Heinrich Stillings Leben", das 1806 zum erstenmale ganz erschien und später durch Jung selbst und seinen Enkel Heinr. Schwarz noch vervollständigt ist. Der erste Theil des Buches, „Heinrich Stillings Jugend", kann mit jeglichem Product der spätern Dorfgeschichtenlitteratur in die Schranken treten. Allein das Ganze ist nicht durchweg vollendet; vielmehr stehen die letzten Theile den drei frühern, namentlich aber dem ersten Theile „an Einfachheit der Darstellung, an Wahrheit und Tiefe der Empfindung und, was mehr ist, an Wahrheit und Tiefe der christlichen Erfahrung" bedeutend nach. Ueberdies ist dem Volk, zumal dem Volk unsrer Tage, gar manches in dem Buche uninteressant, unverständlich, ja ungenießbar. Daher ist es mit Dank anzuerkennen, daß der Evangelische Bücherverein in Berlin „Jungs, gen. Stilling, Lebensgeschichte" in einem so wohlfeilen Auszuge (5 Sgr.) dem Volk und der Jugend dargeboten hat. Die Stuttgarter Ausgabe mit einer Vorrede vom Prälaten von Kapff kostet 1 Thlr. — Heinrich Stillings Lebensgeschichte ist von dem Verfasser selbst als „eine wahrhafte Geschichte" bezeichnet; hochbetheuernd versichert er, daß mit Ausnahme der Namen und einiger Verzierungen alles wahr sei.

Wer also den genialen Jung kennen lernen will, lernt ihn am besten aus jenem Buche selbst kennen; in ihm kommt auch am ungetrübtesten zur Erscheinung, was Göthe von Jung urtheilt: „Das Element seiner Energie war ein unverwüstlicher Glaube an Gott und an eine unmittelbar von daher fließende Hilfe, die sich in einer ununterbrochenen Vorsorge und in einer unfehlbaren Rettung aus aller Noth, von jedem Uebel augenscheinlich bestätige."

Durch seine Lebensgeschichte gehört Jung noch der jetzigen Volkslitteratur an; was uns außerdem sein Andenken erhalten heißt, ist dies, daß er aus allen Kräften das damals mit der Entstehung der brittischen und ausländischen Bibelgesellschaft (1804) einen gewaltigen Aufschwung nehmende, echt volksthümliche Werk der Bibelverbreitung förderte, und daß er, nachdem er mit größter Freude über die 1802 ebenfalls in England entstandne Erbauungsbüchergesellschaft berichtet hatte, in dieser Richtung volksthümlicher Schriftstellerei selbst Hand ans Werk legte. Seit 1803 schrieb er seine „Erzählungen des christlichen Menschenfreundes", die wenigstens in ihrer Zeit von großer Bedeutung gewesen sind. Mit mehr Geschick und Erfolg hat die Wupperthaler Tractatgesellschaft zu großer Freude Jungs das von ihm begonnene Werk seit 1814 fortgesetzt.

Mit Claudius wie mit Hamann scheint Stilling nie in persönlichen oder brieflichen Verkehr gekommen zu sein. Claudius war aus dem Südwesten Deutschlands gerade hinweg, als Stillings Wirksamkeit daselbst hervorzutreten begann. Aber die Schriften jener beiden von ihm hochgeehrten Männer hat Stilling gekannt; mit Lavater ist er persönlich befreundet gewesen; Lavaters „Evangelisten-Johannes-Gesicht" riß auch Stillings Herz mit Gewalt zur Ehrfurcht und Liebe an sich.

Von Marburg, wo Stilling als Professor der Kameralwissenschaften zuletzt nur noch drei Zuhörer hatte, rief ihn ein gleichgesinnter Fürst, der Markgraf und Kurfürst Karl Friedrich von Baden, 1803 hinweg. „Ich entbinde sie, sprach dieser Fürst zu ihm, von allen Verbindlichkeiten und trage ihnen auf, durch ihren Briefwechsel und ihre Schriftstellerei Religion und practisches Christenthum an meiner Stelle zu befördern; dazu berufe und besolde ich sie." Diesem wahrhaft fürstlichen Worte nachkommend, hat Stilling die letzten vierzehn Jahre seines Lebens zuerst in Heidelberg, dann in Karlsruhe verlebt. Daß er hier mit Hebel in persönlichen Verkehr gekommen sei, glaube ich nicht voraussetzen zu können. Dem „Hausfreund" war Stillings ins Dunkle hinausschauendes Wesen zuwider. Das Jahr 1817 ist Stillings Todesjahr.

§. 14. Claudius' letzte Tage und Ende.

Wir sind dem Boten mit Besprechung oder Anführung seiner Schriften schon bis in seine letzten Jahre gefolgt (§. 12). Es bleibt uns übrig, sein Lebensbild abzuschließen.

Mit Demuth und Selbstverläugnung, mit Furcht und Zittern hatte er nach der Einen bleibenden Wahrheit gesucht und ihr einfältig und beharrlich angehangen. An das sich haltend, was er hatte, bis er mehr erfahren werde, hatte er Morgenluft gewittert. Schon seit geraumer Zeit fühlte er sich seekrank und suchte festes Land. Es muß in dem Dichter bei seiner mit den Jahren immer zunehmenden geistlichen Reife etwas von der Lust des Apostels rege geworden sein, abzuscheiden, um bei Christo zu sein. Die äußern Verhältnisse werden dazu manches beigetragen haben.

Ueber den doch reichlich ersetzten Verlust früherer Freunde, über litterarische Fehden haben wir an andern Orten bereits gesprochen. Es mag noch erwähnt werden, daß Hamann schon 1788, Lavater 1801, Klopstock und Herder 1803, die Fürstin Gallitzin 1806, ein dem Dichter befreundeter junger Maler Otto Runge 1810 gestorben waren. (Auf den Letztgenannten bezieht sich das sinnige Gedicht „Auf O. R.s Grab." VIII, 29)*).

Jene mitunter recht drückenden Nahrungssorgen, die den Dichter von seiner Verheirathung an bis zur Vermehrung seines Hausstandes um acht Köpfe stets begleiteten, hatten mit dem Jahre 1787 zwar ihr Ende erreicht; Claudius hatte nämlich in dem genannten Jahre den Kronprinzen von Dänemark, der bei seinem Aufenthalte in Wandsbeck (vgl. WW. V, 92) die durch Claudius dargebrachten Wünsche der Wandsbecker sehr huldvoll aufnahm, in einem sehr

*) O. Runge ist bekannt als erster Aufzeichner der beiden plattdeutschen Märchen vom Fischer und seiner Frau und vom Machandelboom, und als Dichter des von Luise Reichardt componirten Liedes: „Es blüht eine schöne Blume."

characteristischen Schreiben*) um eine Stelle gebeten, wenn es sein könnte, im lieben Holstein, und in Folge dessen im Jahr darauf das Amt eines ersten Revisors der Schleswig-Holsteinschen Bank zu Altona mit einer Besoldung von 960 Thalern und der Vergünstigung erhalten, daß er seinen Wohnsitz in Wandsbeck beibehalten dürfe. Allein großes Ungemach brachten in das ganze letzte Lebensdrittheil des Boten die französische Revolution und deren Nachwirkungen. Das nahe Hamburg wurde wegen seiner Lage und staatlichen Verfassung der Zufluchtsort einer großen Zahl französischer und deutscher Auswanderer oder Flüchtlinge. Die geistige Regsamkeit dieser auch an äußerm Gut reichen Stadt, die, wie wir gesehen haben, früher sich auf das litterarische Gebiet warf, wurde dadurch auf das politische hingewandt. Die französischen Ideen von Freiheit zündeten in den Herzen vieler Hamburger; selbst Klopstock wurde anfangs mächtig von ihnen ergriffen, und der schon genannte Lieder-Componist Reichardt geberdete sich als eifriger Republikaner. Wie Claudius den Greueln der Revolution und den durch sie nach Deutschland eingeführten Gedanken als Bote Gottes gegenübertrat, das haben wir schon erfahren; manche Anfeindungen waren dafür sein Lohn. Aber es sollte noch schlimmer kommen. Um die Mündungen der Ems, Weser und Elbe inne zu haben, hatte Napoleon das ganze Stück Norddeutschlands von Wesel bis Lübeck unmittelbar französisch gemacht. Dadurch wurde denn auch Hamburg eine französische Stadt, und F. Perthes, Claudius' Schwiegersohn, mußte nebst seiner Familie Hamburg als Flüchtling verlassen, um nicht den Tod durch französische Henkershand zu sterben. Der großherzige Perthes hatte nämlich zu Anfang des Jahres 1810 eine Zeitschrift, das Vaterländische Museum, im Sinn einer sittlichen und politischen Befreiung Deutschlands vom französischen Joch gegründet, hatte auch an der Befreiung Hamburgs von der französischen Besatzung und

*) Es heißt darin unter anderm: „Gnädiger Prinz, ich bitte nicht um eine sehr einträgliche Stelle; sondern nur um eine, die mich nährt, und um so eine bitte ich mit aller Unbefangenheit eines Mannes, der Willens ist, das Brot, das ihm der König giebt, zu verdienen. — Wenn es mir auch erlaubt sein würde, so wüßte ich nicht zu sagen, wozu ich eigentlich geschickt bin, und ich muß Ew. Königl. Hoheit unterthänig bitten, daß Sie gnädigst geruhen, ein Machtwort zu sprechen und zu befehlen, wozu ich geschickt sein soll."

an der Vertheidigung gegen den wieder andringenden Feind thätigen Antheil genommen. Leider hatte Hamburg nicht viele Perthes. Die Stadt fiel, und Perthes konnte sich und die Seinen nur durch die Flucht retten. Die Perthes'schen Kinder, deren Zahl damals schon auf sieben angewachsen war, flohen mit ihrer Mutter zunächst nach Wandsbeck, folgten aber bald dem tiefer ins Holsteinische geflüchteten Vater. Herzzerreißend war der Schmerz der Trennung. Bald hielt sich nun auch Claudius selbst in Wandsbeck nicht mehr sicher. Mit seiner Rebekka begab sich der jetzt 73jährige Greis auf die Flucht, aller seiner Erwerbsquellen beraubt. Fast ein volles Jahr befand er sich als Flüchtling an verschiedenen Orten und kehrte erst im Mai 1814 von Lübeck aus nach Wandsbeck zurück.

Alle Leiden eines armen Flüchtlings mußte der lebensmüde Bote ertragen; das größeste insofern, als sein Vater- und Vaterlandsherz mit seinem Unterthanenherzen in die heftigste Collision kam. Perthes litt mit seiner Familie für die deutsche Sache, Claudius mußte auf Grund seines uns bekannten echt deutschen Patriotismus dieser Sache den Sieg wünschen; und dem gegenüber stand nicht bloß des Boten Unterthanentreue, sondern sogar seine persönliche Ergebenheit und Dankbarkeit gegen den dänischen König, der bis 1814 mit Frankreich verbunden blieb. Wie mag Claudius zu Muthe gewesen sein, als er, noch Flüchtling, in Lübeck die Anfangs- und Schlußsätze seiner herrlichen „Predigt eines Laienbruders" (VIII, 199) schrieb!

Nach Wandsbeck zurückgekommen, richtete Claudius sein ausgeleertes und verwüstetes Haus wieder ein, ohne doch die Behaglichkeit wieder zu finden, die es ihm so lange Jahre gewährt hatte. Die letzten Trübsale hatten ihn nachdrücklicher als alles früher Erlebte an die Stätte, die uns im Himmel bereitet ist, gemahnt; und die nun mit immer größerer Heftigkeit und Häufigkeit eintretenden Beschwerden des Alters machten die Sehnsucht dahin immer lebendiger. Gegen Ende des Jahres ging er, von seiner Tochter Caroline wiederholt dazu gedrängt, nach Hamburg, wo ihm ärztlicher Beistand näher war. Allein es war dem Boten nicht beschieden, seinen irdischen Botengang noch länger fortzusetzen: er starb am 21. Januar 1815 im Hause und in den Armen seiner Kinder nach einem harten und langen Todeskampfe. Mehrmals vor seinem Ende sprach er die Worte: „Mein ganzes Leben habe ich auf diese Stunde studirt, und noch weiß ich nicht, wie es enden soll."

Begraben ist der Bote neben seiner ihm längst vorangegangenen Tochter in Wandsbeck, wo ein gußeisernes Kreuz mit der Aufschrift: „Also hat Gott die Welt geliebt" 2c. seine Ruhestätte finden läßt. Ein Denkmal mit den Sinnbildern seines Botenberufs, Stab, Hut und Tasche, ist ihm 1840 im Wandsbecker Holz, seinem Lieblingsaufenthaltsorte, gesetzt worden.

Rebekka starb im Jahr 1832, ihr folgten vier Kinder, drei sind noch am Leben. An ihnen und ihren Nachkommen erfüllt sich das Schriftwort: „Ein Gerechter, der in seiner Frömmigkeit wandelt, des Kindern wird es wohlgehen nach ihm" (Spr. 20, 7).

§. 15. Claudius' volksthümliche Prosa.

Unsrer Gesammtaufgabe nachkommend, die nicht darin besteht, Leben und Werke nur Eines Mannes zu betrachten, müssen wir nun noch einen Blick auf Claudius' volksthümliche Prosa werfen, um von hier aus zu dem zweiten und größesten Repräsentanten der volksthümlichen Litteratur der neuern Zeit, zu J. P. Hebel, überzugehen.

Von der Freundschaft.

(WW. IV, 7.)

Ich habe dir in der vorigen Lection die Feindschaft erklärt, und wie man dazu gelangen könne, und wann ein ehrlicher Kerl sie nicht scheuen müsse. Heute von der Freundschaft.

Von der spricht nun Einer: sie sei überall; der Andre: sie sei nirgends; und es steht dahin, wer von Beiden am ärgsten gelogen hat.

Wenn du Paul den Peter rühmen hörst, so wirst du finden, rühmt Peter den Paul wieder, und das heißen sie denn Freunde. Und ist oft zwischen ihnen weiter nichts, als daß Einer den Andern kratzt, damit er ihn wieder kratze, und sie sich so einander wechselsweise zu Narren haben; denn, wie du siehst, ist hier, wie in vielen andern Fällen, ein jeder von ihnen nur sein eigner Freund, und nicht des Andern. Ich pflege solch Ding „Hollunder-Freundschaften" zu nennen! Wenn du einen jungen Hollunderzweig ansiehst, so sieht er sein stämmig und wohl gegründet aus; schneidest du ihn aber ab, so ist er inwendig hohl und ist so ein trocken schwammig Wesen darin.

So ganz rein geht's hier freilich selten ab, und etwas Menschliches pflegt sich wohl mit einzumischen; aber das erste Gesetz der Freundschaft soll doch sein: daß Einer des Andern Freund sei.

Und das zweite ist, daß du's von Herzen seist, und Gutes und Böses mit ihm theilest, wie's vorkömmt. Die Delicatesse, da man den und jenen Gram allein behalten und seines Freundes schonen will, ist meistens Zärtelei; denn eben darum ist er dein Freund, daß er mit untertrete und es deinen Schultern leichter mache.

Drittens laß du deinen Freund nicht zweimal bitten. Aber wenn's Noth ist, und er helfen kann, so nimm du auch kein Blatt vor's Maul, sondern gehe und fordre frisch heraus, als ob's so sein müßte und gar nicht anders sein könne.

Hat dein Freund an sich, das nicht taugt, so mußt du ihm das nicht verhalten und es nicht entschuldigen gegen ihn. Aber gegen den dritten Mann mußt du es verhalten und entschuldigen. Mache nicht schnell jemand deinen Freund; ist er's aber einmal, so muß er's gegen den dritten Mann mit allen seinen Fehlern sein. Etwas Sinnlichkeit und Parteilichkeit für den Freund scheint mit zur Freundschaft in dieser Welt zu gehören. Denn wolltest du an ihm nur die wirklich ehr- und liebenswürdigen Eigenschaften ehren und lieben, wofür wärst du denn sein Freund; das soll ja jeder wildfremde unparteiische Mann thun. Nein, du mußt deinen Freund mit allem, was an ihm ist, in deinen Arm und in deinen Schutz nehmen; das Granum Salis versteht sich von selbst, und daß aus einem edlen kein unedles werden müsse.

Es giebt eine körperliche Freundschaft. Nach der werden zwei Pferde, die eine zeitlang beisammen stehen, Freunde, und können eins des andern nicht entbehren. Es giebt auch sonst noch mancherlei Arten und Veranlassungen. Aber eigentliche Freundschaft kann nicht sein ohne Einigung; und wo die ist, da macht sie sich gern und von selbst. So sind Leute, die zusammen Schiffbruch leiden, und die an eine wüste Insel geworfen werden, Freunde. Nämlich das gleiche Gefühl der Noth in ihnen allen, die gleiche Hoffnung und der Eine Wunsch nach Hilfe einigte sie; und das bleibt oft ihr ganzes Leben hindurch. Einerlei Gefühl, einerlei Wunsch, einerlei Hoffnung einigt; und je inniger und edler dies Gefühl, dieser Wunsch und diese Hoffnung sind, desto inniger und edler ist auch die Freundschaft, die daraus wird.

Aber, denkst du, auf die Weise sollten ja alle Menschen auf Erden die innigsten Freunde sein? Freilich, wohl! und es ist meine Schuld nicht, daß sie es nicht sind.

Postscript. Es giebt einige Freundschaften, die im Himmel beschlossen sind und auf Erden vollzogen werden.

Schon die Anfangsworte, sodann das Postscript (Nachschrift) am Ende und die ganze Haltung dieses Stückes reihen dasselbe ein in den Perlenkranz der Briefe, die Claudius an seinen Vetter Andres schreibt und von ihm empfängt. Wenn auch das Volk zu Claudius' Zeit noch bei weitem weniger Briefe schrieb als jetzt, so war doch schon damals der Brief eine wirksame Einkleidung für Gedanken und Belehrungen, die man an das Volk heranbringen wollte. Jeder Brief setzt ein persönliches Verhältniß voraus; der Leser sieht sich mit „Du" angeredet von einem, der sich mit „Ich" bezeichnet. Dadurch nähert sich die briefliche Mittheilung in Bezug auf Lebendigkeit der Theilnahme dem Gespräch, das von Angesicht zu Angesicht geführt wird; und indem sie eben dadurch von dem abstracten Boden der sogenannten Abhandlungen abgehoben wird, wird sie ein vorzügliches Mittel für die lehrhafte Darstellung. Das Volk zieht seine geistige Nahrung in erster Linie ganz und gar nicht aus Büchern, sondern aus den Erfahrungen, die es an sich und andern macht, aus dem Gespräch mit seinesgleichen, aus der Schule und Kirche. Allen diesen Nahrungsquellen liegt ein persönliches Verhältniß zu Grunde. Je mehr die dem Volke dargebotnen Mittheilungen dieses Verhältniß außer Acht lassen, je mehr der Autor zurücktritt, je objectiver die Darstellung wird, desto mehr büßt sie, namentlich wenn sie lehrhafter Natur ist, von ihrer Eindringlichkeit ein. Das Kind muß den Lehrer in der Schule sehen, der Bauer muß seinen Pastor auf der Kanzel sehen, der Mann aus dem Volke muß den, der durch die Schrift zu ihm redet, sehen, wenn er ihn hören soll. Die Briefform, recht angewandt, leistet solches fast in demselben Grade, wie das Gespräch.

„Ich habe dir in der vorigen Lection die Feindschaft erklärt." Der Briefschreiber bezieht sich auf eine früher ertheilte Lection. In den Werken unsers Claudius findet sich diese Lection nicht; jedenfalls dient ihm diese Angabe nur zu einer passenden Einleitung.

Die vorige Lection kann leicht zum Gegenstand eines Aufsatzes gemacht werden nach dieser Disposition: Von der Feindschaft. A. Was ist Feindschaft? B. Wie gelangt man zur Feindschaft? C. Wann muß ein ehrlicher Kerl sie nicht scheuen? Die Ausführung läßt eine genaue Nachahmung des vorliegenden Briefes zu. —

„Lection" ist lateinischer Herkunft und bedeutet so viel als „Lesung, Vorlesung." In diesem Sinne wird es noch gebraucht auf den Universitäten. Von hier aus ist es in die niederen Schulen mit etwas veränderter Bedeutung übergegangen. In dem Ausdruck „Lectionsplan" bedeutet es „Unterrichtsgegenstand", in „seine Lection lernen" bedeutet es „Aufgabe." So in dem alten Spruche: „Ein jeder lerne seine Lection, so wird es wohl im Hause stohn."

Neben dieses Fremdwort stellen sich in unserm Briefe noch vier andre: Delicatesse, Partei, Postscript und Granum Salis.

Granum salis, wörtlich: Korn des Salzes, Salzkorn, aus dem Lateinischen überkommen, ist schon bei den alten Römern in der Form cum grano salis (= mit einem Körnchen Salz) sprichwörtlich. Das Salzkorn ist Bild der Würze, des den rechten Geschmack Verleihenden. Claudius hat im Briefe die Regel gegeben: Du mußt deinen Freund mit allem, was an ihm ist, in deinen Arm und in deinen Schutz nehmen. Dem rohen Wortlaute nach, ungesalzen genossen, wäre dies eine mißverständliche Regel; es muß, um recht verstanden zu werden, mit der rechten Würze, cum grano salis, genommen werden.

Fünf fremde Ausdrücke in einer so kurzen Darstellung — wie verträgt sich das mit Claudius' volksthümlicher Schreibweise? Zunächst müssen wir an die oft getadelte Hinneigung des Deutschen zum Fremdländischen erinnern. Selbst der gemeine Mann unter den Deutschen verfügt über eine verhältnißmäßig große Anzahl fremder, wenn auch mitunter gar wunderlich mundrecht gemachter Ausdrücke, die ihm durch den von Höherstehenden mit dem Auslande gepflogenen Verkehr, durch das Militär- und Gerichtswesen, durch Handel und Industrie, durch die Zeitungsleserei und das neue politische Leben, selbst durch Schule und Kirche zugeführt werden. Von vornherein also kann dem Volksschriftsteller, wenn er auch des Gebrauchs fremder Ausdrücke sich so viel als möglich zu begeben hat, nicht zugemuthet werden, sich ihrer gänzlich zu enthalten. Wie sollte er auch gewisse Dinge und Zustände mit deutschen Ausdrücken bezeichnen*)? Daß nun aber Claudius, wie meine Leser selbst finden werden, im Gebrauch fremder Ausdrücke offenbar zu weit gegangen ist, thut seiner Volksmäßigkeit allerdings Eintrag. Ich muß gleich an dieser Stelle auf den merkwürdigen Umstand hinweisen, der vielen sogar als ein störender Uebelstand erscheint, daß nämlich Claudius andererseits die Nachlässigkeiten der Umgangssprache geflissentlich nachahmt, jedenfalls doch, um sich volksmäßiger auszudrücken. Es mag unter gewissen

*) Ich erinnere hier an den Gnomon von Klaus Harms, der ausgesprochenermaßen ein Volks- und Schullesebuch sein will, und an ein Wort seines Herausgebers, eines gewiß unbestritten echten Volksmannes. Derselbe sagt in dem Schlüssel zu seinem Gnomon: „Es würde unsre Sprache, die reiche, nach Jahren eine arme werden in der Welt, selbst bei erhaltnem Besitz der einmal eingebürgerten Fremdwörter, wenn wir von nun an keine mehr in sie aufnähmen. Gleichwie es mit Wissenschaft und Kunst bald übel im Lande stehen würde, wenn ausländische Gelehrte und Künstler nicht mehr bei uns könnten beheimatet werden."

Verhältnissen der Lehrer in der Schule, ja der Prediger auf der Kanzel sich des Dialectes bedienen; aber die absichtliche Vernachlässigung hochdeutscher Formen ist ein an der hochdeutschen Sprache verübtes Unrecht; und anstatt daß der Volksschriftsteller dadurch seinem Werke leichter Eingang verschaffte, wird er vielmehr den Mann aus dem Volke abstoßen. Dieser will, daß Bücher in der Sprache zu ihm reden, die das Buch aller Bücher spricht. Beiläufig bemerkt: er. will das auch von seinem Prediger und Lehrer.

Von der Freundschaft will Claudius handeln. „Von der spricht nun Einer: sie sei überall; der Andre: sie sei nirgends." Der Inhalt dieses Satzes ließe sich vielleicht so wiedergeben: „Ueber deren Vorhandensein ist man gerade entgegengesetzter Meinung." Wodurch unterscheidet sich dieser Satz von dem vorigen? Einmal durch die abstracteren Ausdrücke; zum andern dadurch, daß dort an der Stelle des allgemeinern Begriffes „man" zwei Einzelbegriffe, „der Eine, der Andre", stehen. Jener allgemeinere Begriff läßt seiner Natur nach eine bestimmte Anschauung nicht zu, diese Einzelbegriffe rufen sie hervor. Noch anschaulicher wird die Darstellung, wenn an Stelle solcher immerhin noch unbestimmten Einzelbegriffe ganz bestimmte Einzelwesen treten, wie gleich nachher Paul und Peter. Man nennt diese Eigenthümlichkeit der Volksrede, nach welcher sie statt des Begriffs von größerm Umfang, statt des höhern Begriffs, den Begriff von geringerm Umfang, den niedern Begriff setzt, das Individualisiren (Individuum = Einzelwesen). Anstatt: „es ist ein Gewitter" sagt der gemeine Mann: „es blitzt und donnert."

Bei einander so entgegenstehenden Behauptungen, wie sie von jenen beiden ausgesprochen werden, steht es dahin, „wer von beiden am ärgsten gelogen hat." Genau genommen durfte der Verfasser nur sagen: ob einer von beiden das Rechte getroffen, ob nicht vielmehr jeder von ihnen eine Unwahrheit gesagt hat.

Unwahrheit ist eine unwissentliche Abweichung von der Wahrheit, hervorgegangen aus Unkenntniß, mangelhaftem Urtheil, gedankenloser Aufnahme fremder Aussagen u. drgl. Lüge ist eine wissentliche Abweichung von der Wahrheit, hervorgegangen aus unsittlichem Innern, verbunden mit der Absicht zu täuschen. Beide Ausdrücke sind sinnverwandt; wir können den erstern den schwächern, den zweiten den stärkern Ausdruck nennen.

Während also der beschönigende Zeitgeist für Lüge Unwahrheit zu sagen pflegt (er wählt für den stärkern Ausdruck den schwächern), gebraucht Claudius, wie der gemeine Mann, der die Ausdrücke genau zu scheiden nicht im Stande ist, statt des schwächern den stärkern Ausdruck. Der gemeine Mann nennt nicht nur die Dinge bei ihrem rechten Namen, sondern, wo ein gradweiser Unterschied der Namen ist, da wählt er den kräftigsten. Das giebt der Volkssprache die Derbheit, Natürlichkeit, Unbefangenheit, über welche namentlich der vermeintlich Gebildete so leicht die Nase rümpft.

Bis hierher geht die Einleitung des Briefes, von deren letzten Worten der Schreiber Anlaß nimmt, zunächst über die Freundschaften zu sprechen, die man überall findet.

In echt elementarischer Weise stellt Claudius nicht eine Definition der fälschlich sogenannten Freundschaft auf; sondern er nimmt seinen Ausgang von zwei Personen, Peter und Paul, die selbst der gemeine Mann, wenn auch unter andern Namen, sofort in seiner Umgebung sehen wird; und in einer nicht weniger anschaulichen Weise malt er die gegenseitigen Dienstleistungen Peters und Pauls uns vor Augen: „Es ist oft zwischen ihnen weiter nichts, als daß Einer den Andern kratzt, damit er ihn wieder kratze.“ Claudius will die eigennützige Freundschaft abbilden. Er wählt dazu ein Beispiel aus dem gemeinen Leben, wo die bezeichnete Dienstleistung unter solchen wohl vorkommen mag, die aus irgend einem Grunde nicht im Stande sind, in eigner Person nach dem Sprichwort zu handeln: „Wen's juckt, der kratze sich.“ Also geringe Dienste leisten dergleichen Freunde einander, und zwar nicht, weil derartige Dienste ihnen schon geleistet worden sind, sondern damit sie ihnen wieder geleistet werden. Solchen Freundschaften liegt der niedrigste Eigennutz zu Grunde, und Claudius nennt sie mit einem bezeichnenden (wie es scheint, volksthümlichen) Bilde „Hollunderfreundschaften.“ Aus welchem Grunde, das sagt das Folgende.

Das Wort Hollunder scheint Claudius, wie manche andre, an „hohl“ anzulehnen. Sprachlich fehlt dazu die Berechtigung. Es ist natürlich der bekannte, schwarze Beeren tragende Strauch oder Baum (Sambucus nigra L.) gemeint, der auch in einer Krummacher'schen Parabel „der Hollunderstab“ in ganz ähnlicher Weise Bild des Unzuverlässigen ist. Ob im Volke der Hollunder sprichwörtlich ist, dazu fehlen mir die Belege. Unter den Bauernregeln erscheint er: „Wie der Holder blüht, so blühen auch die Reben."

Claudius geht nun zur „eigentlichen Freundschaft" über. Auch diesmal stellt er nicht eine Definition voran, geht aber auch nicht von einem veranschaulichenden Beispiel aus, wie vorhin; sondern er stellt, indem er fast nicht minder concret und anschaulich verfährt, die Gesetze der Freundschaft auf, d. i. das, was gesetzt ist in die Herzen, was geschrieben ist vor die Augen.

Bei Aufstellung der dritten Regel sagt Claudius: „wenn's Noth ist, und dein Freund helfen kann, so nimm du auch kein Blatt vor's Maul." Der letzte Satz enthält eine sprichwörtliche Redensart. Im Munde des Volkes lebt eine große Menge solcher Redensarten. Wie geht das zu? Die sprichwörtliche Redensart drückt, wie wir das an der vorliegenden sehen, einen Gedanken meist in der anschaulichsten Weise aus. Man vergleiche doch z. B. gleich diese Redensart mit dem entsprechenden französischen „sich geniren." Hier ein Abstractnm, dort zwei Concreta, von welchen das zweite noch dazu volksthümlich derb ist, und diese beiden Concreta zusammengehalten durch den anschaulichen Thätigkeitsbegriff des Nehmens! Von sprichwörtlichen Redensarten wie von Sprichwörtern macht Claudius einen ziemlich ausgedehnten Gebrauch in seinen prosaischen Schriftstücken. An die sprichwörtliche Redensart schließen sich, in der lebendigen Anschaulichkeit ihr gleichstehend, Ausdrücke an, wie der bald folgende „gegen den dritten Mann" = dem weniger anschaulichen: „gegen einen Fremden", „unter vier Augen" = „unter zwei Personen" u. v. a.

Bei der Darlegung des vierten Freundschaftsgesetzes begegnen wir gleich zu Anfang einer gewissen Weitschweifigkeit in dem wiederholten „verhalten und entschuldigen", und in dem Satze: „Nein, du mußt deinen Freund ꝛc.", der etwas Neues zu dem vorigen nicht hinzubringt. Die Volksrede liebt solche Breiten, und der Volksschriftsteller darf sie in bescheidenen Grenzen nachahmen. Ja er darf noch einen Schritt weiter gehen: Er kann auf kürzere oder längere Zeit von der eigentlichen Sache, ohne jedoch, wie dies beim gemeinen Volk der Fall ist, vom Hundertsten ins Tausendste zu kommen, ganz abschweifen. Das köstlichste Beispiel solcher Abschweifungen finden wir bei Claudius da, wo er „über den Vorzug der Gelehrten" sprechen will und plötzlich „so'n alt Schäferdönchen erzählt, das hier gar nicht her gehört" (WW. I u. II, 116).

Wir kommen zu dem letzten Haupttheil des Briefes, der die Frage beantwortet: Wie entsteht die eigentliche Freundschaft?

Der Verfasser geht wieder von einem Beispiele aus, von der körperlichen Freundschaft, bei der es unter Mitwirkung fortdauernder körperlicher Nähe soweit kommen kann, daß „eins des andern nicht entbehren" kann. Eigentliche Freundschaft aber verlangt mehr als körperliche Nähe, nämlich diejenige Einigung der Herzen, welche einerlei Gefühl, einerlei Wunsch, einerlei Hoffnung erzeugt. Wir erinnern bei diesem Abschnitt an eine schon besprochene Eigenschaft der volksthümlichen Schreibweise Claudius', die in das Bereich des Syntactischen fällt. Der an abstracten Begriffen reiche und doch durchaus nicht unvolksmäßige Abschnitt lehrt uns übrigens noch, daß das Abstractum an sich nicht durchaus unpopulär ist.

Aus dem Vorhergehenden ist ersichtlich, daß die volksmäßige Darstellungsweise vorzüglich dreierlei verlangt:

a) gewisse Stylformen, nämlich diejenigen, die, von der Anschauung eines persönlichen Verhältnisses ausgehend, sich den Umgangs- und Redeformen des Lebens nähern: den Brief, das Gespräch; außerdem die Erzählung, das Räthsel, die Predigt.

b) gewisse Formen des einzelnen Ausdrucks, nämlich diejenigen, deren sich das an Abstractionen nicht gewöhnte Volk im Umgange selbst bedient.

c) gewisse syntactische Formen, nämlich die kürzere Periode und vorzugsweise die Nebenordnung mit dem am einfachsten verknüpfenden „und."

Ein flüchtiger Blick in Claudius' Schriften lehrt, wie ungezwungen er alle diese Formen handhabt; „im bequemen Ton des Hausvaters oder Hausfreundes redet er"; und dies erklärt sich nur daraus, daß Claudius von Jugend auf in und mit dem Volk, und durch die Liebe zü diesem stets geleitet und getragen, lebte. Nur unter dieser Bedingung kann der Schriftsteller, der Lehrer, der Prediger, der Gerichtsbeamte dem Volke verständlich werden; jene Formen ergeben sich dann ganz von selbst.

Sollen wir nun den ganzen Claudius unserm heutigen Volk in die Hand geben? Wo die Mittel des Verständnisses vorhanden sind, ist diese Frage unbedingt zu bejahen. Diese Mittel werden aber nicht häufig vorhanden sein. Die Fülle fremder Ausdrücke, die große Zahl vorherrschend lehrhafter Stücke, die zahlreichen Besprechungen von Büchern, die dem Volk nicht bekannt sind, die häufig wiederkehrenden Beziehungen auf damalige Verhältnisse, Zustände und Personen verweisen ihn in andre Regionen, nämlich dahin, wo mit der zum innern Verständniß nöthigen Richtung des Herzens auf die bleibenden Güter die zum äußern Verständniß nöthigen Hilfsmittel vorhanden oder doch zu erlangen sind*). Möchte kein Prediger, kein Lehrer ihn ungelesen lassen!

*) Eine für das Volk bestimmte, nicht eben glückliche Auswahl aus Claudius hat der Norddeutsche Volksschriftenverein als „Hausmannskost" mit einigen Sachen von Engel und Möser zu der vierten Lieferung seiner „Volksbücher" vereinigt (Berlin 1847, Rieß).

Zweiter Theil.

Hebel.

§. 16. Hebels Dichtersprache.

Wächterruf.

(WW. I, S. 157.)

Loset, was i euch will sage!
D' Glocke het Zehni gschlage.
Jez betet und iez göhnt ins Bett,
Und wer e rüeihig Gwisse het,
schlof sanft und wohl! Im Himmel wacht
e heiter Aug die ganzi Nacht.

Loset, was i euch will sage!
D' Glocke het Oelfi gschlage.
Und wer no án der Arbet schwitzt,
Und wer no bi der Charte sitzt,
dem bieti iez zuem letztemol, —
's isch hochi Zit — und schlofet wohl!

Loset, was i euch will sage!
D' Glocke het Zwölfi gschlage.
Und wo no in der Mitternacht
e Gmüeth in Schmerz und Chummer wacht,
se geb der Gott e rüeihige Stund,
und mach di wieder froh und gsund!

Loset, was i euch will sage!
D' Glocke het Eis gschlage.
Und wo mit Satans Gheiß und Noth
e Dieb uf dunkle Pfade goht,
— i wills nit hoffen, aber gschieht's —
gang heim! Der himmlisch Richter sieht's.

Loset, was i euch will sage!
D' Glocke het Zwei gschlage.
Und wem scho wieder, eh's no tagt,
Die schweri Sorg am Herzen nagt,
Du arme Tropf, di Schlof isch hi!
Gott sorgt! Es wär nit nöthig gsi.

Loset, was i euch will sage!
D' Glocke het Drü gschlage.
Die Morgestund am Himmel schwebt,
Und wer im Friede der Tag erlebt,
dank Gott, und faß e frohe Mueth,
und gang ans Gschäft, und — halt di guet!

Dieser Wächterruf, wenigstens in der hochdeutschen Uebertragung jedermann bekannt, soll uns namentlich mit der Mundart vorläufig etwas vertraut machen, in der er geschrieben, mit der deutschen Sprechweise, wie man sie von Vornehmen, besonders aber vom Volk hört „in dem Winkel des Rheins zwischen dem Frickthal und ehemaligen Sundgau und weiterhin in mancherlei Abwandlungen bis an die Vogesen und Alpen und über den Schwarzwald hin in einem großen Theil von Schwaben.“ Man nennt sie die alemannische Mundart, den alemannischen Dialect, nach dem altgermanischen Stamm der Alemannen.

Die Alemannen, anfangs im Norden des Odenwaldes von Mainz an den Main hinauf wohnend, zogen sich späterhin mehr nach dem Süden in die von den Burgunden verlassenen Rheinsitze, nach dem Elsaß und Helvetien. Man schreibt richtiger Alemannen als Allemannen, wie man richtiger Almacht für Allmacht schreiben würde.

Jede Strophe beginnt mit der Aufforderung: Loset, was i euch will sage! Loset d. i. höret. Das Wort losen kommt im Neuhochdeutschen*) nicht mehr vor; ahd. lautete es hlôsên, mhd. losan, und es ist etymologisch verwandt mit der ersten Silbe in „Leumund.“

Bei diesem Worte nämlich, welches ahd. hliumunt geschrieben wird, ist gar nicht, wie früher angenommen wurde, an der „Leute Mund“ zu denken. Vielmehr weiset das Wortstück Leum— (hlium—) auf Wörter hin, welche „klingen, Ohr, Gehör“ bedeuten, und mit denen unser nhd. Wort „laut“ (ahd. hlût) verwandt ist. Das h im Anlaut ist schon im Mhd. weggefallen. Die Sylbe —und (—unt) ist bloße Ableitungssylbe, wie —end (nd) in Jugend, Tugend und selbst Freund, Feind (ahd. jug-und, tug-und, vri-unt, vi-ant). — Das Wort Leumund bedeutet seiner Abstammung nach „lautes, öffentliches Gerede über etwas“ und zwar nhd. (im Anschluß

*) Die Bezeichnungen althochdeutsch, mittelhochdeutsch, neuhochdeutsch werden im Folgenden immer abgekürzt werden: ahd., mhd., nhd. Die Erklärung findet sich §. 17.

an Luthers Erklärung des 8. Gebotes) nur über eine Person und besonders im bösen Sinne.

Gleichartige Abweichungen von hochd. Formen bieten dar die Wörter i (ahd. ih, mhd. und nhd. ich), in welchem der Auslaut ch, und sage (ahd. sagên, mhd. und nhd. sagen), in welchem der Auslaut n weggefallen ist. Solcher Wegfall des Auslautes einer Silbe ist im Alemannischen (vgl. die folg. Verse und Strophen), wie in allen Mundarten häufig; selbst die hochdeutsch redenden Sachsen sprechen gsagt für gesagt; ja die hochdeutsche Schriftsprache hat einige Wörter, in denen das auslautende e der Vorsilbe ge weggefallen ist, so daß der Stamm dieser Wörter ganz unkenntlich erscheint: Gnade, Glaube, barmherzig, Beichte; vgl. auch zwar u. a.

Gnade, ahd. gi-nada, hat in na dieselbe Wurzel wie nahe und bedeutet dem entsprechend eigentlich s. v. a. Näherung, namentlich Näherung zu dem Niedern; daher im Mhd. auch = „Ruhe": diu sunne gêt ze gnâden, = die Sonne geht zu Gnaden, d. i. nieder, unter, zur Ruhe. — Glaube, ahd. gi-louba, hat in laub (loub) dieselbe Wurzel wie Liebe, Lob u. a., die s. v. a. „verlangen, hinneigen" bedeutet. — Barmherzig ist der, welcher bei (b = be = bei) Armen herzig (mit seinem Herzen) ist. — Beichte, ahd. bî-giht, zusammengesetzt aus bi = bei und giht, Bekenntniß (ahd. gëhan, noch bei H. Sachs jehen = aussagen, bekennen), eig. = Bekenntniß bei jemand. — Zwar, ahd. zi wâre, nhd. zewâre und zwâr, d. i. wörtlich = zum Wahren = in Wahrheit, wie noch bei Luther in der Erklärung der 5. Bitte. (Vgl. auch zufrieden S. 48.)

D'Glocke het zehni gschlage. In diesem Verse ist besonders het und zehni zu besprechen. Jene Form, für das nhd. hat stehend, hat der alemannische Dialect mit andern Dialecten gemein und aus dem Mhd. überkommen. Diese Form mit dem auslautenden i, das in ölfi, zwölfi, ganzi, hochi, schweri wiederkehrt, führt uns ebenfalls in die ältere Sprache zurück, in welcher ein kurzes i, später e, öfter als Biegungs- und Ableitungsvocal dient (Ahd. hirti, muôdi, posi, lêrâri = Hirt, müde, böse, Lehrer).

In einzelnen Fällen erscheint jenes i auch als Zusammensetzungsvocal und hat sich als solcher in einigen nhd. Wörtern erhalten: Nachtigall, Bräutigam. Nachtigall, ahd. nahtigala, ist mit Hilfe jenes i zusammengesetzt aus naht = Nacht und galan (wovon gellen und das baierische gallen d. i. schallen) = singen; bedeutet also s. v. a. Nachtsänger. Bräutigam, ahd. brûtigomo, ist in gleicher Weise gebildet aus brût = Braut und gomo (das latein. homo) = Mann; bedeutet also s. v. a. Brautmann, Mann der Braut. — Es ist nicht zu verkennen, daß jenes auslautende i lieblicher klingt als unser mattes nhd. e, das auch immer mehr in Abnahme kommt.

Jez betet und iez göhnt ins Bett. Jez (nhd. jetzt), eine dem Mhd. angehörige Bildung, die dort lautete iezuo, iezu und ieze.

An diese Formen traten die nebenwörtlichen Endungen —nt und t, so daß das Wort lautete iezunt, iezont, iezent, iezet. Aus der letzten Form durch Kürzung des ie in ĭ (die auch in Licht, Dirne, Zwirn für Liecht, Dierne, Zwiern stattgehabt hat) das nun seltne itzt, und durch Uebergang des i in j (der auch in jeder, jedoch, jeglich für ieder, iedoch, ieglich eingetreten ist) unser jetziges nhd. jetzt.

Göhnt (nhd. geht). Das Präsens dieses Zeitwortes lautete im Mhd. ich gân und ich gên. Der Vocal e ist im Alemannischen nach ö abgewichen.

Derselbe Vorgang hat stattgefunden und sich in der nhd. Schrift und Sprache befestigt in den Wörtern Hölle, Schöpfer, zwölf u. a., die man richtiger Helle, Schepfer, zwelf schreiben würde, wie man ergetzen für das unrichtige ergötzen zu schreiben schon angefangen hat. — Obiges gân, gên ist zusammengezogen aus einem ältern gange, das in ein und dieselbe Conjugation mit schlafen, braten, lassen, hangen, fangen gehört. Wie man schlief, briet, ließ schreibt, so sollte man auch gieng, fieng, hieng schreiben; in Süddeutschland wird auch richtig so gesprochen.

Und wer e rüeihig Gwisse het. Rüeihig, auch rüehig geschrieben (Hebel selbst ist in seiner Schreibweise nicht immer consequent), lehnt sich an das mhd. ruowig an. Das uo dieses Wortes wird mit langem u und mit kurzem, dumpf nachhallendem o gesprochen: u͡-ö; in vielen Wörtern geht das uo in ue über (guot, guet), das, wie auch üe, der Umlaut des uo und ue, ganz ähnlich mit nachhallendem e gesprochen wird. So bildet denn das üe im obigen rüehig, und selbst das üei nur Eine Silbe. Ursprünglich hat überall ein einfacher Vocal gestanden; das Auseinandergehen desselben in den Diphthong oder Triphthong wollen wir als Spaltung des Urlautes bezeichnen. (S. übrigens noch Hebel's Vorwort zu den Alem. Gedichten.)

Dergleichen Spaltungen liebt der Volksmund, daher sie sich in allen Volksmundarten häufig finden. Der Schwabe spricht: Weatter (Wetter), feahn (sehn), gearn (gern); der Westfale: Miälk (Milch), iäten (essen); der Altmärker: Vöägelken (Vögelchen), Döär (Thür), Nöät (Nüsse); der Schradenbewohner bei Elsterwerda: wuahr (wahr), Faäld (Feld), troit (tragt), riäden (reden) 2c.

Schlof sanft und wol 2c. Schlof (schlaf) von schlofen, ahd. slâfan, mhd. slâfen; so Str. 2. mol für mal, Str. 4. Roth für Rath. Diese Abweichung vom Hochd. bezeichnet man als Verdunkelung des Vocals.

Man nennt nämlich E und I die hellen, hohen, O und U die dunkeln, tiefen Vocale (A steht in der Mitte zwischen den hohen und tiefen Vocalen) und hat sogar die Tonhöhe nach musikalischen Verhältnissen zu bestimmen gesucht. — Verdunkelung des Vocals findet sich in den Volksmundarten überaus häufig. Der Franke sagt: a mol (einmal), Master (Meister), aner (einer); der Schlesier: schlä'sch (schlesisch), hust (hast), Fruhjohr (Frühjahr); der Mansfelder: Prut (Brot), Stewweln (Stiefeln), stärben (mit ganz tiefem, dem A nahe kommenden Ae für sterben); der Niederdeutsche: Hart (Herz), ut (aus), wedder (wieder) 2c.

2. Strophe. — und wer no an der Arbet schwitzt. Arbet (ahd. arapeit, mhd. arebeit, nhd. Arbeit) mit abweichendem Vocal in der 2. Silbe. Das mhd. ei wurde so gesprochen, daß man das voranstehende e vorhörte ($\widehat{\bar{e}\text{-}\breve{i}}$). Während nun das Nhd. den Diphthong ei (in der hochd. Aussprache von ai kaum zu unterscheiden; doch sprechen einige Volksdialecte laib [Brod] und leib [Leib] deutlich unterschieden) vollständig herausbildete, hat das Alemannische das vorklingende e festgehalten, wie es schon im Mhd. bei einigen Wörtern geschah (schrê für schrei).

Aehnliches findet sich öfter in den Mundarten. Das lange e hat sich in einigen Wörtern sogar in ein kurzes e verwandelt (Vortel für Vortheil, Urtel für Urtheil, wolfel für wolfeil u. a.).

Und wer no bi der Charte sitzt. bi, ahd. pî, mhd. bî, nhd. bei; so nachher Zit, ahd. und mhd. zît, nhd. Zeit. Das Alemannische hat also den ältern Vocal festgehalten, das Hochdeutsche hat ihn in ei verwandelt. Da nun, wie wir schon gesehen haben, auch das mhd. ei und ai im Nhd. so verändert sind, daß z. B. Zeit und

Kaiser denselben Vocal zu haben scheinen, so vermengt das Nhd. drei ältere Vocale und steht eben dadurch gegen den Dialect im Nachtheil. Dem bieti iez zum letztemol, bieti, zusammengezogen aus biet i, biet ich d. i. gebiet ich; so zu Luther's Zeiten und bis ins 18. Jahrhundert hastu, bistu, hörestu, solstu u. dgl. Später hielt man wenigstens beim Schreiben die Wörter strenger auseinander; doch sind die Zusammenziehungen am, beim, vom vollkommen schriftgemäß; und die mündliche Aussprache hat, weil sie die Kürze liebt, gegen die Regeln der Grammatiker auch aufm (auf dem), unterm (unter dem), mittem (mit dem) u. dgl.

Das vorliegende Gedicht ist arm an solchen Zusammenziehungen; in andern Gedichten finden wir sagmer (sag' mir), wennd' (wenn du), bringem (bring ihm), zeigenis (zeigen uns), sagim (sag ich ihm), gohtis (geht uns), und mit einem zwischen zwei Vocalen eingeschobnen n woni (wo ich), zuenis (zu uns), gunnenes (gönne es ihnen) u. v. a.

's isch hochi Zit — und schloset wol. 's isch für „es ist.“ So wird aus Bequemlichkeit, welche sich überall mancher Nachlässigkeiten schuldig macht, der einfache helle Sauselaut s, auch der Zischlaut ß von einigen süddeutschen Dialecten, namentlich von dem alemannischen und schwäbischen, getrübt, wobei zugleich einer Häufung der Consonanten entgangen, ja bisweilen eine Zusammenziehung mit einem folgenden Fürwort gestattet wird.

Der Alemanne spricht: weisch (weißt du), gohsch (gehst), stohsch (stehst), frogsch (fragst); der Schweizer: einisch (einst); der Schwabe: ischt (ist), muschst (mußt); der Schlesier: tarscht (darfst); der Mansfelder: Worscht (Wurst) u. v. a.

3. Strophe. — E Gmüeth in Schmerz und Chummer wacht. Chummer für Kummer, wie Charte (Str. 3) für Karte, Chuchi für Küche, Chrüzer für Kreuzer, Chilchhof für Kirchhof u. a. Hier findet Erweichung des anlautenden K in seinen gehauchten Laut Ch statt.

Wir lassen uns durch diese Erscheinung an ein merkwürdiges Gesetz der indogermanischen Sprachen erinnern, an das Gesetz der Lautverschiebung. Die sogenannten starren oder stummen Consonanten, nämlich:

a) weiche	b	d	g
b) harte	p	t	k
c) gehauchte weiche ..	w	ß	h
harte ...	f	z	ch

verschieben sich aus dem Griechischen und Lateinischen in das Gothische und von da in das Althd. dergestalt, daß der weiche Consonant zum harten, der harte zum gehauchten, der gehauchte zum weichen wird. — Das Niederdeutsche steht mit dem Gothischen auf einer Stufe; das Mittel- und Nhd. ist im allgemeinen auf der Stufe des Ahd. stehen geblieben; nur dann und wann zeigt sich eine Neigung, auf die gothische Stufe zurückzukehren.

latein.	goth.	niederd.	ahd.	mhd.	nhd.
cannabis	hampr	hannep	hanaf	hanef	Hanf
dens	tunthus	tähn	zand	zan	Zahn
ego	ik	ik	ih	ich	ich

4. Strophe. D'Glocke het eis gschlage. Eis für eins, durch Vernachlässigung des n entstanden, das sich durch alle Jahrhunderte findet.

E Dieb uf dunkle Pfade goht. Uf (auf) lautet im Ahd. und Mhd. ûf. Diese Form ist, meist aber mit gekürztem u, von manchen ober- und niederdeutschen Volksmundarten festgehalten worden; die hochd. Sprache aber hat es in au verwandelt. Vgl. auch Staub, mhd. stoup u. a. I will's nit hoffen. Nit (nicht) lehnt sich an das mhd. nieht und niht, aus dem es durch Kürzung des Grundlautes entstanden ist, wie Zwirn aus zwiern u. s. w. — Gang heim. Gang, ein aus dem Mhd. überkommener Imperativ, gebildet von dem uralten Präsens gange, das schon im Mhd. in gân und gên zusammengezogen ist. S. zu Str. 1.

5. Strophe. — Es wär nit nöthig gsi. Gsi (gewesen) ist das mhd. gesîn mit apocopirtem Auslaut. Neben gesîn kommt im Mhd. auch schon gewësen vor, das sich im Nhd. alleinige Geltung verschafft hat und mit war (mhd. was, woraus im Nhd. durch Erweichung des s war) eines Stammes ist (vgl. S. 140).

6. Strophe. D'Glocke het drü geschlage. Drü (drei) ist nicht etwa durch Verdunkelung des Vocals entstanden, sondern

es ist das unveränderte mhd. sächliche Zahlwort drîu, nur mit andrer Schreibung.

Das Zahlwort drei hatte im Ahd. für jedes Geschlecht eine besondre Form: drî, drîô, drîu; mhd. giebt es nur noch zwei Formen: drî für das männliche und weibliche, drîu für das sächliche Geschlecht. — So für zwei mhd. und älter nhd. noch drei Formen: zwêne, zwô, zwei; auch noch jetzt: zween, zwo, zwei.

Gehen wir nun zunächst, um den Inhalt des Liedes nicht außer Acht zu lassen, auch auf diesen in Kürze ein. Es ist als „Wächterruf" bezeichnet und hat seine Entstehung der früher allgemein verbreiteten Sitte zu verdanken, daß der Wächter beim Abruf der nächtlichen Stunden zugleich einen Vers aus einem geistlichen oder weltlichen Liede sang.

Nach der ersten Aufforderung: „Loset, was i euch will sage!" ermahnt der Wächter, zu beten und ins Bett zu gehen. Diese Mahnung hat eine himmlische und eine irdische Seite: ruhet in Gott, ruhet von der irdischen Arbeit! Bedeutungsvoll steht jene Seite voran. Die Mahnung ergeht an alle, während der im Folgenden ausgesprochene Wunsch sich nur auf den erstrecken kann, der ein ruhiges Gewissen hat (daher: „und wer"). „Ein gut Gewissen ist ein sanftes Ruhekissen", aber: „Dem Bösewicht wird alles schwer, er thue, was er thu; das Laster treibt ihn hin und her und läßt ihm keine Ruh." Der folgende Satz giebt den Grund an, warum jener sanft und wohl schlafen kann: im Himmel (von einem hohen Punkte kann mal viel sehen) wacht („der dich behütet, schläft nicht ꝛc." Ps. 121) ein heiter Aug. Bei der hochd. Uebertragung wird „heiter" gewöhnlich durch „hell" gegeben. Das Helle aber kann sowohl Segen als Verderben bringen — Helligkeit der Sonne —; es ist mit jener Uebersetzung also nur die eine Seite des Begriffs ausgedrückt. Die andre ist diese: Das Auge Gottes strahlt in einer Reinheit, die durch fremde Einwirkung nicht getrübt wird noch werden kann; die denen, welche hineinschauen, das angenehme Gefühl des Seligseins mittheilt.

Beim Beginn der zweiten Nachtstunde gedenkt der Wächter derjenigen, die durch schwere (vgl. „schwitzt") Arbeit oder sündliches Spiel noch wach erhalten werden. Wie er, seinen irdischen Beruf in der rechten Weise verklärend, schon in der ersten Stunde zugleich als Wächter der himmlischen Güter aufgetreten ist, so gebietet er jetzt als Wächter über das Irdische, und Himmlische und zwar zum letzten Mal, denn es ist hohe Zeit. Alle drei Ausdrücke weisen darauf hin, wie der Wächter sich in seinem Berufe fühlt, wie er sich verantwortlich weiß. Was er gebietet, ist aus dem Zusammenhange leicht zu ergänzen.

Ob jene gehorcht haben, weiß er nicht; aber er hat ihnen zum letzten Mal geboten, daher er beim folgenden Stundenabruf kein Wort mehr für sie hat. Jetzt, in der geheimnißvollen Mitternachtsstunde, die den neuen Tag beginnt, wendet der Wächter sich an die, in deren Herzen ein Tag dem andern Schmerz und Kummer (nicht Sorge um das Irdische, vgl. 5. Str.) verkündet. Sie gehören zu den Edelsten, die der Wächter zu bewachen hat; daher bezeichnet er sie als Gemüther; aber ihre Zahl ist gering, daher die Einzahl „e Gmüeth." (Der Ausdruck hat denselben Sinn, wie wenn der Schneider in Pensa „ein herrliches Gemüth" genannt wird.) Solchem Gemüth ist nicht zu gebieten, dem kann nur Gott helfen; daher am Schluß der Wunsch: So geb' dir Gott ꝛc.

Im schärfsten Gegensatz zu jenem Gemüth, dem nur Gott helfen kann, steht der Dieb, der gegen Gottes Willen „mit Satans Geheiß und Rath" sich selber helfen will und, weil, wer Arges thut, das Licht hasset, auf dunkeln Pfaden geht. An den Dieb wendet sich der Wächter in der ersten Stunde des Tages; diese Stunde erwählt sich ja jener, weil nun auch wohl das in Schmerz und Kummer wachende Gemüth eine ruhige Stunde gefunden hat. Ich will's nicht hoffen, setzt der Wächter hinzu. Damit spricht er einmal aus, daß das Abscheuliche der That den Thäter selbst zurückschrecken werde; zum andern, daß man so viel Furcht vor ihm haben werde, solche That zu unterlassen. Aber, kennend die Macht des Bösen und seine Ohnmacht ihm gegenüber, denkt er an die Möglichkeit der That (aber geschieht's) und thut das Seine mit der Ermahnung „gang heim" und mit der Hinweisung auf den himmlischen Richter, der alle unsre Wege sieht, dessen Auge hell ist, aber über solchen Missethäter nicht heiter strahlt, sondern zornig funkelt.

Beim Abruf zu Ende der zweiten Stunde, eh's noch tagt, gedenkt der Wächter derjenigen, denen schwere Sorge die Nacht zum mühevollen Tage macht. Denn schwere Sorge nagt am Herzen, so daß schon vor der Zeit der Schlaf hin ist. Sein Bedauern für solche legt der Wächter durch die Anrede „du armer Tropf" an den Tag, weist ihn aber gleich sanft zurecht durch den Hinweis auf Gottes Sorge, die unser Sorgen unnöthig macht.

Eine liebliche Geschichte aus des Dichters eignem Leben ist hier zu erzählen. Hebel bewarb sich aus Veranlassung seines beschwerlichen sorgenvollen Amtes in Karlsruhe noch in seinen ältern Jahren in Person um eine Pfarrstelle zu Freiburg. Er hatte die gesichertste Hoffnung, die Stelle zu erhalten, und begab sich von Freiburg zurück nach Karlsruhe. Auf der Reise übernachtete er in Emmendingen, einem Städtchen zwei Meilen von Freiburg. Schwere Sorgen über das Scheiden aus dem ihm liebgewordenen Karlsruhe ließen ihn erst spät einschlafen. Schon um zwei Uhr weckte ihn wieder der Ruf des Wächters, und er hörte seine eignen Worte. Das stärkte ihn; er blieb in Karlsruhe.

Der letzte Ruf ergeht, da die Morgenstunde am Himmel schwebt, an diejenigen, welche im Frieden den Tag erlebt haben, d. i. „nach einer sanften Nacht des Tags sich erfreuen." Diese sollen vor allem Gott danken, frohen Muth fassen, ans Geschäft gehen und sich gut halten; eine Mahnung, die alles umfaßt, was dazu gehört, um am Ende des Tages mit ruhigem Gewissen wieder ins Bett gehen zu können.

Dieses einfache, köstliche Lied kann noch Veranlassung zu mancherlei Betrachtungen bieten. Namentlich wird man auf die Symmetrie im Bau des Ganzen und der einzelnen Strophen achten, eine Vergleichung mit Liedern ähnlichen Inhalts, z. B. mit dem bekannten Wächterruf von Klaus Harms, anstellen und eine Characteristik des Wächters, der so spricht, nicht unterlassen. Dazu giebt das folgende Gedicht noch reichlichen Stoff. Uns aber soll dieses längere Gedicht noch besser in des Dichters Sprache einführen.

Der Wächter in der Mitternacht.

(WW. I, S. 166.)

(Alemannisch.)	(Wörtliche Uebersetzung.)
„Loset, was i euch will sage!	„Höret, was ich euch will sagen!
„D' Glocke het Zwölfi gschlage."	„Die Glocke hat zwölf geschlagen."
Wie still isch Alles! Wie verborgen isch	Wie still ist alles! Wie verborgen ist,
was Lebe heißt, im Schooß der Mitternacht	Was Leben heißt, im Schooß der Mitternacht,

uf Stroß und Feld! Es tönt kei Menschetritt;
es fahrt kei Wagen us der Ferni her;
kei Husthür gahret, und kei Othem schnuuft,
und nit emol e Möhnli rüeft im Bach.

's litt Alles hinterm Umhang iez und schloft;
und öb mit liichtem Fueß und stillem Tritt
e Geist vorüber wandlet, weißi nit.
Doch was i sag, ruuscht nit der Tiich? Er schießt
im Leerlauf ab am müede Mühli-Rad,
und näume schliicht der Iltis unterm Dach
de Tremle no, und lueg, do obe zieht
vom Chilchthurm her en Uihl im stille Flug
dur d' Mitternacht, und hangt denn nit im Gwülch
die großi Nacht-Laterne dört, der Mond?
Still hangt sie dört, und d' Sterne flimmere,
wie wemmen in der dunkle Rege-Nacht,
vom wite Gang ermattet, uf der Stroß
an d' Heimeth chunnt, no keine Dächer sieht
und numme do und dört e fründli Liecht.
Wie wird's mer doch uf eimol so kurios?
wie wird's mer doch so weich um Brust und Herz?
As wenni briegge möcht, weiß nit worum;
as wenni 's Heimweh hätt, weiß nit — no was.
„Loset, was i euch will sage!
„D' Glocke het Zwölfi gschlage.
„Und ischs so schwarz und finster do,
„se schine d' Sternli no so froh,
„und us der Heimeth chunnt der Schi';
„'s muß lieblig in der Heimeth sy!"
Was willi? Willi dure Chilchhof goh

Auf Straß und Feld! Es tönt kein Menschentritt;
Es fährt kein Wagen aus der Ferne her;
Keine Hausthür knarret, und kein Athem schnaubt,
Und nicht einmal ein Möhnlein (Unke) ruft im Bach.

's liegt alles hinterm Umhang (Vorhang) jetzt und schläft;
Und ob mit leichtem Fuß und stillem Tritt
Ein Geist vorüber wandelt, weiß ich nicht.
Doch was ich sag! rauscht nicht der Teich? Er schießt
Im Leerlauf (Wasserlauf) hinab vom müden Mühlrad,
Und irgendwo schleicht der Iltis unterm Dach
Dem Balken nach; und sieh! da oben zieht
Vom Kirchthurm her eine Eule im stillen Flug
Durch die Mitternacht; und hängt denn nicht im Gewölk
Die große Nachtlaterne dort, der Mond?
Still hängt sie dort, und die Sterne flimmern,
Wie wenn man in der dunkeln Regennacht,
Vom weiten Gang ermattet, auf der Straß'
An die Heimat kommt, noch keine Dächer sieht
Und nur da und dort ein freundlich Licht.
Wie wird's mir doch auf einmal so eigen?
Wie wird's mir doch so weich um Brust und Herz?
Als wenn ich weinen möcht, weiß nicht, warum;
Als wenn ich's Heimweh hätt, weiß nicht, nach was.
„Höret, was ich euch will sagen!
„Die Glocke hat zwölf geschlagen.
„Und ist's so schwarz und finster da,
„So scheinen die Sternlein noch so froh,
„Und aus der Heimat kommt der Schein;
„'s muß lieblich in der Heimat sein!"
Was will ich? Will ich durch den Kirchhof gehn

ins Unterdorf? Es isch mer, d' Thür seig off,	Ins Unterdorf? Es ist mir, (als ob) die Thür sei offen,
as wenn die Todten in der Mitternacht	Als wenn die Todten in der Mitternacht
us ihre Gräbere giengen, und im Dorf	Aus ihren Gräbern gingen, und im Dorf
e wenig luegten, öb no alles isch	Ein wenig sähen, ob noch alles ist
wie almig. 's isch mer doch bis dato ken	Wie ehmals. 's ist mir doch bis jetzt keiner
bigegnet, aß i weiß. Denkwol i thue's,	Begegnet, daß (so viel) ich weiß. Ich denke wohl, ich thue's
und rüef de Todte, — nei, sell thueni nit!	Und ruf die Todten, — nein, selbiges thu' ich nicht!
Still willi uf de stilli Gräbere goh!	Still will ich auf den stillen Gräbern gehn.
Sie hen io d' Uhr im Thurn, und weiß i denn,	Sie haben ja die Uhr im Thurm, und weiß ich denn,
isch au scho ihre Mitternacht verbei?	Ist auch schon ihre Mitternacht vorbei?
's cha sy, es fallt no dunkler alliwil	's kann sein, es fällt noch dunkler (als die irdische Mitternacht) auf sie herab, — die Nacht ist lang.
und schwärzer uf sie abe, — d' Nacht isch lang.	
's cha sy, es zuckt e Streifli Morgeroth	's kann sein, es zuckt ein Streiflein Morgenroth
scho an de Berge uf, — i weiß es nit.	Schon an den Bergen auf, — ich weiß es nicht.
Wie ischs so heimli do? Sie schlofe wohl,	Wie ist's so heimlich da? Sie schlafen wohl,
Gott gunnene's! — e bizli schuderig,	Gott gönne es ihnen! — ein Bißchen schauerlich (ist es),
sel läugni nit; doch isch nit Alles todt,	Solches läugne ich nicht; doch ist nicht alles todt,
I hör io 's Unrueih in der Chilche; 's isch	Ich höre ja die Unruh in der Kirche; 's ist
der Puls der Zit in ihrem tiefe Schlof,	Der Puls der Zeit in ihrem tiefen Schlaf,
und d' Mitternacht schnuuft vo de Berge her.	Und die Mitternacht schnauft von den Bergen her.
Ihr Othem wandlet über d' Matte, spielt	Ihr Athem wandelt über die Matte, spielt
dört mittem Tschäubbeli am grüene Nast,	Dort mit dem Strohbüschel am grünen Ast
und pfift dur d' Schleie her am Garte-Hag.	Und pfeift durch die Pfähle her am Gartenhag.
Sie chuuchet füecht an d' Chilche-Mur und chalt!	Sie hauchet feucht an die Kirchenmaur und kalt!
die lange Fenster schnattere dervo	Die langen Fenster schnatteren davon
und 's lopperig Chrüz. Und lueg, do lüftet sie	Und das wacklige Kreuz. Und sieh! da lüftet sie
en offe Grab! — Du gueten alte Franz,	Ein offnes Grab! — Du guter alter Franz,
se hen sie an di Bett scho gmacht im Grund,	So haben sie auch dein Bett schon gemacht im Grund,
und 's Deckbett wartet uf di nebe dra,	Und das Deckbett wartet auf dich neben dran,
und d' Liechtli us der Heimeth schine dri!	Und die Lichtlein aus der Heimat scheinen drein!

He nu, es gohtis alle so. Der Schlof
zwingt Jeden uffem Weg, und eb er gar
in d' Heimeth dure chunnt. Doch wer emol
si Bett im Chilchhof het, Gottlob er isch
zum letze mol do niden übernacht,
und wenn es taget, und mer wachen uf
und chömmen use, hemmer nümme wit,
e Stündli öbben, oder nitemol. —
Se stolperi denn au no d' Stäpfli ab,
und bi so nüechter bliebe hinechtie.
„Loset, was i euch will sage!
„D' Glocke het Zwölfi gschlage.
„Und d' Sternli schine no so froh,
„und us der Heimeth schimmerts so,
„und 's isch no umme chleini Zit.
„Vom Chilchhof het me nümme wit."
Wo bini gsi? Wo bini echterst iez?
e Stäpfli uf, e Stäpfli wieder ab,
und witers nüt? Nei weger, witers nüt!
Isch nit 's ganz Dörfli in der Mitternacht
e stille Chilchhof? Schloft nit Alles do,
wie dört, vom lange müede Wachen us!
vo Freud und Leid, und isch in Gottis Hand,
do unterm Strauh-Dach, dört im chüele Grund,
und warte, bis es taget um sie her?
He, 's würd io öbbe! Und wie lang und schwarz
au d' Nacht vom hoche Himmel abe hangt,
verschlofen isch der Tag deswegen nie;
und bis i wieder chumm, und no ne mol,
se gen mer d' Gühl scho Antwort, wenni rüef,
se weiht mer scho der Morgeluft ins Gsicht.
Der Tag verwacht im Tanne-Wald, er lüpft

He nun, es geht uns allen so. Der Schlaf
Zwingt jeden auf den Weg, und ehe er gar
In die Heimat durch ihn kommt. Doch wer einmal
Sein Bett im Kirchhof hat, Gottlob, er ist
Zum letzten mal da unten übernacht;
Und wenn es taget, und wir wachen auf,
Und kommen heraus, haben wir nicht mehr weit,
Ein Stündlein etwa, oder nicht einmal.
So stolpre ich denn auch noch die Stufen hinab,
Und bin so nüchtern geblieben die Nacht hindurch.
„Höret, was ich euch will sagen!
„Die Glocke hat zwölf geschlagen.
„Und die Sternlein scheinen noch so froh.
„Und aus der Heimat schimmert's so,
„Und es ist noch hin eine kleine Zeit.
„Vom Kirchhof hat man nicht mehr weit!"
Wo bin ich gewesen, wo bin ich wohl jetzt?
Eine Stufe auf, eine Stufe wieder hinab,
Und weiter nichts? Nein wahrlich, weiter nichts!
Ist nicht das ganze Dörflein in der Mitternacht
Ein stiller Kirchhof? Schläft nicht alles da
Wie dort, vom langen, müden Wachen aus!
Von Freud und Leid, und ist in Gottes Hand,
Da unterm Strohdach, dort im kühlen Grund,
Und warten, bis es taget um sie her.
Nun, es wird ja etwa (einst noch, nämlich tagen)! Und wie lang und schwarz
Auch die Nacht vom hohen Himmel herabhängt,
Verschlafen ist der Tag deswegen nie.
Und bis ich wieder komm und noch einmal,
So geben mir die Hähne schon Antwort, wenn ich rufe,
So weht mir schon die Morgenluft ins Gesicht.
Der Tag erwacht im Tannenwald, er lüftet (hebt in die Höhe)

alsgmach der Umhang obsi; 's Morgeliecht,	Allmählich den Umhang ob sich (aufwärts); das Morgenlicht,
es rieslet still in d' Nacht, und endli wahlt's	Es rieselt still in die Nacht, und endlich wallt's
in goldne Strömen über Berg und Thal.	In goldnen Strömen über Berg und Thal.
Es zuckt und wacht an allen Orte; 's goht	Es zuckt und wacht an allen Orten; 's geht
e Lade do und dört e Husthür uf,	Ein Laden da und dort eine Hausthür auf,
und 's Lebe wandlet use frei und froh.	Und das Leben wandelt heraus frei und froh.
Du liebi Seel, was wirds e Firtig sy,	Du liebe Seel', was wird's ein Feiertag sein,
wenn mit der Zit die letzti Nacht versinkt,	Wenn mit der Zeit die letzte Nacht versinkt,
und alli goldne Sterne groß und chlei,	Und alle goldnen Sterne groß und klein,
und wenn der Mond und 's Morgeroth und d' Sunn	Und wenn der Mond und das Morgenroth und die Sonne
in Himmels-Liecht verinnen, und der Glast	In Himmelslicht verrinnen, und der Glanz
bis in die tiefe Gräber abe dringt,	Bis in die tiefen Gräber hinab dringt,
und d' Muetter rüeft de Chindlene: „'s isch Tag!"	Und die Mutter ruft den Kindlein: „es ist Tag!"
und Alles usem Schlof verwacht, und do	Und alles aus dem Schlaf erwacht, und da
ne Lade usgoht, dört e schweri Thür!	Ein Laden aufgeht, dort eine schwere Thür!
Die Todte luegen use iung und schön.	Die Todten sehen heraus jung und schön.
's het menge Schade guetet übernacht,	Es hat mancher Schaden gegutet (sich gebessert) übernacht,
und menge tiefe Schnatte bis ins Herz	Und manche tiefe Wunde (eig. Schnittwunde) bis ins Herz
isch heil. Sie luegen use gsund und schön,	Ist heil. Sie sehen heraus gesund und schön
und tunke 's Gsicht in Himmels-Luft. Sie stärkt	Und tauchen das Gesicht in Himmelsluft. Sie stärkt
bis tief ins Herz — o wenns doch bald so chäm!	Bis tief in's Herz — o wenn's doch bald so käm!
„Loset, was i euch will sage!	„Höret, was ich euch will sagen!
„D' Glocke het Zwölfi gschlage.	„Die Glocke hat zwölf geschlagen
„Und d' Liechtli brennen alli no;	„Und die Lichtlein brennen alle noch;
„der Tag will iemerst no nit cho.	„Der Tag will jemersch noch nicht kommen.
„Doch Gott im Himmel lebt und wacht,	„Doch Gott im Himmel lebt und wacht,
„er hört wohl, wenn es Vieri schlacht."	„Er hört wohl, wenn es viere schlägt."

Gewisse Abweichungen der Dialecte in den syntactischen Verhältnissen des Satzes, für den Forscher von der allergrößten Bedeutung, treten für den Leser dialectischer Gedichte, zumal auch der hochdeutsche Dichter sich großer Freiheiten bedient, verhältnißmäßig zurück. Daher sollen in Bezug auf das letzte Gedicht nur diejenigen Abweichungen und Eigenthümlichkeiten hervorgehoben werden, welche dem Verständniß desselben entgegenstehen könnten. Die beigefügte Uebersetzung wird die meisten Schwierigkeiten schon beseitigt haben.

V. 7. Kei Hausthür gahret. Gahret, nur dem Sinn nach durch „knarret" übertragen, ist eine eigenthümliche dialectische Bildung, die sich etymologisch richtiger durch „quarret" wiedergeben ließe.

Denn die Wurzel dieses Wortes ist jedenfalls char. Diese Wurzel hat den Grundbegriff des Geräusches; und es sind auf sie zurückzuführen die Wörter quarren, kehren, kirren, girren und das ahd. cheran = wehklagen, das in dem wetterauischen gerren = laut weinen am reinsten erhalten ist. Von cheran ist das ahd. chara, Leid, abzuleiten, mit welchem Karfreitag, Karwoche zusammengesetzt ist.

V. 8. Und nit emol e Möhnli rüeft im Bach. Möhnli d. i. Maifröschlein, Unke, vom alten moen d. i. Mai. li, auch im schweizerischen Dialect gewöhnlich, ist die hochd. Verkleinerungssilbe lein. Ahd. wurde durch ili verkleinert. Daraus entwickelten sich die mhd. Verkleinerungssilben el (kindel), li (blüemeli) und elin (kindelin). Während nun die nhd. Sprache das elin in der Umbildung lein (elein) sich aneignete, hielt der Dialect die zweite Silbe fest: Möhnli, Sternli, Streifli u. v. a. — Eine Eigenthümlichkeit des alemannischen Dialectes ist es weiter, daß er einen sehr ausgedehnten Gebrauch nicht nur von den hauptwörtlichen, sondern auch von den zeit- und eigenschaftswörtlichen Verkleinerungssilben macht (pöpperle = schnell und schwach klopfen, güggele = durch eine kleine Oeffnung gucken, bitzeli = wenig). Das giebt ihm eine naiv kindliche Färbung, die im Nhd. auf keine Weise zu erreichen ist.

V. 9. 's litt alles hinterm Umhang iez und schloft. litt (liegt), dialectische Vernachlässigung des inlautenden Consonanten, zurückzuführen auf das Streben des Dialectes nach Kürze, das sich namentlich dann äußert, wenn eine Häufung von Mitlauten eintritt. Vgl. as für als V. 26.

Umhang ein Wort, das auch im Hochd., aber in andrer Bedeutung vorkommt. Im Mhd. wird es in demselben Sinn wie hier häufig gebraucht.

V. 10. Und öb mit liichtem Fueß. Öb für ob, dialectische Eigenthümlichkeit, das Gegentheil von dem, was wir oben als Verdunkelung des Vocals kennen gelernt haben.

Namentlich wird von den Dialecten das kurze u gern in o, das ei in ii verwandelt. Das Letztere aber ist häufig eine Bewahrung des frühern Mitlautes. So V. 12 Tiich, ahd. dîch; V. 14 schliicht, mhd. slîcht.

V. 12. ruuscht, mhd. rûscht, also Erhaltung des frühern Selbstlautes, und zwar (anders als bei uf) mit Bewahrung der Länge.

V. 13. Leerlauf, eine eigenthümliche dialectische Wortbildung, die auch im Hochd. möglich wäre. Das Wort bezeichnet einen Kanal zur Ableitung des Wassers neben den Mühlenrädern. Jedenfalls sehen wir aus diesem Beispiele, daß die hochd. Sprache zu schnell in der Annahme fremder Wörter ist.

V. 14. Näume = irgendwo, eigenthümliche dialectische Wortbildung, deren Elemente in das älteste Deutsch zurückführen.

V. 15. Tremle = Balken, Verkleinerungsform vom mhd. trâme, Balken.

V. 16. Chilchthurm für Kirchthurm. Ueber das anlautende Ch s. oben; das l steht dialectisch für r, findet sich übrigens bei diesem Worte schon im Ahd.

Der Wechsel der sogenannten flüssigen Consonanten (l, m, n, r) unter einander ist auch in hochd. Bildungen häufig. Vgl. Besen und Besem, Broden und Brodem, Thurn (V. 43) und Thurm; kommen und Ankunft, ziemen und Zunft, nehmen und Vernunft, Scheuer und Scheune. Alemannisch vgl. chunnt für kommt V. 22, numme für nur V. 23, mer für man V. 24. Das R ist außerdem in einigen Bildungen an Stelle eines früheren S getreten, das sich aber auch erhalten hat, z. B. frieren und Friesel vom ahd. vriosan, mhd. vriesen. Aehnlich verlieren und Verlust, erküren und erkiesen, war und gewesen.

Uihl, Erhaltung des mhd. i in ûwilâ, Eule, eig. Heulvogel, vom mhd. hiulen, heulen. Davon auch huwo, Uhu.

V. 17. dur schließt sich an das ahd. und mhd. durh und dur. Schon im Mhd. verwandelt sich h in ch, ch in h.

Vgl. sehen und Gesicht, geschehen und Geschichte, schmähen und Schmach, jäh und jach, zäh und zach; landschaftlich Viech für Vieh, Schuch (und Schuk) für Schuh.

V. 24. kurios, ein lateinisches Wort, das auch im Hochd. ungefähr in demselben Sinn wie hier gebraucht wird. Dasselbe gilt von dato V. 39.

V. 26. brieggen, einer von den zahlreichen landschaftlichen Ausdrücken für das hochd. weinen. Vgl. flennen, greinen, grinzen, grunzen, gerren, quarren u. a.

V. 35. feig für sei, erinnert an den gothischen Conjunctiv sijái, dessen j aber schon im Ahd. verschwunden ist. Eine ähnliche alemannische Bildung ist heig für habe.

V. 40. aß für daß, durch Vernachlässigung des Anlautes entstanden, noch auffallender als 's für es, 'n bei Claudius für ein und einen, aber weniger stark als 's für das Geschlechtswort das „'s ganz Dörfli" V. 84.

V. 46. abe = herab, ganz, wie das mhd. abe.

V. 55. Tschäubbeli, „Strohbüschel als Warnungszeichen an verbotnen Wegen", Verkleinerungsform von Schaub, Strohbund.

V. 57. Scheie, Pallisaden, Zaunstäbe um den Garten.

V. 60. lopperig = lotterig, wacklig u. dgl., eine landschaftliche Bildung vom schwäb. loppern, d. i. lose, unbefestigt sein.

V. 73. Stäpfli, Verkleinerungsform vom mhd. der stapfe (wovon auch abgeleitet die „Staffel", womit zusammengesetzt „Fußstapfe").

V. 74. hienechtie = diese Nacht; eine dem bekannten hint oder heint (nicht: heunt) ganz entsprechende Bildung. Nur ist hier die Kürzung noch stärker. Im Ahd. nämlich giebt es hî-naht d. i. diese Nacht, aus welchem sich „hinte" und jene alem. Form entwickelt haben. Durch einen ähnlichen Bildungsvorgang sind entstanden „heut" aus ahd. hiutû d. i. diesen Tag und „heuer" aus ahd. hiurû d. i. dieses Jahr.

V. 81. echterst = etwa, wohl, landschaftliche Bildung, die dem mhd. eht d. i. „halt, nun, nun einmal, vielleicht wohl", zugehört.

V. 83. wegers = wahrlich, aus welchem Worte es verdorben ist, wie sapperment aus Sakrament und viele andre Fluch- und Schwurwörter.

V. 94. Guhl = Hahn, Gühl = Hähne, jedenfalls urgermanischer Abkunft, wie das oben erwähnte galan, singen, dessen Wurzel auch in dem latein. gallus, Hahn, enthalten ist.

V. 96. lüpfen = lüften d. i. eig. „in die Luft heben", also = in die Höhe heben; die niederd. Form dafür mit ch ist lichten („die Anker lichten"), ein Wort, welches mit „Licht" gar nichts zu thun hat.

So noch niederdeutsch sacht = sanft (ohne n), Kracht = Kraft, Lucht = Luft, luchdi = lustig u. a.; altniedersächs. Hacht für Haft; selbst hochd. Nichte aus dem von ahd. nëfo (Neffe) abgeleiteten ahd. nift; Schlucht aus dem mhd. sluft, das uns in Schluft ebenfalls noch erhalten ist. (Verwandte davon sind Schlüpfe, schlüpfen, Schlupfwinkel. Das pf geht in p und f, das f weiter in ch über, namentlich in den Volksmundarten, die das schwerfällige pf nicht lieben). Man nennt diese etwas seltne Erscheinung, nach welcher Consonanten ein und derselben Lautstufe, aber verschiedener Sprachwerkzeuge (s. S. 131) in einander übergehen, Lautwechsel. Es sollen sogar gotte, tote und bate (alle drei = Pathe, das vom latein. pater = Vater abgeleitet wird — Gevatter ist = Gevater d. i. Mitvater) ein und dasselbe Wort sein.

V. 107. Glast = Glanz, hat mit diesem Worte, wie mit glatt, Glatze, glimmen, glimmern, glühen, gleißen, glitzern, niederd. glinstern u. a. ein und dieselbe Wurzel. Glast findet sich auch bei Luther: O Herr, durch deines Lichtes Glast zu dem Glauben versammelt hast ꝛc.

V. 114. Schnatte durch Verdunkelung des inlautenden Selbstlautes für Schnitte d. i. Schnittwunde.

V. 116. Tunken landschaftlich und weniger edel als „tauchen“, mit dem es sinnverwandt, aber nicht etymologisch verwandt ist.

V. 121. Jemerst, Empfindungswort der Klage und Sehnsucht, wahrscheinlich aus „o Jesus“ in ähnlicher Weise verdorben, wie „weger“ aus „wahrlich.“

Durch diese für manchen vielleicht nicht durchaus interessanten Untersuchungen möchte ich namentlich dreierlei erreichen: 1. daß der Leser das den Hebel'schen Gedichten beigegebne, beim Lesen hie und da immer noch nöthige Glossar in nicht gar zu äußerlicher Weise gebrauche; 2. daß er lerne, in seiner nächsten Umgebung mit hörenden Ohren Achtung geben. Es ist in manchem ein Segen, das beim ersten Hören gemein klingt; 3. daß der Leser eine Grundlage gewinne für die richtige Auffassung des Verhältnisses des Dialectes zur hochdeutschen Sprache.

§. 17. Dialect und Hochdeutsch.

Aus den obigen Untersuchungen ist dies Eine gewiß jedem Leser mit der größten Bestimmtheit herausgetreten, daß der alemannische

Dialect nicht etwa ein verdorbenes Schriftdeutsch ist, sondern, in manchen Beziehungen dieses an Wohlklang, Formenreichthum, organischer Formenentwicklung überragend, vielmehr im Mittelhochdeutschen wurzelt, und,. während das Neuhochdeutsche einen andern Weg der Entwicklung weiter gegangen ist, allermeist auf der Stufe des Mittelhochdeutschen stehen geblieben ist. Aehnliches gilt von allen übrigen Dialecten; keiner ist ein verdorbenes Hochdeutsch. Damit ist nicht ausgeschlossen, daß manche Bildungen als Mißbildungen angesehen werden müssen; und dieser finden sich im allgemeinen desto mehr, je früher der Dialect aufhörte, schriftgemäß zu sein.

Die meisten europäischen Sprachen gehören einem Sprachstamm an, dem indo-germanischen. An diesem Sprachstamm bilden die deutschen Sprachen nur einen Ast*), und dieser theilt sich in vier Hauptzweige:

a) die gothische Sprache,
b) die nordische Sprache,
c) die niederdeutsche Sprache,
d) die hochdeutsche Sprache.

a) Die **gothische** Sprache wurde gesprochen von den östlich wohnenden deutschen Stämmen, unter denen die Gothen der edelste und bedeutendste waren. Ihr Bischof Ulfilas (geb. 318, † 380) übersetzte die h. Schrift in die gothische Sprache; und diese Uebersetzung, das älteste schriftliche Denkmal deutschen Geistes, und darum von der allergrößesten Wichtigkeit, ist zum Theil auf uns gekommen.

Probe des Gothischen.

Atta **) unsar thu in himinam,
Vater unser du im Himmel,
veihnai namo thein.
geweiht werde der Name dein.
Qimai thiudinassus theins.
Es komme das Reich ***) deins.

*) Die übrigen europäischen Aeste sind: die griechische und lateinische (mit der französischen, italienischen, spanischen 2c.) Sprache, die slawischen Sprachen (russisch, polnisch, wendisch u. a.), die altpreußische Sprache mit der litthauischen und die keltische Sprache.

**) Vgl. das alemannische Aetti.

***) Eigentlich die Volksherrschaft.

vairthai vilja theins sve in himina jah ana airthai.
Es werde der Wille dein wie im Himmel und auch auf Erde.
Hlaif unsarana thana sinteinan gif uns himmadaga.
Laib unsern den allzeitigen gieb uns diesen Tag.
Jah aflet uns thatei sculans sijaima,
Und ablaß uns, das schuldig wir sind,
snasve jah veis afletam thaim skulam unsaraim.
so wie auch wir ablassen den Schuldnern unsern.
Jah ni briggais uns in fraistubnjai.
Und nicht bringest du uns in Versuchung.
ak lausei uns af thamma ubilin.
Sondern löse uns von dem Uebel.
unte theina ist thiudangardi ja mahts ja vulthus in aivins. amen.
Denn dein ist das Reich*) und die Macht und die Ehre in Ewigkeit. Amen.

b) Die **nordische** Sprache, gesprochen von den in Norden wohnenden deutschen Völkerschaften, namentlich in Norwegen, trieb auf der Insel Island ihre schönsten Blüthen (die eddischen oder Edda-Lieder).

Probe daraus.

Atli Jarlson stoth einn dag vith lunnd noccorn;
Atli Jarl's Sohn stand einen Tag am Wald nahe;
en fugl sat i limonou uppi yfir hanom,
ein Vogel saß in Zweigen oben über ihm,
oc hafti heirt til,
und hatte gehört zu,
at hans men kallauths vaenster konor thaer
daß seine Männer nannten (die) feinsten Weiber die,
er Hiorvathr atti.
welche Hiorvathr hatte.

Die jetzige dänische und schwedische Sprache sind Töchter der altnordischen und werden neunordische genannt.

c) Die **niederdeutsche** Sprache wurde in verschiedenen Mundarten gesprochen von den Angelsachsen, den Friesen und Sachsen. Einiges Angelsächsische und Friesische, sowie ein werthvolles Denkmal der uns zunächst stehenden altsächsischen Mundart, der Heliand (d. i. Heiland), ist bis auf unsre Tage gekommen. Der Heliand ist nach der gewöhnlichen Annahme im Auftrage Ludwigs des Frommen, also im 9. Jahrh., durch einen sächsischen Bauer gedichtet (vgl. §. 32).

*) Eigentlich das Volksgebiet. Dieses Wort und das obige thiudinassus sind Zusammensetzungen mit goth. thiuda, ahd. diot, das Geschlecht, Volk, wovon „deutsch, Dietrich (niederd. Dietz, Dietzschke), deuten" u. a.

Probe daraus.

Ik an thina hendi befilhu,
Ich in deine Hände befehle,
quat hie —
sprach er —
Minon gest an godes willion.
Meinen Geist in Gottes Willen.
Hie ist nu garo the thiu,
Er ist nun bereit dazu,
Sus te faranne
Fertig zu fahren

Firio drohtin.
(Zum) lebenden Herren.
Ghinegida thuo is hobid,
Neigte dann sein Haupt,
Helagon athom
Heiligen Athem
Liet fan themo likhamen.
Ließ er von dem Leichnam.

d) Die **hoch-** oder **oberdeutsche** Sprache, so genannt, weil sie von den Stämmen gesprochen wurde, welche in dem höher gelegenen, südlichen Theile Deutschlands ihre Wohnsitze hatten, entfaltete sich ebenfalls in mehreren Mundarten, der alemannischen oder schwäbischen, der bairischen und fränkischen; und es schloß sich an diese, gleichsam als Mittelglied zwischen dem Ober- und Niederdeutschen, die hessisch-thüringische Mundart. Bis zum 12. Jahrh. herrschte die fränkische Mundart vor, eine Folge der bekannten Bestrebungen Karls d. G. um Hebung und Bildung der deutschen Sprache. Alles Hochdeutsche, was bis zu dieser Zeit geschrieben ist, begreift man unter dem Namen des Althochdeutschen.

Probe des Althochdeutschen
(Anfang des Ludwigsliedes).

Einan Kuning weiz ih,
Einen König weiß ich,
Heizsit her hludnig,
heißet er Ludwig,
Ther gerno gode thionot,
der gerne Gott dienet,
Ih uueiz, her imo's lonot.
ich weiß, er ihm es lohnet.

Kind uuarth her faterlos,
(als) Kind ward er vaterlos,
Thes uuarth imo sar bnoz.
des ward ihm bald Buße (Ersatz)
Holoda inan truhtin,
es holte (berief) ihn der Herr
Magaczoga uuarth her sin.
Meister ward er sein.

Seit der 2. Hälfte des 12. Jahrhunderts erhebt sich die oberdeutsche Sprache immer entschiedner zur Schriftsprache; und zwar tritt nun der schwäbisch-alemannische Dialect, der weicher und wohlklingender ist als der fränkische, in den Vordergrund. Das Hoch- oder Oberdeutsche des 12. und 13. Jahrhunderts bis zum 16. Jahrhundert hin nennt man das Mittelhochdeutsche.

Probe des Mittelhochdeutschen
(aus dem Nibelungenliede).

Ez troumde Kriemhilte in tugenden der sie pflac,
Es träumte Kriemhilde in Tugenden deren sie pflag,
wi si einen valken wilden züge manegen tac,
wie sie einen Falken wilden zöge manchen Tag,
den ir zwên arn erkrummen, daz si daz muoste sehen:
den ihr zwei Aare erpackten, daß sie das mußte sehen:
ir enkunde in dirre werlde nimmer leider sîn geschehen.
ihr konnte in dieser Welt nimmer leider sein geschehen.

Den troum si dô sagete ir muoter Uoten.
Den Traum sie da sagete ihrer Mutter Ute.
sin kunde in niht bescheiden baz der guoten:
sie (nicht) konnte ihn nicht auslegen daß der guten:
„der valke den du zinhest, daz ist ein edel man,
„der Falke den du ziehest, das ist ein edler Mann,
in welle got behüeten, du muost in schiere vloren hân."
ihn wolle Gott behüten, du mußt ihn schier verloren haben."

Zur Zeit dieser zweiten Periode des Hochdeutschen ist auch das Niederdeutsche als sogenanntes Mittelniederdeutsch noch schriftgemäß. Das bedeutendste uns erhaltene niederdeutsche, und zwar niedersächsische Product dieses Zeitraums ist eine Uebersetzung der uralten Sage von Reinhart dem Fuchs, der niederdeutsch „Reinecke Vos" heißt.

Probe daraus.
(Es wird die Wohnung des Fuchses, Malepertaus, beschrieben.)

Malepertûs was der winkel vul,
Malepertaus war der Winkel voll,
hier ên gat vnd gindert ên hol,
hier ein Loch und dort eine Höhle,
hadde mannige krumme, enge vnd lank,
hatte manche Krümme, enge und lang,
vnd hadde ôk mannigen seltsen ûtgank,
und hatte auch manchen seltsamen Ausgang,
de he tôdêde vnd tôslôt,
den er zuthat und zuschloß,
alse he vornam, dat he des hadde nôt.
wenn er vernahm, daß er des hatte Noth.
Wan he dâr jennigen rôf inbrochte,
Wenn er da irgend einen Raub einbrachte,
edder wan he wuste, dat men ene sochte
oder wenn er wußte, daß man ihn suchte

umme syne valsche missedât,
um seine falsche Missethat,
so vant he dâr den nouwesten rât.
so fand er da den feinsten Rath.
mannich dêr in simpelheit ôk dâr inlêp,
manch Thier in Einfalt auch da hineinlief,
dat he darin vorretliken grêp.
daß er darin verrätherisch griff.

Seit der Reformation ist die niederdeutsche Mundart nicht mehr in namhafter Weise Schriftsprache gewesen. Dies hängt einestheils damit zusammen, daß das norddeutsche Volk, da es sich mit solcher Innigkeit der gereinigten Lehre entgegenstreckte, mit der Lutherschen Bibel, dem Lutherschen Katechismus, den Lutherschen Liedern, Predigten ꝛc. auch Luthers Sprache liebgewann*); anderntheils damit, daß diese, ein neu entstandnes Hochdeutsch, ihre Herrschaft über ganz Deutschland auch in andern als religiösen Dingen entfaltete.

Schon seit dem 14. Jahrhundert nämlich hatte sich bei dem gesteigerten Verkehr der deutschen Volksstämme unter einander eine Mischmundart, namentlich aus oberdeutschen Mundarten gebildet, härter als das Mittelhochdeutsche, diesem aber an Formenreichthum überlegen. Den Kern dieser Mischmundart bildete die obersächsische Mundart, die in Obersachsen und im fränkischen Kreise gesprochen wurde. Man nennt sie die meißnische Mundart; doch war nicht die Stadt Meißen, sondern Nürnberg, der damalige Hauptsitz deutscher Kunst und Wissenschaft, der litterarische Mittelpunkt derselben. Von Nürnberg z. B. ging im Geburtsjahre Luthers eine deutsche Bibel aus, deren Sprachformen im wesentlichen mit Luthers Bibelsprache übereinstimmen. In den meißnischen Städten aber wurde diese Mundart mit großem Geschick zur Darstellung von Rechtsverhältnissen benutzt, eine Nachwirkung von der durch die Sachsen schon seit dem Anfang des 13. Jahrh. geübten gesetzsammelnden und gesetzgebenden Thätigkeit (Sachsenspiegel, das älteste deutsche Gesetzbuch, angeblich durch den thüringischen Schöffen Eike von Repgow

*) Doch ist noch 1621 eine Bibel in niederdeutscher Sprache erschienen; und es wird angenommen, daß z. B. in Mecklenburg das Plattdeutsch bis zum 30jährigen Kriege Schul- und Kirchensprache gewesen ist; auch ist es sicher, daß ebenda selbst noch um das Jahr 1740 an einzelnen Orten plattdeutsch gepredigt worden ist.

1215—1235 verfaßt)*); und durch diesen Umstand wurde sie nicht nur handlicher für den Schriftgebrauch, sondern auch in weiten Kreisen bekannt und beliebt, ja zur „gemeinen (allgemeinen) Sprache." In diese gemeine Sprache nun übersetzte Luther die heilige Schrift, in dieser dichtete er seine Lieder, schrieb seine prosaischen Werke. Er spricht sich darüber selbst aus: „Ich habe keine gewisse, sonderliche, eigene Sprache im Deutschen, sondern brauche der gemeinen deutschen Sprache, daß mich beide, Ober- und Niederländer, verstehen mögen. Ich rede nach der sächsischen Canzlei, welcher nachfolgen alle Fürsten und Könige in Deutschland. Alle Reichsstädte und Fürstenhöfe schreiben nach der sächsischen und unseres Fürsten Canzlei; darum ist's auch die gemeinste deutsche Sprache."

Vorzugsweise durch Luthers Einfluß überschritt im Anfange des 16. Jahrh. jene gemeine Sprache die Grenze zwischen dem Oberdeutschen und Niederdeutschen**) nach beiden Seiten und wurde in einem ganz andern Sinne zum Hochdeutschen, als wir diesen Ausdruck bis jetzt gebraucht haben. Bis dahin nämlich war ober- und hochdeutsch gleichbedeutend und stand als das auf den Höhen gesprochene Deutsch dem in der Niederung gesprochenen entgegen. Nun bildete sich der Gegensatz zwischen der hochdeutschen Sprache und zwischen den oberdeutschen und niederdeutschen Mundarten.

Zu den oberdeutschen Mundarten gehören die alemannische, schwäbische, schweizerische, bairische, tirolische und österreichische Mundart; zu den niederdeutschen die westfälische, mecklenburgische, holsteinische, pommersche und märkische. Die schlesische, obersächsische, thüringische, hessische und fränkische Mundart pflegt man mitteldeutsche Mundarten zu nennen. Die oberdeutschen Mundarten lieben

*) Einige Meißner, darunter Heinrich der Erlauchte, der Entdecker der erzgebirgischen Silberbergwerke, hatten sich früher auch als Minnesänger ausgezeichnet.

**) Diese Grenze, in der Nähe von Aachen beginnend, zieht sich von da zunächst nach der Maas hin, sodann über Düsseldorf und das Rothhaargebirge nach Heiligenstadt zu; nun geht sie über den südlichen Rand des Harzes (Ballenstädt, Meisdorf, Sandersleben) nach Staßfurt und Calbe; von da, dem Lauf der Saale und Elbe folgend, nach Wittenberg; von hier an in etwas unbestimmter Richtung über Jessen, Schweinitz, Luckau, Kalau und Kottbus nach der Oder bei Crossen und Züllichau. Weiter östlich wird, wie in einem Theil der Lausitzen slawisch oder deutsch oder slawisch-deutsch gesprochen.

die längern, breitern Vocale und Doppellaute (au, eu, ei) und die harten, zischenden, doppelten Consonanten (z, ß, sch, ch, pf), die niederdeutschen ziehen die kurzen, einfachen Vocale und die weichen, einfachen Consonanten (d, t, k, p) vor. Auch hinsichtlich der Flexion zeigen sich auffallende Verschiedenheiten. Die niederdeutschen Dialecte haben z. B. keinen Dativ und mit wenigen Ausnahmen keinen Conjunctiv. Endlich hat jede Mundart eine Menge eigenthümlicher Wörter, Redensarten und Redewendungen. Die Mundarten der mitteldeutschen Länder vermischen und mildern naturgemäß die Eigenthümlichkeiten der ober- und niederdeutschen Mundarten. Oefter, namentlich in gebirgigen Gegenden, doch z. B. auch in Hinterpommern, theilt sich ein Dialect in mehrere, mitunter nur auf einem beschränktem Gebiet gesprochene Nebendialecte. Vermischung mit frühern Bewohnern oder spätern Ansiedlern oder benachbarten fremden Volksstämmen bringt wesentliche Verunreinigungen der Dialecte zuwege. Einen unreinen Dialect sprechen z. B. die deutschredenden Wenden in der Ober- und Niederlausitz. — Eine Sprachkarte von Deutschland ist herausgegeben von Bernhardi, Kassel 1844. 1 Thlr. 15 Sgr.

Welches Ansehen gerade Luthers Weise, dieses neue, von mancherlei Schwankungen natürlich noch nicht freie Hochdeutsch zu schreiben, sich errang, sieht man daraus, daß nach der Mitte des Jahrhunderts der Grammatiker Clajus, ein geborener Herzberger, Luthers Sprache als die für den schriftlichen Gebrauch allein berechtigte erklären konnte. Clajus' Grammatik wurde nicht weniger von den Katholiken, selbst von den Jesuiten, als von den Protestanten, nicht weniger von den Niederdeutschen, als von den Oberdeutschen gebraucht, und so war gegen Ende des Jahrhunderts Luthers Sprache die allgemeine deutsche Schrift- und Gelehrtensprache. Die Mundarten aber fielen immermehr der Vernachlässigung, selbst der Verachtung anheim, namentlich, und zwar weil sich der gebildete Niederdeutsche der örtlichen Mundart auch im mündlichen Verkehr nicht mehr bediente, die niederdeutschen, die man als die Mundarten des platten (flachen) Deutschlands gar bald in einem verächtlichen Sinne als Plattdeutsch, d. i. „gemeines, grobes, bäurisches" Deutsch bezeichnete und in gebildeten Kreisen sogar zur Belustigung mißbrauchte. Eigentlich sind erst durch Hebels Gedichte zu Anfange dieses Jahrhunderts zunächst die oberdeutschen, sodann die niederdeutschen Mundarten, wie wir sehen werden, zu einer Ehre gekommen, die ihnen kaum gebührt.

Unterdes hat auch das Hochdeutsche Wandlungen durchgemacht, die einer oberflächlichen Betrachtung das jetzige Hochdeutsch als ganz verschieden von dem Luther'schen Hochdeutsch erscheinen lassen. „Verglichen mit Luthers Sprache in seiner Uebersetzung der heiligen Schrift, hat unser moderner Styl die alte Naivetät und Einfalt, hat er Mannheit, Bildkraft, Treuherzigkeit, Anschaulichkeit, Herzenswitz, treffende Kürze, noble Derbheit und das gesunde Korn eingebüßt." (Goltz.) Wie sehr sich zugleich die äußere Schale, die Schreibung der Wörter, geändert hat, das sollen einige Proben zeigen.

Probe aus dem 16. Jahrhundert.

„— — Ich habe, sampt ettlichen andern, zum gutten anfang vn vrsach zugeben denen die es besser vermügen, ettliche geystliche lieder zu samen bracht, das heylige Euangelion, so itzt von Gottes gnaden widder auff gangen ist, zu treyben vnd ynn schwanck zu bringen, das wyr auch vns möchten rhümen, wie Moses ynn seym gesang thut, Exo. 15. Das Christus vnser lob vnd gesang sey, vnd nichts wissen sollen zu singen noch zu sagen, denn Jhesum Christum vnsern Heyland, wie Paulus sagt. 1 Cor. 2." (Luther in der „Vorrhede" zu einem „Geystlichen gesangk Buchleyn. Wittemberg. M. D. XXiiij.")

Probe aus dem 17. Jahrhundert.

Als unlangsten in Teutschliebender Gesellschaft vernünftig erwehnet worden: die Teutsche Poeterey were sehr schwer zu erlernen; dieweil man nicht nur den Laut, und das Maß der Syllben, wie bei den Griechen und Lateinern, beobachten müsse; sondern auch benebens verbunden sey, den Abschnitt und den Reimschluß, mit unverruckter Ordnung der Wörter, in allen Zeilen, genausichtig zu behalten: da hingegen in andern Sprachen kein Reimschluß, und zuweilen kein Abschnitt, vonnöhten; die Wörter aber nach Erheischung deß Gebänds zu versetzen freystehe. Hierauf habe ich, nach meiner geringen Wissenschaft dieser Sachen, geantwortet: daß hingegen zu betrachten; wie uns unsre Muttersprach bekanter seyn soll, als keine frembe; wie die langen und kurtzen Syllben leichtlich zu erkennen; wie der Reimwörter sehr viel und der Abschnitt, wegen derselben völliger Wahl, sowol als die natürliche Ordnung der Rede leichtlich könne gefüget werden. Wann wir, setzte ich darzu, mit der Zeit, wie mit gegenwärtigem Wein, umgiengen, so solte man die Dicht- und Reimkunst, in VI Stunden, wonicht vollkömmlich, iedoch zur Noht, fassen, und verstehen können. („Poetischer Trichter, Die Teutsche Dicht- und Reimkunst, ohne Behuf der Lateinischen Sprache, in VI Stunden einzugiessen." Nürnberg M. DC. L.)

Probe aus der 1. Hälfte des 18. Jahrhunderts.

Ist eine Sache in der Welt, so der Veränderung unterworffen; so sind es die Sprachen der Menschen, wie solches von vielen gelehrten Leuten, in unterschiedenen Schrifften, ist erkannt und bewiesen geworden. Wer es nicht gläubet, halte die Teutsche Sprache, so zu des Großen Carls Zeiten geredet worden, und unsere heutige; das Griechische, so Demosthenes gebrauchet, und das itzo in den Griechischen Landen gebräuchlich; das Latein, wie es Cicero geredet, nebst dem itzigen Italienischen, so daraus entsprungen, gegen einander: so wird er befinden, daß die Veränderung so merklich und groß sey, daß die Leute, so von einerley Volcke hergekommen, und bey einerley Volck erzogen werden, deren einer aber gebohren geworden, da der andre schon vor etliche 100 Jahren gestorben gewesen, sich nicht verstehen würden, wenn sie zusammen kommen solten, und jeglicher die Sprache reden, die zu seiner Zeit gebräuchlich gewesen.

(Egenolffs „Historie der Teutschen Sprache." Leipzig 1716.)

§. 18. Hebels Heimat und Jugendjahre.

Nachdem wir so Hebels Sprache in ihren einzelnen Erscheinungen und in ihrem Verhältniß zur hochdeutschen Sprache erörtert haben, müssen wir zunächst seine Heimat kennen lernen. Denn von ihm gilt fast mehr als von irgend einem andern Dichter auch im äußerlichen Sinne das Dichterwort Göthe's:

Willst den Dichter du verstehen,
Mußt in Dichters Heimat gehen.

Daran schließt sich ungezwungen die Geschichte seiner Jugend.

Die Wiese.
(WW. I, S. 103.)

Wo der Dengle-Geist in mitternächtige Stunde
Uffeme silberne Gschirr si goldeni Sägese denglet,
(Todtnau's Chnabe wüsse's wohl) am waldige Feldberg,
Wo mit liebligem Gsicht us tief verborgene Chlüfte
d' Wiese luegt, und chek go Todtnau aben ins Thal springt,
schwebt mi muntere Blick, und schwebe mini Gidanke.
Feldbergs liebligi Tochter, o Wiese, bis mer Gottwilche!
Los, i will di iez mit mine Liederen ehre,
und mit Gsang bigleiten uf dine freudige Wege!

Die Wiese, einen Nebenfluß des Rheines auf dessen rechtem Ufer, will der Dichter „begleiten auf ihren freudigen Wegen"; und indem er es thut, schafft er eines seiner besten Gedichte, eine der köstlichsten Idyllen, welche die deutsche poetische Litteratur überhaupt aufzuweisen hat, und macht uns zugleich auf die angenehmste Weise mit seiner Heimat selbst bekannt. „Feldbergs liebliche Tochter" nennt er die Wiese, weil sie „im verschwiegenen Schooß der Felsen" des Feldbergs, dieses Königs des Schwarzwaldes, heimlich geboren wird; da, wo nach der Volkssage der Dengelgeist in mitternächtiger Stunde seine goldne Sense dengelt (vergl. „Geisterbesuch auf dem Feldberg" I, 193). Von den Felsen des Feldbergs stürzt sich die Wiese keck ins Thal hinab zunächst gen Todtnau, einen Ort, der schon im 17. Jahrhundert durch seine Baumwollspinnereien bekannt war und späterhin der Ausgangspunkt für die staunenerregende Gewerbthätigkeit des Wiesenthals geworden ist. Dieses Wiesenthal mit seinen umliegenden Bergen und Hügeln ist die Heimat des Dichters, „ein schönes Fleckchen Erde", das für Hebel alles enthält, was an den deutschen süßen Klang Heimat sich knüpft. So schön ist das Wiesenthal, daß selbst die im kristallnen Zimmer und in der silbernen Wiege von stillen Geistern aufgezogne Wiese darüber erstaunt:

„Gell, do ussen isch's hübsch, und gell, so hesch ders nit vorgstellt?"

daß selbst die Sonne und der Abendstern sich daran erfreuen (WW. I, 216):

Er (der Abendstern) schwätzt und frogt sie (die Sonne) das und deis,
sie git em B'richt, so guet sie's weiß.
Er seit: „O Muetter, lueg doch an,
do unte glänzts im Morgethau
so schön wie in di'm Himmelssaal!"
„He, seit sie, drum isch's Wiesethal."

Der Hauptquell der Schönheiten des Wiesenthals ist die Wiese selbst: die Pflanzen-, die Thier- und Menschenwelt wird, wo ihr lieblicher Athem weht, lebendig, regsam, freudig. (Vgl. die dreimal wiederkehrende Stelle „wo di lieblichen Othem weiht ꝛc." S. 104, 105, 108).

Sich weiterstürzend in einer Unzahl rauschender kleiner Wasserfälle, gelangt die Wiese nach 1½stündigem Laufe zu dem freundlichen Amtsstädtchen Schönau. Von hier aus führt ein Seitenweg durch dunkle Tannenwälder hinauf zu dem Belchen, dessen wir, obgleich er in unserm Gedicht nicht genannt ist, hier Erwähnung thun müssen, weil er in Hebels kindlich begrenzter Geographie der höchste Berg der Welt ist, hinter den auch der Feldberg zurücktritt. Der Grund dieser, die geographischen Maße nicht berücksichtigenden Anschauung liegt zum Theil darin, daß der Belchen näher an Hausen, dem Heimatsorte des Dichters liegt, zum Theil und mehr noch darin, daß der Belchen das Wiesenthal in einem ganz andern Grade beherrscht, als der um einige hundert Fuß höhere Feldberg. Vom

Belchen aus überschaut man in nächster Nähe ringsum den prächtigen Breisgau, weiterhin das Rheinthal mit seinem Reichthum an Städten und Dörfern, an fruchtbaren Fluren und sonnigen Rebengeländen, an Werken der Natur und Kunst. Der Blick wird hier getragen bis zu den Spitzen des Straßburger Münsters, während er andrerseits bis zu den schneebedeckten Alpen schweift.

Zwische Berge und Berge im chüele duftige Schatte,
und au mengem Chrütz verbei, an menger Kapelle

eilt die Wiese, jetzt etwas langsamer, der letzten katholischen Stadt, dem gewerbthätigen Zell zu. „Mittere selber im Champf" und „in tiefen Gedanken" läuft sie „mit schwankige Schritte furt gegenem Husemer Bergwerch." Was bedeutete jener Kampf? Die Wiese ändert den Glauben und wird ein „luthrischer Chetzer." Bei Hausen also tritt die Wiese in das protestantische Baden ein. In sinniger Weise wird sie nun auch „lutherisch gekleidet." Damit deutet der Dichter an, daß hier die Tracht der oberländischen Jungfrau sich ändert. Wie kleidsam diese Tracht mit ihren charakteristischen Hauptstücken, der goldgestickten Bänderhaube und dem Mailänder Halstuch, ist, und wie die junge Markgräflerin sich darin fühlt: das ist nie anschaulicher geschildert worden, als es hier (S. 105, 106) von Hebel geschieht.

Bei Hausen befinden wir uns in der engern Heimat Hebels. Hausen, schon früher ein nicht unbedeutendes Dorf, ist der Geburtsort seiner Mutter, der Wohnort seiner Eltern, die Welt seiner Jugend. Hier erheben sich die Höhen des Platz- und Maiberges, des Alzebühles, des Wagengesperres, der Möhr (WW. II, 263); hier liegt das „Bergwerch", an welchem „das hofertig Jümpferli", die Wiese, „abe visperlet"; hier der Schmelzofen, wo es „e wengeli d'Räder trüllt"; hier die Husemer Matte mit ihrem Reichthum an „Bluest". Weiter hinab durchfließt die Wiese das „Schopfemer Chilspel" (Schopfheimer Kirchspiel), zu dem Hausen früher gehörte, vereinigt sich „z'Gündehuse" (bei Gündenhausen) mit einem andern Waldbach gleichen Namens, gleichen Ganges und gleicher Geberde, dem „Schwesterli", und fließt nun bei dem „Röttler Schloß" vorbei. Dieses Schloß ist der Mittelpunkt der alten Herrschaft Rötteln, zu welcher außer Hausen und Schopfheim das weiter hinab liegende „ordelig Städtli" Lörrach gehörte. Bald gelangt nun die

Wiese auf schweizerischen Boden, wo sie sich bei Kleinhüningen im Kanton Basel und nicht fern von der Stadt Basel mit „s' Gotthards großem Bueb", dem Rhein, vereinigt. Außer den genannten Ortschaften liegen im Wiesenthal noch manche „scharmanti Dörfer und Chirchthürn"; wo die Wiese fließt, da „isch Nahrig und Lebe". Hebel gibt davon selbst eine Schilderung (S. 108, 109), wohl ohne zu ahnen, daß dieses Leben seinen Liedern einst den Todesstoß versetzen wird. Denn es kann nicht fehlen, der rege Verkehr, die wechselnde Bevölkerung — beides herbeigeführt durch jene im Wiesenthal selbst und in den Seitenthälern massenhaft sich mehrenden Mühlen, Eisenwerke, Wollen-, Baumwollen-, Watten-, Holzwaaren-, Papier-, Glas-, Bürsten-, Heftel-, Feuerschwamm- und andre Fabriken — endlich die alles gleichmachenden staatlichen und gesellschaftlichen Einrichtungen werden nach wenigen Jahrzehnten die Bewohner des Wiesenthals so umgestaltet haben, daß dieselben Hebels alemannische Bauern als Fremdlinge ansehen und ihre Sprache nicht mehr verstehen werden. Der Industrielle, der Staatsmann, der Jurist mag darüber gleichgiltig hinwegsehen; für den Freund deutscher Sitte und Sprache ist es ein Schmerz.

Das öfter genannte Hausen ist nicht der Geburtsort Hebels, aber seine Eltern wohnten hier. Sein Vater, ein Weber, stammte vom Hundsrück, hatte jedoch früh seine Heimat verlassen und kam nach manchen Kreuz- und Querzügen, denen er eine für seinen Stand nicht gewöhnliche Bildung zum großen Theil verdankte, endlich nach Basel. Hier ließ er den Webstuhl, der nie eine besondere Anziehungskraft für ihn besessen zu haben scheint, still stehn, nahm bei dem Major Iselin Dienste und machte so mehrere Kriegszüge mit, die ihn selbst bis nach Korsika brachten. In der Zeit dieses Kriegslebens lernte er seine nachmalige Ehegattin, die Mutter unseres Dichters, kennen, die damals mit dem Weber zugleich im Iselinschen Hause diente. Die Liebe zu ihr machte dem viel in der Welt Umhergetriebenen „das Stüblein zur Welt" (vgl. I, 188); sie wurden ein Paar (1757) und zogen nun nach Hausen, wo der Weber den Winter hindurch sein altes Gewerbe trieb, während er den Sommer mit seiner jungen Frau in ein dem frühern ähnliches Dienstverhältniß im Iselinschen Hause zu Basel eintrat. Hier wurde denn der Dichter den 10. Mai 1760 geboren. Der glückliche Vater muß dem Knaben eine nicht gewöhnliche Aufmerksamkeit gewidmet haben; denn in einem Notizbuche finden sich die Angaben, „wie der kleine Peter mit 22 Wochen den ersten Zahn bekommen, mit 28 Wochen allein gesessen, mit dreiviertel Jahren allein gestanden habe, und wie er in der Meß 1760 schon habe pfeifen können auf einer hölzernen Pfeife.“ Allein die weitere Einwirkung auf die Erziehung des Knaben fiel bald der Mutter allein zu. Der Vater starb, als der Sohn kaum 15 Monate alt war. Als Erbtheil war diesem der gemüthliche, für Poesie empfängliche Sinn des Alten, an irdischem Gut aber nur wenig zu Theil geworden. So hat denn Hebel, wie viele andre bedeutende Männer, nächst Gott der Mutter zu verdanken, was er geworden. Die Mutter wird geschildert als „eine Frau von vorzüglichem Verstande, trefflichem Gemüth und tiefer Religiosität.“ Den Segen der letztern wußte der Dichter besonders zu schätzen. Noch in seinem 60. Jahre schrieb er in einer nicht gehaltnen Predigt: „Der Segen ihrer Frömmigkeit hat mich nie verlassen; sie hat mich beten gelehrt, sie hat mich gelehrt an Gott glauben, auf Gott vertrauen und an seine Allgegenwart denken.“ Bald offenbarte sich in dem Knaben dieser Segen, am schönsten darin, als er Schmetterlingspuppen in Holzkistchen in die Erde grub, Kreuzlein auf die Gräber steckte und der Auferstehung der Puppen harrte. Bei alledem hatte die Erziehungskunst der Mutter eine nicht leichte Aufgabe; es bedurfte aller Liebe und alles Ernstes, es durfte an „Zucht und Warnig“ nicht fehlen, und am „Wienechtchindlibaum“ mußte „e goldig Rüethli, schlank und nagelneu, vom zarte Bese-Ris“ (vgl. „Eine Frage“ I, 137) aufgehängt werden, um den zur Näscherei, Dieberei und allerlei Muthwillen geneigten Knaben im Zaum zu halten. Noch in seinen spätern Jahren bekannte Hebel seine angeborne Neigung zum Stehlen; und die unverholne Freude an den Schalksstreichen jener Meisterdiebe, des Zundelfrieder, Zundelheimer, rothen Dieters, Zirkelschmieds u. a. (II, 109, 145, 154, 254, 264; III, 54, 57, 69, 102), hängt damit zusammen. Dabei ist noch zu beachten, daß „der Zundelfrieder nie aus Noth stiehlt, oder aus Gewinnsucht, oder aus Liederlichkeit, sondern aus Liebe zur Kunst und zur Schärfung des Verstandes.“

Seit seinem sechsten Jahre besuchte Hebel abwechselnd die Dorfschule zu Hausen und die Münsterschule zu Basel, wo die Mutter bei der alten Herrschaft alljährlich zu dem frühern freien Dienstverhältniß zurückkehrte. So lange der Winter dauerte, mußte er außer der Schulzeit seiner Mutter Holz im Walde lesen oder Steine für den Schmelzofen zerschlagen (vgl. „Der Schmelzofen" I, 114). Freundlicher gestaltete sich in dieser Beziehung die Sommerszeit (vgl. „Erinnerung an Basel", I, 198). Das Wohlthätige dieses Wechsels zwischen Land- und Stadtleben erkannte Hebel auch in seinen spätern Jahren an. In der schon angeführten Predigt schreibt er: „Ich bin von armen, aber frommen Eltern geboren, habe die Hälfte der Zeit bald in einem einsamen Dorfe, bald in vornehmen Häusern einer berühmten Stadt zugebracht. Da habe ich frühe gelernt arm sein und reich sein. Wiewohl ich bin nie reich gewesen, ich habe gelernt nichts haben und alles haben, mit den Fröhlichen froh sein und mit den Weinenden traurig." Als Hebel in seinem zwölften Jahre stand, schickte ihn die Mutter, weil seine Anlagen für einen wissenschaftlichen Beruf, namentlich aber seine Neigung für das Predigtamt immer entschiedener hervortraten, auch in die lateinische Schule zu Schopfheim*). Allein nicht lange mehr sollte ihre Sorge um den Knaben dauern; sie starb schon im Herbst 1773. Während eines Aufenthalts in Basel war sie erkrankt; auf ihren Wunsch wollte man sie nach Hausen bringen; aber der zum Krankenlager hergerichtete Wagen ward ihr Todbett. Im Beisein des herbeigerufenen Sohnes starb sie auf dem Wege von Basel nach Hausen, zwischen den Dörfern Steinen und Brombach. Häufig noch wandelte Hebel auch bei Nacht diesen Weg, und in der Erinnerung an den hier erlittenen Verlust dichtete er später nach einer solchen nächtlichen Wanderung eines seiner besten Gedichte „die Vergänglichkeit" (I, 172); auch in andern Gedichten ist Hebels Mutter deutlich zu erkennen („Die Mutter am Christabend" I, 135). Wie er noch in seinem Greisenalter mit ihr lebte, das bezeugen die Worte: „was würde meine Mutter sagen?", die er an einen Freund schrieb, als er diesem seine Ernennung zum badenschen Kirchenprälaten mittheilte.

Ueber die noch übrige Zeit der Jugend Hebels können wir kürzer hinweggehen. Schon 1774 brachte ihn sein Vormund auf das Gymnasium zu Karlsruhe, wo er meist durch die Unterstützungen freundlicher Gönner erhalten wurde und durch seinen Fleiß das bis dahin

*) Vgl. hier „Eine Gerechtigkeit" III, 97.

Versäumte so vollständig nachholte, daß er schon nach vier Jahren reif war für den Besuch der Universität. Er ging nach Erlangen. Das fröhliche Studentenleben riß ihn mit sich fort, so daß er die erste Prüfung nur nothdürftig bestand. 1780 wurde er Pfarrcandidat.

§. 19. Hebels Lehrerwirksamkeit bis zum Jahre 1791.

„An einem friedlichen Landorte unter redlichen Menschen als Pfarrer zu leben und zu sterben, war alles, was ich wünschte, was ich bis auf diese Stunde in den heitersten und in den trübsten Augenblicken meines Lebens immer gewünscht habe. Aber, o Gott, auf welchem langen Umwege hast du mich an das Ziel meiner Wünsche geführt! Eilf Jahre lang, bis in das einunddreißigste meines Lebens, wartete ich vergeblich auf Amt und Versorgung. Alle meine Jugendgenossen waren versorgt, nur ich nicht. Ich stand noch da, wie der Prophet Jesaias sagt, gleich einem Baume oben auf einem Berge, und einem Panier oben auf einem Hügel. Da war es wohl an mir gethan, daß mich Gott gelehrt hatte arm sein und nichts haben."

So lautet eine Stelle in der schon genannten Predigt. Eilf Jahre, von 1780—91, wartete Hebel vergeblich auf Amt und Versorgung. Diese eilf Jahre haben wir jetzt nach ihrer Bedeutung für Hebel zu betrachten.

Nach nur sechsjähriger, durch den Besuch des Gymnasiums und der Universität veranlaßter Entfernung aus dem geliebten Oberlande kehrte Hebel 1780 wieder dahin zurück. In Hertingen, einem Dorfe zwischen Basel und Schopfheim, wurde er unter den allerbescheidensten Verhältnissen Lehrer. Der Pfarrer des Ortes und einige Einwohner machten ihn zum Lehrer ihrer Kinder und ließen ihn wechselsweise an ihrem Tisch essen. Er wurde, wie er sich ausdrückt, „umgeäzt." Der Aufenthalt in Hertingen dauerte nur zwei Jahre; bald nach erfolgter Ordination (1782) wurde er als Lehrer an das Pädagogium zu Lörrach versetzt, wo er über acht Jahre bei einem sehr bescheidnen Gehalte ausharren mußte.

Die Entbehrungen in Hertingen und Lörrach vermochten Hebels natürlichen fröhlichen Sinn nicht niederzudrücken; war ihm doch dafür reicher Ersatz geboten! Er lebte in seinem geliebten Wiesenthal, unter dem Volk seiner Jugend, im innigsten Verkehr mit zahlreichen Freunden. Unter diesen sind besonders zu nennen der damalige Leiter des Pädagogiums Güntert, einer von den Lehrern, Hitzig, und der damalige Amtsactuar. Welch herzlicher Umgang zwischen diesen vier sich auch fernerhin erhielt, ersieht man aus dem hinterlassenen Briefwechsel und aus der „Epistel an den Pfarrer Güntert zu Weil." (I, 229.)

„Vetter Vogt! Der Bammert (i muß ichs chlage) wird tägli
liederlicher, füler, versoffener; 's isch nümme z'lebe,
's isch nümme z'gschirre mit em; 's hilft weder Strofe, no Zuespruch."

Güntert wird scherzweise „der Vogt" genannt, „der Bammert" (Bannwart, Feldhüter) ist jener Amtsactuar, Hitzig erhält den Namen „Zenoides", Hebel selbst nennt sich den „Stabhalter", auch „Parmenideus." (Siehe Friedr. Becker, J. P. Hebel, Basel 1860, 1 Thlr., woselbst zahlreiche Briefe.) In Güntert's Hause lernte Hebel auch die Geliebte seines ganzen Lebens, Gustave Fecht, kennen, eine „durch Schönheit und Adel der Seele" ausgezeichnete Jungfrau. Es wird immer ein unerklärliches Räthsel bleiben, warum Hebel, auch nachdem seine äußerlichen Verhältnisse sich günstig gestaltet hatten, nicht die Ehe mit Gustave eingegangen ist. Eine Stelle in einem Briefe von 1790: „Es verbietet mir mein Gewissen und meine Ruhe, so lange ich nicht gesichert vor einem frühen Tode oder elenden Leben bin, zu heirathen" — kann jenes Räthsel durchaus nicht lösen. Wie Hebel ist Gustave unverheirathet geblieben und zwei Jahre nach dem Dichter gestorben. Ein herzlicher brieflicher Verkehr hat sich zwischen beiden bis zu des Dichters Tod erhalten. Der Einfluß, welchen Gustave auf Hebels Herzensbildung ausgeübt haben mag, mag nicht gering sein; jedenfalls aber ist er für nichts zu achten gegen die segensvollen Einwirkungen einer Rebekka auf Claudius.

Wir haben oben (S. 43) den Einfluß hervorgehoben, welchen die nach dem Besuch der Schule und Universität fallende Reinfelder Zeit auf Claudius gehabt haben muß: er konnte jetzt mit mehr Bewußtsein die bäuerlichen Verhältnisse beobachten, in denen er nicht mehr stand. Dasselbe müssen wir jetzt von Hebel sagen. Als Kind hatte er, von geringen Eltern geboren, den Bauern noch näher gestanden, als selbst Claudius, der Pastorssohn. Sein Aufenthalt zu Hertingen und Lörrach stellte ihm, dem nun durch Schule und Universität jenen Verhältnissen entrückten, die Gestalten der Jugend wieder vor Augen. Das Leben, das er früher selbst gelebt hatte, konnte er jetzt eine langjährige Zeit hindurch beobachten; die Gestalten, unter die er sich früher gemischt hatte, erschienen ihm jetzt in der Ferne: fern genug, um deutlich sehen zu können; nahe genug, um mit dem Pulsschlag des Herzens bei der Beobachtung zu sein. Nur durch die Hertinger und Lörracher Zeit konnte Hebel werden, was er geworden: der Dichter aus dem Volke.

§. 20. Hebel der Dichter aus dem Volke.

Der Karfunkel.

(WW. I, 121.)

Wo (als) der Aetti (Vater) si Tuback schnätzlet (schneidet), se lueget en d' Marei
fründlig und bittweis a: „Verzehlis näumis (erzähl uns etwas), o Aetti,
„weisch, so wieder, wie necht (gestern Nachts), wo's Chüngi (Kunigunde) het welle vertschlose!"
Drüber rucke 's Chüngi, und 's Anne Bäbi und d' Marei
mit de Chunklen ans Liecht, und spanne d' Saiten, und striche (streichen, schmieren)
mittem Schwärtli (Schwärtchen*)) 's Rad, und zupfen enander am Ermel.
Und der Joppi (Jakob) nimmt e Hampfle (Handvoll) Liechtspöhn, und setzt si
nebene Liechtstock hi, und seit: „Das willi verrichte."
Aber der Hans Jerg (Georg) lit e lange Weg überen Ofe,
lueget aben und denkt: „Do obe höri's am beste,
„und bi Niemes im Weg." Druf, wo der Aetti si Tuback
gschnitte het, und 's Pfifli gfüllt, se chunnt (kommt) er an Liechtspohn,
und hebt 's Pfifli drunter, und trinkt in gierige Züge,
bis es brennt. Druf druckt er 's Füür mit de Fingeren abe,
und macht 's Deckeli zue. „Se willi denn näumis verzehle",
seit er, und sitzt nieder, „doch müender (müßt ihr) ordell still sy,
aß i nit verstuum (irre werde), ebs (ehe es) us isch, und du dört obe,
pack di vom Ofen abe! Hesch (hast du) wieder niene (nirgends) ke Platz gwüßt?
Isch's der z'wohl, und glust's (gelüstet's) di wieder no nem Charfunkel**)?
Numme ken, wie sell ein gsi isch, woni im Sinn ha. (Nur nicht ein solcher, wie der gewesen ist, den ich im Sinn habe). —

Dieser Anfang eines größeren Gedichts führt uns in den traulichen Kreis einer oberländischen Spinnstube. Vater und Mutter,

*) Speckschwarte zum Schmieren.

**) Ein Schwärenausschlag; man glaubt, daß er durch zu große Wärme hervorgerufen wird.

Mädchen und Buben sind versammelt um den großen, grünen Kachelofen oder den Backofen, der weit in das mit Holz vertäfelte, geräumige, aber niedrige Wohnzimmer, in dem das große Himmelbett, ein Erbstück von Eltern oder Voreltern, nicht fehlt, hineinragt. Der Aetti schickt sich an zu seinem Lieblingsgenuß. Gar gern „trinkt" der Oberländer „e Pfifli Rauchtubak." Auf dem Ofen liegt nach Schwarzwälder Sitte einer von den Buben; der andre sorgt für die schwache, den Ungewohnten so eigen stimmende Beleuchtung durch „e Hampfle Liechtspöhn." 's Chüngi, 's Anne Bäbi und d' Marei schicken sich an zu spinnen, und zupfen in der freudigen Erwartung der Erzählung des Aetti einander am Aermel. Sie wissen, der Vater wird nicht widerstehen, wenn d' Marei ihn „fründlig und bittweis" anlugt mit den Worten: „Verzehlis näumis, o Aetti!" Schon sorgt er für den ununterbrochenen Fortgang der Erzählung, indem er „'s Füür mit de Fingeren abe druckt," die redseligen Mädchen zum Stillsein mahnt und den vielleicht bald laut schnarchenden Hans Jerg warnend von seinem warmen Platze vertreibt. „Se willi denn näumis verzehle," sagt er, und die Erzählung, der die Mutter „mit engbrüstigem Odem" lauscht:

„Bisch bal ferig (fertig)? Mach mer die Meidli
„nit so z'förche, 's sin doch nummen (nur) erdichtete Mährli!" —

beginnt. Die Erzählung selbst soll uns hier nicht weiter beschäftigen; auch der Leser wird einen Schauder bei ihr empfinden; nach Anlage, Haltung und Wirkung ist sie echt volksthümlich.

Es bedurfte zunächst bloß jener wenigen Verse, um Hebel als einen Dichter aus dem Volke zu erkennen. Diese anschauliche Treue in der Zeichnung der Situation, ohne alle gesuchten schildernden Ausmalungen, diese charakteristische Unterhaltung der betheiligten Personen, ohne alle Gezwungenheit, diese ureigenthümliche Sprechweise, mit ihrem Aetti, Bäbi, Deckli 2c., kann von niemand erreicht werden, der etwa den Zuständen des Volkslebens mit bewußter Absichtlichkeit sich nähert. Geboren aus dem Volke, erwachsen in dem Volke, lebend sodann mit dem Volke, war Hebel, da ihm zu alledem die göttliche Gabe der Poesie zu Theil geworden war, wie wenig andre befähigt, die Gestalten, die Verhältnisse, ja die innersten Anliegen des heimatlichen Volksstammes poetisch zu verklären. Fast jedes seiner alemannischen Gedichte liefert dafür einen Beweis. Wie trefflich wird die Zufriedenheit eines Bauern, einer Bäuerin, und zwar eines süddeutschen Bauern, einer süddeutschen Bäuerin, dargestellt in dem „zufriedenen Landmann“ (I, 170) und den „Marktweibern in der Stadt“ (I, 130)! (Vgl. „Ein Lied“ von Claudius, WW. I u. II, 53. und oben S. 46). Wie anschaulich malt Hebel das Treiben in einem oberländischen Schmelzofen in dem gleichnamigen Gedicht (I, 114)!

Doch fangt e Büebli z'rauchen a,
und meint, es chönns, as wie ne Ma,
so macht der Schmelzer churze B'richt,
und zieht em 's Pfifli usem Gsicht.

Er keits (wirft) ins Füür, und balgt (schilt) derzu:
„Hesch's au scho gelehrt, du Lappi du!
„Sug amme Störzli (Strunk) Habermark!
„Weisch? Habermark macht d' Buebe stark!“

Wie lieblich ist das Liebesverhältniß gezeichnet zwischen „Hans und Verene“ (I, 151), oder „Fridli und Kätterli“ (I, 202); das eheliche Verhältniß in der „glücklichen Frau“ (I, 208); das Kindesverhältniß im „Mann im Mond“ (I, 128), oder der „Mutter am Christabend“ (I, 135)! Wie innig treten des Oberländers kleine Leidenschaften zu Tage in dem Liedchen „Freude in Ehren“ (I, 111), sein Gottvertrauen in dem „Gewitter“ (I, 210), sein Aberglaube in „Riedligers Tochter“ (I, 203), seine Gutmüthigkeit im „Sperling am Fenster“ (I, 218)! Man stelle, um sich recht bewußt zu werden, wie Hebel seinen Volksstamm so ganz treu und doch so ganz der gemeinen Wirklichkeit enthoben darstellt, mit einem Worte: wie er idealisirt, einen Vergleich an zwischen ihm und z. B. Salomon Geßner einerseits, Jeremias Gotthelf anderseits.

Ueber den letztern möge man §. 40 nachsehen. Ein Berliner Lehrer hat einmal geäußert, als bei ihm eine gewisse Stelle von einer unreinlichen Magd aus einem Gotthelfschen Buche vorgelesen worden sei, habe seine Stube acht Tage danach gestunken. Damit ist auf starke Weise dasselbe angedeutet, was man „photographische Naturwirklichkeit“ der Gotthelfschen Bauern genannt hat. — Salomon Geßner, geb. zu Zürich 1730, † ebendaselbst 1787, als Maler und Dichter bekannt, bildete mit Bodmer und Lavater das schweizerische Kleeblatt der Verehrer und Nachahmer Klopstocks. „Wie Bodmer die leere Form, Geßner die sentimale Weichheit und idyllische Schilderei der Klopstockschen Poesie auf die Spitze trieb, so that dies Lavater in Bezug auf ihren christlichen Gehalt.“ Ich muß es mir versagen, ein recht charakteristisches Beispiel aus den Geßnerschen „Idyllen“ zu wählen; doch wird folgendes deutlich erkennen lassen, wie Geßner seine griechisch benannten Hirten in ganz unberechtigte Situationen stellt, wie er sie in eine ihnen ganz fremde Welt versetzt, wie er sie ganz unmögliche Gedanken und Empfindungen aussprechen läßt, mit einem Wort: wie er unwahr, unnatürlich wird.

Myrtil.

Bei stillem Abend hatte Myrtil noch den mondbeglänzten Sumpf besucht; die ruhige Gegend im Mondschein und das Lied der Nachtigall hatten in stillem Entzücken ihn aufgehalten. Aber jetzt kam er zurück in die grüne Laube von Reben vor seiner einsamen Hütte und fand da seinen alten Vater, sanftschlummernd im Mondschein hingesunken, sein graues Haupt auf den einen Arm hingelehnt. Da stellt er sich, die Arme in einander geschlungen, vor ihm hin. Lange stand er da, sein Blick ruhete unverwandt auf dem Greise; nur blickt er zuweilen auf durch das glänzende Reblaub zum Himmel, und Freudenthränen flossen dem Sohn vom Auge.

O du! so sprach er jetzt, du, den ich nächst den Göttern am meisten ehre, Vater! wie sanft schlummerst du da! Wie lächelnd ist der Schlaf des Frommen! Gewiß ging dein zitternder Fuß aus der Hütte hervor, in stillem Gebete den Abend zu feiern; und betend schliefst du ein. Du hast auch für mich gebetet, Vater! Ach, wie glücklich bin ich! Die Götter hören dein Gebet. Oder warum ruhet unsre Hütte so sicher in den von Früchten gebogenen Aesten? Warum ruhet der Segen auf unsrer Heerde und auf den Früchten unsres Feldes? Oft, wenn du bei meiner schwachen Sorge für die Ruhe deines matten Alters Freudenthränen weinest; wenn du dann gen Himmel blickest und freudig mich segnest, ach! was empfind ich dann, Vater! ach, dann schwillt mir die Brust und häufige Thränen quellen vom Auge! Da du heut an meinem Arm aus der Hütte gingest, an der wärmenden Sonne dich zu erquicken, und die frohe Heerde um dich her sahest und die Bäume voll Früchte, und die fruchtbare Gegend umher, da sprachst du: Meine Haare sind unter Freuden grau worden. Seid immer gesegnet, Gefilde! nicht lange mehr wird mein dunkelnder Blick euch durchirren; bald werd' ich euch an seligere Gefilde vertauschen. Ach, Vater! bester Freund! bald soll ich dich verlieren! Trauriger Gedanke! Ach! dann — dann will ich einen Altar neben dein Grab hinpflanzen; und dann, so oft ein seliger Tag kommt, wo ich Nothleidenden Gutes thun kann, dann will ich, Vater! Milch und Blumen auf dein Grabmal streuen.

Jetzt schwieg er und sah mit thränendem Aug auf den Greis. Wie er lächelnd da liegt und schlummert! sprach er jetzt schluchzend. Es sind von seinen frommen Thaten im Traum Bilder vor seine Stirne gestiegen. Wie der Mondschein sein kahles Haupt bescheint und den glänzend weißen Bart! O, daß die kühlen Abendwinde dir nicht schaden, und der feuchte Thau! Jetzt küßt er ihm die Stirne, sanft ihn zu wecken, und führt ihn in die Hütte, um sanfter auf weichen Fellen zu schlummern.

Es könnte jemand bei der Vergleichung dieses unnatürlichen Geredes mit einem Gedichte Hebels die Frage aufwerfen: Sprechen denn die alemannischen Bauern so, wie Hebel sie sprechen läßt? Das nicht. Aber „die Wahrheit ist es, die uns überall aus Hebels Gedichten entgegentritt." Sobald man in das Bereich der Kunst eintritt, muß man unterscheiden zwischen der wirklichen Wahrheit und der Wahrheit der Kunst. „Der Maler, der uns Friedrich den Großen in seiner Feldherrngröße vorführen will, wird uns nicht mit der Prise Schnupftaback behelligen, die jener vielleicht zufällig kurz vor dem Momente des Angriffs genommen hat; sondern er wird die Hand, welche in Wirklichkeit vielleicht in die Dose griff, eine der Feldherrnidee entsprechende Bewegung machen lassen" (Köpert, Poetik). So hat denn auch der Dichter nach der poetischen Wahrheit zu streben; und eben diese poetische Wahrheit ist es, wodurch Hebels alemannische Gedichte von den Producten Geßners einerseits, Gotthelfs anderseits sich unterscheiden. Auerbach spricht sich in seinem trefflichen Buche „Schrift und Volk" über diesen Punkt so aus: „Sind diese Gebilde und Empfindungen darum minder wahr, weil ihr sie nicht alsbald findet, wenn ihr hinaustretet unter die Bauern? Vor allem ist es nicht so leicht, unterzutauchen und die Seele eines Volksstammes heraufzuholen. Diese Seele kann oft anders, zarter und großartiger erscheinen, als die wirklichen Lebensäußerungen vermuthen lassen. Sind ja auch die gebildeten Stände oft viel besser, als sie erscheinen. Sodann kann und soll der Dichter Leben und Seelenzustände zu einer gesetzmäßigen Vollendung führen, zu der sie in der baren Wirklichkeit vielleicht nicht gelangt waren oder nicht gelangen können."

Bei einiger Beobachtung wird man leicht bemerken, daß Hebel

auch fremden Gebieten Angehöriges in seine alemannische kleine Welt hineingetragen hat. Der häufig angewandte Hexameter gehört dem griechischen und römischen Alterthume an, und es scheint ihn Hebel nach Vossens Vorgange lieb gewonnen zu haben; der „Statthalter von Schopfheim" ist, wie schon Göthe bemerkt hat, eine Entlehnung aus dem alten Testament (vgl. die Geschichte von David und Abigail 1 Sam. 25); die weit ausgeführte Personification, wie wir sie schon in der „Wiese" kennen gelernt haben, ist etwas dem Volk Fremdes. Um durch dergleichen Dinge nicht irre gemacht zu werden, muß man zunächst nicht vergessen, daß Hebel seine Gedichte in erster Linie nicht für das Volk bestimmt hat. „Für Freunde ländlicher Natur und Sitten eignet diese Gedichte ihr Inhalt und ihre Manier. Wenn Leser von höherer Bildung sie nicht ganz unbefriedigt aus den Händen legen, und dem Volke das Wahre, Gute und Schöne mit den heimischen und vertrauten Bildern lebendiger und wirksamer in die Seele geht, so ist der Wunsch des Verfassers erreicht." So Hebel selbst in der Vorrede zur 1. Auflage. Sodann ist auch dies nicht unbeachtet zu lassen, daß mit einer gewissen Nothwendigkeit das Fremdartige, das der Dichter auf der Schule und Universität sich zu eigen gemacht hatte, in den alemannischen Gedichten, in denen sich Hebel ganz gab, hervortreten mußte. Er bleibt also trotz alledem der dichtende alemannische Bauer in verklärter Gestalt, ein wahrer Dichter aus dem Volke.

§. 21. Hebels Natursinnigkeit.

Das Spinnlein.

(WW. I, 179.)

Nei, lueget doch das Spinnli a,
wie's zarti Fäde zwirne (zwirnen, spinnen) cha (kann)!
Bas Gvatter, meinsch (meinst du), chasch's (kannst du es) au ne so?
De wirsch mers, traui, blibe lo (bleiben lassen).
Es macht's so subtil und so nett,
i wott (wollt) nit, aßi 's z'hasple hätt.

Wo hets di fini Risti*) gno (genommen),
bi wellem Meister hechle lo (lassen)?
Meinsch, wemme 's wüßt, wohl mengi Frau,

*) Riste = die Fäden des noch unbearbeiteten Flachses.

sie wär so gscheit, und holti (holt ihn, den Meister) au!
Jez lueg mer, wie's si Füeßli setzt,
und d' Ermel streift, und d' Finger netzt.

Es zieht e lange Faden us,
es spinnt e Bruck ans Nochbers Hus,
es baut e Landstroß in der Luft,
morn (morgen) hangt sie scho voll Morgeduft,
es baut e Fueßweg nebe dra,
's isch, aß es ehne dure cha (daß es drüben durch kann).

Es spinnt und wandlet uf und ab,
Potz tausig, im Galopp und Trab! —
Jez gohts rings um, was hesch, was gisch (was hast du, was giebst du)!
Siehsch, wie ne Ringli worden isch!
Jez schießt es zarti Fäden i,
wirds öbbe (etwa) solle gwobe sy?

Es isch verstuunt (irre geworden), es haltet still,
es weiß nit recht, wo's ane will (wohin es will).
's goht weger (wahrlich) z'ruck, i sieh's em a;
's mueß näumis (etwas) rechts vergesse ha.
Zwor denkt es, sell pressirt (es eilt) io nit,
i halt mi nummen (nur) uf dermit.

Es spinnt und webt und het kei Rast,
so glichlig (durchgehends gleich), me verluegt si fast.
Und 's Pfarrers Christoph het no gseit,
's seig (es sei) iede Fade z'semme gleit (zusammengelegt).
Es mueß ein (einer) gueti Auge ha,
wers zehlen und erchenne cha.

Jez putzt es sini Händli ab,
es stoht und haut der (den) Faden ab.
Jez sitzt es in si Summerhus,
und luegt die lange Stroßen us.
Es seit (sagt): „Me baut si halber z'todt,
„doch freuts ein au, wenn 's Hüsli stoht."

In freie Lüfte wogts und schwankts,
und an der liebe Sunne hangts;
si schint em frei dur d'Beinli dur,
und 's isch em wohl. In Feld und Flur
sieht 's Mückli tanze iung und feiß (feist):
's denkt bi nem (bei ihm, sich) selber: „Hätti eis!"

O Thierli, wie hesch (hast du) mi verzückt!
Wie bisch so chlei und doch so geschickt!
Wer het di au die Sache gelehrt?

Denkwol, der, wonis (welcher uns) alli nährt,
mit milde Händen alle git (allen gibt).
Bis z'frieden! Er vergißt di nit.

Do chunnt (kommt) e Fliege, nei wie dumm!
Sie rennt em schier gar 's Hüsli um,
Sie schreit und winslet Weh und Ach!
Du arme Chetzer hesch di Sach (hast deine Sache)!
Hesch keini Auge bi der g'ha (bei dir gehabt)?
Was göhn di üsi Sachen a?

Lueg, 's Spinnli merkts enanderno,
es zuckt und springt und het sie scho.
Es denkt: „I ha viel Arbet g'ha,"
„iez mueßi au ne Brotis (einen Braten) ha!"
I sags io, der wo (welche) alle git (giebt),
wenns Zit isch, er vergißt ein nit.

Das Gedicht beginnt mit der Aufforderung, das Spinnlein „anzulugen." „Lugen", in süddeutschen Mundarten gebräuchlich, ist gleich „scharf sehen, zuwartend sehen, spähend sehen"; dieser Begriff wird durch „an" = „in der unmittelbaren Nähe von etwas" noch verstärkt. Mit Recht gebraucht der Dichter dieses Wort; denn es gilt nicht sowol das Spinnlein zu sehen, als vielmehr, wie das Folgende angiebt, seine Thätigkeit: „wie's zarte (= dünn, vergl. Str. 6., mit dem Nebenbegriff des Leichtverletzlichen) Fäden zwirnen kann. Die Aufforderung ist allgemein gehalten, besonders aber an die „Bas Gvatter" (in vertraulicher Anrede gleichbedeutend mit Gevatter) gerichtet.

Der Dichter versetzt sich in die Lage jemandes (bestimmter: eines alemannischen Bauern), der eine Spinne beobachtet. In der Nähe befindet sich die Base, die, wie jede Oberländerin, auch spinnen kann. An diese wendet sich der Beobachter mit der Frage: kannst du es etwa auch so? Daß die Frage im verneinenden Sinn gethan worden ist, zeigt der Zusatz: du wirst mirs, traui (trau ich, steht im Sinne des hochd. Nebenworts „traun", mit welchem es auch etymologisch verwandt ist) bleiben lassen.

Von nun an beginnt der Beobachter das zu beschreiben, was sich ihm nach und nach beim Lugen darbietet: Es machts so subtil und so nett. Was macht es subtil und nett? Nach dem Vorigen das Zwirnen, Spinnen. Allein dazu paßt das Folgende nicht. Es muß also aus „zwirnen" der substantivische Begriff „Gezwirn, Gespinnst" als Object gedacht werden.

Subtil, mit dem Accent auf der ersten Silbe, gewöhnlich und richtig „subtil", ein lateinisches Wort, welches = dünn, fein. „Nett" ist die Steigerung davon: „bis ins kleinste fein und so, daß es auf das Auge einen angenehmen Eindruck macht." Vgl. noch das obige „zart." — Bei so subilen, netten und zarten Fäden ist nun der folgende Wunsch wohl motivirt:

Ich wollt' nicht, daß ich's zu haspeln (vermittelst des Haspels, der Weife, von der Spule ab- und zu „Strähnen" winden) hätte.

Von der 2. Strophe an tritt es deutlich hervor, daß der Dichter die Spinne als menschliches Wesen vorstellt. Er stellt sie sofort in eine Reihe mit spinnenden Frauen:

Jez lueg mer, wie's si Füeßli setzt,
und d'Ermel streift, und d'Finger netzt.

Weiterhin erscheint sie als Baumeister:

es spinnt e Bruck ans Nochbers Hus,
es baut e Landstroß in der Luft,
es baut e Fueßweg nebe dra —

als Weber:

iez schießt es zarti Fäden i,
wird's öbbe solle gewobe si —

als Jäger:

— — In Feld und Flur
sieht's Mückli tanze jung und feiß:
's denkt binem selber: „Hätti eis!" —

immer also in menschlicher Thätigkeit begriffen, mit menschlicher Ueberlegung sie ausübend, mit menschlicher Freude an dem Gelungenen sich ergetzend:

Es isch verstuunt, es haltet still,
es weiß nit recht, wo's ane will ꝛc. (Str. 5.) —
Es seit: „Me baut si halber z'todt,
„doch freut's ein au, wenn's Hüsli stoht." (Str. 7.)

Daneben tritt auch eine andre Spinne als menschliches Wesen, als Nachbar, auf (Str. 3), und die Fliege als der arme Ketzer, der verständiger hätte sein sollen:

Hesch keini Auge bi der gha?

Bei alledem ist besonders noch dies zu beachten. Der Dichter selbst fühlt sich wie unter seinesgleichen; nicht nur läßt er sich von dem Spinnlein zur Bewundrung dahinreißen:

„O Thierli, wie hesch mi verzückt!" —

nein, in der naivsten Weise macht er mit ihm gemeinschaftliche Sache:

„Was gehn dich unsre Sachen an?"

spricht er zu der Fliege. — Darin ist der Grundzug von Hebels Natursinnigkeit erkennbar: jene echte Kindlichkeit des Dorfkindes, zu welcher der Städter nur nachsinnend und nachfühlend gelangen kann. „Ein Dorfkind erwächst noch unter ursprünglichen und naturgemäßen Zuständen. — Hier ist noch nach der Naturseite hin der unmittelbare Zusammenhang mit Bäumen, Pflanzen und Thieren. Der noch unentwickelte Menschengeist fühlt sich ihnen nahe und verwandt, er lebt mit ihnen, Baum und Strauch sind seine Genossen, er gedeiht still wie sie. Besonders hingezogen fühlt er sich zu den Thieren, die ihm mit ihrem individuellen Leben näher stehen; er trägt seine eignen Empfindungen auf sie über und dichtet ihnen wie den stummen Umgebungen Menschennatur an" (Auerbach a. a. O.).

Wie im vorliegenden Gedicht die Spinne, so erscheinen in andern Gedichten Hebels andre Thiere, ja Gestirne, Tages- und Jahreszeiten in menschlicher, näher in der Gestalt der alemannischen Bauern und Bäuerinnen. Wie lieblich erscheint die „Wiese" als das „gattige Markgräfler Meidli"! Man lese weiter den „Käfer" (I, 142), in welchem der Dichter die Befruchtung, das „Habermus" (I, 154), in welchem er die Entwicklung der Pflanzen in lieblichster Weise versinnbildlicht; den „Morgenstern" (I, 119), der als „der Sunn ihr Büebli" von dieser „wie ne Hüenli" eingethan wird; den „Abendstern" (I, 216), des Morgensterns „Brüderli", welches „mengem wiße Wülkli" nachspringt; den „Jenner" (I, 175), der sich brüstet als der „beliebte, frische, geschickte, starke Mann"; endlich die „Sonntagsfrühe" (I, 162), in welcher der Sonntag dem Sonnabend die Arbeit abnimmt. Ueberall tritt uns das Leben, Schaffen, Sorgen, Genießen der alemannischen Bauern entgegen. Das meint Göthe, wenn er sagt: „Wenn antike oder andere, durch plastischen Kunstgeschmack gebildete Dichter das sogenannte Leblose durch idealische Figuren beleben, und höhere, Göttern gleiche Naturen, als Nymphen, Dryaden und Hamadryaden an die

Stelle der Felsen, Quellen, Bäume setzen; so verwandelt Hebel diese Naturgegenstände zu Landleuten, und verbauert auf die naivste, anmuthigste Weise durchaus das Universum, so daß die Landschaft, in der man denn doch den Landmann immer erblickt, mit ihm in unserer erhöhten und erheiterten Phantasie nur eins auszumachen scheint."

§. 22. Die Entstehung der alemannischen Gedichte.

Wir haben die Darstellung der Lebensgeschichte unseres Dichters (§. 19) abgebrochen mit dem Jahre 1791. In diesem Jahre ward er als Unterdiaconus an das Gymnasium zu Karlsruhe berufen, in welcher Stellung er, zunächst besonders in den untern Klassen, Unterricht in einigen fremden Sprachen und in den Naturwissenschaften*) zu ertheilen, auch mitunter zu predigen hatte. Die Liebe der Schüler, die er in seinen frühern Stellungen sich im höchsten Maße erworben hatte, ward ihm auch hier sehr schnell zu Theil. „Hebel hatte in hohem Grade die Gabe, zugleich auf leichte und angenehme Weise und mit reichem Segen zu unterrichten: und sowohl der Unterricht in den klassischen Sprachen als in der Naturgeschichte hat bei denen, die ihn zu genießen das Glück hatten, eine bleibende Liebe zu diesen Studien erweckt" („Aus Hebels Briefwechsel", Freiburg i. Breisgau 1860). Gleichen Beifall erwarb sich Hebel als Prediger. Seine einfach würdige, herzlich populäre Predigtweise erbaute den gemeinen Mann, wie den Gebildeten; der Markgraf von Baden, Karl Friedrich, war einer der eifrigsten Zuhörer Hebels. Diesem Umstande vornehmlich verdankte Hebel sein Aufrücken in eine höhere Stellung an dem Gymnasium zu Karlsruhe: er wurde 1798 zum Professor und Lehrer der hebräischen Sprache an der ersten Abtheilung des Gymnasiums befördert. Schon längst war er auch in den gesellschaftlichen Kreisen der damals aufblühenden Stadt ein unentbehrliches Mitglied geworden. Sein unübertrefflicher Humor, sein nie verletzender Witz, seine ausgezeichnete Erzählergabe machten ihn allen angenehm.

*) Diesem Unterricht haben wir die ausgezeichneten, an mehreren Stellen unseres Buches (vgl. besonders §. 42) erwähnten naturgeschichtlichen Darstellungen zu verdanken.

So hatten sich also die äußerlichen Verhältnisse Hebels so gestaltet, daß er, wäre er ein andrer gewesen, die Heimat mit ihren Beschränkungen und Entbehrungen wohl hätte vergessen können. Je mehr aber die ihn an Karlsruhe fesselnden Fäden fester wurden, desto größer ward in ihm die Sehnsucht nach dem Land seiner Jugend. Diese Sehnsucht steigerte sich in dem Grade, daß er noch 1805 schrieb: „Ich muß ins Oberland reisen, ich muß aus der Wiese trinken und die Geister im Röttler Schlosse besuchen, wenn ich nicht in kurzer Zeit zu dem gemeinsten, geistlosesten Hardbewohner ermatten soll;" noch 1808: „Ich habe wie eine Spinne Fangfäden in alle Straßen ausgesponnen, um einer Chaise, die ins Oberland fährt, habhaft zu werden"; und selbst noch in seinem 61. Jahre, im Frühlinge 1821: „Bin ich doch jetzt im 9. Jahre nicht mehr im Oberland gewesen, dessen Sehnsucht, besonders in dieser Jahreszeit, mich so sehr angreift und hält." Seinem Verlangen, das Oberland zu sehen, konnte der Dichter wegen seiner Karlsruher Stellung begreiflicherweise nur selten und auf kurze Zeit nachkommen. So gründete er sich denn, äußerlich angeregt durch Vossens plattdeutsche Gedichte, dichtend seine alte Heimat in seiner neuen; eine Art Heimweh war, wie Gervinus sich ausdrückt, die Stimmung, die Hebels Lieder erzeugte. Die meisten derselben entstanden in dem Zeitraum von 1799 bis 1802.

Hebel, der seine Lieder zunächst nur für sich selbst gedichtet hatte, um eben auf diese Weise in der Heimat zu sein, konnte sich erst auf das Zureden einiger Freunde, unter denen die alemannischen Gedichte abschriftlich umgingen, entschließen, dieselben drucken zu lassen. So erschien denn die erste, nur 32 Gedichte umfassende Ausgabe im Jahre 1803*). Wie bescheiden der Dichter selbst von seinen Kindern dachte, sieht man deutlich aus den Worten, mit denen er sie einer befreundeten Familie in Hausen überschickte:

„Zwar nur Gamänderlein und Ehrenpreis,
nur Erdbeerblüthen, Dolden, Wohlgemuth,
und zwischen durch ein dunkles Rosmarin,
geringe Gabe. Doch, so gut sie kann,
hat lächelnd und mit ungezwungner Hand

*) Unter den neueren Ausgaben ist die mit Illustrationen von Ludw. Richter ausgestattete die werthvollste.

des Feldes Muse sie in diesen Kranz
gewunden, und der reine Freundessinn,
der ihn dir bietet, sei allein sein Werth."

Ganz unerwartet kam daher dem Dichter die beifällige Aufnahme seiner Gedichte. Am meisten that es ihm wohl, daß seine geliebten Oberländer an denselben Gefallen fanden, und daß sie unter seinen Freunden ungetheilten Beifall genossen. Eigenthümlich wirkten die beifälligen und ermunternden Recensionen Jean Pauls und Göthe's auf den Dichter. Während sie nämlich dazu beitrugen, Hebels Namen durch ganz Deutschland zu tragen, fühlte er sich dadurch in seiner Productionsfreude gestört. „Dieser Beifall, schreibt er 1805, hat mich zur Fortsetzung nicht aufgemuntert, sondern verzagt gemacht; ich mag ihn nicht selber wieder wegsingen. Der Geist, der damals so stille über mir schwebte, ist beschrien und verschwunden." So sind denn in der That auch die später noch entstandenen Gedichte fast durchgängig von geringerm Werthe, als die frühern.

§. 23. Die Dialectdichtung vor Hebel und seit Hebel.

Es ist schon angeführt worden, daß Hebel zu seinen Dichtungen äußerlich angeregt wurde durch den uns bereits bekannten Voß. Voß war im Mecklenburgischen, also in Niederdeutschland, von geringen Eltern geboren und hatte auch bis zu Anfange seiner funfziger Jahre sich meist in Niederdeutschland aufgehalten: in Göttingen, um zu studiren, in Wandsbeck, um bei Claudius und andern Freunden zu sein, in Otterndorf und Eutin als Rektor. Seine Richtung auf das Volksthümliche führte ihn auch auf den Gebrauch des Volksdialectes, den er in einigen Idyllen mit Glück anwandte. Er hatte dabei die Absicht, „die reiche und wohllautende Sassensprache nach den Regeln, wie sie bis zu den Eltervätern vor Gericht, auf der Kanzel und im gebildeten Umgange gehört und in geistlichen und weltlichen Büchern gelesen ward, richtig und mit Auswahl zu behandeln; man dürfe also kein verwahrlosetes Plattdeutsch und noch weniger ein Plattdeutsch der besondern Mundart in Holstein, in Mecklenburg ꝛc. erwarten." Die künstlerische Composition und die fremdartige Form der bezeichneten Dichtungen hat ihnen den Eingang in das Volk verschlossen; doch muß eine davon hier Platz finden.

De Geldhapers.

Steffen.

Oha! kriegen wi Schatten? Man jappt kunm mehr: so gewaldig
Brennt de Sünn' am Häwen! Mi swaant, dat to Nacht wol en Wäder
Upswarkt. Hier in dem Holt, hier weit anmodige Köling.
Dubbelde Köm, wenn he dobber is, köhlt; man de Hoorner is Fusel.

Frans.

Trurige Hart makt hellig, wenn Last un Hitte datokumt.
Wes nich so närig, Ohle; du hest et jo. Lösch in Morellen
Dienen Dörst. Een Pund, dat schält vör Steffen un Frans nix,
De bald Mark' insacken bi Dusenden! Hüt noch in Wansbeck
Halen wi unse Quatern', un grawen uns morgen dat Erz ut.

Steffen.

Ah! wat is da to erzen! Wat bäteres glöst bi dem Alhoorn,
Wo mi de Wünschelrode den Schatt in der Eerde beteeknet.
Unriep Erz, as de Harzer di wiesmakt, swält, wennt sik luttert,
Nich so blau! Dat is Geld, dat in Ohldingstieden en Wrantpott
Nachts ingroof, un dem Bösen verpandede, bet man dem Urjan
Bringt up en Haar ahn' alle Gebräk de besprakene Lösing.
Wenn sik man drad' utfünd' en kantige Düwelsbanner,
Uns den Köter to putjen, de swart mit fürigen Ogen
Luurt, un vergrellt bi den Kölen de Tän' uns wieset, un angluupt!

Frans.

Dienes Fründs Veerschillingsquatern' is so god as im Büdel!
Häwt sick de Grapen mit Geld, dann deelen wi dienes un mienes,
Bröderlig; ha! un brocken uns Zuckerklütjen in Sirop.
Denk man sülfst: Een Swien, so drömde mi, keek in dat Finster,
Un een Swien ut dem Finster. Dat sünd handgriepslige Nummers!
Dörtig Jahr bün ik ohld, twee kiekende Swien' an enander,
Mit veer Ogen im Kopp, un föstein Ruten im Finster:
Wiel ik körtens de een' utklingelde, as in der Bosheit
Ik de ledderne Hülle dem wrantigen Wiew' an den Kopp smeet.
Meenst du dösige Jost, dat so düdlige Dröme verspälen?

Steffen.

Bröderken, top! wi deelen, wat under der Eerd' un im Glücksrad
Vör uns blöit. Di deed' en dügtige Slump ok wol nödig.
Schad' um den goden Frans! Sünst läwd' he so flietig un driessam;
Un wat he makde, gerod' un dijede, dat sik de Nawers
Wunderden. Nu verspälst du de Feddern sogar ut dem Bedtüg'
In de Lottrij', un de Müs' im Aetelschappe versmachten,
Wiel di dat Unglücksrad heel utsügt bet up den Peddik!
Diene Fru, de den Gören dat leewe Brod ut dem Wocken
Möisam treckt, de vertröstet de hungrigen vaken am Spinnrad:

Kinderken, drögt ju de Tranen! Gewiß hüt Awend ut Wansbeck
Bringt he klöternde Ficken to Huus', un gesadene Kringel!
Vader kumt; un wat bringt he, as Flök' un leddige Körwe?
Gelt! de Morellen im Korf gahn wedder dahen vör den Insatt!

Frans.

Weet nich de Keerl as en Pape to prädigen? Fäg man vör diener
Egenen Dör! Van der Hand in den Mund! Een Hemd an dem Tuunpahl,
Bröderken, eens an dem Liewe! De Satan luurt up dem Lotto,
As up dem Schatt! Wo het di de spuddige Snieder beschummelt,
De di so väl Hoxpox vörmäkerde, sülfst ok den Urjan
Natodüweln verstund, mit Swans, Klumpföten un Höörnern,
Un scharlakener Tunge, bet eens bi dem Galgen vör Hamborg
Meester Fix en beluurd', un de nüdlige Spökmondeering
Em de Bödel am Kaak utstöwede! Sülwerne Spaden
Brukt, wer na Gelde gröft. Fief, seggen se, grepen vergäwens,
Un twee segen bedröwt. Du versteist doch? Finger un Ogen.

Steffen.

Kennst du dat andere Word? In dem Lotto spält mit des Landes
Kinderken Paasch de Landespapa; man de Wörpel sünd unklar.
Fief misgriepen ok dar; doch seen väl Ogen bedröwt to.

Frans.

Klöne du dweer un dwas, du Miemerer! Holla, in Wansbeck
Ward van dem Lottoaltan al lustig gepaukt un trumpetet!

Steffen.

Nim doch den Brägen to Rade! De Südwind weit na der andern
Siede den Luud; un wi wanken umtrent noch midden im Lustholt,
Mank hogstämmigen Böken, Kastannien, Ellern un Ipern;
Wat? un du hörst de Musik? De Rodump raart, oder de Poggen
Unken im Pool; vällicht ok böllen de Koi' up der Weide;
Oder di mag links klingen dat Ohr, wiel van klöternden Ficken
Pratjet de Fru. Dullbrägen, wat sleist du den Boom mit dem Prangel?

Frans.

Ah! so denk' ik se hüt mit langer Elle to mäten,
Rop' ick: Glük to'r Quatern'! un se segt: Leeg, klatrige Pracher!

Steffen.

Fuj, balstürige Keerl, de dat Wief ansnauet un pisackt!
Eens so en sedige Paar, dat söt, as Duffert un Düwken,
Dammelde! Trutelken vör, un Trutelken achter! so ging et
Jümmer im Huus', im Garden, im Feld', as en ewige Brudbans.
Nu siet Börger un Buren de Lottosüke verdullt het,
Kibbeln und kabbeln sik beed', as Katten un Hund' um den Meelbrie.

Frans.

Weest du den lustigen Swier, den de pucklige Maz mit dem Hackbrett

Lest up der Hochtiedsköste krijölede? Wiewer un Jumfern
Huchelden recht un krieschden vör Wäl', un beschenkden den Spälmann.
Hör mal; et plegt anmodig im grönen Busche to klingen.

Steffen.

Stell' in den Schatten de Körw', un verpuuste di hier up der Grasbank.

Frans.

Jaapt nich so sehr,
Mien leew Kompeer,
Un snückert um de Deerens;
Se laten all
So nett un drall,
Assunderlich van fehrens.
Deels seen so fram un ehrbar ut,
Deels sünd so flink, as ene Brud,
Mit Oegeln un mit Straken
De Keerls verleewt to maken.

En Deerensding
Hüppt um den Ring,
Un deit so leef un aarig;
Man as se friet,
Du leewe Tied!
Wo ward se kettelhaarig!
Den eersten Morgen heet et: Fix!
Nim du de Schört, gif mi de Büx!
Sunst jag' ik ut den Plümen
Di up den Hönerwiemen!

Doot Dag un Nacht
Ut aller Macht,
Wat se befehlt un käkelt;
Doch warter wat,
Bald dit bald dat,
Begnägelt un bemäkelt.
Da murrt un gnurrt dat Murmeldeert;
Se rümpt de Näs', un dreit den Steert:
Ja vaken kriegt ji Knüffel
Mit ehrem spizen Tüffel.

Drum gäwt Gehör,
Mien leew Kompeer:
Bliewt hübsch alleen im Neste.
Wol oft bedrügt
En rod Gesicht,
Brun Haar, un witte Böste.

Eerst sünd se aller Framheit vull;
De Brudnacht makt se splitterdull,
Den armen Mann to brüden:
Dat mag der Kukuk lieden.

Steffen.

Seegst du den sinnigen Minschen, de mank dem Gestrüke vöran bald
Slenderde, bald nasleek, un tolest an dem Boome wat upschreef?
Frans, nu smit he int Water mit platten Steenken, un griesflacht,
Wenn et so wiedhen hüppt. De arme Minsch is wol unklok.

Frans.

O, de kumt as geropen to Möt', uns den Düwel to bannen!
Vörigen Dingsdag, Steffen, verköfd' ik em witte Johannsbeern,
Un van Lavendel un Rosen en Rükelken, bi dem Balbeder
Wilm, dem oppersten Kollektör, de so ehrlig un koppfast
Utsüht, awer nich snackt: he sat dar achter im Lusthus',
Under den köligen Wieden, am Fleet der bunten Kattunbleek.
Hagel! wat legen herum vör gefährlige Böker gestapelt,
Grot as de Karkenpostille, worut uns de Köster des Sünndags
Dör de Brille so wat vördrönt, wenn de Preester den Snöw' het!
Broder, ik schuulde vördwas, un verfeerde mi öwer de Snörkels:
As wenn de Krein up den Snee henhüpperden! Awer de Blixkeerl
Bokstabeert nich enmal, un weet van allem de Düding.
Ja, de Gesell versäkert, he makt sülfst lustige Riemels,
Un de gift he in Druck: as dat snakische Ding, wo dat Stadvolk
Schäkert un murxt. Uprichtig! so drög et em let, he versteit di
Mehr as Brod to äten, un sackelt nich mit dem Düwel!

Steffen.

Schal ik em nagahn?

Frans.

Töf bet naher. Wie möten de Trecking
Eerst ansehn. He dusselt, sobald upfleegen de Höner,
Gans deepsinnig alleen, bet to'r Schummering, achter im Krudhof;
Wo he den Geest afpaßt, de up Awendstralen heranwitscht.
Gah du em modig to Liew'. Eerst wehrt he sik; awer versprikst du
Goden Part an dem Schatt, bald treckt he de Piep' ut dem Sacke.

Steffen.

Frans, dann weeren wi klar; dann lat du den Harzer man afsteen.
Säkerlig brudbelt de Wicht as en Bönhas' under den Bannern;
Dat he van Erz nich scheedet dat Geld, noch de Aare vam Grashalm.

Frans.

Röge di gau vörwas, un böre de Körw' up de Schuldern;
Oder wi kamen to lat.

Steffen.

Doch, Bröderken, nümmer to'r Untied.

Wenn di dat Glück todachde den Slump, so kalwt di de Osse.
Süh, wo de Swan langhalsig un witt up dem Blauen herumstürt.
Blix! he slabbert dat Brod dem Töwerer gar ut den Fingern!
Nüdlig speegelt sik rechts dat gröne verguldete Lusthuus
Im veerkantigen Diek, un de naakt darsittende Roland;
Links in dem Grawen de Toorn, wo as Wäderhahn en Markurjus
Blank mit goldenen Flünken sik swenkt, as up dem Taback steit.

Frans.

Hörst du? et paukt un trumpetet! Juchhei, de Quatern'! O so lop doch!

Steffen.

Jemini! welk en Gewöhl! wo et grölt, wo et spalkt un ramentet!
Alles im Drei, as de Mieren! Den Weg lang krimmeln un wimmeln
Kutsch' un Karjol', un damank Stöhlwagen mit frätendem Vörspann!
Links slampampt et un rechts, as im Jahrmark! Dar ut dem Finster,
Töf! wenkt ene Mamsell, un röpt na Morellen un Eerbärn!
Wo sik de sniggere Deern utslijede! wo se den Kopp dreit!

Frans.

Lat der Mamsell man de Höge vergahn! Dar wenkt de Quatern' uns;
Un hüt wenkt se nich falsch! De is ok snigger un moje!

Steffen.

Holt doch ewenen Draf! Stopp, stopp, langbeenige Staker!
Wat du vör Sprünge mi makst! wo de Körw' um de Schulder di bummeln!
Jankt di dat Hart so swiedig? Du hüppst as de Pogg' in dem Maanschien!
Droos! bi dem Lottoaltan, dar flunkert et! Rund an den Ecken
Dänische Rüter to Peerde! Wo lüchtet de Sünn' up de Sabels!
Nebben de Lungerer alle, mit stief anglarenden Ogen,
Alle mit aapenem Muul, as snijede Gold van dem Hemmel!
Bawen sitten so stramm rodjackige Herren, as Dokters,
De mit Snören vull Tän' um den Hals Wormkoken verkopen.
Stolt up den türkischen Bund un den witt atlassenen Mantel,
Steit de Jung' as en Aap mit verbundenen Ogen, un grabbelt
Unse Quatern' ut dem Rade. De allergnädigste König
Makt sik gewaldige Kosten, den armen Mann to beriekern! . . .
Wäder, de Nummers sünd jo nich recht! Wat plierst du henup, Frans?
Föhlst du vör, dat du achter noch läwst?

Frans.

Dat weet doch de Kukuk! . . .
Eerbärn, grot' Eerbären! Morelleken, söte Morellen!

Anmerkungen.

1. Jappen, mühsam athmen. Häwen, Himmel. Swanen, ahnden. Wäder, Gewitter. Upswarken, aufwölken; Swark, ein großes schwarzes Gewölk. Weien, wehen. Dubbelde Köm, zweimal abgezogener Kümmelbrannt-

wein. Dobber, echt, brav, stark. Durch das Dorf Horn kommen die Vierländer mit Erdbeeren nach Wandsbeck. Fusel, gemeiner Branntwein.

5. Hart, Herz. Hellig, kraftlos, lechzend. Närig, sparsam, geizig. Ohle, Alter: eine ehrende Anrede, auch an Jüngere, wie Vader in Norwegen. Morellen, süße Kirschen. Schälen, einen Unterschied machen. Nach Marken, deren drei ein Thaler sind, wird in Hamburg der Reichthum gezählt.

10. Glösen, glimmen. Alhoorn oder Ellorn, Hollunder. Schatt, Schatz. Beteeknet, bezeichnet. Swälen, ohne Flamme brennen. Luttern, läutern. Ohldingstied, Zeit des Alterthums. Wrantpott, ein Mürrischer. Drade, schnell. Kantig und veerkantig, derb, stark, tüchtig. Putjen, forthetzen. Vergrellt, stierblickend vor Wuth. Anglupen, heimtückisch von untenauf ansehen.

20. Grapen, ein dreifüßiger Topf aus gegossenem Eisen. Klütjen, Klößchen: Verkl. von Kluut, Kloß. Keek, kuckte, von kieken. Dörtig, dreißig. Rute, viereckige Scheibe. Körtens, kürzlich, jüngst. Hülle, Mütze. Wrantig, mürrisch. Smeet, schmiß, von smieten. Dösig, dümmlich.

30. Blöien, blühen. Slump, unvermutheter Zug. Driessam, betriebsam. Gerod' un dijede, gerieth und gedieh. Peddik oder Paddik, Mark, besonders von Gewächsen. Gören, kleine Kinder. Wocken, Spinnrocken. Möisam, mühsam. Trecken, ziehen. Baken, oft. Drögt, trocknet. Klötern, rasseln, klingeln. Ficke, Tasche. Gesadene Kringel, Prezeln von gesottenem Teige. Flook, Fluch. Insatt, Einsatz.

45. Wo, wie. Spuddig, elend, unansehnlich. Beschummeln, betrügen; von schummeln, scheuern, fegen. Väl, viel. Hoxpox, Hocuspocus. Vörmäkerte, vormeckerte, als schwächlicher, und weil man die ehrsamen Schneider mit dem Ziegenbock höhnt. Den Urian nadüweln, des Erzfeinds Teufeleien nachmachen. Meester Fix, der Häscher. Spökmondeering, Anzug zum Spuken. Bödel, Büttel. Kaak, Pranger. Utstöwen, ausstäuben. Gröft, gräbt, von grawen. Fief, fünf. Segen, sagen. Grepen, griffen. Segen, sahn, von seen. Bedröwt, betrübt.

54. Paasch, Würfelspiel. Klönen, mit gezogenem Laute reden. Dweer un dwas, kreuz und quer. Miemerer, Phantast. Al, schon.

58. Brägen, Gehirn. Wanken, gehen. Umtrent, ungefähr, beinah. Mank, zwischen. Iper, Ulme. Rodump oder Iprump, Rohrdommel. Raaren, laut rufen; Engl. roar. Pogge, Frosch. Pool, Sumpf. Bölken, brüllen. Köie (von Kou), Kühe. Pratjen, schwätzeln; von praten, schwatzen. Dullbrägen, Tollkopf. Sleist, schlägst; von slahn. Prangel, Prügel. Mäten, messen. Leeg, klatrige Bracherl lüg, armseliger Bettler.

67. Balstürig, auffahrend, gewaltthätig. Ansnauen, anschnauzen. Pisacken, quälen. Sedig, sittsam. Söt, süß. Dammeln, tändeln. Süke, Seuche. Verdullen, toll machen. Kibbeln un Kabbeln (von kieven), wiederholt keifen, oder eigentlich beißen, mit dem Kiefer nagen; daher das alte Sprichwort: Am Riemen lernen die Hunde das Leder kiesen.

73. Swier, ein festliches Gelag und ein Reigen dafür, auch ein Trinklied. Lest, neulich. Köste, Schmaus. Krijölen, jauchzen, singen. Hucheln, laut lachen. Wäle, Ueppigkeit, Muthwillen. Sik verpuusten, sich verschnaufen.

78. Nach einem Vierländer Swier gemacht. Japen, gaffen. Snückern, schnüffeln, löffeln. Drall, rasch, gedrungen. Straken, streicheln. Aarig, artig, sittig. As se friet, so wie sie freit. Wo kettelhaarig (im Bremischen auch kiddelohrig), wie leicht aufgebracht. An den Haaren und Ohren kitzelig oder empfindlich sein, sich nicht zupfen, foppen, anzapfen, zerren, noch weniger sich scheeren, schabernaken, hohnecken, schurigeln lassen, sind ebenso deutliche Bezeichnungen der altväterischen Grobheit, als das häufige Spiel mit der Nase; die Ausdrücke scherzen und necken verleugneten den Ursprung und gaben sich für Feinheiten. Heeten, heißen. Schört, Schürze. Büxe, Hose. Plümen, Pflaumfedern. Wiemen oder Wiem, zusammengeschlagene Latten zum Aufhängen des Rauchfleisches, oder worauf die Hühner des Nachts sitzen, der Hühnerboden. Käkeln, plaudern. Warter, aus ward da, wird da. Gnägeln, murren. Steert, Sterze, Schweif. Knüffel (von Knuf), Schläge. Tüffel, Pantoffel. Böste, Brüste. Brüden, aufziehen.

119. Tolest, zuletzt. Grieflachen, heimlich lachen. Wiedhen, weithin. Dies Spiel nennen die Kinder in Holstein scheifern, in Bremen schirken, allgemein en Botterbrod smeeren. To Möte, zur Begegnung, entgegen. Rükelken, Sträußchen. Balbeder, Barbier. Fleet, Bach. Karke, Kirche. Snöwe, Schnupfen. Schulen, sich aus Scham in Schlupfwinkel verbergen; henschulen, verstohlen hinblicken. Bördwas, seitwärts. Sik verfeeren, sich entsetzen. Krein, die Krähen. Versäkert, versichert. Et let em drög, er sieht trocken, ernsthaft aus. He versteit mehr as Brod to äten, ein Sprichwort von solchen, denen man verbotene Künste zutraut. He fackelt nich, er macht nicht viele Umschweife, Umstände.

138. Töf bet naher, warte bis nachher. Trecking, Ziehung. Dusseln, wie betäubt, halb sinnlos sein. Schummering, Dämmerung. Krudhof, Gemüsgarten. Afpassen, ablauern. Part, Antheil. De Piep' ut dem Sacke trecken, sprichwörtlich, von Herzen reden. Dem Dichter geschah im Ernst ein solcher Antrag.

144. Klar, aus der Verwirrung fertig. Man, nur. Afteen, abziehen. Bruddeln, pfuschen. Bön, Bühne, Decke, oberer Boden: Bönhasen heißen im Spott Handwerker, die ohne Vollmacht der Gilde heimlich in oberen Kammern arbeiten und von den Amtsmeistern gejagt werden.

147. Rögen, regen. Gau, schnell. Börwas, vorwärts. Bören, heben. To lat, zu spät. Stüren, steuern. Slabbern, mit klappernden Schnabel essen. Töwerer, Zauberer. Veerkantig, viereckig. Roland, ein riesenmäßiger Held, dessen Bild in alten Städten ein Zeichen verliehener Freiheiten war; hier für eine große Statue des Mars. Toorn, Thurm. Flünke, Flügel. Markurjus, Merkurius, dessen kaufmännisches Zeichen auf schlechtem Tabak steht.

157. Grölen, unordentlich rufen. Spalken, mit Getöse herumtoben. Ramenten, rumoren. Im Drei, im Umdrehn, Wirbel. Mieren, Ameisen. Krimmeln, durch einander kriechen: von kleinen Thieren. Röpt, ruft, von ropen. Snigger, hübsch, munter. Utflijen, ausputzen. Höge, Gelüst. Moje, sauber, artig.

165. Draf, Trab. Stopp! halt, sacht! Staker, wer nachjagt, eifrig strebt, aufspürt. Janken, vor Sehnsucht winseln. Swiebig, unbändig.

He hüppt, as de Pogge (der Frosch) im Maanschien: ein Sprichwort, wenn einer im Laufen sich seltsam anstellt. Droos, Teufel. Flunkern, schimmern, prunken. Nedden, unten. Lungerer, wer sich lüstern geberdet; Engl. long, verlangen. Glaren, glühen, scheinen, funkeln. Snijen, schneien. Bawen, oben. Stramm, in steifem Staat. Rodjackig, rothgekleidet. Grabbeln, herauswühlen. Beriekern, bereichern. Plieren, mit zusammengezogenen Augen scharf blicken. He weet nich vör, dat he achter läwt: ein Sprichwort von einem, der die Besinnung verlor.

Gleichzeitig mit Voß dichtete Usteri in Zürich, ein Oberdeutscher, bekannt durch das allgemein gesungene Lied „Freut euch des Lebens", Idyllen und Lieder in schweizerischer Mundart. In der Wahl der Stoffe und in der Zeichnung der Personen und Zustände ist er glücklicher als Voß. Eins von seinen Gedichten („Es tripplet und schnüüflet im Cheller die Muus") finde ich sogar in ein Lesebuch aufgenommen; als classisch wird bezeichnet „Der Erggel im Steinhuus."

Warnig.

Es tripplet und schnüüflet im Cheller die Muus
Um d' Falle und hätti de Speck so gern druus:
Und schlüüft si denn ihne, und frißt en — o weh!
So isch si verlohre und gümplet nie meh!
Flieh, flieh!
Flieh, flieh!
Wenn de Lockvogel pfyft!

De Fischer setzt Aengel mit Würmlene dra,
Das Fischli umschwänzlet's, und lechzet dernah:
Es schnappet und schnappet, und hät's es — o weh!
So isch es denn gefangen und schwänzlet nie meh!
Flieh, flieh u. s. w.

Der Vogler steckt Rüetli mit Beerene dra,
Das Finkli umflattert's, und möcht si gern ha:
Und chunnt es denn nächer, und frißt's es — o weh!
So isch es au gfange, und singt es nie meh!
Flieh, flieh u. s. w.

Du hüpfisch dur's Läbe so munter und froh,
Es lockt dir, es pfyft dir, bald hie und bald do:
Laß locke, laß pfyfe, wenn's scho niemert wehrt,
Und denk, was di's Fischli und's Vögeli lehrt:
Flieh, flieh!
Flieh, flieh!
Wenn de Lockvogel pfyft!

Zu den namhafteren Vorgängern Hebels gehört endlich ein Nürnberger Flaschnermeister, **Grübel** (geb. 1736, gest. 1809), der in der fränkischen Mundart dichtete*).

Der Schlosser und sein Gesell.

A Schlosser haut an G'sell'n g'hat,
Der haut su langsam g'feilt,
Und wenn er z' Mittog gess'n haut,
Dau ober haut er g'eilt.
Der eiherst in der Schüssel drin,
Der letzt' ah wieder draus,
Es iß kah Mensch su fleißi g'west
Ban (beim) Tisch in ganz'n Haus.

Öiz (jetzt) haut amaul der Master g'sagt:
G'sell! dös versteih ih niht,
Es iß doch su mei Lebta g'west,
Und weil (so lange als) ih denk, die Ried (Rede):
Su wöi mer ärbet, ißt mer ah;
Bel dir geiht's niht asu (also),
Su longsam haut noh kahner g'feilt
Und ißt su g'schwind wöi du.

Ja! sagt der G'sell, dös waß ih scho,
Haut all's sein gont'n Grund;
Des Ess'n wörd halt goar niht lang,
Die Aerbet verzih Stund.
Wenn ahner möist (müßte) an ganz'n Tog
In an Stück ess'n fort,
Thät's af die Letzt su longsam geih,
Als wöi ban Feil'n dort.

Seit Hebel hat sich die Zahl der Dialectdichter außerordentlich vermehrt; aber viele sind kaum des Nennens werth. Der Beifall, den Hebels Dichtungen mit Recht fanden, übertrug sich mehr aus Interesse an der neuen Form als am Inhalte auch auf seine Nachfolger und Nachahmer. Fast jede Landschaft fand ihren Dichter und jeder Dichter seine Leser, zumal sich selbst Göthe nicht nur für die Hebelschen Dichtungen erklärt, sondern auch selbst das bekannte Liedchen: „Uf'm Bergli bin i gesässe" 2c. im Schweizerdialect gedichtet hatte.

Schweizerlied.

1. Uf'm Bergli
Bin i gesässe,
Ha de Vögle
Zugeschaut;
Hänt gesunge,
Hänt gesprunge
Hänts Nästli
Gebaut.

2. In ä Garte
Bin i gestande
Ha de Imbli
Zugeschaut;
Hänt gebrummet
Hänt gesummet,
Hänt Zelli
Gebaut.

3. Uf d' Wiese
Bin i gange,
Lugt' i Summer-
vögle a;
Hänt gesoge
Hänt gefloge
Gar z' schön hänt's
Gethan.

*) Mit diesen drei ist die Zahl der vorhebelschen Dialectdichter keineswegs erschöpft. Es sei beispielsweise erinnert an den Berner G. J. Kuhn († 1775), an den Schwaben Seb. Sailer († 1777), an den Mecklenburger J. G. Babst († 1800) und an das bekannte, ursprünglich im samländischen Dialect gedichtete, später durch Herder übertragene Lied von Simon Dach: Anke van Tharaw öß, de my gefölt; se iß mihn Lewen, mihn Goet on mihn Gölt.

4. Und da kummt nu
Der Hansel
Und da zeig i
Em froh,

Wie sie's machen,
Und mer lachen
Und machen's
Au so.

Von den bedeutendern Dialectdichtern, die nach Hebel aufgetreten sind, sind die am meisten genannten:

Bornemann, ein geborner Gardelegener, also ein Niederdeutscher, später Lotterie-Director zu Berlin. Er gab noch bei Hebels Lebzeiten „Plattdeutsche Gedichte“ heraus (1811), die namentlich wegen des in ihnen sich offenbarenden preußisch-patriotischen Sinnes Anklang fanden. In einige Lesebücher ist aufgenommen:

Der alte Fritz.
(Altmärkische Mundart.)

De olle Fritz, Pots Schlag in't Huus!
Dät was en König as en Duus!
Groot von Gestalt woar he just nich,
Dät Groote satt äm innerlich.

Sien Rock un Wams un Stäbelpoar
Was ock dät nie'ste nich von't Joahr,
Oft keck dät Unnerfudder ruut,
He sach drüm doch as König uut.

Sien Wünschelhoot was ook so so,
Sien Krückstock paßte ganz derto;
Doch, sprach he mit dem Krückstock wat,
Hem se verflucht Respekt gehat.

Sien Ogenstroahl was Sunnenlicht,
Un wer von äm en scharp Gesicht
Bi dumme Striek (Streiche) in Ungnoad kreg,
Dem was, as wenn de Blitz äm schlög.

Leet he sick up de Stroat moal sehn,
Was Klein un Groot flink up de Been,
Mit Juchhei! „Hoch leb' Voader Fritz!“
Und in de Luft flog Hoot un Mütz.

Satt he to Peer (zu Pferd), denn hem de Jung'n
An Toom (Zaum) un Bägeln sick gehung'n.
„De Schimmel schleit! Jung's seht ju vör!“
Reep Fritz, denn gung't recht bunt erst her.

Up vornehm sin kamm äm nischt an,
He sprack mit dem geringsten Mann,
Un leet sick in den Satz nich stör'n,
Dät alle siene Kinner weer'n.

All Joahr leet he de Böker (Bücher) breng'n,
De Roathsherrn mußten Räcknung leg'n,
Un wenn äm wat verprudelt was,
Doa schreef de Düwel glick den Paß.

Un woll de Fiend äm in dät Land,
He was vorweg all bi de Hand,
Drüm hät he in de Kriegsgeschicht
Den Namen „Noaber Flink“ gekriegt.

Dät segg' ick hier: sön' König as
De olle Fritz von Prüßen was,
Is noch nich west, un kümmt, forwoahr!
Nich wädder in mänch dusend Joahr.

Holtei, ein Schlesier, längere Zeit Director des Theaters zu Breslau, in den weitesten Kreisen bekannt durch sein Mantellied („Schier dreißig Jahre bist du alt“) und einige andre früher viel gesungne Lieder („Fordre Niemand mein Schicksal zu hören“ „Denkst du daran“), veröffentlichte 1830 seine „Schlesischen Gedichte“, von denen ich einige in Lesebücher aufgenommen finde, z. B.

An Hebel.

Dich, du seltsamer Mann, hatt' ich im Sinne und Härzen,
Weil ich der wullte partu a Briesel wullt' ich der schreiben,
Und do wullt' ich der schicken de ganzen schlä'schen Gedichte;
Wullte sprechen zu dir: a Häbel bist de gewäsen
Fur de Liederle hie'! denn nimmermeh hätt' ich gesungen
Ei' (in) där schlä'schen Weise, hätt's nich' alemannsche Getichte. —
Mit a'm Stäker vo' Guld hust du mer'sch Harze dergriffen,
Hust de mer'sch ümgerührt im Leibe, hust mer'sch gebrochen,
Hust mer'sch wieder korirt mit deinem Flaschel vull Balsem.
Jemersch, o jemersch, ne ne, was bist du doch fur a Tichter!
Ei' dam Büchel vo' dir, do find't ma' alles und jedes,
Wie ei' der ganzen Natur hat's Winter drinnen und Summer,
Härbst und Fruhjohr und Laub und Blitz, Sturm, Dunner und Rägen,
Urdenär abgemolt sein Menschen, Thiere und Wälder,
Und de Beme die blih'n, wie bir su räden de Menschen.
Jemersch, o jemersch, ne ne, ma' kan' sich nich' sat' an der läsen!
Siech, das wullt ich der sa'n, ju (ja) schreiben und wullte der'sch schicken,
Oder (aber) nu hust d'mer dan Pussen gespielt und bist mer gesturben! ...
Und, wu sol ich der nu' de schlä'schen Getichte hinschicken?
Ei' de Stadt, wu de wohnst, do giht kene Pust und ke Fuhrmann!
Nu' so schick' ich der nischt, du hust a su viel nich' verloren.
Oder ich kan mei' Maul und kan's nu' emol nich' halten.
Und verkündigen muß ich meine bescheidene Ehrfurcht,
Bist de gesturben gleich, ma' kan do' noch mit der räden,
Denn de bist ju nich' tud, derweil' de unstärblich bist, Häbel!
Antwort gibst de mer och ... ich weß schund, wu ich dich finde.
Wenn, daß der Mai irscht' kimmt, dar blasse niedliche Junge
Mit se'm grinen Haar und seinen Appel-Blit'-Backen,
Wenn de Stürche klappern, de Lirchen schrillen und steigen,
Do ei's blihende Grin geh' ich mit sammt deinem Büchel,
Halt's ei' der Hand und niedergekniet uf ärndt (irgend) annen Hübel.
Wul mit Zähren im Oge, wil ich laut rufen dich: Häbel,
Hir'scht de mich? hä?? Do müßt's mit rechten Dingen nich' zugihn,
Spräche der Mai nich' zu mir: Du tar'scht nich' su schrei'n, denn a hirt dich.

Kobell, in München geboren und später daselbst Professor der Mineralogie, besitzt die seltene Gabe, zwei Dialecte, den oberbairischen und pfälzischen, zu dichterischen Zwecken zu verwenden.

Vertrau'n.

Kimmt just a' trübi Zeit,
Verlier' drum nit glei' d' Schneid,
Sie kimmt und muaß aa' wieder geh',
Sunst thaat d' Welt lang scho' nimmer besteh'.

Schau, wo koa' Sunnaschei',
Muaß freili' der Schattn sei',
Gib aber Acht, so siehst es guat,
Wie bald er's Platzl wechseln thuat.

Er bleibt nit auf oan' Fleck
Er ziegt schö' kloaweis weg,
Und der der Sunna kumma'dirt,
Dersell 'n Schattn aa' regiert.

Drum lusti' oder trüb
Und wie's kimmt, z'load (zu leid) und z'lieb,
Laß di' nit bringa ausanand'
Und denk', du bist in Gottes Hand.

Simrock, geboren zu Bonn, bekannt durch seine ausgezeichneten Verdienste um die ältere deutsche Dichtung — er hat z. B. die beste Uebersetzung des Nibelungenliedes geliefert, eine ausgezeichnete Sammlung von Volksliedern, desgleichen von Weihnachtsliedern, ein deutsches Räthselbuch, ein deutsches Kinderbuch, eine Sammlung der geschichtlichen Sagen und der Volksbücher herausgegeben — hat im niederrheinischen Dialect einiges gedichtet.

Die Siebenschläfer.

1. Et woren drei Sivveschlöser
De schleese sivve Johr.
2. We de sivve Johr heröm senn,
Do waach den Enen op
3. Onn rihv sich ens de Ogen
Onn sähd: „Et brüllt en Ohs."
4. Onn als he dat gesaat hatt,
Streck he sich widder hin
5. Onn schleef met dä zwei andre
Obe neues sivve Johr.
6. We de sivve Johr heröm senn,
Do waach den Andern op
7. Onn rihv sich ens de Ogen
Onn sähd: „Et wor en Koh."
8. Onn as he dat gesaat hatt,
Streck he sich widder hin
9. Onn schlef met dä zwei andre
All widder sivve Johr.
10. We de sivve Johr herom senn
Do waach den Dretten op
11. Onn rihv sich ens de Ogen
Onn sähd: „Wat Ohs, wat Koh?
12. Lot Enen eckersch schlose,
Mer kütt jo nett derzo."
13. Dat woren de Sivveschlöser!
Ich glöv, se schlose noch.

Fritz Reuter, ein geborner Mecklenburger, ist ein Dichter von ausgezeichneter Begabung, der zugleich seine Mundart (die mecklenburgisch-vorpommersche) mit einer Meisterschaft handhabt, wie sonst keiner. Seit 1853 hat er die deutsche Litteratur mit immer neuen Producten seiner Muse beschenkt, von denen das bedeutendste den Titel „Hanne Nüte", ein anderes den Titel „Olle Kamellen" führt. Aus den „Läuschen und Riemels" theile ich eine Probe mit.

Dat kümmt endlich doch an den Rechten.

De oll Postmeister Möller fröggt
Den Jungen, de de Breiw' (Briefe) utdröggt:
„Hest Du de Breiw' besorgt, Jehann?" —
„„Ja, Herr!"" — Ok den, de an
Den Jehann Krischan Engel wir,
De bi den Snider Block is in de Lihr?
Hest Du sin Wahnung endlich funnen?"
„„Ja, Herr,"" antwurt't de Burs, nachdem hei sik besunnen,
„„Ja, Herr. Doch mit den ollen Breiw
Dor gung mi dat tauirst ganz eklich scheiw;
De Sak, de was sihr bisterig,
Denn in de Laagerstrat, dor wahnt hei nich,
Un wahnt en En'n lang wider an den Strand;
Un wahnt nich rechtsch, — ne, linker Hand;
Un wahnt ok nich in't drüdde Stock, —
Ne! hei wahnt unnen in en Keller;
Sin Meister is nich Snider Block, —
Sin Meister, de heit Snider Teller;
Hei sülwst, hei heit nich Krischan Engel, —
Ne, hei heit Ann'meriken Dürten Rist,
Un't is ook keinen Snider-Bengel, —
Ne, Herr, 'ne olle Waschfru is't.""

Diese wenigen Proben einiger Dialecte mögen genügen. Es versteht sich von selbst, daß der Volkslehrer für den Dialect, den er in seiner Jugend vielleicht selbst gesprochen hat, und für den, welchen die von ihm zu unterrichtenden Kinder etwa sprechen, dasjenige Interesse hat, welches ihn betreffende Leistungen, auch wenn diese auf allgemeinere Anerkennung nicht Anspruch machen können, selbst aufsinden und benutzen lehrt. So wird der Holsteiner die Gedichte von M. Asmuß, K. Runge, F. Dörr u. a., der Ostfriese die von F. H. Müller, der Mecklenburger die von Joh. Brinckmann, D. G. Babst, Giesebrecht u. a., der Bremer die von F. H. Müller, C. Tannen, Maria Mindermann u. a., der Märker die von Schwerin, Dräger u. a., der Obersachse die von Döring, der Mansfelder die Sagen von Gibelhausen, der Altenburger die Volksklänge von Ullrich, der Niederöstreicher die Dichtungen von Castelli, der Wiener die von Klesheim, der Schweizer die Gedichte von Stutz, der Schwabe die von Seb. Sailer, der Elsässer die von Arnold, der Pfälzer die Lenningschen Erzählungen nicht unbeachtet lassen.

Als niederdeutsches Gegenstück zu Hebels alemannischen Gedichten empfehle ich den „Quickborn" von **Klaus Groth** (Hamburg, Perthes-Besser u. Mauke, 1 Thlr.).

Quickborn, ein niederdeutsches Wort, bedeutet „lebendiger Quell." Die Niederdeutschen nannten Orte an perennirenden Quellen so. Das ahd. quëk bedeutet so viel als lebendig; davon ist abgeleitet das ahd. quickjan und das niederd. quicken d. i. unser „erquicken." Der ahd. Stamm quëk hat sich erhalten in Quecksilber, Quecke, Queckenwurzel.

Als der Quickborn 1852 zum ersten Mal erschien, machte er ungemeines Aufsehen; denn aus seiner Heimat, dem Lande der Ditmarschen, hatte man dergleichen am allerwenigsten erwartet. War man ja gewohnt, das Plattdeutsche als Gemeindeutsches anzusehen, das allenfalls für den Bauer und seinen Knecht gut genug sei. Das Land der Ditmarschen aber hatte man, trotz seiner reichen historischen Vergangenheit und seiner niederdeutsch ausgeprägten Eigenthümlichkeiten fast ganz vergessen. Allenfalls wußte man, daß es die Heimat Klaus Harms' war, jenes gewaltigen Predigers, der auch in Lehrerkreisen bekannt ist durch seinen Gnomon.

Das Land Ditmarschen liegt im nordwestlichen Winkel von Deutschland zwischen den Mündungen der Elbe und Eider. Ueber seine Geschichte siehe die dem Quickborn beigegebene „Nachricht an den Leser."

Es mag sein, daß Klaus Groth durch den vorhin genannten, außerordentlich begabten Fritz Reuter weit übertroffen ist: ich empfehle meinen Lesern aus allem Plattdeutschen dennoch vornehmlich den Quickborn, und zwar, wenn es die Geldmittel erlauben, die von Speckter illustrirte Ausgabe (Hamburg, Perthes-Besser u. Mauke; daselbst sind auch die wohlfeileren Ausgaben erschienen).

O. Speckter, durch seine Illustrationen zu Hey's Fabeln ein Liebling der Kinderwelt, ist selbst Niederdeutscher und hat mit ausgezeichnetem Geschick die niederdeutschen Gestalten Groths uns zur vollen Anschauung gebracht. Der Leser und Beschauer gewinnt so ein treues Bild niederdeutschen Lebens; und selbst wenn er dieses mit eignen Augen schon kennen gelernt hat, wird er an den Speckterschen Bildern sich erfreuen und ihren veredelnden Einfluß erfahren. Außerdem veranlassen sie ihn, und das ist ein nicht minder großer Gewinn, mit derselben Stärke zum nachdenklichen Lesen, wie die schon erwähnten Holzschnitte L. Richters zu Hebels alemannischen Gedichten. Der Leser hat endlich, wenn er im Besitz beider Werke ist, in Text und Bild mannigfache Veranlassung und Gelegenheit, nord- und süddeutsches Leben mit einander zu vergleichen.

Probe aus dem Quickborn.

Min Modersprak*).

Min Modersprak, wa (wie) klingst du schön!
Wa büst du mi vertrut!
Weer ok min Hart (Herz) as Stahl un Steen,
Du drevst (triebst) den Stolt herut.

Du bögst (biegst) min stiwe (steifen) Nack so licht (leicht)
As Moder mit ern Arm,
Du fichelst (kosest) mi umt Angesicht
Un still is alle Larm (Lärm, Aufregung).

Ik föhl mi as en lüttjet (kleines) Kind,
De ganze Welt is weg.
Du pust (hauchst) mi as en Voerjahrswind (Frühjahrswind)
De kranke Boß (Brust) torecht.

Min Obbe (Großvater) folt mi noch de Hann'
Un seggt do mi: Nu be (bete)!
Un „Vaderunser" fang ik an,
As ik wul fröher de (that).

Un föhl so deep (tief): dat ward (wird) verstan
So spricht dat Hart sik ut,
Un Rau (Ruhe) vunn Himmel weiht mi an
Un allns is wedder gut!

Min Modersprak, so slicht und recht,
Du ole frame Red (alte milde Rede)!
Wenn blot (bloß) en Mund „min Vader" seggt,
So klingt mi't (mir es) as en Bed (Gebet).

So herrli klingt mi keen Musik
Un singt keen Nachtigal;
Mi lopt je glik in Ogenblick
De hellen Thran hendal (hinab).

Klaus Groth ist 1819 zu Heide, dem Hauptort der Landschaft Norderditmarschen, geboren. Nachdem er die Seminarbildung zu Tondern erhalten hatte, wurde er Mädchenschullehrer in Heide. Ein starker Wissensdrang ließ ihn seine körperliche Gesundheit miß-

*) Vgl. damit: „Die Muttersprache" von Schenkendorf.

achten, und die Erfolge desselben veranlaßten ihn, seine Entlassung zu nehmen (1847). Seitdem lebte er, um seine Gesundheit herzustellen, auf der Insel Fehmarn, wo die meisten seiner Gedichte entstanden. Eine Anzahl derselben sind von seinem Freunde Leonhard Selle, bei dem er auf Fehmarn wohnte, componirt. Die freundliche Aufnahme, die dem Dichter diese bis dahin noch nie gehörten Klänge bei Klaus Harms in Kiel bereiteten, veranlaßte ihn, von 1853 bis 1855 daselbst seinen Aufenthalt zu nehmen. Seit 1855 hat er in Hamburg, Süd- und Westdeutschland gelebt, befindet sich aber gegenwärtig wieder in Kiel und hat in neuester Zeit in Angelegenheiten des Vaterlandes seine Muse zu wiederholten Malen reden lassen.

§. 24. Der Dialect in der Volksschule.

Die Frage, welche Verwendung und Pflege der Dialect in der Volksschule erfahren solle, ist seit ungefähr 25 Jahren namentlich von niederdeutschen Lehrern besprochen worden. Der niederdeutsche Lehrer nämlich mußte, je näher er dem Herzen seiner Schüler zu treten suchte, umsomehr die Kluft gewahr werden, welche durch die Verschiedenheit der hochdeutschen Sprache, die er redete oder reden sollte, von dem niederdeutschen Volksdialect, den allein seine Schüler verstanden und sprachen, zwischen ihm und diesen befestigt war. Bis gegen Ende des vorigen Jahrhunderts hatten sich die Lehrer wenigstens der Landschulen ungehindert der Mundart ihrer Schüler bedient, hatten zum großen Theil selbst eine nur mangelhafte Kenntniß des Hochdeutschen besessen. Mit den größeren Anforderungen, welche die spätere Zeit an sie und die Schulen stellte, schien der Gebrauch der niederdeutschen Mundart unmöglich zu werden. Die Lehrer fingen wohl gar an, sich der Mundart, die sie in jüngern Jahren selbst gesprochen hatten, zu schämen, und dehnten ihren Vertilgungskrieg gegen dieselbe bis auf die Gassen und in die Häuser aus. Die Einsichtsvolleren gebrauchten sie wenigstens noch als Mittel zur Verständigung.

Der große Umschwung, welcher in dem Urtheil über die Mundarten durch die berühmten Sprachforscher Jacob und Wilhelm Grimm u. a. herbeigeführt wurde, ließ wieder eine andre Ansicht der Sache gewinnen, und der frühere unverständige Eifer gegen die Mundart verkehrte sich in einen noch unverständigeren Eifer für dieselbe. Einzelne fingen an, dem Niederdeutschen völlig gleichen Werth mit der hochdeutschen Sprache beizumessen, und hoben gar hervor, daß das Niederdeutsche nicht eine Mundart, sondern eine neben der hochdeutschen völlig gleichberechtigte Sprache sei. Groths eigne übertriebne Hochstellung seiner „herrlichen, edlen Sprache der alten Sassen", unterstützt durch die mit allgemeinem Beifall aufgenommenen Gedichte des Quickborn und das lebendige, doch meist nur sprachliche Interesse am Dialect, das einige Sprachgelehrte denselben übermäßig preisen ließ, machten gar das Gelüst rege, die Niederdeutschen als eigne Nation von der sprachlichen Oberherrschaft der Hochdeutschen zu emancipiren. Es wurde unmäßig der Satz betont, daß das Leben einer Nation in seiner Sprache pulsire, und daß, wer einem Volke seine Sprache nehme, es auch seines Lebens beraube. Man übersah ganz die seit Jahrhunderten fest gewordene providentielle Stellung des Hochdeutschen über jedem nieder- oder oberdeutschen Dialect, und daß die Dialecte einer fortgehenden Verschlechterung*) und Gebietsminderung**) entgegengehen, ja, bei dem fort und fort sich steigernden, in alle Lebensverhältnisse und Volksschichten eindringenden Verkehr entgegengehen müssen. Man übersah, daß kein der Vergangenheit angehöriges Ding: keine Sprache, keine Sitte, keine Tracht, keine Weltanschauung 2c. sich wieder heraufbeschwören läßt, sondern daß die neue Zeit sich neue Anschauungs-, Sprach- und Lebensformen schafft***).

Indessen bleibt die oben voraufgestellte Frage natürlich noch lange Zeit in Geltung; sie wird aber sofort eine etwas veränderte Antwort erhalten, wenn z. B. nur der Bahnhof einer Eisenbahn an das Dörfchen gelegt wird, oder wenn das Städtchen eine Garnison erhält, oder wenn in der Gegend Fabriken angelegt werden u. dgl. In einem großen Theil Mitteldeutschlands, nämlich zu beiden Seiten der oben angegebenen Grenzlinie zwischen dem Ober- und Nieder-

---

*) Cl. Harms: „Wi könnt gar nicht mehr rein plattdütsch spreke."

**) „De gude Sprak!" klagt Cl. Harms, „alleen wat hölpt't eenmal, wi holn se nicht, un wie möhtn de hochdütsche nicht op!"

***) Diese Bemerkung sei zugleich gegen das selbst nach der Mitte Deutschlands zu sich ungebührlich breit machende Slaventhum gerichtet.

deutschen, hat jene Frage schon längst nur noch den Sinn, ob man vielleicht aus irgend welchem Grunde dialectische Stücke in die Lesebücher aufnehmen und einer Besprechung unterwerfen soll. In diesem Sinn ist die Frage zu bejahen; doch wäre es eine Mißkennung der Bedürfnisse der Volksschule, wenn man in ein Lesebuch für die Provinz Schlesien z. B. alemannische Gedichte aufnehmen wollte. Denn um sprachliche Vergleichungen zwischen den verschiedenen Dialecten unter sich und mit der hochdeutschen Sprache anzustellen, dazu hat die Volksschule keinen Raum; und um den Schülern etwa zu veranschaulichen, daß man in andern Gegenden Deutschlands anders spricht, dazu ist unbestreitbar der Vortrag eines mundartischen Stückes von Seiten des Lehrers um vieles wirksamer, als das mit so vielen Schwierigkeiten verknüpfte Lesen von Seiten der Schüler. Etwas anderes ist es, wenn der heimatliche, wenn auch im Verderben oder Ersterben begriffene Dialect eine angemessene Berücksichtigung im Lesebuche erfahren kann. Dadurch wird die Verbindung zwischen Schule und Elternhaus enger, und mit der daraus sich ergebenden Liebe zur Heimat wird die Liebe zum ganzen Vaterlande gepflegt.

Weiter nach Süden, namentlich aber weiter nach Norden wird die Frage brennender, und es ist das Verdienst Burgwardts, sie für Norddeutschland von allen Seiten beleuchtet und die selbst unter Lehrern und Vereinen derselben Gegend weit auseinandergehenden Antworten sorgfältig gesammelt zu haben.

Burgwardt (Rector zu Wismar), Morgenstimmen eines naturgemäßen und volksthümlichen Sprach- und Schulunterrichts in niederdeutschen Volksschulen. Leipzig 1857 u. ö. 1 Thlr. 1 Sgr. 6 Pf.

Burgwardt gruppirt die Antworten in Bezug auf die Forderungen hinsichtlich der Berücksichtigung der Volksmundart folgendermaßen (S. 245, 246):

1. Nach dem Grundsatze: „Vom Bekannten zum Unbekannten" ist die Mundart der Schüler beim Elementarunterricht und besonders beim ersten Lese- und Anschauungsunterricht — ja auch beim ersten Religionsunterricht — nach Bedürfniß gelegentlich zu berücksichtigen, um das Verständniß des hochdeutschen Schulunterrichts anzubahnen. (Der Altonaer pädagogische Verein, Diesterweg u. a.*)

*) Ich nenne von den bei Burgwardt angeführten Männern jedesmal nur die bekannteren.

2. Der Dialect der Schüler ist

a) bei dem vorbereitenden Sprachunterricht (7. allgemeine deutsche Lehrerversammlung in Hamburg) und

b) auch noch weiterhin im Sprachunterricht gelegentlich zu berücksichtigen.

3. Der Volksschüler ist von seiner Mundart aus in die Schriftsprache einzuführen:

a) in die Schriftsprache der für ihn bestimmten hochdeutschen Bücher, indem man im Unterricht einmal von der Mundart aus- und dann in der Behandlung dieser schriftdeutschen Bücher nach Bedürfniß wieder auf die Mundart zurückgeht, damit der Schüler diese Bücher lesen und durch daran geknüpfte Schreibübungen auch lerne, die Dinge, welche das Leben von ihm verlangt, einigermaßen hochdeutsch zu Papier zu bringen (v. Raumer),

b) in die abstractere Schriftsprache selbst classischer Litteraturstücke:

aa) durch Vergleichung der Mundart mit der Schriftsprache auf Grundlage plattdeutscher Erzählungen, Sagen 2c., welche die Schüler dem Unterrichte mündlich überliefern, sowie auch durch besondere methodische Uebungen in denjenigen Formen der Schriftsprache, welche von der Mundart abweichen (Honcamp u. a.),

bb) durch Vergleichung der Mundart mit der Schriftsprache auf Grundlage von Schriftstücken in der Mundart (Oldenburger Lehrerversammlung) und besonders zur Anbahnung eines vergleichenden Sprachunterrichts überhaupt (Gutbier).

4. Die Hauptmundarten sind für die Volksschule zur Schul- und Büchersprache zu erheben (Wackernagel u. a.).

Bei der Darstellung seiner eignen Ansicht, die mit keiner der hier dargestellten ganz übereinstimmt, geht Burgwardt von der Voraussetzung zweier gänzlich geschiedener Geistes- und Culturgebiete aus. „Ich gewahrte, heißt es S. 102, endlich mehr und mehr nicht nur zwei ganz verschiedene Sprach-, sondern auch zwei gänzlich geschiedene **Geistes-** oder **Cultur**gebiete, nämlich das der hochdeutschen Litteratur und das der plattdeutschen Volkscultur; und auf dem erstern, dem kleinern, in höhere Regionen sich erhebenden, begegnete ich dem litterarischen, abstracten und höhern Bewußtsein der Gelehrten und Gebildeten; auf dem letztern, dem größern, weithin durch die Niederung sich erstreckenden, dem erfahrungsmäßigen, traditionellen und volksthümlichen Bewußtsein der plattdeutschen Volkscultur — der großen Masse.“ Seine Ansicht fixirt Burgwardt schließlich so:

„In niederdeutschen Volksschulen ist die allgemeine Volkssprache — d. i. die wirkliche Muttersprache der Schüler — als die von der Natur gegebene Grundlage des gesammten Schulunterrichts zu behandeln:

1. als Grundlage der hochdeutschen Sprachbildung, der praktischen und besonders der schriftlichen, in der Weise, daß

a) nicht allein die ersten Sprech- und Sprachübungen an die Muttersprache der Kinder anknüpfen, sondern

b) die Schüler auch, sobald sie dazu fähig sind, während ihrer ganzen Schulzeit die für die Jugend geeigneten gehaltvollsten Schriftstücke niederdeutscher Sprache unter richtiger Anwendung der hochdeutschen Rechtschreibung, Casus- und Rectionslehre vergleichend ins Hochdeutsche übertragen und dadurch

c) befähigt werden, auch ursprünglich Eigenes, als Erzählungen, Berichte, Beschreibungen, Briefe u. s. w. in ihrer kindlichen und volksthümlichen Anschauungs- und Denkweise und in dem einfachen, kurz gehaltenen Satzbau der plattdeutschen Sprache richtig hochdeutsch aufzuschreiben, so daß also bei diesem Sprachunterricht

d) auf die doch stets nur stümperhaft bleibende Nachahmung der mehr zusammengesetzten und kunstvoll gebauten — und eben dadurch den Niederdeutschen nur verwirrenden — Satzgefüge der abstracten Schriftsprache von vornherein ausdrücklich verzichtet werde;

2. als Grundlage des gesammten Schulunterrichts, indem durch einen solchen Sprachunterricht die volksthümliche Anschauungs-, Denk- und Ausdrucksweise in freiem Hochdeutsch auch in den Religions- und andern Unterrichtsstunden an die Stelle der litterarischen Schul- oder Büchersprache trete.“

In Bezug auf die practische Ausführung dieser Ansicht im Einzelnen muß ich meine Leser auf Burgwardts oben genanntes Buch und seine sonstigen Schriften verweisen; welche Erfolge er ihr beimißt, sieht man aus der Behauptung, „daß mit der rechten Verwendung der Volkssprache im Schulunterricht sich eine Reform in unsern Volksschulen geltend machen wird: tiefer greifend, fruchtbarer und segensreicher, als selbst die von Pestalozzi angebahnte" (S. 121).

Herr Burgwardt ist ein Fanatiker seiner Ansicht; daher die maßlose Kritik des bisher üblichen Sprachunterrichts in der 1. Abtheilung seines Buches; daher die grenzenlosen Prätensionen eines sichern Reformatorenthums; daher die ermüdende Ausführlichkeit in der Anführung andrer Stimmabgeber. Aber kein Lehrer wird das Buch ohne Belehrung und Anregung aus der Hand legen.

Möchten sich doch immer mehr Lehrer finden, die aus dem dialectischen Reichthum der deutschen Sprache sich bereichern lernten! In ihm bricht sich die herrliche Eigenthümlichkeit deutschen Wesens in vielen Farben. Daher sollte der Lehrer eine Vergleichung der Dialecte unter sich und mit der hochdeutschen Sprache anstellen; er sollte, mag er in Ober- oder Niederdeutschland sein Werk treiben, nicht nur etwa mit den sogenannten Provinzialismen bekannt sein, sondern eine genaue Kenntniß der von der hochdeutschen Grammatik abweichenden etymologischen, Casus-, Rections-, Conjugations- und syntactischen Verhältnisse haben; er sollte insbesondere den Dialect seiner Umgebung fort und fort studiren, um durch dieses Studium immer tiefer in das Anschauungs-, Denk- und Gemüthsleben der Sprachgenossen seiner Schüler einzudringen und sich dadurch den Weg zum Herzen seiner Schüler und deren Eltern zu bahnen; er sollte, um zu der so oft gepriesenen, nimmer genug zu preisenden Popularität zu gelangen, die Sprachweise des Volkes fortgehend mit Hingabe beobachten.

Hebels und Groths Dichtungen nebst den dazu gegebenen Glossaren und Anmerkungen mögen die Grundlagen des dialectischen Studiums des Lehrers bilden. An weitern Hilfsmitteln für einfachere Bedürfnisse fehlt es zur Zeit immer noch. Während wissenschaftliche Bedürfnisse befriedigt sind und befriedigt werden durch Grimms vortreffliche Leistungen in der Grammatik, durch Weinholds „Grammatik der deutschen Mundarten", durch Firmenichs „Germaniens Völkerstimmen", durch eine eigne von Frommann redigirte, nunmehr eingegangene Zeitschrift: „Die Mundarten", und durch eine große Zahl von dialectischen Wörterbüchern (Schmeller, für die bairischen Dialecte, Danneil für den altmärkischen u. a.): fehlt es den deutschen Seminarien noch immer an einer Grammatik, welche, von dem Beckerschen Formalismus sich losmachend, und, was noch schwerer wiegt, von den erbärmlichen Abklatschen desselben erlösend, in angemessenen Grenzen das ältere Hochdeutsch und die noch lebenden Mundarten berücksichtigte; und an einer kleinen Sammlung, in welcher die Hauptmundarten in ihren vorzüglichsten Erzeugnissen vertreten wären.

§. 25. Hebel der Erzähler. Auerbach. Stöber. Josephson.

Der kluge Richter.

(WW. II, 12.)

Daß nicht alles so uneben sei, was im Morgenlande geschieht, das haben wir schon einmal gehört. Auch folgende Begebenheit soll sich daselbst zugetragen haben. Ein reicher Mann hatte eine beträchtliche Geldsumme, welche in ein Tuch eingenäht war, aus Unvorsichtigkeit verloren. Er machte daher seinen Verlust bekannt und bot, wie man zu thun pflegt, dem ehrlichen Finder eine Belohnung, und zwar von hundert Thalern an. Da kam bald ein guter und ehrlicher Mann dahergegangen. „Dein Geld habe ich gefunden. Dies wird's wohl sein! So nimm dein Eigenthum zurück!" So sprach er mit dem heitern Blick eines ehrlichen Mannes und eines guten Gewissens, und das war schön. Der Andere machte auch ein fröhliches Gesicht, aber nur, weil er sein verloren geschätztes Geld wieder hatte. Denn wie es um seine Ehrlichkeit aussah, das wird sich bald zeigen. Er zählte das Geld und dachte unterdessen geschwinde nach, wie er den treuen Finder um seine versprochene Belohnung bringen könnte. „Guter Freund," sprach er hierauf, „es waren eigentlich achthundert Thaler in dem Tuch eingenäht, ich finde aber nur siebenhundert Thaler. Ihr werdet also wohl eine Naht aufgetrennt und eure hundert Thaler Belohnung schon herausgenommen haben. Da habt Ihr wohl daran gethan. Ich danke Euch." Das war nicht schön, aber wir sind auch noch nicht am Ende. Ehrlich währt am längsten, und Undank schlägt seinen eigenen Herrn. Der ehrliche Finder, dem es weniger um die hundert Thaler als um seine unbescholtene Rechtschaffenheit zu thun war, versicherte, daß er das Päcklein so gefunden habe, wie er es bringe, und es so bringe, wie er es gefunden habe. Am Ende kamen sie vor den Richter. Beide bestanden auch hier noch auf ihrer Behauptung, der Eine, daß achthundert Thaler eingenäht gewesen seien, der Andere, daß er von dem Gefundenen nichts genommen und das Päcklein nicht versehrt habe. Da war guter Rath theuer. Aber der kluge Richter, der die Ehrlichkeit des Einen und die schlechte Gesinnung des Andern zum Voraus zu kennen schien, griff die Sache so an. Er ließ sich von beiden über das, was sie aussagten, eine feste und feierliche Versicherung geben und that hierauf folgenden Ausspruch: „Demnach, wenn der Eine von Euch achthundert Thaler verloren, der Andere aber nur ein

Päcklein mit siebenhundert Thalern gefunden hat, so kann auch das Geld des Letztern nicht das nämliche sein, auf welches der Erstere ein Recht hat. Du, ehrlicher Freund, nimmst also das Geld, welches du gefunden hast, wieder zurück, und behältst es in guter Verwahrung, bis der kommt, welcher nur siebenhundert Thaler verloren hat. Und dir da weiß ich keinen Rath, als du geduldest dich, bis derjenige sich meldet, der deine achthundert Thaler findet." So sprach der Richter, und dabei blieb es.

Diese Erzählung beginnt mit einigen einleitenden Worten, die Beziehung nehmen auf früher mitgetheilte „Denkwürdigkeiten aus dem Morgenlande" (II, 7 ff.). Es gehört zu den Eigenthümlichkeiten Hebels, seinen Erzählungen dergleichen Einleitungen öfter vorauszuschicken. Gewöhnlich sind dieselben bei weitem charakteristischer, als es bei der vorliegenden Erzählung der Fall ist. So, wenn Hebel, um den allgemeinen Erfahrungssatz gleich voranzustellen, die Erzählung „Kindesdank und Undank" mit den Worten beginnt: „Man findet gar oft, wenn man ein wenig aufmerksam ist, daß Menschen im Alter von ihren Kindern wieder ebenso behandelt werden, wie sie einst ihre alten und kraftlosen Eltern behandelt haben" (II, 8); oder wenn er, um die Neugier zu erregen, „Glück und Unglück" einleitet: „Auf eine so sonderbare Weise ist Glück im Unglück und Unglück im Glück noch selten beisammen gewesen, wie in dem Schicksal zweier Matrosen in dem letzten Seekrieg zwischen den Russen und Türken"; oder wenn er, um aufmerksam zu machen, dem „Kannitverstan" die Worte vorausschickt: „der Mensch hat wohl täglich Gelegenheit, in Emmendingen oder Gundelfingen so gut als in Amsterdam Betrachtungen über den Unbestand aller irdischen Dinge anzustellen ꝛc." (II, 90); oder wenn er, um der Geneigtheit des Lesers im voraus sich zu versichern, den „Prozeß ohne Ende" mit der Bemerkung anfängt: „nur weil es unter allen Ständen einfältige Leute giebt, giebt es solche auch unter dem achtungswerthen Bauernstand, sonst wäre es nicht nöthig" (II, 242); oder endlich, wenn er, um seine Aufgabe als Kalendermacher zu bezeichnen, der Krone seiner Erzählungen, dem „Schneider in Pensa" diese köstliche Einleitung giebt: „ein rechtschaffener Kalendermacher, zum Beispiel der Hausfreund, hat von Gott dem Herrn einen vornehmen und freudigen Beruf empfangen, nämlich, daß er die Wege aufdecke, auf welchen die ewige Vorsehung für die Hilfe sorgt, noch ehe die Noth da ist, und daß er kund mache das Lob vortrefflicher Menschen, sie mögen doch auch stecken, fast wo sie wollen“ (III, 89). Man wolle daran denken, wie im gewöhnlichen Leben, namentlich vom gemeinen Mann, Erzählungen begonnen werden; fast nie fehlen ihnen einleitende Worte, und wäre es nur das fast nichtssagende: ich will euch einmal etwas erzählen! Der Erzähler fällt nicht gern mit der Thür ins Haus. So ist also jene Eigenthümlichkeit Hebels echt volksthümlicher Natur, in ihrer Erscheinung aber, wie die angeführten Beispiele zeigen, mannichfaltig, maßvoll und edel.

Wir kommen zur Erzählung selbst. Ihr Schauplatz ist das Morgenland, ihr Gegenstand einer der gewöhnlichsten Vorgänge, der ebenso gut in Emmendingen oder Gundelfingen oder Segringen oder Brassenheim hätte statthaben können. So versetzt Hebel seinen oberländischen Bauer — denn das sei gleich hier bemerkt, daß Hebel im Grunde genommen für niemand anders schreibt, als für seinen Landsmann — mit seinen heimatlichen Anschauungen und Begriffen in ein fernes Land. Höchst charakterisch. Denn kein Bauer, so sehr er sich für die kleinsten Vorgänge in seinem Dorfe, wenn sie ihm mündlich mitgetheilt werden, interessirt, kann auf die Dauer gefesselt werden durch schriftlich aufgezeichnete Erzählungen, die aus seiner Feldmark nicht heraustreten. Das Ferne, das Ungewöhnliche, selbst das Abenteuerliche zieht ihn bei weitem mehr an. Hätte Hebel seiner Erzählung das Oberland zum Schauplatz gegeben, sie hätte seinen Leser nicht halb so sehr ergetzt. Auch wenn der Schauplatz der Erzählung nur eine der nächstliegenden Städte ist, so ist die Aufmerksamkeit des Landbewohners schon angeregt. Dahin hat er sich ja schon als Kind gesehnt, da hat er als Knabe Wunderdinge gesehen, da hat er später den Bruder oder Vetter besucht, im Marktgewühl sich vergnügt oder ein Schöpplein getrunken. Da trifft er alte Bekannte oder sonst namhafte Leute: den Lindenwirth, den Barbier von Segringen, den Zundelfrieder. Da findet er nach Jahren den Kirchthurm noch ebenso stehen und die Pferdekrippe wieder an derselben Stelle und in der nämlichen Nachtmütze den Wirth. Dies ist der Grund, weshalb nur wenige von Hebels Erzählungen, obgleich sie für den Landmann geschrieben sind, auf dem Lande spielen; wenigstens verlegt sie Hebel in einer Weise, daß man den Schalk hindurchblicken sieht, auf „ein gewisses Dorf, das er wohl nennen könnte“, oder auf das „benachbarte Dorf.“

Behaglich schreitet nun unsre Erzählung vorwärts, ehrlich und anschaulich auch die kleinen Nebenumstände berichtend („welche in ein Tuch eingenäht war") und überall die innere Betheiligung des Erzählers verrathend („das war schön", „das war nicht schön"). Hie und da nähert sich die Erzählung, aber immer nur im einzelnen Ausdruck, also nie bis zur Langweiligkeit, der volksthümlichen Breite („daß er das Päcklein so gefunden habe, wie er es bringe, und es so bringe, wie er es gefunden habe"); an verschiedenen Stellen geht sie in ungezwungenster Weise über in das Gespräch; ein Umstand, der nicht wenig dazu beiträgt, ihr einen lebendigen Fortgang zu verschaffen. Die Zeichnung der einzelnen Persönlichkeiten, obgleich nur in wenigen Zügen gegeben, ist durchaus charakteristisch (vgl. z. B. „ihr werdet also wohl ꝛc."). Die Ausdrucksweise ist überall correct, nirgends gedrechselt, nirgends verschroben. Der sittliche Geist, der sich hier als Freude an der Ehrlichkeit offenbart, ist deutlich erkennbar über die ganze Erzählung ausgegossen; an einer Stelle tritt er in der Anführung zweier allbekannter Sprichwörter hervor. Der Schluß des Ganzen ist, wenn nicht überraschend, so doch durch die Rede des Richters fesselnd und befriedigend.

Die beregten Vorzüge der Erzählungsweise Hebels finden wir mehr oder minder deutlich in allen seinen Erzählungen wieder. Auf einiges möchte noch aufmerksam gemacht werden müssen.

Hebel weiß auch einen Einfall, „der nicht weit her ist", bestens einzukleiden (II, 10. 11. 197. III, 8. 26); der Humor, mit dem er solche Einfälle zu erzählen versteht, ist geradezu unübertrefflich. Eine nicht minder wohlthuende Wirkung hat die nicht zu verkennende deutsche Gemüthstiefe, wie sie in gar manchen Erzählungen, am schönsten in dem „Schneider in Pensa" hervortritt. Den nachhaltigsten Segen aber haben Hebels Erzählungen dadurch, daß der Leser in ihnen immer „etwas wie ein kleines Goldkörnlein" findet, das er nicht zu verschmähen braucht, sei es ein Körnlein der Belehrung oder der Ermahnung. Wie viel Hebeln an der sittlichen Einwirkung auf das Landvolk gelegen war, sieht man besonders daraus, daß er häufig am Anfang, häufiger noch am Ende eine oder einige Lehren, die der geneigte Leser „merken" soll, ausdrücklich ausspricht; daß er „nützliche Lehren", unter die er auch seine Sprichwörterbearbeitungen stellt, in einfacher, aber um so eindringlicherer Weise seinen Lesern darbietet; daß er selbst manche seiner Gedichte, vielleicht zum Nachtheil derselben, schließlich auf eine „Lehre" auslaufen läßt.

Wenn wir uns nun etwa die Frage vorlegen, wie Hebel der Erzähler wurde, so werden wir daran denken müssen, daß neben seiner Herkunft und natürlichen Begabung der lange Verkehr mit dem Landvolk und die sinnige Beobachtung von dessen Wesen, die wir schon bei den Gedichten zu bemerken Gelegenheit hatten, die Grundbedingungen seines Erzählens gewesen sind. Die gesellschaftlichen Verhältnisse der Residenz trugen sodann wesentlich dazu bei, daß das Talent zur Ausgestaltung kam.

Zur Heiterkeit, ja zur Lustigkeit in einem hohen Maße geneigt, hatte sich Hebel, auch noch nachdem er 1805 zum Kirchenrath und 1808 zum Director des Gymnasiums befördert worden war, der Fröhlichkeit eines gesellschaftlichen Kreises in Karlsruhe ungezwungen hingegeben. Das Drechslerische Kaffeehaus, wo Hebel zu Mittag speiste, sah ihn auch des Abends in jenem Kreise, in dem besonders durch seinen Einfluß Witz und Laune der allbeherrschende Geist wurde. Bei Taback und Wein vergnügte man sich an der Lösung von Räthseln und an der Erzählung von Schnurren. Keiner that es Hebeln zuvor. Vieles von dem, woran wir uns jetzt noch ergetzen, ist zuerst durch diese „Räthsel- und Schnurrenakademie" hindurchgegangen. Die Veranlassung zur Veröffentlichung war eine äußerliche.

Das Gymnasium zu Karlsruhe gab seit langer Zeit einen für die badenschen Lande privilegirten Kalender heraus. Hebel, mit den Bedürfnissen des Volkes wohl bekannt und die Bedeutung eines Kalenders für dasselbe richtig erfassend, hatte in mehreren Gutachten über eine vortheilhaftere Einrichtung des Kalenders sich ausgesprochen, und dies hatte zur Folge, daß ihm die Redaction jenes badenschen Landkalenders 1806 übertragen wurde. Der Jahrgang für 1807 erschien unter dem bisherigen Titel, der Jahrgang für 1808 unter dem Titel „Rheinländischer Hausfreund." Blieb dieser Kalender der Natur eines Landkalenders gemäß mit seinen allerseits gern gelesenen Erzählungen und Belehrungen vorzugsweise auf Baden beschränkt, so trug das „Schatzkästlein des rheinländischen Hausfreundes", eine zuerst 1811 erschienene Gesammtausgabe der in den Jahrgängen von 1808—1811 bereits gedruckten Erzählungen, Hebels Namen in weitere Kreise.

Das „Schatzkästlein," eines der besten Volksbücher, welche wir in der deutschen Litteratur überhaupt besitzen, ist seit 1811 in vielen Auflagen, jüngst auch in einer illustrirten Ausgabe erschienen. Eine Auswahl für die reifere Jugend „Hebels ausgewählte Erzählungen des Rh. Hausfreundes" ist von Karl Stöber besorgt worden (1847 u. ö.).

Wir wollen an dieser Stelle dreier Männer gedenken, in deren Erzählungsweise der Einfluß Hebels unverkennbar hervortritt: Auerbachs, Stöbers und Josephsons.

Berthold Auerbach, ein Landsmann Hebels und, obgleich Jude, diesem mannigfach verwandt, ist mit großem, aber nicht eben segensreichem Erfolg als Erzähler für das Volk aufgetreten in seinem „Gevattersmann", der, eine Nachahmung des Rheinländischen Hausfreundes, als Volkskalender in mehreren Jahrgängen (1844 ff.) und nach seinen besten und volksthümlichsten Bestandtheilen als „Schatzkästlein des Gevattersmannes" (Stuttg. Cotta 1856) noch einmal erschienen ist. Nicht wenige von den hier dargebotenen, zum Theil vortrefflichen Erzählungen sind zunächst in die süddeutschen, dann auch in norddeutsche Lesebücher übergegangen. Unberechtigtes Lob wie unberechtigter Tadel hat der Gevattersmann im reichsten Maße erfahren; seinen Herausgeber lernen wir später noch näher kennen.

Karl Stöber ist derjenige Meister unter den neuern christlichen Volksschriftstellern, der mehr als jeder andre es versteht, eine kürzere Erzählung niederzuschreiben mit jener Anschaulichkeit in der Darstellung der Situationen, mit jener Uebersichtlichkeit in der Gruppirung der einzelnen Partien, mit jener Bestimmtheit in der Zeichnung der Personen, mit jenem Humor in der Fassung des einzelnen Gedankens und in der Verknüpfung der Umstände, wie wir alles dies bei Hebel gefunden haben. Er unterscheidet sich von diesem durch ein tieferes Gründen in dem Boden des Evangeliums. Wie ernst er es, mit Hebel verglichen, nimmt, sieht man z. B. daraus, daß er in der oben angeführten Auswahl aus Hebels Erzählungen im Andenken „an die Hasenschlingen im Zaun und an den Frieder über dem blühenden Fliederbusch" die Geschichten von dem Zundelfrieder und dem Zirkelschmied weggelassen hat. In unsern neuern Volksschullesebüchern fängt er fast an, Hebel den ersten Rang streitig zu machen. „Der Solenhofer Knabe", „Wessen Licht brennt länger", „Der Schneider von Gastein", „Der Bredil", „Friede ernährt, Unfriede verzehrt" und einige andre Erzählungen haben bereits ihren gesicherten Platz.

Stöber ist 1796 zu Pappenheim bei Nürnberg geboren und daselbst seit 1842 Pfarrdecan und Schulinspector. Damit hängt der Umstand zusammen, daß seine Erzählungen meist Baiern zum Schauplatz haben und daher in Süddeutschland bekannter sind als in Norddeutschland. Sie sind in einer Gesammtausgabe von 4 Bänden à 1 Thlr. erschienen. Eine Auswahl daraus „Ausgewählte Erzählungen" umfaßt 2 Bände à ⅓ Thlr. Von dem Einzelnen ist am meisten empfehlenswerth das vortreffliche Textbüchlein zu jedem Kalender: „Kalendergeschichten für alles Volk und für alle Zeit." 1847 u. ö. 10 Sgr. Stöbers Bekanntschaft mit der Pflanzenwelt rührt daher, daß er, der Sohn eines Apothekers, in der Jugend fleißig „Kräuter" gesammelt hat.

Neben Stöber müssen wir **Josephson** erwähnen, einen weniger bekannten aber sehr begabten Erzähler, der auch als geistlicher Dichter sich ausgezeichnet hat. Seine meist sehr kurzen Erzählungen „Brosamen für theure und wohlfeile Zeit" erschienen zuerst in seines Freundes Barth Jugendblättern, dann besonders gedruckt in zwei Sammlungen (à 18 Sgr.).

Josephson ist 1809 zu Unna geboren, war seit 1832 Pfarrer in Iserlohn, seit 1851 Divisionsprediger in Münster, dann Seminardirector in Cöslin und ist seit 1863 Superintendent zu Barth in Pommern.

§. 26. Hebels Räthsel. Das Räthsel überhaupt. Das Räthsel in der Volksschule.

Das Spinngewebe.

(WW. I, 278.)

In eine lichte Rotunde schaut
Hinauf mein staunender Blick,
Von Adams Erzeugten hat's keiner gebaut,
Dies künstliche Meisterstück.
Seine Säulen sind nicht von Marmor, von Holz,
Von keinem Metall, doch schwebt es stolz
In freier Weite, trotz furchtbar'n Gewalten,
Sich selber vermögend im Sturme zu halten.
Wer mißt seine Balken, wer zählet die Menge
Der luftigen Hallen, der schwebenden Gänge?

In der Mitte die waltende Herrscherin wohnt,
In strahlender Mitte die Herrscherin thront.
Nun melde mir Kunde,
Wie heißt die Rotunde?
Sie ist nicht des Himmels lasurener Bogen,
Der sich spiegelt und bricht in den Meereswogen,
Eine Mördergrube meine Rotunde ist,
Den Pilgrim zu ihr die Herrscherin frißt.

Wie zwischen Volkslied und Kunstlied, Volksspruch und Kunstspruch, so kann man auch zwischen Volksräthsel und Kunsträthsel unterscheiden. Der Unterschied ist dem zwischen Volks- und Kunstlied, Volks- und Kunstspruch ganz analog. Das obige Räthsel Hebels ist ein Kunsträthsel. Es zeichnet sich aus durch den Adel seiner Sprache, durch die sorgfältige Wahl der Ausdrücke, durch den würdigen Gang des Rhythmus. Als Spiel des Witzes kann es gar nicht angesehen werden; vielmehr ist es ein poetisches Erzeugniß, würdig, jenen Räthseln Schillers an die Seite gestellt zu werden, von denen Hoffmeister („Schillers Leben") sagt, ihre Gegenstände seien immer allgemein bedeutend, beziehungsreich, groß und allbekannt; der Verstand werde durch sie zwar ebenfalls gereizt, aber auch ohne die Auflösung seien sie liebliche Bilder, welche, auch noch unenthüllt, Ohr, Einbildung und Gefühl anmuthig unterhalten; ihr Zweck liege gar nicht darin, den Verstand möglichst zu verwirren und zu quälen, sondern uns den Gegenstand selbst, wenn wir ihn errathen haben, durch seine geist- und phantasiereiche Darstellung interessanter, lieber, achtbarer, bewundernswürdiger zu machen. Wenn sich dies von allen Räthseln Hebels sagen ließe, so wäre er unser erster Kunsträthseldichter. Allein, was er hier, ohne es zu wollen, geleistet hat, davon entfernt er sich in seinen meisten Räthseln auf eine auffallende Weise. Meist sind sie Zwitterdinge zwischen dem Volks- und Kunsträthsel. Ihre Entstehung macht das begreiflich. Die Gesellschaft im Drechsler'schen Kaffeehause und später im Museum, für welche diese Räthsel zunächst bestimmt sind, wollte nicht einen ästhetischen Genuß haben, sie wollte — lachen; und so konnten ihr denn Räthsel gegeben werden, die kaum einer Auflösung fähig sind, oder solche, die auf eine irreführende Auflösung berechnet sind, die sogenannten Doppelräthsel (Nr. 14, 17, 18, 56, 64, 105), oder solche, die gar zu trocken sind (Nr. 85), oder endlich solche, die geradezu schnurrig genannt werden müssen (Nr. 69). Als eine bedeutende Leistung können wir hiernach die Räthsel Hebels nicht ansehen. Daß ihm die Bedeutung, welche das Räthsel im Volksleben hat, bekannt war, zeigt z. B. sein „Räthselhandel" (II, 136).

Die Entstehung von Räthseln geht in die urälteste Zeit aller Völker zurück. Der dem Geheimnißvollen stets zugewandte, aber unverkünstelte Geist des Volkes liebte es, einfachen Naturanschauungen durch die Form der Frage einen räthselhaften Ausdruck zu geben. So entstand die einfachste Art des Räthsels, die sogenannte Räthselfrage, noch jetzt in ungebundener und gebundener Rede bei den Kindern und bei dem Volk am meisten beliebt: Welcher Vogel sieht dem Storch am ähnlichsten? (die Störchin). Ihr lieben Leut, Was dies bedeut: Hat sieben Häut, Beißt alle Leut? (die Zwiebel). Erst bei weiter vorgeschrittener Entwickelung entstanden die übrigen Arten des Räthsels: das Worträthsel nebst allen seinen Variationen, dem Homonym, Logogryph, Anagramm, Palindrom 2c., das Silbenräthsel oder die Charade, das Buchstaben-, Schreibzeichen-, Bilderräthsel, das complicirte Räthsel, das Zifferräthsel*). Von allen diesen Arten des Räthsels sind nur die Räthselfragen und die einfachern Wort- und Silbenräthsel echt volksthümliche Formen, und diese letztern sind, wie wir schon gesehen haben, auch in den Bereich der Kunstpoesie gezogen worden. Nächst Schiller hat Schleiermacher, der bedeutendste Theologe der ersten Jahrzehnte dieses Jahrhunderts (ein Zeitgenosse Hebels), eine größere Zahl guter Räthsel (meist Charaden) geliefert.

Sammlungen von Räthseln sind schon sehr früh entstanden und jetzt in bedeutender Anzahl vorhanden. Die reichhaltigste Sammlung von wirklichen Volksräthseln ist Simrocks „deutsches Räthselbuch", Frankfurt a. M., ein echtes Volksbuch. „Es enthält keine zwei- und mehrsilbigen Charaden, sondern Witzspiele, in denen die Weisheit von der Gasse sich übt und oft die tollsten Sprünge macht" (O. Glanbrecht). — Die besten Sammlungen für Kinder sind das „Räthselbüchlein" von G. Scherer, Stuttg. 1862, 10 Sgr., und der „Räthselschatz" von Brüllow und Schäffer, Berl., Sprin-

*) So gruppirt Friedrich („Geschichte des Räthsels." Dresden 1860. 1⅓ Thlr.) die verschiedenen Arten des Räthsels.

ger 1863. 168 S. Jede dieser Sammlungen bietet dem Lehrer im Ueberfluß, was er für sein Haus und seine Schule etwa braucht.

Der Gebrauch des Räthsels in der Volksschule muß stets ein sehr beschränkter bleiben. Die Schüler sind um den Lehrer versammelt nicht zum Spiel, sondern zu ernster Thätigkeit, nicht zu einseitiger Erweckung der Verstandeskräfte oder gar bloß des Witzes, sondern zur Herausbildung des Menschen Gottes aus dem natürlichen Menschen. Der verwerflichen Sitte, in den letzten Stunden oder Tagen vor dem Schluß die Schulordnung zu suspendiren, hat neben dem Erzählen oder Vorlesen auch das Aufgeben von Räthseln dienen müssen. Davor hüte sich der Lehrer! Eine Schulordnung muß eine heilige Ordnung sein. Dagegen hat das Räthsel, auch schon auf den untern Stufen, überall da seine Stätte, wo, was früher Denk- oder Verstandesübung genannt wurde, hervorzutreten eine Berechtigung hat. Allgemeine Regeln über Auflösung und Besprechung lassen sich bei der Verschiedenheit der Räthsel nicht geben. Die Anfertigung von Räthseln durch die Schüler hat manches Anregende, doch hat die Volksschule dazu im allgemeinen keinen Raum.

Wie das Räthsel als Grundlage zu schriftlichen Ausarbeitungen in der Schule dienen kann, möge folgende Bearbeitung von Ritsert zeigen.

Räthsel. Wie heißt das Ding, das wen'ge schätzen? Doch ziert's des größten Kaisers Hand. Es ist gemacht, um zu verletzen; am nächsten ist's dem Schwert verwandt. Kein Blut vergießt's, und macht doch tausend Wunden; niemand beraubt's und macht doch reich. Es hat den Erdkreis überwunden; es macht das Leben sanft und gleich. Die größten Reiche hat's gegründet; die ältsten Städte hat's erbaut; doch niemals hat es Krieg entzündet; und Heil dem Volk, das ihm vertraut! (Schiller).

Erklärung. Dies ist der Pflug, den viele als ein ganz gewöhnliches Werkzeug wenig beachten, der aber von dem Kaiser von China — dem bevölkertsten und nächst Rußland auch seinem Umfange nach größten Reiche des Erdbodens — jährlich an einem bestimmten Tage zur Hand genommen und geführt wird. Um nämlich den Feldbau in hohen Ehren zu halten, wird in China jedes Jahr ein großes Fest gefeiert, bei welchem der Kaiser mit eignen Händen ein Stück Feld umpflügt; dasselbe thun auch die Prinzen und höchsten Beamten des Reichs. — Offenbar ist der Pflug gemacht, um zu verletzen, um nämlich den Boden aufzureißen und zu durchwühlen, und die Pflugschaar hat ihrer scharfen, metallenen Schneide wegen nicht geringe Aehnlichkeit mit einem Schwerte. Der Pflug vergießt übrigens, trotz dem, daß er so viele tausend Wunden reißt, kein Blut, und, ohne irgend jemand seines Eigenthums zu berauben, bereichert er den fleißigen und verständigen Landmann, der seine Felder mit demselben bearbeitet.

Der Ackerbau, welcher außer vielen andern Erfindungen insbesondere auch die Erfindung des Pflugs veranlaßte, gewöhnte die Menschen, die früher von der Jagd, vom Fischfange oder von ihren Heerden lebten und deshalb unstät und wild von einem Orte zum andern zogen, an feste Wohnsitze und an eine ruhige, friedliche Beschäftigung; er zähmte und milderte die Wildheit und Roheit und wurde die Grundlage eines geordneten und geregelten Lebens, besserer und sanfterer (milderer) Sitten und der Bildung des Menschen überhaupt. In dieser Beziehung heißt es in dem Räthsel, der Pflug habe den Erdkreis überwunden und das Leben sanft und gleich gemacht. Eben darum, weil der Pflug (Ackerbau) festere Wohnungen nöthig machte und die leichten, beweglichen Zelte der Nomaden verdrängte, ist er auch der Gründer von Dörfern, Städten und Reichen; er gesellte den Menschen zum Menschen und stiftete zunächst kleinere Menschenvereine, aus welchen nach und nach größere Verbindungen und Staaten erwuchsen, in welchen sich viele zur Förderung gemeinsamer Zwecke vereinten. So lange die Menschen ein umherschweifendes Leben führten, war die Gründung von Städten und Staaten unmöglich. So viele Staaten und Reiche der Pflug aber auch gestiftet hat, so ist dieses doch nie durch grausame, blutige Kriege geschehen; der Pflug ist keine Waffe zum verheerenden, menschenmordenden Kampfe, sondern ein Werkzeug des beglückenden Friedens, und fördert die Wohlfahrt des Volkes, welches den Ackerbau fleißig betreibt. Wie wichtig und segensreich ist also die Erfindung des Pflugs! Mit Recht sagt darum der Dichter: „Heil dem Volke, das ihm vertraut!"

§. 27. Hebels Sprichwörterbearbeitungen. Benutzung und Behandlung des Sprichworts in der Schule. Werth, Wesen und Begriff desselben.

Wenn man den Teufel an die Wand malt, so kommt er.
(WW. II, 5.)

Ein Sprichwort heißt so: „Wenn man den Teufel an die Wand malt, so kommt er. Das sagt mancher, und versteht's nicht. Den bösen Geist kann man eigentlich nicht an die Wand malen, sonst wäre es kein Geist. Auch kann er nicht kommen, denn er ist mit Ketten der Finsterniß an die Hölle gebunden. Was will denn das Sprichwort sagen? Wenn man viel an das Böse denkt und sich dasselbe in Gedanken vorstellt oder lange davon spricht, so kommt zuletzt die Begierde zu dem Bösen in das Herz, und man thut's. Soll der böse Feind nicht kommen, so mal' ihn nicht an die Wand! Willst du das Böse nicht thun, so denke nicht daran, wo du gehst und stehst, und sprich nicht davon, als wenn es etwas Angenehmes und Lustiges wäre.

Hebel beginnt diese Sprichwortbearbeitung mit der Angabe des Sprichwortes. Der folgende Satz läßt merken, worauf es ihm sodann ankommt: auf das Verständniß des Sprichworts. Er räumt zu dem Ende zunächst die falschen Vorstellungen hinweg, die sich an den bildlichen Ausdruck des Sprichworts etwa anschließen könnten, und giebt dann auf die Frage: Was will denn das Sprichwort sagen? den richtigen Sinn desselben in Sätzen, die dem Sprichwort congruent sind, an. Zuletzt wendet er es kurz an in derselben Richtung, welche die Erklärung genommen hat.

Es ist bemerkenswerth, daß Hebel dieses so vieldeutige und daher viel gebrauchte Sprichwort nur in einem Sinn erklärt und anwendet. Wie das Sprichwort an sich schon den Nagel auf den Kopf trifft, so liebt es Hebel, in seinen Bearbeitungen statt vielen Hin- und Herfackels den Nagel des Sprichwortes wieder auf den Kopf zu treffen. Damit ist natürlich nicht ausgeschlossen, daß man bei einer etwaigen Besprechung einer so in den engsten Grenzen gehaltenen Bearbeitung noch das und jenes hinzuthun könnte. So ließen sich, ohne daß man dabei ins Breite und Flache zu gerathen braucht, auf die Frage: Was will das Sprichwort sagen? noch andre Antworten geben und demgemäß auch die Anwendungen erweitern.

Die Anwendung ist dem praktischen, stets auf des Volkes Wohl sinnenden Hebel so sehr die Hauptsache, daß er mitunter gleich auf sie losgeht („Frisch gewagt ist halb gewonnen"), ja, wo man meint, er werde mit der Erklärung kommen, dem Leser sofort mit dem anredenden „Du" auf den Leib rückt („Ende gut, alles gut", „Man muß mit den Wölfen heulen"). Mitunter bringt er auch die Erklärung des Sprichworts („Rom ist nicht an einem Tage erbaut worden") oder das veranschaulichende Beispiel hinten nach („Es ist nicht alles Gold, was glänzt"). Muster für die Behandlung von Sprichwörtern in der Volksschule können demnach die Hebelschen Bearbeitungen nicht ohne weiteres genannt werden. Wohl aber sind sie zum Lesestoff vorzüglich geeignet, und es ist ein Zeichen einer bessern Zeit, daß unsere neuern Lesebücher eine verhältnißmäßig bedeutende Anzahl Hebelscher Sprichwörter aufgenommen haben. Auch giebt es für den Lehrer kein besseres Mittel, jene Kunst des Kopftreffens zu lernen, als eben die Hebelschen Sprichwörterbearbeitungen. Ihnen an Art und Gewand ähnlich sind die von Härlin („Sprichwort und Gottes Wort" 1851, 7½ Sgr.), von Horn („Spinnstube" und „Nothpfennig für jedermann"), von Enslin („Pract. Schulmann" X. B.), von Klaus Harms („Gnomon") u. a. — Von den Alten gehören hierher zwei Zeitgenossen Luthers, Agricola und Seb. Franck.

In der Erkenntniß des hohen Werthes des Sprichwortes haben fast alle neuern Volksschullesebücher mehr oder weniger Sprichwörter ohne Erklärung aufgenommen, die gewöhnlich in Gruppen zusammengestellt sind, bald nach diesem, bald nach jenem Princip. Das bloße Lesen derartiger Gruppen genügt nun in keiner Weise; vielmehr muß jedes einzelne Sprichwort, wenn es sich nicht als Ergebniß der Besprechung einer Fabel, Parabel, Erzählung u. dgl. oder im Katechismus-, im biblischen Geschichts-, im Geschichtsunterricht als dem Gedächtniß leicht behaltbarer Kernsatz hinstellen läßt, wenigstens in Kürze erklärt und angewandt werden. Denn Sprichwort ist nicht Lesewort; und wie das Volkslied gesungen sein will, so will das Sprichwort gesprochen werden. Damit es aber in der rechten Weise im Munde geführt werde, muß es erst im Verstand und Herzen Leben gewonnen haben.

Wenn es Zeit und Umstände gestatten, aber in jeder Schule, muß mitunter ein Sprichwort ausführlicher besprochen werden. Die ausführliche Besprechung darf nicht ungebührlich ausgedehnt werden;

auch darf sie nicht werden zu einer „Katechisation über die in dem Sprichwort empfohlenen Tugenden oder getadelten Fehler“ (Dinter), oder gar zu einer „Unterredung über die Sonn- und Festtagsevangelien“ (Wander); sondern es muß dabei vorzugsweise die Denk- und Sprachbildung des Schülers ins Auge gefaßt werden. Zu einer ausführlichen Besprechung eines Sprichwortes in der Volksschule giebt es drei Wege:

a) Der naturgemäßeste Weg ist der, daß man auf Grund einer Mehrheit von Vorfällen, Begebenheiten, Erscheinungen und Thatsachen die Kinder das Sprichwort gewissermaßen noch einmal selbst finden läßt. Dieser Weg ist der schwerste, weil er leicht zu allerlei fadem Gerede führen kann. Der Lehrer wird wohlthun, wenn er auf Grund von Beobachtungen, die er im Leben und in Büchern macht, eine Anzahl von Sprichwörtern auf diese Weise für sich schriftlich in Form einer Präparation bearbeitet. Auf sein Ingenium oder seine Geistesgegenwart kann man sich hier schlechterdings nicht verlassen. Auch in Bezug auf diesen Weg kann man von Hebel manches lernen; in der Bearbeitung des Sprichwortes: „Gott grüßt manchen, der ihm nicht dankt“ ist er ihn gegangen; nur daß er, wie gewöhnlich, das Sprichwort gleich voranschickt.

b) Dem naturgemäßesten Wege zunächst steht dieser, daß man von einer einzelnen Erzählung ausgeht und an dieser mit Hinweglassung der unwesentlichen Momente das Sprichwort entwickelt. Die Erzählung kann wahr oder erdichtet sein; die erdichtete Erzählung muß anschaulich sein.

Dieser Weg ist der leichteste; doch führt er sicher zum Ziele und ist vorzüglich deswegen zu empfehlen, weil er das trefflichste Mittel ist, die Fabel mit dem Sprichwort in Beziehung zu setzen. Um Stoff kann man bei unserm Fabelreichthum fast nicht in Verlegenheit kommen. Ich erinnere nur an die Franck'sche Fabel vom Fuchs und an das Sprichwort: Trau, schau, wem? an die Luther'sche Fabel vom Frosch und an das Sprichwort: Untreue schlägt ihren eignen Herrn; an die Mathesius'sche Fabel von der Schlange und an das Sprichwort: Undank ist der Welt Lohn. Zum Ueberfluß bietet sich ein Hilfsmittel dar in einer Gabe für die Jugend „Fabeln und Sprichwörter zu gegenseitiger Erklärung“ (Elberfeld 1839). Jeder Lehrer muß sich aber eine solche Sammlung selbst anzulegen im Stande sein.

Wie Hebel diesen Weg geht, das sieht man am deutlichsten an der Erzählung, welche die Ueberschrift trägt: „Untreue schlägt ihren eignen Herrn", und an der Bearbeitung des Sprichwortes: „Was nicht ist, kann werden."

Die unter a) und b) bezeichneten Wege muß man namentlich dann einschlagen, wenn das Sprichwort, wie z. B. das zuletzt angeführte, mehr oder weniger abstract ausgedrückt ist.

Vgl. die Sprichwörter: Wie du mir, so ich dir. Erst wieg's, dann wag's. Wie man's treibt, so geht's. Wie gewonnen, so zerronnen. Jung gewohnt, alt gethan*). Der Schein trügt u. a.

Hat das Sprichwort aber bildliche Ausdrucksweise, so ist unbedingt der folgende Weg zu empfehlen.

c) Man geht unmittelbar von den Ausdrücken des Sprichworts aus. Ein Beispiel soll dieses Verfahren veranschaulichen.

Ein Sperling in der Hand ist besser, als zehn auf dem Dache.

1. (Ein Sperling.) Von einem Sperlinge wird in unserm Sprichworte etwas ausgesagt. Kurze Beschreibung des Sperlings, in welcher mit Rücksicht auf das Sprichwort besonders seine Schnelligkeit, Schlauheit, Schalkheit und sein Aufenthalt hervorgehoben werden muß. — Von dem Sperlinge sagt der Herr: „Kauft man nicht ꝛc." Also hat ein Sperling nur einen geringen Werth — dennoch wird ihm nachgestellt.

2. (in der Hand.) Man will ihn vielleicht einmal als Stubenvogel halten — man ißt ihn — früher mußten in einigen deutschen Ländern Sperlingsköpfe an die Behörden abgeliefert werden. Was man aber so oder anders verwenden will, das muß man erst in seiner Gewalt, in seinem Besitz haben; den Sperling muß man in seiner Hand haben.

3. (ist besser.) Von dem „Sperling in der Hand" sagt unser Sprichwort: er ist besser ꝛc. Ein Sperling hat denselben graubraunen Rock an, wie der andre: also kann sich „besser" nicht auf die äußere Gestalt beziehen; ein Sperling fällt so wenig vom Dache ohne den Willen des Vaters, als der andre ꝛc.: also bezieht sich „besser" auch nicht auf den innern Werth. Aber ein Sperling in dem hungrigen Magen ist immer noch sättigender, als eine Kirsche,

*) „Gedont" heißt es bei Agricola.

eine Nuß: „besser“ bezieht sich auf den Nutzen des Sperlings. Ein Sperling in der Hand ist für uns von größerem Nutzen, als

4. (zehn auf dem Dache.) Das Dach ist der oberste Haupttheil des Hauses. Wenn wir auf dasselbe gelangen wollen, dann brauchen wir ꝛc. Anders der Sperling — —. Nun kann man allerdings nach dem Sperling schießen, werfen ꝛc., allein —. Also

5. (das Ganze:) ist ein Sperling, den wir bereits in unsrer Gewalt haben, für uns von größerm Nutzen, als zehn, die wir erst mit Mühe, Aufmerksamkeit, Anstrengung erjagen müßten. Oder wie unser Sprichwort es ausdrückt: — —.

6. (Anwendung.) Was in unserm Sprichwort vom Sperling gesagt ist, gilt von vielen Dingen — — —. Zusammenfassung: Also (Sinn des Ganzen) ein kleines Gut, das wir haben, ist besser als ein großes, das wir erst mit Mühe ꝛc. erringen müssen.

7. (Aehnliche Sprichwörter.) Denselben oder einen ähnlichen Sinn haben folgende Sprichwörter: Ein Sperling in der Hand ist besser, als ein Storch in der Luft. Kleiner Fisch auf dem Tisch besser, denn im Bach ein großer Fisch. Habich ist besser als Hättich. Ein Gewiß ist besser denn zehn Ungewiß.

8. (Ermahnung.) Darum freue dich deines kleinen Gutes und genieße es, anstatt ewig zu wünschen und zu streben nach hohem Gut, dessen Erreichung dir vielleicht versagt ist! Setze nicht deinen Thaler in die Lotterie, um vielleicht Tausende zu gewinnen! Genieße, was dir Gott beschieden, entbehre gern, was du nicht hast. Ein jeder Stand hat seinen Frieden, ein jeder Stand hat seine Last!

Diese Weise, Sprichwörter zu behandeln, halte ich nach meinen Erfahrungen in niedern wie in höhern Schulen für die ersprießlichste; nur darf man über der Erklärung, die sich übrigens überall practisch ausführen läßt, die besondre Anwendung nicht vergessen. Bei der Anwendung werden Fragen gethan wie diese: Wer handelt, handelte nach dem Sprichwort? Wer nicht? Wer pflegt es im Munde zu führen? Wer hat ein Recht dazu? Wer nicht? Wer könnte etwa so denken, sprechen? Wie würde der und der gehandelt haben, wenn er des Sprichworts eingedenk gewesen wäre? In welchen Lagen des Lebens muß man an das Sprichwort denken? Wann wirst du selbst an das Sprichwort zu denken haben? Wann ein Vater, eine Mutter, ein Herr, ein Knecht ꝛc. In welchen Verhältnissen verliert das Sprichwort seine Gültigkeit? Wie sieht es in einer Familie, einer

Schule, einer Dorfgemeinde aus, wo dieses Sprichwort beachtet wird? In welche Familie ꝛc. muß es hineingebracht werden u. dgl. — Man hüte sich wohl, bei der Anwendung in Allgemeinheiten mit „man, jemand, Ding, Verhältniß, Person" ꝛc. sich zu verlieren. Das Lesebuch, die biblische und gemeine Geschichte, die Erfahrungen des Lehrers, selbst der Anschauungs- und Erfahrungskreis der Schüler bieten reiche Mittel, um concrete Fälle vor Augen zu stellen.

Es versteht sich von selbst, daß solche Entwicklungen auch aufgeschrieben werden können, ja daß sie, aufgeschrieben, von noch größerer Bildungskraft sind. Selbst in höhern Schulen wird namentlich die dritte Behandlungsweise deswegen mit großem Nutzen gehandhabt, weil sie zur Stätigkeit des Denkens und zur exactesten Verbindung des Gedachten gewissermaßen herausfordert.

Höheren Schulen bieten sich aber zur schriftlichen Behandlung von Sprichwörtern noch andre Wege dar.

A. In Bezug auf das einzelne Sprichwort.

a) Die Abhandlung. Alle Hilfsbücher für Aufsatzübungen bieten hierzu reichen Stoff; doch will ich eine Disposition aus Herzogs „Stoff zu stilistischen Uebungen" als Beispiel hierhersetzen.

Morgenstunde hat Gold im Munde.

I. Einleitung.

1. Viele Menschen wünschen sich, lange zu leben; sie können dazu gelangen, wenn sie weniger schlafen: denn der nur lebt, der da wirkt; wer aber schläft, der wirkt nicht.

2. Schlaf ist freilich nöthig zur Sammlung neuer Kräfte: aber zu viel Schlaf ist theils schädlich für die Gesundheit, theils raubt er uns Zeit zum Wirken: man muß ihn also beschränken.

3. Es fragt sich: soll man das thun dadurch, daß man bis tief in die Nacht arbeitet, oder lieber dadurch, daß man früher aufsteht? — Die Nacht ist zum Schlafen, der Tag zum Wachen bestimmt — man sieht das an fast allen lebenden Wesen, und das Sprichwort hat Recht: Morgenstunde hat Gold im Munde, d. h. die Frühstunden des Tages eignen sich zu ernsten und nützlichen Geschäften am besten.

II. Vortheile des Frühaufstehens.

1. Es ist nützlich.

a) Im allgemeinen.

aa) Für die Gesundheit des Körpers. Das Gegentheil macht träge — weichlich — schwach — folglich ist es ungesund.

bb) Für den Geist. Er ist am Morgen

α) munterer — —.

β) Man ist noch nicht durch die Angelegenheiten des Tages zerstreut.

γ) Man gewinnt an Zeit zum Lernen.

δ) Man gewinnt an innerer Zufriedenheit.

cc) Für die Berufsgeschäfte. Man kann viel beschicken, ausführen; der Tag ist vor uns. Einfluß auf die Beförderung des Wohlstandes.

b) Im besondern. Für einzelne Stände und Beschäftigungen ist das Frühaufstehen durchaus nöthig — für den Krieger, den Jäger, den Landmann, die Frachtfuhrleute rc.

2. Das Frühaufstehen hat auch manches Angenehme.

a) Nach gethaner Arbeit ist gut ruhen. Es ruht sich des Abends so schön bei dem Gefühle, nun seine Geschäfte beendigt zu haben; und das geschieht um so früher, je früher man sie zu betreiben anfing.

b) Der Genuß der Natur ist des Morgens schöner, als am Abend — der Aufgang der Sonne; die erfrischende Luft rc.

III. Schluß. Darum

Früh mit den Hühnern zu Bette,
Früh auf, mit den Hahnen zur Wette!

Als recht brauchbares Hilfsmittel bei der Behandlung von Sprichwörtern in der abhandelnden Form bietet sich höhern Schulen dar das Buch von Günther: Entwürfe zu Vorträgen und Aufsätzen über 100 Sprichwörter und 100 Schillersche Sprüche. Eisleben 1861. 1 Thlr. 10 Sgr.

Eine besondre Art von Abhandlungen, die kritische Abhandlung, ergiebt sich auf Grund des Anspruches, den das Sprichwort selbst macht: „Sprichwort, wahr Wort." Das Thema gestaltet sich hier so: Hat das Sprichwort Recht? — Meistentheils wird, da der ganz falschen Sprichwörter nur wenig sind, die eigentliche Abhandlung zwei Hauptgedanken haben: 1. als Lebensregel betrachtet, hat das Sprichwort Unrecht; 2. als Erfahrungssatz betrachtet, ist das Sprichwort wahr.

b) Die Chrie. Die Chrie (der Ausdruck ist uns schon aus Claudius bekannt) ist eine im Alterthum, sodann im Mittelalter, im Reformationszeitalter, im 17. und noch im 18. Jahrhundert in den Schulen fleißig geübte Stilgattung. Sie hat acht ganz bestimmte Theile, die aus dem folgenden Beispiel zu ersehen sind. In neuerer Zeit ist ihr von einigen Gymnasiallehrern sehr das Wort geredet worden. Sie kann für die Abhandlung über fast jeden beliebigen Satz eintreten, eignet sich jedoch vorzugsweise zur Behandlung von Sprichwörtern und Sprüchen. Die nachfolgende Chrie möge als erläuterndes Beispiel hierhergestellt werden.

Morgenstunde hat Gold im Munde.

I. Einleitung und Thema.

Wie unwirksam lange Ermahnungen sind, ist hinlänglich bekannt. Ein kurzer, kräftiger Spruch wirkt, wenn man ihn sich zum Wahlspruch nimmt oder jemand zum Wahlspruch giebt, ungleich mehr. Selbst das der Weisheit von der Gasse entstammte Sprichwort hat alle die Eigenschaften an sich, welche einen Spruch zum Wahlspruch machen können; nicht zwar zum Wahlspruch für unser sittlich-religiöses Leben, wohl aber zum Wahlspruch für bestimmte Richtungen gott- und menschengefälligen Strebens und Thuns. Ein solches Sprichwort ist der bekannte Satz: Morgenstunde hat Gold im Munde.

II. Entwickelung des Hauptgedankens durch Auflösung in seine Theilgedanken.

Von der Morgenstunde ist in unserm Sprichworte etwas ausgesagt. Die Morgenstunde ist für unsre Gegenden im Sommer die Zeit von 3, 4 Uhr bis 7, 8 Uhr des Morgens, im Winter derselbe, ungefähr um eine Stunde später beginnende Zeitraum. Das Wort „Stunde“ steht also nicht in dem gewöhnlichen Sinne von einem 60 Minuten umfassenden Zeittheil, sondern, der Ableitung vom ahd. stantan d. i. stehen entsprechend, von dem „einstehenden Zeittheil“ überhaupt. Die Aussage unsres Sprichworts lautet nun dahin, daß die Morgenstunde Gold im Munde habe. Gold ist ein allbekanntes edles Metall, das durch seinen Glanz und Werth vor den meisten übrigen Metallen sich auszeichnet. Bei dem Ausdruck Mund haben wir nicht an den so bezeichneten Theil des menschlichen oder thierischen Körpers zu denken, sondern an das Wort, welches uns in „Vormund, Mündel, mündig“ erhalten ist. Dieses Wort, welches ahd. und mhd. diu mund, mit lateinischer Endung mundium lautet, bedeutet s. v. a. „Sorge, die für eine Person oder Sache getragen wird, Schutz, Schirm,

Gewahrsam, Besitz 2c." Der Sinn des Sprichworts ist also dieser: Die Morgenstunde hat kostbare Dinge in ihrem Besitz oder Gewahrsam und — dieser Gedanke steckt dahinter — theilt dieselben demjenigen mit, der es mit ihr hält.

III. Beweis der Wahrheit des Sprichworts.

a) Aus sich selbst. Daß unser Sprichwort Wahrheit enthalte, läßt sich aus ihm selbst leicht beweisen. Denn wer hätte es nicht schon erfahren, wie wohlthuend die Morgenstunde auf die Gesundheit des Leibes und Geistes und auf die Erfrischung des Gemüthes wirkt? wie leicht eine Arbeit, die man unternimmt in den Frühstunden des Tages, von statten geht, und welch ein reicher Segen sie begleitet? Unzerstreut durch die mannigfaltigen Gedanken, Anschauungen und Wandlungen des Tages ist der Geist nur in der Morgenstunde; darum ist das Urtheilsvermögen in dieser Zeit am kräftigsten und am sichersten, das Gedächtniß faßt schneller und fester, der Wille fühlt sich energischer, selbst das Herz steht den Eindrücken der äußern und innern Welt offener. Kaum braucht bemerkt zu werden, daß auch der Körper in den ersten Stunden nach der nächtlichen Ruhe ungleich kräftiger angreift und nicht so leicht der Ermüdung erliegt, als in den späten Stunden des Nachmittags oder Abends. Manche Arbeiten lassen sich sogar nur in der Morgenstunde mit Erfolg ausführen.

b) Aus der Widerlegung des Gegentheils. Ganz anders ergeht es demjenigen, der die Morgenstunde im Bett verbringt. Die gewöhnlich zu große Wärme unsrer Betten erschlafft den Körper und Geist umsomehr, je mehr diese bei Anbruch des Tages ohne des Menschen Willen und Zuthun zur Arbeit sich wiederum gekräftigt fühlen. So abgemattet erhebt sich endlich der träge Landmann; aber ehe er sein Tagewerk beginnt, steht schon die Sonne bereit, ihre Wärmepfeile auf ihn zu entsenden. So abgemattet erhebt sich endlich der träge Gelehrte, der träge Schüler; aber es währt geraume Zeit, ehe die Verdüsterung und Verwirrung des Geistes nur einigermaßen schwindet. Darum mag niemand einen des Morgens verschlafenen Knecht, Gesellen oder Lehrling lange behalten; kein Lehrer mag gern mit einem Schüler zu thun haben, der die ersten Stunden des Unterrichts noch dazu gebraucht, um sich die Augen munter zu reiben.

c) Durch ein Gleichniß. Den, der in der Morgenstunde seine Arbeiten verrichtet, möchte ich einer Biene vergleichen, die zur rechten Zeit, nämlich im Sommer, reichliche Nahrung für sich und ihre Brut einträgt, damit sie zur Unzeit, nämlich im Winter, nicht vergeblich zu suchen oder gar zu darben hat.

d) Durch Beispiele. Man braucht aber nach solchen Gleichnissen aus dem Naturleben nicht zu suchen; denn das menschliche Leben bietet Beispiele genug, welche den Segen des Frühaufstehens beweisen. Man denke doch nur an Friedrich II. von Preußen, den schon seine Zeit mit den unantastbaren Beinamen des „Einzigen", des „Großen" vor andern Fürsten ausgezeichnet hat. Hat er nicht einen Theil seines Ruhmes dem Umstand zu danken, daß er schon um vier Uhr des Morgens aufstand und, nachdem er sich selbst frisirt und angekleidet hatte, alsbald sich an seinen Schreibtisch setzte? Oder man schaue sich in seiner nächsten Umgebung um: überall wird man sehen, daß günstige irdische Lage, Gesundheit des Körpers und Fröhlichkeit des Herzens durch das Frühaufstehen befördert werden.

e) Durch Autoritäten. Die Wahrheit unsres Sprichworts wird endlich erwiesen durch manche andre Sprichwörter, Aussprüche berühmter Männer und selbst Stellen der heil. Schrift. Die Weisheit von der Gasse spricht z. B. im Deutschen: Früh auf und spät nieder bringt verlornes Gut wieder; Früh nieder und früh auf verlängert den Lebenslauf; und mit Ironie: Wer früh aufsteht, sein Gut verzehrt, wer lange schläft, den Gott ernährt. Im Lateinischen: Aurora musis amica. Im Englischen: Early to go to bed, and early to rise, makes a man healthy, wealthy and wise. Der griechische Dichter Hesiod singt:

Morgenstund hat wahrlich der Tagesarbeiten ein Drittheil;
Morgenstunde gewinnt dir am Weg und gewinnt dir an Arbeit.

In den Sprüchen Salomos heißt es: Wie lange liegst du, Fauler? Wann willst du aufstehen von deinem Schlaf? 2c. (Spr. Sal. 6, 9—11).

IV. Schluß.

Sind dies nicht Antriebe genug, es mit der Morgenstunde zu halten, wie schwer es einem im Anfange vielleicht auch fällt? Darum, lieber Leser, laß unser Sprichwort nach deinem Morgengebete dein erstes Wort sein!

Die Theile einer Chrie werden auch anders gruppirt, als es hier geschehen ist, nämlich so:

Einleitung und Thema — — —.

I. Logischer Theil:
  a) Entwicklung 2c.,
  b) Beweis seiner Wahrheit,
    1. aus sich selber,
    2. aus der Widerlegung 2c.

II. Rhetorischer Theil. Erläuterung des Hauptgedankens
a) durch Gleichnisse (für die Phantasie),
b) durch Beispiele (für die Anschauung),
c) durch Autoritäten (für den Glauben).

Schluß — — —.

B. In Bezug auf eine Mehrheit von Sprichwörtern.

a) Die Vergleichung. Es bietet sich bei der Erklärung oder Anwendung eines Sprichwortes, wie wir bereits gesehen haben, immer die nicht zu verpassende Gelegenheit dar, andre Sprichwörter heranzuziehen. (Von Hebels hierher gehörigen Bearbeitungen vgl.: „Wo nichts ist, kommt nichts hin." „Ein Narr fragt viel, worauf kein Weiser antwortet." „Einmal ist Keinmal.") Dabei wird die Volksschule in der Regel stehen zu bleiben haben. In höherstehenden Unterrichtsanstalten kann man die Vergleichung von Sprichwörtern für sich zum Gegenstand mündlicher und schriftlicher Darstellung machen. Die Sache ist namentlich bei sinnverwandten Sprichwörtern nicht zu leicht. Denn häufig scheinen nur der oberflächlichen Betrachtung zwei oder mehrere Sprichwörter denselben Sinn zu haben; und je näher sie rücksichtlich ihres Sinnes einander verwandt sind, desto schwieriger ist ja die Vergleichung. Auch fordert der Ausdruck hier zur genauesten Achtsamkeit auf. (Einige Hilfe leistet das Buch von Straub, „Vergleichung sinnverwandter Sprichwörter" Leipzig 1859.) Leichter schon gestaltet sich die Vergleichung, wenn man solche Sprichwörter neben einander stellt, die sich einander widersprechen oder doch zu widersprechen scheinen. Es giebt deren bekanntlich eine nicht geringe Zahl.

b) Die Zusammenfügung. Ich verstehe darunter die durch hinzugethane verbindende Gedanken bewirkte freiere Vereinigung einer größern Zahl von Sprichwörtern, die entweder in ihrem Wortlaut schon auf ein und denselben Gegenstand sich beziehen, oder bei abweichendem Wortlaut auf ein und denselben Gegenstand bezogen werden. So sind in neuerer Zeit die Sprichwörter aller Völker (soweit sie erreichbar waren) zusammengestellt worden, die in ihrem Wortlaut auf die Frau, das Wetter 2c. sich beziehen. Es ließen sich aber auch Sprichwörter, bei denen dies nicht der Fall ist, zusammenstellen zu einer Darstellung über die Pflichten, die Bedeutung, die Stellung 2c. der Frau. Endlich läßt sich die eine Weise mit der andern verbinden.

Daß solche Darstellungen von Einem Gedanken getragen werden müssen, ist unerläßlich; ihnen einen ununterbrochenen Fluß zu geben, macht deswegen Schwierigkeit, weil das Sprichwort eine Umformung zum Behuf der Einfügung in die Rede nicht verträgt.

Wenn schon die Zusammenfügung eine Kenntniß der Sprichwörter und eine Benutzung ihrer Quellen voraussetzt, die bei weitem nicht überall zu ermöglichen ist, so noch mehr

c) die historische Zusammenstellung, die aus eben diesem Grunde dem Bereich der Schulen eigentlich ganz fremd bleiben muß. Die historische Zusammenstellung kann in verschiedner Weise bewirkt werden. Nur um den Fleiß und die Hingabe zu zeigen, die dem Sprichwort in neuerer Zeit gewidmet werden, setze ich ein Beispiel her aus Schulze, „die biblischen Sprichwörter der deutschen Sprache" Göttingen 1860. 1 Thlr. Das Buch giebt in der Weise, die aus dem Beispiele ersichtlich ist, 296 biblische Sprichwörter. Der Verfasser bietet alle diejenigen Sprichwörter dar, „welche, aus der Münzstätte der h. Schrift hervorgegangen, vor Jahrhunderten in unsrer Sprache in Umlauf gesetzt wurden und meist noch bis heute ihre volle Währung behalten haben."

No. 37. Ps. 94, 15.

Quoadusque justitia convertatur in judicium.

Luther: *Recht muſs doch recht bleiben,*

nach der Windberger Psalmenübersetzung: *dare zuo unze daz reht becheret werde in daz gerihte,*

nach der Trierer: *unze daz reth becheret werde in daz urteil.*

Agricola (500 spr. nr. 118) hat es in etwas anderer Fassung: *Recht ist recht und bleibet recht.*

Simrock no. 8222: *recht muſs doch recht bleiben.*

Von sonst noch möglichen, nach andern Principien vorgenommenen Zusammenstellungen erwähne ich nur noch

d) die landschaftliche Zusammenstellung, d. i. die Zusammenstellung derjenigen Sprichwörter, die in einer kleinern oder größern Landschaft gesprochen werden*). In seiner Landschaft sollte

*) Zu nennen ist hier z. B. Schambach, Niederdeutsche Sprichwörter der Fürstenthümer Göttingen und Grubenhagen. Zwei Sammlungen. 12½ u. 24 Sgr.

jeder Lehrer mit Liebe und Aufmerksamkeit hören und sammeln. Gedruckt braucht ja die Sammlung nicht gleich zu werden. Aber es wird sich schon eine Gelegenheit darbieten, die gesammelten Schätze an den Mann zu bringen. Der Lehrer Wander in Schlesien hat schon vor Jahren einen Aufruf an die Lehrer erlassen, daß sie ihn, zum Behuf einer Vervollständigung seines seit länger als dreißig Jahren vorbereiteten Sprichwörterlexikons unterstützen möchten.

Es bleibt mir nun noch ein Wort zu sagen übrig über die Benutzung des Sprichwortes für grammatische Zwecke.

Seitdem die „Gassensätze" Wursts (man versteht darunter die zum Behuf der Veranschaulichung einer grammatischen Regel oder Belehrung gemachten Sätze) in Mißcredit gekommen sind; seitdem man es als einen Mißgriff erkannt hat, für den grammatischen Unterricht in der Schule aus dem Zusammenhange gerissene Sätze deutscher Schriftsteller zusammenzustellen; seitdem man auch mehr und mehr eingesehen hat, daß die sogenannten Musterstücke, wenn sie nicht, wie jene Sätze, um gewisser grammatischer Zwecke willen gemacht, also, so zu sagen, zu Gassenstücken werden, eine genügende Anzahl gleichartiger Spracherscheinungen nicht darbieten: hat man, wo man aufrichtig und einsichtsvoll an der Nothwendigkeit besondrer grammatischer Belehrungen festhielt, angefangen, aus Sprichwörtern „Beispiel-Grammatiken" aufzustellen. Solche Beispielgrammatik ermöglicht nun, was bei der Anknüpfung der Grammatik an die „Musterstücke" ohne Künstelei oder nur nominellen Anschluß nie geleistet werden kann, einen bestimmten Gang; auch ist ihr innerer Werth unendlich höher anzuschlagen, als der einer Wurst'schen Beispielsammlung. Allein, was diese auszeichnet, die Ungetrübtheit des veranschaulichenden Mittels, kann die aus Sprichwörtern zusammengestellte Beispiel-Grammatik nicht darbieten; gerade die Sprichwörter entziehen sich den grammatischen Regeln in der freiesten Weise, und selbst der ungeheure Reichthum unsrer Sprichwörter läßt auch in einfachen grammatischen Dingen im Stich. Uebrigens kann Ausreichendes, auch ohne daß man zu nichtssagenden Sätzen seine Zuflucht nimmt, aufgestellt werden, wenn man nicht bloß aus einer Quelle schöpfen will. Jeder wird ja das Bessere, wenn er es findet, an die Stelle des Schlechtern setzen; und das ist unzweifelhaft, daß jedes Sprichwort einen größern Werth hat, als ein selbstgemachter Satz, zumal wenn diesen, wie das so häufig geschieht, der Augenblick eingeben muß.

Aus dem bis jetzt über Benutzung und Behandlung des Sprichworts Gesagten ergiebt sich ohne weiteres der **Werth**, den das Sprichwort für unterrichtliche Zwecke hat.

Nicht minder wichtige Dienste würde es dem Lehrer leisten, wenn er es, natürlich zunächst den Sätzen des Evangelii, mit seiner Erfahrung und Philosophie aufnehmen wollte in seine ganze Erziehungskunst. Wie trefflich eignen sich z. B. folgende Sprichwörter zu pädagogischen Sätzen! Keine Schule taugt ohne Schulmeister. Lehren und Thun stehn wohl beisammen. Lerne was, so kannst du was. Zum Lernen ist niemand zu alt. Lernst du wohl, hast du gebratne Hühner wohl; lernst du übel, friß mit den Schweinen aus einem Kübel. Die Gelehrten, die Verkehrten. Wer gelehrt, der werth. Gelehrte wissen's, Tapfere thun's. Man lernt mehr mit Ohren, als mit Augen. Wohl vorgehen macht wohl nachgehen. Zusprechen ist halb Werk; Vormachen und Strafen wetzt den Verstand. Uebung der beste Schulmeister. Die Kinder muß man in saubern Wassern baden, nicht in Mistlachen. Man lernt eher eine Sprache in der Küche, als in der Schule. Erziehst du dir einen Raben, so wird er dir zum Dank die Augen aushacken. An Gottes Segen ist alles gelegen. Laß Gott in allen Dingen dein den Anfang und das Ende sein. Hält der Buchstab dich gefangen, kannst du nicht zum Geist gelangen. Ehrenpreis ist besser, denn Tausendgüldenkraut. Wächst die Ehre spannenlang, wächst die Thorheit ellenlang. Alte soll man ehren, Junge soll man lehren, Weise soll man fragen, Narren vertragen u. v. a.

Einen nicht gering anzuschlagenden Werth hat das Sprichwort ferner für den Lehrer beim Hinaustritt aus der Schulstube unter das Volk, dessen Kinder er unterrichtet: Es lehrt ihn das Volk kennen, es läßt ihn auf das Volk wirken. — Wie ist doch das Sprichwort entstanden? Nicht durch die sinnende Thätigkeit eines oder vieler Gelehrten, nicht durch den verfeinerten Verstand der sogenannten höhern Stände, nicht durch die Beobachtungsgabe des aufmerksamen Volksfreundes: sondern wie das Volkslied gebiert es das Volk aus sich selbst, und hat es namentlich zu jenen Zeiten geboren, da noch nicht die tiefen Klusten zwischen den Ständen, Berufsarten und geistigen Richtungen waren, wie jetzt. „Einer sah, fühlte, sprach — und das Sprichwort war geboren. Er sah das Ereigniß, fühlte die Wahrheit, sprach aus, was er fühlte. Sein Nachbar hörte das Wort, fühlte mit — das Wahre, bewährte den Fund und sprach dasselbe Wort bei ähnlichen Anlässen nach. So ward das Wort — ein Sprichwort." (Sailer.) — Die Eltern erkennt man an den Kindern. So prägen die Sprichwörter eines Volks, ja eines Volksstammes und -zweiges das Wesen desselben aus, und zwar die deutschen Sprichwörter mehr, als die irgend eines andern Volks. Denn kein Volk der Erde hat eine so große Zahl von Sprichwörtern, als das deutsche, und keines ist so mit seiner Sprache Eins, als das deutsche. „Nur am deutschen Wort hängt noch der Blutstropfen, mit dem es sich vom Herzen losgerungen hat." Wer also des deutschen Volkes höchstes Gut und größtes Uebel, seine Liebe und seinen Haß, seine Treue und seine Wandelbarkeit, seine Mäßigkeit und seine Genußsucht, seine Liebe zur Scholle und sein Hinausstreben ins Weite, seinen Familiensinn und sein Weltbürgerthum, seine Arbeitsamkeit und seine Bärenhäuterei, seinen Humor und seine Einfalt, seine Zartheit und seine Derbheit, seinen Witz und seine „Dörperheit", seine Freiheit und seine Gebundenheit, sein Christenthum und sein Heidenthum, seinen Glauben und Aberglauben, seine Ehrlichkeit, seine Geradheit und seinen Muth, seine Sitte, sein Recht und seinen Rechtssinn, sein eheliches, geselliges und bürgerliches Leben 2c. kennen lernen will: der findet in unsern Sprichwörtern einen reichlichen und ungetrübten Quell. Und wer aus diesem Quell andern zu geben weiß mit Maß und zur rechten Zeit: der wird immer Erquickung bringen und mit Erquickung festhaltende Belehrung und Zurechtweisung.

Auch fromme Männer haben Sprichwörter zu Wahlsprüchen gehabt. Luthers Wahlspruch war: „Des Christen Herz auf Rosen geht, wenn's mitten unterm Kreuze steht"; Johanns von Sachsen: „Geradezu macht gute Renner"; an manchen Rathhäusern stand ehedem das Wort: „Eins Manns Rede, keins Manns Rede, man soll sie billig hören beede."

Die letzten Ausführungen haben uns auf das Wesen des

Sprichworts schon geführt. Es hat einen alle Tugenden und Fehler, alle Stände, alle Berufsarten, alle Altersklassen umfassenden Inhalt. Dieser stellt sich dar in zwei Hauptrichtungen: „wie es ist", und „wie es sein sollte." In jener Richtung bietet das Sprichwort die Formen und Farben zu einem untrüglichen Sittengemälde des deutschen Volkes; in dieser zeigt es uns „das durch das Christenthum geschärfte Gewissen" desselben. — Bei all seiner Weisheit ist und bleibt das Sprichwort „die Weisheit auf der Gasse." Es steigt nicht unmittelbar hinein in die Tiefen des Gemüths- und Seelenlebens; sondern worin diese Tiefen auf der Gasse, im öffentlichen und häuslichen Verkehr, im täglichen Schaffen und Sorgen, mit Einem Worte: im vollen, reichen Menschenleben sich offenbaren: das beobachtet es, das faßt es zusammen, das spricht es aus. Auch wird es von den Gebildeten und Gelehrten häufig nicht nur nicht geachtet, sondern sogar verachtet; desto mehr wird es auf der Gasse als vollwähriges Verkehrsmittel verausgabt und vereinnahmt. Es enthält Lehren, „deren Wahrheit plötzlich trifft, deren Gewißheit schnell einleuchtet, deren inwohnende Klarheit alle weitere Erklärung überflüssig macht, deren Anwendbarkeit so kunstlos als ausgebreitet ist" (Sailer).

Bei jenem steten Umsatz verliert das Sprichwort häufig einige Buchstaben oder Wörter seines ursprünglich vollen Gepräges. Dabei büßt es jedoch keineswegs an seinem Werthe ein; gewinnt vielmehr jene Kraft, die dem Sprichwort andrer Völker fehlt. Manches Sprichwort mag auch wohl gleich „mit dem bequemen Hausrock" geboren sein. Hat es doch seine Geburtsstätte mehr im Herzen, das den Sinn giebt, als im Kopfe, der ihn nach der Regel der Sprachlehre herauskleidet.

Daher die Masse solcher Kürzen, die als sprichwörtliche Kürzen dem Regelwerk der Grammatik sich meist nicht unterthänig erweisen: Trau, schau, wem? Ein Mann, ein Wort. Wurst, wieder Wurst. Herz, wo Geld. Krank Fleisch, krank Geist. Selbst ist der Mann. Viel Rühmens und nichts dahinter. Jung gewohnt, alt gethan. Besser unbegonnen, als unvollendet. Wahr, Fahr (Wahrheit bringt Gefahr). Eine Feder auf einmal macht zuletzt die Henne kahl. Ländlich, sittlich.

Sonst zeichnet sich das Sprichwort rücksichtlich seiner äußern (d. i. in Ohr und Auge fallenden) Form aus durch rhythmische Bewegung, Endreim, Binnenreim, Assonanz, Allitteration, Schallnachahmung, Wortspiel, eigenthümliche Wortschöpfungen, Symmetrie, eigne Wortstellung.

Viel Geschrei und wenig Wolle. Wenn der Koch vom Heerde geht, läuft das Fett ins Feuer. Auf einen groben Klotz gehört ein grober Keil. Je später der Abend, je schöner die Leute. — Mir genügt, wie Gott es fügt. Geld macht nicht reich, es sei denn reich das Herz zugleich. Schweig, leid und vertrag, bis dein Sach besser werden mag. — Der Socher (Siechende) überlebt den Pocher. Noth kennt kein Gebot. Wer nicht wirbt, verdirbt. Hochmuth thut kein gut. Fleiß bricht Eis. Borgen macht Sorgen. — Ehrlich währt am längsten. Wenn du kannst fliehen, sollst du nicht kriegen. — Gleich und gleich gesellt sich gern. Sprichwort, wahr Wort. — Eichenlaub (Eigenlob) stinkt. Es gehen viele Wege nach Darbstädt und Mangelburg. Der Vormund nimmt so viel, daß dem Nachmund nichts übrig bleibt. — Ohnerath frißt Sack und Saat. Ehrkauf, Reukauf. Hans-Schenk hat Gnade bei Hof. Bessern ist oft bösern. Faulert (der Müßiggänger) muß zerrissen gehen. — Der Katzen Scherz, der Mäuse Tod. Gott giebt, Gott nimmt. Alter Fuchs, alte List. Gut verloren, nichts verloren; Muth verloren, halb verloren; Ehre verloren, alles verloren. — Armuth alle Thür zuthut. Eigen was, wie gut ist das! —

Im Reim ist das Sprichwort nicht ängstlich; sagt es doch selber: Reim dich, oder ich fresse dich. Daher: Es flog ein Gänschen über den Rhein und kam als Gickgack wieder heim. Kindes Hand ist bald gefüllt, Kindes Zorn ist bald gestillt. Wer baut auf Gott, fürcht't keinen Tod.

In Bezug auf seine innere (nur dem Sprachsinn erkennbare) Form zeigt das Sprichwort Erscheinungen, welche bezeugen, wie tief in den Sinn des Volkes die Poesie hineingelegt ist. Alles nämlich, was in der Poetik als Trope oder Figur Erwähnung findet: das Gleichniß, die Metapher, die Personification, die Allegorie, die Metonymie, die Hyperbel; der Ausruf, die Frage, die Anrede, die Steigerung, der Gegensatz, das Paradoxon, die Ironie rc. hat in unserm Sprichwörterreichthum seine Beispiele.

Willst du lange leben gesund, iß wie die Katze, trink wie der Hund. Wer einen Fuchs fangen will, muß keinen Schöps hinters Garn stellen. Müh' und Fleiß bricht alles Eis. Der Apfel fällt nicht weit vom Stamme. Des Herren Auge macht die Pferde fett. Freund' in der Noth gehn zehne auf ein Loth; und so sie sollen behilflich sein, gehn zehne auf ein Quentelein. Eigen was, wie gut ist das! Trau, schau, wem? Will's Gott, wer wendet's? Willst du nicht lernen mit der Feder schreiben, so schreib mit der Mistgabel. Gut verloren, wenig verloren; Muth verloren, viel verloren. Eile im Rath nie gut that; aber im Laufen gilt schnaufen. Müßiggang ist eine schwere Arbeit. Alles verzehren vor seinem End' macht ein richtig Testament.

Nach diesen Darlegungen, die uns eine nicht geringe Zahl von Sprichwörtern anzuführen Veranlassung gegeben haben, kommt es nun darauf an, durch Feststellung des **Begriffes** ihr Gebiet abzugrenzen einestheils gegen das des Spruches, anderseits gegen das der sprichwörtlichen Redensart.

Man schreibt richtiger Sprichwort als Sprüchwort. Denn das Wort ist nicht eine Zusammensetzung mit Spruch — es könnte dann kaum anders heißen als Spruchwort — sondern mit dem mhd. spriche d. i. Wort.

„Sprichwort" ist demnach eine ähnliche Zusammensetzung wie Lindwurm; denn sowohl „Lind", ahd. lint, als auch „Wurm" bedeutet im ältern Deutsch s. v. a. Schlange. Die Zusammensetzung zweier sinnverwandter Wörter dient dazu, den Begriff zu verstärken. Also Lindwurm = gefährliche, Verderben bringende, große Schlange*).

Da nun „Wort" etwas „Gesprochenes" bedeutet, so wäre Sprichwort ein solches Wort, welches immer, von allen, unter allerlei Verhältnissen u. dgl. gesprochen wird.

„Wort" steht in dem Sinne, in welchem die Mehrzahl „Worte" lautet. Auffallend ist es daher, zumal im ältern Deutsch die Mehrzahl „Wörter" gar nicht vorkommt, daß man „Sprich w ö r t e r", nicht „Sprich w o r t e" sagt.

Dadurch unterscheidet sich nun in der That das Sprichwort von dem Spruche. Dieser kann auf dieselbe Weise entstehen, kann in seiner Form sich dem Sprichwort nähern, kann auch von diesem und

---

*) Dagegen scheint in „Ehebund, Eheband" ein bloßer Pleonasmus vorzuliegen. Denn Ehe (mittelniederd. echt, wovon das Adjectiv „echt" — falsch „ächt" — d. i. eig. „ehelich", sodann „von rechtmäßiger Herkunft" rc.), durch Lautwechsel (s. oben S. 142) verwandt mit dem noch im 15. und 16. Jahrhundert gebräuchlichen ewe (wofür wir jetzt schleppend Ewigkeit sagen), ist eigentlich „ein a u f d i e g a n z e D a u e r des Lebens geschlossenes Verhältniß zwischen Mann und Weib." — Im ältern Deutsch hat das Wort einen weitern Umfang: die Gotz Ee = das Gesetz Gottes; die alt E, die neuw E = das alte, das neue Testament.

jenem gesprochen werden, aber er ist nicht in aller Leute Munde. Außerdem sind dem Umfang des Spruches nicht so enge Schranken zu stecken, als dem des Sprichworts; und rücksichtlich seines Inhalts kann er (als Kunstspruch — aber ein Kunstsprichwort giebt es nicht) in alle Tiefen menschlicher Weisheit und Erkenntniß hinabsteigen, während das Sprichwort als die „Weisheit auf der Gasse" jene Tiefen in ihren Abbildern nur ahnen läßt. Die Grenze zwischen Spruch und Sprichwort ist übrigens in allen diesen Beziehungen sehr fließend; nicht minder die zwischen Sprichwort und sprichwörtlicher Redensart. Diese beiden sind „Blüthen Eines Stammes, Kinder Eines Hauses."

Sprichwörtliche Redensarten sind: Etwas über das Knie brechen. Aus der Art schlagen. Sich die Flügel verbrennen. Ins Gras beißen. Ueber den Bart hauen. Geputzt wie ein Pfingstochse. Die Wurst nach der Speckseite werfen. Er hat sein Schäfchen im Trocknen.

Redensarten, aber nicht sprichwörtliche Redensarten sind: Sich einer Sache entschlagen; ein Beispiel nehmen; Abbruch thun; Netze stellen u. a.

Die sprichwörtliche Redensart ist, wie diese Beispiele zeigen, im allgemeinen noch kürzer als das Sprichwort; auch bedient sie sich im ganzen derselben Ausdrucksweise, daher sie eben sprichwörtliche Redensart ist. Allein als Redensart hat sie einerseits nicht einen vollständigen Gedanken, sondern nur einen Begriff auszudrücken, der durch andre Theile der Rede erst in einen vollständigen Gedanken aufgenommen wird; anderseits ist ihre Form nicht so fest, als die des Sprichworts, daher sie sich in die grammatische Construction des Satzes einfügen läßt, ohne ihren Charakter zu verlieren; während man das Sprichwort, wo, wie und wann man es gebraucht, „stahn lassen" muß.

Unter einem Sprichwort verstehen wir also einen kurzen, im Munde des Volks lebenden, in fester Form überall wiederkehrenden Satz, der, vom Volk ausgegangen, sich zum Lebensbilde (sofern er darstellt, wie es ist) oder zur Lebensregel (sofern er darstellt, wie es sein soll) gemacht hat*).

*) Eiselein definirt: Das Sprichwort ist ein mit öffentlichem Gepräge ausgemünzter Satz, der seinen Curs und anerkannten Werth unter dem Volke hat."

Zum Schluß mögen nun noch die für uns wichtigsten, zum Theil schon genannten, hierher gehörigen Werke zusammengestellt werden.

Freidanks Bescheidenheit, neu aufgelegt und übersetzt von Bacmeister. Reutlingen 1861.

Johann Agricola, verschiedne Sammlungen in niederdeutscher und hochdeutscher Sprache; die erste dieser Sammlungen, von 1529, ist nach neuern Untersuchungen zuerst in hochd. Sprache geschrieben.

Sebastian Franck, Schöne, weise, herrliche Klugreden. Neu herausgegeben und erklärt von Guttenstein. Frankfurt 1831.

Luthers Sprichwörter, aus seinen Schriften gesammelt von Henseler. Leipzig 1824. (Eine Sammlung von Luthers eigner Hand, welche auf 33 Seiten in Octavformat mehr als 500 Sprichwörter umfaßt, ist erst 1862 aufgefunden worden und harrt noch ihrer Herausgabe.)

J. M. Sailer, Die Weisheit auf der Gasse. Augsburg 1810.

W. Körte, Die Sprichwörter und sprichwörtlichen Redensarten der Deutschen. Leipzig, 2. Auflage 1861.

J. Eiselein, Die Sprichwörter und Sinnreden des deutschen Volks. Freiburg 1840.

Simrock, Die deutschen Sprichwörter. Frankfurt 1860 u. ö. 1⅓ Thlr. Die bis jetzt vollständigste Sammlung mit 12396 Nummern. (Ein noch umfassenderes Werk ist schon seit Jahren von Wander angekündigt worden und erscheint endlich seit 1863 bei Brockhaus in Leipzig in Lieferungen zu 20 Sgr. Es soll 80—100,000 deutsche Sprichwörter und sprichwörtliche Redensarten enthalten*).

Eins der zuletzt genannten vier Werke sollte jeder Lehrer in seiner Bibliothek haben, aber nicht etwa den Bauern vorlesen.

Sonst erwähne ich noch einen sehr lesenswerthen Aufsatz von Honcamp „Das Sprichwort, sein Werth und seine Bedeutung" (Rhein. Bl. 1861. S. 114), und eine nicht minder beachtenswerthe, weil sehr anregende Rede von Eisenlohr, „Deutsche Volksschule und Deutsches Sprichwort." Stuttgart 1862. 3 Sgr.

*) „Man sollte meinen, die deutsche Vernunft hätte von den frühesten Zeiten bis zu uns herab nichts gethan, als Sprüche gemacht: so reich ist unser Vaterland daran" (Sailer).

§. 28. Hebels Bedeutung für die heutige Volksschule.

König Friedrich und sein Nachbar.

(WW. III, 126.)

Der König Friedrich von Preußen hatte 8 Stunden von Berlin freilich ein schönes Lustschloß und war gerne darin, wenn nur nicht ganz nahe daneben die unruhige Mühle gewesen wäre. Denn erstlich stehn ein königliches Schloß und eine Mühle nicht gut nebeneinander, obgleich das Weißbrot schmeckt auch in dem Schloß nicht übel, wenn's die Mühle fein gemahlen und der Ofen wohl gebacken hat. Außerdem aber, wenn der König in seinen besten Gedanken war und nicht an den Nachbar dachte, auf einmal ließ der Müller das Wasser in die Räder schießen und dachte auch nicht an den Herrn Nachbar, und die Gedanken des Königs stellten das Räderwerk der Mühle nicht, aber manchmal das Klapperwerk der Räder die Gedanken des Königs. Der geneigte Leser sagt: „Ein König hat Geld wie Laub, warum kauft er dem Nachbar die Mühle nicht ab und läßt sie niederreißen?" Der König wußte, warum. Denn eines Tages ließ er den Müller zu sich rufen. „Ihr begreift," sagte er zu ihm, „daß wir zwei nicht neben einander bestehen können. Einer muß weichen. Was gebt ihr mir für mein Schlößlein?" — Der Müller sagte: „Wie hoch haltet ihr es, königlicher Herr Nachbar?" Der König erwiederte ihm: „Wunderlicher Mensch, so viel Geld habt ihr nicht, daß ihr mir mein Schloß abkaufen könnt. Wie hoch haltet ihr euere Mühle?" Der Müller erwiederte: „Gnädigster Herr, so habt auch Ihr nicht so viel Geld, daß Ihr mir meine Mühle abkaufen könnt. Sie ist mir nicht feil." Der König that zwar ein Gebot, auch das zweite und dritte, aber der Nachbar blieb bei seiner Rede. „Sie ist mir nicht feil. Wie ich darin geboren bin," sagte er, „so will ich darin sterben, und wie sie mir von meinen Vätern erhalten worden ist, so sollen sie meine Nachkommen von mir erhalten und auf ihr den Segen ihrer Vorfahren ererben." Da nahm der König eine ernsthaftere Sprache an: „Wißt ihr auch, guter Mann, daß ich gar nicht nöthig habe, viel Worte zu machen? Ich lasse euere Mühle taxiren und breche sie ab. Nehmt alsdann das Geld, oder nehmt es nicht!" Da lächelte der unerschrockene Mann, der Müller, und erwiederte dem König: „Gut gesagt, allergnädigster Herr, wenn nur das Hofgericht in Berlin nicht wäre." Nämlich, daß er es wolle auf einen richterlichen Ausspruch ankommen lassen. Der König war ein gerechter Herr und konnte überaus gnädig sein, also daß ihm die Herzhaftigkeit und Freimüthigkeit einer Rede nicht mißfällig war, sondern wohl gefiel. Denn er ließ von dieser Zeit an den Müller unangefochten und unterhielt fortwährend mit ihm eine friedliche Nachbarschaft. Der geneigte Leser aber darf schon ein wenig Respekt haben vor einem solchen Nachbar, und noch mehr vor einem solchen Herrn Nachbar.

Es soll an dieser Erzählung zunächst gezeigt werden, wie eine Erzählung in der Oberklasse einer Volksschule sprachlich zu behandeln ist. Die Erzählung werde für die betreffende Unterrichtsstunde zum häuslichen Durchlesen aufgegeben; einige Fragen zu Anfange der Stunde reichen hin, um sich zu überzeugen, ob durchgelesen worden ist. Nun liest der Lehrer die Erzählung zuerst selbst vor: laut, langsam, lautrichtig und mit der entsprechenden Betonung. Ich wage nicht zu sagen: schön. Denn schönes Lesen ist eine künstlerische Leistung, die man bei weitem nicht von allen Lehrern, noch viel weniger von den Schülern einer Volksschule erwarten darf. Höchstens kommt es, wo man es erzwingen will, zu einer widerlichen affectirten Schönthuerei. Wie der Lehrer vorgelesen hat, so lesen nun die Schüler nach. Eine bedeutende Leistung! Denn wie viele Schulen giebt es, in denen laut und langsam gelesen wird? Und doch ist allein dies von außerordentlichem Werthe nicht blos für die Gewöhnung des Auges an die durch die Wörter dargestellten Bilder, für die Gewöhnung des Ohres an die immer wiederkehrenden Wortfügungen, für die Gewöhnung des Sprachsinnes an die verhältnißmäßig nicht zahlreichen, aber in unendlichen Modificationen erscheinenden Grundformen, die unserm Satzbau zu Grunde liegen; sondern auch für die eigne, wie für die Auffassung durch andere, denen wir vorlesen. Wenn das laute und langsame Lesen zugleich ein lautrichtiges und sinngemäß betontes ist, so wird alles eben Angeführte in dem für die Volksschule wünschenswerthen Grade erreicht; denn Orthographie, Grammatik, Stil und Sprachverständniß haben davon ihren reichsten Segen.

Die Behandlung einer Erzählung (wie jedes Sprachstücks) hat Aehnlichkeit mit der Betrachtung eines Kunstwerkes, einer Landschaft, oder auch des einzelnen Naturerzeugnisses: Zuerst verschafft man sich den Totaleindruck, sodann betrachtet man die einzelnen Theile, um endlich das Ganze mit dem Verständniß des Einzelnen anzuschauen. Deshalb folgt dem Lesen der ganzen Erzählung, welches den Gesammteindruck vermittelt, zunächst das Lesen des Abschnittes und die daran sich schließende, dem Einzelnen nachgehende Besprechung.

Die Besprechung muß sich in den engsten Grenzen halten und darf durchaus nicht dazu benutzt werden, nebenbei eine Menge nützlicher Kenntnisse mitzutheilen. Wer wollte das noch gutheißen, wenn bei obiger Erzählung ausführliche Mittheilungen gemacht würden über Friedrich II., oder über die Einrichtung einer Mühle, oder über Kauf und Verkauf? Wohin führt das, wenn man zu einer Erzählung, wie die vorliegende, 20 bis 30 Unterrichtsstunden verwendet? Man wolle doch den Nutzen einer bei der Sache bleibenden Besprechung, die Nebenzwecke gar nicht kennt, sondern nur den einen Zweck: das betreffende Stück, vor Augen hat, nicht gering anschlagen! Aber es ist hier nicht der Ort, über den Mißbrauch zu reden, der bei der Behandlung von Lesestücken in vielen Schulen sich festgesetzt hat. Es soll vielmehr an dem ersten Abschnitt unsrer Erzählung eine Grenze und Ziel kennende Besprechung veranschaulicht werden. Also zur Sache.

Lies bis zu den Worten: „aber manchmal das Klapperwerk der Räder die Gedanken des Königs"! — Von wem ist in dem ersten Satze dieses Abschnittes etwas ausgesagt? — An welchen König Friedrich von Preußen denkst du? — Was ist von diesem zunächst mitgetheilt? — Es ist das Schloß Sanssouci bei Potsdam gemeint, das der große König nach Beendigung des 2. schlesischen Krieges selbst hatte bauen lassen. Der französische Name Sanssouci bedeutet „Ohnesorge." Wiederhole, was ich über das schöne Lustschloß gesagt habe! — Friedrich II. hatte mehrere Schlösser. Was erfahren wir in dem folgenden Sätzchen von dem Lustschloß Sanssouci? — Darüber will ich euch etwas erzählen: — —. Wiederhole das! — Der König war also gern in diesem Schlosse. In welchem Falle wäre er noch lieber darin gewesen? — Wie ist die Mühle in diesem Satze genannt? — Weshalb verdient jede Mühle diese Bezeichnung? — Im Folgenden wird uns angegeben, aus welchen Gründen die Mühle dem Könige den Aufenthalt in seinem Schlosse verleidete. Welches ist der erste Grund? — Sag dasselbe von einer Kirche und einem Gasthaus aus! — Sag dasselbe von noch zwei andern Gebäuden aus! — Wie können wir in allen diesen Sätzen sagen anstatt: „stehen nicht gut neben einander?" — Inwiefern schickt es sich nicht, daß eine Windmühle neben einem schönen Schlosse steht? — Was muß freilich nach den Ausdrücken unsrer Erzählung zugestanden werden? — Unter welchen Bedingungen ist das eben Gesagte der Fall?*) — Welches ist der zweite Grund, weshalb die Mühle dem Könige den Aufenthalt in seinem Schlosse

*) Ich bemerke hier, daß man, wo das Sprachstück dazu Veranlassung giebt, nach dem Grunde, der Ursache, Folge, dem Mittel, Zwecke, der Bedingung u. dgl. recht wohl fragen kann. Aber Definitionen dieser Begriffe zu entwickeln, wie es z. B. Fr. Otto thut, ist eine der Volksschule nicht zukommende Aufgabe.

verleidete? — Antworte blos mit dem letzten Satze! — „Stellen" hängt zusammen mit „stehen." Wie können wir also den Satz ausdrücken: Das Klapperwerk der Räder stellte die Gedanken des Königs? — Mehrmals habe ich nach den Gründen gefragt, welche dem Könige den Aufenthalt in seinem Lustschlosse verleideten. Gieb darnach den Hauptinhalt dieses ersten Abschnittes unserer Erzählung an! —

Nachdem in derselben einfachen, dem Texte nachgehenden und an diesen sich haltenden Weise der zweite und dritte Abschnitt der Erzählung durchgesprochen sind, werden die Schüler veranlaßt, sich im Zusammenhange auszusprechen über Zahl, Umfang und Inhalt der einzelnen Abschnitte und über den Hauptinhalt des Ganzen. Dieses wird endlich noch einmal gelesen und mündlich wie schriftlich wiedererzählt, von den schwächern Schülern abgeschrieben. Damit ist die Behandlung beendigt. Wenn bei derselben mit aller Consequenz und Energie auf grammatisch richtige, gut gesprochene und an die Frage genau sich anschließende Antworten gehalten worden ist, so ist für die Denk- und Sprachbildung der Schüler eine zwar nur kleine, aber sichere und gewinnbringende Eroberung gemacht und damit der Zweck einer sprachlichen Lection erreicht. Doch steht der weiteren Benutzung der Erzählung zu stilistischen Zwecken nichts entgegen. Themata wie diese: Der König und der Müller verglichen mit Abram und Lot; desgleichen mit Ahab und Naboth; gedrängte Darstellung der Erzählung vom König Friedrich und seinem Nachbar; ein Brief, in welchem der Müller einem andern den Vorfall mittheilt; allenfalls auch eine Charakterzeichnung des Müllers — liegen sehr nahe und können, natürlich nur nach vorangegangener mündlicher Darstellung, von den Schülern der Volksschulen bearbeitet werden. Dagegen ist die Benutzung der Erzählung für besondere orthographische und grammatische Zwecke nicht anzurathen.

In dieser Weise läßt sich eine große Zahl Hebelscher Erzählungen in der Volksschule behandeln. Aber auch wenn die ausführliche Behandlung unthunlich ist: als bloßes Lesestück behauptet die Hebelsche Erzählung vor den Erzählungen vieler andern den Vorrang durch ihre Uebersichtlichkeit, ihre Faßbarkeit und ihre unverwüstliche Anziehungskraft. Selbst die Sprache, obwohl sie in Stil und Einzelausdruck manche nicht nachahmungswerthe, ja fehler-

15*

hafte Eigenheiten hat, ist ein Grund, weshalb Hebels Erzählungen in der Volksschule die weiteste Verbreitung und ausgedehnteste Benutzung verdienen; unverkennbar ist ihr der Stempel der Lutherschen Bibelsprache aufgedrückt, an welche man an vielen Stellen auch durch den einzelnen Ausdruck erinnert wird.

Allein die Erzählungen würden Hebel zu dem eigentlichen Classiker der obern Classen unserer Volksschulen machen. Es tragen dazu in erster Linie noch bei seine Sprichwörterbearbeitungen und unübertrefflichen naturwissenschaftlichen Darstellungen. Ueber jene wie diese ist an andern Stellen unseres Buches gehandelt worden. In zweiter Linie stehen die Gedichte und einige Räthsel. In ihrer Mundart können die Gedichte freilich nur in die Lesebücher einiger süddeutschen Gegenden Eingang finden; aber auch übersetzt haben wenigstens einige von den Gedichten überall unantastbares Bürgerrecht erlangt. Es sei beispielsweise erinnert an den Wächterruf, den Wegweiser, den Knaben im Erdbeerschlag. Dasselbe gilt von den bessern Räthseln, die der Volksschule immer noch näher liegen, als selbst die Schillerschen. Es bleibt nun noch übrig, daß wir der „Biblischen Geschichten" und des „Christlichen Catechismus" gedenken.

Im Jahre 1814 war Hebel von dem Directorat des Gymnasiums entbunden worden und hatte fortan nur noch einige Unterrichtsstunden behalten. Einen neuen, ihm wenig zusagenden Wirkungskreis fand er seit dem genannten Jahre als Mitglied der obersten Kirchen- und Schulbehörde Badens und als Director des Schulwitwen-Fiscus. 1819 ward er erster Geistlicher (Prälat) der badenschen Landeskirche; auch in dieser Stellung blieb er noch eng mit der Schulwelt, zunächst zwar der höhern, verbunden. Aber auch den niedern Schulen sollte noch eine besondere Handreichung von ihm zu Theil werden. Schon im Jahre 1818 hatte er eine Arbeit begonnen, die er selbst für etwas Besseres, als das Gewöhnliche hielt, seine „biblischen Geschichten für die Jugend bearbeitet." Das Gewöhnliche waren in Baden, wo damals die 1714 zuerst erschienenen „zweimal zweiundfünfzig biblischen Historien" von Hübner schon in Abgang gekommen waren, einige unbedeutende neuere Historienbücher. Von Freunden veranlaßt, machte sich Hebel mit großer Liebe und frommer Geistesstimmung an die neue

Arbeit. Um den rechten Ton zu treffen, dachte er sich dabei immer seinen alten Schulmeister Andreas Grether in Hausen und seine Mitschüler und sich selbst unter dem Schatten des Stabes Grethers, oder eine Repräsentation aller Mütter unter ihren Kindern. Trotz alledem müssen wir die biblischen Geschichten als ein mißlungenes Werk Hebels betrachten. Ihr Hauptfehler ist dieser, daß sie das Alte bis zur Unkenntlichkeit in ein modernes Gewand und zwar in den bequemen Hausrock des humoristischen Hausfreundes hüllen. Sie wurden zwar in den Schulen Badens eingeführt; aber schon die Zeitgenossen fühlten, daß der Schule mit diesem Buche wenig gedient sei. Für die heutige Volksschule hat es gar keine Bedeutung mehr. Dasselbe gilt von dem „Christlichen Catechismus“, der erst nach des Verfassers Tode aus den hinterlassenen Papieren herausgegeben worden, aber schon längst vergessen ist.

Eine Probe aus Hebels Bibl. Geschichten möchte meine Leser sehr interessiren. Ich wähle

Eli und Samuel.

Nach den Kriegshelden richtete der Priester Eli in Israel vierzig Jahre lang. Er wohnte in Silo, denn daselbst stand dazumal die Stiftshütte. Jährlich an den hohen Festtagen versammelten sich die Israeliten vor der Stiftshütte, daß sie Gott daselbst anbeteten und vor ihrem Gott fröhlich wären. Aber wie kann ein angefochtenes Herz fröhlich sein? Eine angefochtene Frau stand von der Mahlzeit auf und betete in ihrem Herzen, daß sie Gott mit einem Sohn erfreuen wollte. Wenn Gott ihre Bitte erfüllte, so wollte sie ihn Gott wiedergeben, daß er sein Lebenlang in der Stiftshütte dienen sollte. Eli sah ihr lange zu, wie sie doch nur ihre Lippen bewegte und weinte; und weil es nach der Mahlzeit war, so meinte er, sie sei betrunken. Es sprach endlich zu ihr der harte Mann, den Gott zum Segnen und zum Trösten berufen hatte: „Wie lange willst du betrunken sein, gieb deinen Wein von dir, den du getrunken hast.“ Das war kein priesterliches Wort. Das Weib sprach: „Ach nein, mein Herr, ich bin nicht betrunken, sondern ich habe in meinem großen Kummer geredet bisher, und mein Herz vor Gott ausgeschüttet.“ Eli sprach: „Gehe hin in Frieden. Gott wird dir deine Bitte erfüllen,“ und das war priesterlich gesprochen. Auch hat ihr Gott ihre Bitte erfüllt und ihr einen Sohn gegeben, den hieß sie Samuel.

Nach Jahr und Tagen, als das Fest sich jährte, kam wieder die nämliche Frau zu Eli und hatte ein frisches Söhnlein an der Hand, und Eli kannte sie nicht mehr. Die Frau sprach: „Glaube mir, mein Herr, ich bin das Weib, das hier bei dir stand, da ich um diesen Knaben bat. Gott hat meine Bitte erhört", sagte sie, und schaute ihr Kind mit mütterlichem Wohlgefallen an. „Darum gebe ich ihn dem Herrn wieder sein Lebenlang, weil er von dem Herrn erbeten ist." Also ließ sie ihren Sohn zurück in dem Schutze Gottes und in der Pflege der Priester, daß er den Gottesdienst lernte und gleichsam geistlich studirte. Aber alle Jahre, wenn sie wieder kam und ihrem Kind zum Gruß ein neues Röcklein brachte, war Samuel wieder größer und kräftiger, und was noch mehr sagen will, sie hörte, daß er auch immer gottesfürchtiger und geschickter werde, und bei allen Leuten beliebt sei; das ist die größte Freude auf der Welt, womit Gott die fromme Mutterliebe belohnen kann rc.

§. 29. Hebels letzte Lebensjahre und Tod.

Hebels Lebensabend war nicht heiter. Schon aus dem Jahr 1809, das in der den Werken vorausgeschickten Biographie als „das lustigste Jahr" geschildert worden ist, finden sich herbe Klagen über die sich immermehr anhäufenden unangenehmen Geschäfte. Diese Klagen steigerten sich fort und fort. „Auf der Kanzleistube sitzen, Berichte schreiben, Buch und Rechnung führen, Akten durchgehen, examiniren, castigiren, Zeugnisse fertigen, wegen der Lyceisten (Schüler des Gymnasiums) correspondiren; das heißt so viel, als: ich sterbe täglich." So klagt er im Jahre 1814. Der Zurücktritt von dem Directorat brachte dem nun in der Mitte des 6. Jahrzehnts Stehenden keine Erleichterung, vielmehr immer wieder die mühseligsten Schreibereien und das interesselose Aktenlesen. Zu dem ihn nie verlassenden Wunsche, an einem friedlichen Landorte unter redlichen Menschen als Pfarrer zu leben und zu sterben, trat nun auch noch die Sehnsucht nach der frühern Stellung als Lehrer. 1817 schrieb er: „Ich bin durch meine Geschäftsverhältnisse und durch meine unselige Bekanntschaft mit der halben Welt mir selbst gestorben. O! wie glücklich war einst der Mann, der täglich unbeschrieen und unbeachtet seine 5 Stunden informiren und alsdann thun konnte, was er wollte; z. B. an seinen Minister in Straßburg*) schreiben,

*) So nennt Hebel scherzweise die Frau Hause in Straßburg, weil sie für ihn mancherlei Besorgungen sich unterzog.

ja zu ihm reisen, wenn Gott ein Kerzenstümpflein von Ferien schenkte, und Kindlein taufen helfen, auch sonst beschauen und lieb haben." Diese Worte werden meine Leser gewiß anmuthen, und zugleich dem alternden Dichter ihre Theilnahme zuwenden. Körperliche Leiden, nämlich eine zu Zeiten sehr schwere Hypochondrie, kamen zu der Geschäftslast hinzu. Hebel, der Mann der Geselligkeit und des Frohsinns, fängt an, die Besuche des Museums auf einige Tage in der Woche zu beschränken, sonst ißt und sitzt er zu Hause; er sieht sich genöthigt, von den ihm so lieben wenigen Unterrichtsstunden, die er bis 1824 hielt, sich entbinden zu lassen; er findet keine Lust und Muße mehr, ein lustiges Geschichtlein zu erzählen; auch die meisten Briefe an seine Freunde enthalten das alte Klagelied. Der so innig an Freunde sich hingab, findet jetzt kaum noch ein paar Augenblicke Zeit, einen freundschaftlichen Brief zu schreiben, und dann muß er ihn mit Klagen verbittern, anstatt ihn durch fröhliche Laune zu versüßen. Nur dann und wann und in einzelnen Aeußerungen bricht der alte Humor hindurch. Eine seiner letzten brieflichen Aeußerungen (1825) lautet dahin: „Mein Leben stiehlt sich mir unter unangenehmen Geschäften, unwillkommenen Zerstreuungen, Sorgen seltsamer Art und schweren Launen weg, die keinen andern Gegenstand als sich selber haben, wie alle böse Hypochondrie, vor der Sie Gott bewahren, und mich, wenn es noch der Mühe werth ist, befreien wolle."

Es gefiel Gott nicht, Hebeln noch fröhliche Tage zu senden. Das immermehr sich steigernde Uebel des Unterleibes, das in einer Verbildung der Eingeweide seinen Grund hatte, nahm er mit sich auf einer Reise nach Mannheim, die er im September 1826 als Vorsitzender der Prüfungscommission am dortigen Gymnasium zu machen hatte. Noch wohnte er den Prüfungen in gewohnter Weise bei, noch wurde ihm ein fröhlicher Abend durch die Zöglinge des Gymnasiums bereitet. Es war sein letzter fröhlicher Abend. Am andern Tage nahm die Krankheit einen heftigern Charakter an. Dennoch wollte er noch nach Heidelberg reisen, um auch dort bei der Prüfung zu sein. Auf der Reise dorthin starb er im Hause eines Freundes zu Schwetzingen den 22. Sept. 1826, ruhig und freundlich, wie er gelebt. Wenige Schritte von der östlichen Mauer des Schwetzinger Friedhofes ist sein Grab, das ein einfacher Stein mit der einfachen Inschrift: Hebel leicht finden läßt. Ein Denkmal wurde ihm 1855 im Schloßgarten zu Karlsruhe errichtet.

§. 30. Claudius und Hebel mit einander verglichen.

Die Leser scheiden mit mir gewiß gern von dieser letzten kurzen Darstellung; denn es macht einen fast peinigenden Eindruck, die letzten Lebensjahre des Dichters so fast ohne alle erhebende Momente zu sehen. Wie ganz anders ist das bei Claudius! Die Erklärung davon liegt nahe: Claudius, der „Laienbruder", hatte das Geheimniß von Christo in einer ganz andern Weise, in einem ganz andern Grade erfaßt als Hebel, der Prälat und Kirchenrath. Für Claudius war Christus die stets im vollen Lichtglanz in das Leben hineinleuchtende, dieses verklärende Sonne. Doch es sei fern von uns, Hebel richten zu wollen. Sein Christenthum war ein lebendiger, fröhlicher Gottesglaube, wie er nur durch einen lebendigen Christusglauben erzeugt werden kann, ein Glaube, wie er zu Hebels Zeit und in Hebels Umgebung nicht eben häufig war. Den heitern Humor, der sich erlaubt zu sagen: „Wenn der Heilige, den unser Herz verehrt, einst Kirchenrath gewesen wäre, wiewohl er es sehr war, aber auch noch etwas mehr, so hätte er zu den Gesegneten seines Vaters auch das gesagt: Ich habe Akten geschrieben und ihr mir Briefe" — dürfen wir nicht mißverstehen. Von seinem aufrichtigen Verhältniß zu Christo geben seine in den spätern Jahren sich zeigende Liebe zu den herrnhutischen Liedern, sowie einige Stellen in seinen Briefen, Predigten und Gedichten und einige gelegentliche Aeußerungen sprechendes Zeugniß. In der einigemal schon angeführten Antrittspredigt sagt er z. B.: „Ich bemühe mich täglich, völliger zu werden, sonst wäre ich Christi Jünger nicht." In einem Briefe heißt es: „Vergelten möge es euch der Herr mit allen Freuden und mit allem Frieden, den freundliche und gute Herzen verdienen." In einem Gespräch mit Freunden äußerte Hebel einmal: „Ihr Herren, ich will euch was sagen: wenn es aufs letzte kommt, so halte ich es doch mit dem Blute Christi." In einem Briefe, in welchem er seinen Freund Hitzig, den neuen Vicar, dem Pfarrer Güntert zu Lörrach empfiehlt, lesen wir folgende Verse:

Der neu Vicari vo Löhrech
Bringt ich (euch) mi Brisli, e brave Herr, und g'mei mit de Lüte.
Sust (sonst) sind die junge Burst (Bursche) mengmol e wenig phantestig,
Meine, si heige ellei (hätten allein) mit Löffln d' Glersamkeit gfresse.
Dreck hen si gfresse, io woll! (vor euen Ehre z'vermelde),
Schwetze uf der Chanzle vo weltliche Sachen us Büch're
('S fräs es ke Hund und ke Chatz) und ziehn ich (euch) ke gotsig (gotteinzig = einzig) Sprüchli
Us der Bibel a, — si wüße bi Gott nit, was drin stot!
B'haupte, Christis der Herr seig's (sei des) Josephs libliche Suhn gsi,
Heig (habe) nit füris (für uns) glitte, seig nit vo de Todten erstande.
Hol ich (euch) der Teufel denn au! die dunderspließige*) Läri (Lehre)!
Bringenis (bringen uns) no um Glauben und Liebi, um Hoffnig und Himmel.
Und wenn ein vor Chummer und Trübsal schier gar verschmochtet,
Oder wenn ein's Gwisse an sine Sünden erinnret,
Oder wemme von hinnen im letzte Stündli soll scheide,
Stöhn si wie Mulaffe do mit ihrer weltliche Wisheit,
Wüsse nit gix no gax und chönnen ein ebn nit tröste.

Mit dem Rationalismus, wie er sich gerade auf der badenschen Landesuniversität Heidelberg als die Kunst, die neutestamentlichen Wunder natürlich zu erklären, so breit gemacht hat, hat Hebel nichts gemein. Aber ebenso fern ist er auch von dem kräftigen, immer stärker andringenden Kämpfen gegen denselben, das wir an Claudius bewundern. — Mit gutmüthigem Spott verfolgt Hebel die Juden, und eine Erzählung, „der fromme Rath" (III, 68), hat ihm sogar Verdruß von Seiten der Katholiken zugezogen; sonst aber ist er ein Mann der ausgedehntesten Toleranz. Dem „Moses Mendelson" hat er ein bleibendes Denkmal gesetzt (II, 107), und Katholiken gehören zu seinen nächststehenden Freunden. So begegnet er sich, freilich von einer ganz andern Seite kommend, mit Claudius auf demselben Gebiete. Denn den Wandsbecker trieb nicht sowohl seine Toleranz, sondern das Festhalten an den gemeinsamen heiligen Gütern zu Annäherungen an Bekenner des Katholicismus. Hebels Toleranz hatte die gesundeste Wurzel: die reine, Christi Gebot entsprechende Nächstenliebe. Es ließe sich manches davon erzählen. Wir begnügen uns mit der Anführung einer charakteristischen Stelle aus einem

*) „Dunder" (Donner) in adj. Zusammensetzungen verstärkend. „Spließig" scheint mit „spleißen" = „auseinander fasern" (vergl. Splitter und Splint) zusammenzugehören.

Briefe an eine Freundin: „Ich baue sicherer auf die Vorsehung für meine Freunde, als für mich, vielleicht weil mir ihr Schicksal näher anliegt, als das meinige. Ein Vogel auf dem Zweige, wie ich, wäre übel daran, wenn er den lieben Gott für niemand brauchte, als für sich." Etwas Aehnliches läßt sich aus Claudius' Schriften nicht beibringen; seine Liebe nahm eine Richtung, die dem Dichter der alemannischen Lieder verschlossen war: die Richtung auf die nächsten Familienglieder. Wir erinnern uns wohl des Verhältnisses des Wandsbeckers zu Voß, zu Klopstock, zu Lessing u. a.; denken aber auch daran, wie er in spätern Jahren immermehr im Kreise seiner Familie sich abschloß. Es offenbart sich hier auf eine beachtenswerthe Weise der Unterschied des Norddeutschen von dem Süddeutschen. Hebel ist nie verheirathet gewesen; was er unter dem Segen einer glücklichen Ehe hätte werden können, läßt sich nicht sagen; Claudius ist, was er gewesen, vorzugsweise geworden durch seine Rebekka und seine Kinder. Das Haus ist die Stätte seines Arbeitens und Genießens; im Hause zeigt sich sein Ernst am tiefsten, sein Humor am lustigsten. Hebel dagegen kennt nicht die Freuden des eignen Hauses, des eignen Heerdes; obwohl er an dem Gedeihen fremden Familenlebens die herzlichste Theilnahme zeigt. Er freut sich, daß er nichts Riet- und Nagelfestes auf Erden hat; und, wenn ihm ein Wohnungswechsel auch lästig ist, so wird es ihm doch dabei gemüthlich-angenehm. Den Bettler beneidet er, weil dieser wie der Spatz alle Abende auf einem andern Aste sitzen kann, und meint, es sei gar herrlich, so etwas Vagabundisches ins Leben zu mischen. Wenn Hebel diesem Triebe zu einem unstäten Wanderleben nicht folgte, so liegt dies nur an seiner amtlichen Stellung. An die Scholle, an das Haus fesselte ihn nichts, selbst nicht die Arbeit. Der Katheder in der Schulstube ist die Lieblingsstätte für seine Thätigkeit, das Drechslersche Kaffehaus und das Museum die Lieblingsstätten für seine Erholung. So sitzt denn der amtlose Dichter im Norden ruhig in seinem Wandsbeck, gehalten vom stillen Studium in seinem Studirstüblein oder von heitrer Fröhlichkeit im Kreise der Seinen; während der beamtete Süddeutsche zu stiller Beschäftigung mit einem Werke in seiner Stube keine Ruhe findet und, mit vielleicht noch größerm Widerwillen gegen amtliche Schreibereien, als der Wandsbecker ihn hatte, durch den unerbittlichen Zwang von Aemtern, in die er hineingegeiselt worden war, manche liebe Stunde an die Tische der Kanzleistube geschmiedet sitzt. Hiermit hängt es zusammen, daß Hebels gelehrte Bildung noch geringer ist, als die des Wandsbeckers, der ja bekanntlich auch zu anhaltender Thätigkeit im Gebiet der eigentlichen Gelehrsamkeit nicht angelegt war. Was Hebel gelernt hat, das hat er bei einem guten Gedächtniß meist lehrend gelernt. Das Alterthum war ihm wohlbekannt, und in den Naturwissenschaften muß er sehr achtungswerthe Kenntnisse besessen haben. Claudius' Kenntnisse sind mit Ausnahme der Naturwissenschaften nach Umfang und Tiefe viel bedeutender; selbst im theologischen Wissen möchte der Laienbruder den Kirchenrath übertroffen haben. Damit stimmt wenigstens äußerlich überein, daß Hebel in den größern Kreisen des Volks- und Staatslebens keinen Mittelpunkt zu finden weiß; als Mitglied der ersten badenschen Kammer ist er selbst da, wo es sich um des Volkes Wohl und Wehe handelt, meist schweigend, während Claudius, der einfache Bote, von dem stillen Wandsbeck aus mit Macht seine Stimme erhebt in dem alles bewegenden Streite über die neue Politik.

Volksschriftsteller konnte weder der eine noch der andre, wie überhaupt niemand, durch seine Gelehrsamkeit oder seinen politischen Gesichtskreis werden. Beide sind es geworden unter den nämlichen Bedingungen: durch die natürliche Begabung und dadurch, daß sie, unter dem Volke aufgewachsen, mit dem Volke lange Zeit verkehrt und ein Herz gehabt haben für des Volkes Leiden und Freuden. Es ist keine Frage, daß Hebeln als Volksschriftsteller der Vorrang gebührt. In der Wahl wie in der Behandlung der Stoffe ist er glücklicher, als Claudius. In der Wahl, denn das eigentlich Lehrhafte und Philosophische tritt bei ihm hinter dem Geschichtlichen und Naturwissenschaftlichen zurück; in der Behandlung, denn er hält sich frei von all den gelehrten Beimischungen, die manches von Claudius' populärsten Sachen dem Volke unverständlich machen. Beides ist beachtenswerth: man erkennt daran einen Unterschied des Süddeutschen vom Norddeutschen. — Wenn der Humor als der Grundton in den Darstellungen des einen wie des andern sich bezeichnen läßt, so ist dabei zu beachten, daß der Humor Hebels in die reinste Lustigkeit sich überschlägt, während er bei Claudius gar oft einem tiefen Ernste Platz macht, daß bei Hebel alles einen behaglichen

Verlauf nimmt, während bei Claudius gar oft die scharfe Klinge hindurchblinkt. Es offenbart sich auch hierin wieder der Unterschied des Süddeutschen vom Norddeutschen. Dieser Unterschied zieht sich noch enger zusammen, indem Claudius ganz deutlich seine Zugehörigkeit zu dem sächsisch-friesischen, Hebel seine Zugehörigkeit zu dem alemannischen Volksstamme erkennen läßt. Noch mehr: der eine wie der andre erscheint in fast jedem seiner Producte als ein bestimmtes Individuum mit leicht erkennbaren charakteristischen Zügen. Selbst da, wo Claudius ein gelehrtes Werk recensirt, erkennt man sofort den Asmus, der all seinen Gemüthsreichthum bei sich trägt; selbst da, wo Hebel Geschichte schreibt, offenbart er sich als den grundehrlichen, jovialen Hausfreund. Und das eben ist ein Hauptgrund, warum beide noch auf lange Zeit als die Hauptrepräsentanten der volksthümlichen Litteratur werden gelten müssen. Denn der Mann aus dem Volke will nicht nur in dem, was ihm geboten wird, concrete, farbenreiche Gestalten; sondern er verlangt auch, daß der, welcher es ihm bietet, ihm als ein ganzer Mann mit tief markirten Zügen gegenübertritt. Das ist aber auch zugleich der Grund, weshalb diejenigen, die den einen oder den andern, oder gar beide zugleich nachahmen wollen (wie Gustav Jahn), keine Zukunft als Volksschriftsteller haben können. Endlich ist dies der Grund, weshalb Hebel nie in Norddeutschland, noch weniger Claudius in Süddeutschland ganz heimisch werden kann. Die von Auerbach („Schrift und Volk", 1846) aufgeworfene Frage, „ob es überhaupt möglich sein werde, ein allen Deutschen ans Herz greifendes und auch als Kunstwerk abgeschlossenes Volksbuch zu schaffen", läßt sich auch heute noch nicht mit ja beantworten.

Einige beachtenswerthe Eigenthümlichkeiten bietet eine Vergleichung der Sprache der beiden Volksschriftsteller dar. Beide halten sich, obgleich sie ihren Dialect wie die Sprache ihres Herzens lieben, frei von der Anwendung desselben in der Volksschrift; beide aber tragen gewisse dialectische Formen, auch wenn diese vor den Gesetzen der hochdeutschen Grammatik nicht bestehen können, in die Volksschrift hinein. Claudius geht, was nicht gebilligt werden kann, noch einen Schritt weiter: Er bringt hie und da bewußte Nachlässigkeiten an, um der Ausdrucksweise des gemeinen Mannes näher zu kommen. Hinsichtlich der Stilformen zeigt sich ein wesentlicher

Unterschied, der zum großen Theil durch die Wahl der Stoffe bedingt ist. Wenn auch beide Schriftsteller die kürzere Darstellung lieben und damit einem richtigern Tacte folgen, als z. B. J. Gotthelf mit seinen weit ausgesponnenen Erzählungen, so zeigt doch Claudius eine entschiedene Vorliebe zum Briefe, der sich bei Hebel gar nicht findet, und Hebel eine noch entschiedenere Vorliebe für die Erzählung, die sich wiederum bei Claudius, wenigstens in dieser Weise, nicht findet. Die kürzere Betrachtung haben beide; aber während hier Hebel die Krone populärer Darstellung erreicht, überschreitet Claudius häufig die Grenze des dem gemeinen Mann Faßbaren sowohl in der Behandlung, als in der Wahl der Stoffe. Bemerkenswerth ist es endlich, daß Hebel seinen Adjunct und seine Schwiegermutter hat, wie Claudius seinen Vetter Andres. Doch nehmen der Adjunct und der Vetter Andres nicht dieselbe Stellung dem Schreiber und dem Publikum gegenüber ein; auch ist jener eine wirkliche Persönlichkeit (der würtembergische Gesandtschaftssecretair Kölle), dieser eine fingirte. Die Schwiegermutter ist die berühmte Schauspielerin Hendel-Schütz.

Es mag hier beiläufig erwähnt werden, daß diese Frau, welcher Hebel sein „lustigstes Jahr“ verdankt, von Claudius, dessen Bekanntschaft sie in Wandsbeck zu machen suchte, mit abgenommener Nachtmütze begrüßt, aber mit den Worten abgefertigt wurde: „Herr Claudius ist nicht zu Hause.“ Das giebt manches zu denken.

Welchem von beiden gleich poesieverständigen Männern als ausübenden Poeten die Siegespalme zuzuertheilen ist, das möchte schwer zu entscheiden sein. Sie sind in dieser Beziehung grundverschieden: Claudius ist volksthümlicher Dichter, Hebel, obgleich er die Volkssprache anwendet, und viele seiner Gedichte in das Volk übergegangen sind, Kunstdichter. Claudius hat eine entschiedene Neigung, unpoetische Stoffe in Verse zu bringen, und tritt auf diese Weise aus dem Bereich der Poesie heraus; Hebel dagegen weiß gerade das aus dem Volksleben aufzufinden, was einer poetischen Verklärung fähig und würdig ist, hat aber, indem er häufig eine gesuchte moralische Wendung nimmt, dasselbe Schicksal wie Claudius. Sterne erster Größe an dem Dichterhimmel sind beide nicht; und es ist bemerkenswerth, daß Schiller sich jedes Urtheils über seinen Landsmann Hebel, wie es scheint, enthalten hat, während Claudius'

Dichtungsweise nachgewiesenermaßen gar keine Gnade vor ihm fand. — Grundverschieden sind die Beziehungen der beiden Dichter zur Musik. Für Claudius ist diese eine liebe Göttin, die er mit großem Verständniß in sein Haus und seine Familie einführt und durch treue Pflege ehrt; Hebel dagegen fühlt sich in Concerten gelangweilt, durch Tafelmusik verstimmt, und in seinem Hause ist es still. Er soll geäußert haben, Trommeln und Pfeifen höre er lieber, als die schönste Musik.

Wenn wir nicht zu sehr in das Einzelne uns begraben wollen, so bleibt uns nun nur noch übrig, Claudius und Hebel als Deutsche ins Auge zu fassen. Wir haben Claudius dem Patrioten einen besonderen Paragraphen gewidmet. Beim süßen Namen „Vaterland" schlug ihm das Herz. Es mag auch Hebel geschlagen haben, als er z. B. in seinem Schneider von Pensa den Satz niederschrieb: „sind keine Deutschen da?" Aber zur Grundstimmung Hebels gehörte der Patriotismus nicht. Er hätte sonst nicht hie und da in seinen Erzählungen eine nicht zu verkennende Hochachtung vor Napoleon und französischem Wesen können durchblicken lassen, namentlich hätte er nicht die berüchtigte, in der dreibändigen Ausgabe seiner Werke weggelassene Darstellung über Andreas Hofer abfassen können. Er liebte seinen Stamm, aber nicht das ganze Deutschland. Die Zähigkeit, mit welcher der Norddeutsche an deutschem Wesen festhielt, war dem Süddeutschen fremd.

Welcher von beiden war nach alledem der größere? Lassen wir diese Frage unentschieden! Freuen wir uns vielmehr, daß wir zwei solche Männer haben, einen Claudius und einen Hebel!

Dritter Theil.

Altes und Neues

zur

Ergänzung und Ausführung.

§. 31. Das deutsche Volksmärchen.

Dornröschen.
(Märchen von den Brüdern Grimm*).

Vor Zeiten war ein König und eine Königin, die sprachen jeden Tag: „ach, wenn wir doch ein Kind hätten!“ und kriegten immer keins. Da trug sich zu, als die Königin einmal im Bade saß, daß ein Frosch aus dem Wasser ans Land kroch und zu ihr sprach: „dein Wunsch soll erfüllt werden; ehe ein Jahr vergeht, wirst du eine Tochter zur Welt bringen.“ Was der Frosch gesagt hatte, das geschah, und die Königin gebar ein Mädchen, das war so schön, daß der König vor Freude sich nicht zu lassen wußte und ein großes Fest anstellte. Er ladete nicht bloß seine Verwandte, Freunde und Bekannte, sondern auch die weisen Frauen dazu ein, damit sie dem Kind hold und gewogen wären. Es waren ihrer dreizehn in seinem Reiche; weil er aber nur zwölf goldene Teller hatte, von welchen sie essen sollten, so mußte eine von ihnen daheim bleiben. Das Fest ward mit aller Pracht gefeiert, und als es zu Ende war, beschenkten die weisen Frauen das Kind mit ihren Wundergaben: die eine mit Tugend, die andere mit Schönheit, die dritte mit Reichthum, und so mit allem, was auf der Welt nur zu wünschen ist. Als elfe ihre Sprüche eben gethan hatten, trat plötzlich die dreizehnte herein. Sie wollte sich dafür rächen, daß sie nicht eingeladen war; und ohne jemand zu grüßen oder nur anzusehen, rief sie mit lauter Stimme: „die Königstochter soll sich in ihrem funfzehnten Jahr an einer Spindel stechen und todt hinfallen.“ Und ohne ein Wort weiter zu sprechen, kehrte sie sich um und verließ den Saal. Alle waren erschrocken, da trat die zwölfte hervor, die ihren Wunsch noch übrig hatte, und weil sie den bösen Spruch nicht aufheben, sondern nur ihn mildern konnte, so sagte sie: „es soll aber kein Tod sein, sondern ein hundertjähriger tiefer Schlaf, in welchen die Königstochter fällt.“

---

*) Die Brüder Grimm, deren wir hier vorläufig gedenken wollen, sind das merkwürdigste Brüderpaar, dessen die Geschichte der deutschen Sprache und Litteratur, überhaupt die Geschichte Deutschlands zu gedenken hat. Der ältere und berühmtere, Jacob Grimm, ist geboren 1785 zu Hanau und gestorben 1863 zu Berlin; der jüngere, Wilhelm Grimm, ist 1786 ebenfalls zu Hanau geboren und 1859 zu Berlin gestorben. Kein Volk der Erde hat zwei einander so in Hand und Herz arbeitende Sprachgelehrte, daher auch bei keinem die Sprachwissenschaft und Volkskunde in so großer Blüthe steht.

Der König, der sein liebes Kind vor so großem Unglück gern bewahren wollte, ließ den Befehl ausgehen, daß die Spindeln im ganzen Königreiche sollten verbrannt werden. An dem Mädchen aber wurden die Gaben der weisen Frauen sämmtlich erfüllt, denn es war so schön, sittsam, freundlich und verständig, daß es jedermann, der es ansah, lieb haben mußte. Es geschah, daß an dem Tage, wo es gerade funfzehn Jahr alt ward, der König und die Königin nicht zu Haus waren, und das Mädchen ganz allein im Schloß zurückblieb. Da ging es aller Orten herum, besah Stuben und Kammern, wie es Lust hatte, und kam endlich auch an einen alten Thurm. Es stieg die enge Wendeltreppe hinauf und gelangte zu einer kleinen Thür. In dem Schloß steckte ein verrosteter Schlüssel, und als es umdrehte, sprang die Thür auf, und saß da in einem kleinen Stübchen eine alte Frau mit einer Spindel und spann emsig ihren Flachs. „Guten Tag, du altes Mütterchen“, sprach die Königstochter, „was machst du da?“ „Ich spinne“, sagte die Alte und nickte mit dem Kopf. „Was ist das für ein Ding, das so lustig herumspringt?“ sprach das Mädchen, nahm die Spindel und wollte auch spinnen. Kaum hatte sie aber die Spindel angerührt, so ging der Zauberspruch in Erfüllung, und sie stach sich damit in den Finger.

In dem Augenblick aber, wo sie den Stich empfand, fiel sie auf das Bett nieder, das da stand, und lag in einem tiefen Schlaf. Und dieser Schlaf verbreitete sich über das ganze Schloß: der König und die Königin, die eben heim gekommen und in den Saal getreten waren, sanken nieder und schliefen ein und der ganze Hofstaat mit ihnen. Da schliefen auch die Pferde im Stall, die Hunde im Hofe, die Tauben auf dem Dache, die Fliegen an der Wand, ja, das Feuer, das auf dem Heerde flackerte, ward still und schlief ein, und der Braten hörte auf zu brutzeln, und der Koch, der den Küchenjungen, weil er etwas versehen hatte, in den Haaren ziehen wollte, ließ ihn los und schlief. Und der Wind legte sich, und auf den Bäumen vor dem Schloß regte sich kein Blättchen mehr.

Rings um das Schloß aber begann eine Dornenhecke zu wachsen, die jedes Jahr höher ward und endlich das ganze Schloß umzog und darüber hinaus wuchs, daß gar nichts mehr davon zu sehen war, selbst nicht die Fahne auf dem Dach. Es ging aber die Sage in dem Land von dem schönen schlafenden Dornröschen, denn so ward die Königstochter genannt, also daß von Zeit zu Zeit Königssöhne kamen und durch die Hecke in das Schloß dringen wollten. Es war aber alle Mühe vergeblich, denn die Dornen, als hätten sie Hände, hielten fest zusammen, und die Jünglinge blieben darin hängen, konnten sich nicht wieder los machen und starben eines jämmerlichen Todes. Nach langen, langen Jahren kam wieder einmal ein Königssohn in das Land und hörte, wie ein alter Mann von der Dornenhecke erzählte, es sollte ein Schloß dahinter stehen, in welchem eine wunderschöne Königstochter, Dornröschen genannt, schon seit hundert Jahren schliefe, und mit ihr schliefe der König und die Königin und der ganze Hofstaat. Er wußte auch von seinem Großvater, daß schon viele Königssöhne gekommen wären und versucht hätten, durch die Dornenhecke zu dringen, aber sie wären darin hängen geblieben und eines traurigen Todes gestorben. Da sprach der Jüngling „ich fürchte mich nicht, ich will hinaus und das schöne Dornröschen sehen.“ Der gute Alte rieth ihm ab, aber er hörte nicht auf seine Worte.

Nun waren gerade die hundert Jahre verflossen, und der Tag war gekommen, wo Dornröschen wieder erwachen sollte. Als der Königssohn sich der Hecke näherte, waren es lauter große schöne Blumen, die thaten sich von selbst auseinander und ließen ihn unbeschädigt hindurch; und hinter ihm thaten sie sich wieder als eine Hecke zusammen. Im Schloßhof sah er die Pferde und scheckigen Jagdhunde liegen und schlafen; auf dem Dache saßen die Tauben und hatten das Köpfchen unter den Flügel gesteckt. Und als er ins Haus kam, schliefen die Fliegen an der Wand, der Koch in der Küche hielt noch die Hand, als wollte er den Jungen anpacken, und die Magd saß vor dem schwarzen Huhn, das sollte gerupft werden. Da ging er weiter und sah im Saale den ganzen Hofstaat liegen und schlafen, und oben bei dem Throne lag der König und die Königin. Da ging er noch weiter, und alles war so still, daß einer seinen Athem hören konnte, und endlich kam er zu dem Thurm und öffnete die Thür zu der kleinen Stube, in welcher Dornröschen schlief. Da lag es und war so schön, daß er die Augen nicht abwenden konnte, und er konnte es auch nicht lassen, bückte sich und gab ihm einen Kuß. Kaum hatte er es mit dem Kuß berührt, so schlug Dornröschen die Augen auf, erwachte und blickte ihn ganz freundlich an. Da gingen sie zusammen herab, und der König erwachte und die Königin und der ganze Hofstaat, und sahen einander mit großen Augen an. Und die Pferde im Hof standen auf und rüttelten sich; die Jagdhunde sprangen und wedelten; die Tauben auf dem Dach zogen das Köpfchen unterm Flügel hervor, sahen umher und flogen ins Feld; die Fliegen an den Wänden krochen weiter; das Feuer in der Küche erhob sich, flackerte und kochte das Essen; der Braten fing wieder an zu brutzeln, und der Koch gab dem Jungen eine Ohrfeige, daß er schrie; und die Magd rupfte das Huhn fertig. Und da ward die Hochzeit des Königssohnes mit dem Dornröschen in aller Pracht gefeiert, und sie lebten vergnügt bis an ihr Ende.

Neben dieses Märchen stelle ich zunächst die sinnige Deutung, die ihm der Dichter Uhland gegeben hat:

Märchen.

Ihr habt gehört die Kunde
Vom Fräulein, welches tief
In eines Waldes Grunde
Manch hundert Jahre schlief.
Den Namen der Wunderbaren
Vernahmt ihr aber nie;
Ich hab ihn jüngst erfahren:
Die deutsche Poesie.

Zwo mächt'ge Feen nahten
Dem schönen Fürstenkind,
An seine Wiege traten
Sie mit dem Angebind.

Die erste sprach behende:
„Ja, lächle nur auf mich!
Ich gebe dir frühes Ende
Von einer Spindel Stich."

Die andre sprach dagegen:
„Ja, lächle nur auf mich!
Ich gebe dir meinen Segen,
Der heilt den Todesstich;
Der wird dich so bewahren,
Daß süßer Schlaf dich deckt,
Bis nach vierhundert Jahren
Ein Königssohn dich weckt."

Da ward in's Reich erlassen
Ein feierlich Gebot,
Verkündet in allen Straßen,
Der Tod darauf gedroht:
Wo jemand Spindeln hätte,
Die sollte man liefern ein
Und sie an offner Stätte
Verbrennen insgemein.

Nicht nach gewohnter Sitte
Erzog man dieses Kind
In dumpfer Kammern Mitte,
Noch sonst, wo Spindeln sind;
Nein, in den Rosengärten,
In Wäldern frisch und kühl,
Mit lustigen Gefährten,
Bei freiem, kühnem Spiel.

Und als es kam zu Jahren,
Ward es die schönste Frau
Mit langen, goldnen Haaren,
Mit Augen dunkelblau;
In Gang, Geberde züchtig,
In Reden treu und schlicht,
In aller Arbeit tüchtig,
Nur mit der Spindel nicht.

Viel stolze Ritter gingen
Der Holden Dienste nach,
Heinrich von Ofterdingen,
Wolfram von Eschenbach.
Sie gingen in Stahl und Eisen,
Goldharfen in der Hand;
Die Fürstin war zu preisen,
Die solche Diener fand.

Mit Degen und mit Speere
Waren sie stets bereit,
Den Frauen gaben sie Ehre
Und sangen widerstreit.
Sie sangen von Gottesminne,
Von kühner Helden Muth,
Von lindem Liebessinne,
Von süßer Maienbluth.

Von alter Städte Mauern
Der Widerhall erklang,
Die Bürger und die Bauern
Erhuben frischen Sang.
Der Senne hat gesungen,
Der über Wolken wacht,
Ein Lied ist aufgeklungen
Tief aus des Bergmanns Schacht.

In einer Mainacht blinkten
Die Sterne wunderschön:
Der Fürstin war, als winkten
Sie ihr zu Thurmes Höhn.
Sie stieg hinauf zum Dache,
Die Zarte, ganz allein:
Da fiel aus einem Gemache
Ein trüber Lampenschein.

Ein Weiblein grau von Haaren
Dort an dem Rocken spann,
Sie hatte wohl nichts erfahren
Vom strengen Spindelbann.
Die Fürstin, die noch nimmer
Gesehen solche Kunst,
Sie trat in Weibleins Zimmer:
„Wer bist du, mit Vergunst?“

„Man nennt mich, schönes Liebchen,
Die Stubenpoesie;
Denn aus dem trüben Stübchen
Verirrt' ich mich noch nie.
Ich sitz' am lieben Platze
Beim Rocken, wandellos;
Meine alte blinde Katze,
Die spinnt auf meinem Schooß.

Lange lange Lehrgedichte,
Die spinn' ich recht mit Fleiß;
Flächsene Heldengedichte,
Die haspl' ich schnellerweis'.
Mein Kater maut Tragödie,
Mein Rad hat lyrischen Schwung,
Meine Spindel spielt Komödie
Mit Tanzbelustigung.“

Die Fürstin thät erbleichen,
Als man von Spindeln sprach;
Sie wollte flugs entweichen,
Die Spindel sprang ihr nach;
Und an der morschen Schwelle,
Da fiel das Fräulein jach,
Die Spindel auf der Stelle
Sie in die Ferse stach.

Was war das für ein Schrecken,
Als man sie morgens traf!
Sie war nicht mehr zu wecken,
Sie schlief den Zauberschlaf.
Ein Lager ward bereitet
Im hohen Rittersaal,
Goldstoffe drauf gebreitet
Und Rosen ohne Zahl.

So schlief sie in der Halle,
Die Fürstin, reich geschmückt.
Bald hatte die Andern alle
Der gleiche Schlaf berückt.
Die Sänger, schon in Träumen,
Rührten die Saiten bang,
Bis in des Schlosses Räumen
Der letzte Laut verklang.

Die Alte spann noch immer
Im stillen Kämmerlein,
Es woben in jedem Zimmer
Die Spinnen, groß nnd klein.
Die Hecken und Ranken woben
Sich um den Fürstenbau,
Und um den Himmel oben
Da spann sich Nebelgrau. —

Wohl nach vierhundert Jahren
Da ritt des Königs Sohn
Mit seinen Jägerschaaren
In's Waldgebirg davon:
„Was ragen doch da innen
Ob all dem hohen Wald
Für graue Thürm' und Zinnen
Von seltsamer Gestalt?"

Am Wege stund gerade
Ein alter Spindelmann:
„Erlauchter Prinz, um Gnade!
Hört meine Warnung an!
Romantische Menschenfresser
Hausen auf jenem Schloß,
Die mit barbarischem Messer
Abschlachten klein und groß."

Der Königssohn verwegen
Thät mit drei Jägern ziehn,
Sie hieben mit dem Degen
Sich Bahn zum Schlosse hin.
Gesenket war die Brücke,
Geöffnet war das Thor,
Daraus im Augenblicke
Ein Hirschlein sprang hervor.

Denn in des Hofes Räumen
Da war es wieder Wald,
Da sangen in den Bäumen
Die Vögel mannigfalt.
Die Jäger ohn' Verweilen,
Sie drangen muthig hin,
Wo eine Thür mit Säulen
Ans dem Gebüsch erschien.

Zween Riesen schlafend lagen
Wohl vor dem Säulenthor,
Sie hielten, in's Kreuz geschlagen,
Die Hellebarten vor;
Darüber rüstig schritten
Die Jäger allzumal,
Sie gingen mit kecken Tritten
Zu einem großen Saal.

Da lehnten in hohen Nischen
Geschmückter Frauen viel,
Gewappnete Ritter dazwischen
Mit goldnem Saitenspiel.
Hochmächtige Gestalten,
Geschloßnen Auges, stumm,
Grabbildern gleich zu halten
Aus grauem Alterthum.

Und mitten ward erblicket
Ein Lager, reich von Gold;
Da ruhte, wohlgeschmücket,
Eine Jungfrau wunderhold.
Die Süße war umfangen
Mit frischen Rosen dicht,
Und auch von Mund und Wangen
Schien zartes Rosenlicht.

Der Königssohn, zu wissen,
Ob Leben in dem Bild,
Thät seine Lippen schließen
An ihren Mund so mild.
Er hat es bald empfunden
Am Odem süß und warm,
Und als sie ihn umwunden,
Noch schlummernd, mit dem Arm.

Sie streifte die goldnen Locken
Aus ihrem Angesicht,
Sie hob, so süß erschrocken,
Ihr blaues Augenlicht.
Und in den Nischen allen
Erwachten Ritter und Frau,
Die alten Lieder hallen
Im weiten Fürstenbau.

Ein Morgen roth und golden
Hat uns den Mai gebracht;
Da trat mit seiner Holden
Der Prinz aus Waldesnacht.
Es schreiten die alten Meister
In hehrem, stolzem Gang,
Wie riesenhafte Geister,
Mit fremdem Wundersang.

Die Thäler schlummertrunken
Weckt der Gesänge Lust;
Wer einen Jugendfunken
Noch hegt in seiner Brust,
Der jubelt, tief gerühret:
„Dank dieser goldnen Früh',
Die uns zurückgeführet
Dich, d e u t s c h e P o e s i e!"

Die Alte sitzt noch immer
In ihrem Kämmerlein;
Das Dach zerfiel in Trümmer,
Der Regen drang herein.
Sie zieht noch kaum den Faden,
Gelähmt hat sie der Schlag;
Gott schenk' ihr Ruh in Gnaden
Bis über den jüngsten Tag!

Dornröschen ist nach dieser Deutung die deutsche Poesie (Str. 1). Diese, geboren mit dem deutschen Volke, geräth unter den Einfluß zweier Mächte, die als Feen gedacht sind. Die eine droht ihr frühes Ende durch den Stich einer Spindel, des Symbols langweiliger Stubenhockerei; die andre verspricht, den Todesstich zu heilen, mit dem Hinweis auf einen einst erscheinenden Königssohn, der die schlafende Jungfrau wecken werde (Str. 2. u. 3). Eine bestimmte Deutung lassen die beiden Feengestalten nicht zu. Man kann denken an die beiden Grundeigenthümlichkeiten des deutschen Wesens, die sich offenbaren einerseits als Arbeitsamkeit, Familiensinn, philosophische und Gemüths-Tiefe, aber auch als Pedanterie, Particularismus, Grübelei und Phantasterei; anderseits als Universalismus, Idealismus, Aufschau nach dem Höchsten, aber auch als Weltbürgerthum, Zerfahrenheit, Ueber- und Fernsichtigkeit.

Was in der deutschen Poesie bis zu ihrer ersten Blüthezeit und während derselben Treffliches geleistet worden ist, das deutet der Dichter an, indem er sie als ein Kind darstellt, das „in Rosengärten, in Wäldern frisch und kühl ꝛc.“ erzogen wird, und sodann als die schönste Frau schildert, der viel stolze Ritter nachgehen und die Bürger und Bauern frischen Sang erheben (Str. 4—9). Da aber sticht die verhängnißvolle Spindel der Stubenpoesie die echte deutsche Poesie in die Ferse; sie schweigt von nun an; und allein die Stubenpoesie, unterstützt von Kater und Spinnen, spinnt ihre „langen, langen Lehrgedichte, ihre flächsenen Heldengedichte“ (Str. 10—17).

Endlich nach 400 Jahren kommt der Dichterfürst mit drei Jägern (es ist Göthe gemeint mit Lessing, Herder und Schiller) und erweckt die schlafende Poesie und mit ihr die alten Meister. Die Alte aber hat der Schlag gelähmt (Str. 18—29).

Ohne dem Märchen Zwang anzuthun, hat der Dichter, wie wir sehen, eine ganze Geschichte der deutschen Poesie in ihm gefunden; und so erinnert uns seine Deutung, die selbst wieder im lieblichsten Märchenton gehalten ist, an jenes bekannte Schiller'sche Wort: „hoher Sinn liegt oft im kind'schen Spiel.“

Kindlich unbefangene Phantasiespiele des deutschen Volkes nämlich sind diese Märchen vom Dornröschen, vom Aschenputtel, vom Sneewittchen, vom Hirtenbüblein, vom Doctor Allwissend, von der Unke, vom Hans im Glück, vom Rothkäppchen, vom Tischchen deck dich, und wie sie alle heißen; und als kindliche Spiele weisen sie zurück in des deutschen Volkes früheste Kindheit. Unschuld, Naivität und die demüthige Unterwerfung unter jegliches Höhere ist, wie der Charakter des Kindes, so der Charakter eines Volkes in seinem kindlichen Alter. Da giebt es noch keine Reflexion, keine Schautragung, keine Verstellung. Darum ist die Märchenwelt „der älteste und treueste Spiegel des Volkscharakters.“ Wer also den ureignen Charakter des deutschen Volkes kennen lernen will, der muß sich in seine Märchen ebenso sinnend hineinleben, wie in seine Sprichwörter, seine Lieder und Weisen. Freilich sind uns die Märchen in der Gestalt, wie sie vor tausend und mehr Jahren ersonnen und erzählt wurden, nicht mehr erhalten; viele heidnische Elemente blicken eben nur noch hindurch, und ursprünglich heidnische Gestalten hat das Christenthum in christliche verwandelt. Aber dennoch sind sie so reich an anschaulichen Zügen, daß sich aus ihnen eine förmliche Charakteristik des deutschen Volkes und Lebens ausbauen läßt. Wie einfach lieblich ist zum Beispiel gleich in dem obigen Märchen die eheliche und elterliche Liebe und Treue an dem König und der Königin zum Ausdruck gekommen! Wie bezeichnend ist allein der Satz: „Die sprachen jeden Tag: Ach, wenn wir doch ein Kind hätten!" So spricht nicht leicht ein französisches Ehepaar, während man es in Deutschland noch jeden Tag hören kann. Wie treffend ist das Bild eines heranwachsenden deutschen Mädchens gezeichnet in dem Benehmen der funfzehnjährigen Königstochter! So würde keine französische Jungfrau in der Abwesenheit der Eltern sich geberden. Besonders hervortretend ist außerdem in unserm Märchen die enge Beziehung, in welcher die Thierwelt und leblose Natur zum Menschen erscheint. Ein Frosch verkündigt der Königin die Erfüllung ihres Wunsches; die Pferde im Stall, die Hunde im Hofe, die Tauben auf dem Dache, die Fliegen an der Wand, selbst das Feuer auf dem Heerde und der brutzelnde Braten schlafen mit der Königstochter ein und wachen mit ihr auf; und die über das Schloß wachsende Dornhecke, deren Aeste sich halten, als hätten sie Hände, verwandelt sich bei der Ankunft des Königssohns in lauter große, schöne Blumen. Wie zart bildet alles dies jene echtdeutsche Natursinnigkeit ab, wie wir sie sowohl bei Claudius, als auch, und zwar in noch hervorstechenderer Weise, bei Hebel gefunden haben, und nun, unter den Fluthen des einbrechenden Materialismus leider immer seltner finden!

Solche Einzelzüge muß der erwachsene, reflectirende Leser aufsuchen und sinnend betrachten lernen, wenn er auf die Dauer von den Märchen festgehalten werden will. Auf einiges will ich selbst noch aufmerksam machen.

Jene Natursinnigkeit steigert sich bis zu einem förmlichen Gesellschaftsleben mit Gegenständen der Natur, namentlich mit Thieren; ganz so, wie wir noch jetzt kleine Kinder allerlei Thiere völlig als ihresgleichen betrachten, mit ihnen arbeiten, leiden und sich freuen sehen. „Wie in einer goldenen Zeit ist noch alles belebt: Sonne, Mond und Sterne sind zugänglich und geben Geschenke; in den Bergen arbeiten Zwerge nach dem Erz, in dem Wasser schlafen Nixen, die Thiere, Vögel (Tauben sind die geliebtesten und hilfreichsten), Pflanzen, Steine reden und wissen ihr Mitgefühl auszudrücken; das Blut ruft und spricht." (Grimm). Diesem Gemeinschaftsleben ist der Mensch förmlich unterworfen: Ein Kind, das bis dahin seine Milch und Brocken mit einer Unke geschwisterlich getheilt hat, verliert seine rothen Backen, magert ab und stirbt, als die Mutter die Unke getödtet hat. Aschenputtel wird von Turteltäubchen und einer Haselstaude dem strengen Dienst einer bösen Stiefmutter entzogen; ein Jüngling, der ein mitleidiges Herz hat, steigt vom Pferde, um drei Fischlein wieder ins Wasser zu setzen, er reitet einem Ameisenhaufen aus dem Wege und tödtet sein Pferd, um es jungen Raben zum Fraß zu überlassen. Dafür aber helfen ihm diese Thiere Aufgaben vollbringen, durch deren Ausführung er in den Besitz einer Königstochter kommt. Um Helgoland sind die Heringe verschwunden, weil man einst einen gefangenen Hering mit Ruthen gepeitscht und wieder ins Meer geworfen hat. Im Gerathale sind die Vögel, beim Kloster Grabow die Störe verschwunden, weil dort die Bauern, hier die Mönche an den bezeichneten Thieren ihrer Ungenügsamkeit fröhneten. Das Reich der Frau Hütt in Tirol ist durch ein Ungewitter in eine Eiswüste verwandelt worden, weil Frau Hütt ihr in den Schlamm gefallenes Söhnchen einst mit Brot abrieb.

Eigenthümlich ist dem deutschen Märchen, und dadurch eben wird es zum unschätzbaren Hausmärchen, daß „die Heimat, das Familienleben, seine Sorgen, seine Arbeiten, Leiden, Freuden und Verwickelungen zum Mittelpunkte der Darstellungen" gemacht werden. „Der Hauptsegen der Eltern sind die Kinder, gleichwie für diese das elterliche Haus der Ausgang und Schluß verbleibt. Die Abenteurer treiben sich in der Welt umher, um zuletzt zu fühlen, daß es nur ein Glück, ein Heil giebt: Elternsegen, Heimat, stillen geordneten Fleiß, Vätersitte, Väterglaube, Arbeit und Gebet" (B. Goltz). Innerhalb dieses Kreises finden sich einige Gestalten sehr häufig: Die Stiefmutter, die Waise, der dumme Sohn. Das Wesen einer bösen Stiefmutter kann nicht besser veranschaulicht werden, als im Sneewittchen; die Waise macht trotz, ja durch der Stiefmutter Ränke immer ihr Glück; der dumme Sohn erwirbt Reichthum, Ehre, die Königstochter und deren Erbe, und muß schließlich der Brüder sich annehmen, die ihn früher verachteten.

Die Gestalt des dummen Sohnes kehrt unter wechselnden Verhältnissen und wechselndem Namen immer wieder: als dummer Hans oder kurzweg als der Dumme, als armes Hirtenbüblein oder als geringer Schäferbursche, als der jüngste oder kleinste von drei oder mehr Brüdern oder als die jüngste von drei Schwestern, als der Hase neben dem Fuchs oder der Swinegel neben dem Hasen. Diesen Gestalten gegenüber stehen anmaßende Brüder, bevorzugte Schwestern, erprobte Ritter u. dergl. Jene wie diese dienen dem Märchen dazu, um zu veranschaulichen, wie Einfachheit, Bescheidenheit, anspruchslose Thätigkeit den Sieg davontragen über Gereiztheit, Hochmuth, Prätension. „Durch den Dummling wird die weltliche Klugheit gedemüthigt; denn er, weil er reines Herzens ist, gewinnt allein das Glück" (Grimm).

Schon von Grimm ist darauf aufmerksam gemacht worden, daß die Märchenmenschen so gern im Walde leben. Im Walde wohnen die Riesen und Zwerge, im Walde haust der Menschenfresser, im Walde steht das Knusperhäuschen, im Walde verirren sich die arglosen Waisen, in den Wald retten sich die Kinder vor der bösen Stiefmutter, im Walde eint sich der Schrecken vor den wilden Thieren, das Toben der Elemente und der Schutz, den Thiere und Elemente dem hilflosen Menschenkinde gewähren. „Welch ein Reiz liegt in diesem heimlichen Waldleben, nach welchem sich jeder natürliche Mensch gewiß einmal gesehnt hat!" (Grimm).

Das deutsche Märchen hat durchaus seine eigne, über die gemeine Wirklichkeit emporgehobene Welt; da es diese aber in der engsten Weise mit den gewöhnlichen Lebensverhältnissen in Verbindung setzt und eine streng sittliche Haltung immer bewahrt, so ist es ein heller Spiegel des Lebens, dessen Strahlen erleuchtend und erwärmend in unser eignes Leben hineinscheinen. Dazu kommt der erquickende Humor, durch den das deutsche Märchen ausgezeichnet ist. Welche köstliche humoristische Figuren sind nicht der Hans im Glücke, das tapfre Schneiderlein, die beiden kugelrunden Müller, die kluge Else! Welche nicht minder ergetzliche Situationen bietet dar das Märchen von dem Jungen, der auszog, um das Gruseln zu lernen, und endlich seinen Wunsch auf die einfachste Weise erreichte, indem ihm nämlich kaltes Wasser mit Gründlingen über den warmen Leib gegossen ward; oder das Märchen vom Rothkäppchen, in welchem ein Wolf auf die drolligste Weise Großmutter spielt; oder das Märchen vom Swinegel, in welchem der hochmüthige Lampe vom Swinegel so schmählich zu Schanden gemacht wird! Wie ganz und gar voller Humor sind nicht die Märchen vom Schlaraffenland, vom Wolf und Menschen, vom Hasenhüter! Ergänzend treten neben die Märchen dieser Art das Märchen vom Thränenkrüglein, vom König im Bade, vom Zornbraten u. a.

„Jede wahre Poesie ist der mannigfaltigsten Auslegung fähig; denn da sie aus dem Leben aufgestiegen ist, kehrt sie auch immer wieder zu ihm zurück. Darin ist es gegründet, wenn sich so leicht aus diesen Märchen eine gute Lehre, eine Anwendung für die Gegenwart ergiebt; es war weder ihr Zweck, noch sind sie, wenige ausgenommen, deshalb entstanden; aber es erwächst daraus, wie eine gute Frucht aus einer gesunden Blüthe, ohne Zuthun der Menschen". (Grimm). Dem erwachsenen Leser der Jetztzeit drängt sich die Frage nach der Lehre oder Idee eines Märchens geradezu auf, und er wird wohlthun, dieselbe sich zu beantworten. Das Wie mag er von Uhland und dem Märchen selbst lernen. Eins möge der Märchenleser dabei nicht übersehen: „Alle deutschen Märchen erläutern das deutsche Sprichwort: Ehrlich währt am längsten; und die tiefsinnigsten sind als Illustrationen zu dem Spruche Christi zu betrachten: Die Ersten werden die Letzten sein, und die Letzten werden die Ersten sein" (B. Goltz).

Anders als der erwachsene, reflectirende Leser hört und liest das Kind ein Märchen. Ihm sind die Märchengestalten wirkliche Wesen, und die in den Märchen geschilderten Vorgänge nimmt es für baare Wirklichkeit. So mußte denn mit einer gewissen Nothwendigkeit das Märchenerzählen und -lesen von der Aufklärungspädagogik eines Rousseau, der sich sogar gegen den Gebrauch der Fabeln erklärt hat, wie von der Lebkuchendidaktik eines Basedow verworfen werden. Es bedurfte neben dem gegen das Ende des vorigen Jahrhunderts wiedererwachenden Verständniß für Poesie der verständnißinnigen Worte eines Grimm, um die Kindermärchen den kindlichen Gemüthern wieder zurückzugeben. „Kindermärchen werden erzählt, damit in ihrem reinen und milden Lichte die ersten Gedanken und Kräfte des Herzens aufwachen und wachsen." Seitdem sind auch in den Kreisen, die von Rousseau und Basedow früher beherrscht wurden — anderwärts haben die Märchen stets ihren Platz in den Familien behauptet — unsre Märchen wieder erzählt und gelesen worden; und die jetzigen Schullesebücher zeugen davon, daß das Märchen auch in der Volksschule sein bescheidnes Plätzchen hat.

Eine viel weitergreifende Anwendung, wenigstens in dem ersten Schuljahre, giebt der Prof. Ziller in Leipzig dem Märchen. Es sollen an demselben nicht nur die Sprachübungen vorgenommen, sondern sogar die Lehren der natürlichen Religion gewonnen werden, auf denen „das höchste Vorbild für das menschliche Leben, das historische Bild der Persönlichkeit Christi sicher aufgebaut werden kann." Demgemäß erzählt und bespricht Ziller vom Anfang des Schuljahres (Ostern) bis zu Anfang des Kirchenjahres Märchen und läßt nun die Lebensgeschichte Jesu dafür eintreten. — Man vergleiche damit die Aeußerungen eines andern neuern Pädagogen (Riecke, früher Seminar-Rector in Eßlingen): „Diese Erzeugnisse einer tollgewordnen Phantasie fragen weder nach äußerer, noch nach innerer Wahrheit. Den Kindern können sie allerdings durch ihre Harlekinsprünge Belustigung gewähren; aber sie werden ihm auch durch das Ungeheuere, Abenteuerliche ihrer Darstellung Geschmack und Phantasie verderben, und durch die Verleugnung aller Logik und alles vernünftigen Zusammenhangs seine Begriffe von den Dingen und Erscheinungen in der Welt verwirren. — — Daß selbst Pädagogen neuerdings dergleichen Zeug der Kindheit anpreisen, ist in der That ein betrübendes Zeichen der Zeit. Soll denn diese kränkliche Geistesrichtung schon unsern Kindern eingeimpft werden?" rc. — Man sieht, wohin zu weit getriebene Nüchternheit führen kann.

Es braucht wohl kaum bemerkt zu werden, daß das Märchen erzählt werden will, und daß es jeder Ausbeutung für eigentlich sprachliche Zwecke widerstrebt; auch dies nicht, daß eine Anschauung und Beschauung, wie ich sie dem reflectirenden Leser empfohlen habe, der Kinderstube und Volksschule nicht zukommt. „Die Märchen nähren unmittelbar, wie die Milch, mild und lieblich; oder wie der Honig süß und sättigend ohne irdische Schwere" (Grimm).

Die Märchenlitteratur ist, zumal wenn man die auch in Deutschland verbreiteten Märchen der 1001 Nacht und dergleichen bodenlose Phantastereien mitzählen will, außerordentlich reich. Das Meiste davon ist nicht des Ansehens, vieles der Vernichtung werth. Selbst die mehr oder weniger gemachten und für bestimmte Zwecke zurechtgemachten, im vorigen Jahrhundert viel gelesenen „Volksmärchen der

Deutschen" von Musäus vermag ich, obgleich sie als Bahnbrecher für die spätern Märchensammler alle Beachtung verdienen, nicht zu empfehlen. Die besten Sammlungen sind:

Br. Grimm, Kinder- und Hausmärchen. Göttingen 1812 ff. u. ö. 3 Bde. 3 Thlr. Kleinere Ausg. ebend. 1 Thlr. Wohlfeile Berliner (Dunker) Ausg. 10 Sgr. — Für Kinder empfiehlt sich die Sostmannsche Auswahl.

Bechstein, Märchenbuch, Leipzig 1845 u. ö. 10 Sgr.

J. W. Wolf, Deutsche Hausmärchen. Göttingen 1851 u. ö. 20 Sgr.

In einigen guten Sammlungen sind die Märchen mit den Sagen vereinigt, zu deren Besprechung wir jetzt übergehen.

§. 32. Die deutsche Volkssage.

Nächst dem Volksmärchen führt die deutsche Volkssage am weitesten in die deutsche Vorzeit zurück; jenes ist ein Product der frühesten Kindheit des deutschen Volkes; diese ein Product des Jünglingsalters mit seinen mannigfachen Idealen, Wanderungen und Kämpfen. Doch hat die Sagenbildung auch weiterhin nicht aufgehört und zieht noch jetzt manche Persönlichkeit oder Oertlichkeit in ihren Kreis hinein.

In ihrem Namen giebt sich die Sage als ein Gesagtes, Erzähltes, als eine Erzählung zu erkennen. Dies ist auch ungefähr der Begriff des mhd. daz maere (von dem Adjectiv maere d. i. das, wovon man spricht, daher bekannt, berühmt u. dergl.), wie er noch bei Luther („Vom Himmel hoch da komm ich her, ich bring euch gute neue mär ꝛc.) und in dem landschaftlichen „mären", d. i. weitläufig erzählen, zu erkennen ist. Die neuere Zeit gebraucht fast nur noch die Verkleinerungsform Märchen und bezeichnet damit jene wunderbaren und wundervollen Phantasiegebilde, die wir so eben kennen gelernt haben. — Das Wesen der Sage können wir uns leicht veranschaulichen.

Ludwig der Springer.

(Sage von den Brüdern Grimm.)

Die Brüder und Freunde Markgraf Friedrichs klagten Landgraf Ludwigen zu Thüringen und Hessen vor dem Kaiser an von wegen der frevelen That, die er um des schönen Weibes willen begangen hatte. Sie brachten auch so viel beim Kaiser aus, daß sie den Landgrafen, wo sie ihn bekommen könnten, fahen sollten. Also ward er im Stift Magdeburg getroffen und auf den Gibichenstein bei Halle an der Saal geführet, wo sie ihn über zwei Jahre gefangen hielten in einer Kemnaten (Steinstube) ohne Fessel. Wie er nun vernahm, „daß er mit dem Leben nicht davon kommen möchte", rief er Gott an, und verhieß und gelobte eine Kirche zu bauen in St. Ulrichs Ehr, in seine neulich erkaufte Stadt Sangerhausen, so ihm aus der Noth geholfen würde. Weil er aber vor schwerem Kummer nicht aß und nicht trank, war er siech geworden; da bat er, man möge ihm sein Seelgeräthe*) setzen, eh' dann der Kaiser zu Lande käme und ihn tödten ließe. Und ließ beschreiben einen seiner heimlichen Diener, mit dem legte er an: wann er das Seelgeräthe von dannen führete, daß er den anderen Tag um Mittag mit zweien Kleppern unter das Haus an die Saale käme, und seiner wartete. Es saßen aber bei ihm auf der Kemnate sechs ehrbare Männer, die sein hüteten. Und als die angelegte Zeit herzu kam, klagte er, daß ihn heftig fröre; that derwegen viel Kleider an und ging sänftiglich im Gemach auf und nieder. Die Männer spielten vor langer Weile im Brett, hatten auf sein Herumgehen nicht sonderliche Achtung; unterdessen gewahrte er unten seines Dieners mit den zwei Pferden, da lief er zum Fenster und sprang durch den hohen Stein in die Saale hinab.

Der Wind führte ihn, daß er nicht hart ins Wasser fiel, da schwemmte der Diener mit dem ledigen Hengst zu ihm. Der Landgraf schwang sich zu Pferd, warf der nassen Kleider ein Theil von sich, und rennte auf seinem weißen Hengst, den er den Schwan hieß, bis gen Sangerhausen. Von diesem Sprunge heißt er Ludwig der Springer; dankte Gott und baute eine schöne Kirche, wie er gelobet hatte. Gott gab ihm und seiner Gemahlin Gnad in ihr Herz, daß sie Reu und Leid ob ihrer Sünde hatten.

Wir haben hier eine Erzählung, die sich anschließt an eine historische Persönlichkeit, Ludwig, den Landgrafen von Thüringen und Hessen; an einen historisch wichtigen Ort, das früher feste Schloß Gibichenstein bei Halle, das von den fränkischen und sächsischen Kaisern öfter als Staatsgefängniß benutzt wurde; und endlich an ein historisches Factum, nämlich eben jene Gefangenhaltung Ludwigs. Alles Uebrige ist von der absichtslos dichtenden Phantasie des Volkes hinzugethan worden. Die Veranlassung zu Ludwigs Gefangennahme ist historisch nicht mehr festzustellen; man meint, er habe Antheil gehabt an den Empörungen der Sachsen gegen Heinrich IV. Daß er den sächsischen Markgrafen Friedrich „um des schönen Weibes (Adelheid) willen" getödtet habe, ist schon ein sagenhafter Zug, dem ein andrer, nach welchem Friedrich dem in seinem Gebiet jagenden Ludwig entgegengetreten und von diesem im Kampf überwunden worden sei, auflösend entgegentritt. Auf welche Weise Ludwig wieder frei geworden, ist nicht bekannt; man erzählt, es sei geschehen unter Mit-

*) Letzter Willen, Testament.

hilfe seiner Freunde. Der Sprung in die Saale gehört zu den Unmöglichkeiten; und selbst der Beiname, den Ludwig davon erhalten haben soll, ist nach der Ansicht der Forscher nichts anderes, als eine falsche Uebersetzung von Ludwigs mißverstandnem Beinamen „der Salier" (salire, ein lateinisches Wort, bedeutet springen).

Zur Erläuterung unsrer Sage möge noch Folgendes dienen: Unter den „Brüdern Friedrichs" wird sonst genannt der Erzbischof Adalbert von Bremen. Der Kaiser ist Heinrich IV. Bei diesem soll Adalbert den Ludwig in den Verdacht eines Aufwieglers und Empörers gebracht haben. — Eine Kemnate, Keminat ist eine Stube, ein Zimmer, namentlich Wohnzimmer eines Vornehmen; es ist unbekannter Abkunft und wird in Verbindung gebracht mit dem lateinischen caminus (Kamin) und dem slavischen kamen (Stein), wovon Kamenz, Chemnitz u. a.

Gehen wir, um endlich den Begriff der Sage festzustellen, auf den Namen selbst zurück, so ist zu bemerken, daß die Sage als „Gesagtes" sich entschieden in einen Gegensatz stellt zu dem „Geschriebenen." Man hat seit alten Zeiten historische Begebenheiten niedergeschrieben, um sie der Nachwelt zu überliefern; die Sage aber hat sich, ohne daß ihr erster Erzähler bekannt ist, Jahrhunderte hindurch von Mund zu Mund fortgepflanzt. Eine Sage ist also eine mit erdichteten Zügen vermengte, an eine historische Persönlichkeit, an ein historisches Ereigniß, an einen historisch wichtigen Ort oder Gegenstand sich anschließende Erzählung, deren Urheber uns unbekannt ist, und die sich von Mund zu Mund in der Zeitfolge fortgepflanzt hat.

Häufig läßt sich die Geschichtlichkeit der in der Sage auftretenden Persönlichkeit, oder des ihr zu Grunde liegenden Ereignisses oder des Ortes oder Gegenstandes, an den sie sich anschließt, nicht mehr nachweisen. Man denke an die Sage vom Glockenguß zu Breslau, an die Sprungsagen (Mägdesprung im Harz, Jungfernsprung bei Arnstadt u. a.), an die zahlreichen an große Steine, Bäume, unerklärbare Trümmer u. dgl. sich anlehnende Sagen. Häufig ist auch der betreffende Gegenstand von begränzt örtlichem Interesse; daher die große Zahl localer Sagen und Sagenkreise. Häufig endlich ist die Geschichtlichkeit gar nicht in der Wirklichkeit, sondern nur in dem Ideenkreise des Volkes begründet; daher die Göttersagen (Mythen). Das Volk hängt mit einer ungemeinen Zähigkeit und

Liebe an seinen Sagen (namentlich an den nur localen), die es glaubt, wie das Kind seine Märchen. Nur die blindeste Aufklärungssucht kann sie ihm entreißen wollen; verständiger Sinn wird ihre Fortpflanzung pflegen. Sie vertreten dem Volk vielfach die Geschichte, zu der sie sich nach einem Ausdruck Grube's verhalten wie das Märchen zur Naturgeschichte, und sind in der That dem Volke mehr als manchem gelehrten Manne sein nur äußerlich angeeignetes Geschichtsmaterial. „Niemals können dem Volke seine Sagen langweilig werden, weil sie ihm kein eitles Spiel, das man einmal wieder fahren läßt, sondern eine Nothwendigkeit scheinen, die mit ins Haus gehört, sich von selbst versteht, und nicht anders, als mit einer gewissen, zu allen rechtschaffenen Dingen nöthigen Andacht bei dem rechten Anlaß zur Sprache kommt" (Grimm). Im allgemeinen scheidet sich die Sage von dem Märchen dadurch, daß sie sich anschließt an bekannte Namen und Dinge, während das Märchen gewöhnlich nur weiß von einem König, einem Schneider, einem Stiefkind, einem Walde u. dgl.; dadurch, daß sie, was mit jenem zusammenhängt, sich weniger emporhebt über den natürlichen Verlauf der Dinge und den erkennbaren Zusammenhang zwischen Ursache und Wirkung; endlich dadurch, daß sie weniger poetisch ist als das Märchen, aber eben darum von um so allgemeinerer Faßbarkeit. Im besondern ist die Grenze zwischen der Sage und dem Märchen nicht immer leicht zu ziehen.

Man kann die Sagen eintheilen in mythologische oder Göttersagen (Mythen), Stamm- oder Heldensagen, Heiligensagen oder Legenden und Volkssagen im engern Sinne. Dazu tritt noch die Thiersage.

1. **Die mythologischen Sagen.** Das Hauptwerk ist J. Grimms „deutsche Mythologie" 1835 u. ö.

Dem Bedürfniß meiner Leser wird genügt durch Kehreins „Ueberblick der deutschen Mythologie, ein Auszug aus J. Grimms deutscher Mythologie", Göttingen 1848. 15 Sgr., sowie durch J. W. Wolfs „deutsche Götterlehre" ebendas. 20 Sgr. Wer mit rechtem Verständniß die deutschen Helden- und Volkssagen lesen will, kann ein mythologisches Werk nicht entbehren.

2. **Die Stamm- oder Heldensagen.** Vier herrliche Erzeugnisse des deutschen Geistes sind hier vor allem zu nennen: das s. g.

Hildebrandslied und der Heliand, der ältesten Zeit angehörig, das Nibelungenlied und die Gudrun, aus der ersten Blüthezeit der deutschen Poesie stammend.

Das **Hildebrandslied** besingt den Kampf des alten Hildebrand, der auch im Nibelungenliede eine bedeutende Rolle spielt, mit seinem Sohne Hadubrand. Hildebrand kehrt nach dreißigjähriger Abwesenheit aus jenen Kämpfen, welche das Nibelungenlied erzählt, wieder zurück in die Heimat und begegnet seinem unterdes zum Helden erwachsnen Sohne Hadubrand, der, in der Meinung, sein Vater sei im Kampf gefallen, diesen angreift. Vergebens bemüht sich Hildebrand, sich dem Sohn zu erkennen zu geben, sie kämpfen und — hier bricht das alte Gedicht ab, aber eine Bearbeitung desselben aus dem 15. Jahrh. erzählt den Ausgang — der Vater besiegt den Sohn, und beide kehren zu der harrenden Gattin und Mutter zurück.

Der Heliand, schon oben (S. 144) erwähnt, gehört insofern hierher, als in ihm das Evangelium durch Uebertragung heimischer Verhältnisse und Anschauungen auf die heilige Geschichte deutscher Heldengesang geworden ist. Auf diese Weise stellt sich dieses herrliche Zeugniß von der überwindenden Kraft des Evangeliums in eine Linie mit den übrigen genannten Dichtungen. Christus erscheint in demselben als deutscher Heldenkönig, der, umgeben von seinen Herzögen, den begleitenden Volksschaaren die ewigen Gesetze des Gottesreiches verkündet und die Segnungen seiner Gnade austheilt. Die besten Uebertragungen des Gedichts sind:

G. Rapp, Heliand, sächsische Evangelienharmonie. Stuttgart 1856. 25 Sgr.

K. Simrock, Heliand. Christi Leben und Lehre. Elberfeld 1856. 27 Sgr.*).

Das Nibelungenlied, nach seinem Material aus der ältesten Zeit, nach seiner gegenwärtigen Form aus dem Ende des 12. und Anfang des 13. Jahrh. stammend, gilt nunmehr — noch Friedrich d. G. urtheilte: „meines Bedünkens sind diese Dinge nicht einen Schuß Pulver werth" — allgemein als die vorzüglichste Dichtung

*) Dem Leser des „Heliand" empfehle ich als eine Art von Commentar ein Schriftchen von A. F. C. Vilmar: „Deutsche Alterthümer im Heliand." 2. Aufl. 1862. 15 Sgr.

des deutschen Volkes. „Unsre gesammte Litteratur alter und neuer Zeit besitzt keine Dichtung von so ergreifender Gewalt, keine, der so sehr der Stempel deutschen Geistes und Wesens aufgedrückt ist, und die daher in höherm Grade der allgemeinen Hochhaltung und Theilnahme des Volkes würdig wäre, als das Nibelungenlied." Bei dem Reichthum seines Inhaltes ist es schwer, denselben in Kürze genügend wiederzugeben. Uebrigens wird ja das Lied von jedem meiner Leser gelesen werden. An guten Ausgaben und Uebertragungen ist kein Mangel.

A. Holtzmann, Schulausgabe des Nibelungenliedes in der ältesten Gestalt herausgegeben und mit einem Wörterbuch versehen. Stuttgart 1858. 1 Thlr. 4 Sgr.

Zarncke, Das Nibelungenlied. Leipzig 1856. 1⅙ Thlr. Mit einer Einleitung über die Aussprache der mhd. Laute, Verslehre 2c.

K. Simrock, Das Nibelungenlied. 1827 u. ö. Stuttg. Cotta. 1 Thlr. (Die beste Uebersetzung.)

L. Gerlach, Das Nibelungenlied, aus dem Mittelhochd. volksthümlich übersetzt. Dessau 1861 u. 62. 17½ Sgr.

Die Schwierigkeiten, die sich der Lesung des Nibelungenliedes im Urtext entgegenstellen, sind auch für den Elementarlehrer nicht unüberwindlich, wenn er, wie sichs gebührt, mit Lust und Liebe zur Sache ihnen entgegentritt. Als werthvolles Hilfsmittel dabei empfehle ich einstweilen

W. B. Mönnich, Nibelungen- und Kudrunlieder. Stuttgart 1860. 2. Aufl. 24 Sgr.

Der Leser findet in diesem Werkchen außer den besten Liedern der Nibelungen und Gudrun eine kurze Formenlehre, die wichtigsten Regeln über die Aussprache der mittelhochdeutschen Laute und ein im ganzen genügendes Wörterbuch.

Neben das Nibelungenlied stellt sich, derselben Zeit angehörig, die **Gudrun**, neben die Sonne der Mond, neben die deutsche Ilias die deutsche Odyssee, wie man gesagt hat. „Einen eigenthümlichen Reiz gewährt dieses Gedicht schon durch den Horizont, den es um uns ausspannt — es ist die See mit ihren Wogen, ihren Stürmen, ihren Schiffen, mit ihren Seekönigen und deren Fahrten; einen weit höhern Reiz durch die äußerst gehaltne, zarte und feine Schilderung eines edeln Frauencharakters, welcher das hervorstechendste Bild in diesem Heldengemälde ist, so daß dasselbe von der Heldin Gudrun bereits in alter Zeit den Namen erhalten hat. Insofern bildet das Lied von Gudrun den versöhnenden Gegensatz zu dem Nibelungenliede, als dort zwar der vollste Zauber, aber auch der vollste Schrecken der Tiefe des weiblichen Gemüths — hier die strenge Treue, das demüthige Dulden und der niemals entwürdigte Adel einer deutschen Frauenseele zur Erscheinung kommt" (Vilmar). — Die beste Schulausgabe ist: Ettmüller, Gudrunlieder. Mit einem Wörterbuche. Leipzig 1847. 22½ Sgr. Die vorzüglichsten Lieder finden sich in dem angeführten Werke von Mönnich; die besten Uebersetzungen sind von A. Keller (Stuttg. 1840. 2¼ Thlr.) und von K. Simrock (Stuttg. 1843 u. ö. 1½ Thlr.).

Schon in demselben Jahrhundert, dem wir das Nibelungenlied und die Gudrun verdanken, mehr noch im 14. Jahrh. verlor sich die Liebe des deutschen Volkes zu seinen einheimischen Heldensagen. Nur hier und da noch wurden sie in roher Form und kürzerer Fassung als einzelne Lieder gesungen und gesagt. Davon geben Zeugniß einige Sammelwerke des 15. Jahrh., die den Namen Heldenbuch führen. Noch später, im 16. Jahrhundert, in welchem alles, was sich irgend gebildet däuchte oder wirklich gebildet war, von der vaterländischen Poesie sich abwandte, ging einiges aus der alten Heldensage in die Volksbücher über und ist in der bei diesem Uebergang fixirten Gestalt bis auf unsre Tage gekommen.

Ich gedenke bei dieser Veranlassung gleich der eben genannten Volksbücher mit der nöthigen Ausführlichkeit. Sie sind sämmtlich im 16. Jahrhundert entstanden und repräsentiren dessen Derbheit, wie sie sich ausprägte in den Schichten des Volkes, die unterhalb des durch Hans Sachs so vollständig und rein vertretnen ehrbaren Bürgerstandes liegen. Für die Sittengeschichte des 16. Jahrhunderts sind sie deshalb sehr wichtig. Ihren Inhalt bilden alte und neue, einheimische und auswärtige Heldengeschichten, Schwänke, Possen, Narrenstreiche u. dgl. von sehr verschiedenem Werthe. An einigen (gehörnte Siegfried, Genoveva, die schöne Magelone, Melusine, Herzog Ernst, Octavianus, Fortunatus, Eulenspiegel, Schildbürger u. a.) hat der gemeine Mann immerdar großes Gefallen gehabt, und schon deshalb hat sich der Lehrer mit ihnen bekannt zu machen. Gustav Schwab, einer von den zahlreichen Herausgebern derselben, urtheilt über sie folgendermaßen: „Sie sind Ausfluß und Quelle der reichsten Poesie; entsprungen aus dem Born altgermanischer Nationaldichtung, blieben sie dem Volke theuer, als die Verbildung der höhern Stände in spätern Jahrhunderten ihrer spottete. Der unverdorbene Geschmack wird von den lyrischen, epischen und dramatischen Ueberdichtungen gern zur schlichten Darstellung der alten Zeit zurückkehren. Besonders werden jüngere Leser von der Poesie dieser Sagen in ihrer einfachsten Gestalt ergriffen und gerührt werden; während zugleich der Grundton von Frömmigkeit und reiner Sitte, der durch die besten dieser Poesien in ihrer ältesten Form am hörbarsten durchklingt, sie gegen Unglauben und Unsitte zu befestigen und darüber zu belehren geeignet ist, daß die schönste Dichtung mit Religion und Tugend in ewigem Bunde steht."

Die vollständigste Ausgabe, aus welcher übrigens einzelne Bücher à 2 Sgr. bis 1 Thlr. 10 Sgr. verkauft werden, ist von K. Simrock („Deutsche Volksbücher nach den ältesten Ausgaben hergestellt. Frankfurt a. M. Brönner 1839 ff. 12⅓ Thlr.). Eine Auswahl ist veranstaltet von demselben („Deutsche Volksbücher ꝛc." Berlin, Vereinsbuchhandlung. Gedruckt in diesem Jahr. 27 Sgr.), eine andre von G. Schwab („Die deutschen Volksbücher für Jung und Alt wiedererzählt" mit 180 Illustr. Gütersloh, Bertelsmann. 3⅓ Thlr.) u. a. — Ein hier zu nennendes Buch aus der neuern Zeit ist „Des Freiherrn von Münchhausen wunderbare Reisen und Abenteuer zu Wasser und zu Lande, wie er dieselben bei der Flasche im Zirkel seiner Freunde selbst zu erzählen pflegte". Dieses Buch, hinsichtlich seiner Entstehungszeit durch Jahrhunderte von jenen ältern Volksbüchern geschieden, schließt sich diesen, was den Inhalt und den volksthümlichen Ton der Erzählung betrifft, in einer überraschenden Weise an. Der Verfasser des Buches, das sich vielfach an englische Quellen anlehnt, hat sich nie genannt. Aus der Vorrede zur Ausgabe von 1840 ergiebt sich, daß der Hainbunddichter Bürger den größten Theil an der Herbeischaffung und Erfindung dieser Lügengeschichten gehabt und ihnen die Form gegeben hat, welche als durchaus volksthümlich bezeichnet werden muß. Das vielgelesene Buch erschien 1788 zum erstenmal in der Dieterich'schen Buchhandlung in Göttingen, aber mit der Angabe London als Verlagsort. Daß der Inhalt des Buches unter den sittlichen Maßstab für die Beurtheilung der Lüge nicht fällt, braucht wohl kaum bemerkt zu werden.

3. **Die Heiligensagen oder Legenden** erfreuen sich im protestantischen Deutschland auch nach Herders Empfehlung derselben natürlich nicht der Aufnahme wie im katholischen; doch sollte manches auch dort bekannter sein. Sie sind meist im 12. und 13. Jahrh.,

der Zeit des Mariencultus, viele auch in früherer oder späterer Zeit entstanden. An Reichhaltigkeit kann sich kein Zweig der deutschen Litteratur des Mittelalters mit der Legendenlitteratur messen. Einiges werden meine Leser in den Lesebüchern, Gedichtsammlungen, in den Volksbüchern und in den Sagensammlungen finden. Ein umfassendes Werk ist Dörings „Legendenschatz" 1840; eine mit Geschmack und Kenntniß veranstaltete volksthümliche Sammlung giebt es nicht; die erste aus der evangelischen Kirche hervorgegangene Sammlung ist Hieronymus Wellers, eines Schülers von Luther, „Marterbuch", im J. 1700 von A. H. Francke neu herausgegeben; aus der Neuzeit ist das beste Gust. Schwabs Legendencyclus von den heil. drei Königen.

4. Die **Volkssagen** im engern Sinne, d. i. alles das aus unserm Sagenreichthum, was unter 1 bis 3 sich nicht begreifen läßt. Die Grenzen sind übrigens sehr schwer zu bestimmen und in den Sammlungen, ohne daß diese dadurch an Werth verlieren, gewöhnlich nicht beachtet. Die meisten der hierher gehörigen Sagen sind dem Munde des Volkes, in dem sie noch lebendig sind, abgelauscht und um so werthvoller, je weniger sie durch schriftstellerische Zuthaten verändert sind. Als bahnbrechendes Werk gelten die „Deutschen Sagen" der Brüder Grimm (1816—1818), in deren Geist die folgenden Sammler zu erzählen mit mehr oder weniger Glück sich befleißigt haben. Das reichhaltigste deutsche Sagenwerk ist Bechstein's „Deutsches Sagenbuch." Leipz. 1853. 2⅔ Thlr. Es enthält 1000 Sagen aus allen deutschen Landen mit alleiniger Ausnahme Oestreichs. Gute kleinere Sammlungen sind: Simrock, „Die geschichtlichen deutschen Sagen aus dem Munde des Volks und deutscher Dichter." Frankf. 1 Thlr. 10 Sgr. Ferd. Bäßler, „Sagen aus allen Gauen des Vaterlandes." Berlin. 1856. Decker. 1⅓ Thlr. Ferd. Bäßler, „Sagen aus der Geschichte des deutschen Volkes." Berlin. 1855. Decker. 1⅓ Thlr. Heinr. Pröhle, „Deutsche Sagen." Berlin, Frank. 1⅓ Thlr. Vormbaum, „Sagen aus dem Vaterlande." Elberf. 10 Sgr.

Da gerade die landschaftlichen und localen Sagen von bedeutendem Interesse sind, so will ich noch auf einige nach dieser Richtung hin veranstaltete Sammlungen aufmerksam machen. Die ost- und westpreußischen Sagen sind gesammelt worden von Tettau und

Temme, die Danziger von Karl, die von Pommern und Rügen, desgleichen die der Altmark von Temme, die Lübecker von Asmus, die schleswig-holsteiner von Müllenhoff, die niedersächsischen von Harrys, auch von Schambach und W. Müller, die westfälischen von Stahl, die Harzsagen von Otmar*), Heinrich Pröhle u. a., die Rheinsagen von Simrock, die oberrheinischen insbesondere von A. Stöber, die Mainsagen von Kaufmann, die Schweizersagen von Rochholz, auch von J. Gotthelf, die schwäbischen von Birlinger, die Alpensagen von Vernaleken, die hessischen von Wolf, die thüringischen in einem Hauptwerke von Bechstein („Sagenschatz und Sagenkreise des Thüringer Landes.“ 4 Bde.), die des Königreichs Sachsen von Gräße, die des Frankenlandes, so wie die des Kaiserthums Oestreich ebenfalls von Bechstein, die letztern neuerdings auch von Gebhart, die voigtländischen von Hager, die bairischen von A. Schöppner, die erzgebirgischen von Schilling, die oberlausitzischen von Willkomm, die schlesischen von Peschel u. a., die Rübezahlsagen von Büsching, Döring u. a., die Kiffhäusersagen von A. Möller und H. F. Maßmann, die Kynastsagen von Schmidt, die märkischen und norddeutschen von Kuhn ꝛc.

Ein treffliches Werk, welches gleichmäßig Natur, Geschichte und Sage der verschiedenen deutschen Landschaften berücksichtigt, ist „Das malerische und romantische Deutschland“, Leipz. 1836 ff., von verschiedenen namhaften Verfassern.

Wer poetische Bearbeitungen deutscher Sagen liebt, dem bietet sich dar: J. Günther „Großes poetisches Sagenbuch des deutschen Volkes“, Jena 1844 ff. 2 Bde. 2 Thlr.

5. Eine eigenthümliche Stellung nimmt die deutsche **Thiersage** von Reinhart dem Fuchs ein. Wie das Märchen, reicht sie in das Kindheitsalter der Deutschen hinauf, in die Zeit nämlich, da das Volk mit der Hingabe eines kindlichen Sinnes nicht sowohl das Thierleben beobachtete, als vielmehr zugleich mitlebte, namentlich die größern Thiere des Waldes, den Bär, den Wolf, den Fuchs als seinesgleichen, ja als Träger der gefürchteten geheimnißvollen

*) Otmar (Director Nachtigal in Halberstadt) ist mit seiner Sagensammlung von 1801 einer der ersten und zugleich bedeutendsten deutschen Sagensammler. Er übertrifft nicht nur seinen Vorgänger Prätorius (17. Jahrh.), sondern auch, und zwar in noch höherem Grade, seine nächsten Nachfolger, und wird selbst erst von den Brüdern Grimm übertroffen.

Kräfte der Natur ansah. Wie die Heldensage riesige Kämpfe der Menschen ohne Reflexion und lyrische Beimischung einfach erzählt, so die Thiersage die Befehdungen jener Thierhelden, denen, wie jenen menschlichen Kämpen Dienstmannen: Lampe der Hase, Markwart der Häher, Hennink der Hahn zur Seite stehen; wie die Heldensage, so erhielt auch die Thiersage gleich mit ihrer Entstehung die poetische Form. Wie die Fabel, so hat die Thiersage Anschauungen aus der Thierwelt zu ihrer Grundlage, entbehrt aber jedes lehrhaften Zweckes, so daß ihr nicht, wie der Fabel, der Anspruch, Poesie zu sein, streitig gemacht werden kann.

Die Thiersage von Reinhart dem Fuchs hat ihren Ursprung bei dem waldliebenden Stamm der Franken; von diesen aus ist sie in Frankreich einheimisch geworden, und erst von da, mit einigen französischen Elementen vermischt, im 12. Jahrhundert nach Deutschland zurückgekommen. Das Gedicht aber, welches gegenwärtig unter dem niederdeutschen Namen Reineke Vos (Reineke, plattdeutsches Verkleinerungswort von Reinhart, wie Meineke von Meinhart, Gericke von Gerhart, auch Heinecke von Heinrich, Wilke von Wilhelm, Jänicke von Johann u. a.) gekannt und gelesen ist, ist eine gegen 1500 verfaßte plattdeutsche Uebersetzung einer holländischen Bearbeitung des Reinhart. Diese plattdeutsche Uebersetzung, aus welcher oben schon eine Probe mitgetheilt worden ist, ist jüngst in das jetzige Plattdeutsch übertragen worden durch K. Tannen („Reineke Vos", plattdeutsch nach der Lübecker Ausgabe von 1498. Mit einer Vorrede von Klaus Groth. Bremen 1861. 20 Sgr.). Dieser Reineke möchte sich für meine Leser am besten eignen. Von den Ausgaben im Plattdeutsch des 15. Jahrhunderts ist die beste, mit einem trefflichen Wörterbuch versehene die von Hoffmann von Fallersleben (1834).

Die Volksschule hat ein bei weitem größeres Recht an die Volkssage, als ihr thatsächlich gewöhnlich eingeräumt wird. Das Wenige, was sich etwa in den Lesebüchern findet, kann durchaus nicht genügen. Bei der Nothwendigkeit, in der sich die Volksschullesebücher befinden, zugleich Hilfsmittel für den Unterricht in den Realien sein zu müssen, gerathen sie gar zu leicht in die Gefahr, in den realistischen Stoffen zu weit zu greifen, nämlich anstatt lebensvoller Darstellungen mehr oder minder trockne Uebersichten zu geben. Da nun hat der Lehrer, und zwar gerade in Bezug auf die Gebiete, welche am leichtesten der Dürre unterliegen, die Geographie und Geschichte, in unsrem Sagenreichthum treffliche Belebungsmittel. Man sehe einmal in den verschiedenen Lesebüchern den Abschnitt über das sagenreiche Riesengebirge nach. In einem ist der Rübezahlsagen nicht einmal Erwähnung gethan; in einem andern findet sich eine Art von summarischer Uebersicht und Charakteristik derselben. Da bleibt denn dem Lehrer nichts anderes übrig, als selbst zu erzählen, zu dem vielleicht Erzählten hinzuzuthun, und die unmittelbare Aufnahme des Gegebenen dem unbefangenen Kindesgemüthe zu überlassen. Das Kindesgemüth und das Gemüth des einfachen Bürgers und Bauern hat an der Sage eben das und eben soviel, als der Historiker von Fach an der Geschichte, zu der es doch nun einmal in der Volksschule nicht kommen kann. Besonders sind hier die heimatlichen Sagen zu berücksichtigen. Sie leisten noch mehr, als daß sie etwa den Unterricht in der Heimatskunde beleben: sie machen dem Schüler seine Heimat lieb und die Gegenstände derselben bedeutungsvoll und theuer. Meist hat der Lehrer nur zu pflegen, was schon ohne ihn durch den beständigen Uebergang von Großvater und Großmutter als ein köstlicher Besitz sich vererbt. „Es wird dem Menschen von heimatswegen ein guter Engel beigegeben, der ihn, wann er ins Leben auszieht, unter der vertraulichen Gestalt eines Mitwandernden begleitet; wer nicht ahnt, was ihm Gutes dadurch widerfährt, der mag es fühlen, wenn er die Grenze des Vaterlandes überschreitet, wo ihn jener verläßt. Diese wohlthätige Begleitung ist das unerschöpfliche Gut der Märchen, Sagen und Geschichte, welche neben einander stehen und uns nach einander die Vorzeit als einen frischen und belebenden Geist nahe zu bringen streben“ (Grimm).

Für die Beobachtung und das Nachdenken des Lehrers bietet die Sage reichen Stoff. Wer freilich nicht sieht, wie sich der Kirchthurm, der Leichenstein, der Grabvers seines von dem des nächsten Dorfes, oder das Bauernhaus seiner Gegend von dem der angrenzenden Landschaft, oder die Tracht seiner Umgebung von der Tracht derer unterscheidet, die 4 oder 5 Meilen weiter wohnen; allenfalls aber über Größe und Form der Bierseidel und Kaffeetassen Auskunft zu geben weiß: der wird wenig Lust und Geschick haben, sich die Sagenwelt näher anzusehen. Dem Andern, Aufmerksamern geben sie Veranlassung zu mancherlei Vergleichungen und Studien. Er sucht in den Sagen einer Gegend den Charakter der Bewohner wiederzufinden, er setzt sie in Verbindung mit den umgebenden Dingen, er geht den historischen Bezügen nach, er vergleicht die Sagen verschiedener Landschaften unter einander mit Rücksicht auf deren Bewohner, er vergleicht einzelne Sagen mit einander, er sucht die in der Sage sich ausprägende Idee zu finden, er sinnt dem einzelnen Ausdruck nach u. dergl.

Märchen, Sage und Geschichte streben nach einander die Vorzeit als einen frischen und belebenden Geist uns nahe zu bringen; darum nun einiges über die Geschichte.

§. 33. Die volksthümliche Geschichtserzählung.

Es ist bemerkenswerth, daß Hebel von dem Versuche, eine alemannische Geschichte zu schreiben, nach einem wohlgelungenen Anfange abgestanden ist; daß derselbe durch eine historische Darstellung über Andreas Hofer, den er zum Gegenstande seines leichtfertigsten Spottes, ja bittersten Hohnes macht, einen nie zu tilgenden Makel auf seine volksthümliche Schriftstellerei geworfen hat; und endlich, daß sich bei Claudius kaum etwas nennenswerthes Historisches findet. (Vergl. die Darstellung über Johann Hussens Verhör und Tod. WW. V, 40 ff.)

Wir finden darin eine Andeutung, wie schwierig es ist, die Geschichte in ein volksthümliches Gewand zu kleiden; und in der That haben wir, trotz der unzähligen historischen Darstellungen „für das Volk", unter den Historikern auch nicht einen, der den Namen eines Classikers der volksthümlichen Geschichtsschreibung auch nur annähernd verdiente. Den Einen fehlt überhaupt die besonders in unsrer Zeit nicht häufige Gabe populärer Darstellung gänzlich; andre halten die gesuchte Nachahmung des Volksausdruckes für populär, und stoßen so ab, indem sie anziehen wollen; andre beherrschen den Stoff nicht oder in einer nur ungenügenden Weise; andre sind in der Auswahl und angemessenen Gruppirung des Stoffes nicht glücklich; andre halten sich nicht die Schwierigkeiten vor, welche der in seinen Thatsachen unwandelbare und darum in gewissem Sinne spröde

Stoff der Geschichte seinem Darsteller entgegenbringt; noch andre endlich machen sich von vorn herein dadurch unmöglich, daß sie wähnen, sie müßten dem Volke mit der Geschichte zugleich die eigne politische Ansicht plausibel machen und einimpfen, und dürften die Geschichte dazu benutzen, um im Volke für eine politische Partei Propaganda zu machen.

Der beregte Mangel an wirklich geschickten Arbeitern auf dem Felde volksthümlicher Geschichtsschreibung ist der eine Hauptgrund, warum das deutsche Volk nicht einmal an seiner eignen Geschichte und nicht einmal an den Großthaten derselben das gehörige Interesse hat. Der andre Grund ist dieser, daß es dem Deutschen an jenem Nationalgefühl fehlt, mit welchem zum Beispiel der Franzose, sobald er in seine Geschichte eintritt, sich der Zugehörigkeit zu einer großen, mächtigen, einflußreichen Nation unmittelbar bewußt wird. Indessen hat sich das bekannter- und anerkanntermaßen seit den letzten zehn bis funfzehn Jahren wesentlich geändert. Denn es läßt sich nicht leugnen, daß das Bedürfniß nach historischem Wissen mit der Zunahme des Interesses an den öffentlichen Angelegenheiten und Ereignissen des Tages gewachsen ist. Nun kommt es darauf an, diesem Bedürfnisse nicht sowohl eilfertig entgegen zu kommen, — leider geschieht das heutzutage in einer fieberhaft erregten Weise —, sondern es in der rechten Weise zu befriedigen.

Die Geschichtsschreibung, wie sie jetzt meist gehandhabt wird, ist nicht von sehr altem Datum. In den frühern Jahrhunderten reihte man, allein der Zeitfolge nachgehend, Thatsache an Thatsache; und es entstanden so Geschichtsbücher, die man Chroniken d. i. Zeitbücher nannte*). Schon im zwölften Jahrhundert fing man besonders in Niederdeutschland an, diese Chroniken in Verse zu bringen. Seit dem Schluß des dreizehnten Jahrhunderts treten auch die hochdeutschen Reimchroniken hervor**), und es reihen sich ihnen würdig an die mehr lyrisch gehaltenen, kürzern Dichtungen, die sogenannten historischen Volkslieder (vergl. §. 10). Erst

*) Wer sich eine Anschauung von einer alten Chronik verschaffen will, der lese z. B. Laurent's Uebersetzung der „Zeitbücher der sächsischen Kaiser“ von Thietmar, Bischof von Merseburg († 1018). Berlin 1848. Besser. ⅔ Thlr.

**) Einiges davon findet sich in Wagners trefflichem Buche: „Poetische Geschichten der Deutschen.“ Darmstadt 1858. 4. Aufl. 1⅓ Thlr.

das 15. und 16. Jahrhundert brachten die Prosachronikenschreibung zur Blüthe*).

Reine Geschichte darf man in den Chroniken und historischen Volksliedern, obgleich sie immerdar als historische Quellen gelten werden, nicht erwarten; aber gerade die unbefangene Einflechtung der Sage und des poetischen Zuges machte sie neben dem gemüthlichen Ausdruck, neben der vom Christenthum beherrschten Anschauungsweise und der meist sehr lebhaften Erzählung dem Volke verständlich und anziehend. Es ist sehr zu beklagen, daß sich nicht fort und fort, und zwar zumal in engern Kreisen, in den Dörfern, Städten und Landschaften, Leute gefunden haben, die, was seiner Zeit alles bewegte, mit der Unbefangenheit jener Chronisten gereimt oder ungereimt niedergeschrieben hätten.

Welche treffliche Leistungen dem deutschen Fleiße möglich sind, trotzdem dies leider nicht geschehen ist, das sieht man an einigen Werken der neuern Zeit, die der jetzt zur Wissenschaft sich emporringenden „Volkskunde" dienen; z. B. an Theodor Fontane's „Wanderungen durch die Mark", an der „Bavaria, Landes- und Volkskunde des Königreichs Baiern", an Steinhards „Oestreich und sein Volk", an Heinrich Pröhle's „Unser Vaterland" und „Germania", an August Stöbers „Alsatia", an der neuen Zeitschrift „Das liebe Pommerland, Monatsschrift zur Hut und Pflege pommerscher Heiligthümer und pommerschen Volksthums" u. a. — Möchten es sich doch die deutschen Lehrer gesagt sein lassen, dem Beispiel ihrer Collegen im preußischen Regierungsbezirk Gumbinnen zu folgen, die schon seit mehreren Jahren Schul- und Gemeinde-Chroniken angelegt und mit freudigem Eifer fortgesetzt haben.

Wer möchte leugnen, daß dergleichen Chroniken nicht nur für solche Werke, wie die eben genannten, vortreffliche Fundgruben sind, sondern auch den interessantesten Stoff für unsre heutigen, jedem Bürger und Bauern in die Hände kommenden Kreisblätter, Wochenblätter ꝛc. abgeben? Man muß es gesehen haben, wie eine alte geschriebene oder gedruckte, gereimte oder ungereimte Ortschronik ge- und zerlesen wird, um das begreifen zu können. Von der Chronik aus ließe sich dann das Interesse des Volks an der Ge-

*) Eine Probe aus der „Croneken der sassen" findet man in Ph. Wackernagels „Deutschem Lesebuche" III, 41.

schichte der einzelnen Persönlichkeit, des einzelnen Factums, der abgegrenzten Partie, des Stammes und Volkes erwecken. Dabei muß der Historiker fortwährend eingedenk sein, daß der Mann aus dem Volk keinen Sinn hat für die der Poesie entkleidete reine Darstellung der Geschichte, keinen Sinn für die der eigentlichen Geschichtsdarstellung nothwendige Objektivität und für den Pragmatismus der Thatsachen; das Sagen- und Anecdotenhafte, das Chronikenartige, das in subjektiver Freiheit Beschauende und zur Seite Abspringende, das die eigne Herzensfrische des Verfassers Verrathende zieht ihn an. Der Historiker für das Volk muß, wie dies zuerst Bredow gethan, den Blick auf besonders „merkwürdige Begebenheiten" richten; er muß das Historische auf seiner anschaulichst dargestellten geographischen Unterlage entfalten; er muß in der Weise eines Justus Möser („Osnabrückische Geschichte") bei den Einrichtungen, Sitten und Gebräuchen des Volkes treuherzig verweilen; er muß, mag das noch so gut gemeint sein, vor allen zu grellen Farben in Lob und Tadel, wie sie z. B. der bekannte Pfarrer zu Dedeleben Christian Niemeyer in seinem „Heldenbuche" und andern Schriften aufträgt, sich hüten; er muß sein Pathos der historischen Wahrheit unterordnen; er muß die politische Phrase gänzlich vermeiden; er muß in der Sprache und in der Gruppirung der Thatsachen der allerhöchsten Einfachheit sich befleißigen; er muß durch dramatische Lebendigkeit und gelegentliche, aber wie mit Nothwendigkeit kommende Einflechtung eines singbaren Liedes seinen Leser zur regsten innerlichen Theilnahme fortreißen; er muß diejenigen Persönlichkeiten, die besonders geeignet sind, einen sittlichen Einfluß auszuüben, sowie diejenigen Momente, die den patriotischen Sinn vorzugsweise anregen und beleben, gehörig herausheben; er muß vor allem, aber noch ungezwungener als z. B. Wilh. Redenbacher, in der Geschichte den Arm Dessen durchschauen lassen, der nach Seinem Wohlgefallen die Fürsten und Völker, den Einzelnen und die Gesammtheit leitet.

Seit den dreißiger Jahren ist, wie bekannt, auch von unsern bedeutendsten Historikern das biographische Element der Geschichte mit besondrer Vorliebe gepflegt worden, sei es im Entwicklungsgange einer Gesammtdarstellung, sei es in selbständigen Schriften. Für die volksthümliche Darstellung der Geschichte mußte dies vom allergrößten Nutzen sein; denn der Mann aus dem Volke bedarf einer

Persönlichkeit, der er gleichsam ins Auge sehen und nach alter Weise treulich die Hand drücken kann. Außerdem „erweckt es Nacheiferung und Vaterlandsliebe, wenn wir in das Privat- und öffentliche Leben großer, edler Männer eingeführt werden, von denen die Geschichte aufzeichnet und festhält, wo und wie sie für Mit- und Nachwelt gewirkt haben" (J. Möser). Die besten Biographien, die seit jener Zeit für das Volk geschrieben worden sind, werden wir unten namhaft machen; sie sind nicht das Geringste unter den historischen Darstellungen für das Volk.

Die neueste Zeit hat angefangen, das Bild zur Veranschaulichung historischer Persönlichkeiten, Situationen und Vorgänge zu benutzen. Wer wollte sich dessen nicht freuen? Ein gutes Bild leistet der Veranschaulichung des Textes den wesentlichsten Dienst; es prägt ein besonders bedeutungsvolles Ereigniß auch dem innern Auge fest ein; es gewährt den angemessensten Ruhepunkt; es erweckt neues Interesse an der Darstellung durch das Wort; ja es hat als Kunstwerk einen veredelnden Einfluß auf das Gemüth. Noch fehlt uns leider für die Profangeschichte eine echt deutsche Künstlernatur, wie wir sie in Schnorr von Carolsfeld für die heilige Geschichte, in Ludwig Richter für die Familie und das Haus, in Oskar Pletsch insbesondere für die Kinderwelt haben. Immerhin aber ist unser Reichthum an historischen Bildern von unvergänglichem Werthe so groß, daß es nur einer geübten Hand, einiger Selbstverleugnung und Opfer bedürfte, um dem deutschen Volke ein wohlfeiles und doch herrliches historisches Bilderwerk in die Hände zu geben. Es wäre eine patriotische That, wenn ein Volksschriftenverein oder ein eigens zu diesem Zwecke zusammentretender Verein die Mittel zu einem Werke zusammenbrächte, das dem Volke um einen verschwindend geringen Preis dargeboten werden könnte.

Wenn man jedes Geschichtsbuch, auf dessen Titel die vielsagenden Worte „für das deutsche Volk" stehen, oder das mit dieser Bezeichnung von Verlegern und Recensenten empfohlen wird, zählen dürfte, so könnte man sich über die Dürftigkeit unsrer volksthümlichen historischen Litteratur nicht beklagen. In der That aber giebt es herzlich wenig historische Schriften, die das Volk gern und mit Nutzen liest. Unter den als populär zu bezeichnenden historischen Darstellungen, die freilich zum Theil immer noch einen ziemlich hohen

Ton anschlagen (man denke z. B. an Ferd. Schmidt's Nationalbibliothek) und den obigen Anforderungen durchaus nicht nach allen oder nur den meisten Seiten entsprechen, sind die besten oder merkwürdigsten:

G. G. Bredow: „Umständlichere Erzählungen der merkwürdigsten Begebenheiten aus der allgemeinen Weltgeschichte." Altona 1803 u. ö.

J. de Liefde: „Allgemeine Geschichte für das Volk. Vom Standpunkt des christlichen Glaubens." Aus dem Holländischen von Quack und Roschütz. Stuttgart 1850 ff.

W. Redenbacher: „Lesebuch der Weltgeschichte in drei Theilen", von denen bis jetzt zwei (1: 10 Sgr., 2: 12 Sgr.) erschienen sind. Calw 1860 ff.

Fr. Kohlrausch: „Die deutsche Geschichte für Schule und Haus." Leipzig. 1 Thlr. 22½ Sgr.

K. A. Mayer: „Deutsche Geschichte für das deutsche Volk." Leipzig 1858. 2 Bde. 4 Thlr.

Ferd. Schmidt: „Deutsche Nationalbibliothek." Erscheint seit 1862 in einzelnen Lieferungen von verschiednen Verfassern. Berlin, Brigl und Lobeck.

Dithmar: „Deutsches Historienbuch. Bilder und Denkmale der vaterländischen Vorzeit." Frankfurt 1851 u. ö. 1 Thlr.

A. Zimmermann: „Geschichte des Preußischen Staates." Berlin 1843 u. ö. 1½ Thlr.

L. Halmhuber: „Mit Gott für König und Vaterland! oder Preußens Hohenzollern. Ein vaterländisches Geschichtenbuch 2c." Berlin 1853. 20 Sgr.

Ferd. Schmidt: „Preußens Geschichte in Wort und Bild. Ein Hausbuch 2c." Berlin 1861 ff.

A. Patuzzi: „Geschichte Oestreichs, dem Volk erzählt." Erscheint seit 1862 in Wien, eine Nachahmung des vorigen Werks.

Böttiger: „Geschichte von Sachsen für Schule und Haus." Meißen 1836 u. ö.

„Kirchengeschichte" des christlichen Vereins im nördlichen Deutschland. 7 Bde. 2 Thlr.

K. Strack: „Missionsgeschichte von Deutschland." Leipzig 1860. 26 Sgr.

Ph. Marheinecke: „Geschichte der teutschen Reformation." Berlin 1816 u. ö.

W. Redenbacher: „Kurze Reformationsgeschichte." Calw. 5 Sgr.

K. Dieterich: „Der Bauernkrieg im Jahre 1525." Ulm 1840 u. ö. 6¼ Sgr.

J. W. v. Archenholtz: „Geschichte des siebenjährigen Krieges." Berlin 1792 u. ö. (8. Aufl. 1863. 1 Thlr. 2 Sgr.)

G. Jahn: „Geschichte der deutschen Freiheitskriege." Christl. Verein im nördl. Deutschland. 8 Sgr.

Beitzke: „Geschichte der deutschen Freiheitskriege." Berlin 1854 u. 55 u. ö. 2 Bde. 4 Thlr.

Würdig: „Die deutschen Freiheitskriege." Dessau 1862. 360 S.

Aus der Unmasse der Biographien mögen angeführt werden: Die Biographie Luthers von Mathesius (neue Ausgabe von Schubert, Stuttgart. 3 Sgr.), die Selbstbiographie Benj. Franklins, bearbeitet von Kell u. a., die Selbstbiographie Joachim Nettelbecks, herausgegeben von Hacken; die Biographien von Schubert (Oberlin u. v. a.); K. B. König (Gustav Adolf); Wildenhahn (Luther, Melanchthon, Spener, Arnd, P. Gerhard); Werner Hahn (Friedrich I., Friedrich Wilhelm III., Zieten); Ledderhose (Melanchthon, J. Heermann u. a.); Ludwig Hahn (Friedrich der Große); Adami (Luise, Königin von Preußen); Pfeifer (Nicolaus Hermann); Burdach (Ph. Melanchthon); Strack (Philipp der Großmüthige, Peter der Große u. a.); W. O. von Horn (Blücher, Derfflinger, Gellert, der alte Vincke u. a.); W. Baur (E. M. Arndt, Stein und Perthes); Fr. Henning (Heinrich von Stechow u. a.); Ziethe (Friedrich Wilhelm IV.); Bodemann (Luise Schepler); Würdig (der alte Dessauer, der alte Fritz) u. v. a.

„Es ist ein sehr köstlich Ding um die Historien. Denn was die Philosophie, weise Leute und die ganze Vernunft lehren oder erdenken kann, das zum ehrlichen Leben nützlich sei: das giebt die Historie mit Exempel und Geschichten gewaltiglich und stellt es gleichsam vor die Augen, als wäre man dabei und sähe also geschehen alles, was vorhin die Worte durch die Lehre in die Ohren getragen haben. Da findet man beides, wie die gethan, gelassen, gelebt haben, so fromm und weise gewesen sind; auch wiederum, wie die gelebt haben, so böse und unverständig gewesen sind, und wie sie dafür bezahlt sind. Und wenn man's gründlich besinnet, so sind aus den Historien und Geschichten fast alle Rechte, Künste, guter Rath, Warnung, Dräuen, Schrecken, Trösten, Stärken, Unterricht, Fürsichtigkeit, Weisheit, Klugheit, sammt allen Tugenden als aus einem lebendigen Bronnen gequollen. Das macht: die Historien sind nichts anders als Anzeigung, Gedächtniß und Merkmal göttlicher

Werke und Urtheile, wie er die Welt, sonderlich die Menschen, erhält, regiert, hindert, fördert, strafet, ehret, je nachdem ein Jegliches verdienet Böses oder Gutes." Mit diesem Worte Luthers wollen wir zu ihm selbst und zur erbaulichen volksthümlichen Litteratur übergehen.

§. 34. Luther und die volksthümliche Litteratur auf geistlichem Gebiet.

Luthers Persönlichkeit ist viel zu gewaltig, als daß sie durch Bezeichnungen wie Volksredner, Volksschriftsteller, Volkslehrer gedeckt würde. Wenn man den Ausdruck „Mann des Volkes" im weitesten und zugleich besten Sinne nimmt, dann kann man glauben, eine charakteristische und umfassende Bezeichnung für Luther gefunden zu haben. Fürsten suchten bei ihm Erquickung, Gelehrte beugten sich vor seiner Geistesmacht, und der gemeine Mann fand bei ihm Licht über die vornehmsten Fragen. Bis auf den heutigen Tag ist Luthers Bibelübersetzung ein Werk für das deutsche Volk, wie kein andres; bis auf den heutigen Tag werden seine Lieder von einer Begeisterung getragen, wie sonst keine; und bis auf den heutigen Tag findet sich in jedem gut protestantischen Hause Luthers kleiner Katechismus, in dem „die Geheimnisse Gottes zur einfachen Volksrede und Kinderlehre geworden sind", neben Bibel und Gesangbuch als die dritte Haupterbauungsschrift.

Luthers übrige Werke im ganzen und großen kann man als volksthümlich in unserm Sinne nicht bezeichnen; er hatte durch dieselben einer weit größern Aufgabe nachzugehen, als etwa den „Pöbel", wie er sich ausdrückt, zu unterhalten und zu belehren. Selbst seine Predigten, die unter Mitwirkung des lebendigen Worts und der begeisterten Persönlichkeit die Massen so kräftig anfaßten (man denke an die Dämpfung der Wittenberger Aufregung), werden jetzt nicht häufig vom Volk gelesen.

Dem Lehrer und Prediger sind Luthers Predigten, abgesehen von allem Uebrigen, als Muster echter Popularität dringend zu empfehlen. Eine der besten und wohlfeilsten Ausgaben ist die von O. v. Gerlach veranstaltete („Luthers Predigten" Berlin, Wiegandt u. Grieben, 1847. 1 Thlr.). Ich setze daraus eine Probe hierher, die uns zeigt, wie

Luther eine der schwierigsten Stellen des N. T. (Joh. 20, 17) erklärt: „Daß Christus zu der Magdalena sagt: Rühre mich nicht an, ich bin noch nicht aufgefahren zu meinem Vater, das sind Worte, die zu dem Glauben gehören. Denn sie fordern und lehren auch den Glauben. Die Historia aber hat sich also zugetragen. Da sie Christus mit dem Namen nennet und sie ihn an der Stimme kennet, hat sie zu ihm zugeschlagen und ihn wollen anrühren; wie es denn geschieht. Das will nun Christus nicht haben und gebeut ihr, sie soll ihn nicht anrühren, aus der Ursache, daß er noch nicht sei aufgefahren zum Vater. Wie soll man nun das verstehen? Er will sich nicht anrühren lassen, da er vor ihr stehet? Kann man denn ihn hernach anrühren, wenn er nun zum Vater ist aufgefahren? Es dünket einem eine närrische Antwort zu sein; dennoch lautet es also. So schreibet auch St. Matthäus, daß die Weiber, denen er begegnet, seine Füße angegriffen haben und vor ihm niedergefallen. Dies ist alles darum geschehen, wie alle Lehrer schreiben, daß Maria Magdalena meinet, er wäre also auferstanden, daß er wieder mit ihnen würde leben, wie vor. Wie sie denn gesehen hat, wie Lazarus und andre Todten mehr, nachdem sie von Christo auferwecket waren, unter den Leuten umgingen wie vor. Das gedachte sie nicht, daß er ein ander, ewiges Leben sollte ansahen. Hing schlecht an dem, daß er, wie vor, dieses sterblichen Lebens würde brauchen. Dawider spricht Christus: Nein, liebe Maria, also lasse ich mich nicht anrühren; ich bin nicht darum aufgestanden von dem Tode; ich bin jetzt in einem andern Wesen und Leben, daß ich ein König und Herr sei über alles, das da ist; wie er denn weiter im Evangelio wird sagen, von seiner Auffahrt. So ist nun das seine Meinung, daß er ihren schwachen, unvollkommenen Glauben strafet, daß sie in einen stärkern Glauben trete; an dem liegt ihm gar nichts, ob sie ihn anrühre oder nicht. Darum fähret er bald zu und macht eine Predigerin aus ihr, daß sie muß eine Meisterin und Lehrerin der lieben Apostel sein, und befiehlt ihr eine solche Botschaft: Gehe hin ꝛc." — Alle Anforderungen, die man an den volksthümlichen Ausdruck machen kann: Anschaulichkeit, Lebendigkeit, Kräftigkeit, Einfachheit, Naivetät ꝛc. finde ich in diesem Stück erfüllt, und überlasse es dem Leser, dem im einzelnen nachzugehen.

Man hat schon öfter versucht, Auszüge aus Luthers Schriften für das Volk zu veranstalten. Das mir vorliegende Werkchen, von Süßkind bearbeitet (Reutlingen 1844), enthält in 4 Abtheilungen „Luthers Schriftauslegung", „Luthers kleinere Aufsätze über ein christliches Leben und der Kirche Besserung", „Luthers Sprüche und

Tischreden" (darunter 10 seiner Fabeln nebst der sehr lesenswerthen Vorrede), endlich „Auswahl aus Luthers Briefen." — Eine andre recht gelungene Auswahl aus Luthers Schriften bildet das 1. Heft der seit 1861 bei Becher in Stuttgart erscheinenden, durch Klaiber veranstalteten „Evangelischen Volksbibliothek", eines Werkes, welches darauf abzweckt, den vielfach veranstalteten wohlfeilen Ausgaben der deutschen Classiker eine Auswahl aus der evangelisch-classischen Litteratur an die Seite (bezüglich gegenüber) zu stellen. Der 1. Band dieser sehr beachtenswerthen Volksbibliothek (53 Bog. 1⅓ Thlr.) enthält Auszüge aus Luther, Zwingli, Melanchthon und Calvin. Das Ganze ist auf 5 Bände (4 pros. u. 1 poet.) berechnet.

Im Reformationszeitalter ist außer Luther keiner, der, in gleichem Grade mit der Gabe ausgerüstet, in verständlicher Weise zum Volk zu reden, Schriften von größerer Bedeutung hinterlassen hätte.

Aus der Zeit vor der Reformation ist es besonders ein Buch, das auch noch jetzt selbst den evangelischen Christen aller Stände Erquickung gewährt: „Das Büchlein von der Nachfolge Christi." „Die Nachfolge Christi", sagt ein deutscher Philosoph, „ist eins der vortrefflichsten Werke, die je sind verfaßt worden. Selig, wer nach dem Inhalt dieses Buches lebt und sich nicht damit begnügt, das Buch bloß zu bewundern." Dieses nächst der Bibel am meisten verbreitete Buch — es ist in alle europäischen und in viele außereuropäische Sprachen übersetzt und mehr als 300mal gedruckt — ist ursprünglich in lateinischer Sprache geschrieben, aller Wahrscheinlichkeit nach von Thomas a Kempis, einem Augustinermönch im Kloster Kempen bei Köln († 1471). Deutsche Uebersetzungen sind von Joh. Arnd (Stuttgart, Steinkopf. 4 Sgr.), von Goßner (Leipzig 1824) u. v. a. geliefert*).

Im 17. Jahrhundert sind es vorzüglich drei Männer, die christliche Weisheit in einfache Volksrede einzukleiden verstanden: Joh. Arnd, der tiefste, Heinr. Müller, der reichste, und Christian Scriver, der populärste.

Johann Arnd, „der größte Adler seiner Zeit", ist 1555 zu Ballenstädt geboren, besuchte die Schulen zu Aschersleben, Halber-

---

*) Ein noch älteres Buch von nicht minder großem Werthe, ja ein „Erbauungsbuch ohne gleichen" sind Augustins Bekenntnisse (deutsch von Rapp, Stuttgart, u. a.), die aber zu ihrem Verständniß einen sehr geförderten christlichen Sinn verlangen.

stadt und Magdeburg, studirte zuerst Medizin und Naturwissenschaften, dann Theologie, war nach und nach Pfarrer in Badeborn, Quedlinburg, Braunschweig und Eisleben und starb als Generalsuperintendent des Fürstenthums Lüneburg zu Celle 1621. Sein Hauptwerk, „Vier Bücher vom wahren Christenthum" („das Buch der Schrift, das Buch des Lebens, das Buch des Gewissens und das Buch der Natur") und sein „Paradiesgärtlein voller christlicher Tugenden" werden ihm stets eine der ersten Stellen unter den Erbauungsschriftstellern sichern. (Evang. Bücherverein zu Berlin, 13 Sgr.).

Heinrich Müller, „ein geistlicher und geistreicher Mann", besuchte schon seit seinem 13. Jahre die Universität, ward schon in seinem 17. Jahre Magister und in seinem 21. Archidiaconus in seiner Vaterstadt Rostock, der er von da ab mit seiner Gelehrsamkeit und Frömmigkeit in aufopfernder Amtstreue unerschütterlich fest bis an seinen schon 1675 erfolgten Tod gedient hat. Von seinen zahlreichen gelehrten und erbaulichen Schriften ist unstreitig die bedeutendste und am meisten charakteristische seine „geistlichen Erquickstunden", ein Erbauungsbuch, dem an Geist- und Gedankenreichthum, an treffender Kürze und Körnigkeit nicht leicht ein andres an die Seite gestellt werden möchte. (Evang. B. V. z. Berl. 8 Sgr.)

Christian Scriver, „der Thisbiter an der Elbe", ist geboren zu Rendsburg 1629. Er war wie Müller der Sohn eines Kaufmanns, in Rostock ein Schüler Müllers und des berühmten Theologen Lütkemann, dessen Wahlspruch war: „Ich will lieber eine Seele selig, als hundert gelehrt machen", ein sonderlicher Verehrer von Luthers Schriften und Arnds Paradiesgärtlein, nach einander 14 Jahr zu Stendal, 23 Jahr an der St. Jacobikirche in Magdeburg und 3 Jahr in Quedlinburg reichgesegneter und gewaltiger Prediger. „Prediger, sagte er, müssen sich wie die Lichter selbst verzehren, nur daß sie andern leuchten; sie müssen keinen Abgang ihrer Kräfte scheuen, der Herr nennt sie ja das Salz der Erde; man weiß aber, daß das Salz, indem es gebraucht wird, zerschmilzt." Mit großem Eifer und reichem Segen richtete Scriver auch die durch das Kriegswesen abgekommene „Uebung des heiligen Katechismi" wieder auf. „Wenn es, sagt er, auf einen harten und gepflasterten Boden noch so viel regnet, so rauscht doch das Meiste überhin, sonderlich wenn der Ort abschüssig ist, und dringt nicht hinein; wenn er aber umgerissen und mürbe gemacht ist, so kann er durch und durch gefeuchtet werden. Durch die Katechismuslehre, welche in Frage und Antwort besteht, werden die unwissenden und harten Herzen gleichsam aufgerissen, es wird ein Hinderniß nach dem andern hinweggethan, daß hernach die Lehre von der Kanzel desto besser eindringen kann. Man kann die Herzen junger und unwissender einfältiger Leute vergleichen mit einem Glase, das einen engen Hals hat; wenn man über dasselbe das Wasser mit ganzen Eimern ausstürzt, so kommt doch wenig hinein, und die Menge selbst ist hierin hinderlich; wenn man aber tropfenweis und mählich es hinein thut, oder sich eines Trichters bedient, so wird es bald erfüllt. Die Predigten von der Kanzel sind reich und überflüssig an Lehren, Ermahnungen, Trost und Warnung; dies hört zwar ein einfältiger Christ, er faßt aber das Wenigste, darum ist es hochnöthig, daß man ihm durch die Katechismusübung eine Lehre nach der andern mit Sanftmuth und Freundlichkeit eintröpfle." Scrivers vorzüglichstes Werk, sein „Seelenschatz" ist zum größten Theil in Magdeburg aus Wochenpredigten entstanden. Im ganzen hat er daran 33 Jahr gearbeitet. Wenn Scrivers Seelenschatz „allen an zu abstracter Denkweise in theologischen Dingen laborirenden Candidaten und Pastoren" nächst Luthers Schriften als die beste Medizin empfohlen wird, so sind die Volksschullehrer vorzugsweise auf Scrivers „Gottholds 400 zufällige Andachten"*) zu verweisen. Scriver will darin „alle Kreaturen mit dem Christen reden machen, oder vielmehr, er will dem Christen gern der Geschöpfe Gottes Rede auslegen und ihm nach seiner Einfalt zeigen, wie der Christ allerlei Fügungen und Ereignisse zum Andenken seines Gottes, zum Trost und zur Besserung seines Christenthums sich zu Nutze machen kann." Den Inhalt des Buches bilden, wie der Leser aus den angeführten Worten errathen kann, parabolische Darstellungen über religiöse und sittliche Dinge, die in der ganzen deutschen Litteratur ihresgleichen nicht haben.

Denn weder Herders „Palmblätter", noch Fr. Ad. Krummachers in den Volksschullesebüchern mehrfach benutzte „Parabeln"

*) Ein für jüngere Leser empfehlenswerther Auszug daraus ist Stähelin, „Jugendspiegel aus Gottholds zuf. And." Stuttgart 1862. 3 Sgr. Die vollständige durch den Ev. B. V. zu Berlin besorgte Ausgabe kostet 8 Sgr.

(die Schafschur, das Rothkehlchen, das Angebinde, das Bäumchen, der Kuhhirt, der Schmetterling, der Greis und der Jüngling u. a.), noch endlich die „Parabeln“ von Agnes Franz oder die von G. H. v. Schubert kommen denen unseres Scriver an kernigem Gehalte, an echt poetischer Auffassung und edler Popularität gleich, wenn sie diese auch an Glätte der Form übertreffen. — Die Parabel, für den Volksschulunterricht von großem Werthe, ist als volksthümliche Darstellung durch das Alte Testament, namentlich aber durch Christum selbst geheiligt. Bekanntlich versteht man darunter eine (prosaische oder poetische) Darstellung eines Vorganges aus der Natur oder dem Menschenleben, mit dem Zweck, eine dem geistlichen Leben angehörige Wahrheit zu veranschaulichen. Denselben Zweck, wie die Parabel, hat die von Herder und Krummacher gepflegte Paramythie; diese veranschaulicht aber die betreffende Wahrheit an erdichteten Vorgängen, die in die Sphäre mythischer Wesen (Götter, Genien, Engel ꝛc.) verlegt werden. Auch bei Claudius findet sich eine Paramythie (V, 124). Bei Hebel findet sich gar nichts Parabolisches. Seine Anschauung der Natur und des Menschenlebens liegt nach einer andern Richtung.

Im 18. Jahrhundert zeigt sich alsbald ein nicht unbedeutender Abfall in der erbaulichen Litteratur. Selbst des auch als Liederdichter bekannten von Bogatzky viel gebrauchtes „güldnes Schatzkästlein der Kinder Gottes“ 1718 u. ö. hat nicht alle die Eigenschaften, die ein Volkserbauungsbuch haben muß.

Eine sehr weite Verbreitung fanden zwei gleich im Beginn des 19. Jahrhunderts von rationalistischer Seite kommende Erbauungsschriften: Witschel's „Morgen- und Abendopfer in Gesängen“ (Nürnberg 1803 u. ö.) und Zschokke's noch mehr gelesene „Stunden der Andacht“ (seit 1808). Beide Erbauungsbücher vertreten die Glaubensansichten ihrer Zeit, für welche Natur und Schöpfung, Vorsehung und Allmacht, Tugend und Unsterblichkeit die leitenden Gedanken waren. Sie sind noch jetzt verbreitet, und weniger zwei mit Absicht ihnen entgegengestellte vortreffliche Erbauungsbücher (Puchta's „Morgen- und Abendandachten am christlichen Hausaltar in Gesängen“ 1843 u. ö. und Tholuck's „Stunden der Andacht“ 1840 u. ö.), als vielmehr die neu erwachte Liebe zu den ältern Erbauungsbüchern entreißt ihnen ein Haus nach dem andern*).

*) Indessen erscheinen jetzt Zschokke's Stunden der Andacht in einer durch die Königin Victoria veranlaßten englischen Uebersetzung.

Das ist nämlich das Hauptverdienst der neuesten Zeit, daß sie jene ältern Erbauungsbücher des 16. und 17. Jahrhunderts in wohlfeilen Ausgaben wieder ans Licht gebracht hat. Dies ist geschehen theils durch einzelne christlich gesinnte Männer, theils durch Vereine für Verbreitung christlicher Volksschriften. Der älteste derartige deutsche Verein ist „der christliche Verein im nördlichen Deutschland", gestiftet durch die Brüder Joh. und Gottfried Uhle in den Zeiten der französischen Zwingherrschaft. Nachher entstanden die „Traktatgesellschaft im Wupperthale", der „Hauptverein für christliche Erbauungsschriften in den preußischen Staaten" (gewöhnlich Berliner Traktatverein genannt), die „niedersächsische Gesellschaft zur Verbreitung christlicher Erbauungsschriften" in Hamburg, der „evangelische Bücherverein" in Berlin, die „evangelische Gesellschaft" in Stuttgart, die „Agentur des rauhen Hauses" in Hamburg u. a. Neben ältern Erbauungsschriften verbreiten diese Vereine auch neuere, neben umfangreichern auch kleinere, und neben den eigentlichen Erbauungsschriften auch historische u. a. Darstellungen. Daß vieles Matte, Krasse, Unvolksmäßige mit unterläuft, ist unschwer nachzuweisen. Die Vereine sollten ihre meist sehr bedeutenden Mittel anstatt zur Vermehrung ihrer Vereinsschriften lieber zur Minderung des Preises der allerbesten aus ihnen verwenden. Die Zahl der vorhandenen Schriften ist bereits Legion. Wen Amt und Beruf dazu führt, an ihrer Verbreitung Theil zu nehmen, der kann eines Wegweisers in diesem Gebiet nicht entbehren und muß auch dann noch sich zum Gesetz machen, keine von den Schriften ungelesen zu verbreiten.

Practischer Wegweiser durch die christliche Volksschriftenlitteratur, herausgegeben vom evangelischen Schriftenverein für Rheinland und Westfalen. Bonn 1859 und („Erster Nachtrag") 1863. 12 Sgr.

Löwe, Kritische Musterung der Tractate deutsch-evangelischer Gesellschaften. Hamburg 1852. 7½ Sgr.

Zum Schluß gedenken wir der besten **populären Prediger** der neuern Zeit; es sind: Claus Harms (Sommer- und Winterpostille) für Norddeutschland, Friedr. Ahlfeld für Mitteldeutschland und Ludwig Hofacker für Süddeutschland. Auch mögen die beiden bedeutendsten ursprünglich in englischer Sprache geschriebenen, aber auch in deutschen Uebersetzungen weit verbreiteten Erbauungsbücher hier Erwähnung finden:

Joh. Bunyan, des Christen Wallfahrt nach der himmlischen Stadt. Aus d. Engl. von F. H. Ranke, mit einer Einleitung von G. H. v. Schubert. Frankf. a. M. Heyder u. Zimmer. 5 Sgr.

R. Baxter, die ewige Ruhe der Heiligen. Aus dem Englischen von O. v. Gerlach. Berlin, Schlawitz. 15 Sgr.

Endlich sei eines auch im protestantischen Deutschland bekannten Katholiken unsrer Zeit gedacht, der als populärer Schriftsteller einen hohen Rang einnimmt, Alban Stolz'. Sein bestes Buch ist „das Vaterunser und die zehn Gebote." Leipz., Löschke. 9 Sgr.

§. 35. Hans Sachs. Der Meistergesang.

In Hans Sachs gipfelt eine Richtung der deutschen Poesie, die den Namen Meistergesang erhalten hat. Der Meistergesang würde, weil echt volksthümlicher Abkunft, hier eine ausführlichere Darstellung seiner Leistungen beanspruchen, wenn diese nicht zum größten Theil von gar keinem poetischen Werthe wären. So aber können wir uns mit wenigen Andeutungen*) begnügen, um dann Hans Sachs etwas genauer kennen zu lernen.

Im 14. Jahrhundert verlor sich das Interesse der höhern Stände, der Ritter und Fürsten, an der Dichtkunst; die Muse, aus den Ritterburgen und von den Fürstenhöfen verstoßen, flüchtete sich in die Städte zu dem ehrsamen Meister; aus dem zarten Minnegesang wurde der kunstreiche Meistergesang. Man muß sich ein Bild des damaligen Lebens in den größern deutschen Städten vorhalten, um das zu begreifen.

Seitdem die Städte von dem Grafenbann, in dem sie bis in das 12. Jahrhundert gestanden, befreit waren und sodann auch einen kleinern oder größern Theil von den Herrschaftsrechten erlangt hatten, die durch das 13. Jahrhundert hindurch von dem Reichsoberhaupte geübt wurden, gelangten sie als mehr oder weniger unabhängige Reichskörper unter der meist sehr einsichtsvollen und energischen Verwaltung einer städtischen Oberbehörde zu immer größerer Selbständigkeit. Da diese sich nur aus den reichern und angesehenern

*) Zum Theil nach Hagens „Norimberga."

Geschlechtern, aus den Patriziern, ergänzte, so geriethen die Handwerker zunächst in dieselbe Abhängigkeit von den Patriziern, in welcher bis dahin die ganze Stadt zu dem Burggrafen oder zu dem Reichsvogt des Kaisers gestanden hatte. Durch die Vereinigung der Handwerker zu Zünften und Innungen erstarkten sie jedoch, und nach harten Kämpfen zwischen ihnen und den Patriziern erlangten sie in manchen Städten gleichen Einfluß wie diese, in manchen vertrieben sie dieselben sogar. Nur in Nürnberg und in wenigen andern Städten vermochte das patrizische Stadtregiment unter geringer Mitbetheiligung der Zünfte sich zu halten. Nachdem so die innern städtischen Angelegenheiten sich abgeklärt hatten, erhoben sich die Bürger durch Betriebsamkeit und glücklichen Handel zu Reichthum und Bildung; und es bildete sich im Laufe des 14. und 15. Jahrhunderts ein Bürgersinn aus, der, wenn er sich auf einen gemeinschaftlichen Zweck richtete, Dinge gestaltete, vor denen die jetzige Welt zu erstaunen hat. Ich meine jene prächtigen Gotteshäuser, jene himmelanstrebenden Thürme, jene ehrwürdigen Rathhäuser, jene festen Stadtthore, jene kunstvollen Mauthhallen, Grabmäler, Wagegebäude, Brücken, Brunnen- und Meilensäulen. Auch die Malerkunst und Bildhauerkunst fanden in den Städten Unterstützung und Pflege; Unterstützung durch den reichen Patrizier, Pflege durch den Handwerker, der, wenn er mit Gaben reichlich ausgestattet war, zum Künstler sich emporbildete. Den Wissenschaften wurden, und zwar zunächst aus practischen Interessen, mit Freuden die Stadtthore geöffnet, die gegen den raubenden Ritter mit Umsicht und Tapferkeit vertheidigt wurden. Rechenkunst, Meßkunst, Zeichenkunst, Stern- und Sprachenkunde standen im Vordergrunde. Die städtischen Schulen erstrebten eine Art gelehrter Bildung, in welcher die lateinische Sprache den Mittelpunkt bildete. In einzelnen Städten, wie in Nürnberg, gab es schon vor der Reformation sogar Mädchenschulen; und es war daselbst nichts Seltenes, wenn eine Frau oder Jungfrau die zum Handel nöthige Rechenkunst, selbst Musik und Latein verstand.

Was nun endlich die Poesie betrifft, so muß bemerkt werden, daß die reichern städtischen Familien sich gegen sie ziemlich gleichgiltig verhielten, während der einfache Bürger sich ihr vertraute. Das eine Interesse am Höhern, das alle beseelte, wandte sich bei den Einen mehr auf die Wissenschaft, bei den Andern mehr auf die Kunst; allein wie jenen die Wissenschaft nur als „milchende Kuh" diente, so wurde diesen die Poesie zur schwatzenden Hausfreundin, d. h. sie wurde ihres idealen Gehaltes, ohne den sie aufhört Kunst zu sein, beraubt.

Den Anfang des Meistergesanges führten die Meistersänger selbst auf zwölf Sänger zurück, die die erste Singeschule eingerichtet haben sollen. Einige von diesen Zwölf, wie Wolfram von Eschenbach, Walther von der Vogelweide, Frauenlob sind als Minnesänger bekannt. Gewiß ist, daß Meistersängerschulen in der Mitte des 15. Jahrhunderts existirten, daß der Meistergesang im 16. Jahrhundert seine höchste Stufe erreicht und eigentlich erst 1839 sein Ende genommen hat. In diesem Jahre schenkten die letzten vier Meister der Ulmer Schule ihre Lade, ihre Bücher rc. dem dasigen Liederkranze.

Als „hohe Schule" galt die zu M a i n z, als die Töchterschulen die zu N ü r n b e r g und S t r a ß b u r g; berühmte Schulen waren außerdem zu A u g s b u r g, U l m, M e m m i n g e n, C o l m a r.

Jede Meistersängerschule war nach Art der mittelalterlichen gewerklichen Zünfte, wiewohl nicht so streng, gegliedert und eingerichtet. Da gab es Meister und Lehrlinge, Gesetze, nach welchen die Gedichte anzufertigen waren (die sogenannte Tabulatur), Bücher, in welche die geprüften Gedichte eingeschrieben wurden, eine Lade zur Aufnahme der Gesetze, Bücher u. dgl. Wer in die Schule aufgenommen werden wollte, mußte sich zunächst zu einem Meister in die Lehre thun. Der Unterricht wurde unentgeltlich ertheilt, die Aufnahme geschah nach abgelegter Probe unter mancherlei Feierlichkeiten meist in der Kirche. An der Spitze jeder Schule stand ein aus dem B ü c h s e n m e i s t e r (Kassenverwalter), S c h l ü s s e l m e i s t e r (Ladeverwalter), M e r k m e i s t e r und K r o n m e i s t e r bestehender Vorstand. Der Kronmeister hatte den als den tüchtigsten erkannten Sänger mit einem Kranze oder einer Kette zu krönen; Kranz und Kette wurden aber nicht Eigenthum der Gekrönten, sondern galten nur als Auszeichnung für die Feier des Tages. Dem Merkmeister zur Seite standen die M e r k e r. Diese hatten, wenn eine Singschule gehalten wurde, die Fehler a n z u m e r k e n, welche die Sänger in der Form, d. i. gegen die Gesetze der Tabulatur, oder im Inhalt, d. i. gegen die Erzählung der Bibel und der Heiligengeschichten, begingen. Jeden Sonntag nach dem Nachmittagsgottesdienste wurden die gewöhnlichen Singschulen gehalten, anfangs auf dem Rathhause, nachher, als man sich allein den biblischen Stoffen zuwandte, in der Kirche. Dreimal im Jahr, zu Weihnachten, Ostern und Pfingsten, fanden die ordentlichen, bei feierlichen Veranlassungen, z. B. bei der Anwesenheit des Kaisers, fanden außerordentliche Festsingschulen statt. Nach Beendigung der Festschulen pflegten die Sänger sich in einer Weinstube zu vereinigen, wo in demselben Grade frohe Ungebundenheit herrschte, als in der Kirche heiliger Ernst.

Das Handwerksmäßige, was in den sonst hochachtbaren Bestrebungen jener einfachen Schuster, Schneider, Tischler, Seiler, Weber 2c. nothwendigerweise die Oberhand gewinnen mußte, hat dem Meistergesange eine Unzahl von Männern zugeführt, die ganz und gar ohne innerlichen Beruf zur Dichtkunst waren. Wer die Regeln der Tabulatur gehörig beachtete und vor anstößigen, d. h. dem Inhalt der Bibel (später dem Lehrbegriff der protestantischen Kirche) widersprechenden Stellen sich hütete, galt als Meister. Dieselbe mechanische Künstlerschaft, der die Meister in ihren Werkstätten nachstrebten (man denke an das Sprichwort: „Nürnberger Hand geht durch's ganze Land"), gewann auch in der Dichtkunst nach und nach immer größere Geltung. An den Fingern wurden die Versmaße von dem dichtenden Sänger regulirt und von den zuhörenden Merkern und Meistern controllirt; die Erfindung neuer, kunstreicher Strophen war ein Hauptaugenmerk; am Ende des 17. Jahrhunderts waren in Nürnberg nicht weniger als 222 Strophenarten in Uebung, von denen manche bis zu hundert mehr oder weniger künstlich verschlungene Verse zählten. Viele davon hatten gar sonderbare Namen: Gelbveieleinweis, Schneckenweis, überkurze Abendrothweis, abgeschiedne Vielfraßweis, fröhliche Studentenweis, englische Zinnweis u. dgl. Unter dem Vorwiegen der Form wurde der Inhalt fast ganz unbedacht gelassen. Freilich wandte man sich den biblischen Stoffen zu, aber ohne Rücksicht auf deren poetischen Gehalt oder poetische Gestaltung. So wurde denn das Meistersängerthum eine Schule für Reimerei beliebiger biblischer Stoffe.

Muß nach alle dem der Meistergesang in der Geschichte der Poesie ein sehr bescheidnes Plätzchen einnehmen, das man neben dem herrlichen, gleichzeitig grünenden Walde des Volksliedes übersehen kann, so ist derselbe in der Geschichte der Cultur des deutschen Bürgerstandes von desto größerer Bedeutung. Nicht sowohl zur Freude und Ergetzung der Menschen, sondern als „das edelste Erregungsmittel zur Erinnerung göttlicher Wohlthaten und zur Andacht des Herzens" trieben jene Meister ihre Singekunst. Der erhabene, wenn auch nicht gerade richtige Standpunkt gab ihren Bestrebungen eine eigenthümliche Weihe. Was treibt der deutsche Handwerksmann jetzt an seinen freien Abenden und Sonntagen? Er sitzt daheim und sorgt mit den Seinen über die fort und fort unsichrer werdende Existenz, oder er nimmt in Bier- und Branntweinstuben Theil am Kartenspiel und den politischen und theologischen Kannegießereien und läßt die Seinen daheim darben oder sich auf ihre Weise vergnügen. Wie trieb es der Meistersänger? Wenn er seine Tagesarbeit redlich und im Schweiß seines Angesichts vollendet hatte, so saß er daheim im stillen Kämmerlein und suchte in der Schrift nach neuen Stoffen, übte alte Töne ein, sann neuen nach und ließ seine Familie sich daran mitfreuen. Und wenn dann der ersehnte Sonntagsnachmittag herankam, so vereinte er sich im Gotteshause mit den andern Meistern der Schule zu ehrbarem Wettstreit, dem die übrigen Bürger der Stadt beiwohnten. Stille und Frieden, wie beim Gottesdienst, herrschten auch in diesen Versammlungen. Da saß auf einem besondern Gerüst vorn im Chor das Gemerke, auf dem Singestuhl neben der Kanzel stand der Sänger, und ringsumher hatten die lauschenden Meister und Zuhörer ihre Plätze eingenommen. Alle drängten sich nach Beendigung der Singschule zu dem Gekrönten, um ihn zu beglückwünschen, und Familie, Verwandtschaft und Handwerkszunft sahen sich in demselben zugleich mitgeehrt. „Wahrlich, diese Sängergesellschaften, deren Zweck jeden Eigennutz, jede Niedrigkeit der Gesinnung ausschloß, die nur durch Freundschaft und gemeinsames Bestreben zusammengehalten wurden, sind ein schöner Beweis von der Tüchtigkeit, dem Gemeingeiste und der kräftigen Anlage des Bürgerstandes der Reichsstädte" (Weber).

Die berühmtesten Meistersänger sind Rosenplüt, Hans Folz und Hans Sachs.

Hans Sachs, der Sohn eines Schneiders, ist geboren den 5. November 1494 zu Nürnberg. Nachdem er bis zu seinem

15. Jahre die lateinische Stadtschule daselbst besucht hatte*), wurde er zu einem Schuhmacher in die Lehre gethan und lernte zugleich die Anfangsgründe des Meistergesanges bei dem Webermeister Nunnenbeck, dem berühmtesten Meistersänger der damaligen Zeit. In seinem 17. Jahre begab er sich auf eine sechsjährige Wanderschaft, auf welcher er die Zwecke seines Handwerks wie seiner Kunst gleichmäßig verfolgte. Wohin er kam, besuchte er auch die Gesangschulen, ertheilte selbst Unterricht und trug seine eignen Gesänge geübten Meistern vor. Dabei befleißigte er sich eines ehrbaren Wandels und kehrte, in Handwerk und Kunst ein Meister geworden, nach einer Wanderung durch fast ganz Deutschland 1516 in seine Vaterstadt zurück. Bald machte er sein Meisterstück als Schuhmacher, gründete schon 1519 einen eignen Hausstand und stellte mit den Seinigen das Bild einer echt kernigdeutschen Bürgerfamilie des 16. Jahrhunderts dar, welcher der bald in dieselbe einziehende Lutherglaube die höhere Weihe gab. Schon 1522 (oder 1523) verherrlichte er den großen Reformator in dem Gedichte „die Wittenbergisch Nachtigall, die man jetzt höret überall", und bereitete ihm dadurch den Weg in die Herzen vieler seiner Mitbürger und ferneren Verehrer.

Seinen Meister Nunnenbeck übertraf Hans Sachs sehr bald; dennoch liegt seine Bedeutung für uns ganz und gar nicht auf dem Gebiete des eigentlichen Meistergesanges, sondern auf dem der poetischen Erzählung und des Schauspiels. Seine Meistergesänge hat der Dichter selbst sehr gering geachtet, keinen davon hat er zum Druck befördert.

Hans Sachsens poetische Erzählungen sind theils ernsthafter, theils scherzhafter Art; jene nennt er in seinen Werken „Histori und Geschicht", diese „Fabeln und gute Schwenk"; jene wie diese sind in einem Grade volksthümlich, wie sonst nur weniges aus

---

*) Darüber sagt er:

Siben Järig, darnach anfieng,
In die Lateinisch Schule gieng,
Darinn lernt ich Puerilia,
Grammatica vnd Musica,
Nach schlechtem brauch dieselber zeit,
Solchs alls ist mir vergessen seit.

der ganzen deutschen Litteratur. Allerdings war H. Sachs als Meistersänger ein Kunstdichter; allein er entfremdete sich dabei nicht, wie fast alle seine Genossen, den volksthümlichen Anschauungen und Formen; er behielt für die Zustände des ihn umgebenden Volkslebens ein offenes Auge und Herz, und wußte sie mit einer Anschaulichkeit, Lebendigkeit und Treue zu schildern, die uns das bürgerliche Leben der damaligen Zeit wie in photographischen Bildern sehen läßt; auch ausländische, ihm durch Uebersetzungen zugänglich gewordene Stoffe verstand er in geschickter Weise seinen Zeitgenossen zuzuführen; seine langjährige mit aufgeschlossenen Sinnen begonnene und vollendete Wanderschaft hatte ihn dazu tüchtig gemacht. „Hans Sachs erfaßt mit Sicherheit alles, was das Haus, die Ehe, die Familie, was den Verkehr der Menschen in ihren hundertfachen Beziehungen charakterisirt; mit schlichten, einfachen Worten weiß er zu rühren und zu ergreifen, durch einen unvermutheten Gedanken in Erstaunen zu setzen, durch eine komische Wendung unwiderstehlich zum Lachen fortzureißen" (Roquette). Alle diese Eigenschaften machen ihn zwar nicht zu einem Dichter erster Größe; aber er ist in der That der bedeutendste Dichter des 16. Jahrhunderts und überragt alle, die im 17. und in der ersten Hälfte des 18. Jahrhunderts sich Dichter zu nennen beliebten und auf den Nürnberger Schuster mitleidig herabsahen. Die Ungunst des deutschen Publikums hat derselbe noch heut zu erfahren; daher ich nicht vorauszusetzen wage, daß seine Gedichte meinen Lesern bekannt sind. Eine Probe will ich mittheilen, in der Hoffnung, daß sie meinen Lesern Lust machen werde, den wackern Nürnberger näher kennen zu lernen. Ich empfehle zu dem Zwecke: „Hans Sachs. Eine Auswahl aus dessen Werken" herausgegeben von G. W. Hopf. 2 Bde. Nürnberg 1856. 1⅓ Thlr.

Sanct Peter mit der Geiß *).

Als noch auff Erden gieng Christus,
Vnd auch mit jhm wandert Petrus,
Eins tags auß eim Dorff mit jhm gieng,
Bey einer Wegscheyd Petrus anfieng:
O Herre Gott vnd Meyster mein,
Mich wundert sehr der Güte dein,

*) Die Neigung H. Sachsens, den Petrus eine Rolle wie in diesem Gedicht spielen zu lassen, hängt damit zusammen, daß dieser Apostel, natürlich unbeschadet seines Ansehens, dem deutschen Mittelalter eine Figur geworden war, an die sich der Scherz des Volkes anhing, und findet sich nicht nur bei andern deutschen Dichtern, sondern auch bei Malern und Bildhauern.

Weil du doch Gott allmechtig bist,
Läst es doch gehn zu aller frist
In aller Welt gleich wie es geht,
Wie Habacuck sagt der Prophet:
Fresel vnd Gewalt geht für recht,
Der Gottloß vbervortheilt schlecht
Mit schalckheit den Grechten vnd frommen,
Auch könn kein Recht zu end mehr kommen,
Die Lehr gehn durch einander sehr,
Eben gleich wie die Visch im Meer,
Da jmmer einer den andern verschlind
Der böß den guten vberwind,
Deß steht es übel an allen enden,
In obern vnd in nidern Ständen,
Deß siehst du zu vnd schweygest still,
Samb (als ob) kümmer dich die sach nit vil,
Vnd geh dich eben glat nichts an,
Könst doch als übel vnderstan (verhindern),
Nembst recht in dhand die Herrschafft dein.
O solt ich ein Jar Herr Gott sein,
Vnd solt die Gewalt haben wie du,
Ich wolt anderst schawen darzu,
Führen vil ein besser Regiment,
Auff Erderich durch alle Ständt,
Ich wolt stewern mit meiner hand
Wucher, Betrug, Krieg, raub vnd brand,
Ich wolt anrichten ein rüwig leben.
Der Herr sprach: Petre, sag mir eben:
Meinst du woltest je besser regieren,
All ding auff Erd baß ordinieren,
Die frommen schützn, die bösen plagen?
Sanct Peter thet hinwider sagen:
Ja es müst in der Welt baß stehn,
Nit also durch einander gehn,
Ich wolt vil besser Ordnung halten.
Der Herr sprach: Nun so must verwalten,
Petre, die hohen Herrschafft mein,
Heut den Tag solt du Herr Gott sein,
Schaff vnd gebeut als was du wilt,
Sey hart, streng, gütig oder milt,
Gib auß den Fluch oder den Segen,
Gib schön Wetter, Wind oder Regen,
Du magst straffen oder belohnen,
Plagen, schützen oder verschonen,
In summa mein gantz Regiment
Sey heut den Tag in deiner Händ!
Darmit reichet der Herr sein Stab
Petro, den in sein Hände gab.
Petrus war deß gar wolgemut,
Daucht sich der Herrligkeit sehr gut.
In dem kam her ein armes Weib
Gantz dürr, mager vnd bleich von Leib,
Barfuß in eim zerrissen Kleyd,
Die trieb jhr Geiß hin auff die Weyd.
Da sie mit auff die Wegscheyd kam,
Sprach sie: Geh hin in Gottes Nam,
Gott bhüt und bschütz dich jmmerdar,
Das dir kein übel widerfahr
Von Wolffen oder Vngewitter,
Waim ich kann warlich je nit mit dir,
Ich muß arbeiten das Taglohn,
Heint ich sonst nichts zu essen hon (hab)
Daheim mit meinen kleinen Kinden.
Nun geh hin wo du Weyd thust finden,
Gott der bhüt dich mit seiner Händ.
Mit dem die Fraw widerumb wend
Ins Dorff, so gieng die Gaiß jhr straß.
Der Herr zu Petro sagen was (war):
Petre, hast das Gebet der Armen
Gehört? du must dich jhr erbarmen,
Weil ja den Tag bist Herr Gott du,
So stehet dir auch billich zu,
Daß du die Gaiß nembst in dein hut,
Wie sie von hertzen bitten thut,
Vnd behüt sie den gantzen Tag,
Daß sie sich nicht verjrr im Hag,
Nit fall noch mög gestolen wern,
Noch sie zerreissen Wolff noch Bern,
Das auff den Abend widerumb
Die Gaiß vnbeschedigt heimkumb
Der armen Frawen in jhr Hauß,
Geh hin vnd richt die sach vol auß.
Petrus namb nach deß Herren wort
Die Gaiß in sein hut an dem ort,
Vnd trieb sie an die Weyd hindan,
Sich fieng Sanct Peters vnrhu an.
Die Gaiß war mutig, jung vnd frech,
Vnd bliebe gar nit in der nech (Nähe),
Loff auff der Weyde hin vnd wider,
Stieg ein Berg auff den andern nider,

Vnd schloff (von schleiffen = schleichen, leise gehn) hin vnd her durch die stauden,
Petrus mit ächzen, blasn vnd schnauben (Schnauben)
Must jmmer nachtrollen der Gaiß,
Vnd schien die Sonn gar über haiß,
Der schweiß über sein Leib abran,
Mit vnrhu verzehrt der alte Mann
Den tag, biß auff den Abend spat,
Machtloß, hellig (verfallen), gantz müd vnd math,
Die Gaiß widerumb heimhin bracht.
Der Herr sach Petrum an vnd lacht,
Sprach: Petre wilt mein Regiment
Noch lengr bhaltn in deiner Händt?
Petrus sprach: Lieber Herre mein,
Nimb wider hin den Stabe dein,
Vnd dein gwalt, ich beger mit nichten
Forthin dein Ampt mehr außzurichten.
Ich merck das mein Weißheit kaum töcht,
Das ich ein Gaiß regieren möcht
Mit grosser angst, müh vnd arbeit.
O Herr vergib mir mein Thorheit,
Ich will fort der Regierung dein
Weil ich leb, nit mehr reden ein.
Der Herr sprach: Petre dasselb thu,
So lebst du fort mit stiller rhu,
Vnd vertraw mir in meine Händt
Das allmechtige Regiment.

An diese aus Hopf genommene Probe mögen einige Bemerkungen über die Orthographie und das Versmaß H. Sachsens angeschlossen sein. Vor allem springt in die Augen, daß die Schreibweise sehr ungleichmäßig ist. Die Substantive z. B. sind bald mit einem großen, bald mit einem kleinen Anfangsbuchstaben, die Adjective öfters mit einem großen Anfangsbuchstaben geschrieben. Die spätere orthographische Regel, die Substantive mit einem großen Anfangsbuchstaben zu schreiben, kennt H. Sachs nicht. Durchgängig wendet er den großen Anfangsbuchstaben bei den Eigennamen an, fast durchgängig bei den Gattungsnamen, häufig da, wo er ein Substantiv oder Adjectiv hervorheben will; die abstracten Substantive erhalten im ganzen noch den kleinen Anfangsbuchstaben. Damit veranschaulicht er uns den Gang, welchen die Großschreibung im 15.—17. Jahrh. genommen hat*). Sehr schwankend ist die Schreibung des Diphthongen **ei**, sehr unsicher der Gebrauch des **s**, **ss** und **ß**. Die aus dem lateinischen überkommene ältere Regel über die Setzung des **v** und **u** (**v** zu Anfang, **u** in der Mitte des Wortes) ist bereits verwischt. Das Jod (**j**) dient als Zeichen für das lange **i** (je ist ie, jmer ist iemer zu lesen). Die Consonanten **d**, **t**, **g** werden öfter fälschlich verdoppelt in **dt**, **tt**, **gk**; nach **m** steht statt der jetzigen Verdoppelung häufig **b** oder **p** (frembd, kompt), das übrigens in

*) Der große Sprachforscher Grimm hält unsre jetzige Großschreibung für Pedanterie. — Man sollte wenigstens vor der Hand den Gebrauch der großen Anfangsbuchstaben nicht so viel als möglich erweitern, sondern beschränken.

umb, Ampt u. a. (ahd. umbi, ambahti) berechtigt ist*). Der Gebrauch des anlautenden f und v hat sich noch nicht fixirt (im Mhd. stand f nach langen Vocalen in- und auslautend, v anlautend); in- und auslautend schreibt H. Sachs nach der Weise des 16. und 17. Jahrh. fast überall ff (schlaffen für schlafen). Das Dehnungs-H findet sich häufig vor dem langen Vocal, wo es sich in unserer jetzigen Schreibweise nur bei dem Th erhalten hat. Im ganzen folgt H. Sachs mit seiner Schreibweise, wie mit seinem deutschen Ausdruck den Entwicklungen seines großen Vorbildes, Luthers; demnächst mögen Ulrich von Huttens — des großen, unermüdlichen Kämpfers für deutsche Freiheit, deutsches Recht, deutsche Sitte gegenüber den Eingriffen der Römlinge — deutsche Schriften bedeutenden Einfluß auf H. Sachs geübt haben. Häufig wird H. Sachsens (wie Luthers) Aussprache und Schreibung in willkürlicher Weise bestimmt durch Reim und Versmaaß.

H. Sachs hat, seine Meistergesänge und geistlichen Dichtungen ausgenommen, eigentlich nur ein Versmaß, und dieses ist nichts anderes als eine Verschlechterung der altdeutschen Reimpaare. Hans Sachs wägt die Silben nicht mehr, sondern er zählt sie bloß; daher Verse, wie dieser:

„Auf dén Tannén wachsén Krapffén“,

in welchem jedesmal der Ton auf die tonlose Silbe fällt. So verwildert fand übrigens H. Sachs seinen Lieblingsvers, den man im 17. Jahrh. Knittelvers genannt hat, schon vor, und durch seine gemüthvollen Dichtungen hat er eine gewisse Classicität erlangt. Göthe, dem wir zumeist den wiedererweckten H. Sachs verdanken, wandte auch dessen Vers öfter an („Als noch, verkannt und sehr gering, Unser Herr auf der Erde ging“); Uhland („Als Kaiser Rothbart lobesam“), Rückert („Es ging ein Mann im Syrerland“) u. a. thaten dasselbe; und es ist nicht zu verkennen, daß zu erzählenden Gedichten, namentlich wenn sie humoristischer Natur sind, der Knittelvers sich außerordentlich eignet. Welcher Lebendigkeit er bei freierer Handhabung fähig ist, das zeigt Uhlands Gedicht: „Der weiße Hirsch.“

---

*) Es ist zu beklagen, daß dieses berechtigte b (p) in Eimer untergegangen ist. Früher lautete dieses Wort einpar, und bezeichnete so deutlich ein tragbares (bar, par von beran, peran, tragen) Gefäß mit einer Handhabe, wie Zuber (zuipar) ein solches Gefäß mit zwei Handhaben bezeichnet.

Hier müssen wir eines Mannes gedenken, der, obgleich er selbst ein sehr mittelmäßiger Dichter ist, in der Geschichte der Poesie als „der Vater und Wiederhersteller der Dichtkunst“ bezeichnet wird. Es ist Martin Opitz von Boberfeld. Ihm gebührt die Ehre, den verwilderten Vers der vorangegangenen Jahrhunderte durch die Entdeckung und Geltendmachung des einfachen Gesetzes verdrängt zu haben, daß in der deutschen Sprache der Accent eine Sylbe lang mache, daß also die Versmaße der Griechen und Römer (aber nur die einfachsten, die Jamben und Trochäen) durch den regelmäßigen Wechsel von Hebung und Senkung nachzuahmen seien. („Die deutsche Poeterei“ 1624.) Außerdem hat Opitz das Verdienst, daß er die deutsche Poesie (wenigstens Poeterei) bei seinen gelehrten Zeitgenossen zu einiger Ehre brachte und den Werth der Nachahmung der Alten durch eigne Leistungen ans Licht stellte. Damit freilich leitete er die Periode der deutschen Dichtkunst ein, in welcher man auch „die Nachahmungen der nachgeahmten Nachahmung noch einmal nachahmte.“ — Wir kehren zu H. Sachs zurück.

Hans Sachs tritt mit seinen Anschauungen aus dem engen bürgerlichen Kreise, dem er seiner Herkunft und seinem Stande nach angehört, nicht heraus; was in diesen Kreis nicht gehört, das zieht er hinein, und in seinem reichen Gemüth bricht es sich derart, daß bei ihm Römer und Griechen, Fürsten und Ritter, alt- und neutestamentliche Persönlichkeiten, Heilige und Engel, selbst Gott der Vater in der Gestalt, Denk-, Handlungs- und Redeweise einfacher Nürnberger Bürgersleute des 16. Jahrhunderts erscheinen. Das zeigt sich, wie wir sogleich sehen werden, am deutlichsten in seinen dramatischen Gedichten. H. Sachs hat überhaupt 208 Dramen geschrieben, unter denen manches ganz Unbedeutende, manches höchst Werthvolle ist. Im ganzen sind diejenigen Dramen gelungener, zu denen er den Stoff unmittelbar aus dem ihn umgebenden reichen reichsstädtischen Leben nahm. Aber auch unter seinen biblischen Dramen ist wenigstens eins ausgezeichnet: „Die vngleichen Kinder Evä wie sie Gott der Herr anredt.“

Es tritt da vor Beginn des eigentlichen Dramas ein „Ehrnhold“ auf, den Gästen „Heyl und Genad von Gott dem Herren“ wünschend und sie mit dem Inhalt des Stückes vorläufig bekannt machend. Eva eröffnet das Drama. Sie klagt sich an, daß sie gefolgt „den schmeichelhaffting süssen worten der Hellisch Sathanischen

Schlangen", und bejammert das daraus entstandne Elend. Adam, von der Feldarbeit kommend, tröstet sie mit dem Hinweis auf die einstige Erlösung durch „des Weibs gebenedeyten Sam"; ein ihm von Gabriel verkündigter Festbesuch Gottes gilt ihm als Unterpfand der göttlichen Gnade; für den bevorstehenden Besuch ordnet er an:

Darumb so thu die Kinder baden,
Strel jn*), vnd schmück sie allesand,
Vnd leg jn an jr Feyrgewand,
Kere das Hauß, vnd strew ein Graß**),
Auf daß es hierinn schmeck dest baß,
Wenn Gott der Herr kommt morgen rein
Mit den lieben Engelen sein.

Der Auftrag an Abel, „den lieben Sun", den „auff der Gaß vmbschnurrenden" Cain zu suchen, beschließt den ersten Akt.

Ein höchst charakteristisches Gespräch zwischen Cain und Abel eröffnet den zweiten. Cain spricht endlich:

Wenn ich nicht förcht die Ruten mehr,
Denn Gottes ghorsam, forcht vnd Ehr,
So blib ich in der Gaß herunden
Kem noch nicht heym in zweyen stunden.

Gewaschen zu werden, weigert er sich, und die schwache Mutter giebt nach:

So komb Abel laß waschen dich,
Sampt andern Kindern ghorsamlich,
Wenn der Herr morgen ein wird gahn,
Daß jr sauber vor ihm thut stahn,
So wird der Herr den Cain finden
Mit andern vngehorsam Kinden
Vnlustig, zottet wie die Sew,
Sam***) sind sie glegen in der Strew,
Ein wüste zerhaderte†) Rott.

Nun erscheint der Herr nebst zwei Engeln in der Familie und spricht, nachdem er von den Eltern und Kindern bewillkommnet ist:

„Saget mir her, wie künd jr beten?"

Abel, Seth, Jared, Enoch, Mathusalach und Lamech, die in dem Drama als die „sechs gehorsam Sön Eve" bezeichnet sind, beten

*) kämme sie.

**) klein gehackte Fichten- oder Tannenzweige.

***) als wenn.

†) zerlumpte.

nun nach einander eine Umschreibung des Vaterunsers, worauf sie der Herr über einige Stücke des Gebeteten zu prüfen anfängt; darauf läßt er sie die zehn Gebote nebst der Luther'schen Erklärung hersagen, den Glauben bekennen und thut wieder einige einschlagende Fragen. Nachdem die gehorsamen Söhne in allen Stücken wohl bestanden haben, spricht der Herr:

Ihr Kindlein könbt meine wort,
Nun faret darinn jmmer fort
Darzu wil ich geben mein Geist,
Der euch lehret, tröstet vnd speist,
Daß jr kompt zum ewigen Leben,
Wil auch in diser zeit euch geben
Glück vnd heyl auff diser Erden,
Daß groß Leut auß euch sollen werden,
Als König, Fürsten vnd Potentaten,
Gelehrt, Prediger vnd Prelaten,
Auff daß in ehren werd erkand
Ewer Nam ruhmreich in all Land,
Darzu so habt auch meinen Segen
Der bleib auff euch jetzt vnd allwegen.

Der vierte Actus enthält die Prüfung der „sechs vngerathen Sön Eve", des Cain, Dathan, Achan, Nabal, Esaw, Nemrot. Cain eröffnet ihn mit den Worten:

Wie soll wir armen Schlucker thon,
Wenn vns der Herr auch redet on,
Daß wir jm sollen antwort geben
Vom Glauben, Gebet, Gebot vnd Leben?
Ich weiß jm zu antworten nicht.

Trotziger noch als Cain erscheinen die übrigen ungerathnen Söhne, deren biblischer Charakter mit treffender Treue in wenigen Worten sich zeichnet; der Satan bestärkt sie in ihrem Trotz:

Ir seid all vnter meinen Fannen (Fahnen),
Darumb kehrt euch nur nicht an Gott,
Veracht seine Wort vnd gebot,
Ich bin ein Fürst der gantzen Welt,
Kan schaffen euch gwalt, Ehr vnd Gelt,
Da mögt jr allm wollust nachlauffen,
Spilen, Bulen, Fressen vnd Sauffen,
Vnd euch der jungen tag wol nieten (erfreuen),
Thut vnserm Herr Gott den trutz bieten.
Seyd auch vnghorsam Mutter vnd Vater,

Ich will wol sein ewer wolthater,
Euch genug schaffen hie auff Erdt,
Alls was nur ewer Hertz begert.

In der nun beginnenden Prüfung bestehen die ungerathnen Söhne nicht. Cain betet das Vaterunser so:

O Vater Himmel vnser,
Laß vns allhie dein Reich geschehen
In Himmel vnd in Erden sehen;
Gib vns Schuld, vnd täglich vil Brodt,
Vnd alles übel, angst vnd not, Amen.

Dathan kann den Glauben, Nabal die zehn Gebote nicht hersagen; Achan, Esaw und Nemrot vermögen die ihnen vorgelegten Fragen nicht zu beantworten. Gegen den Schluß spricht der Herr seinen Tadel über sie aus und giebt Abel das Amt, die Brüder besser zu unterrichten.

Die Ermordung Abels durch den vom Satan angereizten Cain bildet den Inhalt des letzten Actes. Engel begraben den Ermordeten, an dessen Stelle als Erstgebornen der Herr den klagenden Eltern den Seth bestellt. Der Ehrnhold beschließt das Drama, aus dem er „vier schöne lehren" zieht.

Dieser kurz dargelegte Gedankengang des Dramas nebst eingewebten Stücken desselben soll meinen Lesern das Drama selbst nicht überflüssig machen, sondern nur die Grundlage abgeben für die folgende Darstellung*).

Das vorliegende Drama hat einige Thatsachen der heiligen Geschichte zu seiner Grundlage, namentlich den Sündenfall und Cains Brudermord. Auf biblischer Grundlage ruhen außerdem eine größere Anzahl von H. Sachsens Dramen.

In dieser Rücksicht bringt Hans Sachs die ersten dramatischen Leistungen der Deutschen zur Vollendung und zum Abschluß. Das deutsche Drama nämlich hat seinen Anfang genommen an Thatsachen der heiligen Geschichte — in der Kirche. Was vielleicht der eine oder andere meiner Leser selbst noch gehört und gesehen hat, die rohe dramatische Aufführung der Passionsgeschichte durch Glieder einer kirch-

*) Von den „ungleichen Kindern Evä" ist eine mit guten Holzschnitten versehene Ausgabe bei Naumann in Leipzig und Dresden erschienen, aus der obige Citate genommen sind. Diese Ausgabe ist sehr empfehlenswerth, kostet aber einen Thaler.

lichen Gemeinde: das ist eine im 12. Jahrhundert aufgekommene Sitte. Man pflegte damals um Ostern die Leidensgeschichte des Herrn durch mehrere Personen erst lesend, später singend vortragen zu lassen. Bei dieser, mit der Würde des Gotteshauses nach unsern Begriffen allenfalls noch verträglichen Weise blieb man aber nicht stehen; sondern der einfache Text der Evangelien wurde verkürzt, erweitert, in Verse gebracht, mit andern Geschichten der Schrift oder der Legende in Beziehung gesetzt; man gestattete den Vortragenden eine entsprechende Kleidung und äußerliche Handlung und ließ sich dergleichen Darstellungen (Mysterien) auch an andern hohen Festen gern gefallen.

Jene eigenthümliche, an den seltsamsten Gegensätzen so reiche Zeit des Mittelalters, die das Heiligste mit dem keckſten Spott zu behandeln sich unterstand, um sogleich im tiefsten Bangen um der Seelen Seligkeit alles Irdische zu vergessen, jene Zeit gestattete sogar dem Lustigmacher einen Platz in jenen ernsten geistlichen Schauspielen. Das Wohlgefallen des derben Volkes gerade an dieser Figur öffnete den geistlichen Schauspielen die Märkte und Privathäuser, und es entstand so nach und nach eine Art von Schauspielen, in denen das Grobkomische in demselben Grade vorwiegend war, wie in jenen geistlichen Schauspielen das Ernste. Das ist die Entstehung der sogenannten Fastnachtsspiele*). Wie die Mysterien fand H. Sachs auch die Fastnachtsspiele vor, seinem heitern Sinn entsprachen sie, und sein poetischer Genius schuf eine nicht geringe Anzahl neuer, zu denen gerade seine vorzüglichsten Leistungen gehören. An die Derbheit dieser Fastnachtsspiele darf man sich freilich nicht stoßen; aber sie sind ausgezeichnet durch rasche Handlung, lebendiges Wechselgespräch, Treue der Personen- und Zuständezeichnung und einen unergründlichen Humor. Als die besten gelten: „Der fahrende Schüler im Paradies", „der Ketzermeister mit den viel Kesselsuppen", „das Narrenschneiden", „der Krämerkorb", „der Roßdieb zu Fünsing."

Auf der biblischen Grundlage bewegt sich H. Sachs in seinen Dramen mit der allergrößten Freiheit. Nicht zwar, daß er den Grundcharakter der biblischen Personen änderte — das wäre nach dem Ausdruck der Meistersänger „falsche" oder „blinde Meinung"

*) Es möge hier unten beiläufig bemerkt werden, daß „Fastnacht" mit dem Zeitwort „fasten" oder dem Hauptwort „die Fast" (gen. „der Fasten") etymologisch nichts zu thun hat. Die ältern Urkunden bis zu Hans Sachs schreiben Fasnacht (Vasnacht); und daher mag das Wort wie Fasching abzuleiten sein von fasen (vasen, davon faseln) d. i. ausschweifen.

gewesen — wohl aber läßt er nicht nur Personen, Zustände, Anschauungen, die der Zeit nach weit auseinander liegen, mit der sorglosesten Naivität in ein und demselben Drama sich einen; sondern die Personen, die er auftreten läßt, die Zustände, die er schildert, die Anschauungen, die er vertreten sein läßt, sind Personen, Zustände und Anschauungen seines Jahrhunderts. Ohne Aengstlichkeit läßt er Methusalach, Lamech, Achan rc. der ersten Eltern Kinder sein; Adam und Eva benehmen sich ganz so, wie Hans Sachs selbst und sein Weib sich mögen benommen haben; Gott der Herr tritt ganz so auf wie ein lutherischer Pastor des 16. Jahrhunderts; die gehorsamen Söhne der Ureltern beten das Vaterunser und sogar den lutherischen Katechismus; Dathan wünscht sich Würfel, Karten und Brettspiel; Achan befürchtet, daß er durch die h. Schrift sich vergiften könne mit mancherlei Ketzerei und Schwärmerei. So haben wir denn in dieser Comedia „ein treues Bild eines Bürgerhauses aus dem 16. Jahrhundert mit seiner Frömmigkeit, strengen Kinderzucht, Ordnungsliebe und Reinlichkeit auch im Aeußern vor uns“, und schon deshalb ist die Comedia des wiederholten Lesens werth. Daran, daß Cain das Vaterunser in verdrehtester Weise hersagt, und an ähnliche Dinge, die auf uns allerdings den Eindruck des Unstatthaften machen, hat man sich nicht zu stoßen. Es erinnert das an die derbe Ehrlichkeit des 16. Jahrhunderts, deren Anschauung um so wohlthätiger auf uns wirken muß, je weiter wir davon entfernt sind. Unbestritten ist die eigne Behauptung unsers Poeten, daß er in seinen Gedichten alles, was Sitte und Recht zuwiderlaufe, ausgeschlossen habe.

H. Sachs wird als der Schöpfer des deutschen Dramas angesehen, weil durch seine Leistungen das Drama zu einer für sich bestehenden Kunstgattung wurde. Diese Leistungen sind wohl in der kunstmäßigen Form, nie aber in ihrem echtdeutschen Gehalte übertroffen worden, auch nicht durch Lessings Minna von Barnhelm, die übrigens, wie wir schon bemerkt haben, das erste deutsche Drama ist, in welchem der deutsche Geist wieder zu seinem Rechte gekommen ist. Alles zwischen H. Sachs und Lessing Liegende ist schon längst vergessen. Mögen sie beide uns bleiben!

H. Sachs ist der fruchtbarste deutsche Dichter. Er schrieb 208 Dramen und überhaupt 6048 Gedichte.

Darunter sind auch 22 geistliche Lieder, von denen „Warum betrübst du dich mein Herz“ mit der durch den Dichter selbst umgeänderten, ursprünglich weltlichen Melodie allbekannt ist. Uebrigens hat die Autorschaft H. Sachsens in Bezug auf dieses Lied noch nie nachgewiesen werden können.

Seine Production ist also ganz ungeheuer, und wir müssen sie umsomehr anstaunen, wenn wir daran denken, daß allein sein Schuhmacherhandwerk ihn und seine sieben Kinder ernährte. Welcher Fleiß muß in dem Manne gewesen sein, aus dessen Gedichten man zu dem Schlusse sich berechtigt glaubt, daß keins der in deutscher Sprache damals vorhandnen Bücher von ihm ungelesen geblieben sein könne! Dabei erreichte er ein hohes Alter, überlebte alle seine Kinder, heirathete als 67jähriger Greis noch einmal, und zwar ein 17jähriges Mädchen, und blieb geistesfrisch bis gegen sein 80. Lebensjahr. Dann nahmen seine Leibes- und Geisteskräfte schnell ab. Ein Zeitgenosse, dessen Glaubwürdigkeit übrigens jetzt sehr angezweifelt wird, erzählt von ihm, er habe in seinen letzten Lebenstagen geistesschwach und des Gehörs und Sprachvermögens beraubt, in stiller Verschlossenheit vor seinem Buche gesessen, sein weißes Haupt nur vorübergehend dem Fragenden zugewandt und dann wieder emsig fortgelesen. Er starb den 25. Januar 1576.

In der von ihm selbst veranstalteten Ausgabe seiner Werke finden sich die Verse:

> Gott sei lob, der mir sendt herab
> So miltiglich die Gottes gab,
> Als einem vngelehrten Mann,
> Der weder Latein noch Griechisch kann;
> Daß mein Gedicht grün, blü vnd wachs
> Vnd vil frücht bring, das wünscht Hans Sachs.

Das wünschen wir auch und scheiden damit von diesem seltnen Manne, dessen Name Gattungsname für alle sogenannten Naturdichter geworden ist*), um einen ihm vielfach verwandten Geist des 18. Jahrh. kennen zu lernen.

*) Die bekanntesten Hans Sachse der spätern Zeit sind: der Schäfer David Claus, dessen Gedichte durch Gleim bekannt wurden; der Stadtflaschner Grübel (§. 23); der Drechsler Hirz, der sich in der elsässischen Mundart versucht hat; der „Einsiedler auf der Rothenburg“, Beyer; der Schneidermeister Worch in Berlin, ein Mansfelder; der Drechslermeister Karl Weise, der „Hans Sachs von Freienwalde“ u. a.

§. 36. Christian Fürchtegott Gellert. — Die Fabel.

Die ganze lange Zeit von Hans Sachs bis zur Mitte des 18. Jahrhunderts hat, wie nichts wahrhaft Poetisches*), so, die erbaulichen Schriften eines Arnd, Scriver, Müller und die Kirchenlieder eines Heermann, Gerhard und anderer ausgenommen, nichts wahrhaft Volksmäßiges erzeugt. Auf der Grenzscheide der alten und neuen Zeit, von dieser leise berührt, steht Gellert, der, ein gelehrter Professor, doch in gewissem Sinne der Hans Sachs des 18. Jahrhunderts genannt werden kann**). Wie Sachs, so ist Gellert ein treuer Spiegel seiner Zeit; wie Sachs, so hat Gellert das mitlebende Volk förmlich gefangen genommen; wie Sachs, so ist Gellert nur ein Dichter zweiten Ranges; wie Sachs, so legt Gellert den Hauptzweck der Poesie in das Lehrhafte; wie bei Sachs, so finden sich bei Gellert hauptsächlich Fabeln, Erzählungen, Schwänke, Lieder und Dramen; denn was Gellert als Professor der Moral sonst geschrieben hat (moralische Vorlesungen ꝛc.), kann hier ebenso wenig in Betracht kommen, als des Nürnberger Meisters Stiefeln und Schuh. Die in Sachs sich ausprägende gesunde Derbheit des 16. Jahrhunderts, und der Umstand, daß er nach Stand und Herzen dem Volke allein und ganz angehört, erheben ihn als Volksdichter noch über Gellert.

Gellerts dramatische Arbeiten sind bereits der Vergessenheit anheimgefallen; seine Lieder aber, die längere Zeit die Gesangbücher buchstäblich beherrschten, leben, wenigstens zum Theil, noch in unsern Gesangbüchern; am bedeutendsten ist er durch seine „Fabeln und Erzählungen", die seit 1746 fast unzählige Mal gedruckt und in viele Sprachen, selbst in das Hebräische übersetzt sind. Kein poetisches Buch des 18. Jahrhunderts ist mehr gelesen worden, als dieses. Es ist ein Volksbuch im umfassendsten Sinne des Wortes; sofern es der Gelehrte und Ungelehrte, der Fürst und der Bauer, der Lehr=, Nähr=

---

*) Wir sehen dabei, wie sich von selbst versteht, ab von den zum Theil wunderlieblichen lateinischen Dichtungen der Jesuiten; auch wenn dieselben deutsches Leben, deutsche Geschichte und Natur zum Inhalt haben.

**) Die Angaben über Gellerts Geburtsjahr schwanken zwischen 1715—17. Er ist geboren zu Haynichen bei Freiberg im sächsischen Erzgebirge, gebildet auf der Fürstenschule zu Meißen und der Universität Leipzig, gestorben daselbst als außerordentlicher Professor der Moral 1769.

und Wehrstand, der Protestant, Katholik und Jude mit gleicher Theilnahme las. Noch bis heute ist es in vielen Häusern neben dem Gesangbuche das einzige poetische Buch. Wenn man mit diesen unbestreitbaren Thatsachen die Urtheile unserer Kunstrichter vergleicht, so findet sich ein auffallender Widerspruch. Vilmar z. B. urtheilt so: „Ihrer Grundlage nach sind diese Fabeln und Erzählungen fast ohne Ausnahme, der Form nach, gottschedisch: anschauliche Deutlichkeit zu erreichen, diese gepriesene Eigenschaft wie der Wolfischen Philosophie, so der Gottschedischen Poesie, ist ihr Bestreben, so sehr, daß sie, zehn gegen eine zu rechnen, überdeutlich, redselig, geschwätzig, platt und gewöhnlich werden; von echter Naturpoesie ist keine Spur mehr vorhanden; die Thiere, die noch auftreten, sind nicht allein verkleidete Menschen, sondern auch modisch verschnörkelte Menschen; der Scherz hat in diesen Fabeln eine so langweilig-spaßhafte und spaßhaft-langweilige Miene, daß man eher über das Gesichterschneiden, was den Scherz begleitet, als über den Scherz selbst, lachen kann. — Wahrhafte Poesie wird durchgehends in keiner Gellertschen Fabel, poetische Züge werden nur in sehr wenigen zu finden sein." — Hiemit stimmen alle urtheilsfähigen Männer überein; und so drängt sich die Frage auf, wie es doch zugegangen sei, daß die Gellertschen Fabeln und Erzählungen so ungemeinen, nachhaltigen Beifall finden konnten? Die Frage hat mehrere Antworten. Gellert war der hochgeachtetste Lehrer seiner Zeit. Die ganze Studentenschaft Leipzigs hing an ihm, dem theilnehmenden, sich aufopfernden, die Bedürfnisse seiner Zuhörer kennenden und zu Herzen nehmenden Lehrer mit seltner Liebe; die Bürgerschaft ehrte den frommen, edeln, wohlthätigen Mann, dessen äußerliches Ansehen fast Mitleid erregte; ein Bauer aus der Umgegend von Leipzig machte ihm ein vierspänniges Fuder Buchenholz und der Prinz Heinrich von Preußen ein Reitpferd zum Geschenk wegen des Liedes: „Ich hab in guten Stunden ꝛc."; sein Kurfürst und Friedrich der Große von Preußen ehrten ihn*). Diese allseitige Verehrung nun, welche Gellert wegen seiner Berufstreue, Milde und Demuth genoß, übertrug sich auch auf seine Dichtungen, die selbst von Seiten Lessings Anerkennung fanden. Daß sie auch

*) Friedrich d. G., der Lessing unbeachtet ließ, nannte Gellert „den vernünftigsten unter den deutschen Gelehrten."

noch in unsrer Zeit in weiten Kreisen gelesen und gelernt werden, hat einen andern Grund. Die Begreiflichkeit der in ihnen zur Darstellung kommenden Stoffe, die Durchsichtigkeit des Inhaltes, die Einfachheit des Rhythmus (Gellert gebraucht fast nur jambische Verse und meist ohne Strophenbau), die behagliche Breite der Darstellung, der unschuldige Scherz, die zahme Satire, die Anschaulichkeit und die nicht selten hervortretende Lebendigkeit der Erzählungen sichern jenen Dichtungen fort und fort da einen Platz, wo für eigentliche Poesie kein Verständniß ist. Der einfache Bürger und Bauer stellt sie noch heute über alles, was Klopstock, Schiller und Göthe geschaffen haben; und es ist gewiß eine Verirrung, wenn unsre Volksschullesebücher in dem Streben nach klassischem Inhalt unsern hausbackenen Gellert fast ganz vergessen haben. Dem Lehrer muß Gellert noch deswegen lieb sein, weil sich in ihm, was die Geschichte der Poesie betrifft, der Uebergang von dem steifen Gottsched zu dem schwungvollen Klopstock abbildet, und, was noch höher anzuschlagen ist: in Gellerts Fabeln und Erzählungen findet er ein treues Abbild der Sitten und Anschauungen des Gellertschen Zeitalters bis auf das Einzelnste.

„Fabeln und Erzählungen“ nannte Gellert die in Rede stehenden Gedichte. Ein wesentlicher Unterschied zwischen seinen Fabeln und Erzählungen ist nicht zu erkennen. Nur dies ist durchschlagend, daß in den Fabeln Thiere, in den Erzählungen, die öfter zum zahmen Schwank werden, Menschen redend und handelnd auftreten. Eine meist sehr lange Nutzanwendung ist sowohl den Fabeln als den Erzählungen angehängt oder vorgesetzt.

Wenn man mit Lessings, des größten Kunstrichters Maßstabe an Gellerts Fabeln heranträte, so möchte vielleicht keine von ihnen das Prädicat einer guten Fabel behalten können. Lessing sagt: „Wenn wir einen allgemeinen moralischen Satz auf einen besondern Fall zurückführen, diesem besondern Falle die Wirklichkeit ertheilen und eine Geschichte daraus dichten, in welcher man den allgemeinen Satz anschauend erkennt: so heißt diese Erdichtung eine Fabel.“ — Der „allgemeine moralische Satz“, der Endzweck der Fabel, findet sich in Gellerts Fabeln, sonst würden sie den Namen Fabel gar nicht verdienen; häufig aber ist dieser Satz, der gewöhnlich ausgesprochen und ans Ende der Fabel gestellt wird, gar zu unbestimmt, noch häufiger zu einer gar zu breiten Nutzanwendung ausgesponnen. Neben der

Darstellung dieses Satzes verfolgt aber Gellert — und das gerade hat nicht wenig zur Verbreitung seiner Fabeln beigetragen — noch eine Nebenabsicht: er will offenbar durch seine Fabeln belustigen. Er ahmte darin dem berühmten französischen Fabeldichter La Fontaine nach, welcher, obwohl er wußte, daß die Kürze die Seele der Fabel sei, und für ihren vornehmsten Schmuck den hielt, ganz und gar keinen Schmuck zu haben, dennoch, in der Meinung, seine Sprache gestatte jene zierliche Präcision und außerordentliche Kürze der alten Fabel nicht, seine Fabeln durch Lustigkeit aufzustützen suchte. Ganz anders Lessing. Er hatte sein Augenmerk nur immer auf diese oder jene Sittenlehre und glaubte, seine Erdichtungen nicht kurz, nicht trocken genug aufschreiben zu können.

Damit kehrte Lessing zur alten sog. Aesopischen Fabel zurück. Aesopus, ein Phrygier, lebte um 570 v. Chr. Eine nach ihm benannte Fabelsammlung in griechischer Sprache hat sich bis heute erhalten. Ob alle Fabeln dieser Sammlung von ihm herrühren, und ob Aesop selbst diese Fabeln aufgeschrieben hat, ist sehr zweifelhaft. — Ein andrer berühmter Fabeldichter des Alterthums ist Phädrus, ein Römer, der zu Christi Zeit lebte. Seine Fabeln sind theils Uebersetzungen und Nachbildungen Aesops, theils selbständige Erzeugnisse. Von der Einfachheit Aesops weicht Phädrus schon mehrfach und zum Nachtheil seiner Fabeln ab. — Luther achtete die Fabel sehr hoch. Er verdeutschte 16 Fabeln des Aesop und sagt in der sehr lesenswerthen Vorrede zu diesem Büchlein: „ich wüßte außer der heil. Schrift nicht viele Bücher, die diesem überlegen sein sollten, so man Nutzen, Kunst und Weisheit und nicht hochbedächtig Geschrei wollte ansehen: denn man findet darin unter schlechten Worten und einfältigen Fabeln die allerfeinste Lehre, Warnung und Unterricht; findet, wer sie zu brauchen weiß, wie man sich im Haushalten, in und gegen der Obrigkeit und Unterthanen schicken soll, auf daß man klüglich und friedlich unter den bösen Leuten in der falschen, argen Welt leben möge“*). Von Luther angeregt, betraten nun wieder einige deutsche Männer seiner Zeit die schon im 13. und 14. Jahrhundert vorgezeichnete Bahn. Die Fabeldichter des 18. Jahrhunderts aber (Hagedorn, Gellert, Lichtwer, Pfeffel, Zachariä u. a.) schlossen sich zunächst an La Fontaine an, bis Lessing diesen Anschluß als verfehlt nachwies. Nach Lessing haben sich als Fabeldichter ausgezeichnet Hey, Superintendent in Ichtershausen bei Gotha (Fabeln für Kinder; in Bildern gezeichnet

*) Aesops Fabeln, verdeutscht von Dr. Martin Luther. Stuttg. 7½ Sgr.

von O. Speckter; Gotha, F. A. Perthes; 2 Bde. 1833 u. 1837 u. ö. à 1⅓ Thlr., mit col. Bildern à 2 Thlr., wohlfeile Ausg. 15 Sgr.) und A. E. Fröhlich, Prediger zu Aarau („Fabeln", Aarau 1825 u. ö.).

Auch der „besondere (einzelne) Fall" Lessings möchte sich bei Gellert nicht häufig finden; denn Lessing versteht darunter das, was er vorher „Handlung" genannt hat, nämlich eine Folge von Veränderungen, die zusammen Ein Ganzes ausmachen; während sich bei Gellert das Nebeneinander der Veränderungen gar zu sehr fühlbar macht. Selbst die Forderung, daß die Fabel den allgemeinen Satz anschauend erkennen lasse, wird von Gellert bei weitem nicht immer beobachtet. Denn „wenn ich mir einer moralischen Wahrheit durch die Fabel bewußt werden soll, so muß ich die Fabel auf einmal übersehen können, und um sie auf einmal übersehen zu können, muß sie so kurz sein, als möglich. Alle Zieraten aber sind dieser Kürze entgegen, denn ohne sie würde sie noch kürzer sein können; folglich streiten alle Zieraten, insofern sie leere Verlängerungen sind, mit der Absicht der Fabel."

Daß Thiere oder noch geringere Wesen in der Fabel zu moralischen Geschöpfen erhoben werden, hält Lessing nicht für eine wesentliche Eigenschaft derselben. Die wahre Ursache, warum der Fabeldichter die Thiere oft zu seiner Absicht bequemer findet, als die Menschen, setzt er in die allgemein bekannten und unveränderlichen Charaktere der Thiere. „Man hört: Brittannicus und Nero. Wie viele wissen, was sie hören? Wer war dieser? Wer jener? In welchem Verhältnisse stehen sie gegen einander? — Aber wenn man hört: der Wolf und das Lamm; sogleich weiß jeder, was er hört, und weiß, wie sich das eine zu dem andern verhält." Zu geringern Geschöpfen als zu den Thieren steigt der Fabeldichter seltner herab; denn „je tiefer wir auf der Leiter der Wesen herabsteigen, desto seltner kommen uns dergleichen allgemein bekannte Charaktere vor."

Bei all den Mängeln, welche hiernach die Gellertschen Fabeln haben, müssen wir dennoch bei der Behauptung verharren, daß sie für Volksschule und Volksleben von großem Werthe sind, und empfehlen darum von Herzen

Gellerts sämmtliche Fabeln und Erzählungen in drei Büchern. Volksausgabe mit 12 Illustrationen. Leipzig 1861. 15 Sgr.*)

*) Ueber Gellerts bleibendes Verdienst als Fabel- und Liederdichter s. zwei Vorträge von Dr. Nitzsch „Ueber Lavater und über Gellert." Berl. Wieg. u. Gr. 5 Sgr.

Wenden wir nun noch einen Blick auf die Fabel in der Schule. Nächst dem Kirchenliede nimmt hier die Fabel von allen Dichtungsarten die erste Stelle ein. Schon die Kleinen hören und lernen sie gern; und es ist ein Verdienst der bei Winckelmann in Berlin so eben erschienenen „Bilder für den Anschauungs- und Sprachunterricht", daß diese auf eine nicht geringe Zahl von Fabeln Rücksicht genommen haben. In sehr viele Schulen werden diese Bilder wegen ihres immer noch hohen Preises freilich nicht kommen; und, was die Fabel anlangt, so ist das nicht sehr zu beklagen. Denn abgesehen davon, daß streng genommen der Inhalt einer Fabel sich bildlich nicht darstellen läßt: gerade die Schüler in ärmeren Schulen sind, weil sie in Hof, Feld, Wald und Wiese vielfach verkehren, mit einem Reichthum von Anschauungen aus der Thierwelt versehen, von dem sich der Großstädter nichts träumen läßt. So vereinfacht sich auch das Verfahren: die Fabel werde gut erzählt, einfach besprochen, von den Kindern wieder erzählt. Bei der Besprechung dürfen die nächsten Veranschaulichungsmittel nicht außer Acht gelassen werden. Für die Kleinen eignen sich vorzugsweise die Hey'schen Fabeln; und wenn der Lehrer etwa im Besitz der ganzen Sammlung ist, deren Werth durch die Speckterschen Zeichnungen um das Doppelte gestiegen ist, so kann es ihm, eine sinnende Betrachtung des Textes und der Bilder vorausgesetzt, an Stoff zu gemüthlicher Besprechung nicht fehlen.

Auf den obern Stufen des Unterrichts muß das, wozu die Fabel da ist, die moralische Lehre derselben, klar herausgestellt und in einem bestimmt formulirten Satze, wo möglich in einem Sprichwort, ausgesprochen werden. Nach der dem Einzelnen nachgehenden Besprechung muß zu dem Ende nach Ausscheidung der bei der Besprechung etwa nothwendig gewordenen Veranschaulichungen, Erklärungen und Erläuterungen auch noch eine Concentration des Gedankenstoffes der Fabel selbst eintreten, die um so nöthiger wird, je mehr die Fabel sich der Gellertschen nähert. Auf diese Weise gewinnt man endlich einen auf die Hauptpersönlichkeit der Fabel sich beziehenden Satz. Nun geht man mit einer Wendung wie diese: Wie es der Fuchs, der Wolf, der Rabe 2c. machte, wie er dachte, sprach 2c., so machen es, so denken, sprechen 2c. viele Menschen — zur Darlegung des Denkens und Thuns der Menschen, das in der Fabel ja geschaut werden soll, über. Endlich läßt man den allgemeinen Satz finden.

Bei vielen Fabeln geht dieser der Fabel selbst als Ueberschrift oder Anfang des Textes voran, oder er folgt ihr nach. In solchem Falle ist außer dem angegebenen Verfahren noch ein andres möglich; nämlich dies, daß man die Fabel als nächstes Beispiel zur Erläuterung jenes Satzes benutzt und sodann in das volle Menschenleben hineingreift, um in ihm die Anwendbarkeit jenes Satzes weiter nachzuweisen. Die meisten Gellertschen Fabeln haben am Ende anstatt der kurz ausgesprochenen Lehre eine mehr oder minder ausführliche Anwendung (Lessing nennt solche Fabeln zusammengesetzte). Diese dient bei der Besprechung als nächstes Beispiel aus dem Menschenleben und macht die Entwicklung des kurzen moralischen Satzes natürlich nicht überflüssig. Sehr viele Fabeln bedürfen um ihrer selbst willen gar keiner ausführlichen Besprechung.

Für die schriftliche Darstellung giebt die Fabel folgende ihr eigenthümliche Aufgaben an die Hand:

1. Die Anwendung. Diese kann geschehen in einer freiern Erzählung oder in einer an die Fabel sich haltenden Nachahmung.

   Beispiel aus Lessing. „Man machte der Löwin den Vorwurf, daß sie nur ein Junges zur Welt brächte. Ja, sprach sie, nur eines; aber einen Löwen." — „Ich mache, sprach ein höhnischer Reimer zu dem Dichter, in einem Jahre sieben Trauerspiele; aber du? in sieben Jahren eines! Recht, nur eines! versetzte der Dichter; aber eine Athalie!"*)

2. Die Vergleichung der Anwendung mit der Fabel selbst.
3. Die Reduction einer ausführlich dargestellten Fabel, z. B. einer Gellertschen, auf die wesentlichen Gedanken.
4. Die Erfindung neuer Fabeln mit mehr oder weniger engem Anschluß an die Grundlage.

§. 37. Justus Möser. Jacob Engel. Gottfried Seume.

Ich stelle hier drei Männer zusammen, die ihrer Eigenartigkeit wegen sonst nirgends gut unterzubringen sind, und die doch der Erwähnung in hohem Grade werth sind: Möser, Engel und Seume. Man kann sie kaum Zeitgenossen nennen, da Seume mehr als

*) Name des berühmtesten französischen Dramas von Racine, einem Zeitgenossen des oben genannten La Fontaine.

40 Jahr jünger ist als Möser*). Doch gehören sie alle drei im wesentlichen der zweiten Hälfte des vorigen Jahrhunderts an; und dies, so wie die gleiche Redlichkeit ihres Charakters, die gleiche Feinheit und Treue in der Beobachtung, und der gleiche Adel ihrer populären Schreibweise berechtigt uns, sie neben einander zu stellen.

Justus Möser, ein Rechtsgelehrter zu Osnabrück, hatte in den dort erscheinenden Intelligenzblättern eine große Zahl kleinerer Aufsätze „staatsbürgerlichen Inhalts", wie Göthe sich ausdrückt, erscheinen lassen, die auch über Osnabrück hinaus großes Interesse erweckten und den ungetheilten Beifall Herders und Göthe's fanden. Auf Göthe's Rath wurden sie veröffentlicht**). „An diesen kleinen Aufsätzen, welche, sämmtlich in Einem Sinn verfaßt, ein wahrhaft Ganzes ausmachen, ist die innigste Kenntniß des bürgerlichen Wesens im höchsten Grade merkwürdig und rühmenswerth. — — In Absicht auf Wahl gemeinnütziger Gegenstände, auf tiefe Einsicht, freie Uebersicht, glückliche Behandlung, so gründlichen als frohen Humor, wüßte ich dem Verfasser niemand als Franklin zu vergleichen. — — Seine Vorschläge, sein Rath, nichts ist aus der Luft gegriffen, und doch so oft nicht ausführbar; deswegen er auch die Sammlung Patriotische Phantasien genannt, obgleich alles sich darin an das Wirkliche und Mögliche hält." So Göthe. Seitdem sind die Patriotischen Phantasien unzählige Mal empfohlen worden und müssen immer wieder empfohlen werden; denn es steht fest, daß sie selten angetroffen werden. Namentlich sollten Prediger und Lehrer, die, je tiefer sie ihren Beruf erfassen, um so mehr die Pfleger der guten alten Sitte sein werden, das genannte Buch als ein unschätzbares Vademecum erkennen lernen. — Auf seinem Grabstein ist Möser als „Germaniae Socrates", Deutschlands Socrates, bezeichnet.

Engel, aus dem Mecklenburgischen stammend, hatte nach vorübergehender Neigung für die Theologie und das Predigtamt sich der

*) Möser, geb. 1720, † 1794. Engel, geb. 1741, † 1802. Seume, geb. 1763, † 1810.

**) Berlin 1778. 3 Bde. Eine zeitgemäße Auswahl existirt meines Wissens leider nicht. Einiges findet sich in dem 4. Band („Hausmannskost") der Volksbücher des norddeutschen Volksschriftenvereins, noch mehr in H. Pröhlens „Hausbüchlein" (Leipzig 1852. 2 Bde. 1 Thlr.), einer reichhaltigen Anthologie aus den Werken der ältern und neuern Volksschriftsteller.

Philosophie und dem Sprachstudium zugewandt und war sodann nach Berlin gegangen, wo er am Königlichen Hofe als Lehrer in großer Achtung stand und zugleich die Direction des großen Berliner Theaters erhielt. Dieser Umstand veranlaßte ihn zur dramatischen Dichtung, in der er jedoch etwas Bedeutendes nicht geleistet hat. Was ihn für uns wichtig macht, ist sein „Philosoph für die Welt" (Berlin, Hofmann u. C. 5 Sgr.), mehr noch sein „Herr Lorenz Stark" (Berlin 1801 u. ö.), eine bürgerliche Erzählung, die sich auszeichnet durch den natürlich lebendigen, an Lessing erinnernden Styl, durch die feinste, charakteristischste Zeichnung der Personen, die man „leibhaftig vor sich sieht", und durch die Fülle „ansprechender Situationen." Lorenz Stark wird als der deutsche Vicar of Wakefield*) bezeichnet. Eine billige Ausgabe des L. Stark ist erschienen in Berlin bei Hofmann u. C. 3 Sgr.

„Lorenz Stark ist ein edeldenkender Kaufmann, voll Einfalt des Charakters, in seiner Familie aber eigenwillig und rechthaberisch. Zwischen ihm und seinem Sohne findet kein Vertrauen statt. Die leidenschaftlichere Empfindung der Jugend war dem alten Herrn unverständlich geworden. Während er seinen Sohn für einen Spieler und Verschwender hielt, ging dieser in der That dem edelsten Zuge seines Herzens nach. Beschäftigt, die zerrütteten Vermögensverhältnisse eines verstorbenen Freundes zu ordnen, lernte er dessen Wittwe kennen und lieben. Als die Noth und Redlichkeit der Wittwe auch dem Vater zur Kenntniß kamen, und als Vater und Sohn in dem gleichen Verlangen, der unschuldig Leidenden zu helfen, sich begegneten, versöhnten sich beide, und der Sohn heirathete die Wittwe." (W. Hahn.)

Seume, eine der interessantesten Persönlichkeiten unter den deutschen Dichtern, überall bekannt durch seine poetische Erzählung „der Wilde" („Ein Kanadier, der noch Europens übertünchte Höflichkeit nicht kannte rc.") ist eines Bauern Sohn aus Poserna bei Weißenfels. Durch die Gunst eines Grafen von Hohenthal wurde es ihm auch nach der Verarmung und dem Tode des Vaters möglich, ein Gymnasium und die Universität zu Leipzig zu besuchen. Von hier entfernte er sich aus Gewissensbedenken heimlich und mit unbe-

*) Dies ist der Titel des am meisten gelesenen englischen Volksbuches, das auch in Deutschland überall bekannt ist: Der Landprediger von Wakefield. Berlin, Hofmann u. C. 6 Sgr.

stimmten Plänen, wurde von hessischen Werbern ergriffen und an die Engländer verkauft, die damals in Nordamerika Krieg führten. Nach Europa zurückgebracht, desertirte Seume in Bremen, aus Furcht, an die Preußen verkauft zu werden — bis hierher erzählt Seume sein Leben selbst — fiel aber, im Begriff, in die Arme seiner noch lebenden Mutter zu eilen, preußischen Werbern in die Hände, die ihn nach Emden brachten. Hier machte er zweimal vergeblich den Versuch zu entfliehen; endlich erhielt er Urlaub, gegen Caution nach Sachsen zu reisen, und kam nimmer wieder nach Emden. Nach kurzem Aufenthalte in Leipzig, wo Seume für einen wissenschaftlichen Beruf sich tüchtig zu machen anfing, nahm er eine Secretairstelle bei dem ihn hochachtenden russischen General Igelströhm an, erhielt bald darauf eine Offizierstelle und würde, da die Kaiserin Katharina II. sich persönlich für ihn interessirte, vielleicht als russischer Offizier weiter gedient haben, wenn nicht nach Katharina's bald erfolgendem Tode Seume es für gerathen gehalten hätte, seinen Abschied zu nehmen. Von da an lebte er wieder theils in Leipzig, theils in Grimma von der Schulmeisterei, wie er sich ausdrückte, und von litterarischer Thätigkeit.

Seume war von Jugend auf an körperliche Anstrengungen aller Art gewöhnt; das militärische Leben hatte seinen Körper noch vollends gestählt. Er scheute nicht Frost noch Hitze, nicht Sturm noch Nacht, er war ein tüchtiger Kletterer und guter Schwimmer und machte gern weite Spaziergänge. Fast 38 Jahre war er alt, da trat er, um Italien zu sehen, eine Fußreise durch Oestreich, ganz Italien, die Schweiz und Frankreich an, und kam nach neun Monaten wohlbehalten in Leipzig an. Diese Reise ist es, die er in dem Buche „Spaziergang nach Syrakus" beschrieben hat. Dieses Buch zeichnet sich durch eine ungemeine Frische der Darstellung und durch die Biederkeit und den Humor des Darstellers aus; aber es offenbart an vielen Stellen die wenig wohlthuende Gereiztheit Seume's, zu der er durch seine widrigen Lebensschicksale sich hatte erziehen lassen, und den keckten Rationalismus, der damals, so zu sagen, in der Luft lag. Seume scheut sich nicht, es als eine Lästerung der Gottheit zu bezeichnen, daß auch der „gute, rechtliche, vernünftige Mann selig werde aus Gnaden." Man sieht, wie hoch die damalige Zeit ihre Rechtlichkeit und Vernünftigkeit anschlug. Seume's

Spaziergang ist viel gelesen worden; zur Lectüre für das Volk in unserm Sinne ist er nicht geeignet.

Nach seiner Rückkehr lebte Seume wieder zu Leipzig in seiner frühern Weise. Im Jahr 1808 gestaltete sich eine Schwäche des Fußes, an der er seit den nordamerikanischen Mühseligkeiten hin und wieder gelitten hatte, zu einem bedenklichen Uebel; er suchte Heilung zu Teplitz und fand daselbst Erlösung von seinen immer mehr zunehmenden Leiden (1810).

§. 38. Die Pädagogen als Volksschriftsteller.

Im Jahr 1657 erschien in dem kunstreichen Nürnberg in erster, schon 1659 in zweiter und weiterhin in immer erneuten Auflagen ein Werk, das noch heute vielfach genannt wird: der Orbis pictus (gemalte Welt) des **Amos Comenius**. Comenius ist unbestritten der größte Pädagoge des 17. Jahrhunderts. Sein Orbis pictus hält in bildlicher Darstellung zunächst dem Kinde vor, „was Himmel und Erde, Mensch und Thier, das gesammte menschliche Leben und Treiben, Glauben und Hoffen der kindlichen Anschauung und Vorstellung darbietet, und erläutert dasselbe durch beigefügte Beschreibung und Betrachtungen." Aber auch der Erwachsene hatte seine Freude an den anspruchslosen Holzschnitten und lernte mit aus Bild und Text. So wurde das wahre Kinderbuch zum wahren Volksbuche, und erst einem mehr als hundert Jahre später erscheinenden Werke, dem Elementarwerk Basedows, gelang es, dem Orbis pictus wenigstens in wohlhabenden Häusern einigen Abbruch zu thun. Basedow hatte bei der Anlage seines Werkes den Orbis pictus des Comenius vor Augen; aber mit seiner Pädagogik ist auch sein Elementarwerk trotz der Chodowiecki'schen Kupfer aus den Häusern verschwunden, während des wackern Comenius Orbis pictus in nun freilich sehr veränderter Gestalt noch heute jung und alt erfreut und belehrt. Unter den in neuerer Zeit zahlreich gewordenen derartigen Büchern ist das beste: Kaufmanns „Orbis pictus. Ein Volksbuch für Jung und Alt." Mit Einleitung von G. H. v. Schubert. Stuttgart, Balz. 2 Thle. 3 Thlr. Wenn ein Lehrer für größere Kinder ein gutes, nützliches Bilderbuch empfehlen soll, so kann er dies getrost empfehlen*).

*) Für kleinere Kinder sind die oben genannten Hey-Speckterschen Fabeln, Gülls Kinderheimath und einige Schriften von Traugott das Beste. Diesen

Indem wir vorhin Basedow nannten, sind wir wieder in die Zeit Mösers, Engels und Seume's eingetreten. Wie Basedow genau ein Zeitgenosse Mösers, so sind die nun zu nennenden Basedowianer Campe und Salzmann Zeitgenossen Engels. Aber von Geistesgenossenschaft zwischen diesen Pädagogen und jenen Männern kann fast nicht die Rede sein. Denn wenn sie auch sämmtlich in ihrer Zeit wurzeln, der eine mehr, der andre weniger, so kann es doch nicht zwei verschiednere Männer geben als Möser mit seiner Hochachtung vor der von den Vätern ererbten Sitte, und Basedow, den pädagogischen „Neuerer"; und in diesen Gegensatz treten, wiewohl mit geringerer Ausprägung, Engel, selbst Seume einerseits, Campe und Salzmann anderseits ein. Nichts desto weniger sind Campe und Salzmann hier zu nennen.

Joachim Heinrich Campe, ausgezeichnet durch die Würde seines Wesens, durch die Unerschrockenheit seines Patriotismus — die Herausgabe seines „Wörterbuchs der deutschen Sprache" 1807 ff. wird als eine „patriotische That zur Rettung der vaterländischen Sprache" bezeichnet — durch die Gediegenheit seines Familienlebens, durch die practische Umsicht und nüchterne Besonnenheit in seinen pädagogischen Unternehmungen, ist derjenige unter den Philanthropisten, der am meisten mit der Feder thätig war, den Erziehungsgrundsätzen seiner Schule Eingang und Wirksamkeit zu verschaffen. Seine Hauptthätigkeit entfaltete er auf dem Gebiete der Kinderschrift, in welcher sein Absehen besonders darauf ging, der Jugend nützliche Kenntnisse beizubringen und zu deren moralischer Besserung beizutragen. Von all seinen hier einschlagenden Schriften, die unter dem Gesammttitel „Sämmtliche Kinder- und Jugendschriften" in 30 Theilen erschienen sind, ist unstreitig die am meisten gelesene „Robinson der Jüngere", seit 1779 in mehr als 60 Auflagen verbreitet. Dieses Buch ist nach einem zuerst 1719 erschienenen englischen Roman bearbeitet, dem die Schicksale eines gewissen Alexander Selkirk zu Grunde liegen; es wird, obgleich es zunächst eine Kinderschrift ist, noch lange auch

Büchern reihet sich für Große und Kleine ein vorzügliches Kinderbuch an: G. Scherers „Illustrirtes deutsches Kinderbuch" (alte und neue Lieder, Märchen, Fabeln, Sprüche und Räthsel, mit 15 Stahlstichen und 17 Holzschnitten). 4. Aufl. 1863. 2 Thaler.

als Volksbuch gelten müssen*); und es genügt, um dem Lehrer zu einer vollkommenen Anschauung des Wesens einer damaligen Kinderschrift zu verhelfen. Dazu muß der Lehrer sich der nicht leichten Aufgabe unterziehen, auch die in den Zusammenhang der Geschichte eingeschobenen, von den jugendlichen Lesern meist überschlagenen langweiligen Zwischenreden zu lesen, und muß beachten, worauf Wiese („Bildung des Willens") aufmerksam macht: „Was bei dem englischen Autor schließlich als das Wesentlichste erscheint, daß der auf die einsame Insel Verschlagene durch die Noth beten lernt und durch das Lesen der heiligen Schrift zur Erkenntniß derjenigen Kräfte gelangt, welche der heilige Geist in dem Menschenherzen zu erwecken vermag, das Alles hat Campe ganz weggelassen."

An Campe's zahlreiche Reisebeschreibungen („Entdeckung von Amerika rc."), die seiner Zeit viel gelesen worden sind, sammt und sonders aber von Seume's Spaziergang aufgewogen werden, schließen sich die unzähligen Reisebeschreibungen, Länder- und Völkerschilderungen, welche die neuere Zeit hervorgebracht hat. Den Volkston treffen nur wenige. Die nennenswerthesten hier einschlagenden Schriften sind: G. H. v. Schubert's „Reise in das Morgenland", die zahlreichen Reisebeschreibungen von Kohl, einige Schriften von Gerstäcker („Wie ist es denn eigentlich in Amerika?") und die bekannten Charakterbilder von Grube.

Ch. G. Salzmann, geb. 1744 zu Sömmerda bei Erfurt, nach Beendigung seiner theologischen Studien Prediger zu Rohrborn und Erfurt, ging, von Basedows Erziehungsideen ergriffen, 1781 zu diesem nach Dessau. 1784 gründete er eine eigne Erziehungsanstalt zu Schnepfenthal im Gothaischen, die er durch Umsicht, Ordnungsliebe, namentlich aber dadurch zur Blüthe brachte, daß er in Gemeinschaft mit wackern Männern, wie Lenz, Guts-Muths, Weißenborn u. a., das Familienleben zu einem wesentlichen Factor seiner Erziehungsweise machte. „Reine Sittlichkeit, herzliche Menschenliebe und gemeinnütziges Wirken ist die schöne Tendenz seiner Jugend- und Volksschriften." Unter diesen ist eine „musterhaft gehaltene Geschichte" der „Joseph Schwarzmantel." — Salzmann starb 1811, nachdem schon längst der Verfall seines Instituts eingetreten war.

*) Indessen ist 1862 eine sehr empfehlenswerthe treue Uebersetzung des englischen Originals durch L. Hüttner besorgt (Leipzig, Spamer).

Die Jugendschrift und das Volksschullesebuch als Volksschriften. Seit Campe und Salzmann haben es viele Schriftsteller unternommen, zugleich für die Jugend und das Volk zu schreiben, eine Verkehrtheit, die sich durch das weit reichende heilige Wort richtet: „Da ich ein Kind war" 2c. Wenn die Jugendschrift so gehaltvoll ist, daß sie auch von den Eltern gern und mit Nutzen gehört, und wenn die Volksschrift so keusch ist, daß sie auch in Gegenwart der Kinder und selbst von diesen vorgelesen werden kann, so ist alles erreicht, was sich hier erreichen läßt, und das ist nicht wenig. Was von der Jugendschrift überhaupt gilt, das muß auch von dem Volksschullesebuche insbesondere gelten: es kann dem wahren Volksbuche sich nur mehr oder weniger nähern. Daß dies immer mehr geschehe, ist ein häufiger ausgesprochener als erfüllter Wunsch. — Wer auf dem Gebiet der Jugendschrift sich gehörig orientiren will, der benutze dazu G. W. Hopf, Mittheilungen über Jugendschriften. Nürnberg 1861. 4. Aufl. 161 S. Einer hierher gehörigen, bereits verheißenen Schrift von dem Director Merget in Berlin kann man mit großer Hoffnung entgegensehen.

Johann Heinrich Pestalozzi, uns allen ein lieber Bekannter, verdient auch in dieser Darstellung einen Platz, und zwar einen Ehrenplatz wegen seines Buches „Lienhard und Gertrud, ein Buch für das Volk" 1781 u. ö. Denn Lienhard und Gertrud ist der erste deutsche Roman, welcher, auf der herzlichsten Theilnahme an den Zuständen und auf der aufmerksamsten, feinsten Beobachtung der Stärke und Schwäche des Volkes basirend, das Leben des Volkes, und zwar des bäuerlichen Theiles desselben mit einer Kunstlosigkeit, Herzlichkeit und Treue schildert, die auch später kaum wieder erreicht worden ist. Und doch liegt das Hauptverdienst dieses Romans noch wo anders, nämlich in der Kräftigkeit, mit welcher er den Höherstehenden antreibt, mit Herz und Hand zur Besserung der innern und äußern Zustände des Volkes beizutragen, und den in diesen Zuständen Stehenden zwingt, Herz und Haus sittigenden Einwirkungen zu öffnen. „Es war," sagt Pestalozzi von seinem Buche, „mein erstes Wort an das Herz der Armen und Verlassenen im Land. Es war mein erstes Wort an das Herz derer, die für die Armen und Verlassenen im Lande an Gottes Statt stehen. Es war mein erstes Wort an die Mütter des Landes und an das Herz, das ihnen Gott gab, den ihrigen zu sein, was kein Mensch auf Erden an ihrer Statt sein kann." Pestalozzi's erstes Wort fand eine gute Statt: in Familien, wie in der unseres Claudius, ward Lienhard und Gertrud zum Familienbuche; eine dänische Gräfin Schimmelmann, eine Gönnerin von Claudius, machte verschiedene Gedanken des Buches in ihren Dörfern practisch; manche Mutter schöpfte aus ihm ihre Hauspädagogik; eine hehre Königin fühlte sich wohl in Bonnal*); und noch jetzt ist das Buch trotz der theilweise veränderten gesellschaftlichen Verhältnisse und vertieften christlichen Anschauungen ein Buch für hoch und niedrig, wie wenig andre; noch jetzt ist es von großer Bildungskraft; noch jetzt eine Fundgrube pädagogischer Weisheit für jede Mutter, für jeden Lehrer, Prediger, Vorgesetzten; noch jetzt ein Wort an das Herz. Man erinnere sich doch dieser Stelle: „Wie jetzt (bei dem Tode der Mutter Rudi's) dieser und wie alle Kleinen die Hände zusammenschlugen und trostlos waren, das kann ich nicht beschreiben — Leser — laß mich schweigen und weinen, denn es geht mir ans Herz — wie die Menschheit im Staube der Erden zur Unsterblichkeit reifet, und wie sie im Prunk und Tand der Erden unreif verwelket. — Wäge doch, Menschheit! wäge doch den Werth des Lebens auf dem Todbette des Menschen — und du, der du den Armen verachtest, bemitleidest und nicht kennest — sage mir, ob der also sterben kann, der unglücklich gelebt hat? Aber ich schweige; ich will euch nicht lehren, Menschen! Ich hätte nur dies gern, daß ihr selber die Augen aufthätet und selbst umsähet, wo Glück und Unglück, Segen und Unsegen in der Welt ist."

Wie Lienhard und Gertrud, ohne daß Pestalozzi den geringsten Plan davon im Kopfe hatte oder auch nur einem solchen nachdachte, entstand, so kann das Buch keinen Anspruch auf künstlerische Vollendung machen; es hat seinen Werth ohne diese. Das Buch erschien nach und nach (1781—1789), auch so noch unvollendet, in 4 Theilen, die wegen der an manchen Stellen sich fühlbar machenden Breite jetzt gewöhnlich zusammengezogen oder nur theilweis abgedruckt werden. So die Züricher Ausgabe (Meyer und Zeller 1846 u. ö. 15 Sgr.), die Brandenburger (Müller 1859) u. a.

*) Die Königin Luise schrieb im Jahre 1808: „Ich lese jetzt Lienhard und Gertrud von Pestalozzi. Es ist mir wohl mitten in diesem Schweizerdorfe. Wäre ich mein eigener Herr, so setzte ich mich in meinen Wagen und rollte zu Pestalozzi in die Schweiz, um dem edeln Manne mit Thränen in den Augen und mit einem Händedrucke zu danken. Wie gut meint er es mit der Menschheit! Ja, in der Menschheit Namen danke ich ihm."

Die Pädagogen nach Pestalozzi, die sich als Volksschriftsteller versucht haben, haben wahrhaft Bedeutendes nicht geleistet. Denn Guts-Muths' in einzelnen Partien vorzügliches Buch „Deutsches Land und Volk" (Leipzig 1821—32. 9 Thlr. 10 Sgr.) ist im ganzen doch zu hoch gehalten; Dinters „Leben" (Neustadt a. d. O. 1829 ö. 15 Sgr.) hat eigentlich nur seine Anhänger interessirt; und Wilberg's „Vetter Christian" ist gar zu platt lehrhaft, wenn auch gut gemeint. Daher können wir hier diese Darlegung schließen.

Doch sei noch ein Mann erwähnt, der nach Wesen, Leben und Wirken neben, bezüglich über Pestalozzi gestellt zu werden verdient: **Johannes Falk**. Dieser Mann, ein andrer Pestalozzi, ein andrer A. H. Francke, war im Jahr 1770 zu Danzig geboren, wo sein Vater, ein Perückenmacher, ihn schon sehr früh und sehr streng zu der Kunst anhielt, andrer Köpfe äußerlich zuzustutzen, während die fromme, zur Brüdergemeinde gehörige Mutter den Samen echter Religiosität in sein Herz legte. Des Knaben entschiedner Neigung zum Studiren mußte endlich nachgegeben werden; Bürgermeister und Rathsherren unterstützten ihn auf der Schule, und der Bürgermeister entließ ihn zur Hallischen Universität mit den Worten: „Johannes, du ziehest nun von dannen. Geh in Gottes Namen. Wir haben dich bisher auf der Schule erhalten und Freude an dir gehabt. Wir wollen dich auch auf der Universität versorgen mit Gottes Hilfe. Aber eines sage ich dir: Vergiß nicht, daß du ein armer Knabe warest. Und wenn dereinst über kurz oder lang ein armes Kind an deine Thür klopft, so denke, wir sind's, die Todten, die alten grauen Bürgermeister und Rathsherren von Danzig, die anklopfen, und weise sie nicht von deiner Thür." Diese Mahnung erscheint als eine Weissagung im Leben Falks. Nachdem er seine Studien in Halle beendet hatte, begab er sich nach Weimar (1793), um in der Nähe der großen Geisteshelden jener Zeit zu sein. Was er, von diesen angeregt, Litterarisches geschaffen hat (lyrische Gedichte, Satiren, Dramen), ist bereits fast vergessen worden. Aber noch lange wird man seiner gedenken als des Stifters der „Gesellschaft der Freunde in der Noth", die seit dem Elend des Octobers 1813 sich die Aufgabe stellte, für die Rettung verwaister und verwilderter Kinder zu sorgen, und des jetzigen Falkschen Instituts zu Weimar, der ersten deutschen Rettungsanstalt, die Falk mit demselben Gottvertrauen gegründet hat, wie Francke das Hallische Waisenhaus, und mit derselben Kinderliebe leitete, wie Pestalozzi seine Erziehungsanstalt in Stanz. Sein Herz für das Elend des Volkes, das ihn den „guten Rath" nannte, führte ihn, der als Stern zweiter Größe am litterarischen Himmel zu Weimar geglänzt hatte und sich zugleich durch die Gabe volksthümlicher Rede auszeichnete, auch auf die volksthümliche Schriftstellerei. Sein „Volksspiegel zur Lehre und Besserung" 1826, seine „Geschichten zum Vaterunser" Leipz. 1822 und sein „Dr. Martin Luther und die Reformation in Volksliedern" Leipz. 1830, 5 Sgr., sind weniger bekannt, als sie es zu sein verdienen. Von seinen lyrischen Gedichten haben sich einige bis in die niedrigsten Schichten des Volkes verbreitet: „O du fröhliche, o du selige, gnadenbringende Weihnachtszeit" rc., „Was kann schöner sein, was kann edler sein, als von Hirten abzustammen" rc., „Wie mit grimm'gem Unverstand" rc. (?). Falk starb ein Jahr vor Pestalozzi, den 14. Febr. 1826*).

§. 39. Immermann und die „Dorfgeschichte" als poetisches Kunstwerk für die gebildeteren Stände**).

Pestalozzi hatte die Dorfgeschichte mehr ge- als erfunden und damit einen guten Fund gethan. Zschokke, ein geborner Magdeburger, mit größter Hochachtung vor Pestalozzi erfüllt, versuchte mit minder glücklichem Erfolg ihm nachzuahmen. Zschokke's „Goldmacherdorf" (Aarau 1817 u. ö. 7½ Sgr.), die beste unter seinen Volksschriften, wird von den Einen ungebührlich erhoben, von den Andern ebenso ungebührlich herabgesetzt. Darin sind alle einig, daß der weitre glückliche Griff und Schritt auf dem Gebiete der Dorfgeschichte einerseits durch Karl Immermann, andrerseits durch J. Gotthelf gethan worden ist, mehr als 50 Jahre nach dem Erscheinen von Pestalozzi's Buche.

Immermann, in den neunziger Jahren zu Magdeburg geboren, hatte durch eine sehr strenge Erziehung und durch die Calamitäten

*) „Das Leben des Johannes Falk." Agentur des Rauhen Hauses. 7½ Sgr.

**) Mit der Scheidung der §§. 39 u. 40 soll natürlich nicht gesagt sein, daß das in §. 40 Besprochene nicht für die gebildeteren Stände wäre; manches davon wird gegen seine ursprüngliche Bestimmung sogar nur von diesen gelesen.

der französischen Zeit eine ähnliche Gemüthsrichtung und -stimmung wie Seume erhalten, den er aber an poetischer Begabung weit übertrifft. Auch gelangte Immermann, der seit 1827 in Düsseldorf lebte, durch seine Stellung als Landgerichtsgerath zu äußerer Ruhe und durch seinen Umgang mit zum Theil ausgezeichneten Künstlern und Kunstfreunden zu einer gewissen inneren Zufriedenheit. Er starb zu Düsseldorf 1840.

Zwei Jahre vor seinem Tode erschien dasjenige von seinen zahlreichen und zum Theil bedeutenden Werken, das uns hier allein beschäftigen kann. „Münchhausen, eine Geschichte in Arabesken", 1838 u. ö. (wohlseile Ausgabe bei Hofmann u. Co. in Berlin, 1 Thlr. 6 Sgr.). Der Münchhausen ist seinem guten Kerne nach eine Dorfgeschichte wie Pestalozzi's Lienhard und Gertrud. Wie dieser Roman bietet der Münchhausen ein Stück echtdeutschen Bauernlebens mit seinem Adel und seiner Gemeinheit dar; aber aus einer andern deutschen Landschaft, aus Westfalen, dessen Eigenthümlichkeiten in Anschauung und Lebensweise zu beobachten, Immermann in seiner Stellung zu Düsseldorf reiche Gelegenheit fand. Und er muß diese Gelegenheit gut benutzt haben; denn die Darstellung der Sitten und Bräuche, der Wandlungen und Schicksale, der Verhältnisse und Situationen, so wie die Zeichnung der Charaktere, namentlich des Dorfschulzen und der Lisbeth, ist in einem Grade treu und wahr, wie ihn nur die fortgesetzte sinnige Beobachtung erreichen kann. Dabei liegt auf dem Ganzen ein so poetischer Duft, eine so idyllische Weichheit, ein so liebenswürdig humoristischer Anflug, daß die Lectüre der hier einschlagenden Stücke des Romans, obgleich dieselben das, was man Handlung nennt, eigentlich nicht haben, den reinsten Genuß gewährt. Man unterlasse, um sich diesen Genuß noch zu erhöhen, nicht, neben dem ehrenfesten Dorfschulzen Immermanns fort und fort den unmenschlichen Vogt Pestalozzi's, neben der echt jungfräulichen und bräutlichen Lisbeth die echt weibliche und hausmütterliche Gertrud, neben dem Diaconus den Pfarrer im Auge zu haben, und das Volksleben dort und hier mit einander zu vergleichen. — Nicht nach seinem ganzen Umfange gewährt der Münchhausen den nämlichen Genuß; er ist zu einem großen Theil eine Satire auf Verhältnisse und Personen, die uns nun schon entrückt sind, namentlich aber auf den Adel, dessen Repräsentant der Titelheld des Romans sein soll. Mag die

Satire im ganzen gelungen sein: die bloße Dorfschulzengeschichte wäre uns noch viel lieber*).

Ein Buch für das Volk ist der Münchhausen, wie schon aus dem Angegebenen hervorgeht, nicht; aber ein köstlicher Beitrag zur Kenntniß des Volkes. Dasselbe gilt von all den Dorfgeschichten, die in diesem Paragraphen noch genannt werden.

Pestalozzi hatte ländliches Leben in einfacher Entwickelung dargestellt; Immermann hatte seiner Darstellung künstlerische Vollendung zu geben gewußt: damit war der Poesie ein neues, sehr fruchtbares Gebiet erobert worden, auf dessen Bebauung sich, zumal da Immermanns Münchhausen mit großem Beifall aufgenommen wurde, sofort einige nicht unbedeutende, verschiedenen deutschen Landschaften angehörige Kräfte wandten. Es erschienen nach Art des Münchhausen zunächst Bilder aus dem elsässischen und böhmischen Volksleben, sodann (1843) der erste Band von Auerbachs „Schwarzwälder Dorfgeschichten."

Auerbach, ein Israelit, ist geboren 1812 zu Nordstetten bei Horb im würtembergischen Schwarzwalde. Er widmete sich auf der Universität zuerst juridischen, dann philosophischen und theologischen Studien, lebte aber später vorzugsweise seiner wissenschaftlichen und volksthümlichen Schriftstellerei, zu welcher letztern ihn neben seiner ausgezeichneten Begabung für die sinnige Erfassung und poetische Darstellung der Volkszustände das fortgesetzte Studium seines Landsmannes Hebel befähigt hat. Auerbach, in christlicher Umgebung aufgewachsen, an protestantischer Wissenschaft gebildet, mit Christen fortwährend verkehrend, ist einer von den Israeliten jetziger Zeit, die, zu stolz, durch die Taufe in die Thorheit des Evangeliums einzutreten, in ihrer mit den Segnungen des alles durchdringenden Sauerteigs zusammenhangenden Bildung einen Standpunkt über dem Christenthum gefunden zu haben glauben. Der politische Standpunkt Auerbachs charakterisirt sich als ein entschiedener, nicht immer gemäßigter Constitutionalismus, welcher, bei der richtigen Voraussetzung, daß Selbstverwaltung in Staats- und Gemeindewesen segensreicher ist, als die in Sitte, Brauch und locale Lebensbedingung rücksichtslos

*) Die bloße Dorfschulzengeschichte, „Der Oberhof", ist in einer Prachtausgabe mit 57 Illustrationen erschienen bei Hofmann u. Co. in Berlin, 1862, 4⅓ Thlr.

hineingreifende Gleichmacherei der „Herren von der Schreiberei" (man vergl. des Dorfschulzen Rede vor dem Richter im Münchhausen), wenigstens in den frühern Schriften gegen das Beamtenthum überhaupt mit unverständiger Feder bei jeder Gelegenheit sich richtet. Ich mußte meine Leser hierauf aufmerksam machen; einen Grund, ihnen, wie das wohl geschehen ist, von der Lectüre der Auerbachschen Dorfgeschichten abzurathen, finde ich nicht. Das ist die Hauptsache, daß in Bezug auf Gott und die Obrigkeit das Herz in Ordnung sei. Dies wird bewirkt allein durch das Wort Gottes. Wer nur durch Abschließung und Umzäunung vor dem Ueberschlagen bewahrt werden kann, der müßte in dieser Zeit des Schreibens, Lesens und Räsonnirens aus der Welt gehen. Da mein Rath überhaupt immer dahin geht, wenig, aber das Wenige als ein Ganzes und mit sinnendem Verweilen zu lesen, so empfehle ich auch nur den ersten Band der Auerbachschen Dorfgeschichten, als den, der nicht nur in der historischen Entwicklung des Dorfgeschichtenwesens die größte Bedeutung hat, sondern auch nach Inhalt und Darstellung der vorzüglichste ist. Schon dieser eine Band wird jeden Lehrer lehren, wie er für sein Theil „Sitte, Sage und Sang" des Volkes zu beachten und zu achten hat. Dies den Volksschriftstellern gezeigt zu haben, das ist das bleibendste Verdienst der Schwarzwälder Dorfgeschichten. Für das Dorf sind sie nicht.

Außer Auerbach haben sich auf dem Gebiet der Dorfgeschichte, soweit sie nämlich vorzugsweise darauf ausgeht, das volkskundliche und poetische Interesse solcher Leser zu befriedigen, die im Dorfe selbst mit ihren Anschauungen und Erfahrungen nicht aufgehen, noch ausgezeichnet: Lentner für Throl, Kinkel für das Ahrland, Schirges für Niederdeutschland, Pröhle für den Harz, Sigismund für die sächsische Lausitz, Brinkmann für Süddeutschland, Melchior Meyr für Nordschwaben, Clemens Steyrer für Südbaiern, in der neuesten Zeit besonders Silberstein für Oestreich.

Bei dem Vorwiegen des poetischen Interesses, das in allen diesen Dorfgeschichten sich bemerklich macht, darf es nicht auffallen, daß gewöhnlich vorzugsweise die Lichtseiten des Bauernstandes hervorgehoben werden. Was bei dem Meister Auerbach und bei dessen bedeutenderen Nachfolgern erträglich war, das ist bei den Nachtretern unerträglich geworden. Sie geberden sich, als ob Glaube, Tugend,

Sitte und Ehrlichkeit nur noch auf dem Lande zu finden wären, woran sie doch selbst nicht glauben. So ist denn endlich gegen die übliche Schönmalerei der Dorfgeschichtenschreiber durch Friedrich („Deutsches Leben") eine Gegenwirkung eingetreten. In Friedrichs Erzählungen ist der Bauerntrotz und Bauernstolz, die Proceßsucht und die rohe Lust der Bauern an Gewaltthätigkeiten treffend gezeichnet.

Ich brauche wohl kaum zu bemerken, daß ich die zuletzt genannten Schriftsteller nur deswegen angeführt habe, um dem Leser, der für seine Landschaft oder für die deutsche Volkskunde überhaupt ein lebendiges Interesse hat, Mittel an die Hand zu geben, dieses Interesse angenehm und mit Nutzen zu befriedigen. Der nächste Paragraph wird dazu noch weitere Veranlassung geben.

§. 40. Jeremias Gotthelf und die Erzählung für das Volk.

Auf dem von dem genialen Pestalozzi vorgezeichneten Wege wandelte, bei weitem mehr in dem Sinne des Meisters als Immermann und Zschokke, ein andrer Schweizer mit großem Segen weiter, der wackre Albert Jeremias Gotthelf Bitzius, der gewöhnlich mit seinem Schriftstellernamen **Jeremias Gotthelf** genannt wird. Pestalozzi hatte Lienhard und Gertrud in erster Linie als „ein Wort an das Herz der Armen und Verlassenen im Land" bezeichnet. Sein Absehen bei der Abfassung seines Buches ging dahin, „eine von der wahren Lage des Volkes und seinen natürlichen Verhältnissen ausgehende bessere Volksbildung zu bewirken." Ganz ähnlich J. Gotthelf; doch faßt er den Begriff der Volksbildung mehr als religiös sittliche Umwandlung und stellt entschiedener als Pestalozzi den Gedanken in den Vordergrund, daß man Gottes Glück und Segen, Gottes Geist und Gnade nöthig hat für Leib und Seele, im Leben und im Sterben, für Zeit und Ewigkeit.

Bitzius, der „Shakespeare des Berner Volkslebens", ist geboren 1797 zu Murten in der Schweiz und daselbst erwachsen unter der Einwirkung der majestätischen schweizerischen Natur, die dem Pfarrerskinde so laut predigte, wie die von dem Vater ihm geöffnete heilige Schrift. Später kam er mit seinem Vater nach Utzendorf, wo er in der mit der Pfarrei verbundenen bedeutenden Oekonomie unbewußt den Grund zu seinen Volksstudien legte. In Bern und Göttingen studirte Bitzius seit seinem 16. Lebensjahre Theologie und erhielt nach Beendigung seiner Studien, und nachdem er zwölf Jahre lang die Stelle eines Pfarrvicars verwaltet hatte, endlich das Predigtamt zu Lützelflühe bei Bern (1832). Im Jahr 1836, also schon vor Immermanns Münchhausen, erschien sein „Bauernspiegel, oder Geschichte des Jeremias Gotthelf", ein Buch, das, während es in Deutschland unbeachtet und einflußlos blieb, von den Schweizern mit dem größten Beifall aufgenommen wurde. Bitzius fand in Folge dessen in der daselbst eingeschlagenen Bahn die Richtung für seinen Schriftstellerberuf vorgezeichnet und behielt fortan auch den Namen, unter welchem jenes Buch bei den Schweizern umging, als seinen Schriftstellernamen bei. Der Bauernspiegel gehört nicht zu J. Gotthelfs besten Arbeiten, ist aber deshalb lesenswerth, weil er den Fortschritt kennzeichnet zwischen Pestalozzi und dem Goldmacherdorf Zschokke's einerseits und den spätern Schriften J. Gotthelfs andererseits. Die „Bilder und Sagen aus der Schweiz" und einige neue Erzählungen trugen in den folgenden Jahren J. Gotthelfs Ruf immer weiter; in Deutschland wurde er namentlich begründet durch die beiden Hauptschriften: „Uli der Knecht" (Berlin, Springer, wohlfeile Ausg. 15 Sgr.) und „Uli der Pächter" (ebendas. 20 Sgr.), die, ursprünglich zum Theil im Berner Dialect geschrieben, von dem Verfasser selbst in die hochdeutsche Schriftsprache übertragen wurden. Jenes Buch ist in der Schweiz in dem Maße verbreitet, wie in Schwaben die alemannischen Gedichte Hebels. Zu dem Besten rechnet man auch „Hans Joggeli" (Berl. Verlagshandl. 10 Sgr.). Meinen Lesern muß ich natürlich noch besonders „die Leiden und Freuden eines Schulmeisters" (ebendas. 1 Thlr. 2 Sgr.) empfehlen, nicht nur, weil dieses Buch sie einen Einblick thun läßt in die schweizerischen Lehrerverhältnisse, sondern noch mehr, weil es sie ihren Blick in den mancherlei Leiden und Freuden auch eines deutschen Lehrerlebens aufrichten lehrt zu Dem, von welchem allein Hilfe und Erquickung kommt.

Die vier zuletzt genannten Schriften möchten, abgesehen von dem mit ihrer Lectüre sonst noch verbundenen Erwerb für das gegenwärtige und zukünftige Leben, genügen, um J. Gotthelf nahezu vollständig kennen zu lernen. Er ist eine durch und durch kernhafte Natur, ausgestattet mit der schärfsten Beobachtungsgabe und mit dem Talent, das, was er im Natur- oder Menschenleben beobachtet hat, aufs treuste darzustellen. Seinen Darstellungen wird aber mit Recht der Vorwurf gemacht, daß sie zu treu sind. Der Bauer erscheint in ihnen in seinem ganzen Schmutz. Mag dies für den, der auf Volkskunde ausgeht, von Wichtigkeit sein, der Genuß an Gotthelfs Schriften wird dadurch in etwas beeinträchtigt, und dem Leser auf dem Lande kommt der Gedanke, wozu man doch dergleichen so genau aufschreibe. Störend ist in den Gotthelfschen Schriften auch die Breite der Darstellung, die man erst lieb gewinnen muß, um mit Behagen weiter lesen zu können. Gotthelfs Breite mag die Ursache davon sein, daß er beim deutschen Volke hinter andern Volksschriftstellern zurückstehen muß. Interessant ist ein Vergleich zwischen dem knappen, kunstvollen, still sinnenden Auerbach, dem Vertreter der Dorfgeschichte als eines poetischen Kunstwerkes, und dem gründlichen, eckigen, gehörig sich aussprechenden Gotthelf, dem Repräsentanten der Dorfgeschichte für das Volk.

J. Gotthelf ist gestorben 1854*). An ihn schließen wir die hauptsächlichsten von denjenigen Männern an, welche wie er gleichzeitig und nach ihm durch Erzählungen für das Volk demselben ans Herz zu kommen suchten. Der fruchtbarste ist W. O. von Horn.

W. O. von Horn führt diesen seinen Schriftstellernamen — er heißt eigentlich Wilhelm Oertel — von seinem Geburtsorte Horn im Hundsrück, wo er 1798 das Licht der Welt erblickte und einen Theil seiner Jugend verlebte, bis ihn die Versetzung seines Vaters in die herrlichen Rheingegenden nach Bacharach brachte. Nach Beendigung seiner Studien lebte er zunächst als Pfarrer zu Manubach im Hundsrück, sodann bis vor kurzem als Superintendent zu Sobernheim im Nahethale. Die bezeichneten Gegenden sind meist die Schauplätze seiner zahlreichen Erzählungen, die sich durch außerordentlich einfache Entwicklung, durch wahrste Schilderung der Natur, des häuslichen und Gemeindelebens, durch treffende Zeichnung der Personen und durch sinnig poetische und humoristisch gewürzte Darstellung auszeichnen.

*) Zu näherer Bekanntschaft mit ihm und seinen Schriften dienen: Manuel „Albert Bitzius, sein Leben und seine Schriften", Berl. Springer, 1⅓ Thlr. und A. v. Rütte, Erklärung der schwierigen dialectischen Ausdrücke in J. Gotthelfs gesammelten Schriften. Ebendas. 1858.

Horn gehört zu den am meisten gelesenen Volksschriftstellern. Seine „Spinnstube", ein seit 1846 erscheinendes Jahrbuch, in welchem er dem Volke kleine Erzählungen, Räthsel, Lieder, Auslegungen von Sprichwörtern („altes Gold") u. dergl. aus dem reichen Schatz seines Herzens mittheilt, ist für gar viele ein lieber und heilbringender, jährlich sich erneuender Aufenthaltsort geworden. Bei weitem weniger populär ist „die Maje" gehalten, eine ebenfalls periodisch erscheinende Schrift, die der Herausgeber als „ein Volksblatt für Alt und Jung" bezeichnet. Horns Erzählungen, die nun bereits mehr als 50 Bändchen anfüllen, sind begreiflicherweise nicht alle von gleicher Güte, und welcher Lehrer möchte die Zeit und Lust haben, sie sämmtlich zu lesen? Darum nenne ich hier nur die vorzüglichsten: „Lehrgeld oder Meister Conrads Erfahrungen" (Essen, Bädeker, 10 Sgr.) und „Friedel" (Darmst., Lange, 12 Sgr.), und empfehle neben diesen Erzählungen wegen seines practischen Werthes noch besonders den „Nothpfennig für jedermann" (Frankf., Heyder u. Z., 5 Sgr.), eine meisterhafte Bearbeitung deutscher Sprichwörter.

Otto Glaubrecht, dessen eigentlicher Name Rudolf Oeser, ist geboren 1807 zu Gießen, lebte seit 1835 als Pfarrer zu Lindheim in der Wetterau, die nebst dem südlichen Hessen der Schauplatz aller seiner Erzählungen ist, und starb daselbst 1859. Unter den Erzählungen gelten „Leiningen" (Frankf., Heyder u. Z., 10 Sgr.) und „Die Heimatlosen" (ebendas. 1 Thlr.) allgemein als die besten, der „Kalendermann vom Veitsberge" (ebendas. 12½ Sgr.) aber empfiehlt sich als eine nahetretende Schulmeistergeschichte allen Lehrern demnächst am meisten. Glaubrecht bildet mit seinen Dorfgeschichten insofern den Uebergang zu Auerbach, als er in denselben nach künstlerischer Vollendung strebt, die er auch, ohne jedoch dadurch dem Volk unverständlich zu werden, meist erreicht. Uebrigens steht er auf dem nämlichen Boden mit J. Gotthelf, von dem er sich, abgesehen von der Form, auch durch den entschiedeneren Hinweis auf das alleinige Heil in Christo unterscheidet*). Noch entschiedener darin ist

---

*) Mittheilungen über Leben, Wirken und Tod Oesers finden sich in dessen „Wassergericht."

Friedrich Ahlfeld, geboren 1810, früher Pastor zu Halle, dann an der St. Nicolaikirche zu Leipzig, schon oben als ausgezeichneter populärer Kanzelredner genannt, dessen „Erzählungen fürs Volk" (Halle, Fricke, 18 Sgr., auch in einzelnen Bändchen) uns meist in das Thal der Saale und Harzwipper versetzen, woselbst er seine Heimat hat (Mehringen bei Aschersleben). An Popularität möchte Ahlfeld von keinem der genannten Erzähler übertroffen werden; auf künstlerische Vollendung verzichtet er wie in seinen Predigten, so auch in seinen Erzählungen. Die gelungenste davon ist „Der Auszugsvater" (2 Sgr.).

Neben Ahlfeld gedenken wir eines andern sächsischen Geistlichen, **Aug. Wildenhahns**, der in seinen „Erzgebirgischen Dorfgeschichten" (Leipzig 1848 ff. 2 Bde. à 22½ Sgr.) vom christlichen Standpunkte aus ein Gegenstück zu den Auerbachschen Dorfgeschichten mit Erfolg geliefert hat. Noch bedeutender übrigens ist Wildenhahn als Repräsentant der populären Biographie geistlicher Männer („Spener", „Martin Luther", „Johann Arnd", „Paul Gerhard"), in der er bis jetzt unübertroffen dasteht. In dieser Beziehung also ist Wildenhahn besonders kennen zu lernen und gehörigen Orts schon erwähnt.

K. H. Caspari, Verfasser des bekannten köstlichen Buches „Geistliches und Weltliches zu einer volksthümlichen Auslegung des kleinen Katechismus Luthers", das als ein echtes Volksbuch vor allen ähnlichen Schriften sich auszeichnet, hat auch sonst namhafte Erzählungen geliefert, die in Rücksicht auf Popularität und kernigen Christenglauben den Erzählungen von Ahlfeld an die Seite zu stellen sind. Die beste ist: „Der Schulmeister und sein Sohn." Stuttgart, Steinkopf, 10 Sgr. Sein Heimatsland lehrt uns Caspari besonders kennen in den innigen „Alten Geschichten aus dem Spessart" (7½ Sgr.). Caspari ist 1815 zu Eschau in Unterfranken geboren, war sodann Pastor im Fränkischen und starb schon in seinem 46. Jahre (1861) als Pastor zu München.

Wilh. Redenbacher, geboren 1800, war früher Pfarrer zu Jochsberg bei Ansbach in Baiern, wo er in Folge seines furchtlosen Auftretens gegen die Anordnung, daß protestantische Soldaten vor der Hostie die Kniee beugen sollten, entsetzt wurde (1846). Einem Rufe nach Preußen folgend, war er sodann sechs Jahre lang Pfarrer zu

Sachsenburg in Thüringen, kehrte aber 1852 nach Baiern auf die Pfarrei Großhasbach bei Ansbach zurück. Er ist der Herausgeber der bis zu einer nicht geringen Anzahl von Bänden angewachsenen „Neuesten Volksbibliothek", an der außer ihm Karl Wild, Bomhard u. a. arbeiten. Von Redenbacher's Erzählungen empfehle ich meinen Lesern am meisten „die Salzburgerin" (9 Sgr.), eine volksmäßige Darstellung der Geschichte, die Göthe seinem Gedicht „Hermann und Dorothea" zu Grunde gelegt hat.

Außerdem mögen noch nebst ihren besten oder bekanntesten Erzählungen genannt werden: J. C. Biernatzki („Die Hallig" schon 1835 u. ö.); Steiger, Prof. in St. Gallen („Das Gutleutenhaus"); Tobler („Ferdinand Dulder"); Scheitlin, Prof. in St. Gallen, der geistvolle Verfasser einer „Thierseelenkunde" („Näbis Uli"); Nieritz („Jacob Sturm"); Franz Hoffmann („Kalendergeschichten"); Ferd. Schmidt („Kalendergeschichten"); Otto Ruppius („Schlamm und fester Boden"); Mücke („Hans Kohlhaas"); Karl Preusker, Rentamtmann in Großenhain („Sophienducaten"); H. Schwerdt, ein im Sinn und Geist Preusker's thätiger Pfarrer in Neukirchen bei Eisenach („Gemälde aus dem Thüringischen Volksleben"); Schönhuth, Pfarrer in Edelfingen an der Tauber („Wilhelm Tell"); Emil Otto, bis 1851 Pfarrer in Mühlburg in Baden („Unterhaltende Erzählungen für das Volk"); G. Hesekiel, der Sonntagsblattschreiber der N. Preuß. Zeitung („Das liebe Dorel"); G. Jahn, der „Schulze Gottlieb" des „Volksblattes für Stadt und Land", jetzt Hausvater an einer Rettungsanstalt in Züllchau („Flick- und Stückwerk"); Florus („Wahre Dorfgeschichten"); B. Lindner, des Amtes entsetzter Prof. der Theologie in Leipzig („Die Bettlerin"); R. Schneider („Meister Fröhlich"); Karl Wild, Pfarrer in Kirchheim im Ries („Der Schwurpaulus" u. v. a.); Heinr. Pröhle, Realschullehrer zu Berlin („Köhlermeister Hillebille"); Fr. Schwerin („Joachim Wernemann"); Thelemann („Erzählungen aus der Pfalz"); Zehender („Die Schatzgräber"); G. Rühl („Gülden Massow"); L. Kreutzer („Der Orgelpeter"); Hendrik Conscience, ein flämischer Kreiscommissar zu Kortryk („Flämische Geschichten", „Flämisches Stillleben"), der ein ganzes Heer von Volksschriftstellern in seiner Landschaft erweckt hat; Marie Nathusius

(„Elisabeth“*)); Katharina Diez („Kaiserin Adelheid“); Luise Pichler („Deutsche Treue“); endlich einige Katholiken: Overhage, Pfarrdechant zu Werne im Münsterlande („Münsterländische Kirchspiels- und Dorfgeschichten“); Pflanz, Realschullehrer in Rottweil („Wahre Volksgeschichten“) u. a.

In schönen Worten sagt Ph. Wackernagel in seiner Gedächtnißrede auf Uhland: „Wir sind nicht arm an Dichtern und auch Prosaikern, deren Absicht es ist, für das Volk zu schreiben, und die zu dem Ende einen Ton anstimmen, der sittlich roh und künstlerisch unschön ist. Dergleichen Volksmäßigkeit hat das Volk stets abgelehnt; auch in ihm wohnt das Bedürfniß, durch die Kunst (hier der Darstellung) gehoben zu werden, und jene Absicht, weil es sie merkt, verstimmt es.“ Möchten diese Worte nebst dem mancherlei Trefflichen, was Schiller in seiner Recension der Bürgerschen Gedichte dem Volksdichter sagt, unsern Volksschriftstellern stets vor Augen schweben! Denn es ist eine unbestrittene Thatsache, daß nicht nur viele, ohne dazu einen innerlichen Beruf zu haben, sich zu Volksschriftstellern machen; sondern auch, daß viele von denen, welche jenen Beruf haben, durch ihre Leichtfertigkeit sich desselben unwürdig zeigen. Die günstige Aufnahme vieler der oben angeführten Volksschriften von der Jetztzeit ist durchaus keine Bürgschaft für deren Werth; als wahrhaft classisch wird sich nur wenig erweisen.

§. 41. Gotthilf Heinrich von Schubert.

Vielleicht ist es dem einen oder dem andern Leser aufgefallen, daß im vorigen Paragraphen Schuberts nicht gedacht worden ist. Allein Schuberts Schriftstellerei ist nach Art und Umfang zu bedeutend, als daß sein Name dem Namen Jer. Gotthelfs untergeordnet werden könnte. Wir haben Schuberts schon an einigen Orten gedacht; möge hier ein kurzer Abriß seines entwicklungsreichen Lebens folgen. Uebrigens sei gleich hier bemerkt, daß Schuberts populäre Schriften nach Inhalt und Form auf der Grenze unseres Gebiets stehen. Nur wenige auserlesene Leute aus dem Volk vermögen ihm zu folgen;

*) Eine Schrift für das Volk ist „Elisabeth“ freilich nicht; als solche möchten eher gelten derselben Verfasserin „Dorf- und Stadtgeschichten.“

in dem tiefen Grunde seines Geistes konnte der seiner Mittel sich bewußte Vorsatz: du willst populär und interessant schreiben — nicht aufkommen, und den Kreisen des Volks war er übrigens schon seit seinen Gymnasiastenjahren entrückt.

Gotthilf Heinrich Schubert, eines Predigers Sohn, ist geboren 1780 zu Hohenstein im sächsischen Erzgebirge, von acht Kindern das jüngste. Schon in dem Knaben zeigten sich die Eigenschaften des Mannes aufs entschiedenste: Sinn für die Naturwissenschaften, Ahnung des in der Natur allwaltenden Gottes, Neigung zur Schriftstellerei. Seine Schulbildung erhielt er zu Greiz im Voigtlande und zu Weimar, wo namentlich Herders gewaltige Rede Geist und Herz des Jünglings ergriff. Nachdem er sich seit 1799 in Leipzig ein Jahr lang dem Studium der Theologie gewidmet hatte, wandte er sich, weil die damalige wissenschaftliche Theologie derjenigen Frische ermangelte, die seinen regen Geist allein hätte fesseln können, zur Medicin und setzte dieses Studium seit 1801 in Jena fort. Die Kunde von den bis dahin nicht geahnten, durch A. v. Humboldt im tropischen Amerika gemachten Entdeckungen erweckten in Schubert, noch ehe er sein medicinisches Studium beendet hatte, die Sehnsucht in die Ferne. Schon war der Plan, als Hausarzt und Hofmeister einer vornehmen Familie nach Afrika zu gehen, seiner Ausführung nahe: da fesselte ihn die Liebe zu seiner nachherigen Gattin Henriette an den heimatlichen Boden. Er beeilte sich, die medicinische Doctorwürde zu erlangen und ließ sich alsbald in Altenburg als practischer Arzt nieder. Hier machte er wohl einige glückliche Kuren; aber die Armen, deren Häuser dem jungen Arzte fast allein offen standen, konnten ihm nur mit ihren Thränen und Gebeten danken. Schlimmer war dies: Sein Leben war, wie er selbst schreibt, „ohne Gebet, ohne Gott, ohne ernste Gedanken der Ewigkeit.“ Seinen Lebensunterhalt mußte sich Schubert meist durch schriftstellerische Thätigkeit verdienen. Dabei wurde in ihm das Verlangen rege, seine wissenschaftliche Erkenntniß noch mehr zu vertiefen. Er verließ Altenburg (1805) und ging auf die Bergakademie nach Freiberg, um die Bergwissenschaft zu studiren. In Freiberg lehrte damals Abraham Gottlob Werner, der berühmteste Mineralog seiner Zeit, der Schöpfer der wissenschaftlichen Geognosie, ein Mann, welcher weniger durch Schriften als durch seine Lehrvorträge der neuen

Wissenschaft Jünger erweckte. Unter diesen ist neben A. v. Humboldt, Leopold v. Buch und Chr. Samuel Weiß unser Schubert der bekannteste. Um seine Bildung zu vollenden, ging Schubert endlich noch nach Dresden, dessen litterarische und Kunstschätze damals schon manche andre tüchtige Kraft angezogen hatten. Hier begründete er seinen Ruf als Schriftsteller durch die Herausgabe von Vorlesungen, die er vorher öffentlich gehalten hatte: „Ansichten von der Nachtseite der Naturwissenschaften." Noch war er ohne eine bestimmte Ansicht über seinen Lebensberuf. „Errette Du mich," betete er zu Gott, „aus dem Gewirre und aus dem Dunkel, darein der Weg meines Lebens gerathen ist, und daraus ich keinen Ausweg weiß." Da erhielt er einen Ruf als Director des neu zu errichtenden Realinstituts in Nürnberg, und die freudige Annahme dieses Rufes war entscheidend für die künftige Thätigkeit Schuberts als Lehrer. Außerdem war der siebenjährige Aufenthalt in Nürnberg (1809—1816) von höchster Wichtigkeit für die Ausgestaltung des innern Menschen unsres Schubert. In Nürnberg nämlich wirkte damals der freiforschende Philosoph Hegel als Director des Gymnasiums, es lebten daselbst einige bedeutende Theologen, Schubert verlor in Nürnberg seine erste Gattin durch den Tod und ging im Jahre darauf eine neue Ehe mit Julie, geb. Mühlmann ein. Den folgenreichsten Einfluß auf ihn scheint aber der Umgang mit einem Nürnberger Mystiker, dem Rosenbäcker Burger, gehabt zu haben; denn fortan erscheint Schuberts geistiges Wesen in der Richtung dieses merkwürdigen Mannes bestimmt. Das erste sprechende Zeugniß davon ist der 1. Band des Werkes „Altes und Neues", welcher 1816 erschien und von Ludwigslust aus bevorwortet ist. Dahin war Schubert durch die Erbgroßherzogin von Mecklenburg-Schwerin zur Erziehung der fürstlichen Kinder gerufen worden; und er betrachtete diese Stellung als Durchgang zu der Aufgabe, die er sich für sein künftiges Leben gestellt hatte: seine Sehnsucht ging dahin, Director an einem Volksschullehrerseminar zu werden. Ob das Volksschulwesen es zu beklagen hat, daß er das nicht geworden ist, muß dahingestellt bleiben; wichtig für uns ist der Aufenthalt Schuberts in Ludwigslust deshalb, weil er daselbst sein Erzählertalent zu der herrlichen Ausbildung brachte, die ihn zum Volks- und Jugendschriftsteller gemacht hat. Für Schubert war der Aufenthalt in Ludwigslust eine Zeit zum

Theil sehr bitterer Erfahrungen. Zwar hingen seine Zöglinge, unter denen die Prinzessin Helene, die nachmalige unglückliche Herzogin von Orleans, war, an ihm mit großer Liebe; auch war er bei Hofe sehr geachtet. Aber der nüchterne norddeutsche Rationalismus Mecklenburgs war dem Schüler Burgers an sich ein schwer zu tragendes Leid, und mancherlei Anfeindungen machten ihm das Stücklein Weges in Ludwigslust „blutsauer und bitter langweilig." Er blieb nur drei Jahre und ging dann, nach einem ihn erquickenden Besuch bei Fr. Perthes in Hamburg, bei Rebekka Claudius in Wandsbeck und bei Joh. Geibel (dem Vater des Dichters) in Lübeck, nach Erlangen als Professor der Naturwissenschaften (1818).

Jetzt beginnt die ruhigere Periode des Lebens Schuberts, die Periode des Wirkens als Lehrer und Schriftsteller. Ich nenne von seinen Werken nur die für uns wichtigsten: das bekannte „Lehrbuch der Naturgeschichte" (19. Aufl. 1859), das „Wanderbüchlein eines reisenden Gelehrten", den „neuen Robinson", den „Spiegel der Natur", „Fritz Oberlin", die „Erzählungen" und die „Geschichte der Seele", Schuberts wissenschaftliches Hauptwerk.

Schuberts Wirksamkeit in Erlangen dauerte acht Jahre. 1827 folgte er einem Rufe an die neu errichtete Universität München, wo er bis zu seiner Versetzung in den Ruhestand (1852) in gesteigerter Thätigkeit mit großem Segen arbeitete.

Seinen Lebensabend verwendete Schubert zu einer von Berufsgeschäften und Menschenverkehr ungestörten Einkehr in sich selbst. Die Frucht davon erschien 1854—1856 als „der Erwerb aus einem vergangenen und die Erwartungen von einem zukünftigen Leben" 3 Bde. 1858 traf ihn noch der Schmerz, den Heimgang der Herzogin Helene von Orleans betrauern zu müssen, der er in einem besondern Werke („Erinnerungen") ein bleibendes Denkmal gestiftet hat. 1860 ist er selbst gestorben.

Schuberts Wirksamkeit ist eine äußerst begnadigte gewesen. In Nord- und Süddeutschland, in der Schule und in der Kirche, unter den Angehörigen und Fernstehenden, unter den Männern der Wissenschaft und im Volke, bei alt und jung zeigen sich die Spuren seines segensreichen Strebens. Sein Hauptverdienst möchte dies sein, daß er durch seine Schriften und Schüler an einem festen Damm gegen die einbrechenden Fluthen des Materialismus hat bauen helfen. Möge der christliche Geist seiner Wissenschaft, der milde Hauch seines Lebens zur Reinigung unserer geistigen Atmosphäre noch lange wehen!

§. 42. Das Volksthümliche auf dem naturwissenschaftlichen Gebiete.

Es ist hier ein passender Ort, über das Volksthümliche auf dem naturwissenschaftlichen Gebiet zu sprechen. Denn wenn auch Schubert, von dem wir eben geschieden sind, als Repräsentant dieser Richtung nicht gelten kann, so nimmt er doch eine der ersten Stellen ein. Als Repräsentant muß, worauf gehörigen Orts schon hingewiesen worden ist, unstreitig Hebel gelten. Es ist wunderbar, mit wie einfachen Worten Hebel die schwierigsten Dinge darzustellen weiß! Ich erinnere nur an seine Darstellungen über das Weltgebäude. Hebel gibt außer der Form zugleich den Geist an, in welchem naturwissenschaftliche Dinge dem Volke dargeboten werden müssen. Da ist nichts von der albernen Salbaderei, die die Weisheit des Schöpfers preist, weil er die Düna so nahe an Riga gelegt hat*), oder weil die Löcher im Fell der Katze just gerade da sind, wo die Augen sitzen; nichts von der verkehrten Sinnigkeit, die das niedre Geschöpf in eine Reihe mit dem Herrn der Schöpfung, dem Menschen, stellt; nichts von der politischen Kannegießerei, mit welcher einige Populärmacher der neuern Zeit der Menge beizukommen suchen; nichts endlich von dem frivolen Pantheismus und Materialismus, der gerade die naturwissenschaftlichen Gebiete als seine Domänen für freies Schalten und Walten in Kopf und Herz des Volkes ansieht. Wenn „der Hausfreund" den Sternenhimmel betrachtet, so wird ihm zu Muth, als wenn er in die göttliche Vorsehung hineinschaute und jeder Stern verwandelte sich in ein Sprüchlein. „Der erste sagt: Deine Jahre währen für und für, du hast vorhin die Erde gegründet, und die Himmel sind deiner Hände Werk. Der zweite sagt: Bin ich nicht ein Gott, der nahe ist, spricht der Herr, und nicht ein Gott, der ferne sei? Meinest du, daß sich

*) Ein rigaisches Sprichwort heißt:
„Die Rigenser thun ihren Herrgott loben,
Weil er die Düna so nahe an Riga geschoben."

jemand so heimlich verbergen könne, daß ich ihn nicht sehe? Der dritte sagt: Herr, du erforschest mich und kennest mich, und siehest alle meine Wege. Der vierte sagt: Was ist der Mensch, daß du sein gedenkest, und Adams Kind, daß du dich seiner annimmst? Der fünfte sagt: Und ob auch eine Mutter ihres Kindes vergäße, so will ich doch deiner nicht vergessen, spricht der Herr." — Das sagen dem Hausfreund auch alle andern Naturdinge, die er in den Kreis seiner Betrachtungen zieht; und das allein ist der Geist, von dem naturwissenschaftliche Darstellungen für das Volk getragen werden müssen. Dieser Geist kann sich steigern bis zu der Anschauungsweise eines Schubert, der auf jeder Seite des großen Buches der Natur liest: „Es ist ein Christus, eine ewige erbarmende Liebe, die ihre Menschen erlöst aus den Banden eines ewigen Bösen, in denen seufzen alle Creaturen dieser armen Natur, die nur ein Schattenbild ist jener Natur, die einst war und jener neuen Erde, auf die wir warten!" Wer in dem Geiste eines Hebel, eines Schubert nicht schreiben kann, der sollte die Feder bei Seite legen oder sich streng und allein an die Sache halten.

Der Drang und das Bedürfniß nach naturwissenschaftlicher Erkenntniß hat sich in der neuern Zeit bis in die bildungsärmsten Schichten des Volks verbreitet. Man muß ihm entgegen kommen, aber Drang und Bedürfniß nicht überschätzen. Die Freude, die den Naturforscher bei der Betrachtung des Kleinen und Fernen, bei der Entdeckung des bis dahin nie Geahnten, bei der Aufstellung neuer, bestechender Hypothesen ergreift, läßt sich bei dem Manne aus dem Volke nie voraussetzen oder erwecken. Daher ist es z. B. eine Thorheit, den gemeinen Mann in die Wunder des Mikroskops und Teleskops einführen zu wollen, ihn, der vielleicht nie ein derartiges Instrument zu sehen bekommt; und es ist Vermessenheit, ihn mit einer der unsichern Theorien über Erdbildung zu behelligen, wenn diese Theorie sich in Widerspruch stellt mit dem Schöpfungsbericht der heiligen Schrift. Der Umfang dessen, was dem Volk in leiblicher wie geistiger Beziehung zu größtem Nutz und Frommen dargeboten werden kann, ist, da ihm keins von den zahlreichen Gebieten der Naturwissenschaften geradezu verschlossen ist, so groß, daß man in der That die Eilfertigkeit nicht begreift, mit welcher man dem

Volke die angeblich vielen Millionen Jahre der Steinkohlenbildung, das Verhältniß von Stoff und Kraft und dergleichen Dinge einzutränken sucht, und das, was wahrhaft noth thut, dahinten läßt. Eine Auswahl, resp. Umarbeitung des Besten, was Hebel, Schubert, Lenz, Rebau, Baumann, Fischer, Bernstein, Kobell, Brehm, Reichenbach, Hartmann, Bock, Roßmäsler, Gloger, K. Müller, Littrow, H. Conscience und einige andre Deutsche und Ausländer (Lyell, Beudant, Johnston, Berlin) geliefert haben, könnte ein vortreffliches naturwissenschaftliches Volksbuch geben.

Ein durch Uebersetzung auch den Deutschen zugänglich gemachtes recht gutes Volksbuch ist „Die Natur, eine Lesebuch für Schule und Haus", nach dem Schwedischen des Prof. Dr. Berlin in Lund frei bearbeitet von Tutschek, mit 175 Holzschn. München 1861 ö. 1 Thlr. Es möchte diesem Buche vor der Hand kein andres an die Seite gestellt werden können; in Schweden ist es als Lesebuch in den Volksschulen eingeführt. — Oefter übersetzt sind auch die in England weit verbreiteten Bridgewaterbücher, ein ausführliches Werk über die Macht, Weisheit und Güte Gottes, wie sie sich in der Natur offenbaren. Diese Bücher, eine große Anzahl von Monographien verschiedener Verfasser, haben ihren Namen nach dem engl. Grafen F. H. v. Bridgewater, der zur Abfassung 8000 Pf. St. testamentarisch zur Verfügung stellte. Aus der Stuttgarter Ausgabe („Wochenbände für das geistige und materielle Wohl des deutschen Volkes" 1850 ff.) erhält man die einzelnen Nummern für 1 Sgr.

§. 43. Gemeinnützlich und gemeinschädlich, lächerlich und sündlich.

„Dies ganze Buch ist mit Bedacht
Für Jung' und Alte so gemacht,
Daß, wer es liest und darnach thut,
Verstand, Gesundheit, guten Muth
Erhält, auch wohl ein reicher Mann
Nach dessen Vorschrift werden kann.
Zur Lust für Kind und Kindeskind
Viel schöne Bilder drinnen sind.
Wohlfeilen Preises ist es auch:
Deshalben kauf es und gebrauch
Es fleißiglich in Fried und Ruh,
Gott gebe das Gedeihn dazu!"

Diese schlichten Knittelverse, das Motto zu Zacharias Beckers „Noth- und Hilfsbüchlein", lassen uns den historischen Begriff des **Gemeinnützlichen** erkennen, wie er sich seit Basedow und namentlich durch Rochow in Deutschland festgestellt hat. Basedow hatte in Unkenntniß der formalen und sittlichen Bedeutung des Sprachstudiums, mehr noch im Gegensatz gegen die traurige Methode des Sprachunterrichts seiner Zeit, das Sprachstudium zu einem Mittel des Sachunterrichts herabgesetzt. An Stelle der „unnützigen Wörterkenntniß", wie er sich ausdrückte, forderte er „gemeinnützige Erkenntniß"*). Doch hatte er bei seinen Bestrebungen nur „die gesitteten Stände, von dem Prinzen an bis an die Kinder der Handelsleute oder angesehenen Künstler" im Auge. Anders und von andern Ausgangspunkten aus, aber mit demselben Ziel — man nannte es Erziehung zur Humanität — der Herr von Rochow. Erfüllt mit Liebe zu seinen Untergebnen, und begabt mit scharfem Verstande, hatte dieser treffliche Mann, ein lebenslänglicher Freund Gellerts, auf seinen Gütern in der Mark Brandenburg die Einsicht gewonnen, daß der Landmann durch seine Unwissenheit und Roheit und durch seinen Aberglauben in seiner unbeneidenswerthen Lage festgebannt bleibe; durch Aufklärung über die ihn angehenden Gegenstände aus der Natur, Geschichte, Geographie, Menschen- und Gesundheitslehre, Landbau- und Gewerbskunde ꝛc. müsse er zur thätigen Theilnahme an der Aufbesserung seiner Lage erzogen werden. Basedows und Rochows Ideen über Erziehung fanden, da sie im besten Einklang mit der ganzen Richtung der Zeit standen**), den weitesten Eingang bei den Zeitgenossen; und auf diesem Boden entstand in den achtziger Jahren des vorigen Jahrhunderts das Volksbuch, mit dem wir es hier zunächst zu thun haben: „Das Noth- und Hilfsbüchlein oder lehrreiche Freuden- und Trauergeschichte des

---

*) Wie weit die Philanthropisten in der Schätzung des Gemeinnützlichen gingen, sieht man daraus, daß Campe den Erfinder des Spinnrads höher stellte als den Dichter der Ilias und Odyssee, und daß er die Poesie als eine nichtsnutzige Kunst betrachtete.

**) Es ist die Zeit, da Fürst, Gutsherr, Stadtrath ꝛc. dem Wohl des Volks durch eine große Anzahl äußerlicher Einrichtungen, Waisen-, Kranken-, Gebärhäuser, medicinischer Anstalten, Straßenbeleuchtung und dergleichen aufzuhelfen suchten.

Dorfes Mildheim"*). Der Inhalt dieses Buches, der übrigens aus dem oben angeführten Motto zu erkennen ist, ist in drei Theile gebracht: Wie Bauersleute vergnügt leben können — Wie Bauersleute mit Ehren reich werden können — Wie man sich in allerhand Nothfällen des Lebens helfen kann. Im 1. Theil finden sich Abschnitte vom Brotbacken, vom Bierbrauen, vom Brenn- und Speiseöl, von der Kleidung, Wohnung und von dergleichen äußerlichen Bedingungen eines glücklichen Lebens, auch ein Abschnitt von der Ehre und einer von der Gemüthsruhe und dem Gewissen. Der zweite Abschnitt entfaltet seinen Inhalt an der Geschichte eines „Wilhelm Denker", der dritte enthält das Nothwendigste über Krankheiten, Rettung Verunglückter, Giftpflanzen, giftige und schädliche Thiere, Feuersgefahr ꝛc. Das Ganze ist ohne Kunst an eine „Geschichte des Dorfes Mildheim" angeschlossen. Das Noth- und Hilfsbüchlein ist in mehr als einer Million Exemplaren verbreitet; noch jetzt erscheint es meines Wissens in neuen Ausgaben; noch jetzt gewährt es dem Bauer und Bürger eine angenehme und belehrende Unterhaltung. Unterdes ist in der deutschen Litteratur sein Inhalt in ähnlichen Schriften dargelegt worden (Scheitlin, „Pankraz Tobler oder über Leben, Gesundheit, Krankheit, Alter und Sterben"; „Vierzig Jahre oder Gemeinnütziges vom Dorfe", Langensalza 1859, 6 Sgr.; ferner Hermann Jäger, „Angelroder Dorfgeschichten", Weimar 1856), auch in unzählige einzelne Schriften aus einander gegangen**), von denen keine in der Weise und in dem Grade Volksbuch geworden ist, noch werden kann***).

*) Der Verfasser, Rud. Zach. Becker, ist 1752 zu Erfurt geboren. Nachdem er Theologie studirt hatte, wurde er Hauslehrer in seiner Vaterstadt und 1782 Lehrer an der Basedowschen Erziehungsanstalt in Dessau. Seit 1784 war er in Gotha als Zeitungsschreiber, seit 1797 auch als Buchhändler thätig. 1811 bis 1813 saß er auf Napoleons Befehl auf der Festung zu Magdeburg. Er starb 1822. — Was Beckers Noth- und Hilfsbüchlein für das Volk, das war in derselben Zeit Junkers „Handbuch der gemeinnützigsten Kenntnisse" für die Volksschule. Dies Buch erschien seit 1787 in vielen Auflagen.

**) Einen besonders beachtenswerthen Zweig der gemeinnützigen Litteratur bilden die Mäßigkeitsschriften; darunter versteht man solche Schriften, die besonders gegen den Genuß des Branntweins gerichtet sind. Ihre Zahl ist Legion, ihr Werth ein sehr verschiedener; die verbreitetste ist: Böttchers „Hauskreuz" (3 Sgr. 9 Pf.), das in ungefähr vierzig Auflagen erschienen ist.

***) Eine musikalische Ergänzung des Noth- und Hilfsbüchleins ist das 1799 u. d.

In demselben Geiste wie Z. Becker arbeitete um die nämliche Zeit besonders noch J. A. Ephraim Göze, der jüngere Bruder des durch seine Kämpfe mit Lessing berühmt gewordenen Hamburger Hauptpastors Göze, ein mit naturwissenschaftlichen Kenntnissen gut ausgerüsteter Mann, der namentlich darauf hinarbeitete, Aberglauben und Vorurtheil im Reiche der Natur zu vernichten.

Es möge hier noch eines Amerikaners gedacht werden, dessen ganzes Leben in aufopferndster Weise dem gemeinen Nutzen gewidmet war, Benjamin Franklins; denn die Schriften dieses trefflichen Mannes sind auch in Deutschland weit verbreitet. „In seinen Schriften wie in seiner pennsylvanischen Zeitung und in dem Almanach, den er jährlich herausgab, lebte und webte ein Geist der Einsicht und der Liebe zum Vaterlande und zu seinem Volke, der überall Eingang zu dem Verstand und dem Herzen der Menschen fand. In solchen Büchern, wie seine „Sprichwörter des guten Heinrich", ist ein Ton getroffen, welcher allen, den Vornehmen wie den Geringen, den Bürgern wie den Bauern wohlthat; allenthalben wußte er den Antrieb zum geistigen Erkennen und zur Veredlung des Herzens zu wecken und Mittel zu erfinden oder nachzuweisen, welche den Mängeln und Beschwerden des menschlichen Lebens abhelfen und das äußere wie innere Wohlbefinden des Volkes fördern konnten." (Schubert.) — Franklin, der Sohn eines Seifensieders, war geboren 1706 zu Boston. Sein bewegtes, thatenreiches Leben, das er zum Theil selbst beschrieben, ist ein Stück der Geschichte der nordamerikanischen Freistaaten; auch um die Naturwissenschaften hat er bedeutende Verdienste. Kurz vor seinem Hingange stiftete er noch einen Verein zur Abschaffung der Sclaverei und vermachte den größten Theil seines Vermögens verschiedenen wohlthätigen Stiftungen. Er starb 1790.

Ein großer Theil des Gemeinnützlichen findet in den naturwissenschaftlichen Volksbüchern seine Behandlung, ein großer Theil wird dem Bürger und Bauer täglich, wöchentlich, jährlich in Zeitung,

erschienene „Mildheimische Liederbuch von 518 lustigen und ernsthaften Gesängen über alle Dinge in der Welt und alle Umstände des menschlichen Lebens, die man besingen kann; gesammelt für Freunde erlaubter Fröhlichkeit und echter Tugend, die den Kopf nicht hängt" von R. Z. Becker. Dieses Liederbuch versucht in derselben mechanischen Weise die Beglückung des Landmanns und Bürgers, wie das Noth- und Hilfsbüchlein; zurückgedrängt ist es erst durch Finks „musikalischen Hausschatz", der wenigstens in musikalischer Beziehung als eine neue Gestaltung desselben erscheint (S. 89).

Wochenblatt und Kalender dargeboten; leider zugleich auch ein großer Theil des Gemeinschädlichen.

Zu dem **Gemeinschädlichen** gehört in erster Linie der größte Theil der von dem Landmann sogenannten „Doctorbücher", die, meist von Medicinalpfuschern ausgegangen, den Landmann und Bürger, den Landschullehrer und Landprediger zur Medicinalpfuscherei verleiten. Allopathie, Homöopathie, Hydropathie und alle die übrigen Heilmethoden, deren Zahl mit jedem Jahre wächst, haben auf diesem Gebiet der Litteratur ihre Vertreter. Es mag mancher Prediger oder Lehrer eine „glückliche Kur" gemacht haben; im ganzen aber ist der Nutzen, den sie bei Menschen oder Vieh gestiftet haben mögen, als nichts zu achten gegen den Schaden, auch gegen den Schaden, den sie zugleich an ihrem Amt genommen haben. Man wolle doch ein rechtschaffenes medicinisches Studium nicht unterschätzen! Eine vernünftige Gesundheitspflege ist mit wenigen Ausnahmen alles, wofür Lehrer und Prediger zu wirken, dessen der Bürger und Bauer sich zu befleißigen haben. Ehe wir das erreichen, scheint noch lange hin zu sein, und es verdient daher das classische, in diesem Sinn von Ch. W. Hufeland geschriebene Buch: „Makrobiotik oder die Kunst, das menschliche Leben zu verlängern" noch heute die wärmste Empfehlung*). — Schädlicher noch als jene Bücher, die gewöhnlich Abklatsche wissenschaftlicher medicinischer Werke sind, wirken zahlreiche den Aberglauben nährende Schriften, wie „des alten Schäfers Thomas Geheim- und Sympathiemittel" u. dergl., denn hier handelt es sich um Schaden der Seele. — Zu dem Gemeinschädlichen gehört das Meiste von dem, was sich als das „Ganze" oder „Neueste" der Landbaukunde, der Seifensiederei, des Schuhmacherhandwerks u. dergl. ankündigt. Daß dem Bauer und Bürger durch die vielversprechenden Titel das Geld aus der Tasche gelockt wird, will nichts sagen, wenn man bedenkt, wie nachtheilig der durch solche Bücher erzeugte und genährte Gedanke wirken muß, man könne durch Lesen ein guter Landwirth, Seifensieder oder Schuhmacher

*) Die Opferfreudigkeit eines edlen Menschenfreundes, der im Jahre 1862 einen Preis von 100 Friedrichsd'or für die beste populäre Schrift über Gesundheitspflege ausschreiben ließ, ist leider nicht von dem erwarteten Erfolg gekrönt worden. Doch werden zwei von den zahlreich eingesandten Manuscripten, das eine von Schraube, das andre von Friedrich, zum Druck kommen.

werden. Zu dem Gemeinschädlichen gehört endlich das, was „Galanthomme oder der Gesellschafter, wie er sein soll" heißt, was die Kunst glücklich zu spielen lehrt, was in 24 Stunden oder in 14 Tagen einen guten Schreiber oder sichern Orthographen oder gar einen kleinen Franzosen fertig macht, und manches andre.

Damit sind wir schon in das Gebiet des **Lächerlichen** getreten, zu dessen Vergrößerung auch gelehrte Leute, namentlich aber Verleger beitragen. Denn was soll das heißen, wenn eine neue Auflage der „Geschichte der Schöpfung" von Burmeister als „Volksausgabe" bezeichnet wird, oder wenn Hogarths klassische Bilder mit den Erklärungen von Lichtenberg als „ein Volksbuch im vollsten Sinne" angekündigt werden, oder wenn Macaulays „Geschichte von England" zu einem billigen Preise erscheint, „damit diese Ausgabe in alle Klassen des Volks eindringe"? Freilich giebt es Bücher, die in alle Klassen des Volks eingedrungen sind, aber diese haben zunächst nicht einen billigen Preis, sondern die Fassungskraft des Volks in dem öfter von uns bezeichneten Sinne zur Voraussetzung. Harmloser ist ein „illustrirtes Schusterbüchlein", ein „unfehlbarer Rattenvertilger", ein „kleiner Wanzentödter", ein „Heirathskatechismus" und dergl. Mit gerechtem Zorn aber muß jeder erfüllt werden, wenn er vernimmt, daß David Strauß sein „Leben Jesu" in einer „ausdrücklich für das Volk geschriebenen Bearbeitung" demselben jetzt für drei Thaler anbietet.

Reich, überreich ist auch die deutsche Litteratur an Producten, deren Signatur **Sünde** ist. Die Unzahl französischer und deutscher Romane, Ritter- und Räubergeschichten*), Mord- und Liebesgeschichten, Abenteuer-, Verbrecher- und Soldatengeschichten, wie sie die Leihbibliotheken der Städte füllen, ist sie nicht gezeugt von einer überreizten Phantasie, von einer erwerbungssüchtigen Speculation oder gar von dem bewußten Vorsatz, des Volkes edelste Güter zu vernichten? Die Zeitungen und Witzblätter, mögen sie auf der Rechten oder auf der Linken stehen, welches unheilige Spiel treiben sie häufig in Wort und Bild mit der Wahrheit, wie buhlen sie um

*) Die berühmteste Räubergeschichte, Rinaldo Rinaldini, die noch heute in allen Schichten der Nation mit wahrer Gier verschlungen wird, hat den Schwager Göthe's, Vulpius, zum Verfasser.

den Beifall der Menge, wie reizen sie an zur Verachtung andrer! Einige naturwissenschaftliche Volksblätter und Kalender, wie laut predigen sie den Materialismus und Abfall von dem lebendigen Gott! Wir müssen, weil wir vorzugsweise an das Gute zu erinnern uns vorgenommen haben, eines nähern Eingehens auf das Einzelne uns enthalten. Ich verweise daher zum Schluß auf zwei Schriften, die mancherlei Belehrung und Anregung enthalten: F. Schaubach, „Zur Charakteristik der heutigen (verderblichen) Volkslitteratur" (Hamburg 1863, 18 Sgr.) und Oldenberg, „Ein Streifzug in die Bilderwelt" (ebendas. 1859, 6 Sgr.).

Wohl möchte einem angst werden, wenn man diese Masse des Schädlichen und Sündlichen überschaut. Und doch nicht; denn ein einziges Volksbuch, die Bibel, ist, recht genützt, im Stande, jenes Heer verderblicher Producte in seinen Wirkungen zu vernichten.

§. 44. Die Bibel als Volksbuch.

Die Bibel, das „Buch der Bücher", ist als solches auch das Buch der Volksbücher, ein Volksbuch im weitesten und tiefsten Sinne des Worts, das Volksbuch. Wenn die Bibel ihre Machtfülle allein an dem ganz offenbaren kann, der mit der Lebensfrage in sie hineintritt: was muß ich thun, daß ich selig werde? wenn sie allein diesem in allen Lagen des Lebens Trost, in allen Wechselfällen Halt, in allen Anfechtungen Stärke giebt; wenn sie allein diesem zu jedem einzelnen der von dem Apostel genannten Stücke, zur Lehre, zur Strafe, zur Besserung, zur Züchtigung in der Gerechtigkeit nütze ist: so ist doch kein Reicher oder Armer, kein Hoher oder Niedriger, kein Gelehrter oder Ungelehrter, der, falls nicht jegliche Fähigkeit für Aufnahme geistiger Dinge in ihm erstickt ist, von dem erfrischenden Wesen der heiligen Schrift nicht aufs wohlthätigste erquickt würde. Das kann man von keinem andern Religionsbuche der Welt sagen; nicht von dem Koran der Türken, nicht von dem Talmud der Juden, nicht von den Vedas der Inder, nicht von dem Yking der Chinesen. Daher die in der Sache übereinstimmenden Urtheile von Männern der verschiedensten Geistesrichtungen. Augustin schreibt: „Gottes Wort ist ein Wasser, in welchem das Lamm watet, der Elephant aber schwimmen muß." Der „Königsberger Weise" Kant schreibt an den französischen Abbé Sieyes zu Paris: „Die Bibel ist mein edelster Schatz, ohne welchen ich elend wäre. Zuverlässige Regeln, wie Menschen und ganze Staaten zu aller möglichen Glückseligkeit gelangen können, sind nur in der Bibel zu finden." Hamanns Worte s. oben S. 105. Göthe sagt an einer Stelle seiner Werke: „Jene große Verehrung, welche der Bibel von vielen Völkern und Geschlechtern der Erde gewidmet worden, verdankt sie ihrem innern Werthe. Sie ist nicht etwa nur ein Volksbuch, sondern das Buch der Völker, weil sie die Schicksale eines Volkes zum Symbol aller übrigen aufstellt, die Geschichte desselben an die Entstehung der Welt anknüpft und durch eine Stufenreihe irdischer und geistiger Entwickelungen nothwendiger und zufälliger Ereignisse bis in die entferntesten Regionen der äußersten Ewigkeiten hinausführt." Und an einer andern Stelle: „Je höher die Jahrhunderte an Bildung steigen, desto mehr wird die Bibel, zum Theil als Fundament, zum Theil als Werkzeug der Erziehung, freilich nicht von naseweisen, sondern von wahrhaft weisen Menschen genützt werden." (Vergl. auch das vierte Buch in Göthe's „Aus meinem Leben.") Auerbach erklärt („Schrift und Volk") die Bibel für „das Muster eines Volksbuchs." „Sie giebt," fährt er fort, „die concrete Anschauung eines Naturvolks, stellt die Charaktere unmittelbar hin mit all den kleinen Lebenszügen der Individualität, die Lehre ergiebt sich von selbst, nicht in kalter Abstraction oder in überschwenglichen Ergießungen. Alles ist hier noch Eins, das Allgemeinste und Höchste stellt sich in dem Besondern dar. Vor allem aber zeigt sich das Walten der höhern, das Individuum beherrschenden Macht in naiver Gegenständlichkeit."

Was die Bibel dem ihr inwohnenden Vermögen nach ist, das Volksbuch, das ist sie in der Wirklichkeit unter Einwirkung äußerer Umstände bis heute noch nicht geworden. Ein Volksbuch muß in der Volkssprache gelesen werden können. Man hat berechnet, daß, die unzähligen Dialecte nicht einmal in Anschlag gebracht, auf der Erde über 1000 Sprachen gesprochen werden; auf diese Weise sind mindestens 1000 Uebersetzungen der heiligen Schrift nöthig. Wie steht es in der Wirklichkeit? Die lange Zeit seit der stillen Arbeit jener sagenhaften Siebenzig (300 v. Chr.) bis zu der außerordentlichen Thätigkeit der heutigen Bibelgesellschaften hat nicht mehr als ungefähr

200 Uebersetzungen zu Stande gebracht*). Ein Volksbuch muß mit seiner Sprache das Herz des Volks treffen. Wie mag es hiemit in der Wirklichkeit aussehen? Wenn vielleicht nur von der Uebersetzung Luthers solches ganz gelten könnte, und dies vielleicht nur für die hochdeutsch Redenden? Ein Volksbuch muß wohlfeil sein. Wie ist es in der Wirklichkeit gewesen? Eine Handschrift der ganzen Bibel kostete im Mittelalter ungefähr 3000 Thaler, ein einzelnes Evangelium kostete noch kurz vor Erfindung der Buchdruckerkunst, da doch die Schreibkunst allgemeiner und die Handschriften häufiger waren, 20 Gulden, eine für damalige Zeit sehr bedeutende Summe. Erst seit Erfindung der Buchdruckerkunst ist der Preis einer Bibel nach und nach herabgegangen. Ein Volksbuch muß endlich überall hin ungehindert Eingang haben. Wie steht es in der Wirklichkeit? Allein von den 45 Millionen Deutschen ist mehr als der Hälfte der Gebrauch der Bibel in der deutschen Sprache versagt. Seit Gregor VII. nämlich (1080) haben die katholischen Päpste den Gebrauch der Bibel in der Landessprache gemißbilligt, seit Innocenz III. (Anfang des 13. Jahrh.) von dem Ermessen der Bischöfe abhängig gemacht, und auch dann nur das Lesen der durch kirchliche Censur gebilligten Uebersetzungen gestattet, und auch dies nur denen, von welchen man voraussetzen könnte, daß sie „aus einem derartigen Lesen nicht Schaden, sondern Vermehrung des Glaubens und der Frömmigkeit erlangen könnten." Noch im Jahr 1824 erließ der damalige Papst Leo XII. an alle Patriarchen, Prälaten, Erzbischöfe und Bischöfe der römisch-katholischen Kirche ein Rundschreiben des Inhalts: „Es ist euch nicht unbekannt, ehrwürdige Brüder, daß eine gewisse Gesellschaft, genannt Bibelgesellschaft, mit Frechheit ihr Wesen durch die ganze Welt hin treibt; — eine Gesellschaft, die — verachtend die Ueberlieferungen der heiligen Väter und im Widerspruch gegen die bekannten Beschlüsse des Tridentiner Concils — mit aller Macht und mit allen Mitteln darauf hin arbeitet, die heilige Schrift in die Muttersprache eines jeden Volkes zu übersetzen oder vielmehr zu verkehren, — ein Unternehmen, das uns aufs äußerste fürchten läßt, daß durch falsche und verkehrte Auslegung das Evangelium Christi in ein menschliches

*) Ich empfehle an dieser Stelle: Ostertag „die Bibel und ihre Geschichte." Basel, Bahnmaier. 4. Aufl. Geb. 14 Sgr.

Evangelium, oder — was noch schlimmer ist — in ein Evangelium des Teufels umgewandelt werde*). Um diese Pestilenz abzuwehren, haben Unsre Vorfahren viele Verordnungen erlassen, und haben zugleich aus der heil. Schrift selbst und aus den Kirchenvätern Beweise angeführt, wie höchst schädlich diese gottlose Neuerung für den Glauben und die Sittlichkeit ist. — Wir ermahnen Euch deshalb, auf jede Weise Eure Gemeinden von diesen giftigen Weiden abzulenken, in der Ueberzeugung, daß, wenn die heil. Schrift ohne weiteres überall verbreitet wird, daraus mehr Uebel und Schaden als Gewinn erwachsen werde."

Trotz alledem und trotz der z. B. in Spanien noch heute fortdauernden grausamsten Verfolgung der Bibelleser findet die heil. Schrift selbst unter den Katholiken immer mehr Verbreitung; und man hat berechnet, daß bis gegenwärtig etwa 70 Millionen Bibeln und Testamente gedruckt und unter die Leute gebracht worden sind. Möge mit der Bibelverbreitung auch der Bibelsegen sich mehren! Noch heute liegt ja — der Volksschullehrer wird das zu sehen häufig Gelegenheit haben — manche Bibel ungelesen im Schrank. Hier eröffnet sich dem Lehrer ein weites Feld für seine Thätigkeit. Ehe er daran denken kann, irgend ein andres Volksbuch zu verbreiten und zu dessen Gebrauch aufzufordern, ehe er die Axt anzulegen versucht an die umlaufenden verderblichen Schriften, schaffe er der heiligen Schrift Eingang in die Häuser und Herzen der Leute. Der rechte Bibelgebrauch in der Schule ist dazu der erste, aber ein sehr folgenreicher Schritt.

Woher Bibeltexte um einen geringen Preis zu bekommen sind, das weiß jeder meiner Leser. Als vorzügliche, zugleich wohlfeilste Haus- und Familienbibel empfiehlt sich die vom Evangelischen Bücherverein zu Berlin herausgegebne Bilderbibel (1⅓ Thlr.). Theurer ist „die Bibel in Bildern" von Schnorr von Carolsfeld**). Wem in sprachlichem oder sachlichem Interesse an einem Texte gelegen wäre, wie ihn Luther ein Jahr vor seinem Tode nach Ausdruck und Schreib-

---

*) Ich bemerke hier, daß in der katholischen Kirche nicht der Urtext der heiligen Schrift, sondern eine mangelhafte lateinische Uebersetzung, die sog. Vulgata, als authentischer Schrifttext gilt!

**) Eine Auswahl aus diesem werthvollen Bilderwerke, 100 Bilder in einer Mappe, „für die (sächsische) Volksschule" besorgt, kostet 5 Thlr.

weise festgestellt hat, der müßte eine Bibel aus der Stuttgarter Bibelanstalt beziehen. (Für das Volk ist dieser Text nicht geeignet.) An einer Bibelausgabe, die durch kurze Einleitungen, gedankenverbindende Umschreibungen, einfache Erklärungen und Anmerkungen und durch hie und da berichtigte und geglättete Uebersetzung über die Schwierigkeiten, die sich dem Bibellesen entgegenstellen, hinweghülfe, fehlt es zur Zeit noch. Denn weder die alte gute „Nürnberger Bibel", noch die 1756 u. ö. erschienene sog. „Hirschberger Bibel", ein Erzeugniß des durch Spener in der evangelischen Kirche zur Geltung gekommenen Pietismus, noch die „Berlenburger Bibel", ein Erzeugniß eines aus verschiedenen Elementen gewirkten Mysticismus (1726 ö.), noch das Calwer „Handbuch der Bibelerklärung" (2 Bde. 1 Thlr. 24 Sgr.), noch ein Gerlachsches oder Liscosches oder Meyersches Bibelwerk, noch die neue Dächselsche Bibel (seit 1862 in 45 Lief. zu 6 Sgr. erscheinend) kann dem angedeuteten Bedürfniß ganz abhelfen. Die Arbeit ist groß, und wenige sind der Arbeiter; bittet den Herrn der Ernte, daß er Arbeiter in seinen Weinberg sende!

§. 45. Historischer Ueberblick.

1. Periode. Vom Anfang bis zu Luther und Hans Sachs. Die Zeit der Arbeit des Volkes selbst.

In die älteste Zeit hinauf, in die Jahre der Kindheit unseres Volkes, weisen uns die deutschen Märchen, die, obwohl wir sie in ihrer Urgestalt keineswegs mehr haben, dennoch in vielen Zügen jene Unmittelbarkeit des Gemeinlebens mit der Natur verrathen, welche das charakteristische geistige Merkmal des Urmenschen ist (§. 31). Mit dem Märchen zugleich, in dieses vielfach verwoben und mit ihm dem Geheimnißvollen sich zuwendend, hat die Räthselfrage ihre Entstehung gefunden (§. 26). Während aber die Räthselfrage, nach und nach in das complicirtere Räthsel übergehend, fort und fort cultivirt wurde, mußte die Märchenbildung nothwendig aufhören, wenn auch das Märchenerzählen oder wenigstens das Märchenlesen bis auf den heutigen Tag fortdauert und damit die Urkraft des Märchens unwiderleglich beweist. An die Stelle der Märchenbildung trat in der mehr reflectirenden Zeit die Sagenbildung (§. 32), deren goldnes

Zeitalter längst vorüber ist, obgleich noch jetzt die Sage historische Persönlichkeiten in ihren Kreis zieht. Dem geistigen Zustande des Volkes, welcher die Sagenbildung hervorrief, verdanken wir auch die Entstehung des Sprichwortes (§. 27) und in weiterer Ferne des Spruches (§. 4). Die Blüthezeit beider liegt noch jenseits des 13. Jahrhunderts; denn von hier ab beginnt schon die sammelnde Thätigkeit eines Freidank und andrer, und mit ihnen zugleich der Uebergang zu dem Kunstspruch. Sage, Sprichwort und Spruch blühen langsam, aber bis zur Zeit der Reformation fast gänzlich ab; die beiden letztern finden wegen ihrer ethischen Bedeutung in dieser Zeit wieder ihre Sammler und Ausleger (Agricola, Seb. Franck §. 4); aber die alte Volkssage fällt fast der Vergessenheit anheim. An ihre Stelle tritt die Geschichte in der volksthümlichen Gestalt der Chronik (§. 33). Einige Bedeutung für das Volk kann die Chronik jedoch erst dann erhalten, nachdem die Buchdruckerkunst erfunden und in Folge davon die Lesekunst allgemeiner geworden ist. Bis dahin ist das Volk wesentlich hörend, sagend und singend; es muß noch eine geraume Zeit vergehen, ehe es ein lesendes Volk wird, während es ein schreibendes nie werden kann.

Neben der Volkspoesie, die von Anfang an Kampf- und Kriegslieder (§. 10), sodann (im 4. bis 8. Jahrhundert) jene großen, später in neuen Gestalten auftretenden Sagen von Dietrich, Siegfried, Gunther, Hagen u. a. geschaffen hat, tritt, nachdem diese Sagen (im 9. bis 11. Jahrhundert) erst noch zum großen Theil durch die Hände der Geistlichen hindurchgegangen sind, gegen Ende des 12. Jahrhunderts die Kunstpoesie der Ritter hervor, durch welche die Volkspoesie in den Hintergrund gedrängt wird. Die Ritter, obgleich sie auch epische Stoffe, namentlich ausländische, mit Glück bearbeiten (Parcival des Wolfram von Eschenbach um 1205), wenden sich doch vorzugsweise der Lyrik zu; und zu derselben Zeit, da unser Volksepos im Nibelungenliede und der Gudrun seine letzte Ausbildung und heutige Gestalt erhält, entfaltet der Minnegesang der Ritter seine schönsten Blüthen. Nach einem Jahrhundert tritt der Verfall ein. Die schweren Kämpfe zwischen dem Adel und den Städten, und in den Städten selbst zwischen den bis dahin einflußreichen Patriziern und den emporstrebenden Handwerkerzünften (14. Jahrh.), die Erfindung der Buchdruckerkunst und das Wiederaufleben der Wissenschaften (15. Jahrh.) vollenden die Trennung der Stände von einander (Lehr-, Wehr-, Nährstand). Der Lehrstand wendet sich nun allein dem classischen Alterthum zu, der Wehrstand verfällt der Lust an Rauferei und Gelag. So flüchtet sich denn die Poesie zu dem dritten Stande: es entsteht der Meistergesang (§. 35). Vom Meistergesange ausgehend, gelangt Hans Sachs zur Meisterschaft in der Handhabung volksthümlicher Stoffe und Formen (§. 35). H. Sachs war nur eine Stimme aus dem Volk; das ganze Volk seiner Zeit dichtete und sang. Gleich nach dem Abblühen des Minnegesanges nämlich fing das schon längst in verstohlnen Klängen sich verrathende Volkslied an, heller zu ertönen, und erscholl besonders in den unter dem Gewerbfleiß ihrer Bewohner aufblühenden Städten immer lauter und lauter. Die Zeit Hans Sachsens ist auch die Zeit der höchsten Blüthe des Volksliedes, das durch und seit Luther selbst in die protestantischen Gottesdienste Eingang fand. Das protestantische Kirchenlied ist nichts anderes als die heiligste Gestaltung des Volksliedes (§. 10). Durch Luther wurde ein weiterer ungeheurer Umschwung hervorgebracht: die verschiedenen neben einander gleichberechtigten Volksdialecte, von denen bald dieser, bald jener als Schriftsprache hervorgetreten war, mußten sich der hochdeutschen Sprache der Bibelübersetzung unterordnen, einer Sprache, die nach und nach jene Volksdialecte gänzlich zu verdrängen anfing (§. 17).

2. Periode. Seit Luther und Hans Sachs bis zu Claudius und Hebel. Die Zeit der Trägheit.

Die Märchenbildung hat längst ein Ende genommen, die Blüthe der Sagenbildung ist ebenfalls vorüber. Was von der alten Heldensage noch einiges Leben im Volke hat, geht nebst neuen, zum Theil sehr sonderbaren Stoffen gleich zu Anfang dieses Zeitraumes in die Volksbücher über, die ihre heutige Gestalt im sechszehnten Jahrhundert empfangen haben (§. 32). Sprichwort und Spruch finden eine verhältnißmäßig sehr geringe Bereicherung. An Sammlern fehlt es durch das 16. und 17. Jahrhundert zwar noch nicht (Zinkgref §. 4); das 18. Jahrhundert aber verachtet in thörichter Selbstbespiegelung die Weisheit von der Gasse und wendet sich mit Vorliebe nur der unvolksthümlichen Form des

Epigramms zu, das schon in Friedrich von Logau in der ersten Hälfte des 17. Jahrhunderts seinen begabten Vertreter gefunden hatte (§. 4).

Neben dem Epigramm pflegte man im 17. Jahrhundert mit besondrer Vorliebe eine Darstellungsgattung, die man als eine Erweiterung des Epigramms ansah, die Satire. Die Satire wächst mit dem Epigramm insofern auf dem nämlichen Boden, als in beiden Verstand und Witz an die Stelle der Phantasie und Empfindung treten. Opitz hatte diesen Boden dem Dinge, das er Poesie nannte, angewiesen und geebnet. Einige von den sehr zahlreichen Satirikern der bezeichneten Zeit verdienen hier deswegen Erwähnung, weil sich bei ihnen ein nicht geringer Grad von der damals so seltnen Volksthümlichkeit zeigt. Wilhelm Laurenberg aus Rostock verfaßte noch in hohem Alter „veer olde berömede Schertzgedichte" in plattdeutscher Sprache. Er verspottet darin in witziger, komischer, den Volkston gut treffender Weise „die Veränderlichkeit in allen menschlichen Dingen und das Nichtige des Modewesens der Zeit, der Kleidertracht, der Sprachmengerei, der neumodischen Dichtung u. dergl." Balthasar Schupp (Schuppius), zuletzt Prediger in Hamburg, schrieb lehrreiche Schriften „voll Humors und Witzes, in einem natürlichen, lebendigen Stile, der von der geschraubten Prosa seiner Zeit auf unglaubliche Weise absticht, voll launiger Treuherzigkeit und treuherziger Laune, voll Anschaulichkeit und voll der glücklichsten Griffe aus dem wirklichen Leben — unter denen des 17. Jahrhunderts weit zu den besten zu zählen, wenn sie nicht wirklich die besten sind" (Vilmar). Abraham a Sancta Clara (mit seinem eigentlichen Namen Ulrich Megerle), katholischer Pater und Hofprediger zu Wien, geißelte in derbster Weise und mit einer Laune, die man selten wieder antreffen wird, mit einem Freimuth, den man bewundern muß, mit einem Witz, der unwiderstehlich zum Lachen nöthigt, und mit einer weitreichenden Menschenkenntniß, Weltkenntniß und Gelehrsamkeit die Thorheiten und Laster seiner Zeit. Seine Manier kennen zu lernen, wird No. 19 der „Neuen Volksbücher", Leipzig, Schlicke, 1½ Sgr. („Witz- und Märchenschatz ꝛc.") genügen.

Das Volkslied verstummt unter den Greueln des dreißigjährigen Krieges. Die Fabel, von Luther mit eindringlicher Rede dem Volke dargeboten und im Reformationszeitalter noch von andern gepflegt, findet erst zu Ende dieser Periode in Gellert und seinen Zeitgenossen beachtenswerthe Bearbeiter. Gellert steht am Schluß dieser Periode in ähnlicher Weise, wie Hans Sachs am Schluß der ersten (§. 36). Mit den „Fabeln und Erzählungen" giebt er seiner Zeit einen gewissen Glanz; im übrigen ist diese Zeit, was die volksthümliche Production anbelangt, eine erbärmliche Zeit, aus der jener Volksmann noch zeitig genug geschieden ist, um nicht das Schlimmste zu erleben. Dies zeigte sich erst gegen das Ende des Jahrhunderts. Wenn wir auch einigen Schriften von Campe, Salzmann (§. 38) und Zacharias Becker (§. 43) eine gewisse Anerkennung nicht versagen wollen, was sind sie denn gegen die ohnehin nicht sehr saftreichen Früchte, die noch das 16. und 17. Jahrhundert gezeitigt haben, des Frühern ganz zu geschweigen? Dabei sind sie keineswegs das Schlechteste. Gewiß der Verzeihung meiner Leser, versage ich es mir gern, eines der geringeren Producte, z. B. das „Unterhaltende Historienbuch für Bürger und Bauersleute" von Pfaff, das sich selbst als eine Auswahl „aus den Schriften unserer vorzüglichsten Volksschriftsteller" giebt, zu charakterisiren. — Möser, Engel und Seume (§. 37), bei weitem mehr noch Stilling (§. 13) und Pestalozzi (§. 38) erscheinen mit ihren oben erwähnten Werken als Propheten der Folgezeit; Claudius, obwohl Zeitgenosse der Aufklärer, hat doch mit ihnen ganz und gar nichts gemein; er gehört der folgenden Periode an, die mit dieser einige Jahrzehnte hindurch zusammenfällt.

Was oben (§. 8) in Bezug auf die Kunstpoesie und die Ausbildung der deutschen Sprache zusammenfassend gesagt worden ist, berechtigt uns nicht weniger als diese das Volksthümliche betreffenden Ausführungen, unsere zweite Periode als die Zeit der Trägheit zu bezeichnen. Denn nur das evangelische Kirchenlied erfreut sich in derselben einer herrlichen Ausgestaltung (P. Gerhard u. a.), und neben dasselbe treten ergänzend die unvergänglichen erbaulichen Prosaschriften eines Arnd, Scriver, Müller (§. 34).

3. Periode. Von Claudius und Hebel bis auf die Gegenwart. Die Zeit der Thätigkeit für das Volk.

Mit Klopstock ist ein neuer Morgen angebrochen (§. 8). Klopstock selbst hat etwas Volksthümliches in unserm Sinne allerdings nicht geschaffen; allein schon durch seine unmittelbaren Schüler, die Mitglieder des Hainbundes und Bürger (§. 8), am dichtesten und erquickendsten durch Claudius fallen die Strahlen jenes Morgens, der, was die Kunstpoesie anbelangt, durch Wieland (§. 8), Herder und Lessing (§. 9), Göthe und Schiller zum freundlichsten Tage wird, auch auf das Volk. Wir wollen nicht unerwähnt lassen, daß die eben genannten Heroen der deutschen Dichtung außer dem undeutschen Wieland von großer, wenn auch nicht immer bis ins Einzelne nachweisbarer Bedeutung auch für die Volksdichtung und Volksschrift gewesen sind. Insbesondere muß folgendes erwähnt werden. Herder hat durch seine „Stimmen der Völker" auf dem Gebiete des Volksliedes einen Anstoß gegeben, dessen Nachwirkungen noch heute gefühlt werden. Lessing hat auch dem Volk in unserm Sinne seine Minna von Barnhelm gedichtet (man erinnre sich an des Wandsbeckers Bericht über die Aufführung derselben in Hamburg), wie er denn bei seinen Bestrebungen für das Emporkommen des deutschen Theaters dasselbe wesentlich als eine Anstalt für die Volkserziehung auffaßte. Er hat auf die litthauischen Volkslieder aufmerksam gemacht und den Berliner Aufklärer Nicolai, der sich so weit vergessen konnte, die durch Herder erregte Theilnahme am Volkslied zu verspotten, für seine Verwirrung der Begriffe Pöbel und Volk gehörig gezüchtigt. Endlich hat er in einem Briefe an Gleim (§. 10) Gedanken über die Dichtung für das Volk niedergeschrieben, die jeder beherzigen sollte, der für das Volk dichten oder schreiben will. Göthe hat gar manches Lied, manchen Spruch von volksthümlichem Gehalt und volksthümlicher Form gedichtet, und einer seiner Romane, „Werthers Leiden", ist ähnlich jenen alten Volksbüchern auf schlechtes Papier gedruckt und in den Straßen feil geboten worden, eine Erscheinung, die man sich freilich nur aus der damaligen gefühlsschwärmerischen Zeit erklären kann. Ein Göthen nahe stehender Mann, Johannes Falk, hat neben seinen Kunstdichtungen einiges Volksmäßige geliefert, das noch heute von dem Volk gelesen zu werden verdient (§. 38), und Göthe's Schwager Vulpius verdanken wir jenen vom Volk mit wahrer Begierde verschlungenen Räuberroman Rinaldo Rinaldini (§. 43). Schiller hat, obgleich er nichts in unserm Sinne Volksthümliches erzeugt hat, noch erzeugen konnte — man müßte denn etwa an seine „Räuber" denken, die Verfasser dieses selbst bei Volksfesten im Mansfeldischen natürlich in großer Verstümmelung hat aufführen sehen —, doch in einer Recension der Bürgerschen Gedichte tiefe Blicke in das Wesen der Volksdichtung eröffnet.

Hier müssen wir auch gleich Veranlassung nehmen, der um die Zeit von Schillers Tode aufblühenden deutschen Romantik und ihrer Leistungen auf unserm Gebiet zu gedenken. Mit Widerwillen erfüllt gegen das damalige schale deutsche Leben, empört über das abgeschmackte aufklärerische Treiben und die damit im Zusammenhang stehenden Gedanken einer gewaltsamen Umwälzung, suchte die Romantik, indem sie die Poesie zum Mittelpunkt alles Lebens und Strebens machte, ihre Heimat in allen den Zeiten und Zuständen, da ein poetischer Anstrich auf dem wirklichen Leben zu liegen schien, in den fälschlich sogenannten romantischen Zeiten und Zuständen. Das deutsche Mittelalter mit seinem Ritterthum und Minnedienst, mit seinem Katholicismus, mit seinem Wunder- und Aberglauben, die Zeiten und Zustände, welche in den Werken einiger englischen, spanischen, italienischen und morgenländischen Dichter in poetischer Verklärung vor Auge und Sinn ausgebreitet liegen, hatten für die Romantik das höchste Interesse. Dadurch mußte sie naturgemäß auf das Volksthümliche geführt werden. Sie schöpfte mit großer Freude aus dem Born der alten Volkslieder, Sagen und Legenden und erfand in dem wenn auch noch unklaren „Verständniß der Gottesgeheimnisse deutschen Familien- und Volksthums" neue Weisen, neue Gestalten. Den Häuptern der Romantik verdanken wir die innigen Lieder „Wenn ich ihn nur habe", „Wenn alle untreuwerden" u. a. von Novalis, das Märchen Undine von Fouqué, einige Märchen und Sagen von Tieck, die „Geschichte vom schönen Annerl und braven Kasperl" von Clemens Brentano, vor allem „des Knaben Wunderhorn" von dem letztern und Achim von Arnim. Unter den Gliedern der Romantik ist Joseph von Eichendorff durch einige Lieder ausgezeichnet („Wem Gott will rechte Gunst erweisen", „Wer hat dich, du schöner Wald", „O wundersames, tiefes Schweigen", „In einem kühlen Grunde"). An die Romantiker schließen sich ohne Zwang an die schwäbischen Dichter Uhland und Kerner, denen wir eine große Zahl echt volksmäßiger Lieder verdanken, sodann Wilhelm Hauff („Morgenroth, Morgenroth"), Heinrich Heine („Ich weiß nicht, was soll es bedeuten"), Hoffmann von Fallersleben („Zwischen Frankreich und dem Böhmerwald", „Treue Liebe bis zum Grabe" u. v. a.) und die patriotischen Dichter E. M. Arndt, Theodor Körner und Max von Schenkendorf, deren Lieder seiner Zeit ganze Heere in Begeisterung versetzt haben und noch heute in den weitesten Kreisen des Volkes erklingen.

Alles dies sind nur einzelne Darbietungen der Kunstpoesie, aus denen man jedoch das Ringen des deutschen Geistes und Herzens erkennen kann, den unnatürlichen Unterschied zwischen Kunstpoesie und Volkspoesie zu überwinden. Die letztere hat seit Claudius selbständig ihre Entwicklung verfolgt.

Neben Claudius, dem Norddeutschen, und Pestalozzi, dem Schweizer, erscheint zu Anfang des Jahrhunderts Hebel, der Süddeutsche, mit noch größerm Erfolge als jene beiden. In diesen drei Männern sind alle Keime der fernern Entwicklung gelegt, die sich bis in die jüngste Zeit namentlich auf dem Gebiet der Dorfgeschichte lebendig erwiesen hat. Hier nun sind die Bestrebungen zunächst weit aus einander gegangen. Während nämlich einerseits nach Immermanns glücklichem Versuche, westfälisches Dorfleben in anschaulicher Weise und nach den Regeln der Kunst zu schildern, durch Auerbachs „Dorfgeschichten" die Dorfgeschichte zu einer vorher nicht gekannten, nun vollberechtigten und allseitig cultivirten poetischen Gattung wird (§. 39), erfährt andrerseits, nachdem Zschokke mit seinem „Goldmacherdorf" vorangegangen ist, die Dorfgeschichte als Tendenzgeschichte für das Volk durch Jeremias Gotthelf diejenige Pflege, welche sie dem Volke selbst lieb und werth machen mußte. Eine große Zahl theils sehr glücklicher, theils aber auch ganz unberufener Nachfolger findet nun J. Gotthelf (§. 40), wie B. Auerbach (§. 39). Daneben giebt es sogar immer noch nicht wenige Schriftsteller, die, ohne Sinn und Verständniß für volksthümliches Wesen und des Volkes Bedürfnisse, im Ton der moralischen Wassersucht der Aufklärungszeit dem Volke Erzählungen darbieten, deren Schauplatz in Freudenheim, Sparfeld, Sorgenberg, Tugendleben, deren Helden der liebe Pfarrer Gutmann, der gute Schulmeister Liebermann, der treue Meister Friedemann und der friedliche Bauer Treumann. Die kürzere Erzählung Hebels hat sehr achtbare Nachahmer gefunden in Auerbach, Stöber, Josephson (§. 25); aber auf einen neuen Hebel warten wir noch; Alban Stolz (§. 34) könnte es sein, wenn er nicht Katholik wäre. Hebels Sprichwörterbearbeitungen sind mit Glück nachgeahmt worden von Stöber, Horn, Härlin u. a. (§. 27), seinen Leistungen in der dialectischen Dichtung stellen sich die Leistungen eines Groth, Reuter u. a. ebenbürtig zur Seite (§. 23). Claudius fand verhältnißmäßig viel weniger, die in seine Fußstapfen traten. Dies liegt theils in seiner unnachahmbaren Originalität; theils darin, daß er die volksthümliche Form von dem volksthümlichen Inhalt trennte und so die unvolksthümlichsten Dinge in eine volksthümliche Form kleidete; theils endlich darin, daß man sich zur rechten wie zur linken von seinem Geiste entfernt hat. Im populären Briefe, in welchem Claudius so stark ist, hat er leider noch keinen würdigen Nachfolger gefunden, einen volksthümlichen Spruchdichter hat die Neuzeit nicht und braucht ihn nicht, seine Lieder sind ohne Geschick und wahre poetische Begabung nachgeahmt worden. Es hätte dessen gar nicht bedurft. Denn das volksthümliche Lied hat ganz unabhängig von Claudius sehr liebe Pfleger gefunden; dazu ist das eigentliche Volkslied immer mehr in seine Rechte wieder eingetreten.

Der Anfang des Jahrhunderts hat uns „des Knaben Wunderhorn“ gebracht, sodann hat Uhland seine „hoch- und niederdeutschen Volkslieder“, andre Sammler haben andre Sammlungen herausgegeben. Außerdem haben die begabtesten Dichter in neuen Liedern des Volkes Stimme nachzuahmen versucht (s. oben). Hand in Hand mit der Sorge für die Texte ist die Sorge für die Melodie gegangen.

Neben die Glieder des Hainbundes und Claudius treten die volksthümlichen Componisten Schulz, Hiller, Joh. Fr. Reichardt u. a., neben die neuern Dichter Zelter, Fr. Schneider, Silcher u. a. (§. 10). Zugleich entsteht auf dem Gebiet der Melodie ein ähnliches Streben, wie es auf dem Gebiet des Textes seit Herder sich offenbart hatte: Man lauscht auf den Gesang des Volkes, man stöbert nach einzelnen Flugblättern umher, man schürft in den Bibliotheken nach alten verblichenen Sammlungen. Auch hier ist durch Erk, Irmer u. a. Großes geleistet worden; schade, daß die rechten Mittel noch nicht ergriffen worden sind, es in das Volk einzuführen!

Sprichwort und Spruch haben im Munde des Volkes noch fortwährend Leben gehabt. Seit 1810 (Sailers „Weisheit auf der Gasse") zeigt sich auch hier die regste Sammlerlust, und es ist das Gesammelte durch Körte, Eiselein, Simrock, Wander und viele andre fast zum Unübersehbaren gestiegen (§. 27). Unmittelbar für das Volk haben diese Sammlungen keine Bedeutung; aber durch Volksschullesebuch und Volksschrift, Lehrer und Prediger kann dem Volke gar mancher werthvolle Schatz erhalten und zugeführt werden.

Großer Eifer hat sich auf dem Gebiet der erbaulichen volksthümlichen Litteratur gezeigt, und zwar, wie zu erwarten, ungefähr seit dem Jahr 1817, wiewohl der älteste Verein, dessen hier zu gedenken ist, seine Entstehung noch über ein Jahrzehnt früher gehabt hat (§. 34). Auch hier hat die Arbeit theils im Aufsuchen des Alten, theils in der Darbietung von Neuem bestanden; im allgemeinen steht das Letztere dem Ersteren nach.

Um dieselbe Zeit hat die deutsche historische Sprachforschung, die anfänglich als ein dem Boden der Romantik entsprossenes und zugehöriges Gewächs erscheint, mit immer zunehmender Selbständigkeit ihre eigne große Entwicklung zu nehmen angefangen. Die mächtigen Leistungen der Brüder Grimm, Lachmann's, Schmeller's, Simrock's u. a. unterscheiden sich von denen der Romantiker außer durch ihren Umfang wesentlich durch die unverbrüchliche Hochachtung vor dem Ueberlieferten, das in ihnen als ein unantastbares Allgemeingut der gesammten germanischen Welt erscheint. Diese Leistungen kommen allerdings zunächst der deutschen Sprachwissenschaft zu gute; aber um diese aufzubauen, haben jene Männer — man nennt sie Germanisten — die Volksrede und Volkssage, den Volksgesang und die Volkssprache, den Volksbrauch und die Volkssitte aller Zeiten aufdecken müssen. Etwas Neues haben sie als Germanisten nicht geschaffen; was sie aber aus fernen Zeiten und Gegenden an das Licht gebracht haben, das gereicht auch dem Volk in unserm Sinne mittelbar und unmittelbar zum Segen. Jetzt erst ist eine Anschauung des deutschen Lebens, eine Erfassung des deutschen Geistes, ein Verständniß der deutschen Geschichte möglich; und damit sind die Bedingungen gegeben, unter welchen mit Erfolg auf die sittliche und patriotische Kräftigung des Volkes in allen seinen Schichten hingearbeitet werden kann. Schon heutzutage merkt man es vielen Volksschriften, und zwar gerade den besten an, daß ihre Verfasser zu den Germanisten in die Schule gegangen sind. Die Kluft, welche bis vor kurzem zwischen den Anschauungen derjenigen Schriftsteller, die ihre Feder dem Volksschriftenwesen widmeten, und den Anschauungen, Fühlungen und Strebungen des Volks selbst war, wird durch das Studium der durch die Germanisten ans Licht gebrachten Schätze wenn nicht zum Verschwinden gebracht, doch zum Theil ausgefüllt. Ueberdies ist manches von diesen Schätzen bereits unmittelbar in das Volk eingegangen. Die Sagensammlungen der Brüder Grimm, die Volksbücher von Simrock sind eine treffliche Lectüre für das Volk; und es darf erwartet werden, daß dem deutschen Volke mit dem größern Interesse an seiner Geschichte auch der Geschmack an den poetischen Heldensagen wiederkommen werde.

In den dreißiger Jahren beginnt die Zeit des Popularisirens der weltkundlichen Wissenschaften: der Geographie, Geschichte und Naturwissenschaft, besonders der letztern (§. 42). Wie viel gerade auf diesem dem Volk so nahe liegenden Gebiete geschadet worden ist, das läßt sich nicht ermessen. Die Autoren haben eher jeden andern Beruf als den, dem Volke zu zeigen, daß die Himmel die Ehre Gottes erzählen, und daß alle Lande seiner Ehre voll sind. Ein Hebel wäre uns nirgends nöthiger, als hier. — Die neueste Zeit scheint sich mit Vorliebe der Geschichte zuzuwenden und mit ihr zugleich die Geographie zu verbinden (§. 33). Ein natürlicher Anschluß für die Geographie findet sich auch bei der Reisebeschreibung, für welche uns ein Volksschriftsteller erster Größe leider ganz und gar fehlt.

Ein Gedanke der Neuzeit, durch Vereinigung der zerstreuten Kräfte ansehnlichere Resultate zu erzielen, hat sich auch auf dem Gebiete des Volksschriftenwesens wirksam erwiesen. Nicht nur sind Stadt- und sogar Dorfbibliotheken*) entstanden — ob gerade

*) Demjenigen, welcher mit der Anlage oder Verwaltung solcher Bibliotheken zu thun hat, auch sonst jedem Freunde des Volksschriftenwesens sind einige Schriften

immer zum Segen der Städter und Dorfbewohner, das muß hier ununtersucht bleiben —, sondern auch Volksschriftenvereine haben sich die Abfassung und wohlfeile Verbreitung von Volksschriften angelegen sein lassen. Zu den namhaftesten Vereinen dieser Art, deren Statuten und Bücherverzeichnisse meist durch den Buchhandel zu erlangen sind, gehören der Zwickauer Verein, der allgemeine deutsche Volksschriftenverein in Berlin, der Würtembergische Verein, der evangelische Schriftenverein für Rheinland und Westfalen und der evangelische Bücherverein in Berlin. Selbstverständlich ist nicht alles, was die Vereine bieten, gut; auch sie tragen zur Vermehrung des Lächerlichen, Schädlichen und Sündlichen bei. Einer fortgehenden, dankenswerthen kritischen Arbeit unterziehen sich mehrere periodische Schriften, mit großem Verständniß das durch Nathusius herausgegebne „Volksblatt für Stadt und Land."

Wenn dieses unser Buch selbst dazu dient, seine Leser mit der Kraft auszurüsten, das Beste zu erkennen, sich anzueignen und, soweit es dazu geeignet ist, in die Kreise des Volkes einzuführen, so ist einer seiner Hauptzwecke erreicht.

des verdienstvollen Preusker in Großenhain zu empfehlen: „Ueber öffentliche, Vereins- und Privatbibliotheken" 2 Bde. Leipzig 1839 und 1840; „die Dorfbibliothek" Leipzig 1843; „Bürgerbibliotheken" Meißen 1850.

Namen- und Sachregister.

Die Sternchen vor den Seitenzahlen weisen auf diejenigen Stellen hin, an denen sich ausführlichere Mittheilungen (Biographien, Charakteristiken u. dergl.) finden.

Berichtigungen.

Seite 8, Zeile 3 von oben muß nach „aufdrängt“ ein Komma stehen.
" 17, " 11 " " ist zu lesen „Unbedeutenden“ statt „Nebedeutenden“.
" 42, " 3 " " " " " „Landbewohners“ statt „Landlebens“.
" 64, " 2 " unten " " " „unter dem Einfluß“ statt „unter den Einfluß“.
" 67, " 8 " " " " " „Dramas“ statt „Drama“.
" 81, " 11 " " " " " „charakteristischen“ statt „charakterischen“.
" 133, " 2 " oben muß das Komma vor „und“ wegfallen und nach „himmlische“ gestellt werden.
" 139, " 7 " unten muß nach „Umhang“ ein Komma stehen.
" 152, " 5 " " muß das Komma nach „dieser“ getilgt werden.
" 216, " 2 " " muß vor dem zweiten „Erquickung“ der Artikel „der“ stehen.
" 255, " 6 " " ist zu lesen „anlehnenden“ statt „anlehnende“.

Einige minder störende Druckfehler, die zum Theil als Inconsequenzen in der Schreibart erscheinen, rühren meist daher, daß die Orthographie dieses Buches nicht die des Verfassers ist.

CPSIA information can be obtained
at www.ICGtesting.com
Printed in the USA
LVHW110103200422
716647LV00003B/67

9 783752 596496